I0818313

MAARTEN TENGBERGEN

VIJFTIG HOOGTEPUNTEN UIT DE RUSSISCHE LITERATUUR

DEEL II: 20E EEUW

VAN TSJECHOV TOT VOJNOVITSJ

VIJFTIG HOOGTEPUNTEN UIT DE RUSSISCHE LITERATUUR

DEEL II: 20E EEUW

VAN TSJECHOV TOT VOJNOVITSJ

Maarten Tengbergen

www.glagoslav.com

ISBN: 978-94-91425-63-9
ISBN: 978-1-80484-066-5

MAARTEN TENGBERGEN

VIJFTIG HOOGTEPUNTEN UIT DE RUSSISCHE LITERATUUR

DEEL II: 20E EEUW

VAN TSJECHOV TOT VOJNOVITSJ

UITGEVERIJ GLAGOSLAV

Maarten Tengbergen

TEN GELEIDE

"Men kan de Russische literatuur zeer goed leren kennen zonder er ooit een letter over te lezen" (Karel van het Reve)

In dit tweede deel van *Vijftig hoogtepunten uit de Russische literatuur* worden 20 romans, toneelstukken en dichtwerken uit de 20e eeuw (met een korte uitloper naar de 21e) behandeld, van Tsjechov tot en met Vojnovitsj. Deze zijn in bijna alle gevallen in een of meer Nederlandse vertalingen beschikbaar. Een enkel werk is alleen antiquarisch verkrijgbaar (*Steden en jaren*), een ander is nog niet vertaald (het derde deel van *Tsjonkin*). Naast werken van de Nobelprijswinnaars Boenin, Pasternak, Sjolochov en Solzjenitsyn komt ook werk aan bod van onder anderen Gorki, Bjely, Zamjatin, Babel, Nabokov en Boelgakov. De grens ligt grofweg bij het einde van de Sovjet-Unie, wat betekent dat de postmodernisten en andere schrijvers die sindsdien naar voren zijn getreden, buiten het bestek van dit boek vallen. Voor een eerste korte kennismaking met hen zij verwezen naar andere handboeken, zoals *Russische literatuur in kort bestek* van Arthur Langeveld (2012), *Geschiedenis van de Russische literatuur* van Emmanuel Waegemans (2009), *Moderne Russische literatuur* van Arthur Langeveld en Willem G. Weststeijn (2005) en *Russische literatuur* van Willem G. Weststeijn (2004).

Maarten Tengbergen

Tsjechov, Anton Pavlovitsj

DE DRIE ZUSTERS

1901

Inhoud

In een afgelegen provinciestad, die slechts verlevendigd wordt door de aanwezigheid van een garnizoen, woont de familie Prózorov: een broer en drie zusters. Hun ouders zijn gestorven. De broer, Andréj, is een begaafde veelzijdige persoonlijkheid, een aankomend geleerde die op een spoedige aanstelling als hoogleraar in Moskou rekent; Olga, de oudste zuster, is ongetrouwd en lerares op een gymnasium; Másja, de middelste, is op jonge leeftijd getrouwd met een leraar Latijn, Koelýgin; Irína, de jongste, is ongetrouwd en maakt zich op het leven binnen te stappen. Alle drie de zusjes steken wat ontwikkeling en verfijning betreft uit boven hun omgeving. Omdat hun vader generaal was, is huize Prozorov vanouds een verzamelplaats voor de officieren van het plaatselijke garnizoen.

Het is een vrolijke zonnige dag in mei, de naamdag van Irina. Zij is jong en mooi, de toekomst ligt voor haar open. Zij wil hard werken, ze heeft genoeg van het luie leventje dat zij tot nu toe heeft geleid. Samen met haar zusjes droomt zij van Moskou, waar zij hun kinderjaren hebben doorgebracht. Moskou is voor de zusjes een magisch begrip, daar ligt het geluk. Irina en ook Olga, die aldoor moe is en genoeg heeft van haar werk als lerares, hopen binnenkort met hun broer terug te keren naar Moskou. Masja, altijd in het zwart gekleed, is ongelukkig in haar huwelijk. Zij respecteert haar man al lang niet meer, laat staan dat ze nog van hem houdt: hij is een fraseur die zijn monologen met Latijnse citaten doorspekt en zijn leven geheel inricht naar het voorbeeld van zijn superieur, de rector. Ter ere van Irina's naamdag is een aantal gasten bijeen, onder wie: eerste luitenant baron Tusenbach die evenals Irina droomt van een arbeidzaam leven; zijn vriend, kapitein Soljóny (letterlijk 'Zoutemans'), een twistzoeker die iedereen met zijn scherpe gepeperde opmerkingen op stang jaagt; luitenant-kolonel Versjínin, een oude huisvriend van de Prozorovs, die zojuist uit Moskou naar de provinciestad overgeplaatst is; en de garnizoensarts Tsjeboetýkin, een 'oude gek' en wodkaliefhebber, die bij de Prozorovs op kamers woont. Van hen is alleen Versjinin getrouwd. Zijn vrouw is een hysterisch type. Tusenbach en Soljony zijn beiden verliefd op Irina. Ten slotte is er nog Natásja, de geliefde van Andrej. Zij detoneert in het gezelschap, weet niet hoe ze zich moet gedragen. Ze draagt een knalgele jurk. De zusjes minachten haar. De gesprekken gaan afwisselend over verheven en huisbakken onderwerpen. Tusenbach en Versjinin filosoferen over heden en toekomst. Versjinin zegt dat de mensen nú ongelukkig zijn, maar dat over twee-, driehonderd jaar de wereld prachtig, wonderschoon zal zijn.

Een paar jaar later, het einde van de winter, sneeuw en wind. Er is een nieuwe meesteres in huis: Natasja. Ze is inmiddels Andrejs echtgenote en heeft een baby, Bóbik, voor wiens welzijn alles moet wijken. Andrej, de voormalige professor in spe, heeft nu een ondergeschikte functie bij het provinciale bestuur. Hij verveelt zich en verlangt naar Moskou. Samen met Tsjeboetykin geeft hij zich heimelijk over aan gokspelen. Irina doet het eenvoudige eerlijke werk waarnaar ze verlangde: ze is telegrafiste. Maar het werk stompt haar af, het is zonder 'poëzie', zonder 'gedachte'. Ze hoopt nog steeds binnenkort naar Moskou te verhuizen. Ook Olga werkt hard: ze is voortdurend moe en klaagt over hoofdpijn. Masja en Versjinin zijn naar elkaar toe gegroeid: voor beiden is hun huwelijk ondraaglijk. Masja's man heeft alleen belangstelling voor zijn werk en zijn carrière, Versjinins vrouw dreigt voortdurend zelfmoord te plegen en verwaarloost de opvoeding van haar twee dochtertjes. Hetzelfde gezelschap is weer bijeen. Het is de week van het Russische carnaval, men is in afwachting van de komst van een vrolijke groep verklede 'vastenavondzotten'. Ondertussen gaan de gesprekken weer over filosofische en alledaagse onderwerpen.

Hoogstaande bespiegelingen en nutteloze twistgesprekken wisselen elkaar af. Masja zoekt naar de zin van het leven. Versjinin spreekt over de gelukkige toekomst die over twee-, driehonderd jaar zal aanbreken, over het lijden van de huidige generatie die zich opoffert voor het geluk van de komende generatie. Tusenbach ontkent dat er sprake is van een ontwikkeling naar geluk, volgens hem is het menselijke leven, compleet met al zijn smarten en vreugden, onveranderlijk. Dan blijkt dat men voor niets op de carnavalvierders heeft zitten wachten. Natasja heeft ze afgezegd, het zou te druk voor haar Bobik zijn. De gasten gaan naar huis. Soljony die achtergebleven is, verklaart Irina zijn liefde, maar jaagt haar slechts schrik aan. Natasja vraagt Irina of zij haar eigen, zonnige, kamer wil afstaan voor Bobik – Irina kan dan bij Olga op de kamer slapen. Op het eind van de avond verdwijnt Natasja. Zij is door Protopópov, de door iedereen verachte baas van Andrej, uitgenodigd voor een ritje met de arrenslee. Irina blijft alleen achter: 'Naar Moskou! Naar Moskou!'

Weer enkele jaren later, een onheilspellende nacht, buiten woedt een brand. Olga en Irina wonen nu samen op één kamer. Achter het venster zijn uitslaande vlammen zichtbaar. Olga deelt kleren uit aan daklozen en regelt een onderkomen voor de door de brand getroffen familie Versjinin. Andrej blijft volkomen onverschillig voor de brand. Dezelfde gasten als voorheen maken die nacht hun opwachting. Men praat niet zozeer over de brand als wel over zichzelf en over het grauwe heden en de schone toekomst. Andrej is sinds zijn huwelijk ingezakt, hij doet nauwelijks nog iets. Hij is tevreden met zijn functie bij het provinciaal bestuur en denkt al niet meer aan Moskou. Wegens enorme speelschulden heeft hij, zonder medeweten van zijn zusters, die mede-eigenaressen zijn, een hypotheek genomen op het huis. Hij en Natasja hebben nu twee kinderen. Voor Natasja draait alles om hen. Zij is nog dictatorialer geworden en wil de oude kindermeid van 81 het huis uit jagen. Ze heeft een affaire met Protopopov. Masja, die zich stierlijk verveelt bij haar man, heeft een verhouding met Versjinin. De hard werkende en eeuwig vermoeide Olga staat op de nominatie voor de post van directrice van de school waar ze lerares is. Maar ze heeft zich voorgenomen deze benoeming te weigeren, ze zou het nog drukker krijgen. Irina is geknakt. Ze doet geestdodend administratief werk. Ze voelt dat ze steeds verder verwijderd raakt van het 'echte, prachtige leven'. Ze heeft haar hoop naar Moskou te verhuizen zo goed als opgegeven. Tusenbach heeft de militaire dienst verlaten en is nu burger. Hij is van plan te gaan werken op een steenfabriek en zou graag willen dat Irina zijn levensgezellin werd. Terwijl de brand langzaam uitwoedt en ten slotte bedwongen wordt, blijven de zusjes alleen achter. Masja spreekt vol hoop over haar liefde voor Versjinin, hoewel het gerucht gaat dat hij en het hele garnizoen binnenkort worden overgeplaatst naar Polen. Olga raadt Irina aan met de onaantrekkelijke maar fatsoenlijke Tusenbach te trouwen, hoewel Irina in haar hart nog op de ware wacht. Voor het laatst roept Irina vertwijfeld uit: 'Laten we naar Moskou gaan!'

Een jaar later. Het is herfst, de vogels trekken naar het zuiden. In de tuin van de Prozorovs nemen de officieren afscheid. Het garnizoen vertrekt naar Polen. De zusjes blijven definitief in de stad. Olga is toch directrice geworden en heeft het drukker dan ooit. De bruiloft van Irina en Tusenbach is voor de volgende dag vastgesteld, Irina wordt onderwijzeres en zal aan de zijde van haar man een nieuw werkzaam leven beginnen. Masja's echtgenoot, Koelygin, is nu inspecteur en heeft naar het voorbeeld van de rector zijn snor laten afscheren. Andrej lijdt onder de vulgariteit van zijn bestaan, maar doet niets om daar verandering in te brengen. Hij ziet nu in welk een banaal wezen zijn vrouw is. Toch is hij niet in staat zich tegen haar te verzetten. Zij ontvangt haar minnaar Protopopov in haar eigen huis, terwijl Andrej met de kinderwagen door de tuin loopt. De oude kindermeid is definitief door Natasja het huis uit gewerkt. Natasja is van plan de sparren die de allee omzomen, en een oude lommerrijke esdoorn om te laten hakken en daarvoor in de plaats schrille bloemperken aan te leggen. De officieren vertrekken een voor een. Het belooft stil te worden in de stad. Masja en Versjinin nemen geëmotioneerd afscheid van elkaar. Koelygin, die altijd het overspel van zijn vrouw genegeerd heeft, is blij: nu zal alles weer worden zoals vroeger. Irina heeft geruchten gehoord over een ruzie tussen Soljony en Tusenbach – om haar. Wanneer Tusenbach zich even terugtrekt, heeft ze een vaag gevoel van onheil. Dan klinkt er in de verte een schot. Het blijkt dat de ruzie tussen Soljony en Tusenbach tot een duel heeft geleid. Dokter Tsjeboetykin komt aanlopen met een onprettige mededeling voor Irina: haar aanstaande echtgenoot is zojuist doodgeschoten. De cirkel is gesloten. De drie zusjes blijven alleen achter: Irina zonder bruidegom, Olga met een te zware baan en nog altijd ongetrouwd, Masja zonder geliefde. Terwijl de marsmuziek van het vertrekkende garnizoen wegsterft, spreken ze over hun toekomstige arbeidzame leven, over de komende generaties die na hen gelukkig zullen zijn.

Analyse

De drie zusters is, na *De meeuw* en *Oom Vánja*, het derde in de rij van Tsjéchovs grote toneelstukken. Tsjechov schreef het in 1900, de tekst werd voor het eerst gepubliceerd in 1901. In tegenstelling tot *De meeuw* en *Oom Vanja* werd *De drie zusters* speciaal geschreven voor het Moskouse Kunsttheater onder leiding van Stanislávski en Nemiróvitsj-Dántsjenko, het gezelschap dat toen al min of meer vergroeid was met Tsjechov. Enkele rollen (o.a. Koelýgin) werden bepaalde acteurs van dat gezelschap op het lijf geschreven. Tsjechov was vaak op de repetities aanwezig, gaf de acteurs en regisseurs aanwijzingen en bedacht voortdurend nieuwe tekstvarianten. Olga Knípper, de actrice met wie Tsjechov enkele maanden na de première (31-1-1901) in het huwelijk zou treden, speelde de rol van Másja, haar vaste tegenspeler Stanislavski die van Versjínin, Meyerhold die van Tusenbach. De reacties op de première waren gematigd, het succes van de daaropvolgende voorstellingen was overweldigend. De toneelcritici waren echter scherp verdeeld. Velen vonden het stuk te pessimistisch, te troosteloos, enkele recensenten schreven dat Tsjechov 'zich herhaalde', en Lev Tolstój, die een afkeer had van Tsjechovs stukken in het algemeen, vond *De drie zusters* onverteerbaar. Daarentegen vond de schrijver Leoníd Andréjev het stuk in het geheel niet deprimerend, hij hoorde er juist een hartstochtelijke oproep om te léven in. En Maksím Górki schreef aan Tsjechov: 'Dit is muziek, geen theater!' Ook het grote publiek toonde zich enthousiast en het stuk zou tot in onze dagen overal ter wereld ongemeen populair blijven (al is *De drie zusters* als weinig andere stukken ten prooi gevallen aan 'eigentijdse' interpretaties).

Tsjechov gaf het stuk de ondertitel 'drama in vier bedrijven', waarmee hij niet weinig verwarring zaaide, omdat hij 'drama' hier niet als synoniem van 'tragedie' gebruikte, maar in de neutrale betekenis van 'toneelstuk'. Volgens Tsjechov was *De drie zusters* een komedie. Tragedie klonk hem te verheven en plechtig in de oren, hij wilde voorkomen dat *De drie zusters* met te veel theatraal pathos gespeeld zou worden, wat de dood voor het stuk zou betekenen. In werkelijkheid valt nauwelijks te zeggen of *De drie zusters* een tragedie dan wel een komedie is. De figuren zijn in hun totale onmacht iets aan hun situatie te veranderen zowel treurig als lachwekkend. Dat het stuk echter aan het begin van de eeuw in Rusland door het publiek vooral als een tragedie ervaren werd, blijkt onder andere uit een getuigenis van de dichter Blok, die in een brief aan zijn moeder een door hem bijgewoonde voorstelling beschrijft: op het eind huilde bijna de hele zaal.

Hoewel *De drie zusters* meer dramatische lading heeft dan Tsjechovs andere stukken, hoewel er meer ontwikkeling in zit en er meer tijd verstrijkt (vijf jaar tussen het eerste en het laatste bedrijf), is op het eind toch alles weer zoals in het begin: de zusjes zijn terug bij 'af'. Alleen zijn er geen illusies meer. Dezelfde terugkeer naar het nulpunt vinden we in *Oom Vanja*.

Elk mogelijk te sterk effect in *De drie zusters* is uitgebannen, de sfeer in het stuk is tot het uiterste gedempt. De dramatische verwikkelingen en hoogtepunten vinden eigenlijk alle plaats achter de schermen en tussen de bedrijven door: het overspel van Natásja (haar minnaar wordt nergens als dramatis persona opgevoerd), de echtelijke scènes tussen Versjinin en zijn suïcidale vrouw, de noodlottige ruzie tussen Soljóny en Tusenbach, de dood van Tusenbach in het duel. Over veranderingen die hebben plaatsgehad, wordt slechts onnadrukkelijk, terloops gesproken. Dokter Tsjeboetýkin vertelt langs zijn neus weg dat Natasja een minnaar heeft, en niemand reageert. Dezelfde Tsjeboetykin deelt op het eind onverschillig mee dat Tusenbach dood is, waarna hij zijn krant pakt en zich terugtrekt.

Het begin van elk nieuw bedrijf komt als een anticlimax na het vorige. Het eerste bedrijf eindigt met een hartstochtelijke kus die de verliefde

Andréj Natasja geeft, het tweede opent met een gezapige Andrej en een zorgelijke, in de zorg voor haar baby tirannieke moeder Natasja. In het tweede bedrijf doet Natasja het schaamteloze verzoek aan Irína haar kamer af te staan, en roept Irina op het eind emotioneel uit: 'Naar Moskou!' – het derde bedrijf toont in het begin dat Irina en Olga nog steeds in de provinciestad wonen, en bovendien op één kamer. Ten slotte eindigt het derde bedrijf wederom met 'Laten we naar Moskou gaan!' – en wanneer het doek voor het laatste bedrijf opgaat, zien we de officieren vertrekken in plaats van de zusjes.

De drie zusters is een stuk over verwachtingen die niet uitkomen, over de onmogelijkheid van geluk, over de lente die niet gevolgd wordt door een zomer, over het feest dat niet doorgaat. Alles blijkt illusie. 'Er is geen geluk, geluk is onmogelijk, wij verlangen er slechts naar,' zoals Versjinin het formuleert. Niet alleen het laatste bedrijf, het hele stuk ademt een sfeer van naderend vertrek en afscheid. Zelfs wanneer iedereen aanwezig is, heerst er een stemming van verlatenheid, is er het gevoel dat spoedig iedereen weer weg zal gaan. In het tweede bedrijf gaat men uiteen zonder dat er carnaval gevierd wordt; de brand in het derde bedrijf, die in de plaats van de dramatische catastrofe komt, symboliseert de verbranding van alle toekomstverwachtingen. De brand gaat als een nachtkaars uit – zonder dat een van de smeulende conflicten is opgelaaid, noch tussen Natasja en de zusters, noch tussen Andrej en de zusters, noch tussen Masja en Koelygin. De echte catastrofe blijft uit.

Het geluk dat ontbreekt in het heden, wordt verschoven naar de nabije ('morgen begin ik te werken', 'over een paar dagen kan ik uitrusten', 'over enkele maanden gaan we naar Moskou') of de verre toekomst ('over twee-, driehonderd jaar zal de wereld prachtig zijn'). Dit toekomstpathos in *De drie zusters* wordt vaak beschouwd als een hoopgevende boodschap, als een positief tegenwicht voor de overwegend negatieve lading van het stuk. Het is de vraag of dit juist is. Door de eindeloze gesprekken over een gelukkige toekomst wordt juist de indruk van machteloosheid versterkt, ze maken het contrast met de grauwe werkelijkheid van het heden alleen nog maar schrijnender. Met graagte wordt (niet alléén in de voormalige sovjetkritiek) de 'profetische' Tusenbach aangehaald, wanneer hij spreekt over 'het gevaarte dat nadert, de krachtige reinigende storm die alle luiheid, onverschilligheid, vooroordelen tegen arbeid en doffe verveling uit de maatschappij weg zal blazen'. Maar Tusenbach is tegenstrijdig in zijn uitspraken over de toekomst. Elders zegt hij namelijk: 'Misschien dat men later ons leven hoogstaand zal noemen en er met eerbied aan zal terugdenken. Nú zijn er tenminste geen martelingen, geen executies, geen invasies ...'.

Het stuk eindigt met een totale triomf van de banaliteit, de grofheid en de lelijkheid: de cynische Soljony doodt de verfijnde Tusenbach, Koelygin kan weer alleen over Masja beschikken, Natasja – een van de meest negatieve figuren uit Tsjechovs stukken – is de onbetwiste meesteres van het huis geworden en heeft Andrej volledig aan zich onderworpen. De fijn-aristocratische Olga, Masja, Irina, Versjinin en Tusenbach zijn weerloos tegen de opkomende kleinburgerlijke vulgariteit. Dit was een maatschappelijke ontwikkeling die Tsjechov voorzag.

De hoofdpersonen in *De drie zusters* zijn, in tegenstelling tot de kleurrijke en komische bijfiguren, niet zo scherp omlijnd, ze hebben iets diffuus, iets efemeers. Van één hoofdpersoon is eigenlijk geen sprake. De drie zusjes vloeien in elkaar over. Hun stemmen, die naarmate het stuk langer duurt steeds zwakker klinken, versmelten tot één zachte elegische samenzang.

Zoals in alle stukken van Tsjechov praat men in *De drie zusters* voortdurend langs elkaar heen. Soljony en Tsjeboetykin twisten over de betekenis van heel verschillende woorden (tsjechartmá = een Kaukasische ramsschotel en tsjeremsjá = daslook), terwijl ze denken dat ze het over hetzelfde woord hebben. Illustratief zijn ook de communicatiestoornissen tussen Andrej en zijn halfdove knecht, die in gesprekken met elkaar consequent hun eigen gedachten volgen. De plotselinge overgangen in de dialogen en de onverwachte gedachtesprongen sorteren vaak een absurd effect. Midden in een gesprek over de schone toekomst staat Versjinin op en roept uit: 'Wat een hoop mooie bloemen heeft u hier!' En Tsjeboetykin vergelijkt zichzelf weemoedig met een oude trekvogel die achterblijft – en begint dan plotseling over de snor van Koelygin.

Waar woorden niets vermogen te zeggen, vindt communicatie plaats in een andere vorm: Masja en Versjinin bijvoorbeeld zingen in het bijzijn van anderen een slechts voor henzelf begrijpelijk liefdesduet, dat alleen uit 'tralala' bestaat. Voortdurend blijven opmerkingen en gebaren in de lucht hangen, voortdurend vallen er stiltes. De stemming die alle stukken van Tsjechov, maar vooral *De drie zusters* bepaalt, is mooi geformuleerd door de literatuurhistoricus Stender-Petersen: 'De personages ... lopen eenzaam rond over het toneel, ieder met zijn eigen woorden en gedachten, die zij niet uitwisselen maar slechts verkondigen, niet om antwoord te krijgen maar uitsluitend om een toets van de klaviatuur aan te slaan en te luisteren hoe de klank wegsterft, terwijl iemand anders een andere toets beroert.' Niet in de scherpte van de karaktertekening, noch in de dramatiek van de handeling, maar in deze oneindig subtiele muzikaal-weemoedige toongeving van *De drie zusters* schuilt de kracht van het stuk.

Tsjechov, Anton Pavlovitsj

DE KERSENTUIN

1903

Inhoud

Na een verblijf van vijf jaar in Frankrijk keert Ljoebóv Andréjevna Ranévskaja terug op haar Russische familiegoed. Zij wordt vergezeld door haar mooie zeventienjarige dochter Anja, die haar uit Parijs heeft opgehaald. Het oude landhuis met zijn tuin, zijn kersenbomen en de rivier die erlangs stroomt, zijn voor madame Ranevskaja beladen met herinneringen. Ze heeft er gelukkige kinderjaren doorgebracht, haar eigen kinderen zijn er geboren, haar man – een drinker en verkwister, die zij met een ander bedroog – is er gestorven, en kort daarna is haar zoontje er in de rivier verdronken. Haar vertrek naar Frankrijk was een poging de kwellende herinneringen aan haar echtelijke ontrouw en de verdrinkingsdood van haar zoontje te ontvluchten. Haar minnaar volgde haar naar Frankrijk en richtte haar te gronde. Zij offerde al haar tijd en geld aan hem op, totdat hij genoeg van haar kreeg en haar verliet. Terug in Rusland ontvangt zij echter nog geregeld telegrammen van hem.

Op het landgoed wacht haar slecht nieuws: het zwaar verhypothekeerde huis en zijn prachtige, wijd en zijd vermaarde kersenboomgaard zullen over enkele maanden op een openbare veiling onder de hamer komen. De onderhoudskosten en de hypotheekrente zijn niet meer op te brengen. Ranevskaja's broer Gájev, die mede-eigenaar en beheerder van het landgoed is, heeft de moed echter niet laten zakken en koestert nog hoop: op een lening, op een rijke bruidegom voor Anja, op financiële hulp van een rijke tante uit Jaroslávl of op een andere plotselinge keer ten goede. Een realistischer kijk op de zaken heeft koopman Lopáchin, de zoon van een voormalige lijfeigene van de familie Gajev. Hij probeert Gajev en zijn zuster over te halen de weliswaar fraaie, maar slecht onderhouden en onrendabele kersenboomgaard te rooien, het vrijgekomen terrein vol te zetten met zomerhuisjes en die te verhuren aan mensen uit de stad. Alleen op die manier zou men het land in eigendom kunnen houden en er bovendien nog geld aan kunnen verdienen. Maar broer en zus zijn niet ontvankelijk voor de eisen van de moderne tijd. De kersentuin is voor hen verbonden met de poëzie van hun jeugd. Van een vernietiging willen zij niet horen, voor Lopachins smakeloze voorstel hebben zij geen oor.

De datum van de openbare verkoop nadert en er gebeurt niets, er vallen geen beslissingen. Iedereen is verdiept in zijn eigen gedachten en leeft in zijn eigen droomwereld. Ranevskaja gaat op in verfijnde weemoedige herinneringen, ontvangt telegrammen uit Parijs en verkwist haar laatste geld. Gajevs zwakke pogingen om de verkoop van het landgoed te verhinderen, blijven vruchteloos. Hij is een man van grote woorden, wat hij zegt doet zelden ter zake, hij vervalt al snel tot declamaties en redevoeringen. Verder verspilt hij zijn tijd met biljarten en zijn geld aan dure maaltijden en snoepgoed.

De voormalige huisonderwijzer van Ranevskaja's verdronken zoontje, de linkse student Pétja Trofímov, die op het landgoed logeert, hekelt Ranevskaja en Gajev om hun egoïstische aristocratische levenswijze, om hun onmacht en onwil iets bij te dragen tot het toekomstige heil der mensheid. Hij beschuldigt hen ervan als vertegenwoordigers van de uitbuitende klasse erfelijk belast te zijn en roept hen gepassioneerd op zich los te maken van hun milieu. Maar Ranevskaja ziet slechts dat Trofimov oud en lelijk is geworden, en beklaagt hem omdat hij nog steeds niet afgestudeerd is. (Hij irriteert haar onbewust omdat hij haar herinnert aan haar verdronken zoontje.) De enige die naar Trofimov luistert, is de jonge Anja: op zoek naar een houvast in het leven klampt zij zich vast aan Trofimovs pathetische, zij het wereldvreemde idealisme. Anja's oudere pleegzuster, de sobere en vrome Várja, die het huishouden waarneemt en wanhopig probeert de eindjes aan elkaar te knopen, ziet met lede ogen de toenadering tussen Anja en Trofimov aan. Zij zou Anja iets beters toewensen. Het is haar droom een rijke man voor Anja te vinden en daarna zelf het klooster in te gaan. Ze houdt van Lopachin, maar hoewel iedereen al over hun aanstaande huwelijk spreekt, doen zij en Lopachin geen enkele poging tot toenadering en lijken ze elkaar te ontlopen. Dan is er nog Charlotte Ivánovna, Anja's gouvernante. Zij stamt uit een familie van rondtrekkende artiesten, en heeft circusbloed in haar aderen. Al lijkt zij vrolijk en clownesk en vermaakt zij het gezelschap met goocheltrucjes, toch loopt ze wat verloren rond op het landgoed, klagend dat ze niemand heeft om mee te praten.

Even vervreemd van de werkelijkheid en even weinig op hun plaats als hun meesters zijn de bedienden. Gajevs stokoude lakei Firs, een fossiel uit de tijden van de lijfeigenschap, leeft geheel in het verleden. Hij denkt met heimwee terug aan de tijd dat hij nog veilig en rustig lijfeigene was. Ranevskaja's jonge lakei Jásja, door het verblijf met zijn meesteres in Parijs bedorven, kijkt vol minachting neer op zijn eenvoudige moeder, de boeren en iedereen in de omgeving. Hij verleidt in een handomdraai het dienstmeisje Doenjásja, die op haar beurt met wortel en al uit de Russische bodem losgerukt is: eens een eenvoudig volkskind, is zij nu een porseleinen poppetje met de maniertjes van een overgevoelige freule. Zij verkiest de arrogante Jasja boven Jepichódov, de boekhouder van het landgoed. Jepichodov is een eeuwige pechvogel, die evenzeer als zijn meesters naar het verhevene neigt maar altijd alles verkeerd doet. Hij heeft Doenjasja een vergeefs huwelijksaanzoek gedaan. Ten slotte is er nog de naburige landheer Písjtsjik, een zot die, even verarmd als Gajev, van de ene dag op de andere levend, zijn bestaan rekt.

De enige die praktisch inzicht heeft en met beide benen op de grond staat, is Lopachin. Hij werkt van de vroege ochtend tot de late avond en vergaart elke dag nieuwe rijkdom. Maar zijn innerlijke beschaving heeft geen gelijke tred gehouden met de aanwas van zijn vermogen. Hij is een parvenu, die moeilijke woorden gebruikt waarvan hij de betekenis niet kent, namaakchampagne drinkt en van goedkope boulevardkomedies houdt. Ranevskaja en Gajev zien hem niet voor vol aan.

Op de dag van de beslissende veiling organiseert Ranevskaja, die tot het einde toe hoopt op een goede afloop, in het landhuis een bal. Maar het hele goed wordt ondertussen verkocht – en de nieuwe eigenaar is niemand anders dan Lopachin. De slavenzoon heeft het huis en de kersentuin van zijn voormalige meesters opgekocht en kan zijn triomf daarover nauwelijks verbergen. Hij zal de kersenbomen laten omhakken en het terrein vol zomerhuisjes zetten.

De oude bewoners verlaten hun verloren bezit: Ranevskaja keert, met Jasja, terug naar Parijs, naar de man die haar nog ongelukkiger zal maken. De aristocratische ledigganger Gajev accepteert een prozaïsch baantje als bankemployé. Varja wordt huishoudster bij een andere familie; het op de valreep door Ranevskaja gearrangeerde rendez-vous tussen Varja en Lopachin vindt ten slotte niet plaats, omdat Lopachin het te druk heeft. Trofimov gaat weer studeren in Moskou. Anja gaat met hem mee, vol hoop op een betere toekomst met nieuwe kersentuinen.

Het huis wordt steeds leger, de koffers worden een voor een weggedragen, de deuren gaan op slot. De oude Firs blijft vergeten, binnengesloten in het huis, achter. Vanuit de kersentuin klinken de eerste bijlslagen.

Analyse

De kersentuin (letterlijk 'De kersenboomgaard' of 'De kersenbongerd') werd geschreven in 1903. Dit stuk over het verdwijnen van een oude wereld was ook Tsjéchovs eigen afscheid van het leven. Zijn reeds langere tijd zwakke gezondheid verslechterde tijdens het schrijven nog meer, zijn longen teerden langzaam weg. *De kersentuin* werd Tsjechovs zwanenzang, een halfjaar na de première (17-1-1904) stierf hij. De viering van Tsjechovs zilveren schrijversjubileum tijdens deze première, die werd bijgewoond door coryfeeën als Rachmáninov, Górki, Bjély en Sjaljápin, was de laatste keer dat de auteur in het openbaar verscheen. De doodzieke en zwaar hoestende Tsjechov werd tussen het derde en vierde bedrijf gedwongen op het toneel te verschijnen en moest zich een uur lang onder eindeloze ovaties laten fêteren.

Tsjechov schreef het stuk oorspronkelijk voor het Moskouse Kunsttheater, het toneelgezelschap dat reeds triomfen had gevierd met *De meeuw*, *Oom Vanja* en *De drie zusters*, en waarmee Tsjechov door persoonlijke banden nauw verbonden was. Ondanks zijn slechte gezondheid bemoeide de schrijver zich intensief met de repetities, gaf hij voortdurend regieaanwijzingen en adviseerde wie het best geschikt was voor welke rol. Zijn vrouw, Olga Knípper, speelde de rol van Ranévskaja, Stanislávski die van Gájev.

Waren er bij de opvoering van de voorgaande stukken al meningsverschillen tussen de schrijver en de regisseurs gerezen, dit keer was Tsjechov ronduit ontevreden met de interpretatie van Stanislavski en Nemiróvitsj-Dántsjenko. Hij verweet hun dat ze zijn stuk niet goed gelezen hadden. Tsjechov noemde *De kersentuin* evenals *De meeuw* een blijspel in vier bedrijven. Het stuk was 'geen drama, maar een komedie, hier en daar zelfs een klucht', schreef hij bijvoorbeeld in een brief aan de actrice die de rol van Anja speelde. Maar Tsjechov was vrijwel de enige die zijn *Kersentuin* als een komedie beschouwde. Stanislavski meende dat 'ieder gewoon mens in het stuk een tragedie zag', ook de spelers voelden dat zo en de toeschouwers huilden tijdens de voorstellingen.

Of *De kersentuin* nu een tragedie of een komedie is, zal altijd wel een twistpunt blijven. Het is waar dat het stuk, meer nog dan Tsjechovs andere grote stukken, vol zit met komische, ja kluchtige elementen: Jepichódov loopt tegen meubels op, zet een koffer op andermans hoed; Písjtsjik slikt in één keer een doosje met tabletten van Ranevskaja door om te tonen dat alle medicijnen onzin zijn; Trofímov valt van de trap; Charlotte Ivánovna spreekt buik en knabbelt op komkommers; Lopáchin mekkert als een geit; Várja wil Jepichodov slaan met een stok en raakt bijna Lopachin enzovoort. Bijna alle personages worden geridiculiseerd en in hun hulpeloosheid en/of banaliteit te kijk gezet. Maar tegelijk hangt er zo'n drukkende sfeer van afscheid, verval en ondergang dat het moeilijk is deze niet te ondergaan. De onafwendbare nadering van de veiling, de onherroepelijkheid van het komende einde doen denken aan de noodlotszwangere klassieke tragedie.

'De lach en de traan', bij Gógol al niet te scheiden, zijn in Tsjechovs *Kersentuin* zo innig verstrengeld dat begrippen als komedie en tragedie hier ontoereikend zijn. Daardoor is *De kersentuin* ook zo moeilijk te spelen; de minste verstoring van het evenwicht maakt het stuk tot een platte farce of een loodzwaar zeurstuk. Deze moeilijke speelbaarheid van *De kersentuin* leverde aanvankelijk ook veel problemen op voor het Moskouse Kunsttheater: de reacties waren niet overweldigend. Er was kritiek op het spel van de acteurs, men vond het thema van de tragische ondergang van verfijnde aristocraten, die ten offer vallen aan cultuurloze kapitalisten, wat afgezaagd. Maar bij elke voorstelling groeide het enthousiasme van pers en publiek. De manier van opvoeren door het Moskouse Kunsttheater – *De kersentuin* als elegisch stemmingsdrama, als impressionistische pastelschildering – zou klassiek worden. Daartegenover staat, als reactie hierop, een nadrukkelijk anti-tragische, burleske interpretatie – maar het moet gezegd worden dat de 'elegische' uitvoering met haar nadruk op de pijn om het verdwijnen van levende mensen, om de bijlslagen in levend hout, in de loop der tijden meer indrukwekkend toneel heeft opgeleverd.

In toon, sfeer en thematiek doet *De kersentuin* denken aan Tsjechovs andere grote stukken. De personages praten weer langs elkaar heen zonder naar elkaar te luisteren en zonder elkaar te begrijpen, ze zijn letterlijk of figuurlijk doof voor elkanders woorden. Als Ranevskaja tegen Firs zegt dat zij zo blij is dat hij nog leeft, antwoordt de hardhorende lakei: 'Eergisteren.' Typerend zijn ook weer de vele plotselinge stemmingswisselingen – van verheven naar banaal, van ernstig naar lachwekkend. De abrupte overgangen hebben vaak een tragikomisch effect. Terwijl Ranevskaja Trofimov om begrip smeekt voor haar tragisch lot, wordt haar emotionele woordenstroom onderbroken doordat er een telegram van haar minnaar uit de plooien van haar japon valt. Op het dramatische moment van het definitieve afscheid imiteert de eenzame Charlotte Ivanovna een huilende baby. Trofimov vertelt Anja dat hij de schone toekomst als het ware al hoort naderen en op dat moment komt de bezorgde Varja aanlopen.

De kersentuin bevat zo mogelijk nog minder handeling dan Tsjechovs andere stukken. In *De meeuw* schiet Trépljev zichzelf dood, in *Oom Vanja* schiet Vojnítski op zijn zwager, in *De drie zusters* wordt Tusenbach doodgeschoten, maar in *De kersentuin* valt geen enkel schot. Alleen Jepichodov loopt met een revolver op zak, maar het ding zal nooit afgaan, de boekhouder neemt alleen een interessante pose aan, licht besmet als hij is door de decadente tijdgeest. Op het toneel zelf speelt zich niets af dat de handeling voortstuwt, er wordt slechts gereageerd op gebeurtenissen die reeds hebben plaatsgevonden of elders plaatsvinden (bijvoorbeeld de veiling). Ook huwelijksaanzoeken zijn al voor het begin van de voorstelling gedaan of blijven helemaal uit. De kersenboomgaard zelf schemert alleen op de achtergrond door een raam, de bijlslagen op het eind worden alleen gehoord. De rest is herinnering, terugblik: Ranevskaja's jeugd, de ontrouw aan haar man, de verdrinkingsdood van haar zoontje, haar bewogen leven in Parijs enzovoort. Opvallend is het aantal personages dat genoemd wordt en niet optreedt, hoewel verscheidenen van hen goed zouden zijn voor dramatische tonelen – zoals Ranevskaja's minnaar, de knorrige suikertante uit Jaroslávl en Jásja's moeder. Een literatuuronderzoeker uit de Sovjet-Unie die geteld heeft hoeveel er van die niet-optredende personages in *De kersentuin* zijn, kwam uit op een totaal van 32.

In tegenstelling tot Tsjechovs andere stukken, waarin de hoofdpersonen op het eind weer op hetzelfde punt zijn aanbeland als in het begin, lijkt er in *De kersentuin* geen sprake te zijn van een cirkel die zich sluit, maar van een lijn die doorloopt naar een ongewis verschiet. Een terugkeer naar vroeger is niet meer mogelijk. Maar Tsjechov sluit niet uit dat aan de horizon een vage hoop gloort: Anja vertrekt met Trofimov vol vertrouwen naar Moskou, hetzelfde magische oord dat voor de heldinnen uit *De drie zusters* nog onbereikbaar was. (Ook in Tsjechovs laatste novelle *De bruid*, geschreven in hetzelfde jaar als *De kersentuin*, breekt de hoofdpersoon met haar oude leven en trekt naar Moskou.) In die zin is *De kersentuin* minder uitzichtloos dan Tsjechovs voorgaande stukken.

Tsjechov toont in *De kersentuin* dat de historische rol van de oude landadel is uitgespeeld. De eigenaars van de kersentuinen leven eigenlijk niet meer, zij rekken nog slechts hun bestaan. Al bespiegelend, plannen makend, herinneringen ophalend, koffiedrinkend en door de tuin wandelend doden zij de tijd, terwijl buiten hen om hun lot bezegeld wordt. In het stuk heerst een sfeer van vermoeidheid en gelatenheid. Al in het begin wordt die vermoeide toon gezet: als men midden in de nacht op het landgoed arriveert, is men moe, moe – een lichamelijke moeheid die later een geestelijke vermoeidheid blijkt te zijn.

De futloze, in hun eigen verfijnde gevoelens en schone herinneringen opgesloten aristocraten moeten plaats maken voor een nieuwe klasse van nuchtere dynamische ondernemers. De oude wereld is mooi, maar niet levensvatbaar meer. Dit is voor Tsjechov eerder een objectieve constatering dan een reden tot spijt of een bron van leedvermaak (de schrijver was zelf van 'plebejische' afkomst, zijn voorouders waren, net als die van Lopachin, lijfeigenen). Uit het stuk kan men niet opmaken aan welke kant Tsjechov nu eigenlijk staat. Zijn helden zijn niet goed of slecht, maar alleen in verschillende mate slachtoffer van krachten buiten hen en afhankelijk van de tijd: zij leven in het verleden (Ranevskaja, Gajev, Firs), het heden (Lopachin) of de toekomst (Trofimov, Anja).

In de traditionele sovjetkritiek werd Trofimov wel beschouwd als een positief personage in wie Tsjechov zijn hoop voor de toekomst had gesteld, hij zou een 'revolutionair in de dop' zijn. Maar toch blijkt ook Trofimov vervreemd te zijn van de wereld om zich heen en maatschappelijk is hij een mislukkeling ('eeuwige student'). Zijn onmacht wordt nog eens wordt benadrukt doordat Tsjechov hem van de trap laat vallen. Verder heeft Trofimovs linkse retoriek een element van harteloosheid, hij is ongevoelig voor het leed van Ranevskaja, de vernietiging van de kersentuin laat hem koud.

Evenmin als Trofimov is Lopachin zomaar zwart of wit. Hij is niet gewoon een botte meedogenloze triomfator. Tsjechov wees er de troep van het Moskouse Kunsttheater herhaaldelijk op dat Lopachin moest worden uitgebeeld als een fatsoenlijk mens, met oprecht warme gevoelens voor Ranevskaja. Aan de andere kant zit er ook veel waars in de woorden van Trofimov, wanneer deze Lopachin vergelijkt met een roofdier dat alles wat het op zijn weg tegenkomt, opvreet – een noodzakelijke schakel in de biologische voedselketen.

Vergeleken met de 'vijf ton liefde' in *De meeuw*, de machteloze hartstochten in *Oom Vanja* en de onbevredigde verlangens in *De drie zusters* stelt de liefde in *De kersentuin* niet veel voor. Zij blijft beperkt tot een vergeefs huwelijksaanzoek van Jepichodov, wat gestoei van Jasja met Doenjásja, het elkaar ontlopen van Varja en Lopachin en de platonische gevoelens van Anja en Trofimov, die trots verklaren 'boven de liefde' te staan. Daarentegen valt in *De kersentuin* een ondergronds broeiende haat op, die nu en dan in de vorm van kwetsende woorden en kleine pesterijen aan de oppervlakte komt: Varja tegen Trofimov en tegen Jepichodov; Lopachin tegen Trofimov; Ranevskaja tegen Trofimov; Trofimov tegen Varja.

De kersentuin is Tsjechovs meest symbolische werk. De kersenboomgaard zelf staat voor een hele wereld: het oude feodale Rusland met zijn schoonheid en poëzie, maar ook met zijn op slavernij en maatschappelijk onrecht gebaseerde sociale structuur. Het decor is in het eerste bedrijf de oude kinderkamer vol antieke, met herinneringen beladen meubels – in het vierde bedrijf is deze zelfde kinderkamer leeg; er staat alleen reisgoed, klaar om meegenomen te worden. Het decor in het tweede bedrijf wordt gevormd door een vervallen kapelletje met oude grafstenen en een ondergaande zon: de oude wereld die op het punt staat ten grave gedragen te worden. Ook het jaargetijde sluit symbolisch aan bij de ontwikkelingen rond het landgoed. Het stuk begint in de lente, bij de geboorte van een nieuwe dag, de kersentuin staat in bloei: een hoopvol maar onwezenlijk begin, iedereen gaat naar bed terwijl de dageraad aanbreekt en de vogels beginnen te zingen. De verkoop van het landgoed vindt plaats in de nazomer. Men vertrekt in de herfst. En ten slotte zijn er nog kleine, schijnbaar terloopse details met een symbolische betekenis, zoals de kapotte thermometer van Gajev, die aanduidt dat men niet alleen onmachtig is de temperatuur van de lucht te meten, maar ook, in het algemeen, de temperatuur van de nieuwe tijd.

De symboliek in *De kersentuin* heeft met dit al niets van doen met de geheimzinnige, met nevels omhangen beelden van de echte symbolisten, Tsjechovs tijdgenoten. Zij is duidelijk en voor iedereen begrijpelijk. Naar de smaak van sommigen ligt de symboliek er hier en daar – bijvoorbeeld het geluid van een springende snaar in de verte, de bijlslagen op het eind, de in het oude huis ingesloten en stervende Firs – wat té dik bovenop. Niettemin blijft *De kersentuin* met zijn aangrijpende finale ook nu nog ontroeren. De galm van de onvermurwbare bijlslagen die Tsjechovs kersenbomen velden, klinkt door tot in onze tijd.

Gorki, Maksim

OP DE BODEM

1902

Inhoud

Een somber vuil keldergewelf dient als nachtasiel voor een aantal mannen en vrouwen die tot het uitvaagsel van de maatschappij behoren: aan lager wal geraakte handwerkslieden, voormalige tuchthuisboeven, dronkaards, dieven, straatdeernen. Sommigen zijn vanuit een hogere sociale positie afgedaald tot op de 'bodem' van de maatschappij, anderen hebben zich daar altijd al bevonden.

Er is een verloederde aristocraat, bijgenaamd Baron, een cynicus en alcoholist, die zijn hele vermogen verloren heeft en nu op andermans geld teert. Hij heeft in de gevangenis gezeten wegens het verspillen van staatsgelden.

Er is een ex-toneelspeler, kortweg Acteur genoemd, die ooit in *Hamlet* en *King Lear* heeft gespeeld. Hij heeft nog bepaalde toneelmaniertjes bewaard en vertoont een neiging tot pathetisch citeren. Net als Baron is hij verslaafd aan de drank.

Er is de sarcastische Sátin, eveneens een man van goede komaf, die na twaalf ambachten en dertien ongelukken diep gezonken is. Ook hij heeft, wegens moord, lange tijd in de gevangenis gezeten. Op de gevangenis volgde voor hem het nachtasiel. Hij maakt zich nergens meer illusies over. Hij heeft geen zin om te werken, drinkt, leent links en rechts geld en speelt vals met kaarten (wat hij 'eerlijk' toegeeft).

Een van de weinigen in het nachtasiel die voldoende geld hebben, is de dief Váska Pépel. Hij heeft als enige in de slaapstee een eigen afgescheiden hoekje.

Verder is er nog wat verpauperd werkvolk: slotenmaker Klesjtsj, pettenmaker Boebnóv en een paar sjouwerlieden. Klesjtsj probeert met eigen eerlijke arbeid krampachtig het hoofd boven water te houden, in de hoop ooit nog eens een menswaardig bestaan op te bouwen. Maar aan zijn vrouw Anna, die hij al zijn hele leven heeft mishandeld en die nu op een brits ligt te sterven, laat hij zich weinig gelegen liggen. Boebnov van zijn kant heeft ooit zijn vrouw en zijn werkplaats verloren aan een mededinger, waarop hij geen wraak heeft genomen maar is weggelopen en aan de drank is geraakt.

Ten slotte zijn er nog enkele vrouwen: de tonronde straatventster Kvasjnjá en het hoertje Nástja, die romantische boekjes met titels als *Fatale liefde* leest en de gebeurtenissen daarin op haar eigen treurige leven projecteert.

De exploitanten van het nachtasiel zijn de door iedereen gehate oude uitzuiger Kostyljóv en zijn jonge tirannieke vrouw Vasilísa. Vasilisa's zachtmoedige zusje Natásja, die door hen geslagen en als voetveeg gebruikt wordt, droomt van haar verlosser. Vasilisa's oom, de politieagent Medvédev, helpt mee het gezag in het nachtasiel te handhaven. Hij heeft een oogje op Kvasjna, maar deze houdt hem op een afstand. Zij heeft één keer eerder een man gehad en vreest nu elke relatie als de ziekte.

In deze wereld van schooiers en proleten, waar het dagelijkse leven zich afspeelt in een sfeer van gekrakeel, getreiter, gescheld en gekijf, waar het ongeluk van de een met cynisch leedvermaak begroet wordt door de ander, waar de bewoners degene die al op de grond ligt, nog verder neerdrukken – in deze wereld treedt op een goede dag een oude vrome zwerver binnen. Zijn naam is Loeká. Hij brengt iets nieuws met zich mee: menselijk mededogen. Hij probeert de mensen nieuwe hoop en geloof in de toekomst te schenken. Hij ontfermt zich over de stervende Anna en sterkt haar in het aangezicht van de dood. Hij voorspelt haar rust, zij zal door God opgenomen worden in de hemel. En Anna slaapt vredig in, terwijl haar man in de kroeg zit. Ook anderen spiegelt Loeka paradijzen voor. Hij vertelt Acteur dat er 'ergens in de stad' een ziekenhuis met marmeren gangen en schone bedden is, waar alcoholisten liefderijk opgenomen en gratis behandeld worden. Hij probeert Vaska Pepel op het rechte pad te brengen en raadt hem aan als pionier naar het gouden land Siberië te gaan, voordat hij erheen *gestuurd* wordt. En hij neemt de dromerige Nastja in bescherming tegen de spot van Baron en zijn vrienden. Volgens Loeka doet het er niet toe of de verhalen die zij over zichzelf vertelt, naverteld zijn uit romannetjes. Haar fantasiewereld is voor háár reëel en geeft inhoud aan haar leven. In een aantal nachtasielbewoners weet Loeka een verborgen snaar te beroeren. Men ontdooit en vertrouwt hem zijn geheimen toe. Velen blijken ontvankelijk voor zijn boodschap van medelijden en naastenliefde. Maar anderen, bijvoorbeeld Satin en Baron, blijven sceptisch. Voor Satin is Loeka een leugenaar, een fantast, een sprookjesverteller die de mensen valse hoop schenkt en fraaie pleisters op stinkende wonden plakt.

Vaska Pepel heeft een verhouding met de vrouw van eigenaar Kostyljov, Vasilisa. Maar hij voelt eigenlijk meer voor haar zusje Natasja. Vasilisa stelt hem voor: ruim mijn man voor me uit de weg, zodat ik mijn vrijheid terugkrijg, dan mag jij Natasja hebben en geef ik je nog geld toe. Loeka, die hen afluistert, probeert Vaska over te halen zich zo snel mogelijk met Natasja uit de voeten te maken voor het te laat is, voordat hij werkelijk een moord begaat. Maar Vasilisa weet op geraffineerde wijze Vaska op te hitsen tegen haar man. Op een keer ranselt zij samen met hem Natasja ongenadig af. Vaska komt tussenbeide, verliest zijn zelfbeheersing en slaat Kostyljov dood. Vaska en Vasilisa worden gearresteerd, respectievelijk wegens doodslag en uitlokking tot moord. Diezelfde nacht verdwijnt Loeka. Natasja wordt in het ziekenhuis opgenomen en keert niet meer terug in het nachtasiel.

In het nachtasiel herneemt het leven zijn gang. Er is een nieuwe bewoner, Medvedev. Hij heeft zijn baan bij de politie verloren en is aan de drank. Hij woont nu ook op de bodem, samen met Kvasjna, bij wie hij onder de plak zit. Sommige bewoners, zoals Klesjtsj, geheel failliet door de begrafenis van zijn vrouw, hebben zich verzoend met hun bodembestaan. Anderen zijn nog onrustig. Loeka heeft in hen een drang gewekt om weg te gaan, een nieuw leven te beginnen. Satin protesteert tegen de leer van Loeka. Voor Satin is de waarheid, hoe bitter ook, nog altijd beter dan de meest troostrijke leugen: de leugen is goed voor zwakkelingen die de waarheid niet aankunnen. Zij haalt de mens omlaag, de mens zelf is de hoogste waarheid. De mensen verdienen geen medelijden, doch respect.

Terwijl Boebnov trakteert op alcohol, terwijl men praat en zingt en drinkt, klimt plotseling Acteur van de stenen kachel af, neemt een slok wodka en rent naar buiten. Even later wordt de vrolijke stemming bedorven door de mededeling dat Acteur zich op de binnenplaats heeft opgehangen.

Analyse

Rond de eeuwwisseling wendde Maksím Górki ('Maxim de Bittere', pseudoniem van Alekséj Maksímovitsj Pesjkóv), tot dan toe vooral beroemd om zijn landlopersverhalen, zich in navolging van Tsjéchov tot het theater. Stanislávski en Nemiróvitsj-Dántsjenko vroegen hem een stuk te schrijven voor hun toneelgezelschap, het Moskouse Kunsttheater, dat kort daarvoor was opgericht en voor een doorbraak in de Russische dramaturgie had gezorgd met de uitvoering van Tsjechovs handelingsarme, treurig-komische stukken *De meeuw*, *Oom Vánja* en *De drie zusters*. Gorki's eerste toneelstuk *Kleine luiden* (*De kleinburgers*), opgevoerd in 1902, sloeg niet aan – maar het tweede stuk, dat nog in hetzelfde jaar onder de titel *Op de bodem** door het Moskouse Kunsttheater in Petersburg op de planken werd gebracht, had een overweldigend succes. Na afloop van de première werd Gorki op het podium geroepen en lange tijd uitbundig toegejuicht. Stanislavski speelde Sátin, Tsjechovs vrouw, Olga Knípper, Nástja en Gorki's eigen latere levensgezellin, Maria Andréjeva, Natásja. Maar de

* In Nederland en Vlaanderen is het stuk vooral bekend onder de titel *Nachtasiel* (ook wel *De slaapstee*). *Nachtasiel* is een van de titels die Gorki zelf een tijdlang overwoog, evenals *Zonder zon* en *Op de bodem van het leven*, totdat hij ten slotte voor het pregnante *Op de bodem* koos. Gangbare Duitse, Engelse en Franse titels zijn: *Nachtasyl*, *The lower depths* en *Les bas-fonds*. De oorspronkelijke ondertitel luidt: *Taferelen. Vier bedrijven.*

auteur die Loeká speelde, Moskvín, kreeg de meeste open-doekjes. De triomftocht van het stuk zette zich onmiddellijk door heel Rusland en daarbuiten voort. Vooral in de Duitse enscenering van het Kleines Theater, onder leiding van Max Reinhardt, die zelf de rol van Loeka speelde, werd het stuk ongehoord populair. De tekst van het toneelstuk werd in Rusland een bestseller: binnen één jaar waren er al 750.000 exemplaren verkocht. Van de dertien toneelstukken die Gorki later nog schreef, zou er geen enkele het succes van *Op de bodem* evenaren.

Gorki bracht met *Op de bodem* een voor het toenmalige theaterpubliek geheel nieuwe wereld op de planken: die van de onderkant van de maatschappij, met zijn uitschot en 'Lumpenproletariat'. Het traditionele toneeldecor van het adellijke landgoed, zoals ook nog uitgebeeld in de stukken van Tsjechov, was weliswaar al eerder verlaten - door Aleksándr Ostróvski, die in het midden van de 19e eeuw was afgedaald naar de wereld van de kooplieden, en door Lev Tolstój, die in *De macht der duisternis* (eerste Russische opvoering in 1895) de boerenstand 'theaterfähig' had gemaakt - maar Gorki ging nog een stapje verder door af te dalen tot de állleronderste sport van de sociale ladder. De wereld die hij in zijn stuk neerzette, was eigenlijk dezelfde als die in zijn landlopersverhalen. *Op de bodem* is dan ook wel Gorki's laatste vagebondenverhaal, maar dan in gedramatiseerde vorm, genoemd. Het pittoresk-armoedige van de entourage speelde zeker een rol bij het ongehoorde succes dat het stuk indertijd had, evenals de zeer naturalistische enscenering door het Moskouse Kunsttheater. De regisseurs lieten zelfs eens een echte, van de straat geplukte zwerver meespelen.

Op de bodem staat, ondanks het verschil in uitgebeeld milieu, in veel opzichten dicht bij de in dezelfde tijd geschreven stukken van Tsjechov. Er is weinig dramatische ontwikkeling. Men klimt de britsen en de kachel op en af en loopt de slaapstee in en uit – al ruziënd, scheldend en filosoferend. De personages praten langs en door elkaar heen, men steekt monologen af waar nauwelijks op gereageerd wordt, de dialogen bestaan meer uit losse flarden dan uit hele gesprekken. De catastrofe in het derde bedrijf – de vechtpartij, culminerend in de dood van Kostyljóv – speelt zich goeddeels achter de schermen af. De zelfmoord van Acteur op het eind wordt even laconiek, 'gevoelloos' gepresenteerd als die van Trépljev in Tsjechovs *Meeuw*. Er is weliswaar een centrale intrige – zich ontwikkelend rond de vierhoeksverhouding Váska Pépel-Natasja-Vasilísa-Kostyljov – die alle noodzakelijke dramatische elementen van liefde, haat, jaloezie, overspel en moord bevat, maar deze speelt toch in het geheel van het stuk een ondergeschikte rol.

Het is dan ook niet zozeer de dramatische structuur die *Op de bodem* interessant maakt. De bekoring schuilt met name in de rauwe kernachtige 'filosofie van de goot' en de sappige aforistische taal van de nachtasielbewoners ('eer en geweten zijn leuke dingen voor wie machtig en sterk is', 'iedereen wil dat zijn buurman een geweten heeft, zelf stelt hij het liever zonder' en dergelijke) en zeker ook in de diepere filosofische thematiek, verbonden met de figuur van Loeka.

De belangrijkste vraag die in *Op de bodem* wordt gesteld, luidt: hoe kunnen mensen in mensonwaardige omstandigheden leven, wat houdt hen op de been? Of zoals Gorki het zelf formuleerde: 'Wat is beter, waarheid of medelijden? Moet je al dan niet je toevlucht nemen tot leugens, zoals Loeka doet?' Sommige personages – bijvoorbeeld Baron, Boebnóv en Satin – hebben zich ermee verzoend dat het nachtasiel hun laatste onderkomen zal zijn, zij koesteren geen ijdele hoop meer. Baron zegt geen toekomst te hebben, alleen een verleden. Boebnov is een fatalist. Nastja zoekt een uitweg in haar fantasiewereld. Anderen – zoals Klesjtsj, Natasja en zelfs Vasilisa – hebben nog wel de drang om weg te komen. Zij koesteren nog een zekere hoop, maar de onvervulbaarheid van hun verlangens maakt hen des te ongelukkiger.

Al met al is de situatie van de nachtasielbewoners uitzichtloos, de zuigkracht van de bodem is te sterk. De onmogelijkheid van zelfbevrijding wordt geïllustreerd door het volksliedje dat als leidmotief door het stuk heen loopt: 'De zon gaat op en gaat weer onder/Maar in mijn kerker blijft het donker/Bewakers staan daar dag en nacht/Voor mijn kerkerraam op wacht/Ach, blijf daar maar staan/Ik vlucht hier niet vandaan/Naar de vrijheid kan ik nog zo sterk verlangen/Mijn ketens houden mij gevangen.' Deze tekst is waarschijnlijk gebaseerd op een traditioneel Russisch volksliedje, dat Gorki door medegevangenen had horen zingen, toen hij in 1901 wegens opruiing zelf gedetineerd was. Het werd na de eerste opvoeringen van *Op de bodem* bijzonder populair in Rusland, onder andere in de uitvoering van Gorki's goede vriend Sjaljápin.

Het is Loeka (deze naam is de Russische vorm van Lucas) die even licht brengt in de duisternis met zijn blijde boodschap van geloof, hoop en liefde. Hij vertegenwoordigt de christelijke barmhartigheid. Zijn lichtende, evangelische naam is bewust gekozen. Chodasévitsj, dichter en vriend van Gorki, heeft er in een essay over Gorki op gewezen dat er in Loeka veel van de schrijver zelf zit. Ook Gorki schonk de mensen graag hoop en sterkte hen met geloof in de toekomst. Iemand anders die wij in Loeka herkennen, is Gorki's grootmoeder, van wie de schrijver ons zo'n prachtig portret heeft nagelaten in *Kinderjaren* en *Onder de mensen*. Maar hoe dicht Loeka ook bij Gorki staat, hij is tegelijkertijd de vertolker van een vijandige ideologie die berusting en verzoening met maatschappelijk onrecht predikt. Daarom laat Gorki hem in zijn stuk een nederlaag leiden. Loeka kan niet voorkomen dat Vaska Pepel een moord pleegt, bovendien is hij in zekere zin verantwoordelijk voor de zelfmoord van Acteur, omdat hij hem valse hoop geschonken heeft.

De figuur van Loeka is al met al nogal ambivalent en tot op de huidige dag wordt hij zeer verschillend geïnterpreteerd en op de planken neergezet. De interpretaties lopen van wijs profeet tot listige oplichter die mooie praatjes verkoopt in ruil voor gratis kost en onderdak. Sommigen zien in hem een parodie op Tolstoj als verkondiger van geweldloosheid en innerlijke vervolmaking in plaats van maatschappelijke ommekeer. Marxistische critici hebben Loeka beschouwd als een schadelijk fenomeen, omdat hij de proletariërs afhoudt van de klassestrijd. Ook Gorki zelf nam later steeds meer afstand van zijn Loeka.

Gorki heeft in het stuk Satin tot belangrijkste ideologische tegenvoeter van Loeka gemaakt. In een plotselinge eruptie op het eind protesteert Satin tegen Loeka's troostende leugens, waarmee op den duur niemand geholpen is en die alleen de menselijke waardigheid omlaaghalen. Hij spreekt de beroemd geworden woorden: 'De mens - dat is de waarheid! ... Alles is in de mens, alles draait om de mens! Méns! Klinkt dat niet groots! Dat klinkt ... fier! Méns! De mens verdient respect. Geen medelijden ... We moeten hem niet verlagen met medelijden ... maar respect voor hem hebben!' Een dergelijk humanistisch pathos mag ons heden ten dage wat overtrokken voorkomen, indertijd klonken deze woorden revolutionair. Zij klonken als een uitdaging aan de gevestigde maatschappelijk-religieuze orde, als een protest tegen berusting, als een oproep tot strijd. Het waren vooral deze woorden die de opvoeringen van *Op de bodem* tot een politiek gebeuren van de eerste orde maakten. Minister van Binnenlandse Zaken von Plehwe verklaarde dat het stuk 'aanleiding gaf te veronderstellen dat Gorki een gevaarlijk man, de leider van een groep ontevreden revolutionairen was'.

Een jaar na *Op de bodem* schreef Gorki *De Mens*, waarin hij zijn hooggestemde humanisme in de vorm van een prozagedicht nog duidelijker verwoordde. Het bevat een loflied op de Mens (in navolging van God met een hoofdletter geschreven), die 'steeds verder schrijdt, steeds hoger stijgt'. De enige metgezel van de Mens is de Gedachte, die hem helpt in zijn strijd tegen de Leugen, terwijl zijn volgers Geloof, Hoop en Liefde hem alleen maar hinderen in zijn voortgang. Hier is Gorki's humanistische pathos al veel uitgesprokener dan in *Op de bodem*, waarin Satins hulde aan de mens in het geheel van het stuk nog enigszins detoneert.

Het is de vraag waarom Gorki zijn mens-pathos juist in de mond heeft gelegd van Satin, die harteloze treiteraar, dat werkschuw sujet zonder enige sociale solidariteit, een van de minst sympathieke personages in het stuk. Hij is het bijvoorbeeld die *Op de bodem* uitluidt met het cynische commentaar op de mededeling van Baron dat Acteur zelfmoord heeft gepleegd: 'Verdomme ... net nou we zo lekker aan 't zingen waren ... idióót!'

Zo bevat *Op de bodem* een ironische paradox: de onmenselijke Satin is de verkondiger van de waarheid en de menselijke waardigheid, terwijl de menselijke Loeka de mens omlaaghaalt met zijn schone leugens. Ondanks deze innerlijke tegenstrijdigheid of misschien juist daardoor – immers, het stuk wordt er minder simpel en eendimensionaal door – is *Op de bodem* in Rusland en daarbuiten ongekend populair geworden en heeft het zich tot vandaag de dag op de toneelpodia van de wereld kunnen handhaven. In 1965 bracht het Moskouse Kunsttheater de vijftienhonderdste voorstelling. Er zijn verscheidene films naar het toneelstuk gemaakt. Bekend werd de film *Les Bas-fonds*, die Jean Renoir, met Jevgéni Zamjátin als scriptschrijver, in 1936 maakte. (In deze film is de handeling verplaatst naar het Frankrijk van de jaren dertig, staat de romance tussen Vaska Pepel en Natasja centraal en is er een happy end.)

Op de bodem heeft bewezen zoveel vitale elementen te bevatten dat steeds opnieuw regisseurs en acteurs zich door het stuk laten inspireren. Deze elementen zijn: de rauwe ongepolijste entourage en volkse exotiek van de 'bodem' (dit sociale element spreekt vooral in het Westen aan), de boeiende uitwerking van het thema waarheid en leugen (dit filosofische aspect spreekt vooral in Rusland aan) en de intrigerende, bijna archetypische troostersfiguur van Loeka.

Sologoeb, Fjodor

EEN KLEINE DEMON

1905-1907

Inhoud

Peredónov is leraar Russisch aan een gymnasium ergens in een stoffig, luizig provinciestadje. Hij heeft een droom: ooit schoolinspecteur worden. Hij woont samen met zijn maîtresse, de slonzige Varvára, die hij als voetveeg gebruikt. Zij geven zich uit voor broer en zus. Peredonov is bekrompen en benepen, laf en bijgelovig, sadistisch en pervers. Voor de klas vertelt hij obscene verhalen en roddelt hij over collega's; leerlingen die zich niet kunnen verweren, treitert hij. Zijn leven wordt beheerst door achterdocht en angst: op elke straathoek loert gevaar, elk mes is een potentieel moordwapen, elke spijs of drank kan vergif bevatten, elke kennis kan hem bij de politie aangeven. Ondanks dit alles is hij, door zijn lerareninkomen en zekere sociale positie, een gewilde prooi voor plaatselijke dames, die hem uit alle macht proberen het huwelijksbootje in te trekken. De hekserige Versjína wil hem aan haar huisgenote, de onnozele en onderdanige Márta koppelen; vriend Roetílov probeert hem over te halen een van zijn drie vrolijke zusjes als vrouw te nemen.

Maar de beste papieren heeft Varvara: zij heeft in haar jonge jaren als kleermaakster bij een vorstin in Petersburg gewerkt en deze vorstin heeft ooit per brief in vage bewoordingen haar protectie toegezegd bij het vinden van een inspecteursbaan voor Peredonov, mits deze netjes met Varvara trouwt. Peredonov vindt de brief met de vage toezegging echter onvoldoende, hij eist een duidelijker garantie. Maar de vorstin antwoordt niet op Varvara's herhaalde verzoeken en daarop besluit Varvara zelf een brief uit naam van de vorstin op te stellen. Zij vindt haar vriendin Groesjína bereid het handschrift van de vorstin na te bootsen en geeft de valse brief, waarin met zoveel woorden een inspecteursbaan in het vooruitzicht wordt gesteld, aan Peredonov. Deze gaat verheugd al zijn kennissen langs om hun de brief voor te lezen, totdat Versjina hem zuur vraagt waar de envelop met het poststempel uit Petersburg dan wel niet is. Peredonov begint te twijfelen aan de echtheid van de brief en Varvara besluit een tweede valse brief op te stellen om die dit keer vanuit Petersburg, via kennissen, aan haar toe te laten zenden.

Ten einde zijn reputatie in de stad te verbeteren en daarmee zijn kansen op de inspecteursbaan te vergroten, wordt Peredonov godsdienstig en laat hij zich elke zondag in de kerk zien. 's Avonds gaat hij de plaatselijke notabelen langs, die hij om protectie vraagt en bij wie hij zijn vermeende vijanden zwart maakt. Daarnaast is hij druk doende een vrouw voor zijn beste vriend Volódin te zoeken. Hij beeldt zich namelijk in dat Volodin verliefd is op Varvara. Volodin zou hem weleens kunnen vermoorden, met Varvara trouwen, zich voor hem, Peredonov, uitgeven en zo het inspecteursbaantje opstrijken. Dus is het veiliger als Volodin met een ander trouwt. Maar Volodin heeft door zijn berooidheid, zijn stompzinnigheid, zijn schaapachtige uiterlijk en blatende stem weinig succes bij het andere geslacht. Het lukt Peredonov niet hem aan de vrouw te brengen, het gevaar van Volodin blijft bestaan.

Op een dag verschijnt er een nieuwe leerling op Peredonovs school: de veertienjarige wees Sásja Pýlnikov, een beeldschoon onbedorven jongetje met een bijna meisjesachtig uiterlijk. Al gauw verspreidt zich het gerucht door de stad dat Sasja eigenlijk een verkleed meisje is. Peredonov gelooft dit en fantaseert dat het kind hem, de begeerde vrijgezel, wil verleiden. Hij begint zelf over Sasja te roddelen en vertelt aan zijn collega's en de rector van het gymnasium dat Sasja een meisje is. Hij wordt uitgelachen, maar zaait toch twijfel. De rector laat door middel van een medisch onderzoek vaststellen dat Sasja wel degelijk een jongen is. Een van de zusjes van Roetilov, Ljoedmíla, een spontane onbevangen lachebek en plaaggeest, is door alle roddelverhalen over het verklede meisje zo nieuwsgierig geworden, dat zij op bezoek gaat bij Sasja en zijn hospita. Zij wordt verliefd op Sasja en er ontstaat een vriendschap tussen hen die steeds hechter en intiemer wordt. Maar gaandeweg verliest de verhouding tussen Ljoedmila en Sasja haar element van kinderlijke onschuld, zij wordt steeds lichamelijker. Ljoedmila prikkelt Sasja's onrijpe, nog diep verborgen seksuele verlangens.

Peredonov heeft inmiddels een nieuw tijdverdrijf gevonden: 's avonds gaat hij de huizen van zijn leerlingen langs om zich tegenover hun ouders en hospita's over hen te beklagen en te eisen dat ze afgeranseld worden. Zijn vervolgingswanen beheersen hem nu geheel, hij begint te hallucineren. Wanneer hij op straat een ram ziet, denkt hij dat het Volodin is, die zich omgetoverd heeft om hem te bespieden; zijn kat groeit in zijn verbeelding uit tot een besnorde spion; ook in de poppen op zijn speelkaarten ziet hij spionnen, dus steekt hij ze de ogen uit. Om hem heen danst voortdurend een walgelijk springerig grijs duiveltje, een *nedotýkomka*, dat hem toegrijnst en uitlacht. Met behulp van bezweringsformules probeert hij zich te beschermen tegen alle boze machten rondom hem. In de stad en op school begint het tij zich steeds meer tegen hem te keren: bij de rector regent het klachten, een van de ouders slaat hem in het gezicht, een leerling waagt het hem midden op straat uit te schelden, zijn ruiten worden ingegooid.

Maar dan arriveert de langverwachte brief met het poststempel Petersburg en uitzinnig van vreugde gaat Peredonov weer zijn kennissen langs om hun de brief te laten zien. Iedereen is er nu van overtuigd dat hij weldra de inspecteursbaan zal krijgen. In het geheim, om geen op sensatie beluste nieuwsgierigen aan te lokken, trouwt hij met Varvara. Deze is nu 'binnen', ze wordt achteloos en drankzuchtig en laat het nieuws dat zij Peredonov bedrogen heeft, uitlekken. Maar Peredonov is al zo afgestompt dat hij niet meer begrijpt wat er om hem heen gebeurt. Dat zijn aanstelling op zich laat wachten en de vorstin niets meer van zich laat horen, schrijft hij toe aan het feit dat de vorstin heimelijk verliefd is op hem en het hem kwalijk neemt dat hij niet met háár, maar met Varvara is getrouwd. Hij schrijft haar een brief waarin hij aanbiedt met haar naar bed te gaan. Het duiveltje *nedotykomka* manifesteert zich nu overal – verborgen in stofwolkjes, takjes, lapjes en hondjes. Achter zijn behang vermoedt Peredonov een spion: hij doorsteekt hem met een priem. Hij verdenkt alles en iedereen, vooral zijn beste vriend Volodin. Bij de politie doet hij aangifte na aangifte, iedereen heeft het op hem voorzien, met inbegrip van *nedotykomka*, de speelkaarten en de ram op straat. Ten slotte wordt hij de risee van de stad en dwingt de rector van het gymnasium hem met ziekteverlof te gaan.

De verhouding tussen Ljoedmila en Sasja is inmiddels steeds erotischer en zondiger geworden. Op een avond kleedt Ljoedmila Sasja met geweld uit; zij laat hem, als een mooie pop, in meisjeskleren gekleed gaan. De stad begint schande te spreken van hun verhouding. Voor de grap besluiten Ljoedmila en haar zusjes Sasja, verkleed als geisha, deel te laten nemen aan een gemaskerd bal. Sasja wint de eerste prijs voor de fraaist uitgedoste vrouwelijke deelnemer. De deelneemsters die geen prijs hebben gekregen, vermoeden dat zich achter het masker van de geisha een actrice verbergt, en zijn furieus van jaloezie. Sasja wordt belaagd door een dolzinnige menigte die de winnares wil ontmaskeren, en kan maar ternauwernood ontkomen. Op het bal masqué is ook Peredonov aanwezig. Hij wordt de hele avond getreiterd door *nedotykomka*. Het duiveltje verlokt hem tot brandstichting. Terwijl iedereen zich bezighoudt met de Japanse geisha, steekt Peredonov ongezien de boel in brand.

Een paar dagen later arriveert de verontruste tante van Sasja, zijn voogdes, in de stad om uit te zoeken wat er waar is van de geruchten dat haar neefje geperverteerd wordt door een verdorven meisje. Ljoedmila weet echter zowel haar als de rector van het gymnasium met haar charme in te palmen. Alle geruchten worden ontzenuwd en toegeschreven aan de kwade genius van Peredonov.

Voor Peredonov is de trouwe schaapachtige Volodin ten slotte de belichaming geworden van alle vijandigheid rondom hem. Op een avond pakt hij een mes en snijdt zijn vriend de strot af. Volkomen verdwaasd wordt hij bij het bloedende lijk aangetroffen.

Analyse

Een kleine demon is het chef d'oeuvre van de symbolistische schrijver en dichter Fjódor Sologóeb, die met deze zwarte satire een van de 'meest perfecte romans sinds de dood van Dostojévski' schiep (aldus de literatuurhistoricus Mirsky). De figuur van Peredónov, symbool van alle kleinheid van geest, grofheid van zinnen en vuilheid van ziel, heeft voor altijd zijn plaats in het pantheon van antihelden in de Russische en wereldliteratuur ingenomen. In Rusland is zijn naam een begrip geworden, men spreekt er wel van 'peredonovisme', zoals men bijvoorbeeld ook spreekt van 'oblomovisme'.

Sologoeb (pseudoniem van Fjódor Koezmítsj Tetérnikov) schreef zijn *Kleine demon* tussen 1892 en 1902. Het tijdschrift *Levensvragen* publiceerde in 1905 de roman in afleveringen, zonder het einde evenwel, want het blad werd voortijdig opgeheven. In 1907 verscheen een integrale boekuitgave. Deze eerste publicaties leidden weliswaar tot opspraak en aanstoot, maar brachten de auteur definitieve erkenning en roem. Volgens Aleksándr Blok werd de roman door heel het lezende publiek in Rusland verslonden. Het succes van *Een kleine demon* verschafte Sologoeb de financiële basis om zich geheel aan de literatuur te wijden en zijn baan in het onderwijs op te geven. Hoewel de roman zowel voor als na de revolutie talloze herdrukken beleefde, verscheen pas in 1938 in de Sovjet-Unie een volledige onverkorte uitgave. In de oudere edities waren namelijk enkele passages weggecensureerd of door Sologoeb zelf weggelaten. Deze passages bevatten hoofdzakelijk beschrijvingen van geselingen en andere onwelvoeglijke scènes, zoals een verrukkelijke ruzie tussen Varvára en de vrouw van de huisbaas, die ermee eindigt dat beiden de jurk optillen en elkaar demonstratief het achterwerk toekeren, alsmede een homo-erotische droom van Peredonov, waarin deze zich laat verleiden door Sásja. In 1909 bewerkte Sologoeb de roman tot een drama, waarin de hoofdpersoon eerder als zwakkeling dan als slechterik wordt neergezet, maar het stuk zou door slechte kritieken slechts enkele uitvoeringen beleven.

De roman werd bij het verschijnen onthaald als een moderne, gruwelijke versie van *Dode zielen*. De schrijver en criticus Amfiteátrov vond de door

Gógol karikaturaal neergezette dode zielen uit de Russische provincie verheven schepsels vergeleken bij de afstotelijke en krankzinnige fantomen waarmee Sologoeb zijn stad bevolkte. Ook de lijn met Tsjéchov werd getrokken. Peredonov werd gezien als een voortzetting en uiteindelijke verloedering van de hoofdpersoon in zijn verhaal *Man in het foedraal* (of *Man in het etui*): ook een gymnasiumleraar die volledig vervreemd is van elke menselijkheid en zich afschermt van de wereld om hem heen. Een derde in deze rij van moreel gedegenereerde leraren vinden we in Heinrich Manns *Professor Unrat*, waarvan de vertaling kort na *Een kleine demon* in Rusland verscheen. Vanwege de psychologische gelijkenis tussen de hoofdpersonen kreeg deze vertaling in het Russisch aanvankelijk dezelfde titel mee als Sologoebs roman.

In *Een kleine demon* kan men twee lijnen onderscheiden: een realistisch-satirische en een universeel-symbolische. Sologoeb legde hiermee de verbinding tussen de bestaande traditie van vooral Gogol, Dostojévski en Saltykóv-Sjtsjedrín en het in zijn tijd heersende modernisme. In de traditionele sovjetkritiek heeft de nadruk vanouds op de realistisch-satirische interpretatie gelegen. Vanuit deze optiek is de roman een sociaal-politieke aanklacht tegen het verdorven tsaristische systeem. De beschrijving van het leven in het provinciestadje met zijn intriges, verklikkerij en barbarij is aldus beschouwd een waarheidsgetrouwe zedenschildering (of allegorie) van het leven in het oude Rusland voor de revolutie, terwijl Peredonov een typisch product is van de door machtswellust en carrièredwang geperverteerde prerevolutionaire bourgeoisie. Desondanks is *Een kleine demon* nooit echt populair geworden in de Sovjet-Unie, de officiële houding tegenover de roman zou altijd enigszins ambivalent blijven. Zoals zovele romans van politiek vijandige of indifferente schrijvers kon Sologoebs *Een kleine demon* er lange tijd alleen verschijnen onder begeleiding van uitgebreide voor- en nawoorden, waarin verklaard werd waar de schrijver fout was geweest en waarom de uitgave van juist dit werk desalniettemin gerechtvaardigd was. Eén van die rechtvaardigingen voor het uitbrengen van *Een kleine demon* in de Sovjet-Unie was de nuttige waarschuwende werking die ervan uitging: 'Pas op, de Peredonovs zijn nog onder ons!'

Een kleine demon is niet alleen een zwarte satire op het leven in de Russische provincie, dat de auteur van nabij kende, het is ook een beschrijving van het universele kwaad in de mens. Peredonov verenigt álle lage kanten van de menselijke natuur in zich, hij is de alledaagse 'kleine duivel' die juist door zijn kleinheid zo'n gruwelijke kwelgeest voor zijn omgeving is. Peredonovs nietige banale kern materialiseert zich in het koboldachtige gedrochtje *nedotýkomka*, dat in het Russisch zoiets als 'de ongrijpbare' of 'kruidje-roer-me-niet' betekent en in het Nederlands ook wel vertaald wordt met 'homunculus'. Peredonov heeft niets van de grootse tragische demonen, de gevallen engelen uit de romantiek. Hij is het miezerige duiveltje dat uit balorigheid zijn vrouw in het gezicht spuwt, stiekem snoept en anderen de schuld geeft en opzettelijk andermans behang bevuilt. Alles wat schoon, onbedorven en hygiënisch is, irriteert hem. Hij bederft alle plezier voor anderen, hij is de rotte appel in de mand die alles om zich heen aansteekt. Peredonov is de geestverwant van andere kleine dictatortjes uit de Russische literatuur: Fomá Fomítsj (uit *Het dorp Stepántsjikovo en zijn inwoners* van Dostojevski), Pjotr Verchovénski (uit *Boze geesten*, eveneens van Dostojevski) en Judasje (uit *De familie Golovljóv* van Saltykov-Sjtsjedrin).

Hoewel Sologoeb niet een echt psychologische schrijver is, slaagt hij erin de psychopathische persoonlijkheid van Peredonov helemaal bloot te leggen. De paranoïde wanen van Peredonov zijn niet alleen maar grillig, maar vertonen een eigen ijzeren logica. En het verontrustende is dat de lezer zichzelf kan herkennen: Peredonov zit in ieder van ons. Daarop duidde Sologoeb zelf al in het voorwoord bij de tweede druk van de roman, waarin hij zich verzette tegen de opvatting dat hij met de figuur van Peredonov een zelfportret zou hebben geschilderd (*Een kleine demon* vertoont inderdaad enkele oppervlakkige autobiografische trekken: de auteur had zelf 25 jaar in het onderwijs gezeten, eerst als leraar, daarna als inspecteur). In dat voorwoord schrijft Sologoeb: 'Nee, mijn roman gaat over u, lezer!' Voor de personages en gebeurtenissen in de roman putte hij naar eigen zeggen uit het rijkelijk voorhanden materiaal om zich heen.

Ook rondom Peredonov heerst het kwaad. Het hele sociale leven in de stad wordt beheerst door gevlei, gepoch, geroddel en geïntrigeer. Zelfs de huizen en straten zijn miezerig en treurig. Alles is dood, behalve de kinderen die buiten spelen, maar ook over hen ligt al een zekere verstarring. De met veel humor en satirisch meesterschap getekende bewoners van de stad herinneren inderdaad aan Gogols personages, Peredonovs gang langs de plaatselijke notabelen doet denken aan Tsjítsjikovs reis in *Dode zielen*. En evenals bij Gogol reikt Sologoebs portretkunst tot in het groteske: de volstrekt stompzinnige Volódin bijvoorbeeld lijkt zozeer op een schaap, dat hij in Peredonovs hallucinaties tot een ram metamorfoseert.

Compositorisch bestaat *Een kleine demon* uit twee kunstig dooreengevlochten verhaalketens. Naast en tegenover de wereld van Peredonov staat de wereld van Ljoedmíla en Sasja. Naarmate de roman vordert, komt de nadruk steeds meer op deze tweede, 'contrapuntische', verhaalketen te liggen. Het is mogelijk dat het oorspronkelijk in de bedoeling van Sologoeb gelegen heeft om de zuiverheid en speelsheid van een kinderliefde bewust tegenover de geestloze perversiteit van Peredonov te zetten (veel critici zien dan ook alleen deze tegenstelling), maar de verhouding tussen de kinderen is zeker niet zo zuiver en onschuldig als ze op het eerste gezicht lijkt. Zij kent reeds de onuitgesproken pijn van vleselijke lust en de kwellende afwachting van de eerste lichamelijke vereniging. In Ljoedmila schuilt de kiem van het verdorvene en zelfs van een latent sadisme. Zij dwingt Sasja tot travestie. Haar liefde voor hem is een onweerstaanbaar mengsel van kinderlijke tederheid en erotisch raffinement. Sologoeb toont dat deze verdorvenheid onafhankelijk van Peredonovs invloed groeit, het kwaad is in beginsel overal aanwezig. De roman in zijn geheel is een illustratie van Sologoebs credo: 'de mens is de mens een duivel.'

Bjely, Andrej

PETERSBURG

1913/1914

Inhoud

Apollón Apollónovitsj Ableóechov is senator en bewoont een statig kil herenhuis in Petersburg. Hij is in politiek opzicht een havik en staat op de nominatie voor een ministerspost. Hij is een toonbeeld van ordelijkheid en rechtlijnigheid. Het liefst zou hij heel Petersburg – en heel Rusland – overdekken met lange, rechte straten en boulevards ('prospekten'), aan weerszijden omsloten door regelmatige, genummerde huizenrijen. Hij is vervreemd van de gewone burger en verplaatst zich uitsluitend per zwartgelakte, kubusvormige koets door de stad. Zijn vrouw, Anna Petróvna, is tweeënhalf jaar geleden de kilte van haar huwelijk ontvlucht en samen met een Italiaanse zanger naar het warme zuiden getrokken.

De sfeer in huize Ableoechov wordt niet gekenmerkt door woeste stormen, maar door een des te onheilspellender onderhuids broeiend onweer. De zoon van Apollon Apollonovitsj, Nikoláj Apollonovitsj, een student filosofie die, vooral na het weglopen van zijn moeder, verloederd is en zich van een briljante student ontwikkeld heeft tot een luie kamerjasdrager, koestert een diepe haat jegens zijn vader. Hij huldigt nihilistische opvattingen en verkeert in terroristische kringen. In een onbewaakt ogenblik heeft hij zich eens, ten overstaan van enkele revolutionairen, laten ontvallen dat hij graag bereid is voor hen zijn vader te vermoorden. Maar sedertdien zijn zijn moordgedachten op de achtergrond geraakt: al een tijdlang wordt hij geheel geabsorbeerd door zijn passie voor het kokette, popperige kindvrouwtje Sófja Petróvna. Zij is de echtgenote van Nikolajs vriend, de officier Lichóetin, met wie zij echter nauwelijks een echtelijk leven leidt. Sofja Petrovna brengt Nikolaj zodanig het hoofd op hol dat hij zich op een keer vergeet en haar hartstochtelijk kust. Zij rukt zich los en scheldt hem uit voor 'rooie pias' (rood in de politieke betekenis). Vanaf dat moment begint Nikolaj, gehuld in een rode domino en met een zwart masker voor zijn gezicht, rond te zwerven door het nachtelijke Petersburg. Hij wacht Sofja Petrovna buiten op en probeert haar met zijn verschijning schrik aan te jagen. De figuur van de rode domino begint ten slotte een eigen leven te leiden in de boulevardpers.

Op een dag krijgt Nikolaj bezoek van Dóedkin, een uit zijn Siberische ballingsoord gevluchte revolutionair, die in opdracht van 'de partij' een tijdbom, verpakt in een sardineblikje, bij hem komt afleveren. De bijbehorende brief vergeet Doedkin echter aan Nikolaj te overhandigen en deze komt via een omweg in handen van Sofja Petrovna terecht. Zij leest de brief, waarin de leider van de partij, de 'Onbekende', Nikolaj herinnert aan zijn indertijd gedane belofte en hem opdraagt zijn vader op te blazen.

Verkleed als madame de Pompadour begeeft Sofja Petrovna zich, tegen de zin van haar echtgenoot, naar een gemaskerd bal, waar ook Nikolaj, met zijn rode domino en masker, en zijn vader aanwezig zijn. Tijdens een dans stopt Sofja de nietsvermoedende Nikolaj de brief in handen om hem schrik aan te jagen. Als Nikolaj de brief leest, raakt hij in paniek en rent zonder zijn masker voor het huis uit. Hij wordt herkend als de geheimzinnige rode domino die de stad onveilig maakt, en er ontstaat een schandaal. Buiten ontmoet Nikolaj een zekere Morkóvin alias Voronkóv, een dubbelspion die zowel voor de geheime dienst als voor de partij werkt. Deze herinnert hem andermaal aan zijn belofte zijn vader te vermoorden en zet hem onder druk de aanslag snel te plegen.

Inmiddels is Lichoetin, Sofja Petrovna's echtgenoot, door alle gebeurtenissen rond zijn vrouw en Nikolaj zodanig van zijn stuk gebracht, en voelt hij zich zo in zijn eer als officier aangetast, dat hij een poging doet zich te verhangen. De poging mislukt, de echtelieden verzoenen zich en Lichoetin treedt uit de militaire dienst.

De toch al labiele Nikolaj, die door de herinnering aan zijn lang vergeten belofte nu helemaal uit zijn evenwicht is, stelt thuis in een opwelling, half onbewust, het tijdmechanisme van de bom in werking. Terwijl de bom begint te tikken, begeeft hij zich naar Doedkin om hem te vertellen dat hij zijn belofte intrekt. Doedkin, zelf verzwakt door drank en tabak, ten prooi aan hallucinaties en mystieke visioenen, blijkt niets te weten van een opdracht aan Nikolaj om zijn vader te vermoorden. Hij had de bom alleen in bewaring gegeven. Vermoedend dat het om een provocatie van de geheime dienst gaat, belooft hij Nikolaj opheldering te vragen aan de Onbekende.

Deze Onbekende, luisterend naar de naam Lippantsjénko, is een afzichtelijke, dikke, worstvingerige despoot met een gele Tatarenkop. Hij zegt tegen Doedkin dat hij zélf als leider van de partij de brief heeft geschreven. Hij stelt het voor alsof Nikolaj degene is die als agent-provocateur een spelletje met Doedkin speelt. Maar Doedkin, die reeds gedurende enige tijd aan de partij en de 'goede zaak' twijfelt, komt tot de overtuiging dat Lippantsjenko een verrader is. Hij sluipt 's nachts de slaapkamer van de partijleider binnen en vermoordt hem met een schaar.

Intussen stapelen de gebeurtenissen in huize Ableoechov zich op. De senator vindt het tikkende sardineblikje en neemt het mee naar zijn werkkamer om het daar te onderzoeken, maar laat het ongeopend staan. Hij wordt door andere zorgen in beslag genomen. Geheel onverwachts is zijn vrouw, berooid en oud geworden, uit Zuid-Europa teruggekeerd. En buiten op straat klinkt het onheilspellende en tegelijk vaag hoopvolle gezoem van de revolutie: oe-oe-oe. Het is 1905, het 'revolutiejaar', met zijn oproeren, muiterijen, stakingen en demonstraties. Het gedrag van zijn zoon, de vage verdenkingen die hij jegens hem koestert, de duistere voorgevoelens die hem sinds de moordaanslag op een bevriend minister bekropen hebben en het naderende onheil van de revolutie – dit alles heeft, tezamen met de terugkeer van zijn vrouw, het gestel van de oude senator zo zwaar geschokt dat hij in één klap zijn onverzettelijkheid en zelfverzekerdheid heeft verloren. Hij vervalt bijna tot kindsheid en verschijnt niet meer op zijn werk.

Nikolaj, bewogen door wroeging en medelijden met zijn vader en bovendien emotioneel getroffen door de terugkeer van zijn moeder, zoekt in paniek naar de bom om deze in de rivier te gooien. Maar de bom, die in de werkkamer van zijn vader is blijven staan, blijkt onvindbaar. Ten slotte, de volgende ochtend vroeg, ontploft de bom, zonder overigens slachtoffers te maken. Na de explosie zit de oude senator als verdwaasd in zijn ondergoed op bed. Wanneer hij zijn zoon, die hem wil troosten, op zich af ziet komen wordt hij bevangen door een verschrikkelijke angst, vlucht de wc in en sluit zich op. Als de politie de zaak onderzoekt, blijft de rol van Nikolaj bij de bomexplosie onopgehelderd.

Nikolaj vertrekt naar het buitenland, maakt een wereldreis en blijft hangen in Egypte, waar hij zich verdiept in oude manuscripten. Zijn vader trekt zich terug op zijn landgoed en schrijft zijn memoires. Zij zitten beiden gevangen in hun herinneringen aan elkaar, maar zullen elkaar nooit weerzien. Pas na de dood van zijn ouders, acht jaar later, keert Nikolaj naar Rusland terug.

Analyse

De roman *Petersburg* van Andréj Bjély ('André de Witte', pseudoniem van Borís Nikolájevitsj Boegájev) behoort tot het beste en meest intrigerende wat het Russische symbolisme aan proza heeft voortgebracht, hoewel men het werk nauwelijks zuiver symbolistisch kan noemen: het is eerder een uniek mengsel van realisme, symbolisme en surrealisme, aangemaakt met satirische ingrediënten.

De eerste versie van *Petersburg* ontstond tussen 1911 en 1913. Nadat Bjely's oorspronkelijke uitgever het werk geweigerd had, omdat hij het te warhoofdig en 'onvoorstelbaar slecht geschreven' vond, werd *Petersburg* in 1913 en 1914, versnipperd over drie verzamelbundels, gepubliceerd door een andere uitgever. In 1916 volgde de eerste volledige uitgave in boekvorm. Gedurende de tijd van deze eerste publicaties en daarna bleef Bjely voortdurend, tot in het eindeloze toe, aan de tekst schaven. Na de Oktoberrevolutie verscheen er, in 1922, een geheel gewijzigde en meer compacte versie te Berlijn, waar Bjely op dat moment als emigrant vertoefde. Deze Berlijnse versie, die in het Westen doorgaans wordt gebruikt als de brontekst voor vertalingen, wordt veelal als de definitieve en artistiek meest geslaagde beschouwd. Nadat Bjely in 1923 naar Rusland was teruggekeerd, verscheen in 1928 de eerste sovjetuitgave, gebaseerd op de Berlijnse, maar met weglating van enkele cruciale passages – waarachter men geneigd is niet de hand van Bjely zelf, maar het rode potlood van de censuur te vermoeden. Zo zijn er enkele passages verdwenen over de 'lange droevige man', de 'witte domino', die optreedt tijdens momenten van bezinning en duidelijk symbool staat voor Christus. Op deze beknotte uitgave van 1928 waren ook de daaropvolgende sovjetedities, die van 1935 en 1978, gebaseerd. Het duurde tot 1981 alvorens de roman in de Sovjet-Unie in zijn oorspronkelijke vorm, zoals die voor de revolutie verschenen was, werd uitgebracht. De huidige uitgaven in Rusland volgen gewoonlijk deze wetenschappelijk nauwgezet gereconstrueerde versie.

Ook heeft Bjely nog een poging gedaan de roman tot drama om te werken. Deze toneelversie van *Petersburg* beleefde in 1925 een aantal opvoeringen, maar werd een fiasco. Zowel publiek als pers oordeelde negatief ('onbegrijpelijk', 'mistig', 'te mystiek voor de nieuwe tijden'). De tekst ervan werd pas in 1986 voor het eerst in de Verenigde Staten gepubliceerd, onder de titel *De ondergang van een senator*.

Petersburg was oorspronkelijk gedacht als het tweede deel van een trilogie, getiteld *Oost of West*. Het stond Bjely voor ogen om in het eerste deel van de trilogie vooral de destructieve, duistere en mystieke machten van het Oosten te belichten en in het tweede deel de rationele en zielloze krachten van het Westen. In het derde deel moest het dan tot een synthese komen. Maar hoewel al in 1910 het eerste deel, *De zilveren duif*, een roman over een extatisch-religieuze occulte boerensekte, verschenen was, is het nooit tot een echte trilogie gekomen. Het beoogde tweede deel, *Petersburg* (de titel werd bedacht door Bjely's kunstbroeder Vjatsjesláv Ivánov), groeide onder Bjely's pen uit tot een autonoom kunstwerk, met geheel andere personages dan *De zilveren duif*.

De oorspronkelijke oost-westthematiek, Ruslands verscheurdheid tussen de krachten van het Westen en het Oosten, is in *Petersburg* echter nog duidelijk aanwezig. Sint-Petersburg, de meest westerse van alle Russische steden, is in de roman een onwezenlijke, schimmige en mistige spookstad, een 'vierde dimensie', die voortdurend dreigt weg te zinken in de moerassen waarop zij eens door Peter de Grote gebouwd is. De oude senator Ableóechov, een vertegenwoordiger van de verwesterde autocratie en bureaucratie, probeert met geometrisch verantwoorde straatpatronen en huizenblokken de elementen van verwoesting en chaos in te dammen en te bezweren, maar overal om hem heen zijn reeds de voortekenen van de naderende ondergang te bespeuren: Ableoechovs politieke vriend, minister von Plehwe, een historische figuur, is al door terroristen vermoord, de oorlog met Japan is verloren, China is in oproer, op de straten van *Petersburg* verschijnen steeds vaker 'Mantsjoerijse mutsen' en wanneer de senator, opgesloten in zijn zwartgelakte, kubusvormige koets, komt vast te zitten in het straatgewoel, ontmoet hij de fonkelende, van haat vertrokken ogen van de passerende Dóedkin. En op de achtergrond zoemt steeds het lied van de revolutie. Er is een broeiende sfeer van branden, relletjes en stakingen. De meeste van deze onheilstekenen zijn op een of andere manier verbonden met oosterse motieven. Ook Lippantsjénko, de leider van de terroristen, heeft, hoewel Oekraïener van geboorte, Mongoolse trekken en zelfs de Ableoechovs stammen af van Kirgizische voorvaderen. Dit thema van het 'gele gevaar' komt ook voor in andere experimentele werken uit die tijd, zoals in *Het naakte jaar* (1922) van Borís Pilnják.

Petersburg is een roman die in een eindtijd speelt en in die zin is het boek profetisch gebleken. Het was de Oktoberrevolutie van 1917, waarvan Bjely tijdens het schrijven van de roman nog geen weet kon hebben, die definitief een einde zou maken aan het 'Petrinische tijdperk' (de epoque, begonnen met Peter de Grote). De tijdbom, door Nikoláj Apollónovitsj in werking gesteld om zijn vader te vermoorden, groeit uit tot een bom die onder de hele westerse beschaving is gelegd. Het boek heeft een sterk apocalyptisch karakter, hetgeen onder andere benadrukt wordt doordat Nikolaj Apollonovitsj de Openbaring van Johannes leest. Het in de visioenen van Doedkin tot leven gewekte ruiterstandbeeld van Peter de Grote stormt als een van de nieuwtestamentische apocalyptische ruiters door de straten van Petersburg. Deze Bronzen Ruiter (de naam komt uit het gelijknamige dichtwerk van Póesjkin) wordt wel gezien als een westers symbool tegenover de talrijke oosterse symbolen in de roman. Peter de Grote immers was het die Rusland opstootte in de vaart der volkeren door het invoeren van westerse techniek en cultuur. Maar het standbeeld kan evenzeer beschouwd worden als symbool van Ruslands gespletenheid: de achterbenen van het paard staan stevig verankerd in de grond, de voorbenen zijn steigerend opgeheven, als weifelt het tussen stilstand en voortgang.

Het is welhaast onmogelijk alle symbolen, betekenislagen en dubbele bodems in *Petersburg* op te sporen. De complexiteit van de roman wordt nog vergroot doordat niet altijd meteen duidelijk is wat zich nu in werkelijkheid afspeelt en wat in de verbeelding van de hoofdpersonen. Er is een voortdurende interactie tussen bewustzijn en buitenwereld, tussen gedachten en reële gebeurtenissen. Indrukken uit de buitenwereld dringen door in het menselijk bewustzijn en spelen daar hun onafhankelijke 'hersenspel'; gedachten maken zich los van de denkende en gaan zichzelf denken, zij beginnen als materialisatie een eigen leven te leiden. De moordgedachten die Nikolaj jegens zijn vader koestert, concretiseren zich in een bom, Doedkins theorieën over de vernietiging van de westerse cultuur personifiëren zich in de figuur van de Perzische revolutionair Sjisjnarfne. Vader en zoon Ableoechov maken beiden 'astrale' reizen. Hieruit blijkt hoe sterk Bjely toentertijd beïnvloed was door de theosofie en de antroposofie (vlak voordat hij aan *Petersburg* begon, had hij Rudolf Steiner leren kennen). In de editie van 1922 werden de antroposofische invloeden door Bjely teruggedrongen en werd tegelijkertijd ook de antirevolutionaire tendens wat afgezwakt.

Behalve de weerslag van het theosofische en antroposofische gedachtegoed vinden we in *Petersburg* ook de invloed van andere Russische schrijvers en wel met name van de drie 'Petersburgse' schrijvers: Poesjkin, Gógol en Dostojévski. Of misschien is 'invloed' niet het juiste woord en is het beter te spreken van een weer tot leven komen van de hersenschimmige creaties van deze voorgangers van Bjely: Poesjkins Bronzen Ruiter doolt door de stad; Hermann en Líza uit *Schoppenvrouw* (of juister uit het libretto van Tsjajkóvski's gelijknamige opera) versmelten met Nikolaj en Sófja;

Gogols 'neuzen' lopen over de Névski Prospékt; Apollón Apollonovitsj blijkt ondanks zijn politieke macht en Olympisch klinkende naam niet meer dan een variant op de bespottelijke en deerniswekkende Akáki Akákijevitsj uit *De mantel*; de sfeer in *Petersburg* is even bedrieglijk als in Dostojevski's *Witte nachten*; de bezeten terroristen lijken weggelopen uit *Boze geesten*; Raskólnikov schijnt op zijn zolderkamertje tot leven gekomen in de persoon van Doedkin, die gevangenzit in ijlkoortsen en nietzscheaanse Übermenschfantasieën (ook Nikolaj Apollonovitsj heeft Napoleon aan de muur hangen), en verder wemelt *Petersburg* van de 'ondergrondse' mensen en 'dubbelgangers'.

Wat ook aan Dostojevski doet denken en wat de roman mede tot een boeiende, maar inspannende leeservaring maakt, is de techniek van het langzame oplichten van de sluier: in het begin begrijpt de lezer niets van het 'verhaal', pas later wordt alles opgehelderd en komen alle chaotisch door elkaar heen lopende draden samen in één knooppunt. Zo weet de lezer aanvankelijk niet wat de precieze betekenis is van het bundeltje dat Doedkin bij Nikolaj aflevert en begrijpt hij niet hoe de bom, de brief en Nikolajs verplichtingen jegens de terroristische organisatie met elkaar in verband staan.

Innoverend in de roman is de fragmentarische flardenachtige structuur, waarbij de chronologie voortdurend wordt doorbroken. *Petersburg* bestaat uit twee delen (die volgens een uitspraak van Bjely 'de broeiende sfeer voor het onweer' respectievelijk 'het onweer zelf' uitbeelden) plus een proloog en een epiloog; beide delen bestaan uit vier hoofdstukken die ironische, schelmenromanachtige titels dragen als *Hoofdstuk vijf, waarin sprake is van een heertje met een wrat bij zijn neus en van een sardineblikje met verschrikkelijke inhoud*; deze hoofdstukken zijn op hun beurt weer verdeeld in talloze onderhoofdstukjes met benamingen die schijnbaar irrelevante zinnetjes uit de tekst zelf lichten, zoals: *En toen zij hem gezien hadden, gingen zij wijd open en begonnen te fonkelen en te flikkeren*...of *Wegwezen, Tom*!

Deze fragmentarische opbouw en chronologie-doorbreking in *Petersburg* zullen we later terugvinden in het experimentele proza van de eerste generatie schrijvers die na de Oktoberrevolutie optrad: Pilnjak,

Zamjátin, Fédin en anderen. Dat de invloed van de roman niet verder heeft gereikt, is voor zover het de Sovjet-Unie betreft grotendeels te wijten aan politieke factoren, en wat het Westen betreft aan de moeilijke vertaalbaarheid van Bjely.

Een andere techniek die Bjely in *Petersburg* zeer origineel toepast, is de beschrijving van één gebeurtenis vanuit verschillende perspectieven, vanuit het gezichtspunt van verschillende personages. Zo wordt de ontmoeting die de vermomde Nikolaj en zijn vader op het bal hebben, eerst beschreven vanuit Nikolaj, door de oogspleetjes van zijn zwarte masker (Nikolaj ziet het van angst vertrokken gezicht van zijn vader) en daarna vanuit Apollon (die alleen een masker voor zich ziet met daarachter vagelijk iets bekends). Ook de meesterlijk beschreven tragikomische ophangingsscène van Lichóetin wordt vanuit twee perspectieven weergegeven: eerst is het Sófja Petróvna die, buiten staande, allerlei vreemde geluiden achter de voordeur hoort, dan pas wordt de scène van binnenuit beschreven.

Een belangrijk deel van zijn literaire kracht ontleent *Petersburg* ook aan de sublieme typering van de personages door middel van dialogen en uiterlijke details. Bjely's wijze van portretteren grijpt terug op Gogols karikatuur-methode. Op bepaalde uiterlijke kentekenen valt een exorbitante nadruk en deze beginnen zelfs hun eigen leven leiden. De spion Morkóvin/Voronkóv bijvoorbeeld, eigenlijk iemand zonder gezicht, zoals het een goed spion betaamt, bestaat op den duur alleen nog maar uit attributen: bolhoed, wandelstok, mantel, baardje, neus. En het meest opvallende aan Ableoechovs kale schedel zijn de enorme groene oren. De machtige senator wordt uiterlijk gedegradeerd tot een miezerig, belachelijk mannetje dat driftig voortdribbelt met 'vleermuisachtig wapperende jaspanden'. Bjely doet alles om de lichamelijke onooglijkheid van de senator, die in scherp contrast staat met zijn politieke macht, te accentueren. Zijn uitgedroogde bureaucratische geest wordt onbarmhartig getypeerd door de uitzonderlijk flauwe woordspelingen en mopjes die hij maakt.

De omgang tussen vader en zoon Ableoechov is van een beklemmende onhandigheid. Zij kunnen alleen nog maar op abstract-filosofisch niveau enigszins met elkaar communiceren. Nikolaj wenst zijn vader heimelijk dood, de vader van zijn kant beschouwt Nikolaj diep in zijn hart als iets, 'geboren uit wellust en walging'. Deze vader-zoonrelatie in *Petersburg* bevat sterk autobiografische elementen. De vader is duidelijk gemodelleerd naar Bjely's eigen vader, een in zijn tijd beroemd wiskundige. De moordgedachten van Nikolaj jegens zijn vader zijn door sommige critici teruggevoerd op een Oedipuscomplex van Bjely zelf. Op het eind van de roman evenwel maakt de oude Ableoechov toch een soort vermenselijkingsproces door en verliest hij zijn stenen hardheid, al is dit dan ook uiteindelijk het gevolg van een totale vernedering.

Ook in andere personages openbaren zich soms onverwachte kanten. De weerzinwekkende Lippantsjenko, het Beest, de leider van de terroristische organisatie en misschien tegelijkertijd agent-provocateur (helemaal duidelijk wordt dat niet), heeft zachte menselijke kanten – hij speelt viool en houdt van kinderen. En Doedkin, de terrorist en moordenaar, is diep in zijn hart een mysticus en draagt een kruisje onder zijn hemd. Kortom, de gespletenheid van de personages in *Petersburg* neemt soms waarlijk dostojevskiaanse proporties aan.

Daarnaast is *Petersburg* op stilistisch en taalkundig niveau een origineel en vernieuwend werk. Het is geschreven in een proza dat vaak ritmisch en muzikaal is en vervuld van klankspel (alliteraties, assonanties en dergelijke). De opvallende interpunctie en typografie (sommige dialoogreplieken bijvoorbeeld bestaan alleen uit '?' of '!') geven een bijzondere intonatie aan het boek.

Hoewel *Petersburg*, dat door Nabókov op één lijn is gesteld met *Ulysses* van Joyce, *De gedaanteverwisseling* van Kafka en *A la recherche du temps perdu* van Proust, een moeilijk leesbaar en soms bizar boek is en het nauwelijks zonder begeleidend commentaar geheel begrepen kan worden, en hoewel de beschrijving van de denkprocessen bij de verschillende personages soms langdradig is en de stijl hier en daar wat te maniëristisch, is het lezen van *Petersburg* al met al een fascinerende ervaring. De hallucinerende en apocalyptische sfeer wordt magistraal opgeroepen en de steeds toenemende spanning, die gelijk opgaat met het steeds duidelijker wordende getik van de tijdbom, wordt op een onnavolgbare manier voelbaar gemaakt.

Boenin, Ivan Aleksejevitsj

DE HEER UIT SAN FRANCISCO

1915

Inhoud

Een miljonair uit San Francisco, reeds op leeftijd maar nog kerngezond, trakteert zichzelf, zijn vrouw en zijn dochter op een reis van enkele jaren naar de Oude Wereld. De overtocht per luxeschip over de Atlantische Oceaan verloopt glad en vlekkeloos. De heer uit San Francisco geniet met volle teugen van alles wat het leven veraangenaamt: exquise en copieuze maaltijden, goede sigaren, drank, het schone geslacht. 's Avonds zorgt een speciaal ingehuurd quasi-verliefd danspaar voor de juiste romantische atmosfeer in de ballroom. De dochter van de heer uit San Francisco raakt verliefd op een weliswaar vrij oude en lelijke, maar niettemin zeer interessante oosterse prins.

Zo kabbelt het welgeordende, zorgeloze leventje van de zich ontspannende, dinerende en dansende passagiers op het tussendek voort – veilig ingeklemd tussen het machineruim en de woedende elementen aan het bovendek met de stuurhut – terwijl achter de patrijspoorten de ontzagwekkende duistere oceaan voorbijschuift.

Als de eindbestemming Napels wordt bereikt, is het al december. De stad is druilerig en saai. De jongedochter verliest haar sprookjesprins uit het oog. Het gezin uit San Francisco neemt zijn intrek in een luxueus hotel. Overdag bezoekt men toeristische bezienswaardigheden, 's avonds wordt er weer overvloedig gedineerd, 's nachts zoekt 'mister' zijn vertier in obscure etablissementen.

Om het regenachtige weer in Napels te ontvluchten, besluit het gezin uit San Francisco de koffers te pakken en de oversteek te maken naar Capri met zijn mildere klimaat. Onderweg spelen de vervaarlijke elementen met de veerboot, iedereen wordt zeeziek. Ergens in een tussenhaventje ziet de heer uit San Francisco voor het eerst iets van het smerige, armoedige Italiaanse leven. Maar Capri zelf maakt veel goed en blijkt inderdaad behaaglijk en gastvrij. Het gezin uit San Francisco laat zich naar een van de beste hotels brengen, waar men 'meneer' met alle egards ontvangt. Tot zijn verbazing herkent hij de knipmesserige eigenaar van het hotel als degene die hem de afgelopen nacht in een droom verschenen is. Zelf hecht hij hier geen bijzondere betekenis aan, maar zijn dochter, aan wie hij zijn droom verteld heeft, krijgt een onbestemd angstig voorgevoel.

Op de dag van aankomst bereidt de heer uit San Francisco – de zeeziekte nog in de benen, maar alweer hongerig – zich ongeduldig voor op het eerste diner in het nieuwe hotel. Hij verheugt zich al op het beloofde optreden van een zwoele danseres. Terwijl zijn vrouw en dochter nog bezig zijn met hun toilet, begeeft hij zich naar de leeszaal om daar in afwachting van het diner een tijdschrift te lezen.

Plotseling wordt hij onwel – het is de dood die volkomen onverhoeds zijn klauwen in hem slaat. Onder de gasten breekt een lichte paniek uit. IJlings laat de hoteldirectie de heer uit San Francisco, terwijl hij nog in een wanhopige doodsstrijd verkeert, afvoeren naar het slechtste en vochtigste kamertje van het hotel, waar hij binnen enkele ogenblikken sterft. Ondanks het snelle handelen van het personeel en de sussende woorden van de eigenaar is de avond voor de andere hotelgasten bedorven. De door verdriet verpletterde vrouw van de heer uit San Francisco vraagt de eigenaar het lijk van haar man over te brengen naar hun eigen luxesuite, maar deze weigert: wie zou er later in kamers waarin een dode heeft gelegen, willen logeren? Het personeel, kort tevoren nog zo onderdanig, is plotsklaps cynisch en onverschillig geworden. De volgende ochtend, in alle vroegte, wordt de heer uit San Francisco, verpakt in een oude flessenkist, omdat er geen doodkist voorhanden is, naar de haven vervoerd. Wanneer de veerboot met de kist en de twee vrouwen naar het vasteland afvaart, daalt de rust weer neer over het eiland.

Vanuit Napels reist de heer uit San Francisco, in hetzelfde luxeschip als op de heenweg, terug naar de Nieuwe Wereld – maar dit keer in het onderruim. Als het schip door de poort van Gibraltar de eenzame, duistere, stormachtige nacht in vaart, flonkeren opnieuw de helverlichte bal- en eetzalen - ingeklemd tussen de woedende elementen aan het bovendek en de grommende elementen in het machineruim. En opnieuw danst hetzelfde ingehuurde, quasi-verliefde, verveelde danspaar.

Analyse

Het verhaal *De heer uit San Francisco* is een van de werken die Bóenin een wereldnaam bezorgden en ertoe bijdroegen dat de schrijver in 1933 als eerste Rus de Nobelprijs voor literatuur zou krijgen. Het verhaal heette oorspronkelijk *Dood op Capri*, naar analogie van *Der Tod in Venedig* van Thomas Mann. Volgens eigen zeggen had Boenin deze novelle in de etalage van een Moskouse boekwinkel zien liggen en was hij door de titel op het idee voor zijn eigen verhaal gekomen. *De heer uit San Francisco* werd geschreven in 1915 en hetzelfde jaar in de verzamelbundel *Het woord* gepubliceerd. Een jaar later verscheen het in een nieuwe versie, die soberder en indringender was, als een afzonderlijke publicatie. Het zou tot 1955 duren – toen de anticommunist en witte emigrant Boenin dood was en weer 'mocht' in zijn vaderland – voordat de lezer in de Sovjet-Unie kennis kon maken met *De heer uit San Francisco.*

Het verhaal werd indertijd zeer positief onthaald door de kritiek. De recensent van *De Russische gedachte* schreef dat dit het beste was dat de Russische literatuur de afgelopen tien jaar sinds de dood van Tsjéchov, afgezien van enkele postuum gepubliceerde werken van Tolstój, had voortgebracht. Gewezen werd op overeenkomsten met het werk van deze laatste, zowel qua literaire kracht als qua thematiek (de dood, de ontmaskering van de leugen). Slechts een enkele recensent stoorde zich eraan dat het hoofdpersonage psychologisch niet was uitgediept en dat de symboliek in het verhaal te schematisch was.

De heer uit San Francisco is een verhaal over de vergankelijkheid van het menselijke leven. De hoofdpersoon, die altijd maar hard gewerkt en geld verzameld heeft, is van plan om nu eens echt te gaan 'leven' – en voor mensen van zijn slag betekent dat: een wereldreis maken, duur eten, veel drinken, toeristische bezienswaardigheden bekijken, van vrouwen genieten. Maar wanneer alles voorbereid en uitgestippeld is, vindt hij niet dit nieuwe leven, maar de dood. Het bestaan van de hoofdpersoon speelt zich geheel en al af op het materiële vlak, hij en zijn wereld missen een ziel, zijn onpersoonlijk. De naam van de hoofdpersoon wordt in het verhaal dan ook geen enkele keer vermeld. Op het schip en in de hotels kent men hem slechts als 'de heer uit San Francisco'.

Het verhaal is vaak op één lijn gesteld met Tolstojs *De dood van Iván Iljítsj*. Ook daar wordt iemand die altijd een eendimensionaal bestaan, gedomineerd door carrièredwang en geldzucht, heeft geleid, onverhoeds geconfronteerd met de dood. Maar terwijl Tolstojs verhaal 'van binnenuit' geschreven is, is Boenins verhaal grotendeels opgebouwd uit koel en emotieloos weergegeven uiterlijke details. En bereikt Ivan Iljitsj in zijn doodsstrijd ten slotte een zekere loutering, de heer uit San Francisco wordt zonder meer weggerukt uit het leven.

Naarmate het verhaal vordert, neemt het een steeds symbolischer wending. Het schip, dat wil zeggen het passagiersdek met zijn luxe en glitter, zijn valse en kunstmatige sfeer, wordt tot een zinnebeeld van het menselijk bestaan – een bestaan dat voortgestuwd wordt door mechanische oerkrachten, met aan het roer een welhaast mythische Stuurman. Buiten het schip woeden de blinde, duistere elementen van de chaos. En wanneer het schip op de terugweg de oceaan weer op vaart, kijkt de Duivel, symbool van het kwaad van de Oude Wereld, vanaf de rots van Gibraltar toe. De retourreis naar de Nieuwe Wereld is begonnen, maar – o bittere ironie – in het onderruim.

Het lijkt niet toevallig dat de hoofdpersoon van het verhaal een Amerikaan is, een vertegenwoordiger van de jonge, frisse, dynamische Nieuwe Wereld. Deze wereld was het die voor de conservatieve, diep in het oude Rusland wortelende Boenin de werkelijke revolutionaire bedreiging vormde. De technologische omwenteling in Amerika (in het verhaal gesymboliseerd door de oceaanstomer), gaat ten koste van de ziel. De patserige Amerikaanse toerist, die denkt dat voor geld alles te koop is, was reeds in het begin van de eeuw een bekende verschijning. Maar de Nieuwe Mens heeft hetzelfde oude hart en is even weerloos tegenover de dood als de oude mens.

Door de officiële sovjetkritiek – zaliger nagedachtenis – is deze antikapitalistische tendens van *De heer uit San Francisco* in de loop der jaren gretig benadrukt: 'In het verhaal worden de veilheid en valsheid van de kapitalistische wereld ontmaskerd,' heette het. Daar valt wat voor te zeggen. Maar de klassetegenstellingen die sommige orthodox-marxistische critici meenden te zien tussen de passagiers op het luxedek en de machinisten in het ketelruim, zijn toch niet typerend voor het verhaal. De werkelijke tegenstellingen hier zijn die tussen leven en dood, de vergankelijkheid van de mens en de eeuwige oerkrachten van de natuur, en ook die tussen de Nieuwe en de Oude Wereld.

Het verhaal staat tamelijk alleen binnen het oeuvre van Boenin, dat verder voornamelijk bestaat uit weemoedige bespiegelingen over vervlogen tijden. Het is geschreven in een scherp geslepen onaandoenlijke stijl, die wel is vergeleken met de koude schoonheid van een edelsteen.

Blok, Aleksandr Aleksandrovitsj

DE TWAALF

1918

Inhoud

Een ijzig guur Petrograd, gegeseld door sneeuwjachten. Inktzwarte nacht. De wind scheurt een plakkaat met de antirevolutionaire leuze 'Alle macht aan de Constituerende Vergadering' aan stukken. Eenzame schichtige passanten. Een steunend oud vrouwtje. Een in zijn kraag weggedoken bourgeois. Een de revolutionairen verwensende literator. Een steelse pope. Een uitglijdende fijne dame. Flarden van gesprekken. Straathoeren die een meeting houden. De lucht rilt van haat en oproer.

Een groep van twaalf mannen marcheert door de stad, gewapend met geweren, vloekend, moordend, plunderend. Het is een patrouille rode gardisten, revolutionaire arbeiders. Zij houden huis onder de klassevijand. Een van de gardisten, Petróecha, treurt om zijn liefje Kátka. Zij heeft hem verlaten voor Vánka, een oude strijdmakker, die overgelopen is naar de vijand. De twaalf komen op straat Vanka en Katka tegen. Petroecha schiet op zijn rivaal, maar hij ontkomt. Katka daarentegen wordt dodelijk getroffen. Petroecha treurt, zijn kameraden lachen hem uit en noemen hem een wijf. De twaalf marcheren verder, meedogenloos wrekend, God noch gebod kennend, dwalend in het duister. De sneeuwstorm verdicht zich, de contouren vervagen, de twaalf vervolgen hun weg en verliezen zich in de chaos der elementen. Achter hen aan sluipt de oude wereld in de gedaante van een schurftige hond.

In de verte lijkt een rode vlag te wapperen, daar schemert het silhouet van een menselijke figuur. De twaalf denken dat het een vijand is, maar het is een gids die hen door de sneeuwjacht voorwaarts leidt. Het is, niet herkend door de twaalf, de met een witte rozenkrans gekroonde Jezus Christus.

Analyse

Midden in de chaos van de revolutiewinter 1917/1918 componeerde Aleksándr Blok zijn gedicht *De Twaalf*. Het was het eerste literaire werk dat een directe weerslag vormde van de Russische revolutie. *De Twaalf* werd geschreven in januari 1918 en kort daarna gepubliceerd in *Het vaandel van de arbeid*, het orgaan van de sociaal-revolutionairen, een politieke partij links van de bolsjewieken. Nog voor de dood van de dichter in 1921 beleefde het werk tal van herdrukken.

Bloks tijdgenoten reageerden zeer verdeeld op *De Twaalf*. De raadselachtige laatste regels, waarin verrassenderwijs Jezus Christus zich aan het hoofd van de revolutie stelt, waren het onderwerp van heftige discussies. Religieuze symbolisten als Merezjkóvski en Zinaída Híppius veroordeelden hun voormalige geestverwant: *De Twaalf* was blasfemisch, de revolutie werd erin geheiligd. Blok nam afscheid van de cultuur en verheerlijkte het gepeupel. Dogmatische marxisten waren op hun beurt verontwaardigd over de bezoedeling van de revolutie door de misplaatste figuur van Christus. En de dichter Goemiljóv vond, uit artistiek oogpunt, het slot onbevredigend, het was te gekunsteld.

Hoe dan ook, *De Twaalf* werd in korte tijd in brede kring ongemeen populair, activisten droegen er op vergaderingen met overgave passages uit voor. 'We gaan de fijne burgerheren/Eens op een wereldbrand trakteren', 'Uw pas zij revolutionair!/De taaie vijand is niet ver!' (vertaling Paul Rodenko) en andere regels werden gevleugelde woorden. Over één ding waren verguizers en bejubelaars het eens: *De Twaalf* betekende de onvoorwaardelijke aanvaarding van de revolutie door een dichter die een van de leidende figuren was geweest van het symbolisme, de zeer verfijnde, 'elitaire' en van de wereld afgewende stroming die lange tijd het literaire klimaat van het prerevolutionaire Rusland had bepaald.

De Twaalf drukte inderdaad Bloks aanvaarding van de revolutie uit, maar niet in politieke zin. Blok was niet politiek geschoold, van marxisme en dialectisch materialisme begreep hij niets. Hij stond alleen gevoelsmatig dicht bij het elementaire anarchisme van de sociaal-revolutionairen. Het bolsjewisme was hem wezensvreemd. Later zou hij zelf het principieel apolitieke karakter van *De Twaalf* onderstrepen: 'Degenen die in *De Twaalf* een politiek gedicht zien, zijn óf blind voor de kunst óf zitten tot over hun oren in de politieke modder óf zijn van een grote boosaardigheid bezeten.' Blok zag de revolutie als een onverbiddelijk natuurverschijnsel, als een storm die de oude corrupte wereld, de gehate en verachte burgerlijke samenleving met haar gevestigde orde, wegvaagde, waarna zich een nieuwe zuivere mens zou kunnen ontwikkelen. De revolutie kwam voor Blok als een vervulling van zijn mystieke eschatologische verwachtingen, zoals hij die ook reeds in enkele vroegere gedichten had uitgesproken.

Tevens vormde *De Twaalf* een soort eindpunt op de weg die Blok als dichter aflegde – een weg die men zou kunnen zien als een geleidelijke afdaling naar de werkelijkheid: uit de ivoren toren naar de straat, van de vage ongrijpbare Schone Dame uit zijn vroege gedichten naar de wereld van prostituees, bedelaars en misdadigers. Blok noemde *De Twaalf* eens het beste wat hij geschreven had, omdat hij tijdens het schrijven ervan in harmonie met het heden leefde. Het gedicht is niet zozeer een politieke stellingname als wel een directe registratie van de polsslag van de tijd, een tijd waarin de revolutie nog in beweging was, toen alles nog niet uitgekristalliseerd, gestabiliseerd en gecentraliseerd was. In het woeden der revolutie hoorde Blok een melodie en hij riep de intellectuelen van zijn tijd op zich open te stellen voor deze 'muziek van de revolutie' (onder andere in het artikel *De intelligentsia en de revolutie*). In dagboekaantekeningen, daterend uit dezelfde tijd als *De Twaalf*, lezen wij dat de dichter om zich heen 'een geraas als van een aardbeving', een 'verschrikkelijk ruisen' hoorde.

Het onrustige, steeds wisselende ritme en de op dissonantie en contrast gebaseerde toonzetting van het gedicht roepen de chaos en de anarchie van 1917/1918 op. De wind huilt door het gedicht heen en de stampende pas van de marcherende rode gardisten evoceert de voortstuwende energie van de revolutie. Geweersalvo's, gespreksflarden, politieke leuzen, strijdliederen, motieven uit straatliedjes en oude heldendichten – dit alles smelt samen tot wat men een symfonie van de revolutie zou kunnen noemen. De 325 veelal korte en afgebeten versregels zijn niet ondergebracht in regelmatige strofen, maar in twaalf 'hoofdstukjes', die onderling zeer verschillend van toon en stijl zijn. Een vast metrum heeft het gedicht niet, rijm wordt daarentegen wel gebruikt, zij het niet volgens een bepaald schema. *De Twaalf* heeft met zijn vernieuwende verstechniek een grote invloed uitgeoefend op de latere Russische poëzie.

Over de betekenis van het slotakkoord – de verrassende verschijning van Gods Zoon – wordt tot op de huidige dag gediscussieerd. Wilde Blok met de figuur van Christus zijn zegen uitspreken over de bloedige revolutie? Trachtte hij de losgebroken chaos juist te bezweren met Christus? Suggereerde hij een religieuze uitweg? Trok hij een parallel tussen de ineenstorting van het Romeinse rijk, op de ruïnes waarvan het christendom zou verrijzen, en de ineenstorting van het oude Rusland, dat ook plaats maakte voor een nieuwe wereld? Of blijft de ware profetische betekenis van het Christussymbool nog verborgen in de toekomst? De figuur van Gods Zoon kan hier, zomin als alle grote symbolen, niet definitief verklaard worden.* Hoe het zij, de laatste regels kunnen niet afgedaan worden als zomaar een slotdissonant, een bijkomstigheid die net zo goed weggelaten had kunnen worden zonder dat de essentie van het geheel wordt aangetast. Zij maken *De Twaalf* tot een nieuwtestamentisch gedicht. Dat blijkt ook uit het aantal van *twaalf* rode gardisten, die getransformeerd worden tot apostelen van een nieuwe wereld. De titel *De Twaalf* stond voor Blok van het begin af aan vast. Over de figuur van Christus schreef Blok zelf: '... het beangstigende is dat Hij opnieuw met hen is en dat er voorlopig geen ander is; maar moet er wel een Ander zijn? ...'

De Twaalf heeft Blok – samen met het vlak daarna geschreven gedicht *De Skythen* (waarin het Westen opgeroepen wordt zich, voor het te laat is, te verbroederen met het revolutionaire Rusland en aan te zitten aan 'het

---

* De verbinding van revolutie en Christus kwam ook voor in het werk van sommige van Bloks tijdgenoten, bijvoorbeeld in Bjély's gedicht *Christus is opgestaan* (1918), Majakóvski's epos *Mens* (1918) en Jesénins gedicht *De kameraad* (1917), waarin het Kindeke Jezus uit een icoon treedt om mee te strijden in de revolutie, maar vervolgens wordt doodgeschoten.

feestmaal van arbeid en vrede') – in de Sovjet-Unie de reputatie bezorgd van 'eerste dichter van de revolutie': een wrange eretitel voor iemand die na de eerste roes al snel ontnuchterde en lichamelijk en geestelijk wegkwijnde in de nieuwe sovjetstaat, omdat hij daarin naar eigen zeggen geen muziek meer hoorde. Maar al is *De Twaalf* binnengehaald als eersteling van de sovjetliteratuur, toch is er in de Sovjet-Unie ook fundamentele kritiek geweest op het dichtwerk. Deze heeft zich vanouds toegespitst op twee punten. Ten eerste was er het verwijt dat de dichter de revolutionairen niet uitbeeldde als planmatig te werk gaande bolsjewistische strijders, maar als anarchistische en zelfs criminele elementen (met andere woorden de dichter hoorde alleen de muziek van de vernietiging, niet die van de scheppende opbouw). En ten tweede werd aanstoot genomen aan het optreden van Jezus Christus. Loenatsjárski, een van de leidende literatuurcritici, zou in een artikel naar aanleiding van bovengenoemde woorden van Blok over de 'Ander' schrijven: 'Waarschijnlijk zou Blok grote ogen hebben opgezet als men hem verteld had dat die "ander" al in levende lijve aanwezig was, dat hij de grote leraar en leider van het proletariaat was, dat hij een werkelijk bestaand mens was en tegelijk de ware belichaming van de machtigste ideeën ooit op aarde ontwikkeld, waarbij vergeleken het christelijke gebazel een meelijwekkend anachronisme lijkt.' Die 'ander' was volgens Loenatsjarski niemand anders dan V.I. Lénin.

Omdat Blok dit politieke inzicht niet had en vlak voor zijn dood nog zou verklaren dat hij 'voor niemand afstand zou doen van Christus' is *De Twaalf* geen partijpamflet geworden, maar een mystiek-poëtische evocatie van een dynamische tijd.

Fedin, Konstantin Aleksandrovitsj

STEDEN EN JAREN

1924

Inhoud

De zomer van 1914, de vooravond van de Eerste Wereldoorlog. Twee vrienden uit Neurenberg, de Russische student Andréj Startsóv en de Duitse kunstschilder Kurt Wahn, bezoeken de jaarlijkse kermis van het nabijgelegen Erlangen. De sfeer is feestelijk, uitbundig, bruisend. Maar op de ontvankelijke Andrej maakt de wijze waarop de voldane en welgedane kermisgangers zich amuseren, een bijna onheilspellende indruk. In alles is een geweldige, dreigende potentie, een schaamteloos zwelgen in eigen kracht voelbaar. In een ballentent worden de levensecht nagemaakte hoofden van beruchte misdadigers met overgave door het publiek bekogeld. Het echte, op sterk water gezette hoofd van een van hen heeft Andrej vlak daarvoor in een museum tentoongesteld gezien. Het is alsof in de ballentent het fanatisme, de wraakzucht en rechtvaardigheidszin van de bevolking getraind worden, als 'opwarming' voor een grotere zaak. In een openluchtcafé waar aan lange tafels bier gedronken wordt, werpt een stevige 'Bursche' (corpsstudent) serpentines naar een verderop gezeten meisje. Het is bijna onmogelijk haar te raken, tussen hen in hangt reeds een heel net van slingers, maar na eindeloze pogingen bereikt de student, die steeds verhitter geworden is, zijn doel. Hij treft het meisje en trekt haar aandacht. Later op de avond ziet Andrej het meisje in de armen van de Bursche: hij heeft haar veroverd. Zijn ijzeren volharding en onwrikbare doelgerichtheid beangstigen Andrej.

Enkele dagen later breekt de oorlog uit. Aartshertog Frans Ferdinand van Oostenrijk, Duitslands bondgenoot, is in Sarajevo vermoord. De Duitse eer staat op het spel. De reeds lang opgehoopte energie krijgt nu een gelegenheid om zich te ontladen. Uitgeleide gedaan door een enthousiaste bevolking en bedolven onder bloemen vertrekken de soldaten naar het front om een nieuwe *frische fröhliche Krieg* te beginnen. Demonstraties tegen de oorlog, zoals georganiseerd door de sociaal-democraten, zijn krachteloos en missen overtuiging. Ook Kurt Wahn ontpopt zich als een vurige Duitse patriot, hij wil niets meer met zijn Russische vriend te maken hebben, al heeft hij hem vlak daarvoor nog eeuwige vriendschap beloofd. Kurt wordt gemobiliseerd en verdwijnt naar het oostelijke front. In Rusland raakt hij in krijgsgevangenschap.

Andrej wordt, als staatsburger van een vijandelijke mogendheid, geïnterneerd in Bischofsberg, een stadje in Saksen aan de grens met Bohemen. Hij woont op kamers bij de goedmoedige kapper Paul Hennig, een even overtuigd socialist als hartstochtelijk nationalist. Andrej's bewegingsvrijheid is beperkt, hij staat onder voortdurend politietoezicht. Tijdens een wandeling in de bergen, waarvoor hij van de autoriteiten speciale toestemming heeft gekregen, maakt Andrej kennis met een meisje uit de omgeving, Marie Urbach.

Marie is de dochter van een deftige aristocratische dame, Jungfrau von Freileben, en een excentrieke 'plebejer', Herr Urbach, die in het geheim lid is van de sociaal-democratische partij. Marie, die aardt naar haar vader, is een onberekenbaar moeilijk meisje, een raadsel voor haar omgeving en een kruis voor haar moeder. Reeds als kind viel er niets met haar te beginnen, zij liet zich door niemand tot iets dwingen en ging geheel haar eigen gang. Zij was in de gehele omtrek berucht om haar baldadige streken. Bijgelovige landlieden dachten dat zij het boze oog had en ongeluk bracht. Toen ze een jaar of dertien was, verzamelde ze een groepje boerenjongens om zich heen en organiseerde geheime opgravingen in een ruïne, waar volgens de overlevering sedert eeuwen het versteende lijk van een markgravin begraven lag. Maar de markgravin bleef onvindbaar en Marie kwam bijna om het leven toen ze was afgedaald in de catacomben en de grond boven haar instortte. Later maakte zij kennis met de laatste levende afstammeling van de legendarische markgravin: de jonge kunstzinnige Maximilian Johann von zur Mühlen-Schönau. Zij ontmoetten elkaar voor het eerst op het strand. Marie zag dat hij een prachtig bouwwerk van schelpen maakte, en werd zo jaloers dat ze, vergetend dat ze naakt was, op hem afstormde en zijn hele bouwwerk kapottrapte. In plaats van kwaad te worden raakte de jongeman op slag verliefd op haar. Hij nodigde haar uit op zijn kasteel bij Bischofsberg, waar Marie alsnog de wonderbaarlijk geconserveerde markgravin, die dáár opgebaard bleek te liggen, te zien kreeg.

Ondertussen was de positie van Marie thuis onmogelijk geworden, mevrouw Urbach had genoeg van de streken van haar dochter. Nadat Marie geprobeerd had de kat van haar gehate, zeer keurige broer Heinrich Adolf, de oogappel van zijn moeder, op te hangen, was de maat vol. Ze werd naar een pensionaat voor adellijke jongedames gestuurd, waar een ijzeren tucht en orde heersten. Het wilde, onhandelbare meisje veranderde er uiterlijk in een brave, welopgevoede jongedame. Haar aangepaste gedrag was echter slechts schijn, een tactiek om te overleven in een verstikkende omgeving, en op een dag liet zij zich ontvoeren door Maximilian von zur Mühlen-Schönau, inmiddels luitenant in het Duitse leger. Zij had al die tijd in het diepste geheim een liefdesbetrekking met hem onderhouden. Enkele dagen na haar vlucht uit het pensionaat verloofde zij zich met hem.

Wanneer Andrej midden in de oorlog kennismaakt met Marie, is zij een broos, maar levendig meisje van achttien jaar. Zij woont weer bij haar ouders. Haar verloofde is gewond geraakt in Frankrijk. Hij heeft een zware schedeloperatie doorstaan en is voor zijn herstel in Bischofsberg, vanwaar hij zich opmaakt om naar het oostelijk front te vertrekken. Huize Urbach is een centrum van patriottisme, Maries moeder organiseert allerhande liefdadige activiteiten ter ondersteuning van de jongens die voor het vaderland vechten. Marie helpt ijverig mee. Maar door haar omgang met Andrej verandert zij en raakt los van haar milieu. Andrej is een 'aardige vijand', die tegen oorlog en nationalisme is. Zijn zachte, bespiegelende, Russisch-weemoedige aard staat in scherp contrast met de opgefokte oorlogszuchtige stemming en viriele krijgshaftigheid om haar heen. Maries leven wordt geestelijk gecompliceerder, zij begint na te denken en te twijfelen aan oude zekerheden. Ze doorziet de valsheid van de 'frisse vrolijke oorlog' en krijgt oog voor het lijden dat de oorlog meebrengt voor de gewone mensen. Ze blijft contact zoeken met Andrej, het risico uitgestoten te worden uit de gemeenschap voor lief nemend. Hun ontmoetingen worden voor hen beiden steeds belangrijker, zij worden verliefd op elkaar. Andrej wordt voor Marie de eerste man van wie zij werkelijk houdt. Zij wijst Mühlen-Schönau af wanneer deze voor zijn vertrek naar het front met haar wil trouwen.

Andrej, zijn internering en beperkte bewegingsvrijheid moe, doet een poging de grens over te vluchten om via Bohemen, toen nog Oostenrijks grondgebied, het neutrale Zwitserland te bereiken. Marie stippelt een vluchtroute voor hem uit. Maar al op de eerste de beste dag wordt Andrej in een Oostenrijkse trein aangehouden. Hij wordt opgesloten in een politiecel, waaruit hij echter 's nachts weer weet te ontsnappen. Hij keert op zijn schreden terug naar Bischofsberg om daar opnieuw aangehouden te worden – door luitenant von zur Mühlen-Schönau. De markgraaf en Andrej kennen elkaar niet en weten niets van elkanders verhouding tot Marie af. Andrej loopt kans zwaar gestraft te worden vanwege zijn vluchtpoging, maar het toeval komt hem te hulp: tijdens het verhoor blijkt dat de markgraaf een groot bewonderaar is van Kurt Wahn. Hij heeft al zijn schilderijen opgekocht. Als de markgraaf hoort dat Andrej een oude vriend van Kurt is, laat hij hem edelmoedig vrij. Hij hoopt hiermede Kurt gunstig te stemmen. Kurt haat namelijk de hautaine markgraaf. Hun verhouding is die van rijke machtige weldoener en arme hulpbehoevende kunstenaar. De markgraaf heeft Kurt financieel afhankelijk van zich gemaakt. In ruil voor zijn grootmoedige mecenaat eist hij dat Kurt alleen voor hem privé schildert. Kurt heeft het gevoel of de ander niet alleen al zijn schilderijen, maar ook hemzelf heeft gekocht.

Intussen wordt de keerzijde van de oorlog ook in Bischofsberg steeds zichtbaarder. De voorraden raken uitgeput, kerkklokken worden omgesmeed tot wapens, de bevolking wordt opgeroepen massaal de bossen in te trekken om bessen te plukken voor de noodzakelijke vitaminen. Marie en Andrej zijn er getuige van hoe een groep krijgsgevangenen, die door oorlogsgas blind geworden zijn, in macabere optocht door het park gevoerd wordt. Wanstaltig verminkte Duitse soldaten worden door oorlogsweduwen uit het plaatselijke ziekenhuis gehaald en aan het volk getoond, opdat iedereen geconfronteerd wordt met de gruwelijke naakte werkelijkheid van de oorlog. De invaliden zwaaien met hun stalen, kartonnen en leren ledematen. Bovendien komen de inwoners van Bischofsberg erachter dat de oude citadel midden in de stad ingericht is als gevangenis voor dienstweigeraars, pacifisten en van spionage verdachte buitenlanders. Tegen het einde van de oorlog wordt de citadel bestormd door burgers met aan het hoofd Marie, die de gevangenen bevrijden.

Ten slotte wordt de vrede getekend. De republiek wordt uitgeroepen en er zijn revolutionaire woelingen. Andrej kan eindelijk terugkeren naar Rusland. Hij belooft Marie dat hij haar zo spoedig mogelijk, zodra hij in zijn vaderland zijn zaken geregeld heeft, zal laten nakomen. Na een lange reis arriveert Andrej in Rusland. Tegelijk met hem stromen in wilde streving onafzienbare massa's soldaten terug naar het vaderland. Maar het oude Rusland zoals zij dit in het begin van de oorlog achterlieten, bestaat al niet meer. De revolutie is uitgebroken, de chaos van de burgeroorlog heerst, zij belanden van de ene oorlog in de andere. Een van hen is de boerenzoon Fjódor Lepéndin, een oorlogsinvalide die beide benen verloren heeft en zich zittend in een rieten mandje met behulp van een soort spanen voortbeweegt. Ondanks zijn handicap heeft Lependin een aanstekelijke vrolijkheid en vitaliteit bewaard, en is hij vol vertrouwen in de toekomst. Hij woont ergens diep in Rusland, in de buurt van het stadje Semidól, een vruchtbare streek met weelderige boomgaarden. Met vele anderen hoopt hij op land en vrijheid voor de boeren.

Andrej loopt verloren rond in het nieuwe revolutionaire Moskou. Overal ziet hij slechts verval: een creperende stad, schurftige honden, op aas beluste kraaien. Hij denkt vol heimwee terug aan Bischofsberg en Marie. Dan brengt het noodlot hem wederom samen met Kurt Wahn, die enkele jaren in Russische krijgsgevangenschap heeft doorgebracht en in die tijd bekeerd is tot het communisme. In tegenstelling tot Andrej ziet Kurt overal om zich heen het positieve, de opbouw, en werkt hij vol overtuiging samen met de bolsjewieken. Als lid van een nieuwgevormde 'Raad van Duitse Soldatengedeputeerden' ijvert hij voor proletarische Duits-

Russische verbroedering. Hij maakt onder de in Rusland achtergebleven Duitse krijgsgevangenen propaganda voor de bolsjewieken en is belast met hun repatriëring. Andrej ziet Kurt in Moskou voor het eerst op het moment dat deze met een aantal landgenoten de Duitse ambassade bezet. Kurt klimt op het dak en snijdt van de Duitse vlag – de oude zwart-wit-rode driekleur – de twee bovenste banen af, zodat alleen het rood overblijft. Kurt en Andrej hernieuwen hun vriendschap. Kurt slaagt erin iets van zijn enthousiasme voor de revolutie op Andrej over te brengen. Samen begeven zij zich naar Semidol, waar zich nog een groot contingent Duitse krijgsgevangenen bevindt, om hen te winnen voor de bolsjewistische zaak.

Semidol en omgeving zijn het toneel van gevechten tussen roden en witten (= contrarevolutionairen). Een separatistische Mordvinische volksstam is in opstand gekomen tegen de bolsjewieken. De leider van de primitieve half-heidense Mordvinen is niemand anders dan markgraaf von zur Mühlen-Schönau, die met zijn superieure 'edelgermaanse' voorkomen als een godheid door hen vereerd wordt. Evenals Kurt heeft hij een tijd in Russische krijgsgevangenschap doorgebracht. Medestrijders ronselend onder de ontevreden Russische boerenbevolking en dood en verderf zaaiend onder hen die op de hand van de roden zijn, trekt de markgraaf met zijn mannen door de omgeving. Daarbij stuiten ze op een groep fruittelers onder leiding van Lependin, die zich tegen hen verzetten. De fruittelers zijn vlak daarvoor in opstand gekomen tegen het plaatselijke revolutionaire comité, uit protest tegen onrechtvaardige heffingen, en verwachtten een rode strafexpeditie. De troepen van de markgraaf en de fruittelers zijn allebei contrarevolutionair, maar zien elkaar aan voor revolutionairen. Het misverstand wordt niet opgehelderd. De markgraaf rekent onbarmhartig af met de 'rode' fruittelers. De beenloze Lependin wordt als een bal heen en weer geschopt en opgehangen. Men laat zijn afgeknotte romp aan een boomtak bungelen als afschrikwekkend voorbeeld voor de anderen. Enkele dagen later wordt de bende van de markgraaf verslagen door een gecombineerde strijdmacht van Russische bolsjewieken en Duitse krijgsgevangenen, die door Kurt en Andrej overgehaald zijn mee te vechten aan de zijde van de revolutie. De markgraaf slaagt erin zich te vermommen als gemeen soldaat en mengt zich ongemerkt onder zijn landgenoten die tegen hem gevochten hebben. Kurt, die zowel een persoonlijke als een revolutionaire rekening met de markgraaf te vereffenen heeft, is des duivels wanneer de markgraaf onvindbaar blijkt.

De enige die de markgraaf, tijdens een toevallige ontmoeting op straat, herkent, is Andrej. De markgraaf smeekt Andrej hem niet te verraden. Hij doet een beroep op zijn geweten: hij heeft hem indertijd, in Bischofsberg, ook laten lopen, is Andrej nu moreel niet verplicht tot een wederdienst? Andrej verkeert in hevige tweestrijd. Hij verafschuwt de hautaine Duitse aristocraat die de wrede ophanging van Lependin op zijn geweten heeft, maar is te weekhartig om hem zomaar aan Kurt uit te leveren. Bovendien vormt de markgraaf voor Andrej een levende band met Marie, die altijd in zijn gedachten is en naar wie hij gekweld terugverlangt. Hij steelt uit Kurts werkkamer het persoonsbewijs van een Duitse korporaal die op het punt staat gerepatrieerd te worden, een zekere Konrad Stein. Zo helpt hij de markgraaf aan een nieuwe identiteit. De markgraaf vlucht uit Semidol, belandt in Moskou, meldt zich daar bij de autoriteiten als Konrad Stein en verzoekt hun om hem op de trein naar Duitsland te zetten. Maar men heeft argwaan, Kurt heeft een telegram gestuurd waarin hij waarschuwt dat er iemand met de gestolen papieren van Konrad Stein in aantocht is. Op het laatste moment, juist voordat men hem wil arresteren, weet de markgraaf zich uit de voeten te maken.

Andrej en de markgraaf treffen elkaar nog eenmaal in Petrograd. Andrej is daarheen gestuurd om de revolutie te dienen. De stad wordt bedreigd door de witten. Hij logeert bij de vader van een kameraad uit Semidol. Opnieuw voelt hij zich verloren, het uitgehongerde Petrograd komt hem vreemd en vijandig voor, de wind jaagt guur en onheilspellend door de straten. Een meisje dat in Semidol verliefd op hem is geraakt, Ríta Tverétskaja, is hem achternagereisd. Andrej en Rita hebben in Semidol een kortstondige liefdesrelatie gehad, waarbij het initiatief geheel van Rita uitging. Andrej had zich slechts lijdzaam overgegeven aan haar onmiddellijke lichamelijke nabijheid. Zij bedreven enkele malen de liefde – Rita uit hartstocht, Andrej met zijn gedachten bij Marie. Rita verwacht een kind van Andrej en trekt bij hem in. Dan komt de markgraaf onverwachts bij Andrej op bezoek. Hij is erin geslaagd zich een nieuwe valse identiteit aan te meten, staat op het punt Rusland definitief te verlaten en vraagt om onderdak voor één nacht. Met een zeker leedvermaak constateert hij de aanwezigheid van de zwangere Rita bij Andrej.

Wanneer de markgraaf veilig en wel is teruggekeerd op zijn kasteel in Bischofsberg, vertelt hij Marie met boosaardige voldoening over Andrejs 'nieuwe vrouw'. Marie gelooft hem niet. Ze trouwt pro forma met een Russische krijgsgevangene om de Russische nationaliteit te verkrijgen en naar Petrograd te kunnen reizen en spoort Andrej op. Wanneer ze bij hem arriveert, ziet ze de hoogzwangere Rita, wier barensweeën juist op dat moment beginnen. Met een huiveringwekkende schreeuw rent Marie weg om nooit meer bij Andrej terug te keren.

Andrej stort geestelijk in. Hij schrijft wanhopige brieven aan Marie en doolt verdwaasd rond door de stad. Op zijn dwaaltochten wordt hij steeds weer aangetrokken door alles wat vuil en vervallen is: opgebroken terreinen, puin, afval, roestige sloten op poorten. Hij heeft hallucinaties: op een nacht ziet hij zich omringd door ontelbare ratten die hem als een deinende grijze zee omringen. Hij is reddeloos verloren, rondom hem is slechts barre vlakte, boven hem de zwarte hemel, nergens een levende ziel te bekennen.

Dan duikt Kurt, die hem heeft opgespoord, weer in zijn leven op. Andrej vat weer even moed. Hij vertelt zijn oude vriend alles – over zijn relatie met Marie, zijn liefdesverdriet, zijn ontmoetingen met Mühlen-Schönau. Kurt hoort vol weerzin aan hoe Andrej de markgraaf, die vijand van de revolutie, Rusland heeft helpen uitvluchten. Andrej heeft hiermee zijn eigen kleine privé-belangetjes laten prevaleren boven het algemeen belang. Hij is een verrader. Kurt vermoordt hem, uit naam van de revolutie.

Analyse

Steden en jaren, geschreven tussen 1922 en 1924, is de eerste, bekendste en naar veler mening beste roman van Konstantín Fédin. Tevens is het een van de boeiendste romans, ooit geschreven door een auteur die in tijden van stalinisme en stagnatie officieel erkend en gelauwerd werd. Toch heeft

Fedin zijn ereplaats in de sovjetletteren minder te danken gehad aan *Steden en jaren* dan aan latere, ideologisch meer verantwoorde romans zoals *Eerste vreugden* (1946) en *Een ongewone zomer* (1948) en aan de leidinggevende positie die hij in de nadagen van zijn carrière, onder Chroesjtsjóv en Brézjnev, in de officiële Schrijversbond innam.

Steden en jaren verscheen in een tijd dat de literatuur nog niet ingesnoerd zat in het dwangbuis van het socialistisch realisme. De roman is allerminst een eenzijdige bewieroking van het marxisme-leninisme, zelfs niet van de Oktoberrevolutie. Van orthodoxe partijgetrouwe zijde is er in de loop der tijden dan ook herhaaldelijk kritiek uitgeoefend op *Steden en jaren*: de auteur was nog niet helemaal 'gerijpt'; hij 'zag vooral de schaduwkanten van de revolutie'; hij stond te lang stil bij 'één enkele principeloze en ontwortelde intellectueel'; zijn positieve held, Kurt Wahn, wekte in tegenstelling tot de anti-held Andréj geen sympathie bij de lezer. Fedin 'begreep niets van de opkomende kracht van het communisme, hij zag alleen maar verwoesting, wreedheid en verval', schreef een recensente verontwaardigd. De kritiek was het hevigst vlak na de eerste publicatie in 1924. Desondanks werd Fedin met deze roman op slag beroemd. Er volgden al snel vertalingen in het Tsjechisch, Duits, Spaans, Pools, Frans, Nederlands en andere talen, in de Sovjet-Unie beleefde de roman herdruk op herdruk.

In de Russische editie van 1952 werd door Fedin, of door onzichtbare redacteuren achter hem, de tekst enigszins aangepast. Om redenen van klaarblijkelijk hogere ideologische aard werd bij de beschrijving van een communistische functionaris tot driemaal toe diens oorspronkelijk door de auteur vermelde glazen gezicht, tekenend voor zijn levenloosheid, weggelaten en is het zinnetje 'Voor de revolutie kwaakten de kikkers en daarna zullen ze ook wel kwaken' afgezwakt tot 'Vroeger kwaakten de kikkers en nu ook'. Maar dit zijn vermakelijke kleinigheden.

Steden en jaren is een roman die thuishoort in de prille begintijd van de sovjetliteratuur, een tijd van literaire vernieuwing en experiment, toen er nog enthousiast naar nieuwe vormen en expressiemogelijkheden gezocht werd. Zamjátin en Pilnják waren toen de toonaangevende namen op het gebied van het proza. Fedin had zich aangesloten bij een groep jonge schrijvers die zich, naar een verhalencyclus van E.Th.A. Hoffmann, de Serapionbroeders noemden. Zij hadden geen programma en werden slechts verbonden door hun verscheidenheid. Vrije fantasie en individuele expressie stonden bij hen voorop. Elke overheidsbemoeienis met de literatuur, elke ideologische bevoogding werd afgewezen. De Serapionbroeders waren zogenaamde 'fellow travellers', dat wil zeggen ze accepteerden de leidende rol van de communistische partij en waren loyale staatsburgers, maar weigerden hun literaire talent direct in dienst te stellen van het communisme en partijpropagandisten te worden. Tijdens de bijeenkomsten van de 'broederschap' werd er hartstochtelijk gediscussieerd over literaire technieken, over stilistische en compositorische problemen, over de kneepjes van het vak. Voor de meeste Serapions was de originele, zo verrassend en effectvol mogelijke presentatie van de stof belangrijker dan de stof zelf. *Steden en jaren* vertoont duidelijke sporen van deze preoccupatie met de literaire vorm. Opvallend in de roman zijn: het barokke, 'ornamentele', nadrukkelijk 'literaire' taalgebruik, de voortdurende afwisseling van toon (lyrisch-pathetische passages worden afgewisseld met bewust a-literaire ingelaste tekstelementen als krantenknipsels, opschriften op verkeersborden, het programma van een demonstratie van kunstledematen en dergelijke), het spelen met perspectiefwisselingen en, vooral, de omgekeerde chronologie.

Steden en jaren is geschreven in een stijl die zich lijkt te verlustigen in zijn eigen virtuositeit. De intonatie is nu eens lyrisch, pathetisch, retorisch, dan weer droog of sarcastisch. Fedin is een meester in het stileren van geestelijke ontreddering. De brieven van Andrej aan Marie bijvoorbeeld, waarin hij zich vergelijkt met een verkleumd hondje dat zijn poten tot bloedens toe kapot krabt aan een dichte deur maar niet binnengelaten wordt, zijn indrukwekkende stijlproeven van wanhopige pathetiek en gefolterd verlangen. Maar vaak ook doet het overdadige taalgebruik gekunsteld aan ('Vanuit het noordwesten joeg de vochtige scheefschouderige wind fluitend en loeiend duisternis aan', 'De dagen sleepten zich voort als een kudde afgematte merries op de verschroeide steppe' en dergelijke). De jacht op het effect is vaak te zichtbaar, de ironie te dik. In de vele auteursexclamaties, herhalingen, alliteraties en andere klankeffecten laat zich de invloed van

Bjély's proza herkennen. Maar wat bij de symbolist Bjely, die behalve in zijn taal ook in zijn levensbeschouwing naar nieuwe werkelijkheden zocht, wel werkte, dat maakt bij Fedin, die in wezen een realist was, een enigszins maniëristische en gedateerde indruk.

Een belangrijk deel van zijn literaire kracht dankt de roman aan de zeer geraffineerde en originele opbouw. Het verhaal wordt in een gedeeltelijk omgekeerde chronologische volgorde verteld. *Steden en jaren* opent met het slothoofdstuk, waarin de laatste dagen en de liquidatie van Andrej beschreven worden. Daarna volgt het, chronologisch gezien, op twee na laatste hoofdstuk, met een beschrijving van de gebeurtenissen die zich zo'n drie jaar daarvoor in Petrograd hebben afgespeeld: de aankomst van Andrej, de overkomst van de zwangere Rita, het bezoek van de markgraaf. Het derde hoofdstuk voert ons vervolgens terug naar het werkelijke begin van de roman, naar het Duitsland van 1914 aan de vooravond van de Eerste Wereldoorlog. Pas dan wordt de normale chronologie hersteld. Geven we de negen hoofdstukken nummers die corresponderen met hun onderlinge volgorde, dan krijgen we de volgende reeks: 9-7-1-2-3-4-5-6-8. Een bijzondere positie neemt *Het hoofdstuk der uitweidingen* (hoofdstuk IV in de roman) in, dat niet direct met de hoofdhandeling verbonden is en eigenlijk een aparte novelle is. Hierin wordt de jeugd van Marie, vanaf haar zuigelingenjaren en het moment dat ze haar eerste zelfstandige schreden zet, op ontroerende en vaak humoristische wijze beschreven. Met dit hoofdstuk, dat ons nog verder terugvoert in de tijd, naar het begin van de eeuw, wordt andermaal de chronologie in de roman doorbroken.

De ingewikkelde compositie van de roman verwart en irriteert in het begin en vergt een zeker doorzettingsvermogen van de lezer. Aanvankelijk is de intrige volstrekt onbegrijpelijk. Maar gaandeweg, naarmate 'de kluwen zich ontrolt', begint de lezer de samenhang van episoden en personen te doorgronden en raakt hij steeds meer geboeid door het verhaal. *Steden en jaren* is als een legpuzzel die langzaam, stukje voor stukje, vorm krijgt. Op het eind, wanneer ten slotte alles 'past', ervaart de lezer de bevrediging van degene die zijn puzzel rond heeft. Het knappe is dat Fedin door de inversie van de chronologie de spanning niet wegneemt, zoals in een detectiveverhaal zou gebeuren wanneer de ontknoping vooraf onthuld zou worden, maar dat hij integendeel juist de nieuwsgierigheid prikkelt. De lezer wil begrijpen, zoekt naar beweeggronden, verbanden, causaliteit. En als de laatste bladzijde gelezen is, keert hij terug naar het begin om de eerste twee hoofdstukken te herlezen en alles nog eens op een rijtje te zetten.

Volgt *Steden en jaren* met zijn barokke taal en geraffineerde compositie de literaire geest van zijn tijd, tegelijkertijd betekende het werk juist een terugkeer naar de traditie van de klassieke 19e-eeuwse roman. Terwijl in het Russische proza van vlak na de revolutie juist het kortademige genre bloeide – de schets, de novelle, de uit losse 'snapshots' gemonteerde, 'filmische' roman – was *Steden en jaren* de eerste groots opgezette roman die een heel tijdperk omvatte. Fedin was een van de eerste schrijvers die na de amechtigheid van zijn tijdgenoten weer wijdlopig durfde te zijn. Zoals in *Oorlog en vrede* zijn in *Steden en jaren* persoonlijke lotgevallen vervlochten met historische gebeurtenissen en worden de hoofdpersonen door de jaren heen gevolgd tegen de achtergrond van de historie. De titel van Fedins roman verwijst naar de weidse dimensies van ruimte en tijd. De 'steden' zijn Neurenberg, Bischofsberg, Moskou, Semidol en Petrograd. Bischofsberg en Semidol zijn fictief, waarschijnlijk staan zij voor respectievelijk Zittau in Saksen (op het drielandenpunt Duitsland-Polen-Tsjechië) en Sýzran, zo'n 800 km ten oosten van Moskou, niet ver van Mordovië (de voormalige Autonome Socialistische Mordvinische Sovjetrepubliek). In Zittau was Fedin zelf gedurende de Eerste Wereldoorlog geïnterneerd, in Syzran was hij in de Russische burgeroorlog een tijdlang actief als partijpropagandist. De 'jaren', waarnaar de hoofdstukken vernoemd zijn, zijn 1914 tot en met 1922: de tijd van de Eerste Wereldoorlog, de revolutie en de burgeroorlog.

Ook om een andere reden is *Steden en jaren* een voortzetting van de 19e-eeuwse Russische romantraditie genoemd. De hoofdpersoon, Andrej Startsóv, is verwant met de 'overtollige mensen' uit de romans van Toergénjev, Gontsjaróv en anderen. Startsov is hun moderne 20e-eeuwse variant, ook wel 'weifelende intellectueel' genoemd. Hij heeft geen doel in zijn leven, hij kan geen keuzen maken, hij kan zichzelf niet geven, noch aan een ideaal noch aan een geliefd persoon. De revolutie laat hem eigenlijk koud, hij is geen gelovig communist, maar evenmin een overtuigd anticommunist.

Ook is hij niet principieel a-politiek, zoals dokter Zjivágo uit Pasternáks roman (die grosso modo in dezelfde tijd speelt als *Steden en jaren*). Zijn persoonlijke zaken zijn voor hem belangrijker dan de ontwikkeling van de maatschappij waarin hij leeft. Maar ook in zijn privé-leven ontplooit hij geen enkel initiatief. Hij doet geen poging tot hereniging met Marie, al is zij voortdurend in zijn gedachten. Ook de liefdesbetrekking met Ríta is iets dat hem louter overkomt. Hij zoekt haar niet, hij breekt evenmin met haar. Hij laat het allemaal maar gebeuren. Zijn grondhouding in het leven is passiviteit. Hij 'ondernam niets, hij wachtte alleen op een gunstige wind die hem naar de oever zou blazen waar hij trachtte aan te landen'. De tragedie van deze moderne overtollige mens, die zich niet kan handhaven in de nieuwe snel veranderende maatschappij (eigenlijk geen typisch Russische maar een algemeen menselijke tragedie), is door Fedin indrukwekkend beschreven. Andrej is niet slecht, hij is alleen zwak. Op het eind komt de schrijver tot de conclusie dat Andrej 'door geen enkele vlek bezoedeld' was, dat hij 'geen enkel bloemetje vertrapt' had. Andrejs enige fout is dat hij, zoals hij aan Marie schrijft, 'niet van ijzerdraad' is.

De tegenpool van Andrej is Kurt Wahn. Hij is wel van ijzerdraad, hij is een van die doortastende, rechtlijnige, gestaalde mannen die de revolutie nodig heeft. Hij is verwant met de mannen in 'leren jekkers' uit Pilnjaks roman *Het naakte jaar* (1921): kerels zonder enige reflectie, bezield door revolutionaire haat, meedogenloos wrekend, energiek puin ruimend te midden van de overblijfselen van de oude wereld. Als het in de bedoeling van de schrijver gelegen heeft met de figuur van Kurt Wahn een nieuw type positieve held te creëren, dan is deze poging mislukt (zoals bijna alle pogingen positieve helden te creëren). Kurt Wahn wekt geen sympathie bij de lezer. Tot tweemaal toe laat hij een abstract belang – Duitslands nationale eer, de Russische revolutie – prevaleren boven zijn persoonlijke vriendschap met Andrej. Zijn transformatie van vurige Duitse patriot tot enthousiaste bolsjewiek is abrupt en blijft een psychologisch mirakel. Hij lijkt zonder problemen over te stappen van het ene uiterste naar het andere. Toch is er een constante in zijn persoonlijkheid: zijn gebrek aan twijfel. Bovendien beschikt hij over een fenomenaal vermogen zich aan te passen aan het heersende politieke klimaat, wat hem in staat stelt te overleven. Andrej mist Kurts instinctieve levensdrang en gaat daarom te gronde. Andrej en Kurt lijken in hun onderlinge verhouding op een ander vriendenpaar uit de Russische literatuur: de hoofdpersonen uit de roman *Oblómov* van Gontsjarov. Ook daar een Russische dromer, Oblomov, die verliest in het leven, en een energieke Duitse 'doener', Stolz, die vooruitkomt in de wereld.

Interessant is de vraag in hoeverre Fedin zelf op zijn hoofdpersonen lijkt. Het lijdt geen twijfel dat de met veel inlevingsvermogen, sympathie en begrip voor zijn tragische passiviteit getekende Andrej dichter bij de schrijver staat dan de schematisch geschetste Kurt. Er zijn ook biografische overeenkomsten tussen Andrej en zijn schepper: ook Fedin studeerde in Duitsland toen de oorlog uitbrak, werd geïnterneerd, keerde in 1918 naar Moskou terug, had een korte periode van toenadering tot de bolsjewieken (hij was van 1919 tot 1921 lid van de communistische partij), werkte voor hen als propagandist in een provinciestad en hielp mee bij de verdediging van Petrograd tegen de witten. Maar daarmee houden de overeenkomsten op. Fedin ontkwam uiteindelijk aan het tragische lot van zijn overtollige held door een verregaande conformering aan de sovjetmaatschappij, door de weg van Kurt Wahn te gaan. Het is wellicht te gemakkelijk Fedins conformering vanuit de overzichtelijke behaaglijke positie van het heden te veroordelen – zij was in de dagen van Stálin immers een middel om het naakte bestaan te redden – maar Fedin ging te ver op de weg van Wahn doordat hij zich tegen het einde van zijn leven als eerste secretaris en later voorzitter van de Schrijversbond medeverantwoordelijk maakte voor de onderdrukking van de vrije Russische literatuur en de literaire executie van 'verraders' als Pasternak, Solzjenítsyn en Sinjávski.

Zijn gifpijlen bewaarde Fedin voor het chauvinistische en militaristische Duitsland. Het oerburgerlijk leventje in het keizerrijk wordt satirisch beschreven. Het leven verloopt er geordend, de stoepjes zijn geveegd, de paadjes aangeharkt, maar achter de welvoeglijke eerbiedwaardige façade schuilen bekrompenheid, fanatisme en wreedheid. Het aan de buitenkant fris en prettig ogende ziekenhuis van Bischofsberg onttrekt afschuwelijk verminkte oorlogsslachtoffers aan het zicht. Met de patiënten worden gruwelijke medische experimenten uitgevoerd, de verminkte benen van Lepéndin worden nog verder afgesneden om een nieuwe anesthesiemethode te testen. Met smaak toont Fedin hoe dit volgens een vast programma verlopende harmonische leventje ontregeld wordt door het verloop van de oorlog en de daarna ook in Duitsland uitbrekende revolutie. Illustratief voor de bespottelijke angstige benepenheid van de Duitse kleinburger is het bordje dat een sigarenhandelaar op zijn deur hangt: 'Verboden hier revolutie te maken'.

Treffend is ook het portret van markgraaf von zur Mühlen-Schönau, deze erudiete, elitaire, immorele, koelbloedige edelman. Aanvankelijk lijkt hij een persiflage op de ideale held uit een Duitse jeugdroman. Met zijn blonde haren, blauwe ogen, aristocratische trekken en officiersuniform is hij de droom van elk meisje in Bischofsberg, voor de primitieve Mordvinen is hij een idool. Hij is nauwelijks een levend mens, hij is een *telg*, de laatste vertegenwoordiger van een uitstervend geslacht, en daarvan is hij zich voortdurend bewust. In de loop van de roman wordt zijn portret duisterder. Vanwege zijn superieure minachting voor Mordvinen, Russen en andere barbaren, zijn 'Herrenmoral' en zijn sadisme hebben latere sovjetcritici hem het prototype van de fascist genoemd. Fedin zelf sprak van een 'Führertje in de dop'. Niet voor niets belandde de Duitse vertaling van *Steden en jaren* (1927), zoals Fedin zelf heeft gemeld, op de brandstapels van het Derde Rijk. In zijn latere pogingen, ook na de Tweede Wereldoorlog nog, om zich in zijn vaderland te rechtvaardigen tegenover de kritiek op zijn roman - waarvan hij 'de tekortkomingen onderkende' omdat hij er niet in was geslaagd een 'overtuigende positieve held' neer te zetten - heeft hij als meest overtuigende argument aangevoerd dat hij in *Steden en jaren* met zijn beschrijving van de broeierig agressieve sfeer in het Duitsland aan de vooravond van de eerste Wereldoorlog de wortels van het latere nationaal-socialisme heeft blootgelegd.

Met dit al is *Steden en jaren* niet zomaar een tendensroman waaruit men een duidelijk standpunt voor of tegen de jonge sovjetstaat kan distilleren. De schrijver streeft naar objectiviteit, realisme. In een brief aan Górki schreef Fedin dat hij 'het karakter van een tijdperk zo waarheidsgetrouw mogelijk had willen uitbeelden'. Hij registreerde slechts het tragische lot van een enkeling die vermalen wordt door de tandraderen van de revolutie.

De ambivalentie van de schrijver jegens de nieuwe tijd klinkt door in een van de motto's van de roman, het uit *A Tale of Two Cities* van Dickens stammende: 'We had everything before us, we had nothing before us'.

Toch zijn er wel passages te vinden die erop wijzen dat Fedin sympathiseerde met de revolutie. Hij laat de belangrijkste wreedheid in de roman, de ophanging van Lependin, door de witten begaan. Elders worden twee communistische activisten opgevoerd die een duizelingwekkende rit in een rijtuig maken, waarbij de snelle vaart en rechte lijn de gang van de revolutie symboliseren. Nog duidelijker en positiever tegenover de nieuwe maatschappij is een scène op het eind, getiteld *Het nieuwe land*, waarin Marie na het dramatische laatste bezoek aan Andrej verloren rondloopt door de straten van Petrograd en ten slotte opgenomen wordt in de werveling van een groep vrolijke schoolkinderen (= het jonge Rusland, vol beloften voor de toekomst), die haar enthousiast meevoeren, recht vooruit.

De grote morele vragen die in de roman worden opgeworpen - mag men geweld gebruiken uit naam van een hoger ideaal, dient men zich te laten inspireren door haat of door liefde, moet men het menselijke 'puin' van de revolutie onverbiddelijk opruimen of er medelijdend bij blijven stilstaan – die vragen blijven ten slotte onbeantwoord. En daardoor overtuigt de roman.

Zamjatin, Jevgeni Ivanovitsj

WIJ

1924/1927

Inhoud

De verre toekomst. Reeds duizend jaren bestaat er op aarde nog maar één rijk – de Enige Staat. Deze staat is ontstaan na de Grote Tweehonderdjarige Oorlog, die de wereldbevolking reduceerde tot 0,2 procent. De Enige Staat is opgebouwd uit glas: de straten spiegelen, de woonflats zijn doorzichtig, de bewoners worden van de buitenwereld afgeschermd door een doffe glazen wand, de Groene Muur. De vormen in de Enige Staat zijn streng geometrisch. De mensen hebben geen namen maar nummers. Ze dragen blauwe uniformen en hebben kortgeknipte schedels. De Enige Staat wordt geregeerd door de Weldoener. Een geheime politie, de Bewaarders, waakt over het welzijn van de bevolking. Overal op straat is gevoelige afluisterapparatuur aangebracht, die elk gesprek registreert. Terechtstellingen worden door de Weldoener hoogstpersoonlijk voltrokken met behulp van een Machine, die de slachtoffers in een oogwenk doet oplossen. De tijd van opstaan, de werktijden, het aantal uren slaap – het wordt allemaal tot in detail geregeld door een Tafel der Uren, een voor iedereen gelijk dagrooster. Iedereen brengt op hetzelfde moment de lepel naar de mond, het aantal voorgeschreven kauwbewegingen per hap is voor iedereen vijftig. Het horloge is het meest essentiële dagelijkse gebruiksvoorwerp. Eenmaal per dag moet men een stichtelijke lezing, gehouden door een robot, bijwonen.

Per etmaal zijn er twee Persoonlijke Uren die de nummers naar eigen goeddunken mogen invullen: ze kunnen bijvoorbeeld geordend in rijen van vier over straat wandelen of seks bedrijven met een willekeurig ander nummer. De nummers kunnen zich via een Seksueel Bureau, dat voor iedereen een vast aantal seksuele dagen becijfert, op elkaar laten inschrijven. Elk nummer bezit een Roze Bonboekje: vóór elke gemeenschap moet men een bon inleveren, dan verkrijgt men het recht de rolluiken in zijn glazen appartement neer te laten. Huwelijken en gezinnen komen niet meer voor, kinderen worden niet meer door de ouders opgevoed, maar collectief gekweekt. Het produceren van kinderen is voorbehouden aan degenen die voldoen aan een Vader- respectievelijk Moedernorm. Het transport geschiedt per metro en per aero (een soort klein luchtvaartuig). Men kan de Enige Staat niet verlaten. Boven de Groene Muur bevindt zich een veld van elektrische golven. Door de muur heen is een chaos van planten, bomen en zelfs wilde dieren zichtbaar. In de Enige Staat zelf zijn geen wilde planten of dieren. De roze zon in de Enige Staat schijnt getemperd en gelijkmatig, de maan is blauw.

Een van de modelburgers van de Enige Staat is de wiskundige D-503. Hij is de Eerste Bouwer van een reusachtig ruimteschip, de Integraal, dat bedoeld is om de bewoners van andere planeten het geluk te brengen en ze te 'integreren'. D-503 maakt notities waarin hij de grondbeginselen van zijn maatschappij uiteenzet voor de onbekende ruimtewezens. De titel van zijn geschrift is 'Wij'. Hij beschrijft het leven in de Enige Staat als ideaal: het individu gaat op in de collectiviteit, het 'ik' in het 'wij'. De wilde ongeorganiseerde staat van vrijheid zoals die nog voor de Tweehonderdjarige Oorlog voorkwam, is overwonnen; de nummers hebben harmonie en geluk bereikt. De hemel is wolkeloos.

Maar op een dag ontmoet D-503 tijdens een wandeling op straat I-330, een vrouw met raadselachtige X-vormige lijnen in haar gezicht. Zij maakt hem ironisch attent op zijn aapachtig behaarde handen, waarvoor hij zich altijd geschaamd heeft: een atavisme uit de oertijden van vóór de Enige Staat. Na die eerste ontmoeting blijft I-330 contact met hem zoeken. Zij laat zich op hem inschrijven als sekspartner. Zij irriteert en intrigeert hem, daagt hem uit, stelt vragen en duikt steeds onverwachts op om dan weer even onverwachts te verdwijnen. I-330 is scherp als een angel en injecteert hem met een zoet vrouwelijk gif. Zij is in alles het tegendeel van D's vaste sekspartner, O-90: een rond, onschuldig, onnozel kindvrouwtje.

O-90 en D-503 vormen een stabiele driehoek met R-13, een dichter wiens taak het is lofliederen te componeren op de Weldoener en de Enige Staat. Van jaloezie is binnen deze driehoek nooit sprake geweest. Nu echter, met het verschijnen van I-330, beginnen jaloezie en andere menselijke trekken D te bekruipen. Hij constateert dat hij het moeilijk kan verdragen dat I-330 ook sekspartner van R is. Het exacte mathematische gesloten denksysteem van D-503 begint scheurtjes te vertonen. Aan de stralend blauwe hemel verschijnen wolkjes. Zijn notities krijgen het karakter van een dagboek, waarin innerlijke roerselen beschreven worden. Droge constateringen en koud pathos maken plaats voor vraagzinnen.

Op een dag neemt I-330 D-503 mee naar het Huis van Oudheden, een museum onder een glazen stolp, aan de rand van de Groene Muur. Het is er duister, muffig, schimmig en bizar. Er wordt getoond hoe primitief de mensen in de 20e eeuw leefden. Daar prikkelt I voor het eerst D's diep verborgen erotische gevoelens. D-503. Gewend aan de kale steriele geslachtsdaad, raakt D-503 verstrikt in een net van subtiele sensualiteit. Hij wordt onzeker, op zijn werk is hij er met zijn gedachten niet bij. Hij marcheert op straat niet meer in de pas, hij begint uiterlijke verschillen tussen de mensen op te merken, het 'wij' splitst zich in 'ikken'. Ook in zichzelf ontdekt hij tegenstrijdige persoonlijkheden: de ene is de modelburger van de Enige Staat, de andere wil slechts in de nabijheid van I zijn. Hij desintegreert. Op het Medisch Bureau constateert een dokter, die bevriend is met I, een ongeneeslijke ziekte: er heeft zich bij hem een *ziel* gevormd. D-503 krijgt enkele dagen absolute rust voorgeschreven.

De onheilstekenen nemen toe. De hemel trekt dicht, aan de andere kant van de Groene Muur fladderen zwarte vogels onrustig tegen het elektrische veld aan, door de Muur heen wordt D-503 aangestaard door de gele ogen van een wild dier. Aan de muren van de Enige Staat verschijnen pamfletten met het geheimzinnige woord 'Mephi'. Er gaan geruchten dat er ongenummerden en harige mensachtige wezens waargenomen zijn. D-503 wordt steeds sterker aangetrokken door het Huis van Oudheden, waar hij en I elkaar geregeld treffen. Op een dag gaat hij daar op zoek naar haar. Omdat hij meent gevolgd te worden door S-4711, een Bewaarder, verstopt hij zich in een klerenkast. Tot zijn verbijstering merkt hij dat deze kast toegang geeft tot een stelsel van geheime onderaardse gangen. Aan het einde ervan is een zware deur waarachter zich de dokter en I-330 blijken te bevinden. I brengt D haastig terug naar de bekende wereld.

Ondertussen is de spiegelgladde verhouding tussen D-503 en O-90 verstoord. O is jaloers op I en blijkt ook verder tal van menselijke trekken te vertonen. Zij houdt van D en wil een kind van hem, hoewel dat streng verboden is (O-90 is tien centimeter te klein voor de Moedernorm). Desondanks komt D aan haar verlangen tegemoet. Een andere vrouw, de afstotelijke visachtige Ü, die controleuse is in de flat van D, merkt dat hij desintegreert en probeert zich moederlijk over hem te ontfermen.

Op straat is D-503 getuige van een vreemde scène: enkele arrestanten worden gevankelijk door Bewaarders afgevoerd, een van hen krijgt slaag met de elektrische zweep, de vonken spatten in het rond. Plotseling rent er een vrouw uit de wandelende menigte te voorschijn en begint luidkeels te protesteren. D meent dat het I is en schiet haar instinctief te hulp. Maar het blijkt een andere vrouw te zijn. Zij en D worden gevangengenomen. Door een interventie van S, sinds enige tijd D's onafscheidelijke schaduw, wordt D weer vrijgelaten.

Dan wordt de jaarlijkse Dag der Eensgezindheid gevierd, waarop de Weldoener volgens gewoonte unaniem door het volk in een reusachtig stadion tot leider herkozen wordt. Deze keer neemt D een zekere onrust op de tribunes waar. Als de in het wit gehulde Weldoener per aero uit de hemel is nedergedaald en de verkiezing wordt gehouden, blijken er bij het handopsteken duizenden nummers, waaronder I-330, tegen te stemmen! Dit is ongehoord. Er breekt paniek uit. De Bewaarders komen in actie. I wordt uit het gewoel weggedragen door R-13. In een opwelling van jaloezie stormt D op R af en neemt I van hem over.

I onthult dat zij de leidster is van een groep revolutionairen, waarvan ook R-13 en de dokter deel uitmaken. Zij voert D door de geheime gangen onder het Huis van Oudheden mee naar de andere kant van de Muur. De wereld daar is verontrustend anders, grillig en bont. Alles ritselt, beweegt, fladdert. Er lopen een soort naakte harige menswezens rond, die zich Mephi's noemen. Het zijn de nakomelingen van mensen die na de Tweehonderdjarige Oorlog de bossen in zijn gevlucht en ontkomen zijn aan de greep van de Enige Staat. Zij kennen nog angst, blijdschap en razende woede. Ze voelen nog de koude en aanbidden het vuur. I-330 wil samen met hen de Enige Staat vernietigen. Hun hoop is gevestigd op de Integraal, die over enkele dagen een proefvlucht zal maken. Met medewerking van D-503 willen ze het ruimteschip kapen en als wapen gebruiken.

Verdwaasd keert D-503 terug naar zijn eigen wereld, waar de 'zielziekte' onder de nummers inmiddels epidemische vormen heeft aangenomen. Als tegenmaatregel wordt er door de autoriteiten een Grote Operatie voorbereid. De medische wetenschap heeft in de hersenen het plekje ontdekt waar de fantasie gelokaliseerd is. Door een drievoudige bestraling kan deze ziektehaard uit de hersenen weggebrand worden. Alle nummers moeten zich, voor hun eigen bestwil, aan deze operatie onderwerpen. De eerste nummers zijn reeds geopereerd en rollen als 'mensachtige tractoren' de fabrieken uit. De zwangere O-90 ontkomt met hulp van D-503 en I-330 naar de andere kant van de Muur.

De proefvlucht van de Integraal vindt plaats. De kaping onderweg wordt verijdeld door Bewaarders aan boord. Het plan van de opstand blijkt verraden door Ü, die tijdens afwezigheid van D zijn notities heeft gelezen. Terug op aarde treft D er een apocalyptische sfeer aan: Bewaarders en geopereerden jagen op nummers die zich aan de operatie willen onttrekken. Er wordt ordeloos rondgelopen, kinderen vluchten, geliefden bedrijven zonder bonnen en rolluiken de liefde, er zijn spandoeken waarop 'Weg met de Operatie' staat, I-330 roept de nummers in een metrostation op tot verzet. Er volgt een explosie, in de Muur wordt een gat geslagen, zwarte vogels vliegen naar binnen.

D-503, die op het punt staat Ü te vermoorden, wordt ontboden bij de Weldoener. De grote leider van de Enige Staat - een reusachtige, grimmig-majestueuze, als uit metaal gegoten gestalte - roept D op tot inkeer. De operatie brengt volgens Hem de mens terug naar het paradijs door hem zijn laatste onbeheersbare verlangens en onrustige gedachten te ontnemen.

De Weldoener brengt D een dodelijke slag toe door te suggereren dat I-330 en haar opstandelingen hem alleen als Bouwer van de Integraal nodig hadden. Verpletterd en verteerd door primitief liefdesverdriet begeeft D zich naar het Bureau van de Bewaarders om alles op te biechten. Maar S-4711, die behalve Bewaarder ook opstandeling blijkt te zijn, stuurt hem terug. Ontredderd rondzwervend treft D zijn buurman die hem vertelt dat hij heeft uitgerekend dat het heelal eindig is. De laatste vraag die in D's verziekte fantasie opdoemt – 'Maar wat is er dan daar waar het heelal ophoudt?' – wordt niet meer beantwoord, want men pakt hem op en brengt hem naar de operatiezaal.

Hij wordt definitief genezen, hij komt tot rust en vindt het totale geluk. Er is een lastige splinter uit zijn hoofd getrokken. Hij blijft onbewogen wanneer in zijn tegenwoordigheid I-330 wordt gemarteld. Bij de Muur wordt nog steeds gevochten, er zijn nog steeds niet-geopereerde nummers, maar D-503 twijfelt niet: 'wij' en het verstand zullen zegevieren!

Analyse

Zamjátins anti-utopische roman *Wij* werd geschreven in 1920. Hoewel de schrijver indertijd een centrale positie in het culturele leven van de jonge sovjetstaat innam, kon het werk daar niet gepubliceerd worden. In 1924 verscheen er in Amerika een Engelse vertaling, gevolgd door vertalingen in het Tsjechisch (1927) en het Frans (1929). In 1927 publiceerde het tijdschrift *Ruslands wil*, een emigrantenblad in Praag, in drie afleveringen de originele Russische versie. De redactie verklaarde in een voetnoot dat het om een terugvertaling uit het Tsjechisch ging, opdat de schrijver zelf niet in moeilijkheden zou geraken en elke persoonlijke verantwoordelijkheid voor de publicatie kon afwijzen. Desalniettemin brak er daarna in de Sovjet-Unie een ware hetze tegen Zamjatin uit. Zijn roman was een 'infaam smaadschrift tegen de socialistische toekomst', een 'contrarevolutionaire uitval van de schrijver'. Vanaf 1929 was hij in zijn vaderland een 'unperson'. Twee jaar later mocht hij, na een brief aan Stálin en voorspraak van Górki, emigreren. Pas in 1952 verscheen in New

York de Russische tekst voor het eerst in boekvorm. In de Sovjet-Unie werd de roman ruim een halve eeuw doodgezwegen – tot het eind van de jaren tachtig, toen literair alles mogelijk werd en ook het verbod op anti-utopische romans werd opgeheven. *Wij* werd er, ongecensureerd en van objectief commentaar voorzien, gepubliceerd in 1988.

Wij wordt wel beschouwd als de eerste literaire anti-utopie (ook wel dystopie, contra-utopie of zelfs aipotu, een palindroom van utopia, genoemd). Deze roman is de, relatief onbekende, voorloper van Aldous Huxleys *Brave New World* (1932) en Orwells *1984* (1949). Als belangrijkste andere Russische anti-utopieën uit de eerste helft van de 20e eeuw kunnen het toneelstuk *De wandluis* van Majakóvski en de romans *Tsjevengóer* en *De bouwput* van Platónov genoemd worden. Vooral de overeenkomsten tussen *Wij* en *Brave New World* zijn treffend, maar in hoeverre *Wij* Huxley beïnvloed heeft, is onduidelijk. Het is niet zeker of Huxley de Engelse vertaling van *Wij* kende. Orwell kende de Franse vertaling en schreef in 1946 een recensie, waarin hij het boek artistiek zwak, maar politiek uiterst belangrijk noemde.

Met het profetische inzicht van de grote kunstenaar heeft Zamjatin reeds in een vroeg stadium de eerste tekenen van een ontwikkeling naar totalitarisme om zich heen opgemerkt, maar hij zou waarschijnlijk vreemd hebben opgekeken als men hem in 1920 verteld had dat over enkele decennia Grote Weldoeners in Rusland en China de kans zouden krijgen menig grondprincipe van de Enige Staat (of 'Vereende Staat') in praktijk te brengen. Want *Wij* is niet in de eerste plaats bedoeld als een waarschuwing tegen een specifieke ideologie als het communisme, het is meer een satire op menselijk conformisme in het algemeen. In die zin is het algemener en abstracter dan bijvoorbeeld 1984. *Wij* heeft veel gemeen met andere verhalen van Zamjatin, waarin op dezelfde vernietigend satirische wijze de allerminst communistische, oerburgerlijke Engelse samenleving wordt gehekeld, zoals *De eilandbewoners* (1917) en *De visser van mensen* (1918). In *De eilandbewoners* komt een vicaris voor die met zijn ideeën over een 'Testament van Gedwongen Verlossing' en een door de 'Grote Machine van de Staat' tot het uiterste geordende maatschappij een duidelijke voorloper is van de grote Weldoener.

Bijzonder opvallend in *Wij* is de satirische associatie die gelegd wordt tussen de totalitair-collectivistische Enige Staat en het christendom. De Bewaarders worden vergeleken met beschermengelen; elk nummer heeft zijn eigen engelbewaarder, die hem beschut en voor misstappen behoedt. Het rigide, voor iedereen gelijke dagrooster heet Tafel der Uren, een verwijzing naar de Tafelen der Wet. Bij openbare terechtstellingen heerst dezelfde gewijde plechtige stilte als bij een hoogmis. De in het wit gehulde Weldoener daalt als de Heilige Geest uit de hemel neer. Hij is wijs en liefhebbend wreed als Jahwe. In plaats van het 'God zij dank' ligt D-503 het 'Weldoener zij dank' in de mond bestorven. De Enige Staat, die al bijna tien eeuwen bestaat, is niets anders dan de realisering van het duizendjarige rijk waar in de Openbaring over wordt gesproken. Aan het eind van de duizend jaren breekt voor korte tijd de duivel los. En ten slotte voert de Weldoener de mens terug naar het paradijs, waaruit hij eens verdreven werd omdat hij vrijheid boven geluk verkoos: de Weldoener ontneemt hem zijn laatste restje vrijheid en geeft hem het geluk terug – en de mens is weer pril en onschuldig als in den beginne. Door aldus voortdurend overeenkomsten tussen christendom en totalitaire eenheidsstaat te suggereren slaat Zamjatin twee vliegen in één klap: totalitair communisme wordt geridiculiseerd als imitatiereligie en het christendom wordt ontmaskerd als de natuurlijke voorloper van het totalitaire communisme. In *Wij* wordt de Enige Staat openlijk vergeleken met de Alleenzaligmakende Kerk.

Dezelfde opvatting heeft Zamjatin ook in enkele essays uitgewerkt. Zamjatin verafschuwde het christendom, vooral de in de rooms-katholieke Kerk geïnstitutionaliseerde variant ervan. Hij noemde het bolsjewisme met zijn pathologische angst voor ketterij 'het nieuwe katholicisme'. In *Wij* gaat I-330 zelfs zo ver dat zij de opstandelingen en de 'Mephi's' (van Mephistopheles) associeert met de duivel. De duivel brengt vrijheid, God de Weldoener alleen geluk. De tegenstelling tussen geluk zonder vrijheid en vrijheid zonder geluk, een van de hoofdthema's van de roman, wordt door I-330 ook geformuleerd als die tussen 'entropie' en 'energie'. Entropie streeft naar gelukzalige rust en evenwicht, energie naar verstoring daarvan, naar de kwelling van de eindeloze beweging. I-330 verwoordt in *Wij* de opvattingen van Zamjatin zelf, die deze tegenstelling tussen entropie en energie later nader theoretisch zou uitwerken in zijn essay *Over literatuur, revolutie, entropie en andere zaken* (1923), waarin hij constateert dat er overal een neiging tot verstarring heerst, en waarin hij pleit voor ketterij als enige remedie tegen 'de entropie van het menselijk denken'.

Wij kwam als toekomstroman niet uit de lucht vallen. Er waren indertijd bijvoorbeeld al de romans van H.G. Wells, wiens werk zowel utopische als anti-utopische elementen bevatte. Zamjatin had een grote waardering voor Wells, maar veel directe invloed is er niet. De romans van Wells moeten het vooral hebben van spectaculaire nieuwe uitvindingen, ze zijn meer sciencefiction. De technische snufjes in *Wij* zijn niet zo indrukwekkend, alleen de aero's maken nu nog een futuristische indruk. De hersenoperatie waardoor de fantasie verwijderd wordt, schijnt ons in het licht van de moderne hersenanatomie die de menselijke emoties tracht te lokaliseren, allang niet meer zo fantastisch toe. En de Integraal die de ruimte in wordt gestuurd om de bewoners van nabije planeten als Venus en Uranus gelukkig te maken, ontlokt de ervaren lezer van hedendaagse sciencefiction slechts een meewarige glimlach.

Veel groter is de invloed van Dostojévski geweest. Zo is de Weldoener wel aangewezen als de rechtstreekse opvolger van de Grootinquisiteur uit de legende die in *De gebroeders Karamázov* door Iván verteld wordt. Maar het opvallendst is de lijn die van *Aantekeningen uit het ondergrondse* naar *Wij* loopt. Het beangstigende toekomstvisioen van de ondergrondse mens, die een zielloze socialistische maatschappij (welgeordende mierenhoop) voor ogen ziet, lijkt volledig gerealiseerd in de Enige Staat. De meeste metaforen die de ondergrondse mens gebruikt om zijn visie toe te lichten, zijn terug te vinden in Zamjatins anti-utopie: het 'kristallen paleis' als steriel streefideaal voor de toekomstige massamens is in *Wij* de glazen eenheidsstaat geworden; de 'stenen muur', waarvoor de mens halt houdt en die het menselijke denken binnen de perken houdt, verschijnt als de Groene Muur, die de nummers afschermt van het ware leven en van de oneindigheid; het '2x2=4', symbool voor voldongenheid en triomf van de rede, beheerst het denken van D-503 en zelfs de poëzie van R-13. Als irrationele tegensymbolen verschijnen in *Wij* de onbekende x uit de algebraïsche vergelijking, √-1 en het laatste getal. De Enige Staat is de perfecte rationele samenleving waartegen de ondergrondse mens in opstand kwam. en de ondergrondse mens als I-330 weigeren gelukkig te zijn in zo'n samenleving: de een behoudt zich het recht voor zijn tong ertegen uit te steken, de ander vecht daadwerkelijk tegen het 'weldadige juk der rede', in naam van de 'wilde toestand der vrijheid'. Net als in Dostojevski's *Aantekeningen*, waar het begrip 'ondergrondse' zowel een politieke als een psychologische betekenis heeft, symboliseren ook de ondergrondse gangen in *Wij* tegelijk de weg naar de vrije wereld en de doolhof van het onderbewuste. I-330 gidst D-503 door deze gangen van het onderbewuste en helpt hem zijn ware 'ik' te vinden. De roman krijgt aldus een dieptepsychologische dimensie.

De vele betekenislagen, verborgen symbolen en dubbele bodems maken *Wij* tot even fascinerende lectuur als *Petersburg* van Bjély. In beide romans worden voortdurend verbanden gelegd tussen verschillende werkelijkheidssferen. Elk detail heeft betekenis, elk beeld keert terug en wordt nader uitgewerkt, alles is doordacht en past als een legpuzzel in elkaar. Mooi weergegeven is bijvoorbeeld de volmaakte congruentie tussen weersgesteldheid en zichtbare hemel enerzijds, en het innerlijke landschap van D-503 anderzijds: eerst een wolkeloze, dan een bewolkte, vervolgens een geheel bedekte hemel; en ten slotte daalt er een mist neer, die alles wazig maakt. Het binnendringen van de oerwereld wordt gesymboliseerd door opstekende wind, ongrijpbare herfstdraden die vanachter de Groene Muur overwaaien en aan het gezicht blijven kleven, en zwarte vogels die het firmament bezaaien.

Wij is briljant geschreven. De taal is ongemeen geconcentreerd en doorwrocht. Elke bladzijde is rijk aan verrassende en originele metaforen, al verkeert deze overvloed hier en daar in overdaad, waardoor het lezen tot een soort hersengymnastiek wordt en de lezer vermoeid raakt. Karakteristiek voor Zamjatins stijl is de zogenaamde gerealiseerde metafoor: de beeldspraak wordt consequent voortgezet en gaat een eigen leven leiden. De vierkante schedel van S-4711 bijvoorbeeld doet D-503 denken aan een gesloten koffertje. Dan begint de eigenaar 'er wat in te rommelen en haalt er iets uit te voorschijn', dat wil zeggen hij spreekt een gedachte uit. En wanneer I-330 haar oogleden sluit, 'laat zij rolluiken neer', zij wordt ontoegankelijk. De verteller associeert vervolgens haar hele gezicht met de gevel van een huis; de ogen zijn vensters, waarachter een geheimzinnig en gastvrij licht brandt en zich schaduwen van menselijke gestalten aftekenen. Als I-330 haar rolluiken optrekt, gunt zij D-503 een blik op haar interieur, oftewel zij laat hem haar ziel binnendringen. Deze metafoor waarbij interieur voor innerlijk staat, wordt de hele roman volgehouden.

Omdat de hoofdpersoon wiskundige is, neigt zijn taal naar formules en exactheid. 'Tegen vieren (exacter gezegd om 10 voor 16)', 'Bij het afscheid kuste ik tweemaal – nee, laat ik precies zijn – driemaal haar ... ogen' enzovoort. Deze gemoedelijke ironisering van de hoofdpersoon door middel van mathematisch taalgebruik krijgt plotseling een grimmige kant wanneer D-503 een ongelukje bij het proefdraaien van de Integraal, waarbij tien nummers worden verpulverd, afdoet als statistisch insignificant. Deze tien nummers vertegenwoordigen 'maar 0,000.000.1 procent van de totale bevolking'.

De bewoners van de Enige Staat worden allen treffend gekarakteriseerd door bepaalde attributen, die zelfs al in de letters van de namen tot uitdrukking komen: O is rond en onschuldig, I irriterend en stekelig, R asymmetrisch en S een slangvormige dubbelspion. In het tot groteske proporties overdrijven van uiterlijke attributen van de romanfiguren (de reusachtige oren van S bijvoorbeeld) hoort Zamjatin thuis in een literaire traditie die begon bij Gógol en voortgezet werd door onder anderen Bjely.

Wij is een van de belangrijkste Russische romans uit de 20e eeuw, zowel door de visie die eruit spreekt, als door de fascinerende literaire uitwerking. Deze dodelijke satire op het menselijke conformisme is in onze tijd onverwacht actueel geworden. Zamjatins huiveringwekkende toekomstvisioen is in veel opzichten in vervulling gegaan. *Wij* is een van de eerste waarschuwingen tegen de robotisering van de mens, zoals die in moderne landen al voor een deel verwezenlijkt is: lopende banden, identieke werktijden en dagroosters, collectieve opvoeding van kinderen en dergelijke. Profetisch is de roman ook gebleken waar het de eugenetica en de gaskamers van het Derde Rijk voorspelde, terwijl ook de overeenkomsten met de totaal gecontroleerde maatschappijen van het 'reëel bestaande socialisme' die zich door middel van muren afschermen van de buitenwereld, treffend zijn. Tot in zulke details als de lange rijen verklikkers in het Bureau van Bewaarders is er gelijkenis. Al is de roman niet geschreven als een anti-sovjetpamflet, *Wij* is wel zó herkenbaar gebleken dat de roman in communistische landen tot het tijdperk-Gorbatsjóv volledig taboe is geweest.

Babel, Isaak Emmanoeilovitsj

RODE RUITERIJ

1926

Inhoud

Rode Ruiterij is een cyclus van vijfendertig verhalen waarin voorvallen uit de Pools-Russische oorlog van 1919-1921 – een nasleep van de Russische burgeroorlog – worden beschreven. De meeste verhalen worden verteld uit naam van een 'ik', de joodse intellectueel Ljóetov, die zelf aan de oorlog deelneemt. Hij is verbonden aan de sectie voor politieke propaganda in het Eerste Cavalerieleger onder commando van generaal Boedjónny, de zogeheten 'Rode Ruiterij'.

De overtocht over de Zbrucz De Rode Ruiterij heeft Novográd-Volýnsk veroverd op de Polen. De tros van het leger trekt door de maagdelijke vlakten van Wolynië in de richting van die stad. Het landschap koestert zich weelderig in de gloed van de dag. Bij nacht wordt de rivier de Zbrucz overgestoken. In Novograd-Volynsk vindt Ljoetov kwartier in de vervallen woning van een joods gezin. Hij legt zich te rusten naast een slapende man. Onrustige dromen kwellen hem. Hij wordt gewekt door de dochter van de man. Zij verzoekt Ljoetov hem niet te storen. Het is haar vader. Hij blijkt dood, zijn gezicht is doormidden gekliefd. Voordat zij de stad uit vluchtten, hebben de Polen hem afgemaakt. Vergeefs had hij hun gesmeekt hem niet in het bijzijn van zijn dochter, die zwanger is, te doden. Geëmotioneerd vertelt de vrouw: zelfs vlak voor zijn dood dacht hij niet aan zichzelf, maar aan háár!

De katholieke kerk van Novograd Tijdens het verblijf in Novograd-Volynsk bezoekt Ljoetov de plaatselijke pastorie, waar de militaire commissaris van zijn afdeling ingekwartierd is. De Poolse pastoor is gevlucht. Achtergebleven zijn de huishoudster, pani Eliza, en de hulppriester, pan Romuald, die de Russen hartelijk onthaalt maar zich later zal ontpoppen als een verrader. De commissaris is afwezig. Ljoetov wordt in de keuken door pani Eliza op thee en koekjes getrakteerd en drinkt rum met pan Romuald. Wee makende, stroperig-katholieke geuren omvangen hem. Hij voelt zich ingesponnen in een web van steelse roomse verlokkingen. Hij loopt naar buiten en begeeft zich in de kerk naast de pastorie. De sfeer is er fascinerend én bedreigend: schemerige holle ruimten, verborgen nissen, mysterieuze madonna's. Hij verdwaalt in de ondergrondse gewelven, maar wordt gevonden door zijn kameraden die het gebouw doorzoeken. De kerk bergt in haar binnenste onverwachte schatten. De pastoor had er goud, geld en juwelen verborgen.

De brief Vasíli Koerdjoekóv, een jongen van eenvoudige boerenkomaf, dicteert Ljoetov een brief aan zijn moeder. Of in het dorp alles goed gaat. Of zijn paard weer normaal loopt. Of zij zijn varken wil slachten. Met hem is alles prima. Hij is nu in Polenland en dient bij de Politieke Sectie van de Rode Ruiterij. Er is nieuws over zijn vader en zijn twee grote broers, Fjódor en Semjón. Samen met Fjodor viel hij een jaar geleden in handen van vader, die officier bij de witten was. Vader maakte Fjodor af. Toen de kansen later keerden, kreeg de andere broer, Semjon, een held in het Rode Leger, vader te pakken. Op zijn beurt ranselde hij hem dood. Hij, Vasili, was erbij, maar kan niet alle bijzonderheden vertellen omdat hij op het beslissende moment door zijn broer weggestuurd werd. Dat was in Majkóp. Daarna was hij nog een tijd in Novorossíjsk aan de Zwarte Zee gestationeerd. Tot hij bij Boedjonny kwam. Wil zij goed voor zijn paard zorgen? Na deze brief gediteerd te hebben laat Vasili Ljoetov een oud familiekiekje van het door de burgeroorlog verscheurde gezin Koerdjoekov zien: een stramme vader met een fanatieke blik in de ogen, in veldwachtersuniform gestoken;

een schuchter moedertje, en twee reusachtige botte kinkels van zonen – Vasili's broers, Fjodor en Semjon.

De commandant van de remonte De cavalerie heeft verse paarden nodig. Ze worden in de omringende dorpjes door de remontecommissie gevorderd. De boeren, die hun kloeke werkpaarden ingeruild zien voor afgereden scharminkels, protesteren luidkeels. Een van hen toont wat hem toegewezen is: een paard, zo zwak dat het niet eens meer op zijn benen kan staan. De commandant van de remontecommissie, de atletisch gebouwde en fier besnorde ex-circusartiest Djákov, lacht hem uit. Met de geroutineerde vanzelfsprekendheid van iemand die gewend is te gebieden, striemt hij het creperende paard op de bloederige flanken. Het dier herkent zijn meester en werkt zich met zijn laatste krachten overeind. Djákov loopt veerkrachtig weg bij de verbouwereerde boer.

Pan Apólek Een van de kleurrijkste personen die Ljoetov in Novograd-Volynsk leert kennen, is de kunstschilder pan Apolek. Ljoetov treft hem in de keuken van pani Eliza en hoort zijn levensgeschiedenis aan. Eens zwierf Apolek in gezelschap van een blinde muzikant rond door de wereld, totdat hij op een dag deze stad aandeed en van de pastoor de opdracht kreeg de kerk te beschilderen. Sindsdien is hij er blijven hangen. Zijn kunst is een dubieus mengsel van religiositeit en ketterij. Hij beeldt zijn bijbelse personages en heiligen heel realistisch af door hun de trekken van plaatselijke bewoners te geven. De fresco's en schilderijen in de kerk tonen menig alledaags gezicht. Het hoofd van Johannes de Doper heeft een onmiskenbare gelijkenis met dat van pan Romuald (met een slangetje uit de mond). De roodwangige huishoudster Eliza heeft model gestaan voor de Heilige Maagd. De pastoor is tot zijn eigen tevredenheid afgebeeld als Wijze uit het Oosten. Maar toen pan Apolek heiligschennende voorstellingen begon te maken (de joodse straatmeid Elka bijvoorbeeld als Maria Magdalena), kwam hij in conflict met kerk en gezag. Men probeerde hem weg te krijgen uit de stad. Een hoge kerkelijke commissie stelde een onderzoek in. Maar het gewone volk, dat van hem hield, kwam voor hem op en verhinderde dat hij weggestuurd werd. Men overstelpte hem met opdrachten. Iedereen wilde zich afgebeeld zien als heilige (en zijn vijand als Judas). Na dertig jaar is het conflict tussen pan Apolek en het gezag onbeslist gebleven. De autoriteiten zijn gedwongen zijn schilderijen te dulden, evenals de door hem met smaak vertelde blasfemische verhalen (bijvoorbeeld over Christus die uit medelijden met de door haar bruidegom verlaten Debora een kind bij haar verwekte). Ljoetov luistert geboeid toe. Hij bedrinkt zich aan de woorden van pan Apolek, deze buitenstaander, kunstenaar en ketter, met wie hij zich in zijn hart verwant voelt.

De zon van Italië Na een van zijn bezoeken aan de keuken van pani Eliza keert Ljoetov op een avond door de maanverlichte, half verwoeste stad terug naar zijn kwartier. Hij is hooggestemd, maar de aanblik van zijn zwartgallige kamergenoot Sídorov, die in het sombere vertrek een brief zit te schrijven, ontnuchtert hem. Als Sidorov midden in de nacht wordt weggeroepen, leest Ljoetov wat hij geschreven heeft. De brief, gericht aan ene Victoria, onthult Sidorovs duistere zijden, zijn misantropie, zijn teleurstelling in de revolutie en zijn geheime dromen. Hij is moe en ziek van de nieuwe machthebbers, de bolsjewistische bureaucraten in Moskou die hun oorspronkelijke revolutionaire elan verloren hebben. Vol bittere ironie schrijft hij over voormalige medeanarchisten die nu voor Lenin spelen. Hij, Sidorov, wil actie. Hij zou het liefst naar Italië gaan om koning Emanuel te vermoorden en ook daar een revolutionaire brand te stichten. Hij bereidt zich al voor. Hij leest boeken over het land en leert de taal. Kan Victoria haar invloed in hoge kringen niet aanwenden en regelen dat hij bijvoorbeeld voor zijn gezondheid naar het zonnige Italië gestuurd wordt? Na lezing van de brief legt Ljoetov zich te rusten. Hij kan de slaap niet vatten. Nadat Sidorov teruggekeerd is, ziet Ljoetov de terrorist in spe nog lang bij het licht van een kaars over een platenboek van Rome gebogen zitten, van alle kanten omringd door de bedompte duisternis van het kwartier.

Gedáli Ljoetov dwaalt door het getto van Zjitómir, gedreven door herinneringen uit zijn joodse jeugd. Het is vrijdagavond. Alles wacht op de sabbat. De markt is uitgestorven. Bijna alle kraampjes zijn afgegrendeld.

Eén uitdragerswinkeltje is nog open. De eigenaar is Gedali, een oud mannetje met halfblinde ogen achter rookgrijze brillenglazen en gehuld in een groene, tot aan de grond reikende kaftan. Ljoetov raakt met hem aan de praat. Gedali is een zachtmoedig man met een filosofische kijk op het leven. Het gesprek komt op de revolutie. Gedali is bereid de revolutie te accepteren mits deze de sabbat respecteert. Soms weet hij echter niet waar de grens loopt tussen revolutie en contrarevolutie, tussen goed en kwaad. Hij heeft wreedheden van beide kanten gezien. De Polen tuigen joden af, de soldaten der revolutie vorderen hun bezittingen. Gedali hoopt op een nieuwe geweldloze Internationale, een van louter goede mensen. Ljoetov werpt tegen dat er zonder buskruit en bloedvergieten geen revolutie gemaakt kan worden. Dan verschijnt er een schuchtere ster aan de hemel die aankondigt dat de sabbat aangebroken is. Gedali sluit zijn winkeltje en begeeft zich ter synagoge.

Mijn eerste gans Ljoetov wordt overgeplaatst naar een nieuw onderdeel. De commandant van de divisie waar hij zich meldt, de fysiek imposante Savítski, bekijkt hem meewarig. Wat moet hij aan met dat onooglijke bebrilde mannetje, dat volgens eigen zeggen rechten heeft gestudeerd aan de Universiteit van Petersburg? Hij kan maar beter op zijn tellen passen: de kozakken met wie hij te maken zal krijgen, zijn rauwe klanten. Ze hebben al eens eerder zo'n brillenjood koudgemaakt. En inderdaad, de kozakken bij wie Ljoetov ingekwartierd wordt, onthalen de nieuwkomer op gepaste wijze: een van hen smijt zijn koffer weg en laat een serie scheten in zijn gezicht. Ljoetov krijgt geen kans om rustig in een hoekje de *Právda* te lezen, steeds wordt hij lastiggevallen en getreiterd. Hij wordt niet aan de gemeenschappelijke pot genood. Ljoetov vraagt de kwartiergeefster, een oude halfblinde boerin, wat te eten. Als zij hem niet snel genoeg ter wille is, stort hij zich op een gans die op het erf rondloopt. Hij gaat het dier op de kop staan, breekt het knarsend de nek en gelast de boerin het voor hem te braden. Zijn optreden maakt indruk. De houding van de kozakken verandert op slag. Ljoetov hoort er nu bij. Hij mag mee-eten uit de gemeenschappelijke pot en hun uit de krant een rede van Lénin voorlezen.

's Nachts slapen ze als kameraden naast elkaar in het hooi. Ljoetov heeft mooie dromen. Alleen diep in zijn hart knarst de ganzekop na.

De rabbi Gedali neemt Ljoetov mee naar rabbi Motale Bracláwski, geestelijk leider (zaddik) van de chassidim in Zjitomir. Men viert tezamen de sabbat, Ljoetov krijgt toestemming aan te zitten. Buiten hinniken de paarden en schreeuwen de kozakken. Binnen heerst de feestelijk-plechtige rust van de sabbat, een sfeer van contemplatie en gebed. De enige wanklank is de aanwezigheid van een nerveuze uitgeteerde jongeman, de zoon van de rabbi, die algemeen veracht wordt omdat hij weigert in het voetspoor van zijn vader te treden en de eeuwenoude joodse tradities niet respecteert. Terwijl de anderen in gebed verzonken zijn, rookt hij in een hoekje de ene sigaret na de andere.

De weg naar Bródy Samen met zijn vriend, de kozak Afónka Bidá, rijdt Ljoetov door de vlakten van Wolynië in de richting van Brody, onwetend van het feit dat die stad het toneel van gevechtshandelingen is. De oorlog heeft in het landschap zijn sporen nagelaten. Ljoetov treurt om de door soldaten op zoek naar honing vernietigde bijenkolonies. Maar verder lijkt de oorlog op dat moment ver weg. Afonka zingt kozakkenliedjes en vertelt een legende over een bij die weigerde Christus aan het kruis te steken, omdat hij van de timmermansklasse was. Mijmerend draven zij voort. Plotseling worden ze beschoten door een vijandelijke batterij. Ze ontsnappen ternauwernood aan de dood.

Wetenswaardigheden over de mitrailleurwagen Ljoetov krijgt de beschikking over een mitrailleurwagen, compleet met wagenvoerder. De door een paard getrokken mitrailleurwagen is door zijn mobiliteit een belangrijke factor in de oorlog geworden. De Oekraïense partizanenleider Machnó was de koning van de mitrailleurwagen. Hij was het die er in de burgeroorlog een geducht wapen van maakte. Hij camoufleerde de dodelijke vervoermiddelen als onschuldige hooiwagens, lijkwagens en dergelijke. Ook Boedjonny maakt meesterlijk gebruik van de mogelijkheden die de mitrailleurwagen biedt. In de Rode Ruiterij worden twee typen onderscheiden: de kolonistenwagen (een stevig voertuig, gemaakt door Duitse volksplanters) en de assessorenwagen (een gammele sjees waarin voor de revolutie lagere functionarissen van de rechtbank de omgeving afreden). Als bezitter van een mitrailleurwagen voelt Ljoetov zich verplaatst in de oude tijden van landheer en voerman. Trots rijdt hij met zijn wagenvoerder Grisjtsjóek door het Galicisch-Wolynisch land, terwijl aan zijn oog verwoeste kerken, vervallen synagogen en doodse dorpjes, bewoond door uitgemergelde joden, voorbijtrekken.

De dood van Dolgoesjóv De strijd om Brody neemt een slechte keer. De vijand rukt op. Tijdens de terugtocht van de Rode Ruiterij verliezen Ljoetov en Grisjtsjoek het contact met hun onderdeel. Een Poolse patrouille beschiet hen en ze slaan op de vlucht. Onderweg stuiten ze op de dodelijk gewonde veldtelefonist Dolgoesjov. Zijn buik is opengereten, de darmen stulpen naar buiten, de slagen van het hart zijn zichtbaar. Dolgoesjov verzoekt Ljoetov hem af te maken voordat de Polen hem vinden. Maar Ljoetov is niet in staat het genadeschot te geven. Op dat moment verschijnt als reddende engel Afonka Bida. De kozak voldoet onmiddellijk aan Dolgoesjovs verzoek en schiet hem in de mond. Daarop wendt hij zich razend van woede tot Ljoetov. Waarom betoonde hij geen medelijden met een stervende makker! Afonka is in staat ook hem, die laffe intellectueel, dood te schieten. Ljoetov rijdt beschaamd weg. Hij heeft de enige vriend die hij onder de kozakken had, verloren. Grisjtsjoek geeft hem als troost een appeltje.

De commandant van de tweede brigade De vijand heeft de Rode Ruiterij in het nauw gedreven. Het is voor de Russen erop of eronder. De jonge, zojuist tot commandant van de tweede brigade bevorderde Kolésnikov wordt bij Boedjonny ontboden. De opperbevelhebber beveelt hem kortaf aan te vallen. Kolesnikov hoort hem zwetend en met uitpuilende ogen aan. Maar zonder een woord gehoorzaamt hij en gaat zijn mannen voor in de beslissende slag. En de Polen worden vernietigend verslagen. Na de slag ziet Ljoetov hem terug. Kolesnikov is in één dag veranderd van een onzekere jongeling in een man met het natuurlijke gezag en achteloze air van een Tataarse khan.

Sásjka Christus De zachtmoedigste kozak in de Rode Ruiterij is Sasjka. Ljoetov luistert naar zijn levensverhaal. Sasjka woonde bij zijn moeder in een dorp in Zuid-Rusland. Toen hij veertien jaar was, liet zijn stiefvader, die in de stad seizoenarbeid verrichtte, hem overkomen als timmerjongen. Op een dag kwam er een oude bedelares langs die zich voor een grijpstuiver te koop aanbood. Stiefvader bedreef met haar de zonde. Sasjka mocht ook. Een paar weken later bleken ze allebei syfilis te hebben. Terug in het dorp hoorde stiefvader dat tijdens zijn afwezigheid de kinderen uit zijn eerste huwelijk aan tyfus gestorven waren. Hij bedronk zich en ging met zijn vrouw naar bed. Sasjka probeerde hem daarvan te weerhouden. Hij dreigde zijn moeder van de geslachtsziekte te vertellen. Maar het enige wat hij van zijn stiefvader gedaan kreeg, was dat deze hem ten slotte toestemming gaf herder te worden. Door middel van dit 'heilige' beroep reinigde hij zich van de zonde. Sindsdien werd Sasjka ook een herder van mensen en kreeg hij zijn bijnaam 'Christus'. Uit de verre omtrek kwamen de mensen bij hem om te praten en rust te vinden. Bij het uitbreken van de oorlog werd hij opgeroepen voor de militaire dienst. Na de revolutie kwam hij in hetzelfde onderdeel als Boedjonny, bij wie hij bleef totdat deze bevelhebber van de Rode Ruiterij werd. Daar leerden Ljoetov en Sasjka elkaar kennen. Ze sluiten vriendschap, drinken thee met elkaar en bewonderen samen het opkomen en ondergaan van de zon.

De levensgeschiedenis van Pavlitsjénko, Matvéj Rodiónytsj Vóór de revolutie was Matvej Rodionytsj Pavlitsjenko een eenvoudig varkenshoeder. Zijn leven was zonnig, de hemel boven zijn hoofd onbewolkt. Hij klom op tot koeherder en trouwde met het meisje van zijn hart. Maar op een dag vernam hij dat de heer voor wie hij werkte, Nikítinski, zijn vrouw lastig viel. Matvej wilde zijn congé en vroeg zijn heer hem het resterende loon uit te betalen. Maar Nikitinski ontstak in woede, sloeg hem tegen de grond en trapte hem in het wilde weg. Matvej zou hém nog geld schuldig zijn. Hij had het jaar daarvoor een ossenjuk gebroken. Eerst moest die schuld vereffend worden. Nikitinski weigerde hem te laten gaan. Vijf jaren lang hield hij Matvej nog bij zich, hem vernederend en herinnerend aan gemaakte schulden – totdat de revolutie uitbrak en Matvej bevrijd werd van zijn ketenen. De koeherder stortte zich in de burgeroorlog en keerde na enkele jaren als de fameuze 'rode generaal' Pavlitsjenko terug naar het landgoed van zijn voormalige heer om de rekening te vereffenen. Nikitinski bood hem juwelen aan, maar Pavlitsjenko liet zich niet afkopen. Zelfs de kogel achtte hij hem niet waardig. Dat zou maar een betoon van genade betekenen. Hij wreekte zich op een wijze die meer bevrediging schonk. Hij nam zich ruim de tijd en trapte de ander langzaam en grondig in elkaar, tot hij dood was.

De begraafplaats van Kózin Een joodse begraafplaats in het dorpje Kozin. Een sfeer van oosterse vergankelijkheid in de door oorlog geteisterde vlakten van Wolynië. Haut-reliëfs met joodse motieven. Het grafgewelf van ene rabbi Azrael, vermoord tijdens een kozakkenopstand in de 17e eeuw. De namen van zijn zoon, zijn kleinzoon, zijn achterkleinzoon. Vier generaties, door de begerige klauwen van de dood aan het leven ontrukt.

Prisjtsjépa Ljoetov luistert naar zijn strijdmakker, de onberekenbare Koebánkozak Prisjtsjepa, die een episode uit zijn leven vertelt. Een jaar geleden liep hij over naar de roden. Als vergelding doodden de witten zijn ouders. De buren eigenden zich hun huisraad toe. Na verdrijving van de witten keerde Prisjtsjepa terug naar zijn dorp. Hij ging alle huizen langs en liet overal waar hij bekend meubilair aantrof, een spoor van bloed en lijken achter. Na zijn wrekende ronde door het dorp bracht hij alle geroofde spullen terug naar zijn ouderlijke huis. Hij sloot zich twee dagen op, zoop zich laveloos en stak ten slotte huis en stal in brand.

De geschiedenis van een paard Savitski, commandant van de zesde divisie, is een groot paardenliefhebber. Op een dag ruilt hij eigenmachtig een merrie uit zijn eigen stal in tegen de witte hengst van zijn ondergeschikte, eskadronscommandant Chlébnikov. De laatste zint lang op wraak. Hij ruikt zijn kans wanneer Savitski na een nederlaag in ongenade raakt en naar de reserve wordt overgeplaatst. Zijn recht zoekend bij de staf krijgt Chlebnikov een officiële machtiging om zijn paard terug te vorderen. Hij vervoegt zich bij Savitski. Maar de voormalige bevelhebber, die zich nog lang niet uitgeteld acht en zich als een vorst laat omringen door minnaressen en volbloedpaarden, is geenszins onder de indruk. Hij jaagt Chlebnikov als een hond weg. Chlebnikov beklaagt zich bij de staf, maar daar heeft men inmiddels andere dingen aan het hoofd. Wanneer niemand naar hem luistert, raakt hij buiten zinnen en dreigt uit te treden uit de communistische partij. Ten slotte laat hij zich medisch afkeuren en verlaat de militaire dienst. Ljoetov betreurt zijn vertrek. Hij en Chlebnikov konden goed met elkaar opschieten. Ze hadden een vredige kijk op het leven gemeen. Ze keken allebei naar de wereld als naar 'een wei in mei, een wei vol vrouwen en paarden'.

Kónkin Vásja Konkin, communist en drievoudig gedecoreerd politiek commissaris, vertelt. Eens waren er zware gevechten met de Polen. Het Rode Leger was aan de winnende hand. Samen met een kameraad achtervolgde hij een groepje vluchtende vijanden. Konkin zocht zich de mooiste van het stel uit, een in frambozenrood pak gestoken generaal met een gouden kettinghorloge, en dreef hem in het nauw. Hoewel de generaal hem twee gaten in het lichaam schoot, slaagde Konkin erin hem gevangen te nemen. Hij wilde hem triomfantelijk meevoeren, maar de generaal bleek een hooghartig man met een ouderwets eergevoel te zijn, die weigerde zich levend over te geven aan de eerste de beste rode commissaris. Hij was alleen bereid zijn sabel neer te leggen aan de voeten van Boedjonny zelf. Na een tijdlang vruchteloos geprobeerd te hebben de man tot rede te brengen, zag Konkin zich genoodzaakt hem te elimineren.

Berestéczko De Rode Ruiterij neemt het achterlijke grensplaatsje Beresteczko in, waar het leven, voordat de frisse wind van de revolutie erdoorheen waaide, voorgoed tot stilstand leek gekomen. De in meerderheid joodse bevolking leefde voornamelijk van handel en smokkel. Chassidische geloofsijveraars beheersten er de geesten. In de buitenwijken wonen Russische leerlooiers, die in hun tuintjes lange pijpen roken. Ljoetov loopt rond door het stadje, terwijl zijn wapenbroeders, de kozakken, afrekenen met bewoners die verdacht worden van spionage. Hij ziet hoe een van de kozakken het hoofd van een tegenspartelende oude jood onder zijn arm klemt en hem de strot opensnijdt. Om de geur van rotting en bederf die in Beresteczko hangt, te ontvluchten beklimt Ljoetov de heuvel waarop zich het kasteel van de graven Racibórski bevindt. Dit Poolse geslacht domineerde eens de hele omtrek. Nu is het kasteel verlaten en half verwoest. Maar de geest van het verleden ademt er nog. Ljoetov vindt een fragment van een vergeelde brief, door iemand in 1820 in het Frans geschreven. Ondertussen vindt beneden op het plein een meeting plaats. Politiek commissaris Vinográdov spreekt over het Tweede Congres van de Komintern en roept de bewoners toe dat er geen heren meer zijn. De macht behoort nu aan het volk.

Zout Nikíta Balmasjóv, een simpele rechtgeaarde soldaat van de revolutie, beschrijft in een brief aan de redactie van de legerkrant een voorval uit de burgeroorlog. Onlangs was hij met zijn kameraden, een afdeling rode kozakken, per legertrein op weg naar Berdítsjev. Op een tussenstationnetje werd de trein bestormd door horden zouthamsteraars die mee wilden rijden. De kozakken joegen iedereen weg, behalve enkele vrouwen die in ruil voor een plaatsje gedwongen werden de mannen onderweg seksueel ter wille te zijn. Op voorspraak van Balmasjov mocht ook een moeder met een stijf ingebakerde baby meerijden. Hij wierp zich edelmoedig op als haar beschermer en weerhield zijn makkers ervan zich aan haar te vergrijpen. Dankzij hem brachten moeder en kind een ongestoorde nacht door te midden van de rauwe kozakken. De volgende dag begon Balmasjov echter argwaan te koesteren: de baby dronk niet, plaste niet, huilde niet. En hij ontdekte dat de windselen geen kind maar een poed zout omwikkelden. De vrouw toonde zich na haar ontmaskering geenszins beschaamd. Ze sloeg zelfs brutale contrarevolutionaire praat uit. En de ten overstaan van zijn kameraden zo deerlijk bedrogen Balmasjov gooide haar de trein uit. Toen zij, demonstratief met haar rokken zwaaiend, doodgemoedereerd wegwandelde was de maat vol. Balmasjov pakte zijn geweer en schoot haar vanuit de trein dood, aldus 'deze schande afwissend van het aangezicht der proletarische aarde en republiek'.

Avond Gálin, een schriele man met staar en een kippenborst, is redacteur van het propagandablad *De rode cavalerist*. Samen met twee kameraden probeert hij het licht van de revolutie te verspreiden in de duisternis achter het front. Het is een blad vol felle stellingname en rauwe humor. Drukpers en redactielokaal bevinden zich in een treinwagon. Galin koestert een ongelukkige liefde voor de wasmeid Irína. 's Avonds na zijn werk probeert hij haar te beschaven met geschiedenislessen. Maar zij verveelt zich stierlijk bij de steile propagandist en geeft zich onder zijn ogen af met de grofvleselijke kok Vasíli. Op een avond, wanneer Galin weer eens door haar afgescheept is, spreekt Ljoetov hem aan. Ljoetov heeft zo zijn eigen zorgen. Hij is moe, gewond, ontmoedigd, hij voelt zich eenzaam en niet op zijn plaats in de Rode Ruiterij. Galin maakt hem uit voor slapjanus en wijst hem streng terecht. En terwijl de maan schril aan de hemel staat en de wasmeid en de kok vlakbij liggen te vrijen, steekt Galin een hele redevoering af over de sturende hand van het Centrale Comité en de politieke opvoeding van de kozakken in het Eerste Cavalerieleger.

Afonka Bida De oorlog komt in een nieuwe fase. De ruiterslag in het open veld maakt plaats voor een loopgravengevecht, de nadruk verschuift van cavalerie naar infanterie. Tijdens gevechten om Lészniow, waarbij de Polen aan de winnende hand zijn, ligt een groep infanteristen van het Rode Leger de vijand op te wachten. De soldaten zijn een dag tevoren gerekruteerd uit de plaatselijke boerenbevolking. Haveloos en slecht bewapend wekken ze de minachting van de bereden wapens. De commandant van een cavalerieafdeling besluit een grapje met hen uit te halen. Hij draagt pelotonscommandant Afonka Bida op met zijn kozakken een schijnaanval op hen uit te voeren. De ruiters stuiven in volle vaart op de perplexe infanteristen af en tuigen hen met hun karwatsen danig af. Na dit vermaak wordt het menens. De Polen vallen aan. Het paard van Afonka krijgt een kogel in de hals en moet afgemaakt worden. Afonka verliest daarmee zijn beste vriend. Hij is nu zelf verlaagd tot voetvolkniveau. Na een verscheurende jammerklacht verlaat hij zijn kameraden en gaat in de omgeving op zoek naar een nieuw paard. Moordend en brandstichtend trekt hij rond. Als zijn kameraden lange tijd niets van hem horen, wanen ze hem verloren. Maar in Beresteczko meldt hij zich weer bij zijn onderdeel. Met een nieuw paard. Op zijn zwerftocht heeft hij alleen een oog verloren: op de plaats van de linkerkas prijkt een afzichtelijke roze bult. De volgende dag viert Afonka zijn terugkeer. Hij slaat de relikwiekast in de kerk aan stukken en beschiet het kasteel van de graven Raciborski. Zijn makkers keuren ondertussen zijn paard. Het blijkt aan de eisen te voldoen.

In de Sint-Valentijn Na de inneming van Beresteczko vestigt de staf van Ljoetovs divisie zijn hoofdkwartier in de pastorie. De bij de bevolking geliefde priester, pater Tuzinkíewicz, is gevlucht. Tegenover de pastorie bevindt zich de imposante kerk van Sint-Valentijn. Ljoetov bewondert haar stralende blanke schoonheid. De kozakken zijn de kerk binnengedrongen en hangen er de beest uit. Afonka Bida speelt dronken en woest op het orgel. Een blind oud vrouwtje strompelt het hoofdkwartier binnen en smeekt Ljoetov een einde te maken aan de heiligschennis. Ljoetov gaat met haar mee de kerk in. Aanvankelijk heeft hij meer oog voor de koele pracht van het interieur, de bijzondere lichtval en de bonte schilderijen van pan Apolek waarmee de kerk behangen is (o.a. een aanstootgevend mooie Johannes de Doper) dan voor de aangerichte schade. Dan duikt als uit het niets de klokkenluider, pan Ludomírski, op. Vertwijfeld op zijn knieën neerzinkend, schuift hij een gordijn weg voor een beeltenis van Christus, verborgen in een nis. De plotselinge onthulling van de levensecht afgebeelde, door het gepeupel achtervolgde en bloedende heiland maakt een diepe indruk op de aanwezige kozakken. Een van hen vlucht zelfs de kerk uit. Pan Ludomirski vervloekt met donderende stem, in het Latijn, de indringers. Terug op het hoofdkwartier schrijft Ljoetov een rapport aan de commandant van de divisie over de kwetsing der religieuze gevoelens van de plaatselijke bevolking. De schuldigen worden disciplinair gestraft.

Eskadronscommandant Tróenov In Sokál vindt de plechtige militaire teraardebestelling van de commandant van het vierde eskadron, Troenov, plaats. Hij is als een held gestorven. Zwaar gewond bleef hij met één makker en twee machinegeweren in het open veld achter tijdens een aanval van vijandelijke bommenwerpers om de aandacht af te leiden van de rest van het eskadron dat zich in het bos schuilhield. Vanuit de lucht werden Troenov en zijn maat accuraat aan flarden geschoten. Na de begrafenis slentert Ljoetov wat door de stad. Hij luistert naar de fanatieke theologische discussies van een groep joden op het plein en neemt er ook zelf ter afleiding aan deel. Later ziet hij op straat een wonderlijke Galiciër met een lange uitgemergelde gestalte, een klein hoofdje en een plechtige gang, die hem aan Don Quichot doet denken. Geïntrigeerd volgt hij hem. Plotseling wordt hij aangehouden door een van de kozakken uit Troenovs eskadron. De man bejegent hem agressief en verwijt hem dat hij zijn commandant vlak voor diens dood mishandeld heeft. De beschuldiging berust op valse geruchten. Er was alleen een meningsverschil. Ljoetov herinnert zich wat er zich voorafgaande aan de dood van Troenov heeft afgespeeld. Tijdens een gevecht waren er tien Polen krijgsgevangen gemaakt. Alvorens zich over te geven hadden deze allemaal hun uniform uitgetrokken om te verhinderen dat tijdens de ondervragingen onderscheid zou worden gemaakt tussen officieren en soldaten. Troenov eiste dat de officieren naar voren traden. Toen dat niet gebeurde, plantte hij een officierspet op het hoofd van de eerste de beste krijgsgevangene en stak hem, toen het hoofddeksel bleek te passen, zijn sabel in de strot. Later schoot hij nog de schedel van een andere krijgsgevangene met zijn karabijn aan scherven. Ljoetov, die daarbij aanwezig was – hij stelde een lijst op met de namen van de krijgsgevangenen – protesteerde tegen deze schending van de militaire instructies en weigerde de twee namen op zijn lijst door te strepen. Daarop ontstond een schreeuwende ruzie, die afgebroken werd door de komst van de vijandelijke vliegtuigen. Even later stierf Troenov de heldendood.

De twee Ivâns Diaken Ivan Aggéjev, een man van reusachtige gestalte, doet alles om zich aan de militaire dienst in het Rode Leger te onttrekken. Na reeds tweemaal gedeserteerd te zijn, simuleert hij doofheid. Hulparts Barsóetski, die niet weet wat hij met hem aan moet, besluit hem voor een grondig medisch onderzoek naar Róvno te sturen. Ivan Aggejev wordt met paard en wagen vervoerd door zijn naamgenoot Ivan Akínfijev, een rauwe kozak, berucht om de meedogenloze wijze waarop hij met vijanden en verraders omspringt. Akinfijev heeft zo zijn eigen methode om de 'doofheid' van de diaken te testen. Hij schiet onderweg enkele malen een revolver vlak bij de oren van de diaken af. Op een nacht ontmoet Ljoetov hen. Ljoetov zwerft op dat moment desolaat rond met een zwaar zadel in zijn handen. Zijn paard is gesneuveld. Hij klimt bij Akinfijev en de diaken in de wagen en rijdt mee. De volgende ochtend ontrolt zich aan zijn ogen het bekende panorama van de oorlog: plunderende kozakken, joden die met opgetrokken schouders, als geplukte vogels, voor hun huisjes staan. Een boer die ergens een krant zit te lezen, zegt tegen Ljoetov dat de mensen zich moeten schamen, en beklaagt de aarde. De diaken vertelt dat hij door het geschiet van Akinfijev nu werkelijk doof is. Akinfijev dreigt hem van kant te maken. De diaken wacht gelaten af. Ljoetov neemt afscheid en vervolgt zijn weg.

Vervolg op de geschiedenis van een paard Vier maanden nadat hij zijn witte hengst aan Savitski heeft verloren en naar aanleiding daarvan de militaire dienst verlaten heeft, schrijft Chlebnikov zijn voormalige superieur een verzoenende brief. Hij, Chlebnikov, is nu voorzitter van het Revolutionaire Districtscomité in Vítebsk. Savitski zij gegroet in naam van de wereldrevolutie. Moge de schimmel hem geluk brengen. In een wederbrief spreekt Savitski zijn voldoening uit over de inkeer van de ander. De strijd aan het front is zwaar, veel kameraden zijn gesneuveld, de schimmel is dood. Ook zijn eigen einde lijkt nabij. Als alles meezit, zien ze elkaar daarboven in de hemel terug.

De weduwe Regimentscommandant Sjeveljóv ligt op sterven. Hij wordt in de ambulancewagen verzorgd door zijn bijwijf, de kolossaal dikke Sásjka, en voerman Ljóvka. De laatste vertelt sterke verhalen uit zijn verleden als circusartiest, paardendresseur en vrouwenheld. Sjeveljov vermaakt mondeling zijn bezittingen: een deel is voor zijn oude moeder, een ander deel voor Sasjka, en zijn paard voor het regiment. Ljovka belooft erop toe te zien dat de laatste wil van de commandant geëerbiedigd wordt. Terwijl rondom het krijgsrumoer toeneemt en de commandant met rottende darmen op de wagen ligt, haalt Ljovka Sasjka over snel een nummertje in de struiken te maken. Vlak daarna vallen de Polen aan en moeten zij halsoverkop vluchten. Ze bereiken het veldhospitaal. Sjeveljov sterft. Sasjka gaat op zoek naar een nieuwe beschermer en Ljovka gaat zijn eigen weg. Op de begrafenis van Sjeveljov zien ze elkaar weer. Sasjka volgt de baar op het paard van de gestorvene. De laatste woorden van de commandant indachtig en gegrepen door gerechtvaardigde woede, stuift Ljovka op Sasjka af en stompt haar tot bloedens toe in het gezicht. Mocht zij ook de rest van de wilsbeschikking 'vergeten' en de spullen, bedoeld voor Sjeveljovs moeder, voor zichzelf houden, dan kan ze erop rekenen dat hij haar hier later nogmaals aan zal herinneren.

Zámość Er wordt gevochten om de stad Zamość. Het onderdeel van Ljoetov wacht af in het open veld. Het is een natte inktzwarte nacht. Ljoetov, die het toom van zijn paard aan zijn been vastgebonden heeft, valt op de natte grond in slaap. Hij heeft een erotische droom over een vrouw die Margot heet. Als hij wakker wordt, blijkt zijn paard hem voortgesleept te hebben tot vlak bij de frontlinie. De lucht is vervuld van gesteun. Een boerensoldaat in een loopgraaf legt uit dat de Polen in de stad op jodenjacht zijn. Hij voorspelt dat het aantal joden in de wereld over een tijd gedecimeerd zal zijn. Ljoetov rijdt bij hem vandaan. Het Russische leger is gedwongen zich terug te trekken. Ljoetov vindt met zijn kameraad Vólkov onderdak in een boerenhutje aan de rand van een dorp. De bewoonster, een oude vrouw, zegt dat zij geen eten in huis heeft. Volkov begint een brief aan zijn meisje te schrijven. Ljoetov leest de aanhef, steekt een bos stro in brand en dreigt de boerin dat hij haar hele hut zal platbranden als zij hun niet snel wat te eten geeft. Het geschrokken oudje draagt onmiddellijk melk en brood aan. Dan rukt onverwacht snel de vijand op en moeten Ljoetov en Volkov overhaast, op één paard vluchten. Al rijdende vertelt Ljoetov zijn kameraad dat zijn vrouw hem verlaten heeft. Volkov stelt vast dat de veldtocht verloren is.

Verraad Drie jonge kozakken uit de Rode Ruiterij worden beschuldigd van wangedrag en het toebrengen van schade aan een ziekenhuis. Een van hen, Nikita Balmasjov, verdedigt zich in een brief aan de rechter-commissaris. Hij is een simpele boerenzoon die na de revolutie vol overtuiging de zijde van Lenin heeft gekozen. Op een dag gewond geraakt, wordt hij tegelijk met twee kameraden uit hetzelfde dorp opgenomen in het ziekenhuis van N. Het drietal ervaart de sfeer die er hangt als bedreigend en antirevolutionair. De andere patiënten, verachtelijke infanteristen, lijken allesbehalve ziek en maken geen enkele haast terug te keren naar het front. De verpleegsters zijn geen bewuste communisten maar behoren tot de partijloze massa. In plaats van revolutionair-opvoedkundige activiteiten te organiseren, proberen ze het drietal over te halen vrouwenrollen te spelen in het ziekenhuistheater. De joodse dokter heeft een verdachte grijns. Hij wil hun het ziekenhuisreglement opdringen, maar zij weigeren principieel zich te laten ontwapenen en te laten ontkleden. Ze zijn voortdurend op hun hoede, bang dat men hun stiekem slaapmiddelen toedient. Maar hoe waakzaam ze ook zijn – op een ochtend worden ze wakker zonder uniform en wapens. Verraad! Ze gaan verhaal halen bij de voorzitter van het plaatselijke revolutionaire comité. Die heeft geen tijd voor hen. Daarop verliezen ze hun bezinning. Ze ontwapenen op straat een militieagent en schieten drie raampjes van het ziekenhuis kapot. Achter een raam zien ze de dokter met een verraderlijke grijns toekijken.

Cześníki De zesde divisie onder commando van Pavlitsjenko maakt zich in een bos bij Cześniki op voor een beslissend offensief. Lid van de Revolutionaire Militaire Raad Vorosjílov maant tot spoed. Boedjonny spreekt de mannen toe. In afwachting van het sein tot de aanval begeeft Ljoetov zich naar de tros. Daar bevinden zich onder anderen de jonge Stjópka Doeplísjtsjev en de regimentshoer Sasjka. Stjopka verzorgt de volbloedhengst van de divisiecommandant. Sasjka probeert hem over te halen de hengst even uit te lenen voor het dekken van haar eigen merrie. Stjopka wil niet: het mag niet van de commandant, het paard is nog te jong. Sasjka verleidt hem ten slotte met een zilveren roebel. Haar merrie wordt gedekt – maar Stjopka krijgt zijn zilvermunt niet, want plotseling klinkt het sein voor de aanval. Sasjka galoppeert weg zonder te betalen. Allen worden meegezogen in de werveling van gebeurtenissen die de geschiedenis zal ingaan als de slag bij Cześniki.

Na de slag De Rode Ruiterij wordt bij Cześniki teruggeslagen door het standvastige verzet van een naar de vijand overgelopen brigade kozakken. Na de slag zit men verbouwereerd terneer. Er vindt een incident plaats tussen Ivan Akinfijev en Ljoetov. Akinfijev komt met zijn paard dreigend op Ljoetov af en maakt hem uit voor verrader. Ljoetov is de strijd ingegaan zonder patronen in zijn revolver. Hij had liever dat een Pool hém doodschoot dan dat hij zelf een Pool doodschoot! De kozak schuimbekt van woede. Hoewel hij geen onbeschadigde rib meer in zijn lijf heeft en zijn heup gebroken is, vindt hij nog de kracht om Ljoetov aan te vallen. Hij stompt hem op de rug en klauwt hem in het gezicht. Ljoetov slaat van zich af. Akinfijev stort op de grond. Hij wordt verzorgd door de hoer Sasjka. Ljoetov loopt, doodmoe en gebukt onder de invallende vochtige duisternis, weg. Hij smeekt het lot hem de simpelste der kunsten te leren: die om een mens te doden.

Het lied Ljoetov vindt onderdak in een boerenhut, waar een arme weduwe met haar ongelukkige zoon woont. Hij verdenkt de boerin ervan voedsel voor hem te verbergen en doorzoekt de woning. Wanneer hij niets vindt, verliest hij zijn geduld. Hij staat op het punt de vrouw met zijn revolver te bedreigen als kameraad Sasjka Christus met zijn accordeon binnenkomt. Sasjka brengt muziek en vrede in de woning. Hij zingt een weemoedig kozakkenlied dat iedereen betovert. De boerin beklaagt zich bij hem over de behandeling die zij zich van andere mannen moet laten welgevallen. Sasjka is de eerste vriendelijke soldaat die ze tegenkomt. Hij troost haar en gaat met haar naar bed. Ljoetov probeert in een andere hoek van de hut met goede gedachten in te slapen.

De zoon van de rabbi Vier maanden geleden vierde Ljoetov de sabbat in Zjitomir ten huize van rabbi Motale Braclawski. Gedali, de dwaze stichter van een Internationale van goede mensen, was er, en ook de zoon van de rabbi, Elia. Nu, tijdens de terugtocht van de Rode Ruiterij, ontmoet Ljoetov opnieuw deze zoon, die voorbestemd was de zoveelste zaddik van zijn geslacht te worden. Ljoetov zit in de trein van de Politieke Sectie, die langzaam richting Róvno rijdt. Rondom krioelt het van de hongerige en met tyfus besmette boeren, die naar binnen proberen te klimmen. Onder hen valt een uitgemergelde, half ontklede soldaat van het Rode Leger op. Het is Elia Braclawski. Hij heeft gebroken met de traditionele wereld van het chassidisme en zich aangesloten bij de revolutie. Ljoetov en zijn kameraden helpen hem de trein in. Hij is zo verzwakt dat hij nog voor aankomst in Rovno sterft. Onder zijn schamele bezittingen treft Ljoetov naast elkaar portretten van Lenin en Maimonides aan. In de marge van communistische vlugschriften staan citaten uit het Hooglied. Ljoetov heeft het gevoel een broeder verloren te hebben.

Argamák Ljoetov wordt op eigen verzoek overgeplaatst naar een ander onderdeel, dichter bij de frontlinie. Hij krijgt door de commandant van zijn nieuwe eskadron een eigen paard, Argamak, toegewezen. Maar zijn vreugde daarover is van korte duur. Het paard, dat heeft toebehoord aan de kozak Pásjka Tichomólov, is gewend aan de speciale rijstijl van zijn vorige eigenaar. Ljoetov slaagt er niet in het dier de baas te worden. Argamak brengt zijn nieuwe berijder overal waar deze niet heen wil, zelfs in de richting van de vijandelijke linies. Door zijn verkeerde zit rijdt Ljoetov de rug van het paard helemaal open. Ontstekingen aan de benen ten gevolge van onoordeelkundig hoefbeslag maken Argamak nog onhandelbaarder. De kozakken van het eskadron zien dit alles hoofdschuddend aan. Ljoetov voelt hun stille minachting. De pelotonscommandant verwijt hem het beest naar de bliksem te rijden. Tichomolov, die als straf voor het eigengerechtig afmaken van krijgsgevangenen verbannen is naar de legertros, bespiedt hem vanaf een afstandje vol haat. Ljoetov probeert vergeefs vrede met hem te sluiten. Hoe hij ook zijn best doet, hij wordt niet geaccepteerd door de kozakken van het eskadron. Uiteindelijk is hij zelfs gedwongen een ander onderdeel te zoeken. Daar leert hij ten slotte met het paard om te gaan, of liever het paard leert hém rijden. En eindelijk bereikt Ljoetov zijn doel: acceptatie door de kozakken.

Analyse

Als we Bábel mogen geloven, hebben wij *Rode Ruiterij* te danken aan een goede raad van zijn vriend, literaire mentor en beschermer Maksím Górki. In een autobiografische schets heeft Babel verklaard dat het Gorki was die hem in 1917, toen hij aan het begin van zijn literaire loopbaan stond, duidelijk maakte dat hij als schrijver meer levenservaring nodig had. De auteur van het toen juist verschenen autobiografische *Onder de mensen* zond ook zijn jongere collega 'onder de mensen'. De verhalen die Babel op dat moment gepubliceerd had, getuigden van talent, maar waren nog niet erg rijp. Zo trok Babel de wereld in voor een 'praktijkstage', die zeven jaar zou duren. Hij was onder andere soldaat in de Eerste Wereldoorlog, medewerker van de Tsjeká, redacteur bij een uitgeverij en journalist. In 1920 maakte hij als oorlogscorrespondent en politiek propagandist in het Eerste Cavalerieleger van Boedjónny de veldtocht tegen Polen mee. Dit leverde hem het materiaal voor de (oorspronkelijk vierendertig) verhalen die later samengevoegd zouden worden in de cyclus *Rode Ruiterij*.*

De meeste verhalen verschenen tussen 1923 en 1925 eerst afzonderlijk in verschillende plaatselijke en landelijke bladen. In 1926 werden ze als één bundel onder de gezamenlijke titel *Rode Ruiterij* gepubliceerd. De bundel beleefde tot 1936 tal van herdrukken in de Sovjet-Unie. In de jaren dertig viel *Rode Ruiterij*, als zoveel andere literaire werken uit de jaren twintig, ten offer aan de censuur. Perfide namen (Trótski!) en onkuise passages (zoals een over de regimentshoer Sásjka die in de kerk door de kozakken bij haar borsten wordt gegrepen en onder de rokken wordt betast) werden verwijderd. Na Babels arrestatie in 1939 wegens 'anti-sovjetagitatie, samenzwering, terroristische activiteiten en spionage' en zijn daaropvolgende executie in een concentratiekamp werden de schrijver en zijn werk lange tijd doodgezwegen. Pas in 1957 kon *Rode Ruiterij*, in een verzamelbundel met beperkte oplage, opnieuw verschijnen. Deze

* In moderne uitgaven zijn er nog enkele andere verhalen die aansluiten op de thematiek van *Rode ruiterij* maar tijdens Babels leven niet in de cyclus werden opgenomen, aan de 35 verhalen toegevoegd. Weer andere uitgaven beperken zich tot de oorspronkelijke 34 verhalen.

en alle daaropvolgende uitgaven van *Rode Ruiterij* in de Sovjet-Unie waren gebaseerd op de gekuiste edities van de jaren dertig. Ze zijn zelfs op enkele plaatsen nog eens extra gekuist. Verdwenen zijn een aantal 'Rusonvriendelijke' opmerkingen, zoals: '... de stugge werklust die de Rus soms eigen is, zolang hij nog niet aan de luizen, de wanhoop en de drank te gronde is gegaan'.

De reacties op de eerste tijdschriftpublicaties waren enthousiast en de gebundelde uitgaven werden bestsellers. *Rode Ruiterij* en zijn ongeveer gelijktijdig verschenen *Verhalen uit* O*dessa* maakten Babel beroemd. Babel was een van de eerste schrijvers die erin slaagden de chaos van de Russische burgeroorlog in de strakke geciseleerde vorm van de *short story* literair te bezweren. De kortademige stijl, het originele taalgebruik, de gewaagde beeldspraak, de krasse scènes en schrille kleuren drukten perfect de sfeer van die jaren uit. Het nieuwe van Babel was dat hij, zoals Ehrenbúrg het heeft geformuleerd, niet als andere schrijvers ongewoon over gewone dingen schreef of gewoon over ongewone dingen, maar ongewoon over wat ongewoon was. Bovendien intrigeerde Babel de lezer doordat niet helemaal duidelijk was aan welke zijde hij nu eigenlijk stond. De verteller, Ljóetov, was zelf een rode ruiter, maar hij idealiseerde de revolutie niet en hij sprak nergens met een van enthousiasme overslaande stem over het Nieuwe Rusland. Hij registreerde onpartijdig het doen en laten van zijn kameraden, die goede én slechte kanten hadden. Door de contemporaine Russische literatuurwetenschap, die streefde naar bevrijding van welke ideologische interpretatie ook, werd Babel gefêteerd. Zijn verhalen waren voer voor formalisten, hij inspireerde enkelen van hen tot briljante studies. Overigens zou Babel zelf, nadat hij een serie artikelen over zijn werk in de serie *Meesters der moderne vertelkunde* (1928) had proberen te lezen, verklaren dat hij geen woord snapte van wat deze 'heel geleerde idioten' over hem schreven. In het Westen, waar hij lange tijd een soort 'cult writer' is geweest, wordt hij tegenwoordig erkend als een van de meesters van het korte verhaal in de 20e eeuw.

Daarnaast is *Rode Ruiterij* van het begin af aan het doelwit geweest van ideologisch geïnspireerde kritiek. Orthodoxe marxisten laakten de excessieve nadruk op de grove kanten van de revolutionairen en het ongecontroleerde anarchistische element in de burgeroorlog. Men verweet hem de opvoedkundige rol van de bolsjewieken niet duidelijk genoeg te hebben laten uitkomen. Al snel na de publicatie van de eerste verhalen zette Boedjonny in een notitie in het tijdschrift *Oktober* de toon voor deze kritiek. De commandant van het Eerste Cavalerieleger, die zelf een Donkozak was en in *Rode Ruiterij* een paar maal terloops optreedt (*De commandant van de tweede brigade* bevat een pittoresk-heroïsche beschrijving van hem, niet vrij van ironie, en in *Cześníki* doet hij een weinig overtuigende poging zijn manschappen toe te spreken), protesteerde tegen de 'eenzijdige' en 'karikaturale' belichting van de heroïsche strijd van zijn kozakken. En hoe durfde Babel de roden als even wreed af te schilderen als de witten? Zijn verhalen waren 'wijvenpraat'. Vier jaar later heropende Boedjonny zijn aanval in de pers. Dit keer was zijn toon nog feller ('besmeuring van de revolutie', 'delirium van een Hebreeuwse erotomaan', enzovoorts.). Hoewel Gorki het publiekelijk voor zijn vriend opnam, betekende Boedjonny's stellingname toch het startsein van een perscampagne tegen Babel en zijn *Rode Ruiterij*. Deze werd heviger naarmate de revolutie geschiedenis werd en onder Stálin de behoefte aan mythologisering van de burgeroorlog toenam. 'Naturalistische' werken als *Rode Ruiterij* werden toen bestempeld als politiek schadelijk en ten slotte geheel verboden.

De historische achtergrond van *Rode Ruiterij* is de campagne die het Rode Leger over een breed front in juni 1920 lanceerde tegen de nationalistische regering van Petljóera in Oekraïne en haar Poolse bondgenoten onder leiding van maarschalk Pilsúdski. De Polen waren tot ver in Oekraïne doorgedrongen en hadden onder andere Kiev veroverd. Het Rode Leger – met als hoofdmacht het Eerste Cavalerieleger van Boedjonny – boekte aanvankelijk grote successen. Petljoera vluchtte en de Polen werden tot vlak bij Warschau teruggedreven. Daarna keerden de kansen en werden de Russen op hun beurt teruggeslagen. In maart 1921 werd de vrede getekend. De verhalen uit *Rode Ruiterij* omspannen zo'n vier maanden van de oorlog in 1920. De plaats van handeling is de westelijke Oekraïne en Polen (ruwweg Wolynië en Galicië). De bundel reflecteert slechts in grove lijnen het verloop van de oorlog. De eerste verhalen spelen tijdens de opmars van het Rode Leger, de latere tijdens de terugtocht.

Daartussenin golft de strijd wat op en neer. We krijgen geen duidelijk beeld van de veldtocht als geheel. De oorlog blijft op de achtergrond. Op de voorgrond staat steeds een menselijk conflict. Belangrijker dan wat er tijdens veldslagen gebeurt, is dat wat eraan voorafgaat of erop volgt. In *Cześníki* bijvoorbeeld wordt een klein alledaags incident vlak voor een historische slag beschreven en in het onmiddellijk daaropvolgende *Na de slag staat* een ander schijnbaar onbeduidend incident na afloop van hetzelfde treffen centraal. De slag zelf wordt in een halve bladzijde afgedaan.

Rode Ruiterij is een typische cyclus, dat wil zeggen een literaire vorm die qua onderling verband van de delen het midden houdt tussen een roman met een weloverwogen hoofdstukvolgorde en een willekeurige verzameling korte verhalen. Samenbindende elementen in *Rode Ruiterij* zijn behalve de historische setting: de persoon van de verteller, het leidmotief van streving naar acceptatie, de stilistische eenheid en de terugkerende personages – zoals de joodse uitdrager-filosoof Gedáli, de ketterse kunstenaar pan Apólek, de zachtmoedige Sásjka Christus, de imposante divisiecommandant Savítski, de wrede en gevoelige Afónka Bidá, de simpele rechtlijnige soldaat van de revolutie Nikíta Balmasjóv en de verdoemde zoon van de rabbi, Elia Bracláwski. Alle in *Rode Ruiterij* voorkomende personages schijnen door Babel naar het leven getekend te zijn. Gedali en anderen worden ook beschreven in Babels oorlogsdagboek van 1920. Van de historische personages zijn Boedjonny en Vorosjílov de bekendste. Enkele in de Sovjet-Unie bekende militairen kregen in een latere uitgave een andere naam van Babel ter bescherming van hun goede naam, zoals Timosjénko, die het onder Stalin nog tot maarschalk zou brengen: hij is Savitski.

De rangschikking van de verhalen in *Rode Ruiterij* is min of meer, maar niet consequent chronologisch. De natuurlijke volgorde wordt meer dan eens doorbroken. Ook thematisch bij elkaar horende verhalen als *Gedali/De rabbi/De zoon van de rabbi* en *De geschiedenis van een paard/Het vervolg op de geschiedenis van een paard* zijn door de auteur niet achter elkaar maar tussen andere verhalen geplaatst. Dit open karakter van de bundel stelde Babel in de gelegenheid er later, in het begin van de jaren dertig, als slot nog een extra verhaal aan toe te voegen: *Argamák*. Overigens is het vermoeden gerechtvaardigd dat hij dit deed onder druk van de geest des tijds. Het oorspronkelijke slotverhaal *De zoon van de rabbi e*indigde nogal pessimistisch met de dood van de joodse revolutionair Elia Braclawski, in wiens tragische ambivalentie de verteller zich herkende en met wie hij zich identificeerde. *Argamak*, dat eindigt met een (overigens nogal dubieuze) acceptatie van Ljoetov door de rode ruiters, luidt de bundel 'positiever' uit.

Ook binnen de afzonderlijke verhalen is de samenhang nogal los. Ze lijken soms meer door associatieve suggestie dan door causaal verband bijeengehouden te worden. Een verhaal als *Zámość* bestaat uit een aantal fragmenten die ogenschijnlijk niets met elkaar te maken hebben: een slechte keer in de oorlog, de droom van de hoofdpersoon over een vrouw, de afslachting van joden in een door de Polen bezette stad, de brief van Ljoetovs kameraad aan zijn meisje, het dreigement van Ljoetov de hut van de vrouw bij wie hij kwartier maakt, in brand te steken en zijn mededeling dat zijn vrouw hem verlaten heeft. Het plotseling in brand steken van een bos stro door Ljoetov choqueert de lezer als een redeloze daad van agressie. Maar bij nader inzien kunnen we in de andere losse elementen van het verhaal een psychologische motivatie vinden: de verteller zoekt een uitweg voor zijn frustratie ten gevolge van het verloop van de oorlog, het lot van zijn medejoden waaraan hij niets kan veranderen, en vooral de plotseling wakker gemaakte herinneringen aan de vrouw die hem verlaten heeft. Dit soort impliciete verklaringen van menselijk gedrag vormt een van de kenmerken van de verhalen in *Rode Ruiterij*.

Voor het overige zijn de verhalen zeer verschillend. Ze hebben een open einde (*De twee Iváns*) of een gesloten (*Zout*), een duidelijke plot (*Cześniki*) of kop noch staart (*Wetenswaardigheden over de mitrailleurwagen*). Eén verhaal, *De begraafplaats van Kózin*, is een puur statische impressie, een gedicht in proza waarin niets gebeurt, maar slechts een weemoedige sfeer van dood en vergankelijkheid wordt opgeroepen.

De verhalen zijn tot het uiterste geserreerd. De lengte bedraagt drie à vier, hooguit zeven, soms niet meer dan één bladzijde. In deze luttele bladzijden wordt een intense literaire spanning gecreëerd. Elke zin is belangrijk, als in poëzie. Het is te merken dat Babel eindeloos aan zijn teksten gevijld en geschaafd heeft. Eerdere en latere versies met elkaar vergelijkend, kunnen we vaststellen dat zijn methode van bewerken hoofdzakelijk neerkwam op: schrappen. Babels devies als literair ambachtsman was: 'De taal bereikt haar staat van helderheid en kracht niet wanneer er aan een zin niets meer toegevoegd kan worden, maar wanneer er niets meer uit verwijderd kan worden.' De afzonderlijke zinnen in *Rode Ruiterij* zijn kort en bondig, het ritme ervan is als het ware aangepast aan het ritme van de oorlog, ze zijn afgemeten als salvo's. (Volgens Paoestóvski zei Babel eens dat hij lange zinnen meed omdat hij aan astma leed!)

Sleep Babel zijn verhalen als diamanten om ze een zo groot mogelijke klaarheid en zuiverheid te geven, tegelijk kon hij het niet laten zijn stijl te 'versieren'. Babel behoorde tot de generatie proza-experimentators (Pilnják, Vsévolod Ivánov, Fédin, Leónov e.a.) die in het begin van de jaren twintig naar nieuwe expressievormen zochten. Voor hun vroege werk waren ornamenteel taalgebruik en extravagante beeldspraak kenmerkend. Allergisch voor literaire clichés, vermeden ze het zoveel mogelijk om de dingen 'gewoon' te zeggen. Van hen was Babel een van de begaafdste stilisten. Zijn *Rode Ruiterij* sprankelt van de originele metaforen en verrassende woordverbindingen. Voordat Ljóvka Sasjka overhaalt een nummertje in de struiken te maken (*De weduwe*), zegt Babel niet gewoon dat hij onder invloed van de zwoele nacht op dat idee komt, maar dat 'de sterren in het duister als trouwringen fonkelen, op Ljovka's hoofd vallen, blijven haken in zijn haren en uitdoven in zijn ragebol'. In *Rode Ruiterij* 'rollen oranje zonnen als afgehakte hoofden langs de hemel', 'ligt de aarde terneer als een kattenrug, dicht begroeid met een glanzende vacht van koren', 'schuift de hemel open als een harmonica met talloze registers' en 'lijken de lange benen van een legercommandant op meisjes die tot hun schouders in glanzende rijlaarzen gestoken zijn'. Bijzonder opvallend in *Rode Ruiterij* is de kosmische beeldspraak. Voor de verteller zijn hemel, zon, maan, sterren en avondgloed vol symbolische betekenis. Zij leven mee met de mensen op aarde. Een schuchtere ster begeleidt de vreedzame Gedali, een dakloze maan zwerft met de eenzame verteller mee door de stad en een goedkoop provinciezonnetje kijkt toe wanneer de wasmeid

Irína met de slager Vasíli vrijt in plaats van naar de opvoedkundige lessen van Gálin te luisteren.

De beeldspraak is niet overal even beeldend en raak. Soms doet overdrijving het literaire effect teniet. Hier en daar is de stijl wel erg overladen. Het komt voor dat in vier regels zes verschillende metaforen opeengepakt zijn. Hiervan was Babel zelf zich maar al te bewust. In een brief aan Gorki (1925) schreef hij: 'Ik zal mijn uiterste best doen om eenvoudiger te schrijven, warmer, oprechter dan ik tot dusverre gedaan heb. En als ik af en toe nog wel eens ontspoor, dan verzoek ik u uw geloof in mij niet te verliezen.' Maar hoe vaak hij ook beterschap beloofde, zijn inkt vloeide waar het niet gaan kon en zijn pen bleef 'ontsporen'.

Het effect van Babels stijl berust voor een belangrijk deel op tooncontrast. Zijn toon is onderkoeld, onaangedaan als hij oorlogsgruwelen beschrijft, en lyrisch-pathetisch als het om natuurverschijnselen gaat. Schijnbaar terloopse opmerkingen over afslachtingen, creperende soldaten en verminkte lijken wisselen af met uitbundige beschrijvingen van landschappen, zonsondergangen en sterrenhemelen. Een aantal verhalen is geheel gebouwd op deze spanning tussen fraaie natuurbeschrijving en schokkende oorlogsrealiteit (zoals de indrukwekkende ouverture *De overtocht over de Zbrucz*). Babels toon is bedrieglijk. Dit werd reeds door de eerste critici die over *Rode Ruiterij* schreven, aangemerkt als de essentie van zijn stijl. 'Als Babel vrolijk is,' schreef G. Gorbatsjóv in 1925, 'wees er dan op bedacht dat er iets verschrikkelijks of treurigs volgt... Wanneer Babel al te kalm is, dan is er sprake van iets belangrijks en tragisch, iets aangrijpends...' Hier en daar is de laconieke wijze waarop wreedheden beschreven worden, wel bijzonder navrant, zoals in *Berestéczko:* 'Toen pakte Koedrjá van de mitrailleurafdeling zijn hoofd en klemde het onder zijn arm. De jood hield op met schreeuwen en spreidde zijn benen. Koedrja haalde met zijn rechterhand zijn dolk te voorschijn en sneed de grijsaard voorzichtig, zonder zich te bespatten, de keel door.' Elk auteurscommentaar ontbreekt hier, de verteller toont geen enkele emotie. Hij beklimt alleen een heuvel, klaarblijkelijk om even alleen te zijn en zich boven het aardse gewoel te verheffen. Uiteraard mag men hieruit niet concluderen dat Babel zelf onverschillig ten opzichte van wreedheid stond. Het tegendeel was waar, wat onder meer blijkt uit zijn bewaard gebleven oorlogsdagboek. Maar in *Rode Ruiterij* onthoudt hij zich van elke expliciete morele veroordeling – waardoor hij een des te schrijnender literair effect bereikt. Hooguit wordt er indirect afkeuring uitgesproken over eigen en andermans wreedheden, zoals in *Mijn eerste gans* wanneer na Ljoetovs brute moord op het dier 'de maan als een goedkope oorbel boven het erf hing' en 's nachts de ganzenkop in Ljoetovs hart naknarst.

Wie is deze Ljoetov eigenlijk? Hij introduceert zich nergens bij de lezer, maar tussen de regels door leest men dat hij verbonden is aan de staf van een divisie, voor de Politieke Sectie en de legerkrant werkt en soms ook als militair actief deelneemt aan de strijd. Overige biografische gegevens zijn schaars. We komen alleen te weten dat hij een joodse achtergrond heeft en een afgestudeerd jurist is. Terloops lezen we dat zijn vrouw hem verlaten heeft. Ook de naam Ljoetov wordt maar in enkele verhalen genoemd. Het lijdt echter geen twijfel dat de verteller een alter ego van de schrijver is. Op de juridische opleiding en de ontrouwe echtgenote na stemt alles overeen. 'Ljoetov' was Babels eigen *nom de guerre*. Onder dit pseudoniem publiceerde hij reeds vóór *Rode Ruiterij* artikelen en verhalen over de burgeroorlog. De naam is afgeleid van een Russisch woord dat 'woest' of 'wreed' betekent. Deze kwalificaties passen echter beter bij de kozakken dan bij Babel of zijn 'ik'. Ljoetov is in wezen een zachtaardige en fijnzinnige joodse intellectueel, die niet eens in staat is een mens te doden, zijn paard niet de baas kan en zonder patronen in zijn revolver de strijd ingaat. Zijn tragiek is dat hij, zijn natuur en achtergrond verloochenend, bij de kozakken wil horen, die hem echter beschouwen als een doetje en een brillenjood. Hij probeert de rol van harde revolutionair te spelen, bijvoorbeeld in zijn discussies met Gedali en tegenover boerinnen die hem geen eten geven, maar dit gaat eigenlijk tegen zijn karakter in. Enkele malen riskeert hij zelfs een breuk met zijn kameraden door het op te nemen voor onschuldige burgers en krijgsgevangenen. Op de laatste bladzijden van *Rode Ruiterij* vat Ljoetov zijn positie aldus samen: 'Ik was alleen te midden van deze mensen, wier vriendschap ik niet kon winnen.' Dit motief, van 'de jood die probeerde kozak te zijn', loopt door de hele bundel heen en is het mooist uitgewerkt in *Mijn eerste gans*, het ironische verslag van een initiatierite, en het euthanasie-verhaal *De dood van Dolgoesjóv*. Ook in het werkelijke leven probeerde Babel 'erbij te horen'. Hij was een typische fellow traveller, iemand die 'meereisde' met de communisten zonder er zelf een te zijn. Zelfs onder Stalin streefde hij nog naar aanpassing en trachtte hij, naar de eisen des tijds, positief te schrijven. Wat hem maar niet wilde lukken. Hij was te oorspronkelijk.

Ljoetovs levenshouding is ambivalent. Hij staat overal tussenin. Hij wortelt in eeuwenoude tradities, maar engageert zich met de revolutie. Hij is blij dat de 'frisse wind' van de revolutie alle stof wegblaast, maar voelt spijt om het teloorgaan van de joodse cultuur. Gemengd zijn ook zijn gevoelens tegenover die andere eeuwenoude cultuur, het katholicisme. Enerzijds is hij gefascineerd door de sfeer in de kerken, anderzijds voelt hij afkeer en angst. Als jood staat hij in tussen twee vijandige groepen met een vanouds sterk antisemitische inslag: de Polen en de kozakken. Hij zoekt het gezelschap van vreedzame lieden als Gedali en Sasjka Christus, met wie hij verwant is, maar bewondert bovenal de rauwe primitief-gewelddadige kozakken om zich heen, wier absolute tegenpool hij is. Ljoetovs houding tegenover hen kan gedefinieerd worden als het ontzag van de intellectueel voor de ongecompliceerde fysieke mens. Zich door zijn onsportieve, onmannelijke, 'vierogige' uiterlijk inferieur voelend tegenover de kozakken, beschrijft hij hen in hun volle militaire glorie en viriele pracht.

De kozakken uit *Rode Ruiterij* lijken op de kleurrijke lefgozers in Gógols *Tarás Bóelba*. Ze zijn eerder spontane anarchisten dan bewuste revolutionairen. In hen zijn heroïek en wreedheid onlosmakelijk verbonden. Het ene moment vermoordt Tróenov een paar ongewapende krijgsgevangenen, het volgende moment offert hij zijn leven voor zijn kameraden. Hoezeer ook tussen de regels voelbaar is dat Ljoetov afgestoten wordt door hun wreedheid, hij moet erkennen dat zij iets volkomen natuurlijks is.

Maar in de manier waarop Babel zijn kozakken tekent, schuilt ook een element van ironie, het meest onverhuld in de verhalen die worden gepresenteerd als rechtstreeks uit hun mond opgetekend. Hierin ontpopt Babel zich als een meester van de 'skaz': een zogenaamd uit naam van een ander – bij voorkeur een simpel volks persoon met al zijn dialectische en andere spraakeigenaardigheden – verteld, maar in wezen zorgvuldig door de schrijver gestileerd verhaal. Vooral in de verhalen van Nikíta Balmasjóv, *Zout* en *Verraad*, heeft Babel prachtig dat halfongeletterde, met krantenjargon en slogans doorspekte en van naïef revolutionair pathos doortrokken toontje getroffen waarvan wij ons kunnen voorstellen dat de soldaten van het Rode Leger ten tijde van de burgeroorlog zich erin uitdrukten. Het lichtelijk paranoïde *Verraad* is het geestigste verhaal van de bundel.

Ook zichzelf ironiseert Ljoetov. Hij beeldt zich af als een antiheld, die vaker op de vlucht is dan in de aanval. Treedt hij ferm op, dan is het tegen onschuldige oude vrouwen. Gedurende de veldtocht is hij meer toeschouwer dan deelnemer. Interessante mensen, mooie landschappen, historische monumenten en schilderijen leiden voortdurend zijn aandacht van de krijg af. Hij is een oorlogstoerist, net als Pierre Bezóechov aan de vooravond van de slag bij Borodinó en dokter Zjivágo tijdens zijn treinreis door Rusland in de burgeroorlog. Ljoetov lijkt wel heel weinig op de stereotiepe oorlogsheld uit de sovjetliteratuur. Zijn werkelijke heldenmoed is van een ander niveau en bestaat erin dat hij een 'kroniek van dagelijkse schanddaden' bijhoudt en daarin waarheidsgetrouw durft te zijn.

Sjolochov, Michail Aleksandrovitsj

DE STILLE DON

1928-1940

Inhoud

Het stroomgebied van de Don in Zuid-Rusland wordt bewoond door een etnisch bontgeschakeerde bevolking van Grootrussen, Oekraïeners, Tataren, Kalmukken, joden en anderen. Onder hen nemen de kozakken, de trotse afstammelingen van Russische lijfeigenen en boeren die eeuwen geleden uit vrijheidsdrang hun heren en het centrale gezag in Moskou ontvluchtten, vanouds een dominerende positie in. De kozakken wonen in aparte dorpen en nederzettingen. Ze beschouwen zich als een afzonderlijk volk en kijken vol minachting op de andere bevolkingsgroepen neer. De mannen zijn dienstplichtig en behoren tot de militaire elite van het keizerlijke leger. Daar vormen ze speciale bereden eenheden, befaamd om hun strijdlust en halsbrekende ruiterstukjes. In vredestijd houden de Donkozakken zich bezig met landbouw, veeteelt en visvangst.

Een van deze kozakkennederzettingen, aan de bovenloop van de Don, is Tatárski. Enkele jaren voor het begin van de Eerste Wereldoorlog woont daar de familie Mélechov, bestaande uit het gezinshoofd, de heetgebakerde, temperamentvolle Panteléj Prokóvjevitsj, zijn vrouw Iljínitsjna, hun twee zonen Petró en Grigóri, hun dochter Doenjásjka en Petro's vrouw Dárja. De Melechovs hebben exotisch bloed door de aderen stromen: de moeder van Pantelej Prokovjevitsj was een Turkse. Pantelejs vader had haar ooit als 'oorlogsbuit' meegevoerd en was, zeer tegen de zin van familie, buren en heel Tatarski, met haar getrouwd. Vanwege haar ravenzwarte haar en verborgen, schuwe levenswijze beschouwden de kozakken in het dorp haar als een heks; op een dag werd zij door een woedende menigte doodgeslagen. Van haar hebben Pantelej Prokovjevitsj en zijn kinderen hun donkere uiterlijk geërfd. Vooral de achttienjarige Grigori met zijn zwarte haar, felle bruine ogen, scherpe roofvogelneus en enigszins woeste uiterlijk is een opvallende verschijning, begeerd door de vrouwen in het dorp.

Grigori heeft een oogje op zijn aantrekkelijke buurvrouw Aksínja. Zij is ongelukkig getrouwd met Stepán Astáchov, een brute onbehouwen kerel, die drinkt, haar ongenadig slaat en met andere vrouwen vrijt. Wanneer Stepan wordt opgeroepen voor een militaire herhalingsoefening, ziet Grigori zijn kans schoon en probeert hij Aksinja te verleiden. Aksinja is aanvankelijk niet gediend van Grigori's toenaderingspogingen, maar ten slotte kan ze niet langer weerstand bieden en geeft toe aan haar eigen onbevredigde seksuele verlangens. Ze haalt gretig de schade in, de zonde doet haar goed. Maar hun verhouding raakt al snel bekend in het dorp en komt ook Stepan ter ore. Als hij terugkeert, slaat en trapt hij zijn vrouw halfdood. Pantelej Prokovjevitsj besluit zijn zoon zo snel mogelijk aan de vrouw te brengen. Hij vindt een goede partij in Natásja Kórsjoenova, de dochter van een van de rijkste kozakken in het dorp. Natasja is een mooi, fris en rank meisje, zij en Grigori vallen bij elkaar in de smaak. Grigori legt zich er zonder moeite bij neer dat hij Aksinja voor haar zal moeten opgeven. Aksinja daarentegen is wanhopig, zij kan niet meer zonder Grigori. Het vooruitzicht verder te moeten leven met de gehate Stepan is voor haar ondraaglijk. Zij zou het liefst met Grigori naar verre oorden willen vluchten. Maar Grigori verbreekt de verhouding met haar. Op Aksinja's verwijt dat hij toch indertijd het initiatief heeft genomen en haar verleid heeft, antwoordt hij wreed: 'Als een teef niet wil, geeft ze een reu ook niet de kans haar te bespringen.'

Het duurt echter niet lang of Grigori begint spijt te krijgen. Reeds tijdens de bruiloftsplechtigheid constateert hij een aantal schoonheidsfoutjes bij Natasja: een moedervlek met haartjes, een overhangende bovenlip. En later in bed stelt zij hem teleur. Zij is, uit meisjesachtige onervarenheid, afwerend en passief. Grigori denkt vol heimwee terug aan Aksinja's volle vrouwelijkheid en wellustige overgave. Na Aksinja's vurige passie lijkt

Natasja koud. Hoe zij ook haar best doet haar man te behagen, hoe zij zich ook voor hem uitslooft, Grigori voelt dat hij haar niet kan beminnen. Hij kan Aksinja maar niet vergeten, hij wordt dagelijks met zijn buurvrouw geconfronteerd.

Aksinja heeft zich na de verbroken relatie met Grigori geestelijk langzaam weer hersteld en zint erop hem terug te krijgen. Tijdens een toevallige ontmoeting in het bos slaat de oude vonk weer over. Grigori en Aksinja zetten hun afgebroken relatie voort. De onbeminde Natasja verkommert. Pantelej Prokovjevitsj is woedend op zijn zoon omdat hij zijn plicht als echtgenoot verzaakt. De sfeer in huize Melechov wordt ondraaglijk. En Grigori loopt weg. Hij verlaat samen met Aksinja het dorp en vindt als koetsier emplooi op een naburig landgoed. Natasja keert terug naar haar ouders, in het dorp wordt ze nagewezen en uitgelachen. Zij smeekt Grigori in een brief bij haar terug te komen, maar Grigori weigert kortaf. Het leven heeft voor Natasja geen zin meer. Ze doet een poging tot zelfmoord: ze snijdt zich met een zeis de hals door en doorsteekt, wanneer dat nog niet afdoende blijkt, haar borst. Net op tijd wordt ze gevonden en kan voorkomen worden dat ze doodbloedt. Natasja herstelt, maar zal verder door het leven moeten met een scheve nek en een wanstaltig litteken op haar hals.

Eigenaar van het landgoed waar Grigori en Aksinja onderdak vinden, is de gepensioneerde generaal Listnítski, een oude edelman die zijn tijd doodt met jagen en drinken. Zijn zoon Jevgéni, een intellectueel met een knijpbrilletje, is luitenant bij de keizerlijke garde in Petersburg en keert zo nu en dan met verlof terug naar zijn ouderlijk huis. Het leventje op het landgoed kabbelt, in ouderwets 19e-eeuwse stijl, genoeglijk voort. Er gebeurt weinig, de buitenwereld is ver weg. Tijdens een jachtpartij in de omgeving ontmoet Grigori Stepan Astachov. De bedrogen echtgenoot, die een uitgebluste indruk maakt, waarschuwt Grigori dat hij hem eens zal vermoorden. Inmiddels blijkt Aksinja al enkele maanden zwanger, zonder dat ze weet van wie: van Grigori of van Stepan. Als zij op een dag met Grigori op het veld aan het maaien is, beginnen de weeën. De bevalling vindt in de open lucht, op een boerenwagen plaats. Tot beider opluchting blijkt al spoedig dat het kind, een meisje, dezelfde trekken heeft als Grigori. Kort daarna wordt Grigori opgeroepen voor de militaire dienst (die indertijd vier jaar duurde). Aksinja blijft, als dienstbode van de generaal, alleen met haar baby op het landgoed achter.

Overspel, zoals van Grigori en Aksinja, is op zich niets bijzonders in Tatarski. Promiscuïteit wordt in de hand gewerkt doordat de mannen voor lange tijd in dienst en op herhaling moeten, zodat hun loslopende, manhongerige vrouwen als makkelijke prooi voor de anderen achterblijven. Ook verder is het leven in Tatarski ruig, bandeloos, primitief, dierlijk bijna. Er wordt voortdurend gescholden, gevochten en gezopen. Vrouwen worden mishandeld. Niet-kozakken als Oekraïeners worden bij de minste of geringste aanleiding in elkaar geslagen. Er hoeft niets te gebeuren of er ontstaat een algehele kloppartij, niet zelden met raciale achtergronden. Een van de ergste schavuiten in het dorp is Natasja's broer, Mítka Korsjoenov, een jonge kozak met 'valse groene kattenogen'. Op een dag maakt hij kennis met Líza. Zij is de dochter van de koopman en ondernemer Móchov, de rijkste man in het dorp. Ze studeert in Moskou. Liza is een koket blank jongedametje en probeert een beetje met Mitka te flirten, waarop hij haar zonder pardon verkracht. Daarna heeft hij de euvele moed haar vader om haar hand te vragen, want 'wie zou haar nu nog willen hebben: een aangegeten brok eten is alleen goed voor de honden'. Als antwoord laat vader Mochov zijn bloedhonden op hem los.

In dit rauwe kozakkendorp arriveert op zekere dag een beschaafd sprekende vreemdeling met een zwarte hoed en een rimpelig wit gezicht. Het is de communistische agitator Ósip Davídovitsj Stockman, die zich in opdracht van de 'partij' in Tatarski komt vestigen om de kozakken voorzichtig te bewerken en rijp te maken voor de revolutie. Hij verzamelt een groepje mannen om zich heen, leest met hen Plechánov, vertelt over Marx en legt in hen de kiemen van ontevredenheid met feodalisme en kapitalisme. Hij leert hun de plaatselijke kapitalist Mochov, van wie velen in het dorp financieel afhankelijk zijn, en grootgrondbezitter Listnitski te haten. Onder Stockmans politieke leerlingen bevinden zich de landarbeider Iván Alekséjevitsj Kotljaróv en de jonge kozak Mísjka Kosjevój, een vriend van Grigori. Stockman wordt ten slotte gearresteerd en naar Siberië verbannen. Zijn leerlingen zullen later, wanneer de Eerste

Wereldoorlog uitbreekt, de zaadjes van ontevredenheid en opstandigheid meenemen en helpen verspreiden onder de soldaten aan het front.

De oorlogstijding bereikt het dorp op een zinderend hete zomerdag, als een donderslag bij heldere hemel. Er volgt een algehele mobilisatie. Oudgedienden, onder anderen Petro Melechov en Stepan Astachov, volgen de jongeren die reeds in actieve dienst zijn, zoals Grigori en Mitka Korsjoenov, naar het front. Alleen vrouwen, grijsaards en kinderen blijven achter in het dorp. De kozakken uit Tatarski gaan verstrooid over verschillende onderdelen de oorlog in. Grigori's regiment bevindt zich ergens in Polen, dicht bij de Russisch-Oostenrijkse grens. Hij wordt al snel geconfronteerd met kadaverdiscipline, sadisme van onderofficieren en wreedheden van zijn kameraden. Hij is er getuige van hoe een meisje collectief verkracht wordt door kozakken uit zijn eigen onderdeel en hoe ongewapende krijgsgevangenen zonder pardon worden afgemaakt. Wanneer hij zelf in een gevecht een Oostenrijkse soldaat met zijn sabel de schedel doorklieft en zo voor het eerst in zijn leven een mens doodt, blijft het gezicht van zijn slachtoffer hem nog lange tijd achtervolgen. Grigori raakt, als vele andere jongeren die in deze oorlog hun vuurdoop ondergaan, geestelijk verminkt door de aanschouwde gruwelen. Enkele weken op het slagveld maken hem jaren ouder. Jegens zijn meerderen, de fraai opgepoetste en hautaine officieren, koestert hij een instinctieve haat. Hij voelt dat zij vies zijn van hem, de 'zwarte' kozak. Een van hen veegt zelfs een keer zijn hand af aan zijn broekspijpen nadat hij Grigori per ongeluk heeft aangeraakt.

De oorlog, die zich aanvankelijk niet zo serieus liet aanzien, wordt grimmiger, de verliezen nemen, door de perfectionering van het geschut aan vooral Duitse zijde, ongekende vormen aan. De verantwoordelijke bevelhebbers, nog niet zo gewend aan onpersoonlijke 'moderne' oorlogvoering, waarbij aanstormende infanteristen en cavaleristen al van verre massaal neergemaaid worden en er weinig kans is voor 'eerlijke' man-tegen-mangevechten, sturen hun mannen als kanonnenvlees de strijd in. Het moreel van de Russische soldaten – meest boerenjongens – is laag, er is weinig patriottisch vuur, weinig haat jegens de meestal onzichtbaar blijvende vijand. Men verlangt terug naar huis en gezin, men is met zijn gedachten bij de oogst die binnengehaald moet worden.

Tijdens een gevecht raakt Grigori aan zijn hoofd gewond. Hij valt van zijn paard en blijft op het slagveld achter. Zijn kameraden rapporteren dat hij gesneuveld is, zijn familie ontvangt zelfs een officieel overlijdensbericht. In werkelijkheid heeft Grigori alleen het bewustzijn verloren. 's Nachts komt hij weer bij en sleept zich terug naar zijn kamp. Hij redt daarbij zelfs het leven van een gewonde Russische officier, die hij onderweg vindt en kilometers lang met zich mee sleept. Grigori ontvangt hiervoor een eervolle onderscheiding en wordt bevorderd tot korporaal. Om zich te laten behandelen voor een oogwond wordt hij naar een ziekenhuis in Moskou gestuurd. Daar maakt hij kennis met een medepatiënt, de Oekraïense revolutionair Garanzjá, die met God, tsaar en vaderland spot en alle heilige huisjes met de grond gelijk maakt. Garanzja legt Grigori uit dat alleen het grootkapitaal en de bourgeoisie baat hebben bij de oorlog. Deze woorden zijn voor Grigori een openbaring. Terwijl de dokter zijn oog geneest, opent Garanzja hem figuurlijk de ogen.

Grigori krijgt verlof en keert voor enkele weken terug naar de Don. Tijdens zijn afwezigheid is het leven van Aksinja dramatisch veranderd: haar dochtertje is gestorven aan de roodvonk en in haar eenzaamheid heeft zij zich laten troosten door Jevgeni Listnitski, die evenals Grigori gewond is teruggekeerd van het front. De jonge meneer had al langer een oogje op de begeerlijke dienstbode van zijn vader. Wanneer Grigori op het landgoed arriveert en hoort dat Aksinja en Listnitski jr. een liefdesrelatie hebben, ranselt hij zijn rivaal dol van woede met een karwats af en slaat hij Aksinja in het gezicht. Aksinja smeekt Grigori om vergeving. Maar Grigori keert terug naar Tatarski, waar hij als de verloren zoon en oorlogsheld binnengehaald wordt. Hij verzoent zich met Natasja, die weer bij de Melechovs woont en al die tijd met hondse trouw op haar man is blijven wachten.

Er verstrijken twee jaren, de oorlog duurt voort. Grigori heeft de smaak van het oorlogsbedrijf te pakken gekregen, hij bewijst zijn onverschrokkenheid, wordt herhaaldelijk onderscheiden en klimt op tot onderluitenant. Op wonderbaarlijke wijze ontsnapt hij enkele malen aan de dood. De aanhoudende massale slachtpartijen stompen hem af, de 'grote menselijke waarheid' van Garanzja lijkt vergeten, Grigori's woeste krijgshaftige kozakkennatuur neemt de bovenhand. Toch krijgt hij op den duur genoeg van het oorlogsbedrijf en begint hij terug te verlangen naar huis. Als hij in Roemenië gewond raakt aan zijn arm, profiteert hij dankbaar van de gelegenheid om met ziekteverlof terug te keren naar Tatarski.

Natasja heeft hem inmiddels een tweeling gebaard: een jongen (Misjátka) en een meisje (Póljoesjka). Aksinja is achtergebleven op het landgoed, waar zij de oude heer bedient en beschikbaar is als bijslaap van de jonge heer. Hoewel zijn hart eigenlijk nog steeds naar Aksinja uitgaat, zoekt Grigori geen contact met haar. Ook de andere kozakken keren zo nu en dan met verlof terug van het front, behalve Grigori's broer Petro, die gestaag opklimt in de militaire hiërarchie, en Stepan, die evenals Grigori vóór hem door zijn kameraden dood gewaand wordt, maar in werkelijkheid gevangengenomen is door de Duitsers. Grigori heeft hem aan het front eenmaal ontmoet toen hun onderdelen een gezamenlijke operatie uitvoerden. De nog steeds op wraak beluste Stepan probeerde hem tijdens de bestorming van vijandelijke linies in de rug te schieten, maar raakte daarbij zelf gewond en het was Grigori die hem met gevaar voor eigen leven redde.

Tegen het einde van 1916 is de oorlog verzand in een uitzichtloos loopgravengevecht. Behalve over superieur geschut beschikt de vijand over zenuwgas en moderne 'aëroplanen', die ware slachtingen aanrichten. Terreinwinst van enkele honderden meters wordt bekocht met duizenden doden. De strijd ontwikkelt zich ongunstig voor de Russen. De vele nederlagen en lange perioden van gedwongen afwachting doen het toch al lage moreel van de soldaten nog verder dalen. De modderige loopgraven blijken een ideale broedplaats van onlust en opstandigheid. De oorlogsmoeheid van kozakken en soldaten wordt dankbaar uitgebuit door bolsjewistische agitatoren, die verkondigen dat de werkelijke vijanden niet de Duitsers zijn, maar de tsaar, de industriëlen en de grootgrondbezitters. Een van deze agitatoren, die als vrijwilliger in hetzelfde onderdeel als Jevgeni Listnitski dient, is de arbeider Boentsjóek, een keiharde communist met een ijzeren wil. Hij heeft dienst genomen om in de praktijk het militaire vak te leren – als voorbereiding op de latere revolutionaire strijd. Boentsjoek heeft de leiding over een mitrailleurafdeling. Hij geniet een groot gezag bij zijn mannen, die hij in korte tijd heeft weten te winnen voor de revolutie. Voordat hij op last van Listnitski gearresteerd kan worden, deserteert hij. In het geheim blijft hij contact houden met zijn onderdeel en zet hij zijn agitatorische arbeid voort.

In maart 1917 dringen er berichten over een troonsafstand van Nicolaas II tot het front door. De autocratie is niet meer. Maar de oorlog gaat door. De bij de soldaten gewekte verwachtingen over een spoedig einde van de oorlog en een terugkeer naar huis worden niet bewaarheid en er ontstaat een des te diepere frustratie. In veel onderdelen nemen gekozen soldatenraden de feitelijke macht van de officieren over. Het leger desintegreert, her en der worden officieren vermoord, insubordinatie, desertie en anarchie zijn aan de orde van de dag. De bolsjewieken winnen voortdurend aan invloed. Listnitski, die gehaat wordt door zijn mannen, verzoekt om overplaatsing naar een veiliger onderdeel. Hij vertrekt met een regiment kozakken naar het stakende en demonstrerende Petrograd om daar de orde te herstellen. Listnitski en de andere officieren van dit regiment zijn vóór de restauratie van de monarchie en verachten de nieuwe voorlopige regering van Kérenski, die niet in staat is het land te besturen, ingeklemd als zij zit tussen twee radicale groepen: de bolsjewieken die een totale omwenteling voorbereiden, en een groep hoge officieren onder leiding van opperbevelhebber Kornílov die zich opmaken voor een militaire staatsgreep om Rusland van de chaos te redden. Listnitski c.s. zien in Kornilov de redder des vaderlands. Maar Kornilovs staatsgreep mislukt omdat zijn soldaten weigeren op te trekken naar Petrograd. Kornilov en zijn medeputschisten worden gearresteerd. Onder degenen die de soldaten en kozakken ervan weerhouden de staatsgreep uit te voeren, bevinden zich Kotljarov, voormalig leerling van Stockman en inmiddels actief lid van een soldatenraad, en Boentsjoek, die de leiding van zijn oude eenheid weer op zich heeft genomen en alle officieren gevangen laat nemen. Boentsjoek schiet eigenhandig een ongewapende officier dood, omdat deze hem beledigt. Vanaf nu wordt er een onverzoenlijke klassestrijd gevoerd en zal de leuze *óf wij hen, óf zij ons* gelden. De bolsjewieken nemen in Petrograd en Moskou de macht over, het front stort ineen. De kozakken uit Tatarski keren terug naar huis.

De stemming in het dorp na de berichten over revoluties in het noorden is er een van voorzichtige en angstige afwachting. Oudere kozakken als Pantelej Prokovjevitsj voelen zich zonder tsaar verweesd, immers 'de tsaar is het hoofd en het volk de benen'. De rijken, zoals Mochov, zijn bevreesd voor hun huid. De meeste bewoners zien de uit het noorden naderende roden als vreemde indringers die de onafhankelijkheid van de kozakken komen bedreigen. De 'etnische' tegenstelling vrije kozak versus Russische *moezjiek* (rood of niet) is belangrijker dan elke eventuele sociale solidariteit. Van de jongeren zijn Petro en Mitka Korsjoenov 'wit' (d.w.z. tegen de revolutie), Kotljarov en Misjka Kosjevoj rood. Grigori sympathiseert met de roden, omdat zij vrede, vrijheid en democratie beloven. Wanneer ook in het Dongebied de burgeroorlog begint, sluit hij zich met andere voormalige frontstrijders aan bij het 'Revolutionaire Comité van de Don', dat aansluiting zoekt bij de bolsjewieken. In en ten zuiden van het Dongebied hebben zich de troepen van de witten geconcentreerd. Kornilov, Deníkin en andere tsaristische generaals die uit de gevangenis ontsnapt zijn, hebben er hun 'Vrijwilligersleger' opgebouwd, de kozakkengeneraal Kaledín beschikt over een autonoom 'Donleger'. Onder commando van de fanatieke Podtjólkov behalen de troepen van het Revolutionaire Comité aanvankelijk belangrijke successen tegen hen. De witten worden ver teruggedreven naar het zuiden, Kaledin pleegt zelfmoord. Tijdens de slag om het stadje Gloebókaja worden veertig witte officieren gevangengenomen en op bevel van Podtjolkov ter plekke als honden doodgeschoten. Grigori, getuige hiervan, protesteert furieus. Deze wreedheid verwijdert hem weer van de roden. Gedesillusioneerd en met een groeiende afkeer van oorlog in het algemeen keert hij terug naar Tatarski, naar Natasja, zijn kinderen en zijn ouders, verlangend naar een rustig gezinsleven en vredige landarbeid.

Maar de Don blijft woelig. Algauw dringen er berichten door dat her en der in het gebied de rode soldaten zich misdragen en de bevolking terroriseren. Incidentele plunderingen en verkrachtingen ontlokken een woedende reactie aan de trotse kozakken. Voordat de bolsjewieken goed en wel hun macht in het Dongebied hebben kunnen vestigen, breekt er een spontane volksopstand uit. De plaatselijke revolutionaire comités worden afgeschaft, het oude instituut van ataman (gekozen dorpshoofd) wordt in ere hersteld. In Tatarski wordt Grigori's schoonvader, Mirón Korsjoenov, een van de felste antibolsjewieken, tot ataman gekozen. De Donkozakken organiseren hun eigen leger, Tatarski levert een apart eskadron onder commando van Petro. Ook Grigori, hoewel aanvankelijk onwillig, doet mee. Als vele anderen droomt hij van een autonome kozakkenrepubliek zonder vreemde heren, of ze nu monarchist of bolsjewiek zijn of ze nu Kornilov, Kerenski of Lénin heten. Het opstandelingenleger van de kozakken trekt op naar het noorden, na de witten worden nu ook de roden uit het Dongebied verjaagd, Podtjolkov wordt verslagen. De vergelding is meedogenloos, nu zijn de roden aan de beurt om als krijgsgevangenen zonder pardon afgemaakt te worden. In het bijzijn van Grigori wordt Podtjolkov opgehangen en worden de andere gevangenen massaal gefusilleerd. Ook deze wreedheid, ditmaal niet dóór maar tégen de roden begaan, stoot Grigori af.

Onder de terechtgestelden bevindt zich Boentsjoek, die zijn dood onverschillig tegemoet treedt. Na de bolsjewistische machtsovername in het noorden is hij naar het zuiden gegaan om te helpen ook daar de revolutie te verbreiden. In de paar maanden tussen zijn aankomst en zijn executie heeft het leven hem, de steenharde communist, klein gekregen: hij raakte verliefd op een joods meisje, de communiste Anna Pogóedko, die zich uit enthousiasme voor de revolutie als enige vrouw bij Boentsjoeks mitrailleurafdeling had aangemeld. Zij vocht zij aan zij met hem mee, totdat ze op een keer door een kogel werd getroffen en in zijn armen stierf – een slag die Boentsjoek niet te boven kwam.

In het voorjaar van 1918 is het land van de Donkozakken grotendeels gezuiverd van roden. In het bevrijde gebied wordt een onafhankelijke Donrepubliek onder leiding van generaal-majoor Krasnóv uitgeroepen die, in oorlog met de roden, tegelijk afstand probeert te bewaren tot het zuidelijk van het Dongebied gelegerde Vrijwilligersleger van Denikin. Tot militaire samenwerking tussen kozakken en witten komt het niet, omdat de autonome aspiraties van de kozakken door de witte generaals, die heel Rusland willen bevrijden van het bolsjewisme, niet serieus worden genomen.

De eenheid uit Tatarski gaat op in verschillende regimenten. Grigori krijgt een eigen eskadron en bewijst zich andermaal als een voortreffelijk militair. Hij is moedig, beschikt over een aangeboren tactisch inzicht, is een meester in het gevecht op de blanke sabel en een weergaloos ruiter. Hij schrijft het ene wapenfeit na het andere op zijn naam. Maar hij koestert eigenlijk geen haat jegens de roden. Hij ziet zoveel plunderingen van zijn eigen mannen, zoveel zinloze represailles tegen onschuldige familieleden van bolsjewieken en zoveel andere wreedheden om zich heen dat hij begint te twijfelen aan de rechtvaardigheid van de zaak waarvoor hij vecht. Anderen, zoals Petro, hebben minder last van scrupules. Hetzelfde geldt voor Pantelej Prokovjevitsj, die zijn zoons zelfs met paard en wagen achternareist om zoveel mogelijk oorlogsbuit in de wacht te slepen. Grigori's zwager, Mitka Korsjoenov, ontpopt zich als een van de meest meedogenloze kozakkenkrijgers: bij elke gelegenheid werpt hij zich gretig op als voltrekker van executies. Naarmate het front zich verder naar het noorden verplaatst, tot aan de grenzen van het Dongebied, wordt de tegenstand van de roden heviger. Nieuwe sterke troepen onder bevel van Mirónov worden door hen in de strijd geworpen. De kozakken, die aanvankelijk voor hun eigen grondgebied, voor de bescherming van huis en haard vochten, voelen steeds sterker de drang om terug te keren naar hun gezin en hun geboortedorp. Als eerste weigert het regiment waarin Petro dient verder te vechten. Het commando wordt overgenomen door de roodgezinde Fomín. Petro, die al lang de sluimerende haat van zijn mannen jegens hem en de andere officieren voelde en uit voorzorg een goede persoonlijke verstandhouding met Fomin heeft opgebouwd, maakt zich uit de voeten. Daarna trekt het ene regiment na het andere zich terug uit de strijd en in het begin van de winter 1918/1919 ligt het hele front open en kunnen de rode troepen onbelemmerd opmarcheren naar het zuiden. Petro, Grigori en hun dorpsgenoten keren terug naar Tatarski.

Tijdens Grigori's afwezigheid zijn uit andere streken twee oude liefdesrivalen teruggekeerd: Aksinja's wettige echtgenoot Stepan en haar minnaar Listnitski. De laatste heeft als officier in het Vrijwilligersleger gediend. Tijdens een ziekteverlof is hij verliefd geworden op de vrouw van een medeofficier, de verbleekte schoonheid Olga Nikolájevna. Nadat haar man gesneuveld is en hij zelf zwaar gewond raakte (hij verliest een arm), heeft hij zich over haar ontfermd en haar ten huwelijk gevraagd. Zij stemde toe en Listnitski nam haar als zijn echtgenote mee naar zijn ouderlijk landgoed. Aksinja is daar nu te veel. Omdat Listnitski voelt dat hij als tevoren geen verweer zal hebben tegen Aksinja's zinnelijke schoonheid en hij als man van eer zijn huwelijk niet op het spel wil zetten, verzoekt hij haar, met pijn in zijn hart, het landgoed te verlaten. Juist op dat moment keert de dood gewaande Stepan terug. Hij is als krijgsgevangene meegevoerd naar Duitsland, waar hij goed behandeld is en in contact is gekomen met de westerse beschaving. De ruige kozak van weleer is veranderd in een keurige, enigszins saaie meneer die netjes spreekt, zich stadse manieren heeft aangemeten en een zilveren zakhorloge draagt. Hij wil het opnieuw met Aksinja proberen en vraagt haar bij hem terug te komen. Aksinja stemt zonder enthousiasme toe, ze heeft geen keus. Hoewel Stepan niet meer de tiran van vroeger is en haar goed behandelt, weet ze dat ze nooit van hem zal kunnen houden. Wat Listnitski betreft: hij zal later door zijn vrouw bedrogen worden en zelfmoord plegen.

De bewoners van de dorpjes aan de stille Don die hun oude vooroorlogse leven willen voortzetten, worden al snel ontnuchterd. In het voetspoor van de zich terugtrekkende kozakkentroepen rukken de roden op, het land van noord naar zuid overspoelend. Geruchten over meedogenloze wraakacties bereiken Tatarski. Een gedeelte van de bevolking slaat op de vlucht, Mitka Korsjoenov en anderen sluiten zich aan bij het Vrijwilligersleger. Een enkeling als Misjka Kosjevoj strijdt mee aan de kant van de roden. Weer anderen, bijvoorbeeld de Melechovs, blijven achter en wachten af. Wanneer de rode troepen Tatarski passeren, op weg naar een confrontatie met de witte legers in het zuiden, overnacht er een groep soldaten bij de Melechovs. Een van hen schiet zonder reden de hond dood, schoffeert de bewoners, dreigt in bedekte termen dat de mannen vermoord en de vrouwen verkracht zullen worden. De trotse Grigori, niet gewend zich een dergelijke behandeling te laten welgevallen, kan zich maar ternauwernood inhouden. Ten slotte wordt de rode soldaat door zijn eigen kameraden tot de orde geroepen en disciplinair gestraft. Maar bij een volgende gelegenheid, op een overwinningsfeestje van de roden, wordt er wel degelijk een serieuze poging gedaan om Grigori, als voormalig officier, te vermoorden. De gewaarschuwde Grigori weet net op tijd te ontsnappen. Wanneer de rode fronttroepen voorbijgetrokken zijn en het ergste gevaar geweken lijkt, volgt een nog veel grimmiger periode: die van revolutionaire tribunalen en 'buitengewone comités voor de bestrijding van contrarevolutie en sabotage' (plaatselijke afdelingen van de Tsjeká). De roden installeren met harde hand hun macht. In Tatarski gaat het feitelijke gezag over in handen van een uitvoerend comité, geleid door Kotljarov en Kosjevoj. De houding van de bevolking is van het begin af aan vijandig. Grigori toont openlijk zijn minachting. Voor hem zijn de nieuwe machtsdronken bolsjewieken geen haar beter dan de oude potentaten; in plaats van gelijkheid brengen zij een nieuwe scheiding tussen heersers en overheersten. Vanwege zijn gevaarlijke contrarevolutionaire praat wordt Grigori met een aantal anderen op een zwarte lijst gezet. Zeven kozakken, onder wie Grigori's schoonvader, worden gearresteerd en geëxecuteerd. Grigori duikt onder. Pantelej wordt vooralsnog gespaard omdat hij tyfus heeft, Petro omdat hij geprotegeerd wordt door Fomin.

De executies, de voedselrequisities, het bevel om alle wapens in te leveren en andere repressieve maatregelen wakkeren de ontevredenheid onder de kozakkenbevolking voortdurend aan. Dan keert op een dag Stockman terug in Tatarski om de strijd tegen de contrarevolutie te activeren. Hij steekt zijn oude leerlingen, Kosjevoj en de weifelende Kotljarov, een hart onder de riem. Stockman rechtvaardigt de executies, die ook Kotljarov hebben geschokt, op ideologische gronden: de revolutie houdt geen rekening met individuen, maar met klassen; koelakken en anderen die onder het oude regime geprivilegieerd waren en nu hun oude positie willen herstellen, hebben een slechte invloed op de massa's en moeten uitgeroeid worden; de strijd tegen de contrarevolutie dient meedogenloos te zijn, het is *óf zij ons, óf wij hen*, een tussenweg is er niet; dat er af en toe onschuldigen als slachtoffer vallen, is niet belangrijk, want waar gehakt wordt vallen spaanders.

Maar een nieuwe uitbarsting van volkswoede tegen het rode bewind is niet meer tegen te houden. In het vroege voorjaar van 1919 staat het hele Dongebied in vuur en vlam, plotseling laait een spontane opstand op, als een veenbrand die al langere tijd ondergronds smeulde. Alle kozakkennederzettingen doen mee. Weer wordt heel Tatarski gemobiliseerd. Dit keer trekken ook ouderen als Pantelej Prokovjevitsj mee ten strijde. Stockman, Kotljarov en Kosjevoj vluchten. Grigori, bevangen door een wilde vreugde wanneer hij de tijding van de nieuwe opstand op zijn onderduikadres verneemt, stort zich met vuur in de strijd: hij weet nu dat de roden zijn ware vijanden zijn, zíj bedreigen zijn leven en verhinderen hem een rustig bestaan te leiden. Hij krijgt het bevel over een eigen afdeling, die voortdurend aanzwelt. Op een gegeven moment voert hij, als een generaal, een hele divisie aan. Maar terwijl Grigori de ene overwinning na de andere behaalt, wordt de afdeling van zijn broer Petro elders vernietigend verslagen. Petro moet zich overgeven en wordt ter plekke doodgeschoten door zijn eigen dorpsgenoot Misjka Kosjevoj. In de verbeten broederoorlog die gevoerd wordt en waarin de kansen voortdurend keren, verhardt ook Grigori. Voor het eerst in zijn militaire loopbaan geeft hij opdracht ongewapende krijgsgevangenen af te maken.

De opstandige kozakken voeren oorlog onder de leuze 'radendemocratie zonder communisten'. Zij willen noch de dictatuur van de oude adellijke officier terug, noch de nieuwe terreur van de rode commissaris. Als teken van hun politieke tussenpositie voeren ze een roodwit embleem. Maar binnen de staf van het opstandelingenleger neigt men steeds meer tot samenwerking met de witten. Grigori constateert met ongenoegen dat de neutraliteit van de Donkozakken bedreigd wordt door de toenemende invloed van tsaristische officieren in de staf. Er wordt gewerkt aan een integratie van Donkozakkenleger en Vrijwilligersleger. Opnieuw twijfelend aan de rechtvaardigheid van de opstand, afgestoten door de wreedheid van zijn eigen mannen, gefolterd door de herinnering aan de krijgsgevangenen die op zijn bevel vermoord zijn, en terugverlangend naar zijn gezin en vooral naar Aksinja die hij maar niet kan vergeten, begint Grigori vergetelheid te zoeken in drank en vluchtige seksuele contacten met vrouwen die hij onderweg ontmoet. Op het slagveld verkeert zijn onverschrokkenheid in onbezonnenheid. Bij de aanval op een dorpje stormt hij in zijn eentje op een groep zwaar bewapende rode soldaten af en begint als een razende, in een soort amok, op hen in te hakken. Hij kan maar ternauwernood door zijn eigen mannen ontzet worden. Men moet hem vastbinden om hem tegen zichzelf te beschermen. De geestelijk ingestorte Grigori neemt enkele weken verlof en keert, begeleid door zijn trouwe adjudant, de altijd welgemutste Próchor Zýkov, terug naar huis.

Tatarski maakt een uitgestorven indruk, alle mannen zijn aan het front. Grigori rust uit, zaait koren in, luistert naar de bijbelse ondergangsprofetieën van Natasja's stokoude grootvader, opa Grisjáka, en bezint zich op zijn leven. Hij voelt hoe oud hij de laatste tijd geworden is. De relatie met Natasja is koel, zij weet af van zijn alcoholische en seksuele uitspattingen aan het front. Op een dag ontmoet hij voor het eerst sinds lange tijd weer Aksinja. Bij beiden vlamt onmiddellijk de oude liefde weer op. Aksinja probeert zich vergeefs groot te houden. Ze moet erkennen dat zij al die jaren van Grigori is blijven houden. Ook Grigori voelt dat Aksinja voor hem het belangrijkste in zijn leven is. En vlak voordat Grigori weer terugkeert naar het front, beleven zij nogmaals, als waren zij weer jong, de liefde.

Inmiddels zijn de uit Tatarski gevluchte communisten, Stockman, Kotljarov en Kosjevoj, toegevoegd aan een regiment van het Rode Leger dat grotendeels uit tegen hun wil gemobiliseerde, antirevolutionair gezinde boerenzonen bestaat. Op initiatief van de commandant loopt vrijwel het voltallige regiment over naar de opstandelingen. Stockman, die de soldaten met een toespraak op het allerlaatste moment hiervan probeert te weerhouden, wordt door hen doodgeschoten. Hij sterft met op zijn lippen de woorden: 'Het communisme zal leven!' Kotljarov en de andere communisten in het regiment, behalve Kosjevoj die vlak daarvoor als ijlkoerier is weggezonden, worden uitgeleverd aan de opstandelingen. Ze worden door de kozakkendorpjes gevoerd, waar ze spitsroeden moeten lopen en aan een meedogenloos volksgericht worden onderworpen. Kotljarov wordt tot bloedens toe afgetuigd en vindt zijn einde in Tatarski, waar hij geconfronteerd wordt met Petro's weduwe Darja, die hem verantwoordelijk houdt voor de dood van haar man. Zij schiet hem neer en wordt later voor deze heldendaad officieel onderscheiden.

Na aanvankelijke successen wordt het leger van de Donkozakken in het nauw gedreven. Het Rode Leger zet al zijn materieel en zijn beste manschappen in. Aan het zuidelijke front worden troepen vrijgemaakt, die onder commando van Mironov naar het noorden oprukken om de opstand de kop in te drukken. De opstandelingen, kampend met munitiegebrek en een gebrekkige discipline, graven zich over een afstand van 150 km in aan weerszijden van de vestingplaats Vjósjenskaja op de noordelijke (linker) oever van de Don, waar zich hun hoofdkwartier bevindt. Het hele gebied ten zuiden van de rivier wordt geëvacueerd. Tienduizenden vluchtelingen steken in paniek de Don over, terwijl in de verte de roden wrekend en brandstichtend optrekken. Op de linkeroever worden Grigori, Stepan en Aksinja weer met elkaar geconfronteerd. Aksinja is nu eens bij Stepan in de loopgraven, dan weer bij Grigori in Vjosjenskaja. Na enige tijd heen en weer geslingerd te zijn tussen hen, kiest ze ten slotte voor Grigori. De met tyfus besmette Natasja blijft met haar kinderen en schoonmoeder achter in Tatarski aan de rechteroever. Het dorp komt opnieuw in rode handen, Misjka Kosjevoj keert er als wreker terug. Hij steekt de huizen van alle rijken in brand. Ook het huis van de familie Korsjoenov gaat, compleet met de achtergebleven opa Grisjaka, in vlammen op.

De twee vijandelijke legers liggen – de opstandelingen op de ene en de roden op de andere oever – een tijdlang tegenover elkaar. De roden slagen er niet in over te steken. De kozakken zijn geheel afhankelijk van de hulp van de witte legers in het zuiden. Het contact tussen hen wordt onderhouden door middel van vliegtuigjes, geleverd door de interventiemachten Engeland en Frankrijk. Over de rode stellingen heen worden munitie en officieren overgevlogen. Het duurt niet lang of de witten slagen erin door de rode linies heen te breken en de kozakken te ontzetten. De kansen keren andermaal. In de zomer van 1919 verenigen de twee troepenmachten zich en worden de roden door de gecombineerde strijdmacht van witten en kozakken uit hun stellingen aan de Don verdreven. Maar tussen de witte officieren in hun chique Engelse tenues en glimmende laarzen en de ruige kozakken botert het niet. Grigori beziet zijn redders met gemengde gevoelens. Hun superieure paternalistische houding stoot af. Zij nemen onmiddellijk de leiding over en laten de eenheden van de opstandelingen geheel opgaan in het Vrijwilligersleger. De kozakken stellen zich met tegenzin onder het witte commando. Grigori, als opstandelingenleider gewend het bevel over een divisie van zesduizend man te voeren, moet nu genoegen nemen met een eskadron van honderd man. Het wrijft voortdurend tussen hem en zijn nieuwe superieuren. De witte officieren beschikken veelal over minder veldervaring dan de door het bloed van de oorlog getekende, met littekens van veertien wonden gesierde Grigori. Hij beschouwt hen als bureauratten en achterhoedehelden. Zij van hun kant minachten Grigori omdat hij een boerenkinkel is zonder diploma van de militaire academie. In zijn hart voelt Grigori zich meer verwant met het rooie janhagel. Onverschilligheid voor het verloop van de burgeroorlog bekruipt hem, maar als militair blijft hij loyaal meehelpen de roden te bestrijden.

Tatarski raakt langzaam weer bewoond. De bevolking, voor zover niet gemobiliseerd, probeert het oude leven te hervatten. Grigori, even thuis, wordt ontroerd door de geur van huiselijkheid, de aanblik van zijn kinderen voor wie hij nooit een echte vader heeft kunnen zijn, en het weerzien met de juist van haar ziekbed verrezen Natasja, die alles voor hem opgeofferd heeft, maar die hij niet kan liefhebben. Hij koestert slechts een teder medelijden met haar. Het lukt hem niet een keuze te maken tussen de verantwoordelijkheid voor zijn gezin en zijn liefde voor Aksinja.

Na zijn vertrek wordt huize Melechov bezocht door de ene rampspoed na de andere. Grigori's vrolijke zusje Doenjasjka, langzamerhand op de huwbare leeftijd, zorgt voor hevige conflicten met haar ouders omdat ze verkondigt dat ze wil trouwen met de rode Misjka Kosjevoj. Ze hebben al jarenlang verkering en zijn vast van plan hun huwelijk door te zetten, zodra de politieke situatie gestabiliseerd is en Kosjevoj terug kan keren naar Tatarski. Bovendien is Doenjasjka's kokette schoonzusje Darja, die reeds voor de dood van Petro losbandig was, nu geheel losgeslagen. Ze heeft zich ontwikkeld tot een ware manneneetster en is de schande van het dorp. Ze 'doet 't' met elke man die ze krijgen kan, totdat een officier haar de tyfus bezorgt. Wanneer ze daar achterkomt, is de ziekte al in een ongeneeslijk stadium. Zij kan het vooruitzicht op een spoedige verwelking van haar schoonheid en tekening van haar lichaam door de ziekte niet verdragen en verdrinkt zich in de Don. Vlak voor haar zelfmoord vertelt zij Natasja, in een moedwillige poging haar pijn te doen, over de hernieuwde liefdesrelatie tussen Grigori en Aksinja, waarvan zij wel en Natasja geen weet heeft. Natasja, opnieuw zwanger van Grigori, is diep gekwetst. Zij, de zachtmoedige, vervloekt haar man en roept God aan hem te straffen. Emotioneel niet in staat Grigori's kind te dragen laat zij haar zwangerschap onderbreken door een plaatselijke aborteuse, die de vrucht met een ijzeren haak wegpulkt. Daarbij wordt de baarmoederwand uitgescheurd en Natasja bloedt dood.

Na de dood van Darja en Natasja wordt het stil in huize Melechov. Pantelej Prokovjevitsj probeert zich op alle mogelijke manieren aan de algehele dienstplicht te onttrekken om zijn door de oorlog halfverwoeste woning te herstellen en het land te bewerken. Hij wordt gearresteerd wegens desertie en voor de krijgsraad gedaagd, maar ten slotte niet gestraft omdat hij de vader van de beroemde Grigori is.

De burgeroorlog woedt met ongekende hevigheid voort, hij is totaler dan de wereldoorlog omdat de hele burgerbevolking erbij betrokken is. De bevolking vlucht voortdurend voor het op en neer golvende front uit en raakt ontheemd. De kozakkennederzettingen worden afwisselend door roden en witten bezet. In Tatarski wordt de rode wreker Misjka Kosjevoj afgelost door de witte wreker Mitka Korsjoenov, die na lange tijd weer, als officier in het Vrijwilligersleger, terugkeert in zijn geboortedorp. Op zijn beurt steekt hij het ouderlijk huis van Kosjevoj in brand en roeit hij, in het continue proces van moord en wedermoord dat de burgeroorlog kenmerkt, diens gezin – moeder, kleine broertjes en zusjes – uit. Deze daad schokt het hele dorp, zelfs degenen die fel antibolsjewistisch zijn. Daarentegen vernemen de kozakken met verbazing dat in de gebieden die door de roden bezet zijn, niet meer wraak genomen, brandgesticht en geplunderd wordt. De discipline en het moreel blijken in het Rode Leger beter dan bij de tegenstander. Grigori, met zijn afdeling ergens ver weg in het noorden buiten de grenzen van het Dongebied, begint vaag te vermoeden dat de roden op den duur de langste adem zullen hebben, omdat zij geïnspireerd worden door een 'idee'. Zijn bange voorgevoelens over het onontkoombare einde worden verbeeld in een beklemmende achtervolgingsdroom: hij ziet zichzelf in de steek gelaten door zijn mannen en achternagezeten door de vijand, aan wie hij probeert te ontkomen door zich te verschuilen op een kerkhof.

Naarmate de witte legers van Denikin dieper doorstoten in het hart van Rusland, zakt het moreel. De strijdlust neemt af, de officieren, wie de successen naar het hoofd gestegen zijn, beginnen te slempen en verliezen het laatste restje gezag bij hun mannen, vooral bij de kozakken. Zij willen in hun overmoed Moskou en heel Rusland bevrijden, de kozakken willen terug naar huis. Er wordt massaal gedeserteerd. In de winter van 1919/1920, als het Rode Leger een nieuwe strategie begint te volgen – opmars naar het zuiden via het rustige Donbasgebied in Oekraïne en niet via het woongebied van de vijandige Donkozakken – en als de rode cavalerie van Boedjonny wordt ingezet, keren de kansen definitief. De witten worden teruggeslagen. De roden beginnen andermaal bezit te nemen van het Dongebied en naderen Tatarski.

Grigori is al voor de definitieve instorting van het witte front, geveld door de tyfus, teruggekeerd in Tatarski. Hij herstelt langzaam, de slopende ziekte maakt hem zachter, menselijker. Wanneer hij ten slotte van het ziekbed verrijst, heeft hij oog voor de schoonheid van de wereld, het wonder van het leven om hem heen. Maar de oorlog is verloren en de toekomst onder rode heerschappij is voor hem en de andere kozakken die tegen de revolutie hebben gevochten, onzeker. Vlak voor de komst van de roden in het dorp verstrooit de bevolking zich. De mannen, onder anderen Pantelej Prokovjevitsj, vluchten naar het zuiden, de vrouwen en kinderen blijven achter, Grigori reist samen met zijn adjudant Prochor Zykov en Aksinja zijn regiment achterna dat zich al heeft teruggetrokken. Aksinja bekommert zich niet om het verloop van de strijd, ze is gelukkig, eindelijk is ze samen met Grigori. Ze is bereid haar geliefde tot aan het einde van de wereld te volgen. Aan Stepan, die ergens in onbekende oorden in het witte leger vecht, denkt ze al niet meer.

Maar onder de militairen en vluchtelingen die in wanorde naar het zuiden trekken, woedt een hevige tyfusepidemie. Eerst wordt Aksinja getroffen door de ziekte, ze kan niet verder reizen en Grigori is gedwongen haar onderweg bij een boerengezin achter te laten. Ze zal herstellen en later op eigen houtje naar Tatarski terugkeren. Ook Pantelej Prokovjevitsj raakt besmet, maar hij overleeft de ziekte niet. Ver van zijn gezin en geboortegrond sterft hij. Ten slotte recidiveert de ziekte ook bij Grigori. Hij wordt door Prochov Zykov in bewusteloze toestand naar Jekaterinodár (nu Krasnodár) vervoerd, waar hij een medische behandeling krijgt.

Nadat hij weer op krachten is gekomen, herenigt Grigori zich met zijn oude onderdeel en vertrekt met zijn strijdmakkers naar Novorossíjsk aan de Zwarte Zee. In het vroege voorjaar van 1920 stromen daar van heinde en verre de vluchtelingen samen om zich over het water heen in veiligheid te brengen voor de aanstormende roden. Er heerst een panische drang om weg te komen, achterblijvers springen in het water om wegvarende schepen na te zwemmen, een kolonel die geweigerd wordt aan boord van een schip, pleegt zelfmoord. Ook Grigori slaagt er niet in een plaatsje te bemachtigen op een van de schepen die afvaren naar de Krim, waar het witte leger van Wrangel nog standhoudt. Hij besluit geen verdere pogingen te doen. Grigori blijft aan land en laat zich ten slotte zonder verzet te bieden gevangennemen door de soldaten van het Rode Leger.

In Tatarski heerst stilte. Velen keren er niet terug. De mannen zijn op de vlucht, gemobiliseerd door het Rode Leger, gedwongen tewerkgesteld in de mijnen of geïnterneerd in kampen. Stepan is uitgeweken naar de Krim en dient in het leger van Wrangel. Slechts af en toe keert er een gewonde of gedemobiliseerde kozak terug. Over het lot van Grigori is niets bekend. Door de nood gedwongen zoeken de eenzame Aksinja en de van haar man en zoons beroofde Iljinitsjna toenadering tot elkaar. Iljinitsjna heeft Aksinja altijd als de boze verleidster van haar zoon beschouwd en achtte haar indirect schuldig aan de dood van Natasja – nu delen zij hun smart en wachten vol ongeduld op een tijding over Grigori. Dan keert Prochor Zykov terug en brengt hun het blijde nieuws: Grigori is gezond en wel. Hij is gemobiliseerd door het Rode Leger, dat dankbaar gebruik maakt van zijn militaire capaciteiten. Grigori is commandant van een eskadron in de cavalerie van Boedjonny en vecht in Oekraïne mee tegen de Polen. Volgens Prochor strijdt Grigori vol overgave en doet hij alles om zijn schuld tegenover de revolutie af te kopen. Iljinitsjna verwacht elke dag de terugkeer van haar zoon en zet zelfs dagelijks een bord soep voor hem klaar.

Maar in plaats van Grigori keert de gehate Misjka Kosjevoj uit de oorlog terug. Hij is afgekeurd voor de militaire dienst wegens een malariabesmetting. Hij vraagt Iljinitsjna om de hand van Doenjasjka, maar zij jaagt hem, de moordenaar van haar zoon Petro, het huis uit. Kosjevoj geeft het evenwel niet op, dringt zich in huize Melechov in, begint mee te helpen in het huishouden, repareert kapotte werktuigen, bewerkt het land van de Melechovs, maakt speelgoed voor Grigori's kinderen. Iljinitsjna ontdooit langzaam en is ten slotte genegen Kosjevoj als schoonzoon te accepteren. Kosjevoj trekt bij hen in. Het jonge paar is gelukkig en bekommert zich nog maar weinig om de oude Iljinitsjna, die zich aan de kant geschoven voelt. Ze ziet geen zin meer in het leven, sluit zich op in haar herinneringen, heeft geen kracht meer op Grigori te wachten en sterft ten slotte van verdriet.

Na de dood van zijn moeder keert Grigori terug. Hij is ontslagen uit het Rode Leger, omdat men hem vanwege zijn verleden toch niet helemaal vertrouwde. Moe en walgend van de oorlog, reeds grijzend, slechts verlangend naar rust, landarbeid, zijn kinderen en Aksinja, arriveert hij in Tatarski. Maar een rustig leventje is voor Grigori onder de gegeven politieke omstandigheden niet weggelegd. Zijn vroegere vriend en nieuwe zwager Kosjevoj, die als voorzitter van het plaatselijke revolutionaire comité de feitelijke macht in Tatarski uitoefent, blijft hem als een potentiële contrarevolutionair beschouwen. Dat Grigori in het Rode Leger heeft gediend zegt hem niets: daarmee kan Grigori zijn witte verleden niet doen vergeten. Kosjevojs revolutionaire standpunt is: eenmaal vijand, altijd vijand. Door Kosjevojs onverzoenlijke houding tegenover Grigori verslechtert de relatie met zijn vrouw. Hij verhardt nog wanneer in de omgeving de onrust en ontevredenheid onder de kozakkenbevolking toenemen door het gebrek aan primaire levensbehoeften en door de graanleveringen waartoe de boeren worden gedwongen. Her en der breken opstandjes uit, gewapende benden, gerekruteerd uit ontevreden boeren en avonturiers, trekken rond door de omgeving. In Oekraïne duurt de oorlog nog altijd voort, de dreiging van Wrangel blijft bestaan. De autoriteiten worden nerveus, overal worden ex-witten uit voorzorg gevangengenomen. Ook Grigori hangt voortdurend arrestatie boven het hoofd. Kosjevoj zou hem het liefst door een revolutionair tribunaal ter dood veroordeeld zien. Grigori probeert zich op de vlakte te houden en op geen enkele wijze aanstoot te geven. De politieke ontwikkelingen laten hem eigenlijk koud, het liefst zou hij noch met roden noch met witten iets te maken willen hebben. Omdat hij niet met Kosjevoj onder één dak kan wonen, trekt hij met zijn kinderen bij Aksinja in. Even mag hij met haar weer de liefde beleven, maar het duurt niet lang of Kosjevoj gelast Grigori te arresteren. Nog juist op tijd wordt Grigori gewaarschuwd door Doenjasjka. Hij vlucht weg uit Tatarski en duikt elders onder.

Wanneer Grigori na een maand zijn schuilplaats verlaat, wordt hij gevangengenomen door een groep rebellerende militairen uit het Rode Leger onder commando van Fomin. Het is de winter van 1920/1921, de revolutie is in een fase van opstanden binnen eigen gelederen gekomen. De volkse Fomin, een drinker en rokkenjager, die zich in het begin van de burgeroorlog uit instinctieve sympathie voor de revolutie bij de roden heeft aangesloten, maar nooit lid van de communistische partij is geworden, is met enkele andere commandanten van het Rode Leger in opstand gekomen tegen de nieuwe dictatuur van de bolsjewieken. Zij zijn woedend om het optreden van officiële voedselcommando's, die de graanschuren van de meer welgestelde boeren, onder andere die van Fomins eigen moeder, leeghalen. Fomin en zijn mannen zijn van plan een nieuwe totale opstand in het Dongebied te ontketenen. Hun leuze is: 'Voor het volk, tegen voedselrequisities en commissarissen'. Grigori sluit zich aan bij Fomins opstandelingenlegertje, niet omdat hij gelooft in hun zaak, maar omdat hij geen andere keus heeft. Zoals Grigori al vreesde vindt Fomin weinig steun bij de bevolking. Doordat hij zich omringt met allerlei avonturiers en twijfelachtige sujetten die slechts op roof en plundering uit zijn, verwordt Fomins legertje vrijheidsstrijders gaandeweg tot een ordinaire roversbende. Steeds wantrouwiger bejegend door de bevolking en opgejaagd door de rode troepen zwerven ze rond door de omgeving. Fomin en de andere leiders beginnen te drinken, van enige militaire discipline is geen sprake meer, Grigori is de enige die zijn hoofd koel houdt.

Op een dag wordt de bende van Fomin onverhoeds overvallen door een eenheid van het Rode Leger. Er wordt een vernietigende slachting aangericht, alleen Grigori, Fomin en drie anderen slagen erin te ontkomen. Ze houden zich enkele weken schuil op een ontoegankelijk, verlaten eilandje in de Don. Een van de vijf, Kapárin, vroeger een hoge officier in het keizerlijke leger en daarna bataljonscommandant in het Rode Leger, is lichamelijk en geestelijk niet bestand tegen de ontberingen van het vluchtelingenbestaan. Hij probeert Grigori over te halen samen hun drie kameraden te vermoorden en zich over te geven aan de bolsjewieken in de hoop op clementie. Kaparin heeft bizarre theorieën. Hij wil de monarchie in Rusland herstellen en daartoe uit tactische overwegingen tijdelijk samenwerken met de communisten. Hij wijst Grigori erop dat de woorden voor hamer en sikkel – in het Russisch *mólot en serp* – een palindroom zijn van *prestólom*, wat betekent: door de troon. Hij ziet daar een goddelijke vingerwijzing in. Grigori beschouwt hem als half krankzinnig en ontwapent hem, maar verraadt hem niet aan de anderen. 's Nachts, wanneer Grigori slaapt, wordt Kaparin vermoord door zijn wantrouwend geworden medevluchtelingen. Daarna verlaat het overgebleven viertal het eiland en trekt verder. Zij hopen aansluiting te vinden bij een grotere groep opstandelingen of zelf opnieuw uit te groeien tot een volwaardige militaire eenheid. Overal belaagd en achtervolgd als wolven, verzamelen ze een aantal nieuwe mannen om zich heen – maar het zijn in Grigori's ogen louter lieden van laag allooi. Zo eindigt Grigori's eens zo briljant aangevangen militaire carrière roemloos te midden van rovers, idioten en bandieten.

Grigori verkiest een eenzame vlucht boven hun gezelschap. Op een onbewaakt ogenblik gaat hij ervandoor en keert terug naar zijn dorp om zijn laatste droom te verwezenlijken: Aksinja ophalen, met haar wegvluchten naar het zuiden en een plek zoeken waar zij samen gelukkig kunnen zijn. In het diepste geheim, 's nachts, zoekt hij haar op. Aksinja huilt onbedaarlijk, zij heeft al die tijd in herinneringen aan hem geleefd.

Ze bedenkt zich geen moment wanneer Grigori haar vraagt met hem mee te gaan. Zijn kinderen laat Grigori achter onder de hoede van Doenjasjka.

En daar gaan ze opnieuw, Grigori en Aksinja, op weg naar onbekende oorden en ongestoord geluk. Ze reizen per paard, overdag schuilend en slapend in dichte bossen, 's nachts verder trekkend. Aksinja is gelukkig, maar weer is het slechts voor even: bij de eerste de beste ontmoeting met een patrouille rode soldaten wordt zij op de vlucht door een kogel in de rug getroffen. Ze sterft in Grigori's armen zonder bij kennis te komen.

Grigori heeft het dierbaarste in zijn leven verloren. Hij dwaalt doelloos rond, sluit zich aan bij een groepje zich in de bossen schuilhoudende anarchisten en deserteurs en blijft een jaar bij hen. Slechts één wens houdt hem nog in leven: nog eenmaal zijn kinderen zien. En op een dag, in het voorjaar van 1922, gaat hij naar huis. Hij ziet alleen zijn zoontje Misjatka, die bang is voor hem. Zijn dochtertje Poljoesjka is gestorven. Grigori staat bij de poort van zijn oude huis, met zijn zoontje in de armen. Alles is voorbij.

Analyse

De Stille Don, hét klassieke werk van de sovjetliteratuur, is een roman van monumentale omvang, bestaande uit vier boeken (bij elkaar zo'n 1700 bladzijden). De verschillende gedeelten werden tussen 1928 en 1940 in fasen gepubliceerd. De eerste twee boeken en het eerste gedeelte van het derde boek verschenen in 1928-1929 in achtereenvolgende afleveringen van het tijdschrift *Oktober*, het tweede gedeelte van het derde boek verscheen in 1932 in hetzelfde tijdschrift. Het vierde boek werd tussen 1937 en 1940 in het tijdschrift *Nieuwe wereld* gepubliceerd. In 1941 verscheen de eerste complete boekuitgave.

Het succes van *De Stille Don* in de Sovjet-Unie is enorm geweest. De hele nacht voorafgaande aan de dag dat de laatste hoofdstukken in 1940 in *Nieuwe wereld* verschenen, stonden er mensen in de rij voor de boekwinkels in Moskou om een exemplaar van het tijdschrift te bemachtigen. Tegen de honderd uitgaven van *De Stille Don* zijn er in de Sovjet-Unie verschenen.

Van de monumentale meerdelige romans uit dezelfde periode – van A. Tolstój, Fadéjev, Górki, Leónov en anderen – is *De Stille Don* de beste en succesvolste (het monumentale genre was in de jaren dertig in zwang en werd gestimuleerd door de marxistische literatuurkritiek, omdat dit 'het beste de historische veranderingen zichtbaar maakte'). Ook in het Westen wordt *De Stille Don* van alle romans die de officiële sovjetliteratuur heeft voortgebracht, het meest gewaardeerd. Van de verschillende verfilmingen die er zijn, geldt de waarheidsgetrouwe, aardse versie van Sergéj Gerásimov (1957-1958) als de meest klassieke.

Het auteurschap van *De Stille Don* is omstreden. Vanaf de allereerste publicaties in de jaren twintig tot in onze dagen circuleren er geruchten als zou de officiële auteur, Michaíl Sjólochov, een plagiaris zijn die het manuscript van een in de burgeroorlog gestorven witte officier onder zijn eigen naam zou hebben uitgegeven. Verscheidene getuigen zouden het bewuste manuscript in de burgeroorlog onder ogen gehad hebben. Na de toekenning van de Nobelprijs aan Sjolochov in 1965 – voor zijn gehele oeuvre, maar toch in de eerste plaats voor *De Stille Don* – ontbrandde de discussie over het auteurschap pas goed. Zij werd lange tijd alleen openlijk in het Westen gevoerd, in kringen van Russische emigranten en slavisten, terwijl de officiële sovjetmedia zich in een superieur stilzwijgen hulden. Onder Brézjnev was het onderwerp volstrekt taboe. Slechts enkele dissidenten durfden hardop hun verdenkingen uit te spreken. De ernstigste beschuldigingen tegen Sjolochov zijn uitgebracht in twee boeken die, in de Sovjet-Unie geschreven, in het Westen verschenen zijn: *De stroomversnelling van De Stille Don. Raadsels rond een roman* (1974), om redenen van veiligheid zonder de naam van de auteur gepubliceerd, en *Problemen in de literaire biografie van Michail Sjolochov* (Engelse versie gepubliceerd in 1977) van Roy Medvédev. In het eerstgenoemde werk leverden de literatuurhistorica Irina Medvédeva-Tomasjévskaja en Solzjenítsyn, die er het voorwoord bij schreef, een reeks argumenten voor de stelling dat de werkelijke schrijver van *De Stille Don* Fjódor Krjóekov was. De naam van deze begin 1920 in de burgeroorlog aan tyfus gestorven kozakkenschrijver en witte officier was in dit verband al eerder opgedoken, nog toen de roman in gedeelten voor het eerst gepubliceerd werd.

Daartegenover stond een voor Sjolochov ontlastende studie van een groep Noorse en Zweedse onderzoekers onder leiding van professor Kjetsaa, die door middel van een strikt objectieve 'linguostatistische' computeranalyse de tekst van *De Stille Don* hebben vergeleken met een aantal verhalen van Krjoekov en literair werk van Sjolochov uit dezelfde periode als *De Stille Don*. Op basis van een aantal formele criteria als zinslengte, woordlengte, verhouding tussen korte en lange zinnen, frequentie van woorden die maar één keer voorkomen en dergelijke, concludeerden de onderzoekers dat de tekst van *De Stille Don* in lexicaal-stilistisch opzicht dichter bij de teksten van Sjolochov dan bij die van Krjoekov staat (zie o.a. G. Kjetsaa: *The authorship of 'The Quiet Don'*, 1984). Deze studie heeft het inderdaad onwaarschijnlijk gemaakt dat Krjoekov de auteur is, zij bewijst echter nog niet dat Sjolochov de auteur wél is. Aan de andere kant zijn er door degenen die Sjolochov van plagiaat beschuldigd hebben, wel zwaarwegende argumenten maar geen in juridische zin sluitende bewijzen aangevoerd. De verklaringen van getuigen die het manuscript in de burgeroorlog gelezen zouden hebben, zijn allemaal uit de tweede of derde hand.

Een voor Sjolochov bezwarend feit was de jarenlange onvindbaarheid van het oorspronkelijke manuscript. Toen vlak na de eerste publicatie in *Oktober* de eerste geruchten over plagiaat de kop opstaken, werd van Sjolochov verlangd dat hij het manuscript overlegde aan een onderzoekscommissie van de schrijversbond. Deze heeft Sjolochov daarop in 1929 van alle blaam gezuiverd. Vastgesteld werd dat het manuscript was geschreven in Sjolochovs eigen handschrift en in dat van zijn vrouw en een schoonzuster, aan wie hij een deel van de tekst gedicteerd zou hebben. Toen in de jaren '70 van de vorige eeuw de discussie opnieuw werd aangewakkerd, bleek het manuscript zoek. Het zou indertijd aan een vriend in bewaring zijn gegeven. Pas in 1998 is het boven water gekomen, waarna het in 2006 door de Russische Academie van Wetenschappen in zijn geheel is gepubliceerd. Hierdoor lijkt het onwaarschijnlijk geworden dat Sjolochov *niet* de oorspronkelijke auteur is. Al blijft er twijfel. Sjolochov zou volgens voorstanders van het plagiaatstandpunt het gestolen manuscript met behulp van zijn familie indertijd in sneltreinvaart hebben overgeschreven in eigen handschrift. Kortom, de discussie tussen het anti-Sjolochov-kamp en het pro-Sjolochov-kamp gaat in de 21e eeuw onverminderd door. Zelf heeft Sjolochov bij zijn leven alle beschuldigingen afgedaan als laster en 'georganiseerde afgunst'.

Tot de door de jaren heen geuite beschuldigingen van plagiaat heeft zowel het karakter van het werk als de persoon van Sjolochov aanleiding gegeven. Het ironische en pikante van *De Stille Don* is dat dit hoogtepunt in de sovjetliteratuur, deze 'triomf van het socialistisch realisme', grotendeels geschreven is vanuit het gezichtspunt van contrarevolutionairen. Zij zijn het die in de roman gevolgd worden in hun gevoelens van angst, hoop, twijfel en woede. *De Stille Don* is een verslag van de weerstand tegen de bolsjewisering van het Dongebied. De hoofdpersoon vecht vooral tégen de bolsjewieken. De lezer wordt tegen wil en dank betrokken bij de strijd van Grigóri Mélechov tegen de rode overheersing. Het zijn de communisten die de held van het verhaal naar het leven staan, die zijn gezin, zijn huis en haard, zijn geboortestreek en zijn stille Don bedreigen. Het werk is dan ook bij het verschijnen niet voor niets door fundamentalistische proletarische critici aangevallen als 'een apologie van het witte kozakkendom' en 'koelakkenliteratuur'. De witten in het boek zijn veelal sympathieker, menselijker, kleurrijker dan de roden. De belangrijkste geportretteerde communisten – Kosjevój, Podtjólkov, Stockman en Boentsjóek – maken geen van allen een erg aangename indruk. Kosjevoj is tactloos, verbeten, verkrampt, onvolwassen, hij heeft geen enkel gezag bij de bevolking; Podtjolkov (een historisch personage) laat ongewapende krijgsgevangenen zonder pardon afmaken; Stockman (het type van de communistische intellectueel van joodse afkomst) overtuigt niet met zijn redeneringen van hogere ideologische aard, die de wreedheden van de revolutie moeten rechtvaardigen; en ook Boentsjoek komt niet werkelijk tot leven, al wendt de schrijver alle mogelijke melodramatische middelen aan om hem te vermenselijken – introductie van oude eenzame moeder, verliefdheid, geliefde die op slagveld in armen van held sneuvelt, enzovoort. Al deze communisten lijken meer geïnspireerd te worden door haat en vergeldingsdrang dan door de positieve wil een nieuwe rechtvaardige maatschappij op te bouwen.

Toch kan worden gesteld dat de positieve en negatieve eigenschappen over het algemeen gelijkelijk over witten en roden zijn verdeeld. Men treedt in beide kampen heldhaftig de dood tegemoet. Roden en witten wedijveren in wreedheden. Aan beide kanten worden griezelige metaforen voor het uitroeien van politieke tegenstanders bedacht. Zowel Boentsjoek als Stockman huldigen de 'onkruidtheorie'. Het uitmoorden van contrarevolutionaire elementen wordt door hen vergeleken met het wieden van onkruid: pas wanneer de aarde schoon is, kunnen er bloemperken aangelegd en bomen geplant worden. Witte officieren van hun kant vergelijken het elimineren van bolsjewieken met het verdelgen van besmettelijke ziektekiemen, die de bevolking zowel mentaal als sociaal aantasten. Overigens blijken de roden, naarmate *De Stille Don* vordert, er steeds beter af te komen. In het vierde boek slaat de sympathiebalans duidelijk ten gunste van hen door. Zij worden humaner en rechtvaardiger, hun wreedheden incidenteler, hun wraakacties selectiever (alleen tegen de rijken, de 'koelakken' gericht). Hun tegenstanders, vooral de hoge witte officieren, worden satirischer beschreven.

In het werk als geheel is een nauwelijks verborgen sympathie voor 'de derde weg', het autonomiestreven van de Donkozakken bespeurbaar. De oude patriarchale wereld van de Donkozakken wordt zo niet geïdealiseerd dan toch met liefdevolle minutieuze gedetailleerdheid en aanstekelijke humor beschreven. De pagina's in het eerste boek, maar ook hier en daar in het laatste, waarop het dagelijkse leven in Tatárski, vooral in huize Melechov, wordt geschilderd, behoren tot de mooiste van de roman. Het hele dorp met zijn heetgebakerde, driftige, onbeheerste kozakken, de uitbundige zang en dans, de kleine dramatische gebeurtenissen van alledag, de nu eens maagdelijk bekoorlijke dan weer woeste natuur rondom, de sterke geuren (de zweetlucht van de boer die op het veld werkt en van de jongen die met zijn liefje vrijt, de damp die van de paarden afslaat) – dit alles wordt met zulk literair meesterschap beschreven dat de lezer zich zintuiglijk aanwezig voelt. Hiermee contrasteren de passages waarin communisten opduiken, waarin uitgelegd wordt dat de bolsjewisering van het Dongebied een rechtvaardige zaak is, dat 'de wetmatige loop der historie' onvermijdelijk een einde zal maken aan de oude wereld van de Donkozakken. Dergelijke passages zijn opmerkelijk dor, boekerig, gedragen. Zij lezen als mechanische inlassingen.

Deze onnatuurlijke stijlbreuk die door het hele werk heen loopt, is een van de belangrijkste gronden voor het vermoeden dat er twee auteurs zijn geweest: aan de ene kant de oorspronkelijke onbekende schrijver, waarschijnlijk een witte, althans antibolsjewistische kozak die, met grote kennis van zaken en van binnenuit, het leven van de Donkozakken en hun volstrekt natuurlijke afkeer van 'uitheemse' communisten zou hebben beschreven, en aan de andere kant de bewerker en politieke commentator Sjolochov die de ideologische pro-communistische passages zou hebben ingelast. De anonieme auteur van *De stroomversnelling* schat dat van de eerste twee boeken van *De Stille Don* vijf procent en van de laatste twee circa dertig procent er later aan toegevoegd is. Dat er niet meer ideologische aanpassing heeft plaatsgevonden, zou te danken zijn aan het feit dat Sjolochov als bewerker *nolens volens* werd meegezogen door de literaire kracht van het origineel, door de 'stroomversnelling' van de authentieke Stille Don. De levende natuur zou telkens weer haar rechten ten koste van de droge theorie hernomen hebben.

Maar de evidente stijlbreuken en inhoudelijke paradoxen in *De Stille Don* kunnen ook op een andere wijze verklaard worden. Het is mogelijk dat juist Sjolochov als de oorspronkelijke onbevangen schrijver door de ideologische waakhonden van de Partij in de gaten werd gehouden en dat zijn eigen manuscript voortdurend aangepast en gecorrigeerd werd door anonieme literaire redacteuren. En ten slotte kan het nog zijn dat Sjolochov als zijn eigen redacteur en corrector optrad. Volgens deze opvatting, die enkele onderzoekers in het Westen toegedaan zijn, zouden er twee Sjolochovs zijn: een die met zijn hart toebehoorde aan de kozakken en hun vrije leven, en een andere die met zijn hoofd bij de politiek en 'de wetmatige loop van de geschiedenis' was. De historisch en politiek bewuste Sjolochov zou niet in staat zijn geweest de gedurig opwellende stroom uit het onderbewuste van de kunstenaar Sjolochov in te dammen. De tekst van *De Stille Don* zou getuigen van de gespletenheid, typerend voor de postrevolutionaire Russische mens, de *homo sovjeticus*.

In de Sovjet-Unie zijn door de jaren heen heftige discussies gevoerd over de tendens van de roman en vooral over de hoofdpersoon Grigori Melechov. Nadat de eerste boeken aangevallen waren door orthodoxe marxistische critici, werd de roman dankzij Stalin officieel geaccepteerd en als hoogtepunt van het socialistisch realisme binnengehaald, waarna de kritiek verstomde. Dat de roman echter zo populair is geworden bij de gewone lezer, komt omdat de roman juist niet voldoet aan de belangrijkste eisen van het socialistisch realisme. Daarvoor is *De Stille Don* te objectief, bevat het te veel naturalistische beschrijvingen van wreedheden en het menselijk lichaam en is de held te weinig positief, uit één stuk. De communistische literatuurkritiek van weleer heeft zich in alle bochten moeten wringen om de lezers de paradoxen van de roman te verklaren. Waarom is er een ontegenzeglijk sympathieke held van onberispelijk lage komaf, met een gezonde afkeer van aristocraten, die desalniettemin niet rood is? Waarom vecht hij, zelf man uit het volk, de meeste tijd tégen het volk? Enzovoort. De meest voorkomende interpretatie was dat de roman toont hoe Grigori en zijns gelijken gedoemd zijn onder te gaan omdat ze niet in de pas lopen met de geschiedenis. Ook werd de opvatting gehuldigd dat Grigori misleid werd door reactionaire krachten (hoewel dat toch eigenlijk niet uit de roman blijkt). Sommige optimistische critici hielden de mogelijkheid open dat Grigori later, nadat de roman afgesloten is, alsnog bekeerd zal worden tot het communisme (executie lijkt echter waarschijnlijker), anderen zagen in het zoontje dat Grigori op het einde in zijn armen houdt, een teken van hoop: een nieuwe generatie Melechovs zal opgroeien en het communisme accepteren. Ten slotte vond men in enkele handboeken nog de gedachte dat de werkelijke held van *De Stille Don* 'het volk' is, getoond op een traject van de moeilijke weg die het, wankel en blootstaand aan slechte invloeden, moet afleggen voordat het de Waarheid van de Revolutie bereikt.

Velen hebben zich afgevraagd hoe *De Stille Don* met zijn aanstekelijke beschrijving van het ongebonden kozakkenleven, zijn objectieve, waarheidsgetrouw aandoende verslag van het massale volksverzet tegen het communisme en zijn onloochenbaar sympathieke held die zijn beste krachten in dienst van de contrarevolutie stelt, geschreven kan zijn door iemand als Sjolochov: trouw lid van de communistische partij sinds 1932, lid van het Centraal Comité en afgevaardigde naar de Opperste Sovjet, veelvuldig gedecoreerd met staatsprijzen, protégé van Stálin, persoonlijk bevriend met Chroesjtsjóv, welkome gast in het Kremlin onder Brézjnev en fel tegenstander van de dissidente schrijvers uit de jaren zestig en zeventig, die hij maar het liefst tegen de muur gezet had willen zien.

Hoe het zij, het lijdt weinig twijfel dat Sjolochov ernstige moeilijkheden heeft gehad de afzonderlijke delen van *De Stille Don* in de jaren twintig en dertig gepubliceerd te krijgen en dat hij daar slechts dankzij de persoonlijke bemoeienis van Stalin in geslaagd is. Stalin kon Sjolochov, veruit de meest begaafde 'loyale' schrijver in het land, goed gebruiken als paradepaard van de sovjetliteratuur. Bovendien droeg *De Stille Don* bij tot Stalins persoonlijke roem, doordat er een passage ingelast was over de doorslaggevende rol die de grote Leider speelde bij het bedenken van een strategisch plan ter vernietiging van de witte legers in het zuiden (een historische falsificatie – het bewuste plan, opmars via het Donbasgebied – was van Trótski). Ten slotte is het niet uitgesloten dat Stalin, met zijn primitieve smaak, vooral aangetrokken werd door de avontuurlijke, spannende kanten van het werk, door *De Stille Don* als indianenverhaal: wilde inheemse krijgers (de kozakken), binnendringende kolonisatoren uit de beschaafde wereld (de communisten), woeste paardritten over prairie/steppe, veelvuldige schiet- en lynchpartijen. Als dit zo is, dan was Stalin de enige niet. Menige communist las met rode oren de avonturen van de witte Grigori en hoopte in zijn hart dat hij altijd zou winnen.

Behalve de persoon van de oudere Sjolochov heeft ook de biografie van de jonge Sjolochov voedsel gegeven aan de verdenking dat hij de ware schrijver niet kan zijn. Hoe kon bijvoorbeeld iemand die nog maar negen jaar oud was toen de Eerste Wereldoorlog uitbrak, met zo'n overvloed aan details, zo'n sterke betrokkenheid en zoveel kennis van zaken de werkelijkheid van deze oorlog oproepen? Dit moest gedaan zijn door iemand die er zelf actief aan deelgenomen had. En hoe kon iemand die weliswaar het grootste deel van zijn leven in het Dongebied gewoond had, maar zelf toch geen echte kozak was, zo levensecht de wereld en de psyche van de Donkozakken uitbeelden? Deze ongerijmdheden geven te denken. De 'Krjoekov-theorie' lijkt er aannemelijker door te worden. Want Krjoekov was wel een echte kozak, 44 jaar toen de oorlog uitbrak, officier in het keizerlijke leger en later in het witte leger. Maar dan stelt zich weer de vraag: hoe zou Krjoekov als actief militair in wereldoorlog en burgeroorlog de tijd gehad hebben om zo'n monumentaal werk als *De Stille Don* te componeren? Ook het argument dat Sjolochov de in *De Stille Don* beschreven gebeurtenissen niet bewust kan hebben ervaren, is op zich niet doorslaggevend. Een groot literair talent is immers in staat een zelf gecreëerde werkelijkheid als levensecht, alsof hij er zelf bij geweest is, te presenteren. Ook de auteur van *Oorlog en vrede* was nog niet geboren toen Napoleon Rusland binnenviel, en Solzjenitsyn zag pas het licht nadat het Rode Rad van de revolutie was gaan draaien.

Door de jaren heen is de tekst van *De Stille Don* voortdurend aangepast, al naar gelang de politieke wind die er in de Sovjet-Unie waaide. Zo worden in de oudste uitgaven Trotski en Stalin beiden eenmaal genoemd, respectievelijk als bedenker van een 'defaitistisch' plan ter onderdrukking van de kozakkenopstand en als geniale ontwerper van de al eerder genoemde strategie die de beslissende overwinning in het zuiden brengt. Deze strategie wordt in een paginalange voetnoot uit de doeken gedaan. In de laatste uitgave voor de dood van Stalin is die voetnoot organisch in de tekst verwerkt en wordt nog eens nadrukkelijk de instemming van Lénin met Stalins plan vermeld. In de sovjetuitgaven vanaf 1956 zijn zowel Stalin als Trotski spoorloos verdwenen.

De ingrijpendste veranderingen zijn aangebracht in de verbeterde uitgave van 1953. Systematisch is daar de voor sovjetbegrippen opvallend vrijmoedige, allesbehalve puriteinse tekst gekuist en zijn de portretten van de optredende communisten geretoucheerd. Zo verdwenen bijvoorbeeld Podtjolkovs *loodzware ogen, die je uit hun nauwe spleetjes aanstaarden alsof er kartetsen uit schietgaten op je gericht werden*, evenals de *bunzingogen* van Stockman en de *ongewassen, van binnen groen beschimmelde ogen* van Valét, een andere communist. Boentsjoek verloor zijn *grauwe alledaagse uiterlijk* en zelfs zijn *harige handen*. Anna Pogóedko slaakte, getroffen door een kogel, geen *jammerlijke hazekreet* meer. Het jongensachtige *Mísjka* werd consequent vervangen door het volwassen *Michaíl Kosjevoj*, enzovoort.

Kortom, in de tekst is onbarmhartig geknoeid, de retouches zijn op het infantiele af. In latere sovjetuitgaven is de tekst maar ten dele hersteld.

Ondanks deze sterilisatie van *De Stille Don* heeft de taal waarin de roman geschreven is, haar vitaliteit en sappigheid bewaard. Het ongemeen rijke vocabulaire, de authentieke streektaal (dialect van het Dongebied), de pittige dialogen en creatief-ruige scheldpartijen (vooral de vrouwen van Tatarski zijn in dit opzicht taalkundige genieën), de rake kwinkslagen en volksgezegden, de kozakkenliedjes die zich nu eens weemoedig voortslepen en dan weer onstuimig opbruisen – dit alles maakt *De Stille Don* tot een waarachtig literair kunstwerk. De tekst wordt ook nog verlevendigd door het kwistige gebruik van 'vieze woorden' die men niet gauw in de doorsnee-sovjetroman zal aantreffen. Maar de meeste van deze woorden zijn al in de eerste uitgaven door redacteuren met verantwoordelijkheidsgevoel afgekort tot de beginletter. Wanneer bijvoorbeeld iemand uitgescholden wordt voor 'vuile hoer' staat er 'vuile h...' In de 'verbeterde' uitgave van 1953 is dat dan 'vuile prostituee' geworden.

De romanhandeling concentreert zich in het Dongebied, vooral in het kozakkendorpje Tatarski. De gebeurtenissen die zich daarbuiten afspelen – in Polen, Wit-Rusland, de loopgraven langs het Russisch-Duitse front, Petrograd en Moskou (steden die als door de verbaasde ogen van een vreemdeling bekeken worden) – zijn fletser beschreven. In *De Stille Don* vinden we bijna etnografisch nauwkeurige beschrijvingen van het leven in een kleine kozakkengemeenschap met haar specifieke zeden en normen, haar sociale strata (arme boeren, rijke boeren, een enkele arbeider, de kapitalist Móchov, het grootgrondbezittersgeslacht Listnítski), haar folklore en bijgeloof en zelfs de karakteristieke kleding en het huisraad van haar bewoners. Het is een bij uitstek patriarchale, masculiene samenleving, waarin lef, bravoure, lichaamskracht, behendigheid in het gevecht en te paard de hoogste deugden zijn. Het dagelijkse leven is doordrongen van sportieve elementen. Zelfs de oorlog, vooral in de vorm van het ouderwetse man-tegen-mangevecht, is voor de kozakken een sport. Ook de negatieve kanten van deze samenleving worden waarheidsgetrouw beschreven. Een van de opvallendste eigenschappen van de kozakken is hun etnische onverdraagzaamheid. Zij zijn trots op hun zuivere bloed, hoewel ze zelf een volkenkundig mengelmoesje vormen. Ze zijn anti-Russisch, anti-Oekraïens, anti-Tataars en bovenal antisemitisch ('de roden verkopen de kozakken aan de joden').

De Stille Don, dat speelt van 1912/1913 tot 1921/1922, toont aan hoe deze traditionele samenleving – plotseling – ontwricht raakt door wereldoorlog, revolutie en burgeroorlog. Een historisch vervolg schreef Sjolochov in *Nieuw land onder de ploeg* (1932-1959), dat de collectivisatie van de landbouw in het Dongebied behandelt. Deze tweedelige roman is grotendeels geschreven vanuit het perspectief van de communisten. In het eerste deel (gepubliceerd in 1932) valt er nog een zekere sympathie voor de vrije kozakken te bespeuren, in het tweede deel (1959) is dit geheel verdwenen. In werkelijkheid kwam de collectivisatie neer op een vrijwel totale vernietiging van de culturele identiteit van de kozakken, die daarna voornamelijk nog gebruikt zouden worden als folkloristische attractie en circusnummer, om pas op het eind van de 20e eeuw een deel van hun oude glorie en trots terug te winnen.

Als genre is *De Stille Don* een complex geheel van geschiedschrijving, oorlogsverslaggeving en roman. De combinatie van historisch epos en familiekroniek, de afwisseling van oorlogsscènes en huiselijke taferelen, het door elkaar heen optreden van historische en fictieve personages, dit alles in een weids verband, doet sterk denken aan *Oorlog en Vrede*, waarmee *De Stille Don* dan ook vaak vergeleken is. *De Stille Don* is een 'Oorlog en vrede van de sovjetliteratuur', een 'Oorlog en vrede met iemand uit het gewone volk in het middelpunt' genoemd. Overeenkomst blijkt zelfs hier en daar uit afzonderlijke passages. Zo hebben Andréj Bolkónski en Grigori Melechov beiden, wanneer ze gewond op het slagveld liggen, een soort kosmische gewaarwording. Voor Bolkonski is de hemel ongenaakbaar, majesteitelijk en sereen, voor Grigori is het uitspansel juist heel nabij en tastbaar. Hij ziet de sterren flonkeren als 'vruchten aan de bomen'.

De Stille Don mist echter de grootse samenhangende visie van Tolstój op de geschiedenis en het menselijke bestaan. Als het al een historische les of filosofische boodschap bevat, dan wordt deze misschien nog het best verwoord door Grigori met zijn cynische uitspraak: 'Eén waarheid is er niet in het leven, het gaat er zo te zien alleen om wie het sterkst is en wie

wie opvreet.' *De Stille Don* is ook minder evenwichtig dan zijn 19e-eeuwse voorganger. Incidentele scènes met bloedstollende gruwelen – bijvoorbeeld de ophanging van Podtjolkov, die maar niet dood wil omdat hij met zijn tenen de grond kan raken, totdat een officier op het idee komt de aarde onder zijn voeten weg te graven – zijn vaak pakkend beschreven. De historische reconstructies zoals de samenzwering van de generaals onder Korníłov en de zelfmoord van Kaledín zijn interessant. Maar de eindeloze verslagen van krijgshandelingen, de uitvoerige overzichten van strategische troepenverplaatsingen en de ellenlange opsommingen van legeronderdelen werken op den duur vermoeiend.

De 'roman' in *De Stille Don*, de geschiedenis van Grigori en Aksínja, is het beste gedeelte. In het begin lijkt hun verhouding een onschuldige tijdpassering, het zoveelste buitenechtelijke liefdesavontuurtje in Tatarski. Maar Grigori en Aksinja blijken verbonden te worden door een oergevoel dat zich eerst uit als triomferende wellust en daarna verkeert in een ware grote liefde die, als alle grote literaire liefdes, ten slotte tragisch eindigt in scheiding en dood. Om de kracht van haar zondige liefde, waaraan alles opgeofferd wordt, is Aksinja wel met Anna Karénina vergeleken. Het is echter opmerkelijk dat nergens in het boek, zoals impliciet wel in Tolstojs meesterwerk, een morele veroordeling over haar wordt uitgesproken: noch wanneer zij Stepán met Grigori bedriegt, noch wanneer zij Grigori met Listnitski ontrouw is. Er wordt slechts gesproken over 'de wetten van het leven' waaraan zij gehoorzaamt.

Ook Grigori wordt niet veroordeeld, al is hij een ontrouwe echtgenoot en een tekortschietende vader. Hij wordt tragisch heen en weer geslingerd, in zijn privéleven – én in de politiek. Hij wisselt in de burgeroorlog enkele malen van kamp, in tegenstelling tot zijn beide zwagers, Mítka Kórsjoenov en Misjka Kosjevoj, die van begin tot eind respectievelijk wit en rood zijn. Grigori's positie wordt in belangrijke mate bepaald door de omstandigheden. Zijn veranderende politieke engagement laat zich aanschouwelijk maken in het beeld van een spoorwegboom: rood-wit-rood-wit (waarbij de witte stukken veel langer zijn). In deze tot het einde toe weifelende Grigori Melechov konden de meeste Russische lezers, die ook 'afgevaren waren van de witte oever en de rode oever nog niet bereikt hadden', die eigenlijk liever geen partij wilden trekken en het liefst met rust gelaten wilden worden, zich heel goed herkennen.

Tegelijk staat Grigori voor ons in al zijn volbloedige manlijke bekoring: actief handelend, een en al gebalde kracht, opstandig, grootmoedig tegenover verslagen vijanden, onverschrokken, ja heroïsch, als de helden in de Russische volksepen. In directe confrontaties aarzelt hij nooit en neemt altijd de juiste beslissing. Hij was een nieuw type held in de Russische literatuur, een die zijn handelingen en gevoelens niet psychologisch analyseert, zoals de aristocratische hoofdpersonen in de klassieke 19e-eeuwse roman, maar instinctief handelt. Evenals de andere kozakken uit hij direct en fel zijn gevoelens van woede, hartstocht en wanhoop. Hij is een geboren vrijheidsstrijder. Tot het einde toe blijft hij, ondanks al zijn politieke weifelmoedigheid, trouw aan zijn opvatting dat 'een slechte vrijheid nog altijd beter is dan een goede gevangenis'. Het pleit voor Sjolochov dat hij weerstand heeft weten te bieden aan suggesties van hogerhand om *De Stille Don* voort te zetten en Grigori tot een voorbeeldige kolchozenboer te maken. In plaats daarvan gaf hij er de voorkeur aan Grigori zij het geen lichamelijke, dan toch een geestelijke dood te laten sterven.

Van de vele fraaie volkstypes in *De Stille Don* zijn vooral Grigori's ouders meesterlijk geportretteerd. De opvliegende despotische Panteléj Prokóvjevitsj, wie geen menselijke zwakheid vreemd is, maar die ondanks alles een heel klein hartje heeft, eist bijna evenveel aandacht op als zijn zoon. Moeder Iljínitsjna, deze 'wijze en moedige vrouw' met haar diepe mensenkennis, krijgt vooral op het eind veel deelnemende aandacht. Hun gestalten doen denken aan de grootouders in Gorki's *Kinderjaren* en *Onder de mensen*. Met Grigori's vader en moeder, het ouderlijk huis, de liefde voor de geboortegrond, de terugkeer naar de Stille Don zijn de mooiste bladzijden uit de roman verbonden.

'Stille Don'* is een vast motief in oude kozakkenliedjes, waar het

---

* 'De Stille Don' is de letterlijke vertaling van de Russische titel. Vroeger werd de titel wel eens afwijkend vertaald, zoals in het Engels: *And quiet flows the Don* (de eerste twee boeken) en *The Don flows home to the sea* (de laatste twee boeken). In Nederlandstalige uitgaven dragen de vier boeken de volgende ondertitels: 1) *De Stille Don*, 2) *Storm over Rusland*, 3) *De steppen in vuur en vlam*, 4) *Tussen wit en rood.*

behalve de rivier ook het hele stroomgebied van de Don met zijn bevolking aanduidt. De stille Don die in beroering gebracht wordt – ziedaar het thema van de roman. De Don is symbolisch verbonden met het leven van de Donkozakken. Aanvankelijk stroomt de rivier langzaam, heel langzaam voort, als de handeling van de roman zelve, maar wanneer de oorlog uitbreekt en gevolgd wordt door de werveling van revolutie en burgeroorlog, bruist ook zij op en raast ontketend verder om slechts nu en dan tot rust te komen. De hele roman door is er een hang naar de traditionele langzame voortvloeiing van het dagelijkse leven bespeurbaar. Overigens stroomt de Don niet altijd gelijk op met het menselijk leven, want de rivier is ook deel van de eeuwige onaandoenlijke natuur. Onverschillig voor menselijke hartstochten, politieke woelingen en historische ontwikkelingen vloeit zij onafgebroken voort naar de zee.

In *De Stille Don* is ook de mens deel van de grote natuur. Het landschap en het weer congrueren met de lotgevallen en gemoedsstemmingen van de romanpersonages. De verbondenheid van natuur en mens wordt geïllustreerd door talloze nu eens originele dan weer conventionele poëtische beelden. Indrukwekkend en van een grote symbolische kracht is bijvoorbeeld de passage uit het begin van het derde boek waarin een door Misjka Kosjevoj op de steppe doorgebrachte nacht beschreven wordt: Misjka hoedt een kudde halfwilde paarden, een andere herder slaat hem bijna dood omdat hij communist is, er breekt een onweer los, de paarden raken in paniek, Misjka fluit ze naar zich toe - waarna de dieren op hem afrennen en hem bijna verpletteren. Zo worden ook de bolsjewieken in het Dongebied bijna onder de voet gelopen door het losgebroken volk dat in blinde drift afstormt op degenen die zich opmaken het te leiden.

Veel metaforen zijn daarentegen nogal traditioneel: onheilspellende bliksemschichten die de nadering van de oorlog aankondigen; een vogelnest met jong leven op het graf van een gesneuvelde revolutionair, een verwelkend lelietje-van-dalen als zinnebeeld van Aksinja's verloren jeugd enzovoort. Voor het overige is er van een consequent volgehouden symbolische dimensie in de roman geen sprake: *De stille Don* is niet doordrenkt van betekenis en wordt niet bijeengehouden door een 'bezield verband', zoals bijvoorbeeld *Dokter Zjivágo*.

De concrete, zintuiglijk waarneembare natuur, los van alle beeldspraak, is in *De Stille Don* met veel liefde, zin voor schoonheid en literaire kracht beschreven. Het grootse panorama van de oevers van de Don met haar groene wateren; de witte uitlopers van de krijtbergen die erboven verrijzen; de weidse steppen, overtrokken met een lila waas op vroege voorjaarsochtenden, dorbruin geblakerd in de zomer en ijzig blauwwit in de winter, en de diepzwarte flonkerende zuidelijke sterrenhemel – dit is het indrukwekkend geschilderde decor waartegen de handeling zich afspeelt. De statische natuurbeschrijvingen fungeren als rustpunten te midden van de dynamische gebeurtenissen. Wanneer Grigori midden in de oorlog zijn wapens in het gras legt en de aarde terugziet, bezint hij zich op zijn leven. Hij hoort de vogels weer zingen, snuift de geuren van de bloemen op, ziet insecten rondkruipen. De dieren en planten die de Zuid-Russische steppen hun speciale karakter verlenen, worden door de auteur met veel kennis van zaken beschreven. Doordringend fluitende bobakmarmotten, baltsende grote trappen, rondcirkelende rode wouwen, door de wind voortgeblazen bruidsluiers, bitter geurende alsem, eenzame wolven die de bevroren Don oversteken, en vele andere vertegenwoordigers van de plaatselijke flora en fauna brengen in *De Stille Don* het landschap tot leven.

De Stille Don is geen geniaal kunstwerk, maar domweg een heel goede roman. Het werk mist de grootse visie, psychologische diepte en compositorische eenheid van *Oorlog en vrede*, alsmede de rijkdom aan poëzie en gedachte van *Dokter Zjivago*, maar het is wel een indrukwekkende waarheidsgetrouwe weergave van de stroom van het leven met al zijn bochten en kronkels, zijn trage loop en plotselinge versnellingen. De beschrijving van het complexe geheel van de burgeroorlog in het Dongebied krijgt in *De Stille Don* meer dan alleen lokale en nationale betekenis, zij kan dienen als een model voor de strijd tussen revolutie en contrarevolutie in het algemeen. Het epos van de Donkozakken toont de revolutie als een tang die langzaam toeknijpt, telkens weer met geweld van binnen opengewerkt wordt en zich daarna nog steviger sluit.

Nabokov, Vladimir Vladimirovitsj

DE VERDEDIGING

1929-1930

Inhoud

Een angstige, in zichzelf gekeerde jongen krijgt van zijn vader te horen dat hij vanaf volgende week enkel nog zal worden aangesproken bij zijn achternaam: Lóezjin. Dat betekent dat hij dan groot zal zijn: hij zal het idyllische ouderlijke landgoed, waar hij tot nu toe bezadigd huisonderwijs heeft genoten, bij een dikke Franse gouvernante, moeten verlaten om in de hoofdstad Petersburg naar een eliteschool te gaan. De zorgeloze zomervakantie is voorbij. Zijn ouders maken zichzelf wijs dat hij dit nieuws kalm opvat, maar de jongen staat duizend angsten uit – voor de vreemde stad, zijn toekomstige, ongetwijfeld wrede klasgenootjes, voor het weerzinwekkend nieuwe en onbekende. Op de dag van vertrek neemt hij op het stationnetje waar hij met zijn ouders op de trein staat te wachten, onverhoeds de benen, vlucht terug naar huis en verstopt zich op zolder, met het vaste voornemen zich daar de hele winter schuil te houden, levend van kaas en jam uit de provisiekamer. Maar hij wordt al snel gevat en alsnog met de volgende trein naar de hoofdstad vervoerd.

De schoolgang is een lijdensweg voor de jonge Loezjin. Hij ondergaat het onderwijs zonder enige interesse en houdt zich tijdens het speelkwartier volkomen afzijdig van de andere kinderen, die hem inderdaad meedogenloos pesten. Hij heeft geen vriendjes. De leraren hebben geen vat op hem. Zijn vader, een middelmatig schrijver van opvoedkundige jongensboeken, heeft een abstract, geïdealiseerd beeld van zijn zoon, maar kent hem nauwelijks. Zijn ziekelijke moeder, die vooral bezig is met zichzelf en haar eigen ongelukkige huwelijk, heeft weinig aandacht voor hem. De enige die hij kan velen, is een aantrekkelijke, spontane en guitige tante.

Tijdens een huisconcert hoort hij een violist gepassioneerd praten over schaken als 'het spel der goden', dat 'oneindige mogelijkheden' biedt, en raakt hij gefascineerd door een doos met schaakstukken in de werkkamer van zijn vader. Dit is zijn eerste kennismaking met het schaakspel. Het is zijn tante die hem in het spel zal inwijden en hem de regels uitlegt. Na een paar lessen weet hij haar al te verslaan. Een huisvriend van de tante, een oudere heer die meer volleerd is in het schaken dan zij, wordt eveneens binnen de kortste keren verslagen door de kleine Loezjin. De jongen begint te spijbelen en brengt al schakend steeds meer tijd door bij zijn tante. Ten slotte krijgt zijn vader er lucht van dat hij vaak lessen verzuimt op school en stiekem aan het schaken is. Om te controleren of zijn zoontje werkelijk het spel beheerst, daagt hij hem uit tot een duel. Ook hij wordt aan het bord moeiteloos verslagen.

De faam van het kleine schaakgenie begint zich te verspreiden. Ervaren schakers delven de een na de ander het onderspit tegen hem. De jongen verlaat de school en wijdt zich helemaal aan het schaken. Hij begint allerlei toernooien op zijn naam te schrijven. Wonderkind Loezjin is geboren.

Zestien jaar later zien we hem terug als een zwaarlijvige, zwijgzame en ingezakte man die ergens in een Duits kuuroord op doktersvoorschrift rust houdt. Hij heeft als wonderkind een vuurpijlstart gekend in de schaakwereld en is uitgegroeid tot een van de meest gerenommeerde schakers ter wereld. Nu is zijn ster echter tanende. Na aanvankelijk furore te hebben gemaakt als onoverwinnelijk toernooispeler lijkt zijn ontwikkeling tot stilstand gekomen. Loezjins speelwijze is al te voorzichtig en verdedigend geworden. Andere aanstormende schaakvirtuozen dreigen hem te overvleugelen. Van hen is de Italiaan Turati met zijn gedurfde aanvallende speelwijze over de flanken de meest vreeswekkende.

Loezjins manager Valentínov, een gewetenloos man die hem als kind onder zijn hoede heeft genomen omdat hij veel geld in hem zag, en die hem als een soort kermisattractie heeft meegesleept naar allerlei blindschaaksessies en simultaanseances, heeft zijn interesse in hem verloren toen hij zijn eerste partijen begon te verliezen, en hem daarna aan zijn lot overgelaten. Loezjins ouders zijn gestorven. Na de Russische revolutie is hij in de emigratie verzeild geraakt.

In hetzelfde hotel waar Loezjin verblijft, logeert een Russische vrouw uit de betere kringen, die gefascineerd is geraakt door het somber zwijgende, ondoorgrondelijke schaakgenie. Zij zoekt toenadering tot de wereldberoemde en wereldvreemde grootmeester. Wat anderen in hem afstoot – zijn ontoegankelijkheid, desinteresse in de wereld om hem heen, totale onvermogen tot aangename *small talk* en onwil om prettig over te komen – trekt haar juist aan en ontroert haar zelfs. Loezjin, die geen ervaring heeft met vrouwen, vertoont in haar nabijheid tekenen van ontdooiing. Met haar vrouwelijke levenslust en liefdevolle aandacht weet ze een verborgen snaar in hem te beroeren. Op een dag valt hij plotsklaps voor haar op zijn knieën en doet haar een huwelijksaanzoek, of liever gezegd deelt haar plompverloren mee dat zij zijn vrouw zal worden – om daarna in tranen uit te barsten. Tot grote ergernis van haar rijke ouders, die de excentrieke Loezjin geen partij voor hun dochter achten, accepteert zij het aanzoek.

Door de romance krijgt Loezjin als schaker nieuwe vleugels. Op een internationaal toernooi in Berlijn, waarvan de winnaar mag uitkomen tegen de wereldkampioen, speelt hij briljant. De ene na de andere tegenstander wordt aan de zegekar gebonden. De laatste partij tegen grote rivaal Turati zal beslissend zijn voor de eindoverwinnning. Koortsachtig begint hij zijn verdediging tegen de innovatieve opening van zijn tegenstander voor te bereiden. Zijn bewustzijn vernauwt zich hierbij zodanig dat de wereld om hem heen in mist lijkt op te lossen en hij zijn oriëntatie van tijd en ruimte verliest. Op de dag van de beslissende partij verslaapt hij zich en weet hij niet op eigen kracht de weg naar de schaakzaal te vinden.

Als hij daar ten slotte met behulp van anderen arriveert, zit Turati al op hem te wachten. De met wit spelende Italiaan begint onverwachts met een huis-tuin-en-keuken-opening, zodat de door Loezjin zo zorgvuldig voorbereide verdediging voor niets is. In de daaropvolgende zenuwslopende partij meent Loezjin overal valstrikken te zien, die hij wanhopig probeert te ontlopen. Als de partij ten slotte wordt afgebroken, in een onduidelijke stand, stort Loezjin door de spanning mentaal in. Het toernooi heeft het uiterste van zijn krachten gevergd. Hij verliest nu helemaal het gevoel van ruimte en tijd, raakt aan het dwalen door Berlijn, verbeeldt zich dat hij weer een kind is dat van een stationnetje terugvlucht naar zijn ouderlijke landgoed, zakt ten slotte ergens op een stoep in elkaar en verliest het bewustzijn. Een groepje dronken Duitse feestgangers pikt hem op en levert hem met enige moeite weer af bij zijn verloofde.

Loezjin wordt wegens oververmoeidheid, bijna in comateuze toestand, opgenomen in een kliniek. Als hij weer bijkomt, lijkt zijn geheugen volledig gewist. Zijn verloofde en de behandelende psychiater proberen hem angstvallig af te schermen van alles wat te maken heeft met schaken, het spel dat zo'n desastreuze invloed heeft op zijn psyche. De therapie is erop gericht, zijn leeggemaakte brein op te vullen met louter positieve gedachten, zodat hij onaangetast door schadelijke invloeden terug kan keren in de maatschappij.

Dankzij de opofferende zorgen van zijn verloofde herstelt Loezjin. Zij regelt alles voor hem: zijn kleding, hun sociale leven, een appartement, de bruiloft. Ze gaan verder door het leven als meneer en mevrouw Loezjin. Zij neemt hem mee naar musea, concerten, theatervoorstellingen en soirees, introduceert hem in kringen van de Russische emigratie, geeft hem boeken en tijdschriften te lezen, probeert zijn interesse te wekken voor tekenen, plant buitenlandse reizen. Loezjin ondergaat dit alles gelaten. Hij vindt alles best en laat zich gewillig leven.

Door een aantal terloopse gebeurtenissen wordt in hem de herinnering aan zijn schaakverleden weer wakker. Op een bal wordt hij geconfronteerd met een oude klasgenoot, die hem als beginnend schaker heeft meegemaakt, hij ontmoet een dame die zijn tante heeft gekend, in tijdschriften stuit hij op schaakproblemen, in een bioscoop ziet hij op het doek een schaakscène, in een versleten colbertje vindt hij, weggegleden in de voering, een beduimeld zakschaakspel van marokijnleer. Hij begint de onderbroken partij tegen Turati weer na te spelen, broedend op een mogelijke voortzetting. En ten slotte duikt Valentinov, kwade geest uit het verleden, weer op. Hij wil hem laten meespelen in een film over een schaakkampioen, maar Loezjin vlucht in paniek bij hem weg.

Zich steeds meer afsluitend voor zijn vrouw en de omringende wereld begint Loezjin in zijn waandenkwereld het leven steeds meer in termen van schaakcombinaties en gevaarlijke, tegen hem gerichte zetten te zien. Beducht voor een valstrik en krampachtig een verdediging uitdenkend,vergeefs proberend heimelijke bedoelingen te achterhalen, probeert hij op zijn beurt zijn onbekende tegenstander in verwarring te brengen door de meest onverhoedse zetten: als hij met zijn vrouw en schoonmoeder aan het winkelen is, loopt hij plotseling weg, veinzend dat hij naar de tandarts moet; hij stapt uit een rijdende tram; hij loopt pardoes een dameskapperszaak in, doet alsof hij voor 20 mark een wassen borstbeeld wil kopen en loopt weer weg.

Ten slotte doet hij thuis de ultieme meesterzet, die overal een einde aan maakt. Hij sluit zich op in de badkamer, wringt zijn zware lijf door het gat van het raam en laat zich van de vierde verdieping in de diepte vallen, een patroon van bleke en donkere velden, gevormd door de weerspiegelingen van verlichte ramen onder hem en de zwarte vlekken van de nacht ertussen, tegemoet stortend.

Analyse

De roman *De verdediging* wordt beschouwd als het eerste meesterwerk uit de 'Russische periode' van Vladímir Nabókov. Tijdens deze periode, die ongeveer van zijn emigratie in 1919 tot aan de vooravond van de Tweede Wereldoorlog duurde, schreef Nabokov zijn werk oorspronkelijk in het Russisch en publiceerde hij onder het pseudoniem Sírin.

De verdediging werd voor het eerst in 1929-1930 gepubliceerd, in drie afleveringen van het Russische emigrantentijdschrift *Hedendaagse annalen*, en verscheen vlak daarop bij een Berlijnse uitgeverij in boekvorm. Het was dit werk waarmee Nabokov definitief zijn naam vestigde als grootmeester van de romankunst. De mastodonten van de Russische literatuur in ballingschap – Bóenin, Koeprín, Zamjátin, Chodasévitsj e.a. – erkenden allen het meesterschap van hun jonge collega. Hij werd binnengehaald als de grote hoop van de nieuwe generatie. Nína Berbérova schreef naar aanleiding van *De verdediging* in haar memoires: 'Dit was het werk van een formidabel, rijp en complex modern schrijver, een formidabel Russisch schrijver, die als een feniks was verrezen uit de as van revolutie en verbanning. Vanaf dat moment had ons bestaan zin gekregen. Mijn hele generatie kreeg er bestaansrecht door'.

Het succes bleef echter vooralsnog beperkt tot de kleine kring van ontheemde Russische intellectuelen in het buitenland. Enerzijds werd *De verdediging* vanwege de relatieve naamsonbekendheid van Sirin/Nabokov in het Westen nauwelijks vertaald (er verschenen alleen een volgens Nabokov 'miserabele' Franse en 'heel behoorlijke' Zweedse vertaling), en anderzijds was de schrijver in de Sovjet-Unie volstrekt taboe. Pas na het wereldsucces van *Lolita* (1955), toen hij inmiddels een Amerikaans schrijver was en in het Engels schreef, brak Nabokov internationaal door en werden de meesterwerken uit zijn Russische periode, waaronder bijvoorbeeld ook *De gave* en *Uitnodiging voor een onthoofding*, vertaald in het Engels en daarna in andere westerse talen. Zo begon *De verdediging*, 35 jaar na de eerste publicatie, aan een tweede bloeiperiode als *The Defence**, die door Amerikaanse crtitici als John Updike enthousiast werd onthaald. Nog later kwam er een derde bloeiperiode, toen er in de nadagen van de Sovjet-Unie, in de jaren '80 van de vorige eeuw, een ware Nabokov-hausse op gang kwam, die inzette met *De verdediging*: deze roman was het eerste werk van Nabokov dat daar kon verschijnen (in 1986, in het tijdschrift *Moskou*). Ten slotte heeft *De verdediging* nog furore gemaakt als film. De Nederlandse regisseuse Marleen Gorris leverde een eigenzinnige interpretatie van het boek in haar gevoelige en artistiek fraai vormgegeven verfilming *The Luzhin Defence* (2000). Hierin krijgt Loezjins vrouw een beslissende rol toebedeeld: na de dood van haar man speelt zij aan de hand van zijn aantekeningen de afgebroken partij tegen Turati ten einde - en wint.

---

* De Engelse vertaling (1964) kwam tot stand met de actieve medewerking van Nabokov zelf. De Engelse (en Nederlandse) titel is eigenlijk een verkorting van de oorspronkelijke Russische, die *De verdediging van Lóezjin* of, om in meer schaaktechnische termen te spreken, *De Loezjinverdediging*, luidt.

Hoewel *De verdediging* ten tijde van de eerste publicatie over het algemeen enthousiast werd onthaald, waren er ook zure reacties, zoals van enkele van de meest invloedrijke literaire critici van de toenmalige Russische emigratie, Geórgi Adamóvitsj en Geórgi Ivánov. Hun kritiek spitste zich toe op het 'onrussische' karakter van de roman, dat wil zeggen op een veronachtzaming van de grote levensvragen, en op een in hun ogen modieuze navolging van westerse, vooral Franse voorbeelden. Andere critici daarentegen plaatsten het werk wel degelijk nadrukkelijk in een Russische traditie en wezen erop dat Nabokov in *De verdediging* toonde hoe hij er op een vernieuwende en moderne manier in slaagde, de weg te vervolgen die gebaand was door zijn illustere landgenoten, Tolstoj voorop.

Het meest voorkomende verwijt aan het adres van Nabokov in het algemeen, namelijk dat zijn werk alleen uiterlijke glans en kille virtuositeit uitstraalt, ten koste van de innerlijke diepte en menselijke warmte, gaat misschien op voor ander werk, maar geldt zeker niet voor *De verdediging*. Waar Nabokov elders niet zozeer ontroert als wel verbluft door zijn virtuoze gejongleer met woorden, beelden en motieven, krijgen in deze roman de literaire goocheltrucks niet de overhand en weet hij bij de lezer een intens medelijden met de hoofdpersoon op te wekken: eerst als hij de eenzame kindertijd van Loezjin beschrijft en later als hij hem als volwassene neerzet in al zijn aandoenlijke hulpeloosheid, verstrooidheid en weerloosheid tegenover het leven. Zelf schreef Nabokov in zijn voorwoord bij de Engelstalige uitgave van de roman: 'Van al mijn Russische boeken bevat en verspreidt *De verdediging* de meeste "warmte", wat vreemd mag klinken als men bedenkt hoezeer het schaakspel wordt beschouwd als iets absoluut abstracts. In feite hebben zelfs degenen die niets van schaken begrijpen en/of al mijn andere boeken verafschuwen, Loezjin in hun hart gesloten'. Aangrijpend is ook het slot van de roman, als de zelfmoord van Loezjin wordt beschreven. Het is pas dan, in de allerlaatste zinnen, dat de hoofdpersoon een voor- en vadersnaam krijgt, als wilde de schrijver daarmee nog eens herinneren aan zijn menselijke afkomst. 'De deur werd ingetrapt. "Aleksándr Ivánovitsj, Aleksandr Ivanovitsj!" brulden meerdere stemmen tegelijk. Maar er was geen Aleksandr Ivanovitsj meer'. Daarvóór had de lezer hem alleen maar gekend als Loezjin.

De andere personages in *De verdediging* zijn minder goed zichtbaar in de zware schaduw van Loezjin. De sinistere figuur van Valentínov, die zo'n noodlottige rol in Loezjins leven speelt door hem uit te buiten als bizar schaakfenomeen en alle menselijke kanten in hem te onderdrukken, komt niet zo uit de verf. Zijn voorkomen in de roman draagt een episodisch karakter. Ook Loezjins lieve en opofferende vrouw blijft wat aan de fletse kant. Typerend is dat zij in de roman nergens bij name wordt genoemd. Na haar huwelijk is zij slechts 'mevrouw Loezjin'. Alles draait om de hoofdpersoon zelf.

De verdediging is het briljant geschreven relaas van een obsessie die uiteindelijk uitmondt in een totale verstandsverbijstering. Obsessies vinden we vaker in het werk van Nabokov, zoals voor 'nimfijnen' in *Lolita*, of in het leven van de schrijver zelf (vlinderverzamelwoede). In deze roman is het de obsessie voor het schaakspel. Loezjin is er zo bezeten van dat hij de band met zijn fysieke omgeving verliest. Op een gegeven moment kan hij de weg van zijn hotelkamer naar de schaakzaal niet meer vinden. Hij is als een van de wereldvreemde personages uit Gógols Petersburgse vertellingen, zoals de eindeloos ambtelijke stukken overpennende kantoorklerk uit *De mantel*, die op een gegeven moment niet meer weet waar hij zich bevindt: midden op straat of midden in een zin. Slechts af en toe voelt Loezjin opeens als een steek dat hij existeert, bijvoorbeeld als hij kiespijn heeft, door een wesp wordt lastiggevallen of buiten adem raakt bij het beklimmen van een trap. In zijn menselijke relaties is hij volledig contactgestoord. Hij loopt met zijn verloofde over straat en merkt niet dat zij hem niet kan bijbenen: hij loopt gewoon verder terwijl hij door blijft praten tegen haar. De zinnen die hij uitbrengt, zijn hortend, moeilijk te begrijpen en vaak ongrammaticaal ('dat speelt geen betekenis'). Hij is de autist ten top, ook in zijn voorliefde voor exacte cijfers. Als zijn vrouwelijke gezelschap hem beleefd vraagt of hij al lang schaakt, antwoordt hij niets en wendt zich af, waarop zijn gespreksgenote in de ingevallen stilte nerveus in haar handtasje begint te rommelen, naarstig op zoek naar een nieuw gespreksonderwerp - totdat hij zich na een lange pauze opeens weer tot haar wendt en antwoordt: 'Achttien jaar, drie maanden en vier dagen'.

Met *De verdediging* introduceerde Nabokov als een van de eersten de denksport in de literatuur. Van de andere literaire werken met het schaakspel als motief of centraal thema zijn Lewis Carrolls *Through the Looking Glass* (1871) en Stefan Zweigs *Schachnovelle* (1941) wellicht de bekendste. In *Through the Looking Glass* wordt de wereld als een levend schaakspel beschreven, in *Schachnovelle* zien we eenzelfde soort eenzaat en autist als Loezjin - wereldkampioen Czentovic - maar deze speelt een bijrol en is als personage niet uitgediept.

Voor Loezjin neemt schaken de plaats in van het leven zelf. Zijn levensloop is een proces van verschaking. Overal ziet hij witte en zwarte velden: op een zonovergoten laan met schaduwvlekken, op een tafellaken, op het glazuurpatroon van een taart. Hij ziet 'urnen op stenen voetstukken aan de vier hoeken van een tuinterras die elkaar langs de diagonalen bedreigen'. Tijdens een wandeling bedenkt hij bij zichzelf dat 'die linde hier op die zonnige helling met een paardensprong die telegraafpaal daar zou kunnen slaan'. Op het eind culmineert dit alles in een schaakspel tegen het leven zelf, een wedstrijd die alleen maar kan eindigen in de dood. De roman wordt dan ook wel gezien als een allegorische beschrijving van een speciale vorm van zelfmoord, zelfmat, waar ook Nabokov het in zijn voorwoord over heeft. Elders gebruikte hij de term 'sui-mate'.

De val die Loezjin op het einde maakt in de richting van een zich beneden hem aftekenend patroon van schaakvelden, lijkt een tragische zelfmoord, maar kan ook worden gezien als een verlossende sprong uit het ondraaglijke aardse bestaan. Het is het logische vervolg op Loezjins levenslange pogingen om te ontsnappen aan het onbetrouwbare, onvoorspelbare leven en weg te vluchten in de koude, maar transparante wereld van het schaakbord, waar alle regels vaststaan, de spelers zelf hun kansen bepalen, de rol van het toeval tot nul is gereduceerd en een genadeloze logica heerst. Buiten deze wereld is de mens ten prooi aan grillige krachten, daar is alles: 'mist, onbekendheid, onbestaan'.

In zijn zoektocht naar harmonische combinaties op het schaakbord wordt Loezjin in de roman vergeleken met een kunstenaar. De scheppende kracht van het schaken wordt voortdurend benadrukt, steeds weer wordt de link gelegd met de kunst, vooral de muziek. Als kind wordt Loezjin voor het eerst geïnspireerd door de woorden van een violist, die 'de zetten gewoon kan horen' en het heeft over 'schaakcombinaties als melodieën'. Ook de beslissende partij tegen Turati wordt beschreven als een spannend muziekstuk: 'En ten slotte besloot Turati tot deze combinatie en onmiddellijk werd het bord gegrepen door een soort muzikale storm, waarin Loezjin verwoed op zoek ging naar dat ene heldere nootje dat hij nodig had om deze op zijn beurt te doen aanzwellen tot een donderende harmonie'.

Omdat men het niet kon laten, heeft men gezocht naar levende voorbeelden op wie het personage van Loezjin gebaseerd zou zijn. Verschillende illustere grootmeesters uit vroeger tijden zijn daarbij de revue gepasseerd, zoals Aljéchin en Tartakower, en met name ook schakers die hun leven eindigden in het gekkenhuis, zoals Kieseritzky en Akiba Rubinstein. De waanzin ligt immers bij schaakgenieën wel vaker op de loer. Van de schakers uit minder lang vervlogen tijden kan ook worden gedacht aan iemand als Bobby Fischer, die in monomanie Loezjin naar de kroon stak. Maar Loezjins geestelijke vader zou alle gelijkstellingen ver van zich werpen: zijn grootmeester was 'je reinste vrucht der fantasie'. Nabokov was zelf een getalenteerd amateurschaker en geslepen bedenker van schaakproblemen, die ooit simultaan speelde tegen Aljechin en Nimzowitsch en zich daarbij kranig verweerd schijnt te hebben. Overigens wil het feit dat *De verdediging* doordrenkt is van schaakmotieven, niet zeggen dat de roman ongenietbaar zou zijn voor niet-schakers. De universele thematiek overstijgt verre het schaaktechnische aspect, al is het mooi meegenomen als de lezer althans iets van schaken afweet.

Voor zover *De verdediging* in een Russische literaire traditie valt te plaatsen, zou het kunnen worden ondergebracht in de groep gekkenverhalen waartoe bijvoorbeeld ook Gogols *Dagboek van een gek*, Gársjins *Rode bloem* en Póesjkins *Schoppenvrouw* behoren. In al deze verhalen is het proces van krankzinnig worden onomkeerbaar. De brave maar naieve psychiater die Nabokov in zijn roman laat opdraven, meent in zijn onnozelheid dat hij het schaken uit Loezjins leven kan bannen door hem idyllische beelden uit zijn vroegste kindertijd, de pre-schaakperiode, voor te houden. Maar Loezjins kinderjaren waren allesbehalve idyllisch. Van jongs af aan heeft hij zich aangewend om veranderingen uit de weg te gaan en zich terug te trekken in zichzelf en heeft hij verdedigingsmechanismen ontwikkeld tegen de bedreigingen van de boze buitenwereld: een defensieve houding die hem ook later als schaker zal typeren. Maar al legt Nabokov aldus een verband tussen de krankzinnigheid van de volwassen Loezjin en de traumatische ervaringen uit zijn jeugd, toch houdt hij zich verre van het door hem verafschuwde gepsychologiseer van de in zijn tijd dominante freudianen met hun dwangmatige streven, het zielsleven van de patiënt te reduceren tot onbevredigde seksuele verlangens. In zijn voorwoord bij de roman kan Nabokov het dan ook niet laten, zich ironisch tot de 'Weense delegatie' te wenden : 'In de Voorwoorden die ik de laatste tijd heb geschreven bij de Engelstalige uitgaven van mijn Russische romans (en er komen er nog meer), heb ik het mij tot regel gemaakt om enkele bemoedigende woorden te richten tot de Weense delegatie. Onderhavig Voorwoord zal hierop geen uitzondering zijn. Analisten en analysanten zullen naar ik mag hopen plezier beleven aan enkele details van de behandeling die Loezjin na zijn instorting ondergaat (zoals de heilzame suggestie dat een schaker Mammie ziet in zijn Dame en Pappie in de Koning van zijn tegenstander).'

De opbouw van de roman is vergeleken met ander werk van Nabokov niet al te gecompliceerd. Er zijn rechtstreekse beschrijvingen van enkele episodes uit Loezjins kinderjaren en van de laatste maanden van zijn leven. De tussenliggende periode, met zijn ontwikkeling tot schaakgrootmeester en internationale zegetocht, wordt als een flashback vanuit de perceptie van zijn vader beschreven. De lezer ervaart een schok als in een en dezelfde alinea abrupt van de kleine Loezjin wordt overgeschakeld op de grote. Hier wordt een, zoals Bernlef het noemt, 'literaire paardensprong' in de tijd gemaakt. De handeling speelt ineens zestien jaar later. Het scharminkelige jochie van twaalf is veranderd in een zwaarlijvige, ingezakte, wat groezelige oudere man. Een onwaarschijnlijke transformatie, die echter aannemelijk wordt gemaakt als op de volgende bladzijden de aandacht van de lezer wordt teruggeleid naar de voorafgaande periode en de ontwikkeling van Loezjin nader wordt verklaard.

Verder zijn er in de tekst overal op subtiele wijze congruerende gebeurtenissen uit de jeugd en volwassenheid van Loezjin ingebouwd, die door de hoofdpersoon worden ervaren als de noodlottige herhaling van zetten in een schaakspel. Zo is er een parallel tussen de zwartbebaarde boer die de kleine Loezjin weghaalt van de zolder waar hij zich na zijn vlucht van het stationnetje verscholen houdt, en de psychiater met de 'zwarte Assyrische baard' die de grote Loezjin behandelt. Beiden proberen hem af te houden van datgene waar zijn hart naar uitgaat. Een ander voorbeeld is de verheimelijking van het schaakspel. De jonge Loezjin, die zich stiekem, schoollessen verzuimend, bezondigt aan dit verboden genot, houdt het bord en de schaakstukken angstvallig verborgen voor zijn ouders, terwijl ook de oude Loezjin, die om gezondheidsredenen niet meer mag schaken, een toevallig gevonden zakschaakspelletje wegstopt voor zijn vrouw, als was het een illegaal voorwerp.

Even zo subtiel weet Nabokov op indirecte wijze bepaalde toedrachten en samenhangen te suggereren en veelzeggend te zijn door middel van onuitgesprokenheden. In de roman wordt het nodige overgelaten aan de begripvolle lezer, die uit schijnbaar achteloze opmerkingen zijn eigen conclusies mag trekken. Er wordt bijvoorbeeld nergens expliciet gesproken over de geheime liefdesrelatie die de vader van Loezjin heeft met de achternicht van zijn vrouw (de 'tante' in de roman). Deze relatie wordt slechts terloops aangeduid. Als vader na de belofte aan zijn vrouw dat hij 'haar' niet meer zal zien, weet krijgt van de geheime schaakwoede van zijn zoon, kan de lezer daaruit concluderen dat de relatie met zijn minnares voortduurt, want hij kan deze informatie alleen van haar hebben gekregen. Indirect gesuggereerd wordt ook de afwezigheid van seks in het huwelijk van de Loezjins. Als Loezjins vrouw in de huwelijksnacht, na eerst uitgebreid een bad te hebben genomen, enigszins nerveus en met angstige verwachtingen (ze is nog maagd) de slaapkamer binnenkomt, ziet ze dat Loezjin op bed ligt te snurken. En later als Loezjin als een brave hond zijn wang tegen haar schouder wrijft, 'voelt ze onbestemd dat er waarschijnlijk nog andere genietingen in het leven zijn dan die van het medelijden, maar dat deze haar niet aangaan'.

De actuele politiek – oorlog, revolutie, communistische terreur in Rusland – blijft ver weg. De emigrant Nabokov keek in deze tijd met een Olympische minachting neer op de ontwikkelingen in zijn vaderland en vond het niet de moeite waard hier veel aandacht aan te besteden in zijn romans. 'Ik veracht het communistische geloof als een idee van platte gelijkheid, als een saaie bladzijde in de feestelijke geschiedenis der mensheid, als een ontkenning van aardse en onaardse schoonheden, als iets wat stompzinnig mijn vrije "ik" belaagt, als aanstichter van ignorantie, botheid en zelfgenoegzaamheid', zo schreef hij in een essay naar aanleiding van de tienjarige herdenking van de bolsjewistische omwenteling (*Het jubileum*, 1927). In *De verdediging* vinden we slechts hier en daar een satirische passage waarin de nieuwe tijdgeest op de korrel wordt genomen. Zoals over de sovjetdame die, op bezoek in het Westen, alles afkraakt in het buitenland en haar eigen land ophemelt, maar evengoed het liefst inkopen doet in datzelfde vermaledijde buitenland (een nog altijd herkenbaar type Russin). Of over de sovjetkranten, die 'ruiken naar de kilte van morsdood boekhoudwerk, de muffe schimmel van treurige kantoren'. Maar ook de emigranten en hun periodieken moeten het ontgelden. Tegenover de monotone verveling van de sovjetpers staat de tot het uiterste doorgedreven verdeeldheid in de te Berlijn en Parijs uitgegeven Russische periodieken, met hun 'allersubtielste nuances in opinie en allergiftigste animositeit'.

Veel belangrijker dan de politieke context zijn de vele alledaagse voorvalletjes, kleurrijke futiliteiten en sprekende details die voor een groot deel de bekoring van de roman uitmaken. Loezjin die na zijn absurde huwelijksaanzoek in huilen uitbarst en zijn verloofde door zijn tranen heen vastgrijpt bij de elleboog en een zoen drukt op iets hards en kouds - haar polshorloge. Loezjin die gedwongen wordt zich een kostuum te laten aanmeten door een kleermaker. Loezjin die kennismaakt met de werking van een schrijfmachine. Loezjin die schutterig de conversatie met zijn schoonouders probeert te onderhouden. Het zijn deze en talloze andere passages die *De verdediging* tot een verslavend boek maken.

Pasternak, Boris Leonidovitsj

DOKTER ZJIVAGO

1958

Inhoud

Op jonge leeftijd verliest Jóeri Andréjevitsj Zjivágo (Jóera) zijn beide ouders. Als hij tien jaar is, in 1901, sterft zijn moeder. Enkele jaren later pleegt zijn vader, die zijn gezin kort na de geboorte van Joera in de steek heeft gelaten, na een chaotisch zwervend bestaan tijdens welke hij bijna het hele familiekapitaal heeft verkwist, zelfmoord door zich uit een rijdende trein te werpen. Een oom, de uitgetreden priester, schrijver en filosoof Nikoláj Vedenjápin (oom Kólja), ontfermt zich over de verweesde Joera en brengt hem onder bij een bevriend gezin in Moskou, de familie Groméko. Oom Kolja zal op de achtergrond voor Joera de rol van geestelijk vader blijven spelen.

Joera's nieuwe pleegvader, Aleksándr Aleksándrovitsj Gromeko, is een beroemd scheikundige, zijn pleegmoeder, Anna Ivánovna, een muzikaal begaafde vrouw. Samen met hun dochter Tónja groeit Joera op in de verfijnd intellectuele en kunstzinnige sfeer die typerend was voor de Russische intelligentsia uit het begin van de 20e eeuw. Joera, Tonja en hun joodse schoolkameraad Mísja Gordón cultiveren een verheven jeugdig idealisme. Zij dromen van reine liefde, zuivere vriendschap, pure schoonheid en onbezoedelde eer en houden zich verre van alles wat lichamelijk, lelijk en banaal is. Joera voelt al jong dat hij een dichter is. Maar op een avond, in de winter van 1905/1906, wordt hij geconfronteerd met de naakte waarheid van de 'lagere' realiteit. Hij vergezelt zijn pleegvader en een bevriende arts naar een hotel waar een vrouw plotseling ernstig ziek is geworden. Daar, in een donkere hoek van een hotelkamer, ziet Joera een jong meisje en een zelfverzekerde man van middelbare leeftijd, die kennelijk een intieme verhouding hebben. Het meisje kijkt op naar de man met een blik vol gelukzalige onderwerping.

Dit meisje is Larísa Guichard (Lára), de zieke vrouw haar moeder, de man Komaróvski, een succesvol advocaat. Moeder Guichard is na de dood van haar echtgenoot met haar kinderen van de Oeral naar Moskou verhuisd. Daar werd zij opgevangen en geholpen door Komarovski, die ervoor zorgde dat zij een naaiatelier kon overnemen. Komarovski maakte van de gelegenheid gebruik om eerst de hulpeloze weduwe en daarna haar minderjarige dochter Lara tot zijn minnares te maken. Lara voelt afkeer voor Komarovski, maar kan zich niet van hem losmaken: zij wordt door duistere seksuele banden aan haar verleider gekluisterd. Bovendien zijn zij en haar moeder financieel afhankelijk van hem. Komarovski van zijn kant raakt steeds meer aan Lara gehecht en is evenmin in staat een einde te maken aan de relatie die zijn carrière dreigt te schaden.

Maar Lara's afkeer groeit. De geweerschoten die de revolutie van 1905 begeleiden, klinken in haar oren als een bevrijding van alle onderdrukking – voor haarzelf en 'alle andere arme en ongelukkige mensen'. Ten slotte verlaat zij haar moeder en Komarovski en neemt een betrekking als gouvernante bij een rijke familie om van niemand meer afhankelijk te zijn. Ze sluit vriendschap met de scholier Pásja Antípov, de zoon van een revolutionaire spoorwegarbeider die naar Siberië is verbannen. De spontane en onbevangen Pasja wordt voor Lara de belichaming van de onschuld die haar zelf door Komarovski is ontnomen.

Er verstrijken enkele jaren voordat de levenspaden van Joera en Lara elkaar wederom kruisen. Het is eind 1911, Joera is bijna afgestudeerd als arts. Maar hij zou zich het liefste willen wijden aan de filosofie en de kunst. Hij schrijft gedichten 'als voorspel op een toekomstig groot prozawerk waarin hij zijn intiemste gedachten wil verwerken'. Met Tonja vormt hij een volmaakte geestelijke eenheid, zij zijn als broer en zus. Door Tonja's moeder worden zij nog nauwer verenigd. Vlak voor haar dood, op haar sterfbed, smeekt zij hen altijd bij elkaar te blijven. Sindsdien zien Joera en Tonja elkaar, behalve als broer en zus, ook als man en vrouw. Op een kerstbal verkeert hun kameraadschap in verliefdheid.

Op datzelfde bal speelt zich een schandaal af: een onbekend meisje schiet met een revolver op een van de gasten. Het is Lara, die een schot lost op haar voormalige minnaar Komarovski. Ze heeft inmiddels besloten te trouwen met Pasja en wil met hem een nieuw leven beginnen in haar geboortestad in de Oeral. Het geld, nodig om hen op weg te helpen, wil zij aan Komarovski vragen, omdat hij haar dit moreel verschuldigd zou zijn. Maar zij kan de confrontatie met hem emotioneel niet aan. In plaats van met hem te praten probeert zij hem te vermoorden. Het schot mist doel en Lara wordt onder de ogen van alle gasten gevankelijk afgevoerd; later zal ze dankzij Komarovski en zijn connecties gevrijwaard worden van gerechtelijke vervolging. Joera, getuige van het moment waarop zij wordt weggevoerd, is onder de indruk van haar waardige schoonheid. Wederom heeft het lot hen samengebracht en wederom brengt Lara hem in aanraking met de 'lagere', ditmaal zelfs sensationele kant van het bestaan.

De Eerste Wereldoorlog brengt Joera en Lara voor de derde maal tezamen. Joera, inmiddels dokter Zjivago, is getrouwd met Tonja. Wanneer zij op het punt staat van haar eerste kind te bevallen, wordt hij naar het front gestuurd als militair arts. Lara, inmiddels mevrouw Antipov, woont met Pasja in Joerjátin, haar geboortestad in de Oeral. Zij hebben een dochtertje, Kátenka. De arbeiderszoon Pasja heeft zich dankzij een ijzeren zelftucht weten op te werken tot leraar klassieke talen. Maar in zijn huwelijk is hij zich altijd de mindere blijven voelen van Lara. Hij verbeeldt zich dat zij niet van hem als persoon houdt, maar van haar eigen 'edelmoedige moederlijke ontferming over hem'. Als de oorlog uitbreekt, ziet hij daarin een mogelijkheid zichzelf te bewijzen. Hij verlaat Lara en zijn driejarige dochtertje en vertrekt als vrijwilliger naar het front. Daar verdwijnt hij spoorloos. Niemand weet of hij in krijgsgevangenschap geraakt dan wel gesneuveld is. Lara reist haar man achterna om hem op te sporen. Een van Pasja's krijgsmakkers vertelt haar dat er nauwelijks hoop is dat hij nog in leven is.

Lara blijft aan het front als ziekenverzorgster. In een veldhospitaal ergens in Zuid-Rusland ontmoet zij dokter Zjivago. Zij wordt zijn assistente. Zjivago en Lara groeien naar elkaar toe, al komt het nog niet tot een definitieve toenadering. Joera probeert oprecht niet verliefd op haar te worden. Terwijl de verschrikkingen van de oorlog aanhouden en de Russische legers steeds meer in het nauw worden gedreven, dringen er berichten over revoluties in het achterland door. Onder de soldaten breekt muiterij uit, officieren worden geliquideerd, alom is de haat van het volk jegens de hoge heren voelbaar. De chaos van de oorlog gaat over in de chaos van de revolutie. Lara vertrekt weer naar de Oeral, in de overtuiging dat haar man is omgekomen. Joera keert terug naar zijn gezin in Moskou.

Zjivago treft Moskou, in de zomer van 1917, onherkenbaar veranderd aan. De geborgen wereld die hij achterliet, de wereld van verfijnd kunstgenot, intellectueel debat en filosofische bespiegeling, verkeert in staat van ontbinding. De stad hongert. Joera bereidt zich voor op een grimmige winter, samen met Tonja, zijn schoonvader en zijn zoontje, dat na zijn vertrek naar het front is geboren. In oktober breken straatgevechten uit. De arbeiders en soldaten winnen, de bolsjewieken nemen de macht over. Zjivago is bereid de revolutie te accepteren als historische onvermijdelijkheid. Hij kan zich vinden in het enthousiasme van zijn oom Kolja, die bij de eerste gevechten uitroept: 'Laten we gaan kijken, dit is levende historie, dit gebeurt maar eens in je leven!' Zjivago bewondert de elementaire levenskracht van de revolutionairen, de kernachtige franjeloze directheid die de decreten van de nieuwe machthebbers kenmerkt. Wanneer het ziekenhuis waaraan dokter Zjivago verbonden is, overgenomen wordt door de bolsjewieken, werkt hij loyaal met hen samen. Dankzij enkele invloedrijke beschermers kan hij aan voldoende brandstof en voedsel komen om samen met zijn gezin de winter door te komen. Een van deze beschermers is zijn jongere halfbroer Jevgráf: een raadselachtige jongeman wiens achtergronden in nevelen gehuld blijven, maar die Joera's poëtische talent bewondert en steeds op beslissende momenten in zijn leven als reddende engel zal opduiken.

Aan het eind van de winter besluiten de Zjivago's de door hongersnood en tyfus getroffen stad te verlaten. Ze gaan naar de Oeral, waar de familie van Tonja's moeder voor de revolutie fabrieken en uitgestrekte landerijen heeft bezeten, om daar in afwachting van betere tijden het land te bewerken en zelf voedsel te verbouwen. Na een eindeloze reis in een overvolle trein, gedurende welke zich een door burgeroorlog en boerenopstanden geteisterd land aan het oog ontrolt, bereiken zij de grens tussen Europa en Azië. Op een van de laatste stations wordt Zjivago tijdens een wandeling om de stilstaande trein door revolutionaire wachtposten aangezien voor een spion en afgevoerd naar de commandant. Deze commandant is de wijd en zijd beruchte Strélnikov, die met een pantsertrein al wrekend, moordend en brandstichtend door de omgeving trekt. Strelnikov is een man met een ijzeren wil, even gepantserd als zijn trein, die vlak na het uitbreken van de Oktoberrevolutie uit Oostenrijkse krijgsgevangenschap is ontsnapt en zich in de burgeroorlog bij de bolsjewieken heeft aangesloten. Hij is in dienst van de revolutie en vecht tegen de 'witten' (contrarevolutionairen), maar is zelf geen lid van de communistische partij. De bolsjewieken maken dankbaar gebruik van zijn militaire kennis en laten hem zijn gang gaan. Strelnikov nu blijkt niemand anders te zijn dan Pasja Antipov, Lara's dood gewaande echtgenoot. Hij houdt zijn ware identiteit verborgen en neemt geen contact op met zijn vrouw, die vlak in de buurt woont. Eens hoopt hij, met lauweren omhangen, bij haar terug te keren. Strelnikov geeft Zjivago toestemming zijn reis voort te zetten.

Het is voorjaar wanneer de Zjivago's zich op Varýkino, het oude landgoed van Tonja's grootvader, vestigen. Het goed is verlaten, alleen Mikóelitsyn, de voormalige rentmeester, die met de revolutie sympathiseert, woont er nog. Hoewel hij de nazaten van zijn vroegere meesters met lede ogen ziet arriveren, helpt hij hen toch zoveel hij kan. De Zjivago's komen weer op krachten door de frisse buitenlucht, de overweldigende natuur, de gezonde lichamelijke arbeid en het zelf verbouwde voedsel. Tonja raakt voor de tweede maal in verwachting. Het is een van de meest serene perioden in het leven van dokter Zjivago. Hij ontdekt op Varykino de waarde van het kleine en pretentieloze. Hij neemt meer afstand van de revolutie. Wat hem tegenstaat zijn, zoals hij de volgende winter in zijn dagboek noteert, 'de ronkende generaliseringen van de nieuwe tijd', steriele frases als 'opbouw van een nieuwe wereld' en 'dageraad van de toekomst'. Waarlijk groots is voor hem alleen 'het gewone, wanneer dit beroerd wordt door de hand van een genie'. Póesjkin, wiens *Jevgéni Onégin* hij die winter keer op keer leest, is voor hem zo'n genie dat het gewone tot hoge kunst transformeert.

De volgende zomer wijdt Zjivago aan eigen scheppende geestelijke arbeid. Hij bezoekt geregeld de bibliotheek van het nabijgelegen Joerjatin om er materiaal te zoeken voor een boek dat hij wil schrijven. Daar ontmoet hij op een dag opnieuw Lara. Ze is lerares geschiedenis aan het plaatselijke gymnasium en woont alleen met haar dochtertje. Andermaal raakt Zjivago onder de indruk van haar bijzondere, als het ware moeiteloze en vanzelfsprekende schoonheid. In lange gesprekken over het leven, de revolutie en het eigen verleden ontdekken zij hun diepe zielsverwantschap. Hun omgang wordt steeds intiemer. Zij kunnen zich op den duur niet langer verzetten tegen hun gevoelens – onvermijdelijk ontstaat er een liefdesrelatie.

Gaandeweg begint Zjivago, zijn ontrouw voor Tonja verzwijgend, te lijden onder zijn valse situatie als man van twee vrouwen. Maar voordat hij zijn persoonlijke leven in het reine kan brengen, wordt hij op een avond op weg naar huis ontvoerd door een groep partizanen die in het grotendeels door de witten beheerste Siberië een guerrilla voeren. Zij opereren vanuit de tajga, de eindeloze ondoordringbare Siberische wouden, en noemen zich 'bosbroeders'. Hun leider is de jonge Liberius, bijgenaamd Lesných, een zoon van Mikoelitsyn. Zij hebben Zjivago nodig als arts. Op hun weg, die dwars door Siberië oostwaarts voert, 'ontwitten' zij het ene dorp na het andere. Dokter Zjivago wordt gedwongen hen te vergezellen.

Onderweg is Zjivago getuige van onmenselijke wreedheden, begaan door roden én witten. Voor het verloop van de strijd blijft hij onverschillig. Hij constateert dat de partizanen door de plaatselijke boerenbevolking als beschermers worden beschouwd, maar voelt zich in zijn hart meer verwant met de witten, veelal roekeloze jonge knapen – studenten en gymnasiasten – afkomstig uit hetzelfde sociale milieu als hij. Zjivago kiest geen partij, maar doet slechts zijn medische plicht. Op een dag belandt hij midden in een vuurgevecht tussen roden en witten. Na afloop vindt hij op het slagveld een gesneuvelde partizaan en een bewusteloze 'vijand' die beiden, respectievelijk in een beursje en een gouden kokertje, dezelfde psalmtekst om de hals dragen, als talisman tegen kogels – een bewijs voor Zjivago van de ultieme gelijkheid en verbondenheid van de mensen, ongeacht het politieke kamp waartoe ze behoren.

Voor Lesnych, die hem gevangenhoudt maar hem voortdurend zijn vriendschap opdringt en met hem wil discussiëren over politiek, voelt Zjivago een diepe machteloze haat. Hij wordt vooral geïrriteerd door de mateloze pretentie van de partizanenleider en zijn wens om de mensen op te voeden en te beschaven en ze desnoods tegen hun zin gelukkig te maken. Hij spreekt over 'omvorming van het leven' – alsof het leven een klomp klei is. Zjivago doet verscheidene mislukte vluchtpogingen. Pas na anderhalf jaar, als de witten bijna overal verslagen zijn, weet hij te ontsnappen en keert hij terug naar de zijnen.

Na een slopende voettocht door een geschonden en verwilderd land, waar roofzucht, moord en kannibalisme heersen, waar 'de wetten van de menselijke beschaving opgehouden hebben te bestaan en die van het beest gelden', komt hij uitgemergeld aan in Joerjatin. Zijn eerste gang is naar Lara. Zij heeft al die tijd op hem gewacht. Ten gevolge van de doorstane ontberingen wordt Zjivago ernstig ziek. Lara verpleegt hem en hij geeft zich geheel over aan haar 'zwanenblanke' vrouwelijke bekoring. Van haar hoort hij dat Tonja met haar vader en hun twee kleine kinderen teruggevlucht is naar Moskou: de omgeving van Varykino en Joerjatin was tijdens Joera's afwezigheid het toneel van hevige gevechten tussen roden en witten, die elkaar enkele malen als bezettende macht hebben afgelost. Zjivago blijft voorlopig bij Lara wonen en meldt zich aan als arts bij het plaatselijke gezondheidscentrum. Hij is van plan om zich mettertijd, wanneer hij genoeg is aangesterkt en over voldoende middelen beschikt, bij zijn gezin in Moskou te voegen. Maar het lot beschikt anders. Hij ontvangt een brief van Tonja: zij en haar vader worden, als klassevijanden, door de autoriteiten gedwongen het land te verlaten. We schrijven het jaar 1921.

Ook in Joerjatin wordt het politieke klimaat steeds grimmiger. De toon van de decreten die de nieuwe machthebbers uitvaardigen, is kort, kil, abstract en intimiderend. De rechtlijnige taal die in het begin van de revolutie nog Zjivago's enthousiasme wekte, boezemt nu angst en afkeer in. Er hangt een sfeer van verdachtmaking, hetze, verklikking, intrige, rancune. Strelnikov is in ongenade gevallen, op zijn hoofd staat een prijs. Lara dreigt als zijn wettige echtgenote eveneens het slachtoffer te worden van de toenemende repressie en geest van vergelding. Ook Zjivago's positie is precair vanwege zijn klasseachtergrond en zijn 'desertie' uit het partizanenleger. Op een dag komt volkomen onverwachts Lara's oude minnaar Komarovski op bezoek. Hij presenteert zich als reddende engel. Hij bericht over plannen die er, met oogluikende steun van de bolsjewieken, zijn voor de stichting van een nieuwe onafhankelijke republiek in het Verre Oosten; hijzelf is aangezocht om daar minister van Justitie te worden. Hij biedt aan om Lara, haar dochtertje en Zjivago met zich mee te nemen en onder de hoede van zijn diplomatieke status in veiligheid te brengen. Lara weifelt, Zjivago weigert resoluut. Liever wil hij zich ergens een tijdje onzichtbaar maken, totdat de acute dreiging van arrestatie voorbij is.

Zjivago en Lara besluiten zich tijdelijk terug te trekken op Varykino. Het oude landgoed is geheel verlaten, er zijn alleen sporen van recente bewoning door een onbekende. In hun volkomen afzondering, omringd door een in winterslaap verstijfde natuur, kunnen Zjivago en Lara zich ongestoord aan elkaar overgeven en opgaan in hun liefde. Tijdens betoverende, geheimzinnig stille, maanlichte en sneeuwglanzende nachten wordt Zjivago bezocht door de muze en schrijft hij poëzie. De woorden die hem uit de pen vloeien, worden als vanzelf tot muziek.

Maar de grimmige buitenwereld geeft blijk van haar aanwezigheid: 's nachts huilen bij volle maan de wolven. Lara wordt ongerust, ze vreest voor de toekomst en is bezorgd om haar dochtertje. Zij, 'de aardse', heeft in tegenstelling tot de 'hemels bevlogen' Zjivago niet genoeg aan het onwezenlijke geïsoleerde leven dat ze op Varykino leiden. Zjivago heeft vleugels gekregen om 'mee te vliegen', zij om 'haar kuikens onder te beschutten'. Wanneer wederom Komarovski opdaagt om hen over te halen mee te gaan naar veiliger oorden – de tijd dringt, Strelnikov zou reeds gefusilleerd zijn – wil Lara niets liever dan onmiddellijk Varykino verlaten. Maar Zjivago weigert opnieuw, uit afkeer jegens de voormalige verleider van zijn geliefde, en Lara wil niet zonder hem vertrekken. Ten slotte overreedt Komarovski Zjivago om alleen Lara en haar dochtertje te laten gaan. En zo reist Lara af met Komarovski, terwijl ze in de waan verkeert dat Zjivago spoedig na zal komen. Maar Zjivago komt niet na. In de verte ziet hij de slee met Lara verdwijnen en hij beseft dat hij haar nooit weer zal zien en dat met haar het dierbaarste uit zijn leven verdwijnt.

Zjivago blijft alleen achter om na te denken en te schrijven. Hij verwaarloost zichzelf lichamelijk, vereenzaamt en vervreemdt van de werkelijkheid. Op een dag keert de geheimzinnige onbekende terug die, blijkens de door Lara en Zjivago gevonden sporen, nog tot vlak voor hun aankomst in het landhuis heeft gewoond. Het is Strelnikov. Hij heeft aan executie weten te ontkomen en is nu voortvluchtig. Hij heeft verscheidene onderduikadressen in de omgeving, waaronder Varykino. De twee mannen voeren lange gesprekken. Hoe verschillend de subtiele intellectueel Zjivago en de rechtlijnige revolutionair Strelnikov ook zijn, zij worden verbonden door hun positie als verstoteling van de nieuwe maatschappij en door hun herinneringen aan Lara, die zij beiden liefgehad en verloren hebben. De opgejaagde Strelnikov verkiest het niet langer te wachten op de revolutionaire bloedhonden die hem achternazitten, en pleegt zelfmoord.

Zjivago keert terug naar Moskou. De burgeroorlog is ten einde, het land ligt er, als één groot slagveld, bar en geblakerd bij, onafzienbare massa's muizen krioelen op de velden. Zjivago houdt zich onderweg in leven met ongemalen graankorrels en noten.

Als een verlopen zwerver komt hij ten slotte in de hoofdstad aan. Het is het voorjaar van 1922. Binnen het kader van de Nieuwe Economische Politiek, 'de meest dubbelzinnige en valse periode uit de geschiedenis van de Sovjet-Unie', kan hij enkele van zijn boekjes in beperkte oplage laten verschijnen. Maar daarna gaat het snel bergafwaarts met hem. Hij kan zich niet aanpassen aan de nieuwe sovjetsamenleving, hij kan 'geen adem meer halen'. Zijn krachten vervallen en hij kwijnt weg. Hij is vervreemd van oude vrienden als Misja Gordon en Níka Dóedorov, de zoon van een anarchist, die zich wél proberen te conformeren. Zjivago's gezin woont inmiddels in Parijs. Hij doet enkele zwakke pogingen om een uitreisvisum te bemachtigen en zich bij hen te voegen, maar faalt.

De enige die zich om hem bekommert, is Marína, de dochter van de voormalige huisknecht van de Gromeko's. Zij offert zich voor Zjivago op, doet zijn huishouden en beschermt hem tegen haar vader, inmiddels een klein communistisch potentaatje, van wie hij afhankelijk is voor zijn huisvesting. Ze trekt bij hem in, uit hun relatie worden twee kinderen geboren. Maar dit schenkt Zjivago geen nieuwe kracht. Hij laat dit alles slechts passief over zich heen komen. Hij is niet meer betrokken bij het leven, maar onverschillig. Alleen wanneer zijn raadselachtige halfbroer Jevgraf weer opduikt en hem begint te protegeren, krijgt Zjivago nieuwe energie en beleeft hij nog even een opflakkering van zijn creatieve vermogens. Hij begint weer te schrijven, meldt zich aan als arts bij een ziekenhuis en verlaat Marina. Wanneer hij op een hete augustusmorgen in het jaar 1929, in een overvolle benauwde tram, op weg is naar zijn werk, voelt hij hoe er binnen in hem iets knapt. Een ongekende pijn doorstroomt hem. Zijn hart heeft het begeven. Hij wringt zich de tram uit en sterft op de straatstenen.

Een van degenen die Zjivago de laatste eer bewijzen, is Lara. Zij is uit Irkóetsk gearriveerd en verblijft korte tijd in Moskou. Zij is geheel toevallig het huis waar Zjivago opgebaard ligt, binnengelopen. Het is hetzelfde huis waar zij eens samenkwam met Pasja. Lara spreekt vaag over de zonden die zij begaan heeft. Van haar drie mannen heeft haar echtgenoot zelfmoord gepleegd, is haar geliefde gestorven en zwerft de derde, de gehate verleider, nog ergens in Azië rond. Jevgraf en Lara nemen de verzorging van Zjivago's literaire nalatenschap op zich. Maar op een dag verdwijnt Lara spoorloos. Naar aangenomen wordt, is zij gearresteerd en afgevoerd naar een van de talloze concentratiekampen in het noorden.

Het jaar 1943, de Tweede Wereldoorlog. Twee oude vrienden van Zjivago, Gordon en Doedorov, beiden officier in het Rode Leger, treffen elkaar op weg naar het front. Zij hebben allebei in een stalinistisch concentratiekamp gezeten. Bij het uitbreken van de oorlog zijn de kamppoorten voor hen opengegaan en mochten zij meevechten tegen de Duitsers. De oorlog was voor hen, zoals voor velen, een uitkomst. Er is nu een concrete vijand. En er is hoop op een menswaardig bestaan ná de oorlog.

Bij hun onderdeel werkt een wasmeisje, de simpele en vrolijke Tánja. Zij is als kind zonder ouders in Siberië opgegroeid. Uit de verhalen die zij over haar jeugd vertelt, blijkt dat zij de dochter van Zjivago en Lara is, geboren na Lara's vertrek met Komarovski naar het oosten. Komarovski had haar afgenomen van Lara en ondergebracht bij een pleeggezin. Zo leven Zjivago en Lara voort in Tanja, al moet Gordon, ouders en dochter vergelijkend, met droevige berusting vaststellen dat 'het ideaal geconcipieerde en verhevene vergroofd en verstoffelijkt is, zoals Griekenland eens Rome werd, zoals de Russische geest der Verlichting de Russische revolutie werd.'

Enkele jaren na de oorlog. Dezelfde vrienden van Zjivago zitten op een zomeravond in Moskou bijeen. Zij lezen in Zjivago's nagelaten werk. De naoorlogse jaren hebben nog niet de gehoopte geest van vrijheid gebracht, maar uit de gedichten van Zjivago spreekt een spirituele kracht, die hoop geeft voor de toekomst.

Analyse

De grote roman *Dokter Zjivágo*, het levenswerk van Borís Pasternák, werd voltooid in 1956, nadat de schrijver er vele jaren in stilte aan gewerkt had. De roman werd geschreven na de Tweede Wereldoorlog, maar aangenomen wordt dat Pasternak er al in de jaren dertig, althans in gedachten, mee bezig was. *Dokter Zjivago* kan worden beschouwd als de bekroning van zijn hele oeuvre, dat verder uit lyrische en epische gedichten, enkele kortere prozastukken en literaire vertalingen bestaat. Zelf zou Pasternak in een opstel uit 1956, getiteld *Autobiografisch essay*, verklaren dat *Dokter Zjivago* zijn 'belangrijkste en voornaamste werk' was, 'het enige werk waarvoor hij zich niet hoefde te schamen en waarvoor hij moedig alle verantwoordelijkheid op zich nam.' Zijn door de jaren heen gepubliceerde gedichten waren 'voorbereidende etappes tot de roman'. Hierin stemt Pasternak overeen met zijn romanheld Jóeri Zjivago, van wie ook gezegd wordt dat hij zijn vroege gedichten beschouwde als preludes op een later groot prozawerk.

Zo stil en ongestoord als Boris Pasternak jarenlang aan zijn roman werkte, zo heftig was de commotie die ontstond toen *Dokter Zjivago* voor het eerst, in het Westen, gepubliceerd werd. Reeds eerder, in 1954, vlak na de dood van Stálin, bij invallende politieke en culturele dooi, waren er tien van de vijfentwintig gedichten die tezamen het laatste hoofdstuk van de roman vormen, in de Sovjet-Unie in het tijdschrift *Het vaandel* gepubliceerd. Deze tien gedichten bevatten 'ongevaarlijke' natuur- en liefdeslyriek, de gedichten met bijbelse motieven waren angstvallig weggelaten. Hoewel de spoedige voltooiing van *Dokter Zjivago* door de auteur bij die gelegenheid in een voorwoord aangekondigd werd, zou de publicatie van deze tien gedichten in de Sovjet-Unie niet gevolgd worden door een publicatie van de gehele roman. In 1956 wees een ander tijdschrift, *Nieuwe wereld*, op ideologische gronden de roman af. De redactie (o.a. Fédin, Símonov en Lavrenjóv) vond *Dokter Zjivago* 'historisch niet objectief' en 'in aanleg antidemocratisch', de roman 'weerspiegelde een verkeerde kijk op de geest van de revolutie'. Kort daarvoor had Pasternak echter al een kopie van het manuscript afgestaan aan een vertegenwoordiger van de Italiaanse communistische uitgeverij Feltrinelli. Ondanks zware politieke druk van de sovjetautoriteiten en andere bezorgde kameraden publiceerde Feltrinelli - ondanks zijn communistische achtergrond een vrijzinnig man - in 1957 de Italiaanse vertaling. Al snel volgden vertalingen in het Engels, Duits, Frans, Nederlands en vele andere talen plus de publicatie van de Russische tekst (voor het eerst in 1958, niet geautoriseerd door Pasternak). Tot zijn bekendheid in het Westen droeg in niet geringe mate de door David Lean geregisseerde gelijknamige speelfilm (1965) bij, hoewel deze gepolijste rolprent, waarin zelfs de bolsjewieken zich uitdrukken in een bekakt *upper class* Engels, weinig recht doet aan de verfijnde poëtische geest van het boek.*

De sensatie die de roman in het buitenland verwekte, alsmede de toekenning in 1958 van de Nobelprijs voor Literatuur aan Pasternak ('als dichter en als voortzetter van de verteltraditie van zijn grote Russische voorgangers'), waren voor de sovjetautoriteiten aanleiding een fanatieke,

---

* Wel staat deze film veel dichter bij de originele roman dan de zielloze Russische tv-serie van Aleksándr Prósjkin (2005), waarin de hoofdrolspeler, Olég Ménsjikov, er maar niet in slaagt in woord of mimiek enige menselijke emotie uit te drukken.

onsmakelijke hetze tegen de auteur op touw te zetten, waarbij zelfs zijn joodse afkomst niet onvermeld bleef (ironischerwijs roept Pasternak in zijn roman bij monde van verschillende personages de joodse diaspora in zijn land juist op om afstand te nemen van een speciale joodse identititeit en zich te assimileren met de Russische cultuur). Pasternak was 'een Judas, die zijn land verraden had', 'een boosaardige bourgeois', 'een decadente formalist', 'een binnenlandse emigrant'. De voorzitter van de Komsomol noemde hem erger dan een varken, want dat beest 'maakt tenminste zijn eigen hok niet vuil'. Talloze 'spontane' brieven van woedende burgers, die geen regel van het boek gelezen hadden, stroomden binnen bij de redacties van dagbladen en tijdschriften. Men probeerde hem te isoleren, royeerde hem als lid van de schrijversbond, dwong hem de Nobelprijs te weigeren en dreigde hem het land uit te zetten. Slechts een persoonlijke brief van Pasternak aan Chroesjtsjóv en een openlijke spijtbetuiging in de *Právda* konden zijn verbanning verhinderen. *Dokter Zjivago* toonde de grenzen van de politiek van culturele liberalisering onder Chroesjtsjov. Deze roman was het eerste naoorlogse literaire werk dat alleen in het buitenland kon verschijnen en werd daarmede de koploper van een hele reeks werken die, vanaf de jaren zestig, gedoemd waren tot 'export only'.

De geweldige ophef rond zijn roman kwam voor Pasternak onvoorzien. De ingetogen, zich het liefst in de luwte van de samenleving terugtrekkende dichter-schrijver zag zich tot zijn eigen ontsteltenis plotseling in het volle licht van de schijnwerpers geplaatst: in het vrije Westen was hij een sensatie (hoewel de meeste vertalingen van *Dokter Zjivago* overhaast gefabriceerd en inferieur waren), in zijn eigen land werd hij door de autoriteiten en het door hen opgehitste 'volk' uitgemaakt voor landverrader, voor vele vooral jonge intellectuelen in de Sovjet-Unie was hij daarentegen een idool en een voorbeeld. Plotseling kende de hele wereld deze man die daarvoor alleen in selecte kring bekendheid had genoten als 'writer's writer' of liever 'poet's poet'. Kort daarna, voor het rumoer goed en wel verstomd was, stierf de schrijver (aan longkanker).

In het vaderland van de schrijver is *Dokter Zjivago* lange tijd taboe gebleven. In 1965 werden in een verzamelbundel weer zestien afzonderlijke gedichten uit het laatste hoofdstuk gepubliceerd onder de vage overkoepelende titel *Uit de cyclus 'Gedichten uit een roman', 1946-1953* (waarbij weer de relgieuze gedichten waren weggelaten). In 1985 werden in het tweedelige verzamelde werk van Pasternak álle, ook de religieuze, gedichten uit *Dokter Zjivago* opgenomen, overigens zonder dat de roman daarbij vermeld werd. Eind 1987 werd in het tijdschrift *Het vlammetje* een fragment uit de roman afgedrukt. En ten slotte werd in 1988 de integrale tekst van de roman, ongecensureerd, gepubliceerd in vier achtereenvolgende afleveringen van *Nieuwe Wereld*, hetzelfde tijdschrift dat 32 jaar daarvoor *Dokter Zjivago* geweigerd had. In 1989 verschenen in de Sovjet-Unie verschillende boekuitgaven. Zo moest er eerst een nieuwe generatie opgroeien voordat men het in Pasternaks vaderland aandurfde de roman te publiceren en als nationaal Russisch cultuurbezit in te lijven.

Dokter Zjivago bestaat uit twee delen ('boeken' genaamd) en zeventien hoofdstukken ('delen'), waaronder een epiloog en een cyclus gedichten. De hoofdstukken zijn verdeeld in talloze subhoofdstukjes. De handeling speelt zich in hoofdzaak af tussen 1903 en 1929, het zwaartepunt valt op de tijd van de Russische burgeroorlog. De eerste drie fragmenten voeren de lezer terug naar het jaar 1901, naar de begrafenis van Joera's moeder; de epiloog speelt in 1943, maar brengt ons op de allerlaatste bladzijde nog eens 'vijf à tien jaar' verder in de tijd. Grote historische gebeurtenissen – de revolutie van 1905, de Eerste Wereldoorlog, de Oktoberrevolutie, de burgeroorlog – zijn vervlochten met de levensloop van afzonderlijke individuen. Daarom is Dokter Zjivago wel eens 'de Oorlog en vrede van de 20e eeuw' genoemd. En inderdaad heeft Pasternaks roman wel iets van het monumentale, weidse en epische van Tolstójs meesterwerk. Maar verder is er weinig overeenkomst. Dokter Zjivago is waziger, diffuser, biedt veel minder een doorlopend, logisch en chronologisch gestructureerd verhaal. Het werk is een aaneenschakeling van losse scènes, korte impressies, poëtische observaties en filosofische reflecties, die bij eerste kennismaking de indruk wekken van een onoverzichtelijk geheel. Gemeten naar de standaard van de klassieke Russische roman kan men een aantal formele tekortkomingen van Dokter Zjivago opsommen: een overdaad van personages die vrijwel geen rol spelen in het verhaal, het ontbreken van een 'eigen gezicht' bij de meeste personages en de talloze onwaarachtige coïncidenties en toevallige ontmoetingen waarop de verhaalstructuur is gebaseerd. Nabókov deed de roman af als 'een waardeloos, onbeholpen en melodramatisch prul, vol stereotiepe situaties, rondtrekkende rovers en afgezaagde toevalligheden'*.

De meeste bezwaren concentreren zich op het vermeende gebrek aan samenhang binnen de roman. Daar kan men tegen inbrengen dat een fragmentarisch opgebouwde roman, zoals ook Bjély, Pilnják, Fedin en andere experimentele romanschrijvers vóór Pasternak reeds hadden bewezen, juist een directer, indringender beeld van een tijd kan oproepen dan een gestaag voortvloeiende roman. Vooral als het gaat om chaotische tijden als die van Eerste Wereldoorlog, revolutie en burgeroorlog, waarin afzonderlijke individuen als in een mallemolen telkens even opduiken en dan weer uit het zicht verdwijnen.

Daarnaast weerspiegelt de verbrokkelde structuur van *Dokter Zjivago* ook de poëtische visie van Pasternak op het leven. Terwijl hij aan de oppervlakte het leven met al zijn menigvuldige, schijnbaar niet-samenhangende verschijnselen tracht uit te beelden, suggereert hij tegelijkertijd daaronder een diepere samenhang van alles met alles. Voor de dichter Pasternak was het hele leven bezield met verband en doordrenkt van betekenis. Vandaar dat de trein die de kleine Joera in het begin van de roman in de verte ziet stoppen, dezelfde blijkt als de trein waaruit zijn vader zich zojuist heeft geworpen. Vandaar dat de juridische adviseur die Joera's vader te gronde richtte, en degene die de onschuld van Lára schendt, een en dezelfde Komaróvski zijn, de man die aldus beider ongeluk op zijn geweten heeft en die ook later weer zal opduiken om Lara van Zjivago af te nemen. Vandaar dat de woning waarin Lara afscheid neemt van de opgebaarde Zjivago, dezelfde blijkt te zijn als de woning waarin zij ooit met Pásja samenkwam. Vandaar alle toevalligheden in de roman, die bij nader inzien geen toevalligheden zijn. Het is hier niet het blinde noodlot dat zijn grillig spel met de mensen speelt, het is een elementaire, bijna

---

* Hierbij zij opgemerkt dat Nabokovs negatieve oordeel over het boek van zijn collega, naar kwade tongen beweren, beïnvloed werd door *jalousie de métier*: de Engelse vertaling van *Dokter Zjivago* had in 1958 het kort daarvoor in Amerika verschenen *Lolita* van de eerste plaats op de bestsellerlijsten verdrongen en het was Pasternak, niet Nabokov, die als tweede Rus de Nobelprijs voor literatuur kreeg.

religieuze levenskracht die alles dooradernt en alles bezielt met verband en betekenis.

Dokter Zjivago is geen systematisch geordend verslag van revolutie en burgeroorlog. Toch roepen de flarden historie, die afwisselen met individuele lotgevallen, vaak suggestiever de geest van het verleden op dan menig geschiedenisboek. De enkele hooghartige blik waarmee een fijne dame tijdens de spoorwegstakingen van 1905 over het hoofd van een arbeider heen kijkt, maken de gevoelens van klassehaat begrijpelijk die de laatste zijn leven lang zal blijven koesteren en die, miljoenvoudig vermenigvuldigd, een van de belangrijkste drijfveren van de revolutie zullen zijn. Een goed tijdsbeeld geven ook de impressie van een demonstratie in 1905, de sfeertekening tijdens een soiree in huize Groméko (kamermuziek, intellectueel debat, professoraal verstrooide heren met kwieke schalkse dames) en vele andere losse scènes die de Eerste Wereldoorlog, de Oktoberrevolutie, de hongerwinter van 1917-1918, de burgeroorlog en de periode van de Nieuwe Economische Politiek tot leven wekken.

Ook zijn er fragmenten die zonder bezwaar uit hun historische context kunnen worden gelicht en als op zichzelf staande korte verhalen kunnen worden gelezen, zoals de ontmoeting die Zjivago heeft met een jonge anarchist wanneer hij per trein van het oorlogsfront naar huis terugkeert: zij komen in gesprek, de man praat enthousiast over de revolutie, maar maakt een enigszins onaangename indruk doordat hij Zjivago voortdurend, letterlijk, naar de mond kijkt. Wanneer Zjivago zich te ruste legt en zijn reisgenoot de kaars uitblaast, vraagt Zjivago hem in het donker enkele malen of hij het raam dicht wil doen, maar hij krijgt geen antwoord. Zjivago is verbaasd en verontwaardigd. De volgende dag blijkt: de ander is doof. Door zijn fenomenale vaardigheid in het liplezen kan hij een normale conversatie voeren en zijn doofheid verborgen houden, mits hij zijn gespreksgenoot kan zíen spreken.

Zich verstrengelend met de historische constellatie en deze tegelijkertijd voortdurend naar de achtergrond dringend, ontwikkelt zich de tragische liefdesgeschiedenis van Zjivago en Lara. Hun werelden, die in het begin nog van elkaar gescheiden zijn, raken elkaar enkele malen terloops en gaan dan weer uiteen, waarna ze onafwendbaar, als door een magnetische kracht aangetrokken, helemaal samenkomen – om ten slotte weer ver uit elkaar te gaan, totdat de laatste ontmoeting aan de baar de gelieven weer verenigt. De liefde tussen Zjivago en Lara wordt voorgesteld als een deel van de natuur, van de kosmos, zij houden van elkaar 'omdat alles rondom hen dat wilde: de aarde onder hun voeten, de hemel boven hun hoofd, de wolken en de bomen'.

De lichamelijke contouren van Zjivago en Lara blijven daarentegen de gehele roman door enigszins vaag. Lara's meest opvallende uiterlijke kenmerken zijn haar blanke handen, 'groot als een ziel'. Verder is zij de belichaming van het eeuwig vrouwelijke, zij is 'elektrisch geladen met alle denkbare vrouwelijkheid van de wereld'. Ook van Zjivago's uiterlijk komen wij niet veel meer te weten dan dat hij een wipneus heeft en vrij onopvallend is. Tónja beschrijft hem als iemand 'met een door innerlijke diepte veredeld gelaat dat zonder dit misschien lelijk genoemd zou kunnen worden'. Deze verinnerlijking is wezenlijker voor hem dan zijn uiterlijk, en zijn portret is navenant. De figuur van dokter Zjivago kan men een geestelijk zelfportret van de schrijver noemen. Hij lijkt op Pasternak – in zijn gedachten en bespiegelingen over het leven, de natuur, de kunst, in zijn dichterschap en in de gemoedstoestanden die het creatieve proces begeleiden. Desondanks is de roman niet autobiografisch, al wordt er weleens op gewezen dat de verhouding Zjivago-Tonja-Lara naar het leven getekend zou zijn, want Pasternak had, toen hij aan zijn roman werkte, ook twee vrouwen – zijn tweede wettige echtgenote Zinaída Néigauz en zijn vriendin Olga Ivínskaja – en zelfs twee huishoudens (men leze daarover Ivinskaja's memoires *Gevangene van de tijd*, 1977). Maar - welke andere grote roman stelt het zónder enige vorm van driehoeksverhouding?

Drie vrouwen heeft Zjivago in zijn leven: Tonja, met wie hij verbonden wordt door een gemeenschappelijke jeugd en achtergrond en voor wie hij de respectvolle genegenheid van een echtgenoot koestert; Lara, met wie hij de grote alomvattende liefde beleeft, en Marína, die te laat komt, wier liefde in hem geen wederliefde meer wekt, hooguit dankbaarheid. En drie mannen heeft Lara: de band met Komarovski is pervers, die met Pasja Antípov verstandelijk, Zjivago komt als de bekroning.

De meeste personages buiten Zjivago zijn niet geïndividualiseerd, zij komen niet zo tot leven. De transformatie van Antipov naar Strélnikov is zelfs ronduit onwaarachtig. Velen spreken op dezelfde wijze als Zjivago (inclusief Lara) en lijken slechts ingevoerd om als spreekbuis te dienen voor bepaalde gedachten van de schrijver. Er worden in de roman bepaalde tegenstellingen tussen persoonlijkheden aangeduid – tussen Tonja, 'geboren om het leven te vereenvoudigen', en Lara, 'geboren om het te compliceren', tussen de wilskrachtige Antipov-Strelnikov en de wilszwakke Zjivago, tussen praktische lieden van de daad en bespiegelende 'overtollige' mensen – maar deze tegenstellingen worden niet nader uitgewerkt. Van alle personen die in de roman optreden, is Jevgráf de meest raadselachtige: hij is als de mysterieuze magische helper uit het volkssprookje of als een muze die zijn halfbroer telkens bezoekt om hem tot nieuwe creatieve arbeid te inspireren.

Dokter Zjivago is een poëtische, contemplatieve, geen psychologische roman. Al wordt Zjivago consequent van binnenuit beschreven en volgen wij voortdurend zijn gewaarwordingen, waarnemingen en overpeinzingen, nergens wordt getracht hem psychologisch te analyseren. Illustratief in dit opzicht zijn de woorden van Zjivago over 'het bewustzijn als gif', die men kan beschouwen als een antwoord van Pasternak op de zelfanalyse en de psychologische roman à la Dostojévski. Zjivago vergelijkt het menselijk bewustzijn met de koplampen van een voertuig die, naar buiten gericht, de weg door de duistere wereld kunnen verlichten, maar die, naar binnen gericht, het zicht op de buitenwereld benemen en tot ongelukken leiden.

In *Dokter Zjivago* is de mens nauw verbonden met de natuur. Joeri Zjivago is zeer ontvankelijk voor de schoonheid van het landschap, de bomen en de bossen, hij ontdekt telkens weer nieuwe bekoorlijkheden, is telkens weer opnieuw ontroerd. De roman bevat vele wonderschone natuurimpressies. De natuur is voor Zjivago een onuitputtelijke bron van poëtische observaties en bespiegelingen. Tijdens de weinig confortabele treinreis, per veewagon, van Moskou naar de Oeral geniet hij ervan hoe de schaduwen van de passagiers bij het ene raam het tegenoverliggende raam weer uit glijden, hoe deze schaduwen samen met de schaduw van de hele trein door het landschap schuiven. Hij geniet van de kraakheldere vorst en de weelderige sneeuw onderweg, van de ijle noordelijke luchten, de zang der nachtegalen, de geur van de vogelkers aan het eind van de reis. Hij geniet zelfs van de aanblik van puinhopen, schilderachtig verlicht door de ondergaande zon. Een hoogtepunt in het boek vormt het verblijf op Varýkino, dat door de seizoenen heen beschreven wordt. Het oog van de dichter volgt nauwgezet de kleinste veranderingen in de natuur, registreert de fijnste nuances. Mooi beschreven bijvoorbeeld is het moment tussen winter en voorjaar wanneer de lente even lijkt door te breken, maar toch niet doorzet. Dat moment wordt vergeleken met het kortstondige ontwaken van een beer uit zijn winterslaap: 'De natuur geeuwde, rekte zich uit, draaide zich op haar andere zij en sliep weer in.'

Aan de natuur ontleent Pasternak ook de beelden die de inhoud van de roman filosofisch verdiepen. Zo wordt de geschiedenis van de mensheid vergeleken met een natuurlijk bos: door niemand gemaakt, onzichtbaar groeiend, al naar gelang de klimaatsomstandigheden en de jaargetijden tijdelijk een andere gedaante aannemend. (Deze opvatting van de geschiedenis doet enigszins denken aan die van Tolstoj in *Oorlog en vrede*). Belangrijk is ook het begrip 'mimicry', toegepast op de individuele mens. Door zich tijdelijk aan te passen aan zijn omgeving en zich onzichtbaar te maken, kan Zjivago overleven in een vijandige tijd (hier lijkt Zjivago weer op Pasternak zelf, die in de jaren dertig ook camouflagetechnieken gebruikte om te overleven).

Niet alleen is Zjivago, zelfs onder de meest dramatische omstandigheden, innig betrokken bij de natuur, omgekeerd is ook de natuur betrokken bij het lot van de mens. De natuur en het weer zijn bezield, ze 'doen mee'. Storm, onweer, sneeuwjachten en andere dramatische meteorologische verschijnselen begeleiden symbolisch de noodlottige beslissende momenten in het leven van Zjivago en Lara. De striemende regen na de begrafenis van Joera's moeder en de sneeuwstorm in de daaropvolgende nacht drukken uit hoe grimmig en vijandig de wereld er voor de verweesde Joera uitziet. Midden in de oorlog vloeit de sfeer van een betoverende geurige maanlichte Zuid-Russische zomernacht Zjivago's ziel binnen, en daarmede de eerste gevoelens van verliefdheid voor Lara. Veel later tijdens een evenzo geheimzinnige maanlichte winternacht in de Oeral huilen de wolven – voorteken van onheil. En wanneer Zjivago na het vertrek van Lara alleen achterblijft op Varykino, 'ademt de winteravond een ongekende deelneming'.

Opvallend in *Dokter Zjivago* zijn ook de vele lichtschijnsels en schaduwwerkingen, die steeds een symbolische betekenis hebben. Licht, symbool van hoop en leven, doorschijnt de roman van begin tot eind. Een brandende kaars in de vensterbank van Pasja's kamer, op aandrang van Lara aangestoken en door Zjivago vanaf de straat door een ontdooiend plekje op de bevroren ruit gezien, verbindt Lara en Zjivago reeds lang voordat zij werkelijk samenkomen. Dezelfde brandende kaars is het leidmotief in een van de meest betoverende gedichten in het laatste hoofdstuk: *Winternacht*.

Deze lichtsymboliek sluit aan bij de religieuze motieven waarvan de roman vervuld is. *Dokter Zjivago* weerspiegelt Pasternaks steeds sterke toenadering tot het christendom. Bijbels klinkt reeds de naam 'Zjivago' (overigens een bestaande naam in het Russisch), gevormd van het adjectief 'levend' met de oude Kerk-Slavische accusatiefuitgang. In deze vorm komt het woord voor in Lucas 24:5 (waar de vrouwen aan het lege graf van Christus door de engelen worden toegesproken): 'Wat zoekt gij de levende bij de doden?' Aldus wordt dokter Zjivago vereenzelvigd met Christus: ook hij is een levende onder de doden, iemand die de fakkel van het leven doorgeeft in een tijd van geestelijke dood. De nieuwtestamentische gedichten op het eind die, al kunnen zij heel goed los van de roman gelezen worden, een sleutel bieden tot de interpretatie ervan, verdiepen de symbolisch-religieuze dimensie van *Dokter Zjivago*. Deze komt hierop neer: het leven van dokter Zjivago is een vrijwillige kruisgang, het offer dat hij brengt door zich niet aan te passen maar zijn artistieke en menselijke integriteit te bewaren, maakt hem onsterfelijk en doet hem voortleven in zijn werken.

Zjivago's opvatting van het christendom is ondogmatisch en onconventioneel. Hem interesseren vooral de poëtische beelden en gelijkenissen uit het Nieuwe Testament, niet de problemen van hogere metafysische aard. In *Dokter Zjivago* wordt ook niet de vraag naar de zin van het leven gesteld. Integendeel, steeds weer wordt benadrukt dat de zin van het leven het leven zelf is. 'De mens is geboren om te leven, niet om zich op het leven voor te bereiden' is het credo van dokter Zjivago. Deze woorden van Zjivago zijn in de eerste plaats gericht tegen de revolutionaire 'omvormers van het leven', de bouwers van nieuwe maatschappijen, maar zij zouden evengoed gericht kunnen zijn tegen ieder mens afzonderlijk, in het bijzonder tegen degenen die voortdurend bouwen aan hun geluk in de toekomst, het echte leven uitstellen, vergeten bij de dag te leven en de schoonheid om zich heen niet opmerken. Hier worden wij weer herinnerd aan het evangelie, waar het spreekt over de vogelen des hemels en de leliën des velds.

Dit alles verheft *Dokter Zjivago* ver boven de actuele context waarin de roman ontstond. Het lijkt vreemd dat dit in wezen apolitieke boek bij de publicatie zo'n politiek schandaal veroorzaakte. Want *Dokter Zjivago* is geen directe aanval op het communisme maar juist een poging om, in een situatie waarin het hele openbare leven gepolitiseerd is, te ontkomen aan alle politiek. Daarmee is Pasternaks aanpak is fundamenteel anders dan die van bijvoorbeeld Solzjenítsyn, die op een veel directere en onverzoenlijkere wijze afrekent met de officiële sovjetideologie. In *Dokter Zjivago* gebeurt alles meer op filosofisch-poëtisch niveau. Pasternak doet geen oproep ten strijde te trekken tegen enig politiek systeem, maar geeft zijn lezers een aantal hogere menselijke waarden terug. Voor het eerst na veertig jaar niet aflatende materialistische en atheïstische indoctrinatie sprak er weer iemand hardop over zaken als het eeuwige leven, de tragische liefde, de integriteit van het individu, de autonomie van de kunst en de betekenis van religie. Lara formuleert op het eind van de roman de verhouding leven-politiek als volgt: 'Het raadsel van het leven, het raadsel van de dood, de bekoring van het genie, de bekoring van het naakt zijn – ja, dat waren dingen die wij begrepen. Maar dat nietige mondiale gekrakeel over dingen als omsmeding van de aardbol, nee, dank je wel, daarmee hoefde je bij ons niet aan te komen.'

Typerend voor het politieke indifferentisme van Zjivago-Pasternak is dat hij in de burgeroorlog geen partij kiest: 'Rood en wit wedijverden met elkaar in bloeddorst en wreedheid, de wreedheden van de een lokten nog ergere wreedheden van de ander uit', zo stelt hij vast. Het apolitieke karakter van het boek wordt ook nog eens onderstreept doordat de namen van Trótski, Kámenev, Zinóvjev, Boechárin en andere leiders van de revolutie geen enkele maal genoemd worden. Ook de naam van Stalin valt nergens. Alleen Lénin (voor wie Pasternak een persoonlijke bewondering koesterde) wordt eenmaal genoemd als degene die 'alle woede om het onrecht in de wereld en alle verzet tegen de oude orde in zich belichaamt'.

Zjivago verwelkomt de revolutie met het enthousiasme van de intellectuele anarchist die zich verheugt op de ineenstorting van het traditionele gezag en de vrijheid die zal komen: 'Van heel Rusland is het dak afgerukt en wij bevinden ons samen met het hele volk onder de blote hemel.' Maar zijn houding tegenover de ontwikkelingen daarna wordt steeds negatiever. Vooral tegen het gedwongen collectivisme wordt in *Dokter Zjivago* stelling genomen. 'Elke kuddevorming is de toevlucht van talentloosheid' en 'Het behoren tot een type is het einde van de mens, is zijn ontkenning' – dit zijn enkele van de polemische uitspraken die Pasternak Zjivago in de mond legt. Zijn eigen houding tegenover de communisten is samen te vatten in zijn uitspraak: 'Ik ben bereid te erkennen dat jullie onmisbaar zijn voor Rusland, dat jullie het zullen verlossen van onwetendheid en analfabetisme – als ík maar niets met jullie te maken hoef te hebben.'

Dokter Zjivago heeft geen therapie voor de ziekten van zijn tijd, zoals de kloof tussen woord en gedachte, de geïnstitutionaliseerde leugen, het steriele geabstraheer en het massaal aangekweekte kwade geweten. Hij schrijft geen behandeling voor, hij stelt slechts *diagnoses* (ook als arts is Zjivago bovenal een briljant diagnosticus). Volgens hem kan het individu maar het beste zijn eigen gang gaan, zich door 'mimicry' onzichtbaar maken en zo zijn persoonlijke integriteit bewaren.

Boelgakov, Michail Afanasjevitsj

DE MEESTER EN MARGARITA

1966/1967

Inhoud

Ergens in de late jaren twintig of de vroege jaren dertig van de 20e eeuw wordt Moskou bezocht door de Satan. De vorst der duisternis, incognito gearriveerd en door niemand herkend, presenteert zich aan de ongelovige Moskovieten als een buitenlandse artiest op tournee, 'professor Woland'. Hij komt in het plaatselijke variététheater een serie leerzame voorstellingen in zijn vakgebied, de zwarte kunst, verzorgen. De Satan wordt begeleid door een klein gevolg demonen, bestaande uit: een duivelskunstenaar die zich nu eens Koróvjev en dan weer Fagot noemt, moeiteloos van gedaante en stem verandert, maar meestal toch aan de mensen verschijnt als een lange sladood met een ruiten jasje aan en een lorgnet met één gebarsten glas op zijn neus; Behemoth, een bovenmaatse sprekende kater die als hem dat uitkomt, bij toverslag in een bolrond katachtig heertje metamorfoseert; Azazello, een oersterke dwerg met een ongunstig zeeroverachtig uiterlijk, vuurrood haar, één oog en een slagtand, en de gewoonlijk poedelnaakte vampierheks Hella. Satan zelf heeft zich gehuld in de aardse gestalte van een ouderwets elegante heer met een uitdagend buitenlands voorkomen. Alleen zijn ogen verraden zijn ware aard: in het ene fonkelt groen de waanzin, het andere is dood en zwart.

In enkele dagen zetten Woland en zijn metgezellen de hele stad op stelten. Voor het eerst manifesteert de Satan zich op een zwoele meiavond in een park aan twee literatoren, die daar op een bankje een verlicht atheïstisch gesprek over Jezus Christus voeren. De een – de jonge, nogal ongepolijste en ongeletterde proletariër-dichter Iván Nikolájevitsj Ponyrjóv, schrijvend onder het pseudoniem Bezdómny (= Dakloos) – heeft Jezus in een antireligieus dichtwerk als schurk ontmaskerd. De ander, de erudiete tijdschriftredacteur en literatuurbons Berlioz, probeert zijn jongere collega aan het verstand te brengen dat ondanks diens goede bedoelingen de Jezus in zijn gedicht toch tot leven is gekomen, terwijl hij in werkelijkheid juist helemaal niet bestaan heeft.

Op dat moment mengt 'professor Woland' zich hoffelijk in hun conversatie. Hij toont zich aangenaam getroffen dat men in het moderne Moskou het christelijk geloof heeft afgeschaft, alleen: Jezus heeft wél bestaan, want hij was er zelf bij toen hij ter dood veroordeeld werd. En hij vertelt hun het levensechte verhaal van Pontius Pilatus en de bedelaar-filosoof Jesjoea Ha-Notsri (Jezus van Nazareth). Bezdomny en Berlioz horen hem sprakeloos aan. De raadselachtige buitenlander blijkt verder nog hun gedachten te kunnen lezen, voert enkele verbluffende goocheltrucjes uit en voorspelt Berlioz een bizarre dood: hij zal onthoofd worden door een vrouwelijk lid van de communistische jeugdbond Komsomol.

De literatoren vermoeden dat de zich noemende 'professor Woland' een gevaarlijke buitenlandse spion is. Berlioz verwijdert zich discreet om de bevoegde instanties te bellen, maar glijdt onderweg uit en komt onder een tram, bestuurd door een jonge vrouw die lid is van de Komsomol. Zijn hoofd wordt van de romp gescheurd. Zo komt de voorspelling onmiddellijk uit. Bezdomny is ervan overtuigd dat de professor deze 'moord' op zijn collega geënsceneerd heeft. Hij achtervolgt Woland, die inmiddels gezelschap heeft gekregen van de geruite Korovjev/Fagot en de op zijn achterpoten lopende zwarte kater Behemoth, door de straten en stegen van Moskou. Maar hij verliest het drietal uit het oog, in de verte ziet hij nog net hoe de kat de tram neemt. Buiten zinnen rent Bezdomny in het vermeende voetspoor van Woland kriskras de stad door. Hij doorzoekt huizen, duikt in de rivier de Moskvá en rent ten slotte in zijn ondergoed naar het Gribojédovhuis, het monumentale pand van de schrijversbond MASSOLÍT (Massaliteratuur), waarvan Berlioz voorzitter was. Daar maakt hij schandaal onder het aanwezige geprivilegeerde publiek uit de literaire en aanverwante wereld, dat zich dagelijks verzamelt in het besloten restaurant. Bezdomny wordt afgevoerd naar een psychiatrische inrichting buiten Moskou. Op grond van zijn warrige verhaal over de moord op Berlioz door een buitenlandse agent die nog getuige is geweest van de terechtstelling van Jezus Christus, verklaren de behandelende geneesheren hem schizofreen. Hij wordt platgespoten en opgesloten in een isoleercel.

De enige die het verhaal van Bezdomny serieus neemt en beseft dat Woland de Satan in eigen persoon is, is een medepatiënt. De man heeft zich drie maanden daarvoor vrijwillig laten opnemen. Hij wil zijn naam niet noemen, hij is 'patiënt nr. 118 uit paviljoen I'. Zijn levensgeschiedenis is tragisch. Hij werkte als historicus in een museum, totdat hij op een goede dag de hoofdprijs in de staatsloterij won. Dat stelde hem in staat zijn baan op te zeggen, een aangenaam en rustig souterrain ergens in een herenhuis te huren en zich te wijden aan zijn levenswerk: een historische roman over Pontius Pilatus en Jezus Christus. Daarbij werd hij geïnspireerd door zijn geliefde, de schone Margaríta Nikolájevna, die hij eens toevallig op straat had ontmoet. Hun eerste ontmoeting betekende voor beiden de schok der herkenning. Margarita met haar 'eenzame ogen' was voor de schrijver de 'eeuwig gezochte'. Zij was getrouwd met een man van louter goede eigenschappen, woonde in een prachtig huis en verkeerde in de beste kringen, maar was desondanks niet gelukkig. Margarita en de Meester, zoals zij de romanschrijver noemde, beminden elkaar in het geheim. Zij koesterden hun ondergrondse liefde in het souterrain waar de Meester aan zijn ondergrondse roman werkte. Toen de roman voltooid was, haalde Margarita de Meester over het manuscript aan te bieden aan een literair tijdschrift. Maar de roman werd bot afgewezen, om politiek-ideologische redenen. In de pers kwam een campagne op gang tegen de Meester, enkele toonaangevende publicisten maakten hem en zijn Christusroman belachelijk. De Meester stortte mentaal in. Hij verbrandde verbitterd zijn manuscript (slechts een klein gedeelte bleef bewaard), deed afstand van al zijn aardse goederen, zijn geld, zijn souterrain, zijn naam en zijn geliefde, trok zich zonder van iemand afscheid te nemen terug uit de maatschappij en liet zich opsluiten in het gekkenhuis. Niemand weet waar hij verblijft, zelfs Margarita niet.

Het verhaal van de duivel over de terechtstelling van Jesjoea komt overeen met een van de hoofdstukken uit de verloren gegane roman van de Meester. De roman beschrijft een broeierig warm Jersjalajim. Van heinde en ver zijn de mensen er samengestroomd om Pesach te vieren. De stad is onrustig, er zijn ongeregeldheden. Een aantal misdadigers en oproerkraaiers is gevangengenomen. Een van hen, de door het plebs als een soort profeet beschouwde Jesjoea Ha-Notsri, is door de hoogste joodse rechterlijke instantie, het Sanhedrin, ter dood veroordeeld. Hij zou het volk opgeroepen hebben tot verwoesting van de tempel en het goddelijke gezag van keizer Tiberius aangevochten hebben. Hij wordt verhoord door de Romeinse procurator over Judaea, Pontius Pilatus, die het doodvonnis moet bekrachtigen. Maar in plaats van een gevaarlijke misdadiger ziet de slechtgehumeurde, aan migraine lijdende Pilatus een volslagen oprechte, enigszins naïeve jongeman voor zich, die ontkent tot een gewapende opstand opgeroepen te hebben. Hij trekt slechts rond om te verkondigen dat alle mensen goed zijn, ook degenen die kwaad doen. Veel van zijn woorden zouden verkeerd zijn begrepen. Hij heeft maar één volgeling, de voormalige belastinggaarder Mattheüs Levi, die alles wat hij zegt in vaak verdraaide vorm optekent. Pilatus raakt onmiddellijk overtuigd van Jesjoea's onschuld. Hij vat zelfs een onweerstaanbare sympathie voor hem op. Jesjoea blijkt een zeldzame mensenkenner te zijn, die Pilatus recht in de ziel ziet en zijn meest verborgen gedachten raadt. Jesjoea's pure onbevangenheid en diep menselijke betrokkenheid werken louterend op de verharde stadhouder. Zelfs zijn ondraaglijke hoofdpijn raakt hij kwijt. Het liefst zou Pilatus Jesjoea vrijspreken en als lijfarts bij zich houden, maar hij vreest de reactie van de hogepriesters en het door hen gemanipuleerde volk. Hij probeert nog Jesjoea te bewegen enkele voor misverstand vatbare uitspraken terug te nemen, maar de jongeman begrijpt hem in zijn onschuld niet. Evenmin lukt het Pilatus de hooghartige hogepriester Kaïfa over te halen om ter ere van het Pesachfeest in plaats van de gewelddadige revolutionair Bar-Abbas Jesjoea te begenadigen. Jesjoea is als 'verleider van het volk' veel gevaarlijker. En aldus bekrachtigt Pilatus uit lafheid, om moeilijkheden met de geestelijke leiders van de anti-Romeins gezinde bevolking te voorkomen, in het belang van de lieve vrede, Jesjoea's doodvonnis. Jesjoea wordt samen met twee andere misdadigers terechtgesteld op de Kale Berg. Bijna vijf uur lang hangt hij daar, vastgebonden aan een hoge paal met een dwarsbalk, bewusteloos in de brandende zon, terwijl zijn gezicht wordt aangevreten door de dazen. Vanwege de moordende hitte zijn er geen toeschouwers. Aanwezig zijn alleen Romeinse soldaten en Mattheüs Levi, die van een afstand handenwringend toekijkt hoe zijn leermeester, van wie hij zielsveel houdt, moet lijden. Hij zou Jesjoea het liefst met een mes willen doodsteken om hem uit zijn lijden te verlossen. Ten slotte breekt er een hels onweer los en verlaten de Romeinen de plaats van terechtstelling. Voor hun vertrek doorboren ze met een spies de harten van de drie gevangenen. Mattheüs Levi neemt stilletjes het lijk van Jesjoea van de paal. Later op de dag wordt hij gevonden door een Romeinse patrouille. Het lijkt wordt hem afgenomen en in zijn bijzijn begraven. Na de dood van Jesjoea wordt Pilatus gekweld door een niet aflatend schuldgevoel. Om zijn geweten enigszins te sussen gelast hij het hoofd van zijn geheime politie, Aphranius, de provocateur Jehoeda uit Karioth te vermoorden. Jehoeda had in opdracht van de hogepriesters in ruil voor dertig tetradrachmen Jesjoea in zijn huis op de maaltijd genodigd en tot politiek gevaarlijke uitspraken verleid, terwijl er vreemde oren meeluisterden. Maar Pilatus' ziel krijgt geen rust en zal voor altijd gefolterd worden door de herinnering aan de zwervende filosoof Jesjoea, de enige die hem ooit in de ziel schouwde en de macht had hem van zijn hoofdpijn te verlossen.

Inmiddels, negentien eeuwen later, gaat de Satan door het dagelijkse leven in Moskou te ontwrichten. Hij neemt met zijn gevolg zijn intrek in het appartement dat gedeeld werd door Berlioz en de directeur van het Moskouse variététheater, Lichodéjev. De dronkaard en rokkenjager Lichodejev, die op de ochtend na de onthoofding van zijn huisgenoot wakker wordt met een zware kater, wordt tot zijn ontsteltenis geconfronteerd met een echte kater die vlak voor zijn neus op een poef zit, in zijn ene poot een glaasje wodka en in zijn andere een vork met een gemarineerde paddestoel. De man wordt zonder pardon weggetoverd naar Jálta (1500 kilometer verderop). Huismeester Nikanór Ivánovitsj Bosój, die poolshoogte komt nemen, krijgt van de nieuwe illegale bewoners een astronomische hoeveelheid roebels toegestopt in ruil voor toestemming een week in het appartement te verblijven. Als de verheugde Bosoj weer vertrekt om de geïncasseerde 'huur' te verbergen in zijn wc, geeft Korovjev hem telefonisch aan bij de geheime dienst: Bosoj zou verboden buitenlandse valuta in zijn toilet verstopt hebben. En inderdaad, bij de daaropvolgende huiszoeking blijken de eerlijke sovjetroebels veranderd in perfide dollars. Bosoj wordt gearresteerd. De onverklaarbare transformatie van zijn geld maakt hem krankzinnig. Hij vervalt tot atavistisch religieus gedrag en wordt opgenomen in een inrichting.

In het variététheater heerst door de spoorloze verdwijning van directeur Lichodejev een organisatorische chaos. Er gebeuren onverklaarbare dingen. Zakelijk leider Rímski en administrateur Varenóecha ontvangen een serie telegrammen van hun baas uit Jalta, hoewel deze hen vlak daarvoor nog vanuit zijn Moskouse appartement heeft opgebeld. Dezelfde avond zal er een voorstelling zijn van de buitenlandse magiër Woland, van wie niemand iets af weet. Op geheimzinnige wijze blijken alle contracten reeds getekend en zijn er overal affiches opgehangen. Rimski en Varenoecha besluiten de autoriteiten in te schakelen, maar op weg naar de militie wordt de administrateur aangevallen door een katachtig dik mannetje en een atletisch gebouwde dwerg met één oog en een slagtand, die hem enkele oorverdovende oorvijgen toedienen en hem ontvoeren naar het appartement van Satan. Daar wordt Varenoecha alleen gelaten met de naakte vampierheks Hella, die ook hem verandert in een fantoom. 's Nachts vertonen Varenoecha, die geen schaduw meer afgeeft, en de door het raam binnenzwevende, in staat van ontbinding verkerende Hella zich aan Rimski. De dodelijk verschrikte zakelijk leider van het theater wordt juist op tijd gered door een kraaiende haan die de dageraad aankondigt. In één nacht volledig grijs geworden, neemt hij de sneltrein naar Leningrad om zich daar op te sluiten in een hotel.

De variétévoorstelling zelf verloopt spectaculair. Woland wordt door de conferencier aangekondigd als een superieure goochelaar die de zwarte kunst op wetenschappelijke wijze zal ontmaskeren. Maar Woland ontmaskert, geassisteerd door Korovjev en Behemoth, met zijn toverkunsten juist de hebzucht van de toeschouwers, de lage geldzuchtige instincten van de zogenaamde nieuwe, moreel verheven mens uit het sovjettijdperk. Woland laat een regen van roebelbiljetten neerdalen, waar de toeschouwers letterlijk om vechten. Op het podium verrijst zomaar een luxueuze haute couture-zaak – en de dames uit het publiek stormen naar voren om hun eigen grauwe sovjetplunje in te wisselen voor de meest exquise kapitalistische toiletten. Het meest schokkende moment van de avond breekt aan wanneer Behemoth boven op de conferencier springt en zijn hoofd eraf schroeft, als straf omdat hij iedereen verveelt met zijn rationele toelichtingen op de voorstelling ('u was zojuist getuige van een geval van massapsychose' enzovoort). Pas wanneer het hysterische publiek en het hoofd zelf om vergeving smeken, wordt het genadiglijk weer teruggeplaatst op de romp. De avond eindigt in volslagen chaos. De magiër en zijn assistenten verdwijnen spoorloos. De dames zien hun kostbare toiletten in het niets oplossen bij het verlaten van het theater, zodat ze plotseling in hun ondergoed op straat staan. De roebelbiljetten veranderen in flessenetiketten.

De gealarmeerde autoriteiten proberen enig licht te brengen in de duistere gebeurtenissen die zich te Moskou afspelen, maar er komen steeds nieuwe meldingen van onverklaarbare voorvallen binnen, vooral uit de wereld van theater en variété. De voorzitter van de 'Commissie van voorstellingen en verstrooiingen van lichte aard' wordt onzichtbaar – een leeg pak, dat spreekt en schrijft – in zijn bureaustoel aangetroffen na het bezoek van een katachtig dik heertje. Elders worden alle personeelsleden van een theaterkantoor per vrachtwagen afgevoerd naar het ziekenhuis omdat ze lijden aan een onweerstaanbare zangdrang: een mysterieuze kracht dwingt hen massaal een lied te zingen, dat zij ingestudeerd hebben onder leiding van 'koordirigent' Korovjev. De nasporingen naar Woland en zijn trawanten zijn vruchteloos. Het appartement van Berlioz en Lichodejev, waar zij gesignaleerd zijn, blijkt telkens weer verlaten als de autoriteiten er zich vervoegen.

Satan is in Moskou gearriveerd om er het grote jaarlijkse 'lentebal van de volle maan' te houden. Een oude traditie wil dat de gastvrouw op het bal een plaatselijke ingezetene met de naam Margarita is. Van alle Margarita's in Moskou is de ex-geliefde van de Meester de meest geschikte, daar zij van koninklijke bloede is (ze stamt af van de 16e-eeuwse koningin Margaretha van Valois, La Reine Margot). Wanneer Margarita op een dag op een bankje bij de Kremlinmuur om haar verloren geliefde zit te treuren en verzucht dat zij haar ziel aan de duivel zou willen verpanden in ruil voor informatie over hem, duikt plotseling Azazello naast haar op. Hij kent haar naam, leest haar gedachten, citeert uit de roman over Pilatus en laat doorschemeren dat het lot van de Meester hem bekend is. Hij stelt haar het volgende pact voor: als zij bereid is gastvrouw op het bal van Satan te zijn, zal zij meer over haar geliefde te weten komen. Margarita stemt toe. Ze is nauwelijks verbaasd. Ze accepteert het bovennatuurlijke zoals het is. Haar liefde voor de Meester is zo sterk dat zij zich door niets laat afschrikken. Door zich in te smeren met een toverzalf van Azazello verandert ze in een heks. Ze vliegt per bezemsteel, onzichtbaar, maar wel hoorbaar en tastbaar, uit over Moskou. Op haar vlucht gaat ze langs bij het 'Huis der dramaturgen en literatoren', de luxeflat waar de gehate critici wonen die haar Meester te gronde hebben gericht. Met intens genoegen richt ze er een enorme ravage aan. Ze draait kranen open, zet appartementen blank en stoot met haar bezemsteel een voor een, etage voor etage, de ruiten van het gebouw aan scherven. Daarna vliegt ze met fabelachtig toenemende snelheid de stad uit. De bezem brengt haar naar ongekende verten. Ze landt bij een magische rivier, waar ze een bad neemt en opgewacht wordt door een orkestje van kikkers, een reidansende schare waternimfen, een kring van heksen en andere toverachtige wezens. In een automobiel, bestuurd door een roek, vliegt ze ten slotte terug naar Moskou.

Het bal vindt plaats in het appartement van Berlioz en Lichodejev, dat voor de gelegenheid oneindig, vijfdimensionaal is uitgedijd. De balzaal is uitbundig versierd. Er hangen lichtgevende druiventrossen, er spuiten fonteinen van champagne, er is een zwembad, gevuld met cognac. In een schemerig vertrekje wordt Margarita voorgesteld aan Satan, die haar voorbereidt op haar onmenselijk zware taak als gastvrouw. Tijdens het bal troont Margarita aan het hoofd van een bodemloze trap. Zij moet een onafzienbare stoet zich tot feestgangers materialiserende, paarsgewijze – de heren in rok, de dames naakt – uit de diepten van de onderwereld opdoemende stoffelijke overschotten welkom heten. Onder de gasten van

Satan, afkomstig uit alle tijden, bevinden zich gifmengsters, alchemisten, moordenaars, zelfmoordenaars, pooiers, beulen, verklikkers en andere zondaars. Margarita moet iedereen de hand schudden en voor ieder afzonderlijk een glimlach of vriendelijk woord overhebben. Slechs één gaste, Frida, maakt op Margarita de indruk dat ze niet in deze verzameling misdadigers thuishoort. Zij is een jonge vrouw die ooit uit weerzin haar eigen baby heeft vermoord (ze was zwanger geraakt na een verkrachting). Als straf werd zij eeuwig gekweld door schuldgevoelens en steeds opnieuw geconfronteerd met het moordwapen, een doek die zij haar baby in de mond had gestopt. Voor haar koestert Margarita gevoelens van vrouwelijke solidariteit. Pas op het eind van het bal treedt Satan zelf binnen. Op een schaal draagt hij het levende hoofd van Berlioz. De ongelukkige atheïst wordt door hem in het niet-zijn geworpen, op grond van de aloude regel: men ontvangt naar men gelooft.

Wanneer het bal ten slotte voorbij is, mag Margarita als beloning de duivel een verzoek doen. Ze overwint haar eigen egoïstische verlangens en vraagt hem Frida van haar schuldgevoelens te verlossen en haar genade te schenken. Maar Satan kan haar wens niet vervullen, omdat barmhartigheid 'niet tot zijn departement behoort'. Margarita mag Frida zelf genade schenken. Aldus doorstaat Margarita een morele beproeving en houdt ze nog een verzoek over. Ze vraagt om hereniging met haar geliefde Meester, die daarop, nog in zijn gekkenhuiskleren, waanzinnig verbijsterd, te voorschijn wordt getoverd. In zijn almacht herstelt Satan het verleden: hij regenereert de verbrande roman van de Meester en plaatst de twee gelieven terug in hun dierbare souterrain, waar alles weer net zo is als vroeger.

Het koortsachtige onderzoek van de autoriteiten in de zaak-Woland levert zo goed als niets op. Enkele verdwenen slachtoffers van de magiër worden opgespoord. Lichodejev keert uit Jalta, Rimski uit Leningrad terug. Hun verklaringen zijn overspannen en verward. Alle betrokkenen willen alleen maar opgesloten worden in ontoegankelijke, hermetisch afgesloten vertrekken. In het appartement van Berlioz en Lichodejev worden af en toe tekenen van bewoning gesignaleerd: zekere geluiden, openstaande ramen, een kat in de vensterbank. Ten slotte dringt een zwaarbewapende militiemacht de woning binnen. Men treft er alleen een sprekende kater aan met een primusbrander in zijn poten. Het dier wordt beschoten en stort 'dodelijk getroffen' neer om onmiddellijk, na een slok petroleum, weer te herrijzen. Er ontstaat een verbeten vuurgevecht, maar de aan een kroonluchter heen en weer zwaaiende, driftig in het rond schietende kater is onkwetsbaar en ongrijpbaar. Ook van de politieagenten wordt niemand gewond, laat staan gedood. Alles is slechts schijn. Ten slotte steekt de kater met zijn primus het appartement in brand.

Vlak voor hun vertrek uit Moskou halen Korovjev en Behemoth nog een paar laatste schelmenstreken uit. Ze bezoeken een Torgsínwinkel, een in de ogen van de arme Moskovieten paradijselijke luxezaak waar alleen tegen betaling van harde buitenlandse valuta of goud gekocht kan worden (in een latere periode 'berjózka' geheten). Het aanvankelijk door de pronk in de winkel 'geïmponeerde' duo brengt het personeel tot wanhoop met bizar provocerend gedrag. Behemoth eet een aantal mandarijnen met schil en al op en laat een ingewikkeld bouwsel van chocoladerepen instorten door een van de onderste ertussenuit te trekken. Korovjev klaagt luidkeels, op sentimenteel-pathetische toon, de onrechtvaardigheid van het Torgsínsysteem aan: waarom mogen kapitalisten uit het buitenland wel Russische kwaliteitsgoederen kopen en worden eerzame sovjetburgers zonder goud of harde valuta geweerd? Zijn woorden slaan aan bij het winkelende publiek, dat overigens geheel uit eerzame sovjetburgers blijkt te bestaan. Ook een heer met een poenig Amerikaans voorkomen ontpopt zich als een onvervalste kameraad. Het bezoek van Korovjev en Behemoth aan de valutawinkel eindigt in een algehele vechtpartij en complete chaos. Bij hun vertrek steekt Behemoth de hele boel in brand.

Het Gribojedovhuis, de Olympus van de sovjetschrijvers, dat vervolgens met een bezoek vereerd wordt, ondergaat hetzelfde lot. De zich als literatoren aandienende Korovjev en Behemoth wordt aanvankelijk de toegang tot het schrijversrestaurant geweigerd door een onvriendelijke juffrouw, omdat ze geen lidmaatschapskaart hebben. Of ze al dan niet schrijver zijn, interesseert haar niet. Dankzij de persoonlijke inmenging van de restaurantbeheerder, die gewaarschuwd is door de miraculeuze gebeurtenissen van de laatste dagen, wordt het tweetal alsnog toegelaten en met alle egards behandeld. Maar ondertussen waarschuwt de beheerder de militie. Zodra de twee demonen beschoten worden door enkele agenten, lossen zij op in het niets en breekt er brand uit.

In afwachting van de komst van zijn helpers kijkt Satan ergens vanaf een dakterras uit over het aan zijn voeten liggende Moskou. Onverwachts daalt Mattheüs Levi naast hem neer. De discipel van Jesjoea brengt namens hem het verzoek over aan Satan om de Meester en zijn Margarita met zich mee te nemen en hun eeuwige rust te schenken. De innerlijk gefolterde Meester heeft vrede van ziel verdiend. Het Licht daarentegen blijft hem onthouden, omdat hij zijn roman niet voltooid heeft. Satan willigt het verzoek in. Aldus sterven de aardse lichamen van de Meester en Margarita en worden zij zelf door de duivel meegevoerd naar het rijk van de eeuwige rust. Op aarde laat de Meester als leerling Bezdomny achter, die de rest van zijn leven de roman van Pilatus in zich mee zal dragen en misschien eens opnieuw zal neerschrijven.

Samen met de Satan en zijn demonen reizen de Meester en Margarita op vliegende paarden dwars door eeuwen en heelallen heen. Onderweg verdwijnen alle maskers en vermommingen, alle schijn en bedrog. De komische sladood Korovjev/Fagot neemt zijn ware gestalte aan – een grimmige, nimmer lachende ridder in een wapperende donkerpaarse mantel. De koddige kater Behemoth verandert in een jonge page, een demonische hofnar, de beste die de wereld ooit gekend heeft. De dwerg Azazello ontpopt zich als een vreeswekkende moorddemon, als de geest van de waterloze woestijn. Woland zelf en zijn ros blijken opgebouwd uit de elementen van de kosmos: het paard een klomp duisternis, de manen een wolk, de sporen sterren.

Voordat de Meester en Margarita afscheid nemen van de Satan en hun eeuwige huis van rust en stil geluk betrekken, ontmoeten zij het geesteskind van de Meester, Pontius Pilatus, die reeds tweeduizend jaar op een naakte berg in een maanlandschap zit, verteerd door wroeging, smachtend naar een gesprek met de onschuldig vermoorde Jesjoea Ha-Notsri. Dan voltooit de Meester zijn roman door Pilatus met christelijke barmhartigheid uit zijn lijden te verlossen, uitroepend: 'Je bent vrij! Vrij! Hij wacht op je!'

Moskou is achtergelaten op het moment dat de stad bedekt werd door de schaduw van een immense donderwolk. De mysterieuze gebeurtenissen die zich vier dagen lang in de stad hebben afgespeeld, blijven onopgehelderd. De officiële verklaring is dat er een criminele bende van duivels begaafde hypnotiseurs en buiksprekers aan het werk is geweest. Er worden klopjachten georganiseerd op katten, goochelaars, mensen met namen die op Woland lijken, en verder op allen die zich op enigerlei wijze door een opvallend uiterlijk onderscheiden.

Analyse

Toen Michaíl Boelgákov in 1940 stierf, liet hij verscheidene werken na die tijdens zijn leven nooit of slechts één enkele maal gepubliceerd waren. Tijdens de 'Boelgakov-renaissance', waarvan het hoogtepunt in de jaren zestig viel, zag een aantal nieuwe of reeds lang vergeten werken van hem het licht in de Sovjet-Unie. Daaronder bevond zich *De Meester en Margaríta*. De publicatie van deze fascinerende roman in de winter van 1966/1967, in twee afleveringen van het tijdschrift *Moskou*, was een sensatie. Het bestaan van het door de weduwe van de schrijver door de jaren heen angstvallig behoede manuscript was slechts bekend aan een kleine groep ingewijden. Dat een roman die enerzijds een dodelijke satire op het leven in de Sovjet-Unie was en anderzijds een levensechte Jezus Christus ten tonele voerde, mocht verschijnen, werd indertijd door menigeen nogal voorbarig als een teken van culturele liberalisering onder Brézjnev opgevat.

Al snel bleek dat de tekst, zoals gepubliceerd in *Moskou*, verre van volledig was. Vergelijking met een ondergronds in de Sovjet-Unie circulerende versie maakte duidelijk dat er door de redactie onbarmhartig in het manuscript gesnoeid was. Dertien procent was weggelaten. Van de kort daarop in het Westen verschijnende vertalingen waren sommige gebaseerd op de beknotte *Moskou*-versie, andere op de meer volledige tekst. Tot deze laatste behoorde de Nederlandse vertaling van 1968, waarin de weggelaten passages in cursief schrift waren weergegeven. Pas nadat in 1969 door het Possev-Verlag in Frankfurt am Main de volledige Russische tekst, eveneens met demonstratieve cursiveringen, verschenen was, werd *De Meester en Margarita* ook in de Sovjet-Unie integraal gepubliceerd. Deze sovjetuitgave (van 1973) was zelfs nog iets vollediger dan de westerse uitgaven. Nadat in de nadagen van de Sovjet-Unie tekstologen inzage hadden gekregen in Boelgakovs nagelaten manuscripten, is er in 1989 een uitgave verschenen die als de meest complete wordt beschouwd.

Over de vraag waarom er in de *Moskou*-tekst zoveel geschrapt was, zijn heftige discussies gevoerd. Het ligt voor de hand politieke censuur te vermoeden. Maar wie de 'gecensureerde' en 'ongecensureerde' versies vergelijkt, wordt juist getroffen door het volstrekt willekeurige karakter van de meeste coupures. Slechts enkele passages wekken de verdenking dat ze met het rode potlood doorgestreept zijn omdat ze een té bijtende satire op bepaalde aspecten van de sovjetsamenleving zouden zijn. Zo zijn de scène in de exclusieve valutawinkel en de droom van Nikanór Ivánovitsj Bosój (over een soort showproces tijdens welke de bezitters van illegale valuta zichzelf beschuldigen) in hun geheel weggelaten. Verdwenen zijn ook de woorden waarmee Woland zijn optreden in het variététheater begint (als hij zich ironisch afvraagt of de bewoners van het nieuwe Moskou ook *innerlijk* veranderd zijn), en verwijzingen naar geheimzinnige 'spoorloze verdwijningen' van bewoners uit de flat van Berlioz en Lichodéjev vóór de komst van Woland. Daartegenover staat dat andere, minstens zo bijtend satirische en politiek gewaagde passages niet weggestreept zijn, zoals de in de epiloog opgenomen episode over een jacht op katten en iedereen met een aanstootgevend uiterlijk: een niet mis te verstane verwijzing naar de massavervolgingen onder Stálin in de jaren dertig. Klaarblijkelijk hebben bij de inkorting van de tekst bijkomstige factoren als redactionele haast en ruimtegebrek mede een rol gespeeld.

De Meester en Margarita is Boelgakovs laatste en belangrijkste werk. Het ontstond tussen 1928 en 1940, in een tijd dat de schrijver voortdurend moeilijkheden had met de literaire en politieke autoriteiten, die de publicatie van zijn romans en de opvoering van zijn toneelstukken bemoeilijkten. De roman (2 delen, 32 hoofdstukken plus een epiloog) kreeg zijn definitieve vorm na een continu proces van schrijven, vernietigen van manuscript, opnieuw beginnen, corrigeren en aanvullen. Volgens Boelgakovs weduwe dicteerde de blind geworden schrijver op zijn sterfbed nog wijzigingen aan haar. Door literatuuronderzoekers zijn acht verschillende redacties geïnventariseerd.

De Meester en Margarita is een zeer complexe roman, spelend op verschillende werkelijkheidsniveaus en met tal van betekenislagen die nog lang niet allemaal zijn blootgelegd. In het middelpunt staan de hallucinerende gebeurtenissen die zich gedurende de vier dagen van Satans bezoek aan het postrevolutionaire Moskou afspelen. Daartussendoor verspreid staan de vier hoofdstukken van de historische roman van de Meester over Pontius Pilatus, de 'roman in de roman' – gepresenteerd als naverteld door Woland, gedroomd door Bezdómny en gelezen door Margarita. De twee verhaalketens vormen een scherp contrast. Terwijl uit het verhaal over Jezus (Jesjoea) al het bovennatuurlijke consequent verbannen is, speelt zich in het 20e-eeuwse Moskou juist de ene fantastische gebeurtenis na de andere af. Jesjoea is niet de wonderen verrichtende Christus uit het Nieuwe Testament, hij wordt strikt realistisch uitgebeeld als een gewone sterveling. Professor Woland daarentegen is niemand minder dan de 'gebieder der schaduwen', de Satan zelve. Bovendien ontbreekt het satirische element, zo typerend voor de beschrijving van de contemporaine sovjetsamenleving, volkomen in het historische gedeelte.

Tegelijkertijd lopen de tegengestelde werelden van Moskou en Jeruzalem echter parallel aan elkaar. In beide steden is het voorjaar, schijnt geheimzinnig de volle maan, is de atmosfeer geladen met de dreiging van onweer, broeit er onrust, hangt er iets alarmerends in de lucht. En ten slotte vloeien beide werelden zelfs mysterieus ineen als Mattheüs Levi afdaalt in Moskou. De twee werkelijkheidsniveaus in de roman versmelten tot een derde. Het fantastische heden en het gedemythologiseerde verleden vormen een puur metafysische synthese, waarin de dimensies van tijd en ruimte opgeheven zijn.

Boelgakovs moderne Satan verschilt van de traditionele duivels doordat hij eigenlijk niet arriveert om de mensen van God af te brengen of om zielen te verzamelen. Dat hoeft niet. In het communistische Moskou is god al zonder hem afgeschaft. De duivel heeft vrije toegang tot de menselijke ziel. Men is hem, zonder het zelf te beseffen, met hart en ziel toegedaan. Boelgakovs Moskou is bevolkt met omkoopbare functionarissen, gezichtsloze bureaucraten, zelfingenomen atheïsten, drankzuchtige en rokkenjagende baasjes, ondergeschikten die op de baantjes van hun bazen azen, verklikkers, kontlikkers, overspelige echtgenoten enzovoort. Geldzucht, afgunst, luxehang en privilegedrang beheersen het dagelijkse leven. In de literaire en de theaterwereld regeren de talentlozen die niet geïnteresseerd zijn in literatuur of theater, maar louter in hun eigen bevoorrechte positie en het lidmaatschap van hun belangenvereniging. De van hun beroep vervreemde schrijvers dienen niet het volk, laat staan de kunst, maar voeren getrouw de directieven van de partij uit. In het exclusieve restaurant van het Schrijvershuis, waar noch de gewone hongerige sovjetburger, noch de ware kunstenaar wordt toegelaten, dansen en schransen de heren literatoren de hele nacht met hun echtgenotes en minnaressen. Hun nachtelijke helse vermaak is als het ware een vulgaire afspiegeling van het uitbundige satansbal.

De duivel treedt op als de *ontmaskeraar* van deze samenleving, die pretendeert haar burgers tot 'nieuwe mensen' op te voeden. Hij is geen stichter van het kwaad, maar juist een bestraffer ervan. Het korte bezoek van Woland en zijn assistent-demonen aan Moskou draagt het karakter van een expeditie der wrekende gerechtigheid. Al zijn slachtoffers zijn banale wezens vol zwakheden en ondeugden. (Een sovjetcriticus, Jevgéni Sídorov, heeft, Voltaire parafraserend, opgemerkt dat als een dergelijke Woland niet bestond, hij uitgevonden zou moeten worden.) De enige twee werkelijk verheven zielen, de Meester en Margarita – gekwelde kunstenaar en liefliebbende vrouw – blijven gespaard. Zij worden zelfs dankzij de duivel herenigd en het de Meester aangedane onrecht wordt hersteld. Deze paradoxale rol van de Boze die het kwade straft en het goede beloont, wordt geformuleerd in het aan Goethes *Faust* ontleende motto van de roman: 'Nun gut, wer bist du denn? – Ein Teil von jener Kraft, die stets das Böse will und stets das Gute schafft.'*

---

* Andere reminiscenties aan *Faust* in de *De meester en Margarita* zijn o.a.: het duivelspact, het lentebal (dat doet denken aan de Walpurgisnacht), de naam Margarita (=Margarete, Gretchen), de naam Berlioz (de componist van *La damnation de Faust*) en de naam Woland ('Junker Voland' is een van de namen waarmee Mephistopheles zichzelf aanduidt).

De Satan in *De Meester en Margarita* mag de ware duivel zijn, hij heeft wel een onmiskenbaar, zij het sardonisch, gevoel voor humor. Zijn superieure ironie, de geestrijke bespeling en psychologische uitkleding van zijn slachtoffers, de ijzige sprankeling van zijn conversatie – dit alles herinnert enerzijds aan Goethes Mephistopheles, anderzijds aan Iván Karamázovs duivel. Ook zijn helpers beschikken over deze diabolische humor. Koróvjev/Fagot en Behemoth zijn weergaloze piassen en fantastische toneelspelers. Uiterlijk vormen zij het traditionele komische duo: het bespottelijk dikke en kleine bulletje en de belachelijk lange dunne bonestaak. Zij zijn het vooral die *De Meester en Margarita* tot een vrolijke schelmenroman maken. Maar achter hun potsierlijke verschijningen gaan vreeswekkende tijdloze demonen schuil. De namen Behemoth en Azazello stammen uit joodse en bijbelse geschriften, waarin Behemoth een apocalyptisch monster en Azazello de demon van de woestijn genoemd wordt. De terloops in de roman optredende Abadonna, de aanstichter van oorlogen die op het slagveld altijd beide partijen helpt, is Abaddon: de engel van de afgrond die in de Openbaring van Johannes genoemd wordt.

Na een reeks briljante wissel- en verdwijntrucs, magische gedaanteverwisselingen, beheksingen en andere duivelskunsten van Woland c.s. stort het nieuw opgebouwde Moskou als een kaartenhuis ineen. De maatschappij die zich zojuist van God, de duivel en al het irrationele bevrijd heeft, is hulpeloos tegenover het bovennatuurlijke dat het dagelijkse leven binnendringt. De Moskovieten gaan krampachtig op zoek naar logische verklaringen, totdat ze uitvinden dat die er niet zijn, en gek worden. Men wordt letterlijk en figuurlijk in zijn hemd gezet en verliest evenzo letterlijk en figuurlijk zijn hoofd. De gekkenhuizen lopen vol.

De Meester en Margarita was Boelgakovs gefantaseerde wraakneming op een maatschappij die zijn kunstenaarschap verdrukte. Vooral de afrekening met de bonzen uit de Moskouse theater- en aanverwante wereld lijkt Boelgakovs eigen hartenwens. Tijdens het schrijven van zijn roman werkte hij namelijk zelf bij het theater, eerst bij het Moskouse Kunsttheater van Stanislávski en vervolgens bij het Bolsjójtheater. Hij haatte deze door broodnijd en intriges verziekte wereld. Boelgakov maakte

Margarita tot de uitvoerster van zijn wraakzuchtige gedachten door haar onzichtbaar te toveren en haar ongestraft de ruiten van degenen die verantwoordelijk waren voor de onderdrukking van het ware talent, te laten inslaan. Margarita is gemodelleerd naar Boelgakovs derde vrouw, Jeléna Sergéjevna, die om hem scheidde van een hooggeplaatst militair.

De Meester en Margarita is een bevrijdende fantasie, gericht tegen de grauwheid en dodelijk saaie ernst rondom. Als satire op de sovjetmaatschappij is de roman magistraal, al zullen niet alle subtiliteiten worden verstaan door lezers die deze maatschappij niet van binnenuit hebben gekend. Zo kan de miraculeuze uitdijing van het gemeenschappelijke appartement van Berlioz en Lichodejev tijdens het bal van Satan opgevat worden als een satirisch antwoord op de onoplosbare woningnood in de Sovjet-Unie. Ook de figuren van Woland en zijn helpers bevatten een literaire dubbele bodem. Zij zijn niet alléén reëel optredende demonen - duivel en duivelsmaatjes verzinnebeelden ook een demonisering van de buitenlander (kenmerkend symptoom van de collectieve staat van paranoia die zo lang het leven in de Sovjet-Unie vergiftigd heeft). Buitenlanders worden tot alles in staat geacht: ze strooien met geld, zien er opvallend uit, beschikken over onbeperkte mogelijkheden om onschuldige sovjetburgers te verleiden, plegen moorden, kortom halen allerhande duivelstoeren uit.

De reeks vrolijk-lugubere, door het satansgebroed op gang gebrachte verwikkelingen is schier oneindig. Boelgakovs fantasie is onuitputtelijk in het bedenken van steeds weer nieuwe voorvallen die tegelijk komisch en beklemmend zijn. Juist de vermenging van exploderende lach en koude rilling van afgrijzen maakt Boelgakovs schrijverschap uniek. Hoe fantastisch de gebeurtenissen ook zijn, ze blijven steeds onthutsend levensecht en aards. Wanneer Behemoth de conferencier onthoofdt, spuit het bloed omhoog uit de romp, slaan de armen wild in het rond en schreeuwt het losse hoofd om een dokter! En ook wanneer Margarita mysterieus door Moskou zweeft, blijft ze contact houden met de aarde: als ze even niet uitkijkt, botst ze bijna tegen een lantaarnpaal op. De plaats van handeling, de binnenstad van Moskou, wordt topografisch nauwgezet beschreven. De woning waar de duivel zijn intrek heeft genomen, is geen macaber verlaten landhuis, maar een ordinair sovjetflatje, concreet gesitueerd aan de Sadóvajastraat, flat nr. 302-bis, appartement 50*. Het volmaakt absurde en het volkomen nuchter-alledaagse wisselen elkaar voortdurend af. Tijd en ruimte worden geraffineerd gemanipuleerd. Tweemaal voelen de 'stillen' die in de nacht van het satansbal in het trapportaal van de flat op wacht staan, schimmen passeren. Daartussen is nauwelijks tijd verstreken – maar inmiddels heeft het eindeloze 'lentebal van de volle maan' plaatsgevonden. De ongemeen suggestieve kracht waarmee *De Meester en Margarita* geschreven is, maakt de roman griezelig echt. Het boek wordt zelf een vorm van duivelskunstenarij. Gelijk Woland het publiek in het variététheater, zo hypnotiseert Boelgakov de lezer. Wanneer hij op het eind van het eerste deel de lezer gebiedend oproept hem te volgen naar het tweede deel ('Volg mij, lezer!'), is deze reeds volledig in zijn ban.

Levensecht is ook het verhaal over Jesjoea en Pilatus. In deze ingebedde roman probeert de Meester de gestalte van de 'historisch ware' Jezus tot leven te wekken. Behalve van zijn fantasie maakte Boelgakov, die zelf uit een bekend theologengeslacht stamde, bij zijn reconstructie van de gebeurtenissen uit het begin van de christelijke jaartelling gebruik van verschillende historische en theologische bronnen. De Amerikaanse slavist Henrikh Elbaum geeft in zijn studie *Een analyse van de Judeïsche hoofdstukken uit 'De Meester en Margarita'* een opsomming van deze bronnen waaruit Boelgakov zijn gegevens putte. Behalve de bijbel zijn dat onder andere: de Talmoed, het apocriefe Evangelie van Nikodemus (Acta Pilata), werken van Josephus Flavius, Tacitus en Philo van Alexandrië, alsmede modernere *Leben-Jesu*-literatuur, zowel de meer wetenschappelijke (David Strauss) als de meer geromantiseerde (Ernest Renan).

Maar Boelgakovs reconstructie is geen theologische studie, doch de persoonlijke interpretatie van een groot kunstenaar. Het verhaal van Jezus de Nazarener krijgt hier, ontdaan van bijna alle predikende elementen uit het Nieuwe Testament, een nieuwe, ontroerende kracht. Bijna alle voor de christelijke heilsleer essentiële momenten uit de evangeliën zijn

---

* In dit flatje heeft Boelgakov zelf gewoond. Tijdens de perestrojka, toen *De Meester en Margarita* in de Sovjet-Unie tot een cultboek was uitgegroeid, werd het een trekpleister voor bewonderaars van het boek. Tegenwoordig is het Boelgakovmuseum er gevestigd.

weggelaten. Verdwenen zijn de maagdelijke geboorte, de twaalf discipelen (behalve Mattheüs), het Heilig Avondmaal en de opstanding. Er staan geen vrouwen aan het kruis, aanwezig zijn slechts Romeinse soldaten, een paar honden, wat hagedissen en Mattheüs Levi. Judas (Jehoeda) is geen verrader, maar een provocateur. Hij pleegt ook geen zelfmoord, maar wordt op last van Pilatus gedood. Het kruis van Jezus wordt gewoon 'een paal met twee dwarsbalken' genoemd, waaraan het slachtoffer niet vastgenageld, maar vastgebonden wordt. De duisternis die 'van de zesde ure tot de negende ure toe over de gehele wereld werd', blijkt een natuurlijk onweer. De oorsprong van het evangelie wordt teruggevoerd op een door Mattheüs volgekrabbelde perkamentrol met verkeerd begrepen uitspraken van Jesjoea. De onsterfelijkheid van Jezus is hier puur symbolisch: hij leeft voort als gepersonifieerd schuldgevoel in Pilatus. Gesuggereerd wordt zelfs dat Pilatus uit wroeging bewust meehielp met het creëren van de Christuslegende. De namen uit het Nieuwe Testament zijn lichtelijk veranderd (bijvoorbeeld Kaïfa in plaats van Kajafas) of in hun oorspronkelijke Hebreeuwse vorm weergegeven. De naam Jesjoea Ha-Notsri stamt uit de Talmoed. Voor Golgotha is een nieuwe naam, Kale Berg, bedacht. Dit alles werkt vervreemdend en heeft de bekoring van het 'voor het eerst zien en horen'. Overgebleven uit het evangelie is eigenlijk alleen het belangrijkste: Christus' boodschap van liefde voor de medemens. Boelgakovs consequent gedemythologiseerde en gedemessianiseerde Jesjoea bekoort onweerstaanbaar. Hij is geen ongenaakbare godheid of trotse held die zich zonder een spier te vertrekken laat afranselen, hij toont integendeel een heel menselijke vrees voor lichamelijke pijn. Hij is argeloos en diepzinnig tegelijk, als Dostojévski's Idioot of Aljósja Karamázov. Hij straalt pure goedheid uit. Hij is een levend mens die men kan liefhebben.

Konstantín Símonov en andere sovjetcritici hebben de Pilatusroman het hoogtepunt van *De Meester en Margarita* én van heel Boelgakovs oeuvre genoemd. Men las er een ontmaskering van het christendom in. De literaire figuur van Jesjoea, van Gods Zoon verlaagd tot gewoon mens, wordt geacht goed aan te sluiten bij de officiële atheïstische propaganda. Elbaum wijst in dit verband op een ontwikkeling binnen het atheïstische denken in de Sovjet-Unie. De zogenaamde mythologische school uit de jaren dertig ('Jezus heeft niet bestaan') werd in de jaren zestig, toen de roman ten slotte gepubliceerd kon worden, afgelost door de zogenaamde historische school ('Jezus heeft wel bestaan, maar was een gewoon mens'). Het is evenwel de vraag of men het verhaal van Jesjoea en Pilatus zomaar uit de context van de hele roman kan lichten. Veel van wat Boelgakov niet in het contemporaine gedeelte van de roman kwijt kon, omdat het politiek te penibel was, heeft zijn plaats gekregen in het historische gedeelte. De Pilatusroman is onder andere een politieke allegorie over het functioneren van een totalitair systeem, over de methoden van de geheime dienst. Aphranius, een fictief personage, is de perfecte NKVD'er (zoals KGB-agenten in Boelgakovs tijd heetten).

Wanneer de hoofdpersonen uit de roman van de Meester, Pilatus en Mattheüs Levi, opdoemen in de roman *over* de Meester, begint het meest mysterieuze gedeelte van *De Meester en Margarita*. Zijn zij door de scheppende kracht van de Meester tot leven gewekt? Werd, toen hij de roman schreef, zijn pen gevoerd door een hogere macht die hem de historische personages in hun ware gestalte openbaarde? Hoe het zij, naar het einde toe neemt de roman een steeds grootsere, imposantere wending naar metafysische sferen. Het hiernamaals bij Boelgakov bestaat uit Duisternis (voor het overgrote deel van de stervelingen) en Licht (voor een enkeling). Daartussenin bevindt zich nog het gebied van de Rust (ook slechts toegankelijk voor enkele uitverkorenen, zoals de Meester en Margarita). Daar wordt de ziel bevrijd van alle herinneringen die haar als pijnlijke speldenprikken kwellen. Over toelating tot dit gebied beslist de duivel, niet God. In het geval van de Meester en Margarita willigt hij slechts een *verzoek*, geen eis van Hem in. De duivel blijkt oppermachtig (Woland: 'Wij hebben heel wat meer mogelijkheden dan men gemeenlijk pleegt aan te nemen'), alleen over het Licht heeft hij geen zeggenschap. Verder is er - naast Duisternis, Rust en Licht - ook nog het niet-zijn, voor ongelovigen als Berlioz.

De Meester en Margarita is een van de klassieke werken van de Russische literatuur geworden. Het boek is herhaaldelijk gedramatiseerd, getoonzet en verfilmd. Vooral de opvoeringen van het Moskouse Tagánkatheater in de jaren zeventig, onder regie van Jóeri Ljoebímov, waren een doorslaand succes. Later is ook de begenadigde verfilming van Vladímir Bortkó (2005) erg populair geworden. In Rusland is een ware Boelgakov-exegese ontstaan, waarbij de meest verschillende interpretaties van het boek, tot en met een allegorie op vrijmetselaarsrituelen, naar voren zijn gebracht en elk personage, elke plaatsbeschrijving en elke tijdsbepaling onderwerp is geworden van uitgebreide studie. De roman wordt er tegenwoordig beschouwd als een van de belangrijkste literaire werken uit de 20e eeuw.

Solzjenitsyn, Aleksandr Isajevitsj

EEN DAG UIT HET LEVEN VAN IVAN DENISOVITSJ

1962

Inhoud

Januari 1951, een stalinistisch werkkamp voor politieke gevangenen ergens in de ijskoude kale steppe. Om vijf uur 's ochtends wordt de reveille geslagen. Voor gevangene S-854, Iván Denísovitsj Sjóechov, begint de dag niet goed. Hij voelt zich ziek en hoopt op vrijstelling van werk. Maar in de ziekenboeg wordt vastgesteld dat hij geen hoge koorts heeft en dus niet in aanmerking komt voor ziekteverlof. Ook de temperatuur buiten werkt niet mee. Het is -27°, terwijl de gevangenen pas bij -41° vorstverlet krijgen. Omdat hij niet snel genoeg van zijn brits is opgestaan, dreigt de dienstdoende bewaker hem bovendien met drie dagen strafcel. Verder dreigt er die dag onheil voor zijn werkploeg. De leiding zal beslissen of de mannen naar een nieuw werkobject worden gestuurd, ergens op een barre vlakte ver weg van hun barak. Daar worden de fundamenten voor een socialistisch modeldorp gelegd, maar eerst zullen de gevangenen er, onbeschut tegen de vrieswind, een omheining van prikkeldraad voor zichzelf moeten maken.

De gevangenen, of *zeks* zoals ze worden genoemd, zitten straffen uit van 10 tot 25 jaar op grond van artikel 58 van het Wetboek van Strafrecht van de USSR (landverraad, antisovjetagitatie, staatsvijandelijk gedrag e.d.). Ploegbaas Tjóerin heeft 25 jaar gekregen, omdat hij verborgen heeft gehouden dat hij de zoon is van een herenboer (*koelak*). Hij is een oude rot met veel kampervaring, een geharde zek die precies weet hoe hij de leiding moet aanpakken om de best mogelijke werkcondities voor zijn mannen af te dwingen.

Kapitein-ter-zee Boejnóvski zit een straf van 25 jaar uit omdat hij in de oorlog heeft samengewerkt met een Britse admiraal, die hem later als dank voor bewezen diensten een aandenken heeft gestuurd. Dat was voldoende voor de autoriteiten om hem aan te merken als spion. Boejnovski is een nieuwkomer in het kamp. Hij heeft nog niet geleerd zijn krachten te sparen en zich in te houden. Wegens belediging van een wrede bewaker ('u bent het niet waard u een sovjetburger te noemen') krijgt hij tien dagen isoleercel, wat zijn gezondheid kan ruïneren en hem zelfs het leven kan kosten.

Aljósjka, een baptist, heeft 25 jaar gekregen voor het uitoefenen van religieuze activiteiten. In het kamp heeft hij een notitieboekje met citaten uit het Nieuwe Testament, waarin hij voortdurend zit te lezen. Hij klaagt nooit en vindt het zelfs prettig in gevangenschap, omdat hij er de kans krijgt zijn geloof te verdiepen.

De zestienjarige Góptsjik is gearresteerd omdat hij melk bracht aan Oekraïense vrijheidsstrijders die zich in de bossen schuilhielden. Jong en flexibel als hij is weet hij zich snel aan te passen aan het harde kampleven.

De in de oorlog doof geworden Sénka Klevsjín was eerst krijgsgevangene in Buchenwald alvorens hij doorgedeporteerd werd naar een Russisch werkkamp. Hij wordt door de anderen gewaardeerd als goede kameraad en harde werker.

Fetjoekóv daarentegen wordt veracht. Vroeger was hij een grote baas die rondreed in een automobiel. Nu, in het kamp, is hij een van de laagsten in de hiërarchie, iemand die altijd aan het bietsen is, sigarettenpeukjes verzamelt en anderen het eten uit de mond kijkt.

Tsézar, een voormalig filmregisseur, verkeert in een bevoorrechte positie. Hij heeft een luizenbaantje als hulpje in het kantoor van de kampleiding en krijgt bovendien tweemaal per maand een pakje met etenswaren en sigaretten toegestuurd door zijn familie.

Ook de verklikker Pantelejev heeft het relatief gemakkelijk. Als beloning voor informatie over zijn makkers wordt hij soms een dagje vrijgesteld van werk.

Ten slotte zijn er nog een aantal vertegenwoordigers van vijandige nationaliteiten, zoals de Let Kildigs, een man met gouden handen, twee rustige en beheerste Esten en een jonge, trotse Oekraïner, Pávlo, de vervanger van de ploegbaas.

Sjoechov is een van de meest ervaren zeks. Hij zit al acht jaar gevangen en heeft er nog maar twee te gaan, als hij tenminste niet een nieuwe straf van tien jaar krijgt aangesmeerd. Hij heeft in de oorlog aan het front gestreden, maar belandde in Duitse krijgsgevangenschap, waaruit hij na enkele dagen met gevaar voor eigen leven weer ontsnapte naar een onderdeel van het Rode Leger. Ook hij werd daarna bestempeld als landverrader en 'fascistische agent'. Hij zou zich expres bij de Duitsers hebben aangemeld als krijgsgevangene en zijn vrijgelaten met een spionageopdracht. Sjoechov ondertekende onder druk een schuldbekentenis. Hij is geen echte politieke gevangene of dissident, noch een held, maar een simpele *moezjiek*, een man van boerenafkomst die zijn leven lang op het land en als timmerman heeft gewerkt. Hij beschouwt zijn situatie als dwangarbeider in het kamp min of meer als normaal en is niet opstandig. Hij wordt volledig opgeslokt door het kampleven en de drang om te overleven. De buitenwereld, zijn geboortedorp en het gezin dat hij heeft achtergelaten (vrouw en twee dochters) zijn voor hem heel ver weg. Hij ontvangt geen brieven of pakjes van ze.

Ondanks het keiharde regime in het kamp heeft Sjoechov een bepaalde menselijke waardigheid weten te behouden. Hij verlaagt zich niet tot onderdanig gebedel om etensrestjes, probeert geen luizenbaantje te versieren, werkt niet samen met de leiding en is een eerlijke en betrouwbare kameraad. Als gevangene heeft hij leren metselen en op dat gebied is hij een meester. Hij verricht zijn slavenarbeid consciëntieus. Hij wil vóór alles goed werk afleveren.

De voor Sjoechov zo slecht begonnen dag neemt alsnog een goede keer. Hij hoeft de strafcel niet in, maar mag in plaats daarvan de vloer schrobben in het kantoor van de bewakers. Zijn ploeg wordt niet naar het nieuwe werkobject op de kale vlakte gestuurd, want de ploegbaas heeft de kampleiding weten om te kopen met een stuk spek. De mannen mogen verder bouwen aan een elektriciteitscentrale, waar de omstandigheden beter zijn. In de buurt is een eetbarak en een werkhal met een kachel.

Sjoechov moet met Kildigs een muur metselen van betonblokken. Hoewel de bouwplaats verwaarloosd is en de zware blokken en mortelbakken langs een spiegelgladde loopplank zonder leuningen naar boven moeten worden gesjouwd, wordt Sjoechov gegrepen door het werk en kan hij op het eind van de dag met een voldaan gevoel zijn troffel wegbergen. Hij heeft afgekregen wat hij zich voorgenomen had, de betonblokken liggen er recht en regelmatig bij, er is nauwelijks metselspecie verspild.

Als de vorst op het einde van de werkdag aantrekt en de zeks onder gewapend geleide weer 'huiswaarts' keren, weet Sjoechov een stukje staal, afgebroken van een hakmes, ondanks strenge fouilleringsmaatregelen mee naar binnen te smokkelen. Dat kan hij mooi omslijpen tot een schoenmakersmesje en gebruiken om bij de andere gevangenen wat 'bij te verdienen'. Terug in het kamp houdt hij voor Tsezar een plaatsje bezet in de rij wachtenden voor een postpakketje, waarvoor hij diezelfde avond door Tsezar wordt beloond met een paar koekjes, twee klontjes suiker en een plakje worst. Daarna is hij nog net op tijd om samen met zijn ploeg de overvolle eetzaal binnen te dringen en een plaatsje aan tafel te veroveren. Omdat de ploeg goed heeft gewerkt, hebben de mannen naast hun watersoep recht op een extra homp brood. Na het eten slaagt Sjoechov er nog in een portie tabak te kopen bij een medegevangene.

's Avonds op zijn brits kan Sjoechov dan ook terugkijken op een zeer geslaagde dag. De strafcel is hem bespaard gebleven, hij hoefde niet met zijn ploeg naar de kale vlakte om er een omheining van prikkeldraad te maken. Hij heeft goed gewerkt en een extra rantsoen in de wacht gesleept. Zijn stukje staal is niet gevonden bij het fouilleren. Hij heeft tabak weten te versieren. En hij voelt zich een stuk beter dan die ochtend. Ook is er een kans dat ze de volgende dag worden vrijgesteld van werk: de tempratuur daalt in de richting van -40°.

Ivan Denisovitsj Sjoechov voelt zich bijna gelukkig. Weer is er een dag van zijn straftijd voorbij. Een van de in totaal 3653.

Analyse

Op het einde van de Tweede Wereldoorlog, in februari 1945, werd de tweevoudig voor heldenmoed gedecoreerde frontstrijder en kapitein van het Rode Leger, Aleksándr Sólzjenitsyn, gearresteerd omdat hij zich in een briefwisseling met een vriend laatdunkend had uitgelaten over Stálin. Hij werd veroordeeld tot acht jaar werkkamp, gevolgd door 'eeuwige verbanning'. Het laatste, en fysiek zwaarste, deel van zijn gevangenschap zat hij uit in kamp Ekibastuz in de desolate steppen van Kazachstan. Hij bracht er tweeënhalf jaar door en werkte er onder meer een tijdje als metselaar op een elektriciteitscentrale in aanbouw. Daar rees bij hem het plan om ooit de realiteit van het kampleven weer te geven in een literair werk waarin één enkele dag uit het leven van één enkele doorsneegevangene zou worden beschreven.

Na zijn volledige straf en drie jaar verbanning in Kazachstan te hebben uitgezeten werd Solzjenitsyn gerehabiliteerd en kon hij zich als leraar vestigen in Rjazán, niet ver van Moskou. Daar schreef hij in 1959, in een vlaag van inspiratie, binnen anderhalve maand zijn novelle over één dag uit het leven van een kampbewoner. Publicatie ervan leek toen nog ondenkbaar. Hoewel Stalin al een aantal jaren dood was en Chroesjtsjóv in 1956 op het twintigste congres van de communistische partij in een geheime rede de 'persoonlijkheidscultus' onder zijn voorganger aan de kaak had gesteld, rustte er in de Sovjet-Unie nog altijd een volstrekt taboe op het ontzagwekkende netwerk van concentratiekampen, waar miljoenen onschuldige mensen gevangen hadden gezeten en als werkslaven waren gebruikt. Daar mocht in het openbaar niet aan herinnerd worden, er werd alleen zachtjes over gefluisterd. Er was over de kampen zo goed als niets in druk verschenen. Alleen de Pool Gustaw Herling-Grudziński had in 1951 herinneringen aan zijn detentie in een Goelagkamp gepubliceerd bij een Londense uitgeverij (Engelse versie: *A World Apart*). Verder circuleerden er ondergronds wat kampgedichten van een andere voormalige Goelagbewoner: Varlám Sjalámov.

Maar na het tweeëntwintigste partijcongres in 1961, toen Chroesjtsjóv niet meer in het geheim maar in het openbaar afrekende met Stalins willekeur en machtsmisbruik en besloten werd om diens gemummificeerde lijk uit het mausoleum te verwijderen, vatte Solzjenitsyn moed en besloot zijn novelle onder de titel *S-854. Eén dag van één zek* ter publicatie aan te bieden. Hij koos daarvoor het op dat moment meest liberale en gezaghebbende literaire tijdschrift: *Nieuwe wereld*. Hoofdredacteur Tvardóvski, een gelauwerd sovjetdichter en tevens gerespecteerd lid van het Centraal Comité van de communistische partij, maar desalniettemin een fatsoenlijk man, was bij lezing van het manuscript tot in zijn ziel getroffen. Het verhaal gaat dat hij het manuscript mee naar huis nam en het in bed begon te lezen, maar na een paar bladzijden besefte met iets heel bijzonders van doen te hebben, meteen opstond, zijn pyjama verwisselde voor een zondags pak, de novelle diezelfde nacht nog aan zijn bureau in één adem uitlas en zich daarna bedronk. Hij erkende dat hij te maken had met 'een schitterend, zuiver en groot talent, zonder een greintje valsheid'. Hij voelde zich ook verwant met de hoofdpersoon, die net als hijzelf een gewone man uit het volk was, iemand van boerenafkomst, een *moezjiek*. Gesterkt door de mening van collega-literatoren als Kornéj Tsjoekóvski ('een literair wonder') en Samoeíl Marsják ('onvergeeflijk als dit de lezer zou worden onthouden'), begon Tvardovski rechtstreeks bij de top van de communistische partij, met omzeiling van de censuurinstanties, te ijveren voor publicatie. En met succes. Na een jaar lobbywerk was het uiteindelijk Chroesjtsjóv zelf die de publicatie in *Nieuwe wereld* tijdens een zitting van het Centraal Comité erdoor drukte. De partijleider, die zich in zijn hart ook een *moezjiek* voelde, was vooral gegrepen door de liefde van de hoofdpersoon Sjóechov voor zijn metselwerk en de wijze waarop hij zuinig met zijn specie omsprong. Bovendien paste Solzjenitsyns onverbloemde weergave van het dagelijkse leven in een van Stalins slavenkampen goed in zijn destaliniseringscampagne.

Van Solzjenitsyn werden enkele aanpassingen in de tekst verlangd, maar hij wist deze tot een minimum te beperken. De titel werd op voorstel van Tvardovski veranderd in *Een dag uit het leven van Iván Denísovitsj* en op aandringen van hogerhand werd Stalin, die in de novelle nergens werd genoemd, toch een keer in negatieve zin vermeld (Solzjenitsyn laat een van de gevangenen uitroepen: 'Dacht je soms dat snorremans medelijden met je had? Hij vertrouwt zijn eigen broer niet eens, laat staan een stelletje kalfskoppen als jullie!'). En zo werd *Een dag uit het leven van Ivan Denisovitsj* ten slotte, tot Solzjenitsyns eigen verbazing vrijwel ongewijzigd, in 1962 gepubliceerd, met een voorwoord van Tvardovski, waarin deze onder andere wees op de plicht van de literator om de waarheid mee te delen aan de partij en het volk, 'opdat soortgelijke dingen zich in de toekomst nooit meer zullen voordoen'. De geschiedenis van de publicatie is door Solzjenitsyn uitgebreid beschreven in zijn memoires (*Het kalf stoot de eik*).

De verschijning van de novelle in *Nieuwe wereld* kwam in de Sovjet-Unie als een dreun. Ineens was het taboe van de kampen doorbroken. De 100.000 exemplaren van het tijdschrift waren in een mum van tijd uitverkocht, evenals de 750.000 exemplaren van een daaropvolgende goedkope herdruk. In 1963 verscheen er een boekuitgave. Zowel de gewone lezer als de literaire wereld en ook de officiële kritiek waren enthousiast. Ánna Achmátova, wier eigen zoon vele jaren in de Goelag had doorgebracht, was volgens een getuigenis van Lídia Tsjoekóvskaja overweldigd en vond dat dit verhaal beslist gelezen en uit het hoofd geleerd moest worden door alle tweehonderd miljoen burgers van de Sovjet-Unie. Anderen spraken over het herstel van de democratische waarden van de Russische literatuur, over het heropnemen van de onderbroken grote traditie van Tolstój en Dostojévski.

Solzjenitsyn werd overstelpt met reacties van andere voormalige gevangenen, die hem het materiaal leverden ter complementering van *De Goelag Archipel*, waar hij toen al in het diepste geheim aan werkte. Een van hen was Sjalamov, die later zijn eigen beroemde *Verhalen uit Kolymá* in het Westen zou publiceren. In een persoonlijke brief dankte hij de auteur van *Ivan Denisovitsj* voor zijn waarachtige beschrijving van het kampleven en de rake portrettering van de zeks, voor 'de zo langverwachte waarheid zonder welke onze literatuur niet vooruit kan'. Sjalamov, die nog veel ergere ontberingen doorstaan had dan Solzjenitsyn (17 jaar lang uithongering en onmenselijk zware dwangarbeid in de ijskoude hel van het noordoosten van Siberië, waar de temperatuur tot -60° kan dalen), kwam de door Solzjenitsyn beschreven kamprealiteit nog relatief mild en zelfs onschuldig voor. 'U laat bijvoorbeeld ergens bij de ziekenboeg een kat rondlopen', schreef hij zijn collega, 'wat in een echt kamp zo goed als onbestaanbaar was, die was daar allang opgegeten'.

De officiële kritiek roemde het werk, omdat het in overeenstemming was met de partijlijn van bestrijding van de persoonlijkheidscultus en hierin de excessen van het systeem werden ontmaskerd. Solzjenitsyn werd alom gefêteerd, ontmoette Chroesjtsjov, mocht lid worden van schrijversbond, waardoor hij van zijn pen kon gaan leven, en werd voorgedragen voor de Leninprijs, de hoogste literaire onderscheiding in de Sovjet-Unie. Maar gaandeweg begon het politieke tij te keren en maakte de dooi plaats voor opnieuw invallende vorst, die nog strenger werd toen Chroesjtsjov in 1964 werd afgezet. Nadat eerder al Gomulka en Ulbricht, roomser dan de paus, Chroesjtsjov hadden berispt om zijn toestemming voor publicatie van *Een dag uit het leven van Ivan Denisovitsj*, begon ook geleidelijk aan de kritiek in de sovjetpers aan te zwellen en in 1964 werd de novelle als gedoodverfd winnaar onverwachts gepasseerd voor de Leninprijs. Inmiddels werden andere werken, waarin de positieve kanten van het kampsysteem werden belicht, van hogerhand gestimuleerd. Solzjenitsyn zelf kon nog vier verhalen gepubliceerd krijgen in *Nieuwe wereld*, maar daarna was het gedaan. Vanaf het eind van de jaren '60 werd zijn werk overal in het land uit de bibliotheken verwijderd en vernietigd. Ook in Nederland werd de bewerking van Theun de Vries (1963) door de toen nog communistische uitgeverij Pegasus in opdracht van de CPN uit de handel genomen*. Pas in 1990 kon *Een dag uit het leven van Ivan Denisovitsj* in de golf van Solzjenitsyn-publicaties opnieuw gedrukt worden in de Sovjet-Unie.

Was Solzjenitsyn in de Sovjet-Unie de pionier van de kampliteratuur, in het tsaristische Rusland had hij wel enkele voorgangers. Zo had Tsjechov in 1893-1894 al zijn aantekeningen over de erbarmelijke situatie van

* In 1971 publiceerde een andere uitgeverij een geheel herbewerkte versie.

gevangenen en dwangarbeiders in het uiterste oosten van het Russische keizerrijk gepubliceerd (*Het eiland Sachalín*, eerder een documentair-jounalistiek verslag dan een literair werk) en had Dostojevski zijn eigen ervaringen in een tsaristisch werkkamp, precies een eeuw voor Solzjenitsyn, verwerkt in *Aantekeningen uit het dodenhuis* (1861). Ook in dat kamp waren de omstandigheden gruwelijk – zo moest Dostojevski vier jaar lang dag en nacht ketenen dragen – maar toch over het algemeen draaglijker dan onder het communisme. De gevangenen konden er eten zoveel ze wilden, hadden recht op vrije dagen en werden eerder vrijgesteld van werk in geval van ziekte. Een ander groot verschil was dat Dostojevski als politiek gevangene vooral omringd werd door dieven en moordenaars, terwijl er in het kamp van Solzjenitsyn eigenlijk alleen politieke gevangenen (zogenaamde antisovjetagitatoren, klassenvijanden en landverraders) rondliepen. Kon Dostojevski nog beschrijven hoe sommige misdadigers zich een zondaar voelden en een innerlijk proces van berouw doormaakten, bij Solzjenitsyn kon daar eigenlijk geen sprake van zijn, want niemand was schuldig.

Een dag uit het leven van Ivan Denisovitsj is voor het grootste deel gebaseerd op Solzjenitsyns eigen ervaringen tijdens zijn eerste winter in Ekibastuz toen hij daar, net als zijn hoofdpersoon, metselwerk verrichtte aan een elektriciteitscentrale en een vergelijkbaar nummer op zijn kleren droeg: Solzjenitsyn S-232 en Sjoechov S-854*. De meeste personages in de novelle zijn naar het leven getekend, ze waren kampmaatjes van Solzjenitsyn. Ivan Denisovitsj Sjoechov zelf is daarentegen, ondanks de overeenkomsten met de auteur, maar ten dele autobiografisch. Hij is gemodelleerd naar een krijgsmakker uit de oorlog, ene soldaat Sjoechov, met wie Solzjenitsyn samen aan het front gevochten had, maar die nooit in een kamp had gezeten. Net als de echt bestaande Sjoechov is het literaire personage een eenvoudige man uit het volk, een simpele ziel die bijvoorbeeld gelooft dat God elke maand een nieuwe maan maakt en de oude tot sterren verkruimelt.

De innerlijke kracht die nodig is om te overleven, put Sjoechov

* De in het Russisch gebruikte medeklinker, die hier gemakshalve met S is weergegeven, wordt in het Nederlands gewoonlijk getranscribeerd met vijf lettertekens: SJTSJ.

vooral uit de liefde voor zijn werk en zijn kameraadschap. Hoewel hij als doorgewinterde zek precies weet waar hij kleine voordeeltjes kan behalen (een extra rantsoen, een wederdienst van een andere gevangene), slaagt hij erin dit te doen zonder anderen te verlinken of iemand tekort te doen. Hiermee lijkt Solzjenitsyn een teken van hoop te geven: het totalitaire systeem krijgt de mensen niet klein. Een ander bewijs van behoud van de menselijke waardigheid levert Solzjenitsyn in de figuur van een naamloze oude zek, die verder geen rol speelt in het verhaal. Hoewel deze man waarschijnlijk het langst van iedereen gevangen zit, vanaf het begin van de sovjettijden, verlaagt hij zich niet tot het niveau van primitieve verloedering om zich heen, onderscheidt hij zich door een kaarsrechte houding, brengt hij aan tafel zijn soeplepel rustig naar zijn mond in plaats van dat hij voorovergebogen zit te slobberen, en legt hij zijn homp brood niet naast zich neer op de vuile tafel, maar op een schoongewassen lapje stof.

Het kampleven, van ochtendappel tot avondappel, wordt door Solzjenitsyn getekend met een microscopisch realisme. Het ontwaken, het aankleden, het zich verzamelen, het eten, het eindeloos gefouilleerd en geteld worden, het onder gewapend geleide naar het werkobject lopen, het werken, het teruglopen naar de kampzone, het zich te slapen leggen op de brits – al die vaste onderdelen van het kampregime worden nauwgezet beschreven zonder dat er een detail over het hoofd wordt gezien. Zo kan Solzjenitsyn bladzijden lang beschrijven hoe een uitgehongerde zek in opperste concentratie zijn watersoep waarin soms een stukje kool of aardappel drijft, oplepelt, elk visgraatje uitzuigt, zijn etensbak leeglikt en de laatste kruimel brood naar binnen werkt, terwijl hij daarbij een gevoel weet op te roepen alsof zelfs het miezerigste hongerrantsoen een feestmaal is. Ook het metselen in de ijzige kou en het hele werkproces worden minutieus, met alle bijbehorende technische details, beschreven.

Buiten het strakke dagrooster is er niet veel. Elke zeldzame minuut vrije tijd is voor de zek een kostbaar goed. Af en toe vertelt iemand zijn levensgeschiedenis, het relaas van zijn arrestatie. Af en toe is er een gesprekje over kunst, geloof of politiek. En ten slotte zijn er enkele spaarzame maar betekenisvolle momenten waarop Solzjenitsyn zijn personages de blik laat afwenden van de strijd om het dagelijkse bestaan en het gedrang in de eetbarak, waar de omvang van een homp brood, de exacte samenstelling van de watersoep en het bezit van een eigen soeplepel vitaal zijn. Dan laat hij hen verder kijken dan de kampzone, naar de onmetelijke verlaten wildernis van de Kazachse steppe rondom, of hoger, naar de bleke winterzon of verblindende maan, zichtbaar boven de altijd brandende schijnwerpers.

Niet alleen door zijn thematiek maar ook qua taalgebruik was *Een dag uit het leven van Ivan Denisovitsj* ten tijde van de eerste publicatie schokkend nieuw. De rauwe, schijnbaar direct uit het leven gegrepen taal, wemelend van kampjargon, en de recht-voor-zijn-raapstijl stonden in scherp contrast met de in die tijd gangbare socialistisch-realistische literatuur met haar afgezaagde, dode clichés. Kenmerkend zijn aaneenschakelingen van heel korte, elliptische staccatozinnetjes, van het type: 'Hij nam het plakje worst – en in zijn mond! De tanden erin! Fijnkauwen! De geur van vlees! En het sap van vlees, echt vleessap. Door je strot heen, omlaag naar je buik.'

Hoewel geschreven in de derde persoon weerspiegelt de taal in *Ivan Denisovitsj* volkomen de denkwereld en spreekwijze van de boerse hoofdpersoon met alle stilistische eigenaardigheden van dien. Deze literaire techniek waarbij de meer neutrale stem van de verteller en de individueel gekleurde stem van het belangrijkste personage op een natuurlijke wijze zijn versmolten en die in het Russisch *skaz* wordt genoemd, is typerend voor de novelle. Samen met het kampjargon en de vele volkse gezegden, technische termen en neologismen maakt dit het lezen tot een inspannende bezigheid en het vertalen ervan tot een hels karwei.

In dit uiterst laconiek geschreven verslag van het dagelijkse leven in een stalinistisch werkkamp komen geen expliciete beschrijvingen van martelingen of andere wreedheden voor. Wel is er de continue latente dreiging van geweld. Overal lopen bewakers rond met geladen geweren. Elk moment kan er geschoten worden, elk moment kan er meedogenloos gestraft worden. De zinloze wreedheid van het systeem is in alles voelbaar. Verontrustend is ook dat de gevangenen hun situatie na verloop van tijd als normaal beginnen te ervaren.

In Rusland wordt soms geprobeerd om een nationalistische draai aan

Ivan Denisovitsj te geven. Dan heet het dat dit werk een verheerlijking is van de volharding, het aanpassingsvermogen en de overlevingskunst van de Russische mens, zoals die tot uitdrukking komen in de figuur van de hoofdpersoon, de puur Russische werkman Ivan Denisovitsj Sjoechov. Maar dan wordt vergeten dat andere nationaliteiten in het kamp - Letten, Esten, Oekraïners – blijk geven van dezelfde positieve eigenschappen. Iedere zek ontwikkelt zijn eigen overlevingstactiek. De verschillende nationaliteiten leven vreedzaam met elkaar samen en respecteren elkaar. De gevangenen worden door hechte emotionele banden verbonden en vormen als het ware één groot gezin. Ten dele is dit gedwongen. Door het systeem van de werkploeg, door Solzjenitsyn een duivelse uitvinding in handen van de leiding genoemd, zijn de zeks collectief verantwoordelijk voor het verrichte werk en moeten ze elkaar controleren.

Heel effectvol is het ironische slot van de novelle, als Ivan Denisovitsj voldaan terugkijkt op een geslaagde dag en bijna een gevoel van geluk ervaart. Door in de allerlaatste regels het exacte aantal dagen van zijn stratijd te noemen – drieduizend zeshonderddrieënvijftig – wekt Solzjenitsyn op navrante wijze een indruk van eindeloosheid op.

Van *Een dag uit het leven van Ivan Denisovitsj* gaat zo'n suggestieve kracht uit dat je al lezende wordt meegezogen, het gevoel hebt of je zelf gevangen zit in het kamp en bij -27° dwangarbeid moet verrichten, en bang bent dat je er nooit meer wegkomt.

Solzjenitsyn, Aleksandr Isajevitsj

IN DE EERSTE CIRKEL

1968

Inhoud

Moskou. Eind december 1949. Innokénti Volódin, een veelbelovende jonge sovjetdiplomaat, verlaat heimelijk het ministerie van Buitenlandse Zaken en belt vanuit een telefooncel zijn vroegere huisarts, een professor in de medicijnen, op om hem te waarschuwen voor een provocatie van de geheime dienst. De professor zal binnenkort een buitenlandse collega ontmoeten en deze een medisch preparaat overhandigen – iets wat beschouwd wordt als landverraad. Het telefoongesprek van de diplomaat met de professor wordt echter door de geheime dienst afgeluisterd en op de band opgenomen. De identiteit van Volodin kan niet onmiddellijk vastgesteld worden, omdat hij met verdraaide stem gesproken heeft. Op het ministerie zijn vijf medewerkers, onder wie Volodin, die afwisten van de voorgenomen provocatie. Van alle vijf verdachten wordt door de afluisterdienst een telefoongesprek opgenomen om de stemmen te vergelijken met die uit de telefooncel. De bandopnamen worden doorgestuurd naar het wetenschappelijke instituut Mávrino aan de rand van Moskou.

Dit ultrageheime onderzoeksinstituut is een zogenaamde 'sjarásjka', een speciale gevangenis voor geleerden, ingenieurs en technici, die bijna allen om een bagatel tot monumentale vrijheidsstraffen van tien tot vijfentwintig jaar veroordeeld zijn, de meesten op grond van artikel 58.10 van het Wetboek van Strafrecht: antisovjetagitatie. De gevangenen in de sjarasjka worden beter behandeld dan die in de andere gevangenissen en kampen, wegens het wetenschappelijke belang van hun werk. Ze krijgen goed te eten, worden niet geslagen, hoeven geen slopende lichamelijke arbeid te verrichten, mogen beperkt corresponderen met familie en kunnen zowaar één keer per jaar een half uur lang met hun vrouw praten. De sjarasjka-gevangenen nemen binnen het enorme rijk van de Goelag Archipel, de wereld van de sovjetconcentratiekampen, een uitzonderingspositie in. Vandaar dat een van de gevangenen de sjarasjka vergelijkt met de schone burcht in de eerste, bovenste, meest draaglijke cirkel (kring, ommegang) van Dantes Hel, die bewoond wordt door de antieke wijsgeren.

Op Mavrino worden experimenten op het gebied van de telecommunicatie uitgevoerd. In 'laboratorium nummer 7' bijvoorbeeld wordt, in opdracht van Stálin persoonlijk, het beste systeem uitgedacht om de telefoongesprekken van de leider volgens een bepaalde techniek (clipping) te vervormen en zodoende onafluisterbaar te maken. In het 'akoestisch laboratorium' worden de individuele eigenschappen van de menselijke stem onderzocht en apparaten ontwikkeld om gesproken taal op band zichtbaar te maken (visible speech).

Een van de medewerkers in dit laboratorium is Róebin: taalkundige, germanist, polyglot, universeel erudiet, ex-frontofficier, jood en overtuigd communist, tot tien jaar veroordeeld wegens misplaatst medelijden met Duitse krijgsgevangenen. Als fonetisch specialist krijgt hij de opdracht om de onbekende stem van de 'verrader' uit de telefooncel te identificeren. Ondanks zijn eigen menselijke integriteit (hij weigert als informant voor de geheime dienst te werken) en ondanks zijn eigen onrechtvaardige straf, blijft Roebin trouw aan de ideologie van het communisme en vergoelijkt hij zelfs de Stalin-terreur.

Roebin voert eindeloze discussies met zijn vriend en geestelijke antipode, de wiskundige Nerzjín, eveneens een ex-frontofficier, die tegenover Roebins dogmatische levensvisie zijn eigen scepsis en relativisme stelt. Nerzjin is meer een zoeker, hij voelt zich vooral aangetrokken tot de vanzelfsprekende levenswijsheid van het eenvoudige Russische volk, voor hem gepersonifieerd in het manusje-van-alles van de sjarasjka, de halfblinde boer Spiridón. Nerzjin, eveneens tot tien jaar veroordeeld, wegens een 'afwijkende manier van denken', schrijft in het geheim een geschiedenis van de Russische revolutie.

Veel absoluter dan Nerzjin in zijn verwerping van het stalinisme (en het communisme in het algemeen) is ingenieur Sologdín, een briljante individualist en elitarist met soms bizarre, maar altijd originele opvattingen. Door een ascetische levenswijze staalt hij zijn lichaam en zijn wil. Hij staat elke ochtend als eerste op om hout te zagen en straft zichzelf wanneer hij zich erop betrapt met begeerte naar een van de vrije (niet-gedetineerde) vrouwelijke arbeidskrachten in de sjarasjka te kijken. Hij weigert consequent woorden van niet-Russische herkomst te gebruiken. Tot op zekere hoogte is Sologdin Nerzjins geestelijke mentor.

De twistgesprekken die deze drie gevangenen en anderen met elkaar voeren – over politiek, kunst, filosofie, godsdienst, wetenschap, Rusland, vrijheid, geluk en andere onderwerpen – zijn virtuoos, geestig, grillig, gevat, vol cynisme en vol hartstocht. Zij cultiveren het twistgesprek als een vorm van kunst en als een sport. Nerzjin constateert de wrange paradox: nergens zijn de mensen in de Sovjet-Unie zo vrij in hun meningsuiting als juist hier in de gevangenis. De sjarasjka biedt een uitstekende mogelijkheid om intensief met interessante mensen om te gaan. 'Waar leer je de mensen beter kennen, waar denk je dieper over jezelf na dan hier?'

De gevangenen in de sjarasjka balanceren op de richel van de eerste ommegang en lopen voortdurend gevaar naar beneden te storten, dieper de hel in. Iedere gevangene probeert zich op zijn eigen wijze te handhaven. De een werkt fanatiek in de hoop dankzij een uitzonderlijke prestatie vervroegd in vrijheid te worden gesteld, de ander stort zich op zijn werk uit liefde voor het werk zelf, een derde verkoopt zich als verklikker aan de geheime dienst, verraadt zijn collega's en ontvangt extra geld. Weer anderen leveren een meer of minder uitgesproken gevecht met de leiding, sommigen zijn verwikkeld in een eigen moreel conflict. Nerzjin bijvoorbeeld wordt door het hoofd van het instituut gevraagd in laboratorium nummer 7 te komen werken, de meest ambitieuze afdeling van de sjarasjka, maar hij vreest dat hij dan geen tijd meer zal hebben zijn geheime notities over de geschiedenis van de revolutie te maken – en hij weigert. Nerzjin beseft dat hij door deze weigering verwijdering uit de sjarasjka (en transport naar een van de lagere cirkels van de hel, een van de werkkampen in het barre noorden of oosten) riskeert. Hij overweegt zijn notities in bewaring te geven bij Símotsjka, een vrije medewerkster. Zij is een onaantrekkelijk muurbloempje; nadat Nerzjin haar als eerste man heeft gekust, is zij verliefd op hem geworden. Moet hij haar voorliegen dat hij van haar houdt en dat hij na beëindiging van zijn straftijd bij haar zal terugkeren, om zo een garantie te hebben dat zijn notities bewaard zullen blijven? Maar Nerzjin is al getrouwd en houdt van zijn vrouw, die met het geduld van een Penelope op hem wacht.

Sologdin wordt minder gekweld door morele tweestrijd dan Nerzjin. Hij bevecht de leiding van de sjarasjka met haar eigen wapens: druk en chantage. Hij heeft een belangrijke uitvinding gedaan – een nieuw systeem om telefoongesprekken te coderen en decoderen – en weet dat het verantwoordelijke hoofd van de sjarasjka, kolonel Jakónov, zeer dringend om een dergelijke uitvinding verlegen zit om zijn ongeduldige superieuren zoet te houden. Sologdin verbrandt koelbloedig de concepttekening van zijn uitvinding en verklaart, zeer onverschrokken en zeer uitgekookt, in een geladen onderhandelingsduel met Jakonov, dat hij pas een nieuwe tekening zal maken, wanneer hij van hem garanties krijgt voor zijn invrijheidstelling.

Roebin, de fatsoenlijke communist, verkeert in de sjarasjka in een ambivalente situatie: hij is gevangengezet door zijn eigen geestverwanten en hij haat en veracht zijn cipiers, terwijl zijn ideologische vijanden in de sjarasjka zijn beste vrienden zijn. Hij voelt zich persoonlijk miskend en onrechtvaardig behandeld door de officiële instanties, maar constateert in het politieke systeem als zodanig slechts enkele fouten van voorbijgaande aard en verdedigt de staatsterreur door te verwijzen naar de 'historisch bepaalde wetmatigheid' van de ontwikkeling in de richting van het communisme. Hij wil meehelpen het communisme een menselijker gezicht te geven: in het geheim stelt hij een plan op ter oprichting van 'wereldse tempels' (een soort kerken zonder Christus), waar plechtige initiatieriten verricht moeten worden bij de geboorte, de meerderjarigheid, het huwelijk en de dood van de individuele burger.

Aldus wil hij het ethische niveau van de bevolking verhogen. Wanneer hij voor het eerst de stem van de 'verrader' uit de telefooncel beluistert, voelt hij een zekere menselijke sympathie en bewondering voor deze onverschrokken altruïstische daad. Toch neemt hij de opdracht aan, omdat de onbekende zich, objectief bezien, opstelt tegen de 'progressieve krachten der geschiedenis' – en vol overgave begint hij aan de fonetische identificatie van de verdraaide stem.

Een andere gevangene, de jonge avonturier Róeska Dorónin, die ooit gearresteerd werd na een onschuldig contact met een paar Amerikanen en daarna jarenlang met vervalste paspoorten rondzwierf door de Sovjet-Unie, speelt een riskant spel met de geheime dienst op de sjarasjka. Hij is door veiligheidsofficier Sjíkin gerekruteerd als verklikker, speelt het spel mee, geeft ook af en toe inlichtingen over verboden handelingen en uitspraken van collega's, maar vertelt ondertussen aan zijn vrienden dát hij verklikker is. Hij is een dubbelspion. Hij helpt mee andere verklikkers te ontmaskeren.

Een van de meest onverschrokken, impulsieve gevangenen is ingenieur Chorobróv, die geen gelegenheid voorbij laat gaan om de leiding in de sjarasjka sarcastisch te bejegenen. Op een dag loopt hij na de officiële werktijd, in het bijzijn van kolonel Jakonov zelf, 'zomaar' het laboratorium uit, brutaalweg verklarend dat hij daartoe het recht heeft en dat hij naar de wc moet – een ongehoorde doorbreking van de discipline.

Op de sjarasjka verblijft ook een kunstschilder, de idealist Kondrasjóv-Ivánov, die een straf van vijfentwintig jaar uitzit, omdat hij eens in een gezelschap verkeerde waar een illegale roman werd voorgelezen. Uitgesproken en tegenstrijdig, hartstochtelijk en extreem in alles, komt hij op voor de autonomie van de kunst. Voor hem is kunst de enige manier om te leven. Officieel is hij de 'hofschilder' van de sjarasjka en wordt hij geacht fraaie heroïsche schilderingen voor de autoriteiten te vervaardigen. Maar deze schilderijen op bestelling vallen opvallend lelijk uit, in tegenstelling tot de schilderijen die hij voor zichzelf maakt: symbolische werken die het lot van Rusland, de mens op zoek naar bovenaardse schoonheid en andere dubieuze zaken uitbeelden.

Een sterk staaltje van zedelijke moed levert de geniale ingenieur

Bobýnin, die op een dag persoonlijk bij de beruchte minister van Staatsveiligheid, Abakóemov, wordt ontboden om verslag te doen van de vorderingen op laboratorium nummer 7. Met superieure trots en onverholen minachting staat hij Abakoemov te woord: 'U heeft mij nodig, ik u niet.' En hij formuleert aldus de paradoxale waarheid van de innerlijke vrijheid van de politieke gevangene: 'Iemand aan wie alles is ontnomen, onttrekt zich aan uw macht, zo iemand is opnieuw vrij.'

Voor een wel heel dramatische keuze wordt de opticus Gerasimóvitsj gesteld, een man met een ineengeschrompeld uiterlijk en een knijpbrilletje, die eruitziet als een echte intellectueel en de stereotiepe klassevijand. Hij is in de oorlog gearresteerd wegens het 'voornemen' zijn vaderland te verraden. Men vraagt hem om in een andere sjarasjka mee te werken aan de vervaardiging van spionageapparatuur: een infraroodcamera voor nachtelijke opnamen plus een minuscuul apparaatje dat in deurposten en dergelijke bevestigd kan worden en automatisch fotografeert. Bij succes zal hij in vrijheid worden gesteld en kan hij terugkeren naar zijn vrouw die zonder hem wegkwijnt. Hij staat voor de keuze tussen zijn eigen vrijheid en die van honderden anderen die door de nieuwe fotografische apparatuur zullen worden betrapt. Gerasimovitsj weigert – tegen alle 'gezond verstand' in.

De hele sfeer van latente dreiging, angst en verklikking die het leven van de gevangenen beheerst, strekt zich ook uit tot de leiding van de sjarasjka, tot hun superieuren daarbuiten en tot de minister van Staatsveiligheid zelf. Iedereen beeft voor zijn bovengeschikte, iedereen kan als hij faalt zelf gevangen gezet worden. Boven ieders hoofd hangt het zwaard van Damocles: boven dat van Jakonov, omdat hij binnen een maand het reeds lang beloofde codesysteem voor Stalins telefoon moet leveren; boven dat van Rójtman, het vervangend hoofd van Mavrino, omdat hij jood is en er juist een 'antikosmopolitische' (lees antisemitische) campagne is gestart; boven dat van de oude Joegoslavische bolsjewist Radović, omdat Tito uit de gratie is, enzovoort. Zelfs het leven van Stalin wordt beheerst door angst en vervolgingswanen (afgewisseld door hoogmoedswanen). Hij leeft hoofdzakelijk 's nachts en verblijft in een hermetisch van de buitenwereld afgesloten vertrek, een soort eenzame bunker. Hij heeft nooit iemand vertrouwd: zijn moeder niet, zijn vrouw niet, zijn kinderen niet, zijn partijgenoten niet, zijn medewerkers niet. Er was maar één man in zijn leven die hij ooit vertrouwd had: Adolf Hitler – en dat was hem bijna lelijk opgebroken.

Binnen de kaste der machthebbers - een van het leven vervreemde, parasitaire klasse van nouveaux riches - is bij een enkeling ook ruimte voor bezinning en inkeer. Dat is bijvoorbeeld het geval met Klára, de dochter van een openbare aanklager, die verantwoordelijk is voor de veroordeling van talloze onschuldigen. Zij werkt op Mavrino, waar ze tot haar verrassing ontdekt dat de levensgevaarlijke spionnen en 'honden van het imperialisme' die daar gevangenzitten, gewone mensen zijn. Eén bepaald moment staat haar voor altijd in het geheugen gegrift en heeft een belangrijke rol gespeeld bij haar geestelijk ontwaken en het daaruit voortvloeiende generatieconflict met haar vader: toen zij en haar ouders hun nog in aanbouw zijnde nieuwe woning, in een speciale luxeflat voor hooggeplaatste functionarissen, voor het eerst gingen bezichtigen, had zij op de trap een in lompen geklede vrouw de trap zien boenen. De vrouw, die een beschaafd intelligent gezicht had, had haar minachtend aangekeken. Toen Klara haar vader had gevraagd wat dat voor iemand was, had hij geantwoord: een gevangene. En Klara had zich diep geschaamd: de vrouw was een slavin die voor de nieuwe meesters werkte.

Klara's zwager is Innokenti Volodin: een onberispelijke diplomaat en carrièremaker, die zijn eigen bevoorrechte positie en luxeleventje probeert te rationaliseren met de leer van Epicurus. Maar hij is geestelijk ontwaakt nadat hij in een oude kast de nagelaten brieven en dagboeken van zijn lang geleden gestorven moeder gevonden heeft. De papieren ademen de geest van een geheel andere cultuur, de kunstzinnig-verfijnde spirituele sfeer van het begin van de eeuw, toen men nog woorden gebruikte als Waarheid, Goedheid, Schoonheid en Geweten. Volodin begint langzaam zijn milieu te ontgroeien en wanneer hij te weten komt dat zijn oude huisarts, een jeugdvriend van zijn moeder, in gevaar is, neemt hij het moedige en riskante besluit om hem op te bellen. Want, zo houdt hij zichzelf voor, 'hoe kun je mens blijven wanneer je altijd op je hoede bent?'

Al deze losse en zich verstrengelende verhaalketens lopen ten slotte uit in een zich snel ontwikkelende climax. Roebin identificeert Volodin als een van de hoofdverdachten. Volodin wordt gearresteerd en opgeborgen in de gewelven van de beruchte Boetýrki-gevangenis. Nerzjin, Chorobrov en Gerasimovitsj worden op transport gesteld naar een werkkamp in een van de onderste cirkels van de Goelaghel. Nerzjin besluit geen gebruik te maken van Simotsjka en verbrandt al zijn geheime manuscripten in de wc. Roeska Doronin wordt ontmaskerd als dubbelspion, tot bloedens toe afgetuigd door majoor Sjikin en ook op transport gesteld.

Nerzjin c.s. worden door Moskou vervoerd in een mooie, oranjeblauw gelakte, gesloten bestelwagen met daarop in vier talen het woord 'vlees'. Een correspondent van het Franse blad *Libération*, die dezelfde dag al meerdere van dergelijke bestelwagens, sommige met 'vlees', andere met 'brood', door de stad heeft zien rondrijden, noteert met bordeauxrode pen in zijn blocnote: 'In de straten van Moskou kom je overal bestelwagens met levensmiddelen tegen; ze zien er heel schoon en hygiënisch uit. Het dient gezegd te worden dat de voedselvoorziening van de hoofdstad voortreffelijk geregeld is.'

Analyse

De eerste versie van Solzjenítsyns monumentale roman *In de eerste cirkel* ontstond tussen 1955 (toen de schrijver nog in interne ballingschap zat) en 1958 (bijna twee jaar na zijn rehabilitatie). Nadat *Een dag uit het leven van Iván Denísovitsj* en enkele korte verhalen onder Chroesjtsjóv officieel in de Sovjet-Unie hadden mogen verschijnen, durfde de auteur het, in 1964, aan om het manuscript van zijn nieuwe roman aan te bieden aan het relatief liberale tijdschrift *Nieuwe wereld*. In overleg met de hoofdredacteur en Solzjenitsyns persoonlijke vriend Tvardóvski werd besloten de roman wat aan te passen en de politieke lading enigszins af te zwakken, teneinde het manuscript acceptabel te maken voor de censuur. Desalniettemin zou *In de eerste cirkel* niet in de Sovjet-Unie mogen verschijnen. In 1965 werden bij een vriendin van Solzjenitsyn enkele exemplaren van het manuscript door de KGB in beslag genomen. Toen, na eindeloos touwtrekken, duidelijk was geworden dat toestemming voor publicatie zou uitblijven, besloot Solzjenitsyn *In de eerste cirkel* (evenals zijn andere, later geschreven roman *Het kankerpaviljoen*) ondergronds, in *samizdát*-vorm, te laten rouleren en voorbereidingen te treffen voor een publicatie in het Westen: reeds in 1964, vlak na Chroesjtsjovs val, was er een gemicrofilmd manuscript het land uitgesmokkeld. De roman verscheen ten slotte - in het Russisch, Engels, Frans, Duits, Spaans, Italiaans en andere talen – in 1968 bij verschillende uitgeverijen in de Verenigde Staten en West-Europa tegelijk. *In de eerste cirkel* en het datzelfde jaar verschenen *Kankerpaviljoen* veroorzaakten een sensatie en leverden Solzjenitsyn in 1970 de Nobelprijs voor literatuur op ('voor de morele kracht waarmee hij voortbouwt op de traditie van de grote Russische literatuur'). In 1990 verscheen de roman, op de valreep, in de Sovjet-Unie. Het werk werd in afleveringen gepubliceerd door *Nieuwe wereld*, gevolgd door een boekuitgave.

De beroemd geworden versie van *In de eerste cirkel* is de aangepaste editie van 1964. Later zou Solzjenitsyn de roman weer in de oorspronkelijke staat herstellen, in welke vorm het werk pas in 1978 voor het grote publiek toegankelijk werd gemaakt. In deze oorspronkelijke versie (naar het aantal hoofdstukken wel 'Cirkel-96' genoemd), is een van de belangrijkste intriges van de roman wezenlijk anders: Innokénti Volódin belt geen argeloze medicus op om hem te zeggen dat hij niet een preparaat aan een buitenlandse collega moet overhandigen, maar telefoneert de Amerikaanse ambassade om te waarschuwen dat er een sovjetspion op het punt staat naar New York te vertrekken om daar atoomgeheimen van het echtpaar Rosenberg in ontvangst te nemen. (Lev Kópelev, die in dezelfde sjarásjka als Solzjenitsyn zat, heeft in zijn memoires verteld dat zich dit inderdaad in werkelijkheid zo heeft afgespeeld.) In de aangepaste versie van *In de eerste cirkel* ('Cirkel-87') zijn alle verwijzingen naar het politiek beladen onderwerp van de atoombom zorgvuldig verwijderd. De nieuwe variant met de als landverraad beschouwde overhandiging van een volmaakt onschuldig medisch preparaat aan een buitenlander is een geslaagde, niet eens vergezochte vondst van de auteur – het verhoogt het absurdistische karakter van de beschreven werkelijkheid, zo kenmerkend voor de totalitaire staat. 'Cirkel-96' bevat nog enkele andere, briljante, hoofdstukken die in 'Cirkel-87' zijn weggelaten, onder andere over de jeugd van Stálin, over de geestelijke rijping van Volodin, over het plan van Gerasimóvitsj om een nieuwe technocratie te vestigen en over een voordracht van een beroepspropagandist met het onderwerp 'dialectisch materialisme'.*

In de eerste cirkel bestaat uit een schier eindeloze aaneenrijging van pakkende en intens beschreven scènes, miniatuurnovellen en compacte biografieën, die alle meer of minder nauw met elkaar vervlochten zijn. De chronologie in de roman, waarvan de eigenlijke handeling is samengeperst tot vier dagen rond Kerstmis 1949, wordt telkens doorbroken, het perspectief wisselt voortdurend, de overgangen zijn abrupt. *In de eerste cirkel* is een polyfone roman met wel twintig overtuigend van binnenuit beschreven personages. De geraffineerde spanningseffecten, de techniek van de aanvankelijke duisterheid en de latere opheldering doen denken aan Dostojévski en Bjély (in hoofdstuk I bijvoorbeeld belt Volodin de professor op en pas 250 bladzijden later wordt duidelijk wie Volodin nu eigenlijk is en waarom hij opbelt).

Solzjenitsyn verwerkte in de roman zijn eigen ervaringen in de sjarasjka Márfino bij Moskou, waar hij van 1946 tot 1950 als politiek gevangene verbleef. De beschreven gebeurtenissen zijn grotendeels authentiek, de figuren historisch: sommigen worden onder eigen naam opgevoerd, zoals Stalin en Abakóemov, anderen onder pseudoniem, zoals Nerzjín (Solzjenitsyns alter ego), Róebin (de germanist en letterkundige Lev Kopelev) en Sologdín (Dmítri Pánin). Kopelev en Panin schreven ook memoires over hun tijd in de sjarasjka.

In de eerste cirkel beschrijft een wereld waarin de enkeling een titanisch gevecht levert met een oppermachtig, dehumaniserend, paranoïde systeem, een wereld die vraagt om middelmatigheid, slaafsheid en verraad van het eigen geweten, een wereld geregeerd door bandieten, huichelaars en maniakken. Toch is er nog genoeg in deze wereld dat hoopvol stemt: de

---

* Hedendaagse Russische edities gaan uit van de 96-versie, terwijl de meeste vertalingen gebaseerd zijn op de 87-versie.

uiteindelijke overwinning van de menselijke integriteit en waardigheid (Gerasimovitsj, Nerzjin), de vriendschap en solidariteit tussen de mannen in de sjarasjka, de mogelijkheid van een innerlijk ontwaken (Volodin, Klára). Het individu in de eerste cirkel van de Goelaghel heeft bij Solzjenitsyn meer kans in zijn strijd tegen de totalitaire staat dan bijvoorbeeld Orwells Winston Smith, al zijn de hoofdstukken waarin Volodins eerste etmaal in de Boetýrki-gevangenis beschreven wordt, niet minder beklemmend dan de scènes in het Ministry of Love.

In zijn onbarmhartige ontmaskering van alle leugen is *In de eerste cirkel* verbonden met de grote traditie van de klassieke Russische roman (vooral met Lev Tolstój). De politieke dimensie is echter veel indringender. Het boek is primair antistalinistisch, hoewel niet expliciet anticommunistisch. Er wordt nog geen directe lijn getrokken van Lénin naar Stalin zoals in de *Goelag Archipel*. Aan de andere kant mag men ook niet in *De eerste cirkel* lezen dat het slechts de persoonlijkheid van Stalin was die het 'zuivere' communisme perverteerde.

De pen waarmee *In de eerste cirkel* geschreven is, is gedoopt in fijne ironie en bijtend sarcasme. Enkele hoofdstukken, zoals *De glimlach van Boeddha* (een verhaal in een verhaal) en *De vorst die een verrader was* (een parodie op een sovjetproces) zijn ware meesterstukjes der satire. Het eerste beschrijft een officieel bezoek van de tot liefdadigheid neigende Amerikaanse mrs. R. (lees Roosevelt) aan de Boetyrki-gevangenis, in het diepste der hel, en de geraffineerde Potemkin-façade die door de gevangenisautoriteiten wordt opgetrokken, zodat de onnozele westerse delegatie niets te zien krijgt en gerustgesteld weer heengaat. In *De vorst die een verrader was* wordt door de gevangenen in de sjarasjka een typisch sovjet-showproces nagespeeld (een meesterlijke improvisatie van Roebin), met als beklaagde vorst Ígor, een legendarische Russische held die in 1185 een veldslag tegen de Koemanen verloor en door hen gevangen werd genomen. Door een consequente toepassing van alle in de sovjetrechtsgang gebruikelijke clichés wordt vorst Igor alsnog postuum en bij verstek veroordeeld wegens landverraad, capitulatiementaliteit en antisovjetagitatie.

In de eerste cirkel is geschreven in een rijke, vitale, oorspronkelijke taal die mede de literaire waarde ervan bepaalt. Dit aspect is helaas in de meeste in het Westen verschenen vertalingen verloren gegaan. Dat *In de eerste cirkel* ondanks deze, om commerciële redenen haastig gefabriceerde en dikwijls erbarmelijke taalversies toch een blijvende plaats als klassiek werk in de wereldliteratuur heeft weten te veroveren, bewijst hoe groot de kracht van het origineel is.

Solzjenitsyn, Aleksandr Isajevitsj

HET KANKERPAVILJOEN

1968

Inhoud

Februari 1955, bijna twee jaar na de dood van Stálin. Een stad in de Centraal-Aziatische sovjetrepubliek Oezbekistan. Een aantal patiënten ligt bijeen op een zaal van de oncologische afdeling van het plaatselijke ziekenhuis. De afdeling, ondergebracht in een apart gebouw, bijgenaamd het kankerpaviljoen, is overvol. Zelfs in de gangen en trapportalen staan bedden opgesteld. Een patiënt mag zich gelukkig prijzen als hij een zaalbed toegewezen krijgt. Doorstroming wordt bevorderd doordat terminale patiënten voordat ze sterven ontslagen worden.

De op de zaal samengebrachte patiënten verschillen naar leeftijd, etnische herkomst, sociale achtergrond en levensovertuiging, naar de aard en ernst van hun gezwellen en naar de behandeling die zij ondergaan (bestraling of operatie) – maar zijn gelijk in hun onzekere strijd op leven en dood met een onzichtbaar woekerende vijand binnen in hen. Ze doden de tijd met lezen, schaken, praten over hun ziekte en klagen over hun behandeling. Soms ontbrandt er een hevig twistgesprek. Een hoogtepunt in het zaalleven is het moment waarop een van de patiënten het recept voorleest van een in de Russische volksgeneeskunde toegepast wondermiddel tegen kanker: *tsjága*, het extract van een op berken woekerende houtzwam. Het recept wordt ijverig door de andere patiënten overgeschreven. Maar dergelijke momenten waarop de hoop even doorbreekt, zijn zeldzaam. Gewoonlijk is de stemming op de zaal bedrukt.

Enkele patiënten maken in het zicht van de dood een morele crisis door, zoals de werkman Jefrém Poddóejev, een primitieve grove natuur, iemand die altijd alleen bij de dag geleefd heeft en nooit andere waarden dan materiële en fysieke behoeftenbevrediging gekend heeft. Zijn leven draaide om geld en vrouwen. Vóór zijn opname in het kankerpaviljoen dacht hij nooit na over zijn leven, laat staan over de dood. Hij was altijd oergezond en ijzersterk. Kanker was zijn eerste ziekte: het begon met een gezwel op zijn tong, daarna zaaide de ziekte zich uit naar zijn hals. Hij ondergaat enkele operaties, die de metastasen echter niet tot staan brengen. Jefrem Poddoejev kan zich niet verzoenen met zijn lot en loopt de hele dag door de zaal te ijsberen, met om zijn nek een dik verband, dat hem in zijn bewegingen beperkt. Pas wanneer een andere patiënt hem een bundel moralistische volkslegenden van Leo Tolstój te lezen geeft, begint in hem een proces van bezinning. Vooral het verhaal *Wat doet de mensen leven?* waarin de naastenliefde als enige levenwekkende kracht aan de lezer wordt voorgehouden, stemt hem tot nadenken. Zijn geweten ontwaakt. Hij wordt gekweld door beelden uit het verleden, uit de tijd dat hij tijdelijk een baan had als opzichter in een werkkamp, waar gevangenen onder onmenselijke omstandigheden slavenarbeid moesten verrichten. Jefrem herinnert zich hoe hij op een keer enkele uitgeputte gevangenen, die een greppel groeven en hem smeekten even te mogen uitrusten, had gedwongen door te werken. Daarop had een van de dwangarbeiders, een jonge knaap nog, hem uit de diepte duister aangekeken en gewaarschuwd: 'Jouw tijd komt ook nog wel!' Deze herinnering laat Jefrem niet met rust.

Nog pijnlijker zijn de herinneringen van Sjoelóebin, een oude patiënt die niet deelneemt aan het zaalleven, maar de hele dag zwijgend en met opengesperde ogen, 'als een verschrikte oehoe', om zich heen zit te staren. Hij lijdt ondraaglijke pijnen, die niet alleen veroorzaakt worden door zijn ziekte, rectale kanker, maar ook van diepere, innerlijke aard zijn. Hij veracht zichzelf en schaamt zich voor het leven dat hij geleid heeft. Zijn verleden is één groot spookbeeld. Hoewel zelf geen beul, was hij wel medeverantwoordelijk voor het beulswerk van Stalin. Als docent agronomie aan de universiteit en partijlid was hij een meeloper en jaknikker, een van de tallozen die op vergaderingen steeds weer unaniem hun hand opstaken wanneer er een collega als vijand van het volk veroordeeld moest worden. Tijdens de zuiveringen van 1937/1938 wist hij de dans te ontspringen door een grenzeloos conformisme en karakterloze erkenning van gemaakte 'fouten', door zich zonder protest te laten degraderen tot bediende in een bibliotheek, waar hij ook nog eens meewerkte aan het verbranden van boeken van in ongenade gevallen schrijvers. Hij overleefde omdat hij voortdurend 'zijn rug boog en zweeg'. Terugkijkend op zijn leven constateert hij dat alles voor niets is geweest. Hij verloochende zichzelf uiteindelijk voor zijn gezin. Maar zijn vrouw is dood en zijn kinderen zijn keiharde carrièrejagers geworden, die niets van hun vader willen weten. En zelf is hij niet meer dan 'een zak stront met een verstopt gaatje'. Hij ervaart zijn aarskanker als een sardonische straf voor zijn verleden. Pas in een gesprek met zijn medepatiënt Kostoglótov, die als slachtoffer van de stalinistische terreur jarenlang in een concentratiekamp heeft gezeten, gooit Sjoeloebin al het innerlijke vuil dat zich in hem opgehoopt heeft, eruit en doorbreekt hij zijn stilzwijgen in een explosie van zelfbeschuldigingen.

Sjoeloebins medepatiënt, de communist Vadím Zatsýrko, een jonge geoloog met een fatale vorm van kanker (melanoom) in zijn been, maakt in het zicht van de dood géén proces van bezinning door. Hij leeft geheel voor de wetenschap en wil de korte tijd die hem nog rest, benutten om zijn eigen theorie over het opsporen van ertsen via radioactief water uit te werken. Hij ligt de hele dag geologische literatuur te bestuderen. Hij heeft erin berust dat zijn ziekte ongeneeslijk is. De kanker zit al in zijn lies, zelfs amputatie van zijn been heeft geen zin meer. Zijn enige wens is zijn leven nog zo lang mogelijk te rekken. Hij wacht vol ongeduld op een zending goud dat, in colloïdale vorm toegediend, het verloop van zijn ziekte kan vertragen. Zijn moeder, zelf een arts, stelt in Moskou alles in het werk om het kostbare metaal voor hem te bemachtigen.

Voor andere patiënten is genezing nog wel mogelijk, zoals voor Djómka, een zestienjarige metaaldraaier. Hoewel afkomstig uit een asociaal milieu (zijn moeder was prostituee) is Djomka een ernstige en kuise jongen die veel nadenkt en op zijn eigen wijze op zoek is naar de waarheid. Hij is leergierig en leest gretig boeken. Djomka heeft een kwaadaardig gezwel in zijn been, maar de ziekte kan nog tot staan worden gebracht door amputatie. Hij staat voor de keuze: een grote kans op overleving ten koste van verminking of een vrijwel zekere dood. Deze keuze wordt nog tragischer wanneer hij in het kankerpaviljoen verliefd raakt op een in zijn ogen wonderschoon meisje met goudblond engelenhaar. Het meisje, Ásja, heeft borstkanker, maar beseft zelf de ernst van haar ziekte niet. Ze is 'maar enkele dagen in het ziekenhuis voor een onderzoekje'. Asja blaakt van levenslust en brengt Djomka tot wanhoop met haar enthousiaste verhalen over haar geliefde tijdspasseringen, dansen en sport – hobby's die op twee benen beoefend worden. Djomka voelt dat zij na amputatie van zijn been voorgoed onbereikbaar voor hem zal worden.

De twee meest op de voorgrond tredende patiënten in de ziekenzaal zijn Pável Roesánov, een hoge functionaris van de communistische partij, en Olég Kostoglotov, een politieke balling. Roesanov en Kostoglotov staan qua karakter, levensvisie en sociale achtergrond diametraal tegenover elkaar. Door een gril van het lot zijn zij gedoemd op twee bedden naast elkaar te liggen. Vooral de onberispelijke Roesanov lijdt onder de aanwezigheid van zijn ongelikte buurman. Hij is een typisch product van het stalinisme. De massale zuiveringen in de jaren 1937/1938 betekenden voor Roesanov, oorspronkelijk een eenvoudige arbeider in een macaronifabriek, het begin van een schitterende carrière in het partijapparaat. Hij was een van de vele verklikkers die personen uit hun omgeving bij de geheime politie aangaven op grond van vermeende 'antisovjetagitatie'. Aanvankelijk verklikte hij vrienden en collega's uit eigenbelang, omdat hij aasde op hun woonruimte of hun baan, later kreeg hij de smaak van het aangeven zo te pakken dat hij er zijn beroep van maakte. Hij werd het hoofd van een zogenaamde enquêtecommissie in een groot bedrijf, in welke functie hij de persoonsgegevens van alle werknemers beheerde en aldus een onbeperkte macht over hen kon uitoefenen. Roesanov is getrouwd en heeft vier kinderen. Zijn kordate vrouw Kapitolína is evenals hij een modelcommunist. Zijn oudste dochter Avijéta is een fleurige optimistische meid, die gedichten schrijft in de geest van het socialistisch realisme (gericht op de schone toekomst, met aandacht voor collectieven i.p.v. individuen). Alleen zoon

Jóera is een zorgenkindje, omdat hij te zacht is en zich bij zijn werk als jurist meer laat leiden door humane overwegingen dan door klassehaat.

Voor de aan privileges gewende, van het volk vervreemde partijfunctionaris is het dagelijkse leven in het kankerpaviljoen, te midden van willekeurig bijeengebrachte zaalgenoten in plaats van streng geselecteerde partijkaders, een hel. Hij is gewoon één van de patiënten en als zodanig wordt hij ook behandeld. Hij moet zijn behoefte doen in dezelfde vieze wc en dezelfde sobere prak eten als de anderen. Hij is gedwongen zich in kleine alledaagse twistpunten, zoals de vraag wanneer 's avonds het licht uitgaat, te schikken naar de wil van de meerderheid of naar die van een sterkere persoonlijkheid. Hij heeft geen verweer tegen de grauwen en snauwen van Kostoglotov, die hem bij elke gelegenheid genadeloos afbekt.

Roesanov heeft een gezwel in zijn nek, dat steeds groter wordt. De zware injecties die zijn ziekte moeten stoppen, verzwakken hem erg. Tegelijkertijd dringen er verontrustende berichten uit de buitenwereld tot hem door. In de *Právda* die hij elke dag bestudeert (niet om op de hoogte te blijven van wat er in de wereld gebeurt, maar om de richtlijnen van de partij te volgen), leest hij over een geheel nieuwe samenstelling van het Opperste Gerechtshof en het plotselinge aftreden van premier Malenkóv, Stalins voormalige rechterhand. Aan de tweede sterfdag van de Grote Leider zelf wordt nauwelijks aandacht besteed. Roesanovs familieleden brengen nog meer onheilspellend nieuws uit de buitenwereld: alom wordt gesproken over massale rehabilitaties van vijanden van het volk; de poorten van de kampen zouden opengaan, strafzaken worden herzien, valse verklikkers zouden hier en daar al ter verantwoording geroepen zijn. Een van de reeds uit het kamp teruggekeerde gevangenen zou Róditsjev zijn, een oude vriend van Roesanov, die achttien jaar daarvoor op grond van een valse aanklacht van hem gearresteerd werd. De Roesanovs en de Roditsjevs bewoonden samen een 'gemeenschappelijk appartement' (d.w.z. een flatwoning met verschillende huishoudens, waarin elk gezin over één eigen kamer beschikt en de keuken, wc en dergelijke moeten worden gedeeld). Roesanov had zijn huisgenoot aangegeven omdat hij het appartement voor zich alleen wilde hebben. Al deze onheilstijdingen, gecombineerd met zijn groeiende gezwel en de zware injecties, bezorgen Roesanov beklemmende angstdromen.

Voor Kostoglotov is het verblijf in het kankerpaviljoen juist een zegen vergeleken met zijn verleden. Achter hem liggen veertien jaren oorlog en werkkamp. Na als frontstrijder zijn vaderland tegen de nazi's verdedigd te hebben, werd Kostoglotov als student landmeetkunde in Moskou gearresteerd omdat hij deel uitmaakte van een vriendenclubje waarin met onvoldoende respect over Hem (= Stalin) gesproken werd. Op grond van het beruchte artikel 58 van het Wetboek van Strafrecht van de USSR – punt 10 (antisovjetagitatie) en punt 11 (samenzwering in groepsverband) – werd hij veroordeeld tot zeven jaar kamp, gevolgd door levenslange verbanning. Kostoglotov is ongetrouwd, heeft geen gezin, noch enig bezit, hij heeft nooit een maatschappelijke carrière kunnen opbouwen. De ontberingen in het kamp hebben hem voor altijd getekend. Hij is grofgebekt, sarcastisch, praat recht voor zijn raap, ziet eruit als een struikrover. Zijn wang wordt ontsierd door een groot litteken: een aandenken aan een vechtpartij met een groep zware jongens in het kamp.

In het werkkamp manifesteerde zich bij Kostoglotov voor het eerst een kwaadaardig gezwel in zijn buik. Hij werd er onder primitieve omstandigheden geopereerd. Tijdens het eerste jaar van zijn verbanning, ergens in een uithoek van Kazachstan, begon de kanker opnieuw in hem te woekeren. Toen hij ten slotte in het kankerpaviljoen werd opgenomen, leek hij niet lang meer te leven te hebben, maar de radiotherapie die de artsen hem voorschrijven, helpt. De in zware doses toegediende röntgenstralen doden de kankercellen. Kostoglotov knapt zienderogen op. Maar hij blijft een moeilijke, obstinate patiënt. Hij discussieert met de artsen over zijn behandeling en eist, zodra zich de eerste tekenen van genezing voordoen, dat de röntgenbehandeling wordt stopgezet omdat hij gelezen heeft dat de straling ook gezonde weefsels kan beschadigen. Hij zet liever zelf, op eigen kracht, zijn behandeling voort, met behulp van *tsjaga* en andere volksgeneesmiddelen. Hij weigert pertinent een aanvullende hormoonbehandeling te ondergaan wegens het niet denkbeeldige gevaar daardoor zijn potentie te verliezen. Met Roesanov voert Kostoglotov heftige politieke discussies. Hij verwijt zijn buurman, die gelooft in de alles bepalende invloed van sociale afkomst (bijvoorbeeld dat kinderen van klassevijanden automatisch ook vijanden zijn), een feodale mentaliteit en minachting voor het volk. Voor Kostoglotov is Roesanov iemand met een *Herrenmoral*. Op het hoogtepunt van hun discussies maakt hij hem uit voor racist.

De meeste artsen in het kankerpaviljoen zijn bekwaam en doen consciëntieus hun werk. Maar ze zijn overbelast. Het vrouwelijke hoofd van de afdeling radiotherapie, dokter Dontsóva, werkt zich letterlijk kapot. Zij heeft door de dagelijkse bediening van de gebrekkig beveiligde röntgenapparatuur in de loop der jaren zoveel straling opgelopen dat zij zelf ook kanker krijgt. Doordat ze overvolle werkdagen maakt, heeft ze geen tijd om na te denken over de vage pijn die ze al langere tijd in haar maag voelt. Wanneer ze eindelijk een andere arts consulteert, is de ziekte al in zo'n ver stadium dat ze onmiddellijk behandeld moet worden.

Haar assistente, de aantrekkelijke Véra Gángart, is een begaafd arts met hart voor haar patiënten. Naar de beginletters van haar voor- en achternaam wordt zij ook wel 'Wega' genoemd – de naam van een van de helderste sterren aan het firmament. Ongetrouwd en eenzaam, leeft ze in eeuwige nagedachtenis aan een jongen die in de oorlog sneuvelde, de enige liefde in haar leven. Wega woont in een lawaaierig gemeenschappelijk appartement, waar op de gang een buurjongen zijn bromfiets repareert.

Op het kankerpaviljoen werkt verder nog de kwieke spontane Zója, een studente medicijnen die in haar vrije tijd diensten als verpleegster draait. In tegenstelling tot Wega is Zoja gemakkelijk 'benaderbaar'. Ze heeft veel vriendjes en leeft in een sfeer van vluchtige seksuele contacten, die haar echter niet bevredigen.

Kostoglotov, die jarenlang zonder vrouw geweest is, voelt zich zowel tot Wega als tot Zoja aangetrokken. Zoja met haar nadrukkelijk vooruitstekende borsten wekt vooral een primaire seksuele begeerte in hem. Tijdens haar nachtdiensten komen zij nader tot elkaar, er ontstaat een lichamelijke relatie. Zoja geeft Kostoglotov voor het eerst sinds lang het gevoel dat hij nog een mán is, dat hij nog leeft. Omgekeerd wordt Zoja tot Kostoglotov aangetrokken omdat hij sterker en geharder is dan de jongens met wie zij vrijt. Hij haalt haar over hem geen hormooninjecties toe te dienen.

Voor Wega koestert Kostoglotov diepere, meer gecompliceerde gevoelens. Hun verhouding, aanvankelijk moeizaam en gespannen, wordt gaandeweg speelser. Hoewel hij de opstandige lastige patiënt is en zij de verstandige verantwoordelijke arts, heeft Kostoglotov toch een zeker manlijk overwicht over haar. Ondanks haar leeftijd en positie is Wega eigenlijk een teer, kwetsbaar meisje gebleven.

Naarmate de weken verstrijken, verandert de samenstelling van het patiëntenbestand in de ziekenzaal. Nieuwe patiënten worden opgenomen, oude patiënten worden, hetzij genezen verklaard of opgegeven, ontslagen. Jefrem Poddoejev moet zijn bed vrijmaken. Hij is niet meer te helpen. Dezelfde dag nog sterft hij, op het moment dat hij in de trein naar huis wil stappen. Sjoeloebin ondergaat een zware operatie, zijn aarsopening wordt naar de zijkant van zijn lichaam verplaatst. Het is niet zeker of hij de operatie zal overleven. Vadim Zatsyrko, met de dag zwakker geworden, krijgt nieuwe hoop wanneer het goud dat zijn leven kan rekken, eindelijk arriveert. Djomka stemt, als de pijn ondraaglijk wordt, toe in amputatie van zijn been. Herstellende van de operatie maakt hij plannen voor zijn toekomst. Hij zou het liefst letterkunde willen studeren, omdat hij 'de waarheid liefheeft'. De onbereikbaar geachte Asja is plotseling op tragische wijze heel dicht bij hem gekomen doordat ook zij een verminkende operatie (borstamputatie) heeft moeten ondergaan.

Roesanov herstelt langzaam. De zware injecties, die hem aanvankelijk ernstig verzwakten, beginnen te helpen. Zijn gezwel wordt kleiner, hij vat weer moed en krijgt weer praatjes. Hij schept tegen de andere patiënten op over zijn fraai ingerichte luxeflat en schoolmeestert over de zegeningen van het communisme. De geestelijke crisis waarin hij in het begin van zijn opname was beland, heeft geen ander mens van hem gemaakt. Het is gebleven bij voorbijgaande nachtmerrieachtige beelden uit het verleden. Van enige gewetenswroeging is geen sprake. Roesanov wordt ten slotte ontslagen. Hij voelt zich genezen, al achten de artsen de mogelijkheid van nieuwe metastasen aanwezig.

Terwijl Roesanov herstelt, gaat Kostoglotov achteruit. De onophoudelijke ‘bombardementen’ met röntgenstralen dringen zijn kankergezwel terug, maar ondermijnen zijn natuurlijke weerstand. Pas wanneer hij door Wega nieuw bloed toegediend krijgt, komt hij weer op krachten. Tijdens de bloedtransfusie komen patiënt en arts nader tot elkaar in een persoonlijk gesprek over de verhouding tussen man en vrouw. De kuise Wega vindt in Kostoglotov onverwacht een verwante ziel. Hij is de eerste die begrijpt dat de omgang tussen de geslachten bepaald wordt door meer dan alleen fysiologische factoren als seks.

Kostoglotov wordt ten slotte, tegelijk met Roesanov, ontslagen, hoewel ook bij hem het gevaar van nieuwe uitzaaiingen niet denkbeeldig is. Zowel Wega als Zoja nodigen hem uit om op de dag van zijn vertrek uit het ziekenhuis langs te komen. Bij beiden mag hij overnachten voordat hij met de trein terugkeert naar zijn ballingsoord. Kostoglotov kiest voor Wega.

De eerste dag buiten het ziekenhuis ervaart Kostoglotov als de eerste dag der schepping. Het is een prille lenteochtend, alles is nieuw en betoverend. Hij geniet van de wondere schoonheid van de pas ontluikende *urjuk* (een soort abrikoos), van een pot groene Oezbeekse thee, een sjasliek, een ijsje, een glas wijn – allemaal dingen waarvan hij alleen gehoord heeft of die hij zich vaag van vroeger herinnert. Maar gaandeweg begint hij zich verloren te voelen in de stad. Hij verdwaalt in een warenhuis. Hij weet niet wat hij aan moet met de uitgestalde waar, die hem voorkomt als overbodige luxe. Zich afvragend of hij een cadeautje moet meenemen voor Wega, realiseert hij zich dat zelfs de eenvoudigste maatschappelijke conventies ingewikkelde problemen voor hem zijn geworden. Zijn kampverleden heeft hem vervreemd van de moderne tijd, hij is normale menselijke communicatie ontwend, de buitenwereld is te gecompliceerd voor hem geworden. Binnen een dag is alle vreugde weer voorbij. Wanneer hij bij de woning van Wega arriveert en zij op dat moment niet thuis is, verliest hij definitief de moed. Hij neemt in een briefje afscheid van haar: het is beter als ze elkaar niet meer ontmoeten, hij zou toch niet hebben kunnen voldoen aan haar verheven platonische verwachtingen van liefde; er zou misschien ‘iets onherstelbaars’ gebeurd zijn, waarvoor ze zich later allebei geschaamd zouden hebben.

Kostoglotov haast zich naar het station en bemachtigt een plaatsje in de overvolle trein naar zijn ballingsoord in Kazachstan. Hij is tevreden. Het is voor hem beter niet te streven naar een groot geluk (vrouw, maatschappelijke positie), maar naar een klein geluk (een plaatsje in de trein).

Analyse

Het kankerpaviljoen werd door Solzjenitsyn geschreven tussen 1963 en 1967, nadat kort daarvoor zijn literaire debuut, het geruchtmakende *Een dag uit het leven van Iván Denísovitsj*, verschenen was. Door velen was de publicatie van dit schrijnend realistische verslag van het dagelijks leven in een stalinistisch werkkamp opgevat als een eerste lentezwaluw en de schrijver koesterde de hoop dat ook zijn nieuwe, politiek eigenlijk niet zo gevaarlijke roman in zijn vaderland kon verschijnen. Het tijdschrift *Nieuwe wereld*, orgaan van de bond van sovjetschrijvers, en zijn hoofdredacteur Tvardóvski hadden de tekst van *Het kankerpaviljoen* al geaccepteerd, de prozasectie van de Moskouse schrijversbond had haar imprimatur reeds gegeven en de drukproeven waren eind 1967 gereed – maar het politieke tij bleek, vooral na de afzetting van Chroesjtsjóv, definitief gekeerd en de publicatie van *Het kankerpaviljoen* werd op last van hogerhand tegengehouden. Het centrale secretariaat van de sovjetschrijversbond (Fédin, Sjólochov, Leónov, S. Michalkóv e.a.) verbood de publicatie in *Nieuwe wereld*. Daarmee onderging *Het kankerpaviljoen* hetzelfde lot als het al eerder in de jaren vijftig geschreven, politiek explosievere *In de eerste cirkel*.

In de loop van 1968 verscheen in het Westen, ongeveer gelijk met *In de eerste cirkel*, de Russische tekst van *Het kankerpaviljoen*, al heel snel gevolgd door een serie vertalingen. Solzjenitsyn zelf distantieerde zich officieel van de niet door hem geautoriseerde uitgave van zijn werk en hekelde de haast waarmee de vertalingen gefabriceerd werden (de meeste vertalingen van *Het kankerpaviljoen* zijn inderdaad beneden alle peil). In de Sovjet-Unie zelf raakte de roman bij de lezers bekend dankzij de exemplaren die vanuit het Westen het land binnengesmokkeld werden, en dankzij de talloze met de hand, machinaal of fotografisch vermenigvuldigde, ondergronds circulerende kopieën van het manuscript. Vanaf 1966/1967 waren tal van dergelijke zogenaamde *samizdát*-exemplaren in omloop. Pas in 1990 werd de roman voor het eerst gepubliceerd in Rusland.

Het kankerpaviljoen wordt wel de meest persoonlijke van Solzjenitsyns romans genoemd, omdat de hoofdpersoon Kostoglótov zulke duidelijke autobiografische trekken vertoont. Kostoglotov onderscheidt zich van die andere literaire dubbelganger van Solzjenitsyn, Nerzjín uit *In de eerste cirkel*, doordat hij sterker op de voorgrond treedt. In laatstgenoemde roman is de aandacht meer verdeeld over verschillende hoofdpersonen. Al is Kostoglotov geen echt zelfportret van de schrijver, het biografische signalement is inderdaad in grote trekken hetzelfde: frontstrijder, dwangarbeider, interne balling, kankerpatiënt. Solzjenitsyns ballingsoord bevond zich ook in Kazachstan (Kok-Térek), ook hij werd tijdens zijn ballingschap wegens kanker (seminoom) behandeld en genas. De niet met name genoemde stad in de roman is Tasjként, waar Solzjenitsyn zelf, in de oncologische kliniek van het plaatselijke ziekenhuis, tijdens zijn ballingschap twee keer opgenomen is geweest.

Terwijl *In de eerste cirkel* en *Een dag uit het leven van Ivan Denisovitsj* de eerste twee fasen van Solzjenitsyns eigen straftijd weerspiegelen – respectievelijk sjarásjka (onderzoeksinstituut voor wetenschappelijk geschoolde gedetineerden) en werkkamp – speelt *Het kankerpaviljoen* tijdens de laatste fase, die van interne verbanning, inclusief ziekenhuisopname. De Goelaghel met haar verschillende cirkels van verschrikking is verlaten. Het kankerpaviljoen is een soort tussenstadium tussen paradijs en hel, leven en dood, vrijheid en onvrijheid. Kostoglotov wordt niet omringd door medegevangenen, maar door medepatiënten. De gelijkschakelende factor is niet het totalitaire systeem, maar de dodelijke ziekte. Zodra deze terugwijkt, treden de politieke en andere tegenstellingen naar voren. Het zijn vooral de confrontaties tussen 'tiran, verrader en gevangene' (drie mensentypen 'in ons treurig tijdvak' die Sjoelóebin naar een gedicht van Póesjkin onderscheidt), tussen onverbeterlijke, berouwvolle en verbitterde, alsmede de spanning tussen politieke vijandschap en existentiële lotsverbondenheid, die *Het kankerpaviljoen* tot een boeiende roman maken. Solzjenitsyn slaagt erin de ziekenzaal met haar halfdode en stervende patiënten tot leven te wekken. Indrukwekkend beschreven is vooral het proces van *onthechting* dat terminale patiënten doormaken. Evenals bij Tolstój (bijvoorbeeld in *De dood van Iván Iljítsj*) is het stervensproces verbonden met een morele bezinning op het leven dat geleid is.

Het kankerpaviljoen is zowel door bewonderaars als door verguizers een politieke allegorie van de sovjetmaatschappij genoemd: het ziekenhuis als de samenleving, het communisme als kankergezwel, de sovjetburger als patiënt. De *Právda* beschuldigde Solzjenitsyn ervan dat hij 'alleen maar wonden en kankergezwellen in het sovjetsysteem probeerde te vinden'. Solzjenitsyn zelf heeft heftig ontkend dat de roman als een allegorie opgevat moet worden. Beschrijving van ziekenhuis, ziekte, behandeling en genezing waren door hem wel degelijk niet-dubbelzinnig, realistisch bedoeld.

Niettemin bepaalt de politieke context waarin de roman zich afspeelt, voor een belangrijk deel de gebeurtenissen in het kankerpaviljoen. De roman roept treffend de sfeer op van die onwezenlijke tijd van schoorvoetende destalinisering tussen de dood van Stálin en de geheime rede van Chroesjtsjov op twintigste

partijcongres, van die korte periode tussen 1953 en 1956 toen men voelde dat er iets in de lucht hing, waarover nog niet hardop mocht worden gesproken. De veranderende politieke wind geeft de partijfunctionaris een gevoel van onheil en het slachtoffer van het systeem een vage hoop. Op geraffineerde wijze worden deze verschillende gevoelens door Solzjenitsyn verbonden met verslechtering respectievelijk verbetering van de gezondheidstoestand.

In tegenstelling tot Solzjenitsyns latere werk, bijvoorbeeld *De Goelag Archipel*, is *Het kankerpaviljoen* nog vooral antistalinistisch, niet zozeer anticommunistisch. De revolutie wordt stilzwijgend aanvaard, over Lenin wordt geen kwaad woord gezegd. De roman richt zich tegen de nieuwe parasiterende sovjetelite, de gearriveerde 'chic soviétique', vertegenwoordigd in de persoon van Roesánov. Roesanov behoort tot de klasse van partijkaderleden (*apparatsjiks*) die, naar oude gewoonte schermend met marxistische clichés als 'alle macht aan het volk', in feite neerkijken op het volk. Ze mijden het openbaar vervoer om hygiënische redenen, streven een 'voordelig' huwelijk voor hun kinderen na en leiden ook verder een exclusief herenleventje. Ze vormen een nieuwe feodale klasse en zouden het liefst een apartheidspolitiek willen voeren, met afgeschermde leefmilieus voor elite en gepeupel. De auteur stelt ironisch vast: 'De Roesanovs hielden van het volk, hun grote volk, ze dienden het en waren bereid hun leven ervoor te geven. Maar met de jaren was iets anders hun steeds meer gaan tegenstaan: de bevolking. Die recalcitrante, eeuwig de kantjes eraf lopende, tegenstribbelende, zich nooit met iets tevreden stellende bevolking.' In hoog oplopende discussies, die tot de dramatische hoogtepunten van de roman behoren, ontmaskert Kostoglotov de feodale klassementaliteit van de nieuwe communisten. De vraag naar de verwording van het sovjetcommunisme wordt ook aan de orde gesteld door Sjoelóebin, een van de meest interessante personages in de roman. In zijn persoon wordt een illustratie gegeven van dat noodlottige psychologische fenomeen van morele degeneratie, waardoor eertijds onverschrokken bolsjewieken, die bereid waren hun leven te geven voor de revolutie, onder Stalin lafhartige meelopers en zelfontmaskeraars werden.

Het kankerpaviljoen toont nog niet de verschrikkingen van het totalitarisme in al zijn proporties, zoals later *De Goelag Archipel*, maar maakt wel de top van de totalitaire ijsberg zichtbaar. In het ziekenhuis treffen we, opeengedrongen, zowel de slachtoffers van het systeem als degenen die meehelpen het draaiende te houden. Ze zijn er allemaal: de dwangarbeider, de kampbewaker, de eenzaam achtergebleven vrouw van de politieke gevangene, de verklikker, de zich medeverantwoordelijk makende jaknikker. En dan zijn er nog degenen die van niets weten. Dokter Dontsóva bijvoorbeeld, die fatsoenlijke, intelligente en geleerde vrouw, heeft er geen idee van in wat voor concentratiekampsamenleving ze eigenlijk leeft. Wanneer Kostoglotov daarover met haar probeert te praten, merkt hij dat ze volslagen naïef is, dat hij haar, toch zijn 'land- en tijdgenote', zelfs de meest evidente waarheden niet aan het verstand kan brengen. Ze leven in verschillende werelden. En zoals Dontsova waren er velen.

De verhouding arts-patiënt wordt objectief, vanuit beider standpunt beschreven. De 'moeilijke' patiënt Kostoglotov fungeert als het geweten van de artsen en confronteert hen met ethische vragen als: mag een patiënt weten wat er met hem gebeurt; in hoeverre heeft hij het recht over zijn eigen leven te beschikken; wegen de voordelen van een behandeling wel altijd op tegen de nadelen en dergelijke Over het algemeen wordt het medisch en verplegend personeel in het kankerpaviljoen sympathiek voorgesteld. Men werkt hard, zelfs ten koste van de eigen gezondheid. Het dagelijkse werk van het ziekenhuispersoneel, inclusief de technische en wetenschappelijke kanten ervan, wordt met een verbazende kennis van zaken beschreven. De incapabele artsen, zoals de alleen in gunstige statistieken geïnteresseerde directeur van het kankerpaviljoen, blijven op de achtergrond. Een ideaal beeld van de 'ouderwetse' en humane allround huisarts, die tijd heeft voor zijn patiënten en hen persoonlijk kent, geeft Solzjenitsyn in de persoon van de oude wijze dokter Orésjtsjenkov, Dontsova's leermeester.

Hoe ziek Kostoglotov ook is, hij behoudt desondanks zijn belangstelling voor het vrouwelijk geslacht. Vooral Zója's borsten wekken zijn onverholen bewondering. Zijn seksuele belangstelling bespoedigt zijn terugkeer naar het leven. De geslachtsdrift bij Solzjenitsyn is geen duister destructief verschijnsel, maar een gezonde aardse kracht. Over seksualiteit wordt, althans voor een Russische roman uit de jaren zestig, openhartig gesproken. De groei van Kostoglotovs mannelijkheid wordt fraai gesymboliseerd door een opzwellende zuurstofzak, die op een cilinder in de gang hangt waar Zoja en hij elkaar voor het eerst kussen (Zoja heeft vergeten de toevoer af te sluiten). Een nog belangrijker symbolische betekenis heeft de bloedtransfusie die Wega Kostoglotov toedient. Tijdens de transfusie vindt het wonder van de toenadering tussen twee zielen plaats. Gelijk met het bloed krijgt Kostoglotov door Wega nieuwe levenskracht ingegoten.

Wanneer eindelijk in het voorjaar de ziekenhuispoorten voor Kostoglotov opengaan en hij de wereld binnenstapt, die vol herrijzend leven is en hem voorkomt als op de eerste dag der schepping, lijkt zich ook voor hem persoonlijk een nieuwe hoopvolle toekomst aan te dienen. 'Alles wat slecht was in het leven, had hij al ervaren – wat nog kwam, kon alleen maar beter zijn.' Maar de twee slothoofdstukken van de roman, die buiten het ziekenhuis spelen en geheel anders van toon zijn dan de voorgaande hoofdstukken, eindigen na een lyrische aanzet vol desillusie. Voor Kostoglotov is het onmogelijk werkelijk terug te keren naar de maatschappij. Zijn kankergezwel lijkt genezen, maar zijn kampmentaliteit zit voor altijd in hem ingekankerd. Ook wat de politieke ontwikkelingen betreft eindigt de roman niet optimistisch. Er mag sprake zijn van massale rehabilitaties – Roesanov verlaat het kankerpaviljoen zonder innerlijke ommekeer. Hoop geeft misschien alleen de nieuwe generatie die zich schaamt voor haar ouders. Een van die jongeren is Roesanovs zoon Jóera, te vergelijken met de gewetensvolle jonge diplomaat Volódin uit *In de eerste cirkel.*

Enigszins in de schaduw gebleven van voornoemd literair meesterwerk, is *Het kankerpaviljoen* niettemin een grote roman, rijk aan gedachten, symbolen, poëtische beelden en dramatische dialogen. En het belangrijkste, zoals Lídia Tsjoekóvskaja het in een vlammende protestbrief naar aanleiding van de in 1968 ontketende hetze tegen Solzjenitsyn formuleerde, is dat de roman 'het hoge doel bereikt waarnaar de literatuur behoort te streven: de lezer leren nadenken'.

Solzjenitsyn, Aleksandr Isajevitsj

DE GOELAG ARCHIPEL

1973-1976

Inhoud

De Goelag Archipel bestaat uit zeven delen. De eerste zes beschrijven de gevangenissen, strafkampen en interne verbanningen in de Sovjet-Unie gedurende de jaren 1918-1956. Het laatste deel actualiseert de geschiedenis tot het midden van de jaren zestig.

Deel I. De gevangenisindustrie

Hoofdstuk 1. *De arrestatie*

Alles begint met het bedrieglijk onschuldige moment waarop er 's nachts bij je op de deur wordt geklopt. Of wanneer je op straat gevraagd wordt even mee te komen. De arrestatie. Zij is het definitieve keerpunt in je leven, ze rukt je voor vele jaren of voor altijd weg uit je gezin, weg uit de maatschappij. De traditionele nachtelijke arrestatie biedt belangrijke psychologische voordelen: je wordt uit je warme bed gehaald, bent slaperig, staat in je pyjama tegenover een aantal geüniformeerde veiligheidsagenten, de buren slapen. De kans op getuigen is klein. Je wordt afgevoerd door stille flatgebouwen, langs donkere lege straten.

Soms echter word je eerst weggelokt uit je vertrouwde omgeving. Je krijgt bijvoorbeeld onverwachts een vakantie in Sótsji aangeboden en je wordt, als je vrouw je naar de trein brengt, op het station even terzijde genomen door een onbekende – om pas tien jaar later of nooit meer terug te keren. Of je gaat als meisje met een vriend, die rechter-commissaris is, naar de schouwburg en wordt na afloop van de voorstelling door hem regelrecht naar de gevangenis vervoerd. In alle gevallen draagt de arrestatie een overrompelend karakter. Bijna alle gearresteerden zijn *onschuldig* en dus volstrekt onvoorbereid. Ze plegen dan ook geen verzet, ze zijn als verlamd. Ze koesteren de ijdele hoop dat de zaak wel rechtgezet zal worden, het misverstand opgehelderd. Slechts een enkeling heeft de tegenwoordigheid van geest om al schreeuwend en protesterend de aandacht van buren of voorbijgangers te trekken en zo zijn belagers af te schrikken.

Hoofdstuk 2. De geschiedenis van onze riolering

Er bestaan enkele hardnekkige misverstanden over de terreur in de Sovjet-Unie. Zoals 'Alle ellende is pas onder Stálin begonnen' en 'De repressie van de jaren 1937/1938, toen de communisten zelf vervolgd werden, was uitzonderlijk'. In werkelijkheid is er – vanaf de eerste maanden van de revolutie tot aan de dood van Stalin – sprake geweest van een ononderbroken, nu eens gestage dan weer plotseling aanzwellende stroom mensen richting gevangenis-kamp-ballingsoord. Deze stroom is te vergelijken met de continue ondergrondse afvoer van vuil door rioolbuizen.

Reeds onder Lénin, die met uitspraken over 'schadelijke insecten' waarvan het land gezuiverd moest worden, terreur als middel om je gelijk te krijgen en het nut van dwangarbeid de theoretische grondslag legde voor het communistische schrikbewind, kwam deze stroom op gang. In de burgeroorlog had de bolsjewistische veiligheidspolitie, de Tsjeká, al onbeperkte volmachten om af te rekenen met politieke tegenstanders. Hieronder werden niet alleen echte contrarevolutionairen verstaan, maar ook rivaliserende revolutionaire groeperingen als de socialisten-revolutionairen (ook wel kortweg socialisten of *eséry* genoemd), alsmede anarchisten en mensjewieken. Vanaf 1919 werd de 'strijd tegen de contrarevolutie' nog ruimer geïnterpreteerd: er vonden massale vervolgingen plaats van onafhankelijke intellectuelen, zogenaamd wegens banden met de verboden partij der Kadetten (konstitutioneel-democraten), en van boeren die zich verzetten tegen voedselheffingen (alsmede, en passant, velen die zich niet verzetten). Daarna brengt de beëindiging van de burgeroorlog, in 1921, vreemd genoeg een verheviging van de repressie met zich mee. De triomferende bolsjewieken pakken tussen 1922 en 1927 iedereen op die ooit lid is geweest van een andere politieke partij. Vanaf 1922 worden bovendien massale arrestaties verricht binnen de Kerk. Religieuze opvoeding wordt, als vorm van contrarevolutionaire agitatie, bestraft met tien jaar kamp. Vervolgens komen aan de beurt: onafhankelijke studenten, voormalige witte officieren, hun familieleden, voormalige tsaristische ambtenaren, mensen van adellijke komaf. Vanaf 1927 worden bij wijze van *sociale profylaxe* op grote schaal burgers vervolgd van wie in de toekomst contrarevolutionaire activiteiten *verwacht* kunnen worden. In de jaren 1928-1930, als er zondebokken voor de economische malaise gezocht worden, komt er een geweldige campagne tegen ingenieurs en ander leidinggevend technisch-wetenschappelijk personeel op gang. Overal worden *economische saboteurs* ofwel *verpesters* 'ontmaskerd': zij die bewust de opbouw van het socialisme in de Sovjet-Unie zouden ondermijnen. Stalin verordonneert enkele grote showprocessen, die als model dienen voor talloze kleinere processen overal in den lande. In 1929 komt de communistische partij zelf aan de beurt. Zij wordt voor het eerst gezuiverd, voorlopig alleen van trotskisten.

Dan krijgen de rioolbuizen van het menselijke afval hun eerste miljoenenstroom te verwerken. De in 1929-1930 ingezette 'collectivisatie van de landbouw' betekent niets minder dan een ontvolking van het platteland. Officieel wordt alleen een bovenlaag van uitbuiters (koelakken) geliquideerd – in werkelijkheid worden naar schatting vijftien miljoen (!) boeren geëxecuteerd, geïnterneerd en gedeporteerd. Na het platteland komt de stad aan de beurt: naar aanleiding van de moord op de partijsecretaris van Leningrad, Kírov, in 1934 wordt een kwart van de bevolking van de stad opgepakt. Dan, in de jaren 1937-1938, wast een nieuwe miljoenenstroom aan. Overal in het land, op elk bedrijf, in elke flat, in elke familie worden 'vijanden van het volk' ontdekt. De meesten van hen worden veroordeeld op grond van artikel 58 van het Wetboek van Strafrecht. Dit artikel, waarin de misdrijven tegen de staat geformuleerd worden, bestaat uit veertien punten, die variëren van landverraad tot plichtsverzuim. Vooral punt 10, antisovjetagitatie, is ongekend populair. De officiële formulering – 'Propaganda dan wel agitatie die een oproep tot omverwerping, ondermijning of verzwakking van de sovjetmacht inhoudt, benevens het verspreiden, vervaardigen of bewaren van literatuur van dergelijke strekking' – wordt zo ruim geïnterpreteerd dat in feite elke negatieve, sceptische, de wijsheid van de Partij en haar Leider in twijfel trekkende uitlating of handeling eronder kan vallen (zoals het oefenen van je handtekening op krantenfoto's van Stalin, het uitschakelen van de radio telkens wanneer er een eindeloos lange brief van Hem wordt voorgelezen, enzovoort). En al ben je nog zo'n perfecte sovjetburger en valt er echt helemaal niets op je aan te merken, dan nog loop je de kans om als kennis van iemand die reeds gearresteerd is, zelf ook gearresteerd te worden. De meest sensationele groep slachtoffers van de terreur in die jaren waren voor de buitenwereld de communisten zelf. Bijna het voltallige partijkader, de hele militaire top en zelfs veel hoofden van de geheime politie werden weggevaagd. Toch maakte deze categorie maar ongeveer tien procent van het totale aantal slachtoffers uit. Alle andere arrestaties wekken de indruk van een volstrekte willekeur.

De diepere achtergrond van de toenmalige decimering van de bevolking was dat men arbeidskrachten nodig had voor de werkkampen in Siberië en andere barre streken. Elk rayon moest een bepaald aantal mensen leveren. Dat er sprake is geweest van een nauwkeurig voorbereide operatie, blijkt onder andere uit de grootschalige verbouwing en uitbreiding van de gevangenissen overal in het land, voorafgaande aan de vloedgolf van arrestaties.

In het begin van de Tweede Wereldoorlog, wanneer Stalin en Hitler nog goede maatjes zijn, worden tienduizenden voor de Duitse bezettingsmacht naar Rusland gevluchte Tsjechen rechtstreeks doorgetransporteerd naar Stalins concentratiekampen. Ook als de Sovjet-Unie in 1941 zelf in oorlog raakt met Duitsland, gaat de stroom gevangenen onverminderd door. In de kampen belanden onder anderen: sovjetburgers van Duitse afstamming (geselecteerd naar het pure nazi-criterium van 'völkische Angehörigkeit'), paniekzaaiers (die het wagen over het ongunstige verloop van de oorlog te praten), generaals die de schuld krijgen van de terugtocht van het Rode Leger, militairen ontsnapt uit Duitse omsingeling (zijn in te nauw contact geweest met de vijand) en bewoners uit heroverde gebieden die tijdens de Duitse bezetting niet zijn weggevlucht (collaborateurs én verzetslieden zonder onderscheid des persoons). Aan het eind van de oorlog zwelt dit alles aan tot een derde miljoenenstroom, bestaande uit hele 'fascistische' volksstammen, zoals de Krimtataren, en alle Russische militairen die als krijgsgevangene in een Duits kamp hebben gezeten. Deze laatsten worden bij terugkeer in het vaderland onthaald als 'verraders' en 'capitulanten'.

In 1948-1949 stromen de kampen opnieuw vol met gevangenen, die juist daarvoor zijn vrijgelaten omdat hun straftijd voorbij was. Deze 'andermalers' (*povtórniki*), enkel gearresteerd op grond van hun kampverleden, worden 'op herhaling' gestuurd. Daarna volgen nog stromen van studenten die zich bewonderend hebben uitgelaten over de Amerikaanse technologie, de Amerikaanse democratie of het Westen in het algemeen; van verklappers van staatsgeheimen (zoals routes van het openbaar vervoer in steden of namen van mensen die in kampen zitten); van Litouwers, Esten, Letten, enzovoort. Ten slotte is er de campagne tegen mensen zonder vaderland, de 'kosmopolieten', ofte wel de joden. Stalin ontwierp het plan voor een enorme antisemitische campagne, compleet met 'spontane' pogroms, die alleen dankzij zijn dood in 1953 niet heeft plaatsgevonden.

Hoofdstuk 3. *Het vooronderzoek*

Na de arrestatie volgt in de gevangenis de fase van het vooronderzoek. Het bijzondere van deze procedure in de Sovjet-Unie is dat de rechters-commissarissen die het onderzoek leiden, er niet in geïnteresseerd zijn om de schuld van de gearresteerde aan te tonen – 'bewijs zelf maar eens dat je *geen* agent van het imperialisme bent' – maar om deze te dwingen tot een vlotte bekentenis en het noemen van zoveel mogelijk (vermeende) medeplichtigen. Het vooronderzoek leidt dan ook nooit tot vrijlating. Om hun doel te bereiken beschikken de rechters-commissarissen over een heel scala van middelen, variërend van de meest verfijnde psychologische techniek tot de meest grove fysieke marteling. In de loop der jaren zijn onder andere bijzonder populair geworden: het nachtelijk verhoor ('s nachts is de ondervraagde kwetsbaarder); het beroep op de redelijkheid van het slachtoffer (hoe sneller je bekent, des te verstandiger, des te beter voor je gezondheid); grove scheldwoorden (aanbevolen voor fijnbesnaarde typen); de klap van het psychologisch contrast (afwisselend vriendelijke en rauwe bejegening); intimidatie (dreigen met erger – gepaard aan het in vooruitzicht stellen van strafverlichting bij coöperatieve houding); de leugen (bijvoorbeeld dat je vrienden 'al bekend hebben'); het dreigen met represailles tegen naasten (breekt zelfs het meest hardnekkige verzet); akoestische methoden (bijvoorbeeld schreeuwen in oor); ononderbroken fel licht in de cel; het tergend lang uitstellen van het verhoor; de opsluiting in een 'box' (isoleercel waar je alleen kunt staan); het eindeloos lang op de knieën laten zitten (fysiek én symbolisch tot overgave stemmend); het kwellen met dorst; gedwongen slapeloosheid (brengt op den duur persoonlijkheidsverlies teweeg); het strafhok (meestal ijskoud); de kwelling met honger (bijzonder effectief als de ondervrager zelf smakelijk eet); het slaan met stompe voorwerpen die geen sporen nalaten (bijvoorbeeld op de zonnevlecht of de testikels), en het dwangbuis. Het ergst werd er gefolterd onder Stalin, maar de praktijk van het afdwingen van bekentenissen door middel van martelingen bestond in de Sovjet-Unie al lang vóór hem. Nachtelijke verhoren en gedwongen slapeloosheid kwamen in de eerste jaren na de revolutie algemeen voor. In 1919 plachten leden van de Tsjeka arrestanten demonstratief met de revolver voor zich op tafel te ondervragen.

Bijna iedereen gaat op een bepaald moment tijdens het vooronderzoek, dat wel een jaar kan duren, ten slotte door de knieën. Ook Solzjenítsyn zelf, die naar aanleiding van enkele onwelvoeglijke uitspraken over Stalin in brieven aan een vriend in 1945 als frontofficier gearresteerd werd, ondertekende ten slotte maar een document waarin hij verklaarde schuldig te zijn aan antisovjetagitatie en een poging een anticommunistische organisatie op te richten, hoewel in zijn geval slechts drie van de lichtere foltermethoden werden toegepast: slapeloosheid, leugens en intimidatie. Zeldzaam waren degenen die onder alle martelingen standhielden, die nooit een schuldbekentenis tekenden, noch iemand verrieden. Van hen hebben slechts weinigen levend de gevangenis verlaten.

Hoofdstuk 4. De blauwboorden

Wie zijn die rechters-commissarissen en andere officieren van de veiligheidsdienst, kenbaar aan de kleur blauw waarmee hun uniformen (boorden, kraagspiegels, patjes, epauletten en dergelijke) afgezet zijn? Wat voor persoonlijkheidsstructuur hebben die beulen van de Tsjeka, GPOe, NKVD, MGB, MVD, KGB of hoe de geheime politie in de Sovjet-Unie door de jaren heen ook geheten mag hebben? Eerlijk gezegd onderscheiden ze zich weinig van hun medeburgers. Hooguit zijn zij nog wat slechter bestand tegen de verleiding van macht en privileges dan de gemiddelde sterveling. Immers het beroep van blauwboord kent vele voordelen. Men kan ongestoord zijn hebzucht botvieren door arrestanten te bestelen. Men kan ervoor zorgen dat diegene gearresteerd wordt met wie men een persoonlijke rekening te vereffenen heeft, diegene op wiens woning of echtgenote men aast. Een in het blauw van de veiligheidsdienst uitgemonsterde luitenant is machtiger dan een generaal van het Rode Leger.

Overigens doet de blauwboord gewoon zijn werk. Half ambtenaar, half militair voert hij zijn instructies uit. De richtlijnen van Stalin volgend spoort hij de van hogerhand opgestelde quota vijanden des volks op. Volgens de getuigenissen van hen die zowel de folteraars van de Gestapo als die van de MGB ervaren hebben, was het belangrijkste verschil tussen hen dat het de nazi-beulen er in de eerste plaats om te doen was betrouwbare informatie te verzamelen, terwijl hun sovjetcollega's daar geheel niet in geïnteresseerd waren. Het cynische credo van de laatsten was: 'Geef ons een arrestant, dan zetten wij wel een dossier in elkaar.'

Het zou echter te eenvoudig zijn om de functionarissen van de veiligheidsdienst als puur slechte mensensoort tegenover de rest van de mensheid te stellen. Immers 'de grenslijn tussen goed en kwaad loopt niet tussen mensen maar dwars door ieder mensenhart'. Misschien moet iedereen zich wel afvragen: 'Zou ík wel weerstand hebben geboden aan de verleiding als mij een functie bij de geheime politie was aangeboden?' Het scheelde weinig of ook Solzjenitsyn zelf had zich als student in 1938, bij een wervingscampagne van de NKVD aan de universiteit, als medewerker laten ronselen. Slecht zijn de medewerkers van de veiligheidsorganen vooral omdat ze zichzelf niet als zodanig beschouwen, omdat ze gedekt worden door een ideologie die al hun daden rechtvaardigt.

Hoewel de beulen onder Stalin, inclusief de hoogst verantwoordelijke (Jágoda, Jezjóv, Béria, Abakóemov), vaak zelf ten slachtoffer vielen aan de door hen ontketende terreur – door hun gewoonte ook elkáár aan te geven en door een raadselachtige wetmatigheid die periodiek voor een aflossing van de wacht zorgt – zijn velen van hen na de dood van Stalin ongestraft gebleven. Niet uit wraak, maar in het belang van de gerechtigheid en om herhaling te voorkomen, dienen zij alsnog berecht te worden. Ook de Sovjet-Unie heeft haar Neurenbergse processen nodig. Want wat voor toekomst heeft een land als de jeugd niet getoond wordt dat het goede overwint en het kwaad gestraft wordt?

Hoofdstuk 5. Eerste cel – eerste liefde

De interne gevangenissen van de veiligheidsdienst (Loebjánka, Boetýrki, Soechánovski e.a.) waarin het 'vooronderzoek' plaatsvindt, zijn volledig geïsoleerd van de buitenwereld. Ook binnen de gevangenismuren wordt de arrestant aanvankelijk in isolatie gehouden. Dit kan maanden duren. Gedurende die tijd heeft hij alleen te maken met bewakers en ondervragers. Dan komt het moment waarop hij in een cel met andere gevangenen geplaatst wordt. Deze eerste ontmoeting met lotgenoten is net zo'n sterke emotionele ervaring als de eerste liefde. Zij blijft je altijd bij. In de gemeenschappelijke cel leer je mensen kennen die met je meevoelen, met wie je ervaringen uitwisselt, die je hun eigen fantastische levensloop vertellen. Oudgedienden horen nieuwkomers uit over de buitenwereld en geven op hun beurt voorlichting over het gevangenisleven. In de gemeenschappelijke cel kan naar hartelust gediscussieerd worden – zelfs nog onbevangener dan in de maatschappij, immers je vrijheid heb je toch al verloren. Niettemin is het oppassen geblazen, want de inlichtingendienst heeft in elke cel een 'kloek' uitgezet: een verklikker, die de opdracht heeft zijn superieuren de inhoud van de gesprekken van zijn medegevangenen over te brengen. De kloek is uiterlijk niet te onderscheiden van de andere gevangenen, maar na verloop van tijd leer je het type toch feilloos herkennen en begin je in zijn nabijheid instinctief op je woorden te letten. Een ander type celgenoot is de orthodoxe communist, het slachtoffer van zijn eigen regime, die nochtans zijn geloof niet verloren heeft en pal achter Stalin staat. Met dergelijke lieden is een normale uitwisseling van gedachten vrijwel uitgesloten. Hun wereld- en mensbeeld is voorgoed verminkt.

De belangrijkste celgenoot voor de nieuwkomer is degene die door eigen bittere ervaring en door zelfstandig nadenken de ware aard van het sovjetcommunisme doorgrond heeft en in staat is ook anderen aan het denken te zetten. De schrijver zelf leerde in het begin van 1945 in zijn eerste gemeenschappelijke cel enkelen van hen kennen. Zij werden zijn eerste leermeesters. Een van hen was de oude revolutionair Fasténko, die als lid van de Russische Sociaal-Democratische Arbeiderspartij vóór de revolutie Lenin nog persoonlijk gekend had. Onder Stalin werd hij gearresteerd, onder andere op grond van de fantastische beschuldiging dat hij een voormalig agent van de tsaristische geheime politie was. De gevangenissen van voor en na de revolutie, die hij beide van binnen kende, met elkaar vergelijkend, is hij tot de conclusie gekomen dat die onder de tsaren 'paradijzen' waren. Fastenko waarschuwde Solzjenitsyn, toen nog overtuigd leninist, ervoor de vader van de Russische revolutie niet te verafgoden. Een andere leermeester, de Estische intellectueel en strijder voor de onafhankelijkheid van zijn volk, Susi, opende Solzjenitsyns ogen voor een geheel andere, niet-marxistische wereld, voor westerse democratie en beschaving.

Ook van zijn jonge celgenoot Jóeri Je. leerde Solzjenitsyn veel. Joeri trok als zoon van een beroemd officier enthousiast met het Rode Leger mee ten strijde tegen de Duitsers, maar werd gevangengenomen. In het kamp merkte hij dat van alle krijgsgevangenen de Russische er het slechtst aan toe waren, omdat de Sovjet-Unie de internationale conventies betreffende de behandeling van krijgsgevangenen niet erkende. Daarom kregen de Russische krijgsgevangenen geen voedselpaketten van het Rode Kruis uitgereikt. De sovjetautoriteiten hadden liever dat ze als 'verraders' crepeerden. Zo leerde Joeri zijn eigen vaderland haten. Hij begon samen te werken met de Duitsers om Rusland te bevrijden van de communisten en liet zich opleiden voor spion. Daarna begon hij weer te twijfelen of hij wel aan de goede kant stond, liep over naar sovjetzijde – en werd gearresteerd. Joeri Je was in zijn geestelijke ontwikkeling verder dan Solzjenitsyn. Hij had niet alleen afstand genomen van Stalin, maar van het hele communisme én van de revolutie.

Ten slotte leerde Solzjenitsyn in zijn eerste gemeenschappelijke cel een wel heel originele gevangene kennen: de ex-chauffeur van verschillende partijbonzen, een zekere Belóv, die zich was gaan inbeelden dat hij een nakomeling van de tsaren was ('Michaíl Románov'). Hij werd gearresteerd nadat hij op een dag een manifest had voorgelezen aan een paar arbeiders, waarin hij het Russische volk opriep in opstand te komen tegen het communistische bewind.

Behalve de onderlinge gesprekken is er weinig dat het dagelijkse leven in de cel kleur geeft. Juist daardoor worden kleine gebeurtenissen zoals de maaltijd (450 gram klef brood per dag, met wat thee), de ontlasting (tweemaal per dag) en het 'luchten' (twintig minuten) heel belangrijk. Alles wordt intens beleefd en krijgt, als onder een vergrootglas, geweldige afmetingen. Uit boeken gescheurde bladzijden, dienend als wc-papier, worden voor gebruik gretig gelezen als kostbare bronnen van informatie. Lichtvlekjes die door de cel dwarrelen, worden begroet als boden van de vrijheid.

Hoofdstuk 6. *De lente*

Miljoenen soldaten en officieren van het Rode Leger die in de Tweede Wereldoorlog tegen Hitler vochten, zaten in hun eigen land in de gevangenis op het moment dat de definitieve overwinning op het fascisme werd gevierd. In die roemruchte lente van het jaar 1945 mochten zij niet deelnemen aan de festiviteiten. Zij hoorden de triomfmarsen op straat slechts gedempt door de getraliede vensters van hun cel. Deze militairen hadden het ongeluk dat ze in Duitse krijgsgevangenschap waren beland en daarna waren teruggekeerd naar de Sovjet-Unie. Het feit dat zij zich levend hadden overgegeven aan de vijand en ook de krijgsgevangenschap overleefd hadden, werd hun niet vergeven. Toentertijd werd de tegen hen uitgebrachte beschuldiging van landverraad algemeen geaccepteerd. Weinigen vroegen zich af hoe een dergelijk miljoenvoudig landverraad, ongekend in de geschiedenis van de mensheid – en dat nog wel onder het 'rechtvaardigste systeem ter wereld' en bovendien nog eens in een werkelijk rechtvaardige oorlog – mogelijk was. De bittere waarheid was dat deze krijgsgevangenen als getuigen van smadelijke militaire nederlagen en van Europese welvaart uit de weg geruimd moesten worden. Zij konden goed gebruikt worden als gratis arbeidskrachten in de werkkampen. 'Landverraad' betekende in hun geval dat het land hén verried.

Ook zij die met gevaar voor eigen leven uit Duitse krijgsgevangenschap waren gevlucht, werden nadat ze zich bij het dichtstbijzijnde onderdeel van het Rode Leger gemeld hadden, onmiddellijk gearresteerd. Zij vielen in handen van SMERSJ (afkorting van 'Dood aan spionnen'), de militaire contraspionage-afdeling, die er automatisch van uitging dat zij gestuurd waren door de Duitse spionagedienst.

Ex-krijgsgevangenen werden als landverraders over één kam geschoren met degenen die daadwerkelijk hadden meegevochten aan de kant van de Duitsers, zoals generaal Vlásov en zijn mannen. Overigens valt ook voor deze laatsten nog begrip op te brengen. Zij hadden immers vaak geen keus. Op het slagveld door incompetente opperbevelhebbers uitgeleverd aan de vijand en daarna in krijgsgevangenschap aan hun lot overgelaten, besloten de 'Vlasovieten' met de Duitsers samen te werken – om zich op Stalin te wreken, om in leven te blijven of in de hoop later weer over te lopen naar het Rode Leger. Ten slotte behoorden tot min of meer dezelfde categorie gevangenen ook nog de Russische emigranten die in de oorlog, vrijwillig of gedwongen, waren teruggekeerd naar hun vaderland. In weerwil van wat de sovjetpropaganda ons wil doen geloven, vocht het merendeel van hen tégen Hitler.

Al deze gevangenen koesterden na beëindiging van de oorlog hoop op vrijlating. Maar de 'grote amnestie' die uiteindelijk in juli 1945 afgekondigd werd, had alleen betrekking op pure criminelen. De anderen verdwenen in de kampen.

Hoofdstuk 7. Aan de lopende band

De gerechtelijke procedure door middel waarvan de vonnissen werden geveld, was in die dagen een pure formaliteit. Men werd ontboden bij een geüniformeerd man achter een bureau, het vonnis werd voorgelezen en men werd verzocht zijn handtekening te zetten. Dat was alles. Geen advocaten, geen getuigen, geen publiek, niets. Vrijspraak kwam niet voor, hoger beroep was niet mogelijk. Zo werden onder Stalin miljoenen mensen via een achteloze pennenstreek aan de lopende band veroordeeld tot monsterlijke straffen als tien, vijftien of vijfentwintig jaar in een concentratiekamp (Solzjenitsyn zelf bofte: hij kreeg maar acht jaar). De leden van het rechterlijk college dat de strafmaat bepaalde, kreeg men nooit te zien. Dit anonieme orgaan met juridische pretenties dat in werkelijkheid een verlengstuk van de geheime politie was, heette OSO (= Speciale Commissie). Het had vrijwel onbeperkte bevoegdheden en legde slechts verantwoording af aan 'de minister van Binnenlandse Zaken, Stalin en Satan'. De artikelen op grond waarvan de OSO vonnis wees, waren zo algemeen geformuleerd dat ze op iedere willekeurige burger konden worden toegepast. Behalve ASA (antisovjetagitatie) zij genoemd: KRD (contrarevolutionaire activiteiten), KRM (contrarevolutionaire ideeën), PSj (verdenking van spionage), SVPSj (connecties die aanleiding geven (!) tot verdenking van spionage), SOE (sociaal-gevaarlijk element) en TsjS (gezinslid, d.w.z. behorende tot hetzelfde gezin als iemand die al eerder veroordeeld was).

Hoofdstuk 8. De wet in de kinderschoenen

In de beginjaren, tijdens de burgeroorlog, droeg de rechtspraak nog een goeddeels geïmproviseerd, standrechtelijk karakter. De Tsjeka onder leiding van Dzerzjínski hield spontaan huis onder de bevolking, slechts geleid door haar revolutionaire bewustzijn. In de 'bevrijde' gebieden werd rechtgesproken door revolutionaire tribunalen, die niet alleen uitgesproken klassevijanden, maar ook talloze tegenstribbelende boeren (toen al 'koelakken' genoemd) tot de kogel veroordeelden. Rechtsgang en voltrekking van de vonnissen vonden gewoonlijk nog open en bloot plaats. Men had nog weinig ervaring met het *systematisch* organiseren van terreur. Er werd nog veel aan het toeval overgelaten. De 'wet' stond nog maar in de kinderschoenen. Daarom verliepen de grote openbare processen die af en toe tot lering van de bevolking georganiseerd werden, niet altijd even glad. De beklaagden gedroegen zich onvoldoende timide, de verdedigers sloten zich niet automatisch aan bij de aanklagers, het publiek was van tevoren niet voldoende geïndoctrineerd en liet zich te veel leiden door het spontane verloop van de processen.

Toch bevatte de procesgang in die jaren reeds de kiemen van de latere totalitaire rechtspraak, zoals onder andere blijkt uit een van de weinige bewaard gebleven documenten uit die tijd, een bundel met requisitoirs van openbaar aanklager Krylénko. Hierin worden een aantal destijds geruchtmakende processen beschreven, zoals dat tegen de 'Klericalen', een groep gelovigen die requisities van kerkgoed hadden proberen te voorkomen en een lijfwacht hadden georganiseerd voor de bedreigde patriarch Tíchon, en dat tegen 'Het tactisch centrum', een clubje intellectuelen die af en toe samenkwamen om gedachten uit te wisselen over een mogelijke inrichting van de maatschappij ná het sovjettijdperk (beide zaken uit 1920). De requisitoirs van Krylenko ademden reeds de geest van paranoia en fanatisme, kenmerkend voor het tijdperk-Stalin.

Hoofdstuk 9. De wet wordt volwassen

Na de burgeroorlog werd de terreur tegen de bevolking stelselmatiger. De rechtspraak begon zich in de jaren 1921-1922 volgens vaste patronen te ontwikkelen, men kreeg ervaring bij het regisseren van processen. De wet ontgroeide de kinderschoenen en werd volwassen. Men begon burgers niet zozeer individueel als wel collectief te vervolgen. Een hele beroepsgroep, de 'speci's' ofwel technische specialisten (in de meeste gevallen politiek indifferente vakmensen die gewoon hun werk probeerden te doen), werd verantwoordelijk gesteld voor de rampzalige economische toestand, de hongersnood en het gebrek aan brandstoffen. Ook de campagne tegen de Kerk kwam nu goed op gang. Patriarch Tichon en talloze andere kerkelijke waardigheidsbekleders werden gearresteerd, omdat ze geweigerd zouden hebben kerkgoed af te staan als bijdrage tot de leniging van de hongersnood (in werkelijkheid waren ze daartoe wel bereid, doch alleen op vrijwillige basis). Het hoogtepunt van de antireligieuze campagne – het Moskouse proces tegen de Kerk in 1922 – was een belangrijke stap in de richting van juridische volwassenheid: de aanwezigen werden zorgvuldig geselecteerd, advocaten geïntimideerd en getuigen à decharge niet gehoord. Toch liet de uitvoering van het proces nog te wensen over. Zo stonden bij het binnentreden van de patriarch alle aanwezigen oudergewoonte nog eerbiedig op.

Kort daarop kreeg de jonge sovjetstaat zijn eerste officiële Wetboek van Strafrecht. Lenin speelde bij de totstandkoming ervan een belangrijke rol. Dankzij hem werd het onder meer wettelijk mogelijk de doodstraf te geven voor zoiets als 'propaganda en agitatie'. Het wetboek was juist op tijd gereed voor het grote proces tegen de socialisten-revolutionairen (eveneens in 1922), dat door de hele wereld gevolgd zou worden. Tijdens de Oktoberrevolutie nog de bondgenoten van de bolsjewieken, daarna als rivalen door hen uitgeschakeld en ten tijde van het proces allang niet meer verenigd in een partij, werden zij desalniettemin beschuldigd van staatsgevaarlijke antirevolutionaire activiteiten. In het proces tegen hen werden, blijkens het overgeleverde requisitoir van Krylenko, reeds alle registers van de latere stalinistische rechtspraak opengetrokken. Men beschuldigde hen van 'landverraad' (omdat ze 4,5 jaar daarvoor tegen de voor Rusland vernederende vrede van Brest waren geweest), van 'spionage' en van 'het aanvaarden van financiële steun van de bourgeoisie'. Ze werden zelfs schuldig bevonden aan 'denunciatieverzuim' (een trouvaille, dit begrip, waarvan men later nog veelvuldig gebruik zou maken), want ze hadden elkaar niet aangegeven bij de autoriteiten wegens het beramen van plannen voor terroristische acties. Of die plannen al dan niet uitgevoerd waren, deed niet ter zake. Handeling en voornemen waren van dat moment af in gelijke mate strafbaar. Het enige wat in dit proces nog ontbrak, waren de zelfbeschuldigingen. De beklaagden lieten zich nog niet als makke schapen naar de slachtbank leiden.

Hoofdstuk 10. *De wet is rijp*

In 1926 werd een nieuwe versie van het Wetboek van Strafrecht vervaardigd, die tot het tijdperk-Chroesjtsjóv van kracht zou blijven. Alle politieke misdrijven werden ondergebracht in artikel 58. Voor het eerst werd dit artikel – aan het eind van de jaren twintig – toegepast op de 'verpesters', de technische bovenlaag in industrie en economie, die de schuld kreeg van de economische rampspoed in het land. Een hele stand werd uitgeroeid. De gevangenissen stroomden vol. Er werd een serie rechtszaken tegen hen georganiseerd, die steeds gladder en gecoördineerder verliepen. Het proces tegen de 'Prompártija' (Industriepartij) in 1929, waarvan een stenografisch verslag bewaard is gebleven, mag het eerste volledig geslaagde showproces in de Sovjet-Unie genoemd worden. Deze 'Prompartija' was een imaginaire ondergrondse organisatie, landelijk vertakt, die er zogenaamd in samenwerking met het internationale kapitaal naar streefde de sovjeteconomie te saboteren. Uit duizenden gearresteerden werden er acht opgevoerd op een openbare rechtszitting. De van tevoren grondig psychologisch bewerkte en zorgvuldig op coöperatiebereidheid geselecteerde beklaagden bekenden gretig schuld: ze waren klassevijanden, omgekocht door de buitenlandse bourgeoisie; hun organisatie beoogde een totale ontwrichting van de sovjeteconomie; daartoe traineerden ze projecten, stelden in het ene geval overdreven bescheiden en in het andere onverantwoord grootschalige plannen op, lieten overbodige reparaties verrichten, verspilden geld onder het mom van verbetering van de werkomstandigheden van de arbeiders, enzovoort. De verdediging sloot zich uit verontwaardiging over de misdaden van hun cliënten spontaan bij de aanklager aan. Kortom, alle betrokkenen speelden vol overtuiging hun rol. Dit showproces demonstreerde dat de wet volledig gerijpt was. Het zou model staan voor de vele juridische theatervoorstellingen die nog volgden en die steeds perfecter geregisseerd zouden worden.

In 1931 vond volgens hetzelfde scenario het proces tegen het even zo imaginaire 'Bondsbureau der mensjewieken' plaats. De beklaagden, voor het merendeel loyale communisten, werden beschuldigd en beschuldigden zichzelf van infiltratie in de hoogste bestuursorganen en van contacten met buitenlandse mensjewieken. Van dit proces is in 1967 in *samizdát* een verslag gepubliceerd door een van degenen die toen terechtstonden, M.P. Jakoebóvitsj. Het document is vooral interessant vanwege het licht dat het werpt op de methoden die gebruikt werden om de beklaagden tot een coöperatieve houding te dwingen (een mengsel van morele pressie, lokmiddelen als spoedige invrijheidstelling en martelingen). Leerzaam is ook te lezen over het psychologische mechanisme dat beklaagden ertoe brengt hun woede om te keren: zij wordt niet op de aanwezige beulen gericht, maar op de afwezige gemeenschappelijke vijand, i.c. de mensjewieken in het buitenland.

In 1936-1938 vonden de drie grandioze showprocessen tegen de hoogste leiders van de communistische partij plaats die de wereld door de fantastische zelfbeschuldigingen van de beklaagden zouden verbijsteren: tegen Kámenev, Zinóvjev c.s., tegen Jagoda, Rádek c.s. en tegen Boechárin, Rýkov c.s. Het verloop van deze processen is genoegzaam bekend, maar de misselijk makende wijze waarop de hoofdrolspelers zichzelf en elkaar beschuldigden, is voor velen onbegrijpelijk gebleven. In dit opzicht moeten wij Stalin nageven dat hij werkelijk over bijzondere gaven beschikte. Deze lagen echter niet op het gebied van het staatsmanschap, maar op dat van de toneelregie en de psychologische manipulatie. 'In het doorzien van de zwakheden der mensen op het laagste existentiële niveau – daarin bestond zijn duistere genie, zijn voornaamste innerlijke gerichtheid, de grootste prestatie van zijn leven.' Stalin voelde precies aan wie hij kon opvoeren op zijn processen en wie niet. Hij koos zijn hoofdrolspelers feilloos uit. Hij kende hun karakter, wist wie er als was te kneden zou zijn, wie sterker aan het leven dan aan zijn geweten hechtte, wie zich gewonnen zou geven wanneer er uit naam van de Partij een beroep op hem gedaan werd. Zelfs Boecharin, de helderste kop van de partij, werkte mee aan zijn eigen ondergang. Stalin wist dat, hij had hem van tevoren zorgvuldig getest. Toen Kamenev en Zinovjev als 'trotskisten' veroordeeld werden, had Boecharin niet geprotesteerd. Toen zijn eigen medewerkers gearresteerd werden, bleef hij in Stalin geloven. In zijn befaamde brief aan het toekomstige Centraal Comité (zijn 'testament') keurde hij alles goed wat er tot 1937 was gebeurd. Stalin maakte hem murw door een geraffineerd kat-en-muisspelletje, door nu eens een hetze tegen hem te lanceren en hem daarna weer in genade aan te nemen. Boecharin bekende ten slotte schuld uit 'loyaliteit' met de Partij. Buiten de communistische ideologie bezaten hij en zijns gelijken geen enkele overtuiging, geen enkele zelfstandige identiteit die hen kon helpen op het moment van de waarheid hun menselijke waardigheid te behouden.

De kleinere processen, die naar het voorbeeld van de grote in de provincie georganiseerd werden, waren minder succesvol. Het bleek te moeilijk en tijdrovend om overal geslaagde voorstellingen te organiseren. Soms liep de zaak zelfs geheel uit de hand, zoals in het proces van Kadý (provincie Ivánovo), waar in 1937 een aantal lokale leiders die geprobeerd hadden de voedselvoorziening in de streek onafhankelijk van het Centrale Plan te verbeteren, terechtstonden. De rechtbank veroordeelde hen als leden van een rechtse ondermijnende organisatie ter dood. Maar de beklaagden bekenden niet, ze protesteerden zelfs. Het onvoldoende geïndoctrineerde publiek (plaatselijke kolchozenarbeiders en familieleden) hoorde de doodvonnissen verbijsterd aan en begon in plaats van te applaudiseren zijn misnoegen kenbaar te maken. Toen de bewakers hun wapens op de menigte richtten, vluchtte men in paniek de zaal uit, zelfs dwars door de ramen heen.

Na een aantal van dergelijke mislukkingen raakte het openbare proces, vanaf het eind van de jaren dertig, in onbruik.

Hoofdstuk II. *Op naar de ultieme maatregel*

Het sovjettijdperk heeft in vergelijking met de tsaristische periode een dramatische toeneming van het aantal executies te zien gegeven. Ook in voorgaande eeuwen werd de doodstraf wel voltrokken, maar behalve onder Peter de Grote slechts met mate. Elisabeth liet de doodstraf geen enkele maal uitvoeren, Alexander I alleen in 1812. In de hoogtijdagen van terroristische aanslagen in Rusland – de periode 1876-1905 – werden 486 executies voltrokken (17 per jaar). Het hoogtepunt werd bereikt in de jaren 1905-1908: 2200 (45 per maand). Vlak na de Oktoberrevolutie werd de doodstraf op aandrang van de socialisten-revolutionairen, die in de regering zaten, weliswaar officieel afgeschaft, maar Lenin en zijn bolsjewieken trokken zich daar in de praktijk niets van aan. Van juli 1918 tot oktober 1919 werden 16.000 mensen geëxecuteerd (meer dan 1.000 per maand).

In 1924 werd de doodstraf 'tijdelijk', 'ter sociale bescherming', onder de eufemistische omschrijving *ultieme maatregel* officieel in de wet opgenomen. In de daaropvolgende jaren werd de doodstraf, steeds vergezeld van de belofte dat zij spoedig volledig afgeschaft zou worden, nu eens ingeperkt en dan weer uitgebreid, totdat zij in 1936 dankzij Stalin volledig in ere werd hersteld. Vanaf dat moment, toen er weer gewoon over 'doodstraf' in plaats van 'ultieme maatregel' werd gesproken, weerklonk er een onophoudelijke galm van fusillades in het land. Op basis van gegevens, verstrekt door gearresteerde leden van de geheime politie zelf, kunnen we het aantal geëxecuteerden in de periode 1939-1940 schatten op bijna een miljoen (28.000 per maand): de helft politieke gevangenen, de helft criminelen. In 1947 schafte Stalin in een goede bui de doodstraf in vredestijd af – om haar 2,5 jaar later weer in te voeren voor spionnen, verraders, enzovoort.

Wie uiteindelijk wel of niet de kogel kreeg, was even onvoorspelbaar als een loterij. Iedere burger kon in principe ter dood veroordeeld worden, om het simpelste vergrijp (baldadigheid jegens de militie, het bezit van westerse valuta, het verkeerd analyseren van graan op een kolchoz) of om niets. Tijdens het beleg van Leningrad zag men ingenieur Ignatóvski in zijn raamopening zijn neus snuiten in een witte zakdoek – een signaal voor de Duitsers! Hij werd door marteling gedwongen 'medeplichtigen' te noemen – en veertig volstrekt onschuldige burgers kregen de kogel. In sommige rayons lag het aantal geëxecuteerden extra hoog, doordat plaatselijke veiligheidsorganen hiermee hun waakzaamheid in de strijd tegen de vijanden van het volk wilden bewijzen.

Uit verhalen van ter dood veroordeelden die op het laatste moment begenadigd werden (bijvoorbeeld Vasíli Vlásov, een van de beklaagden op het proces van Kady), kennen wij de gemoedsgesteldheid van hen die in hun cel weken-, maandenlang op hun executie zaten te wachten. Soms werd slechts in schijn een doodvonnis uitgesproken, enkel om de arrestant te breken en tot een bekentenis te dwingen. Ook kwam het voor dat doodvonnissen om economische redenen – bijvoorbeeld als een werkkamp in de omgeving dringend arbeidskrachten nodig had – op het laatste moment werden omgezet in vrijheidsstraffen.

Hoofdstuk 12. *De gevangenisstraf*

Ook de belofte dat na de revolutie de gevangenissen afgeschaft zouden worden, werd niet ingelost. Integendeel, dezelfde gebouwen waarin onder de tsaren politieke delinquenten werden opgeborgen, bleven na 1917 in gebruik, vaak zelfs inclusief dezelfde cipiers. En veelal waren ook de gevangenen dezelfde: zij die als politieke tegenstanders van het tsaristische bewind gedetineerd waren, belandden onder communistische heerschappij weer in dezelfde cel. Alleen de besmette term 'gevangenis' werd in het begin vermeden en vervangen door eufemismen als 'inrichting voor politieke isolatie' (*politizoljátor*).

De behandeling van de gevangenen verslechterde voortdurend. Aanvankelijk organiseerden politieke groeperingen als de socialisten-revolutionairen oudergewoonte in de gevangenis nog acties ter verbetering van de leefomstandigheden. Maar hun hongerstakingen, bezettingen en dergelijke sorteerden geen effect, omdat het nieuws erover niet doordrong tot de buitenwereld. In tegenstelling tot de prerevolutionaire periode, toen de gevangenen nog via allerlei kanalen in verbinding stonden met de maatschappij en er zelfs in slaagden pamfletten de wereld in te sturen, ontbrak nu de steun uit de samenleving. Er was geen onafhankelijke publieke opinie meer, die druk kon uitoefenen op de machthebbers. De autoriteiten hadden in de jaren twintig dan ook geen moeite meer met het breken van massale hongerstakingen, zoals in 1923 op de Solovétski-eilanden. Zij beschikten hiertoe over vele middelen: valse beloften, kunstmatige voeding, verlenging van straftijd, verspreiden van opstandige elementen over verschillende gevangenissen, enzovoort. In de jaren dertig werden hongerstakingen gewoon geïgnoreerd. Ze kwamen nog maar heel zelden voor. Het middel was zinloos geworden omdat de gevangenen toch al in een voortdurende staat van honger verkeerden. Elke kruimel, elke slok was van levensbelang. In de jaren zestig werden hongerstakers voor gek verklaard en opgesloten in psychiatrische inrichtingen.

Socialisten-revolutionairen en zij die met hen verwant waren, hadden de neiging zich als de enige echte politieke gevangenen van het sovjetbewind te beschouwen. Ze minachtten de 'contra's', onder wie alle '58'ers'. Op hun beurt werden de socialisten weer geminacht door de trotskisten, die zich erop voor lieten staan dat alleen zij zuiver in de leer waren. En boven allen verheven stonden weer de loyale communisten, omdat zij de enigen waren die de Partij ook vanuit de gevangenis door dik en dun trouw bleven. Van alle politieke gevangenen waren zij de meest laffe en conformistische. Ze betuigden nooit hun solidariteit met andere gevangenen die opkwamen voor hun rechten.

Een speciaal type zeer streng geïsoleerde gevangenis was de TON (Gevangenis voor Bijzondere Bestemmingen), bedoeld voor bovengenoemde groepen politieke gevangenen, buitenlanders, voormalige hoogwaardigheidsbekleders, ex-veiligheidsagenten en anderen die om verschillende redenen 'in quarantaine' gehouden moesten worden. Vaak waren dergelijke gevangenissen ondergebracht in oude vestingen of verbouwde kloosters. In de cellen was het overdag schemerdonker, terwijl er 's nachts dikwijls scherp licht brandde. Het regime was streng: soms mochten de gevangenen alleen tegen elkaar fluisteren, overdag mochten ze niet op hun brits liggen, wegens elke onnozele overtreding werden ze ongekleed in een ijskoud strafhok opgesloten, het voeren van correspondentie en het ontvangen van pakketjes was streng gelimiteerd, vanaf 1937 was alle bezoek van familie verboden. Maar voor het merendeel van de gedetineerden was de gevangenis slechts een wachtkamer. Hun werkelijke bestemming was het kamp.

Deel II. Eeuwige beweging

Hoofdstuk 1. *De schepen van de Archipel*

Van de Beringzee tot bijna aan de Bosporus strekt zich een onafzienbare onzichtbare archipel van duizenden eilandjes uit. Dit is het rijk van de kampen: de Goelag Archipel. Het vervoer van gevangenis naar kamp geschiedt per trein en arrestantenbusje. Dit zijn 'de schepen van de Archipel'.

Een geliefd transportmiddel is de *stolýpin*, een speciale spoorwagon voor gevangenen, die wordt vastgekoppeld aan een normale passagierstrein. Stolypin-wagons werden incidenteel reeds vóór de revolutie gebruikt. Ze waren toen nog redelijk comfortabel (niet meer dan zes gevangenen in één compartiment). In de jaren twintig werden ze steeds algemener en na 1930 waren ze niet meer weg te denken op de spoorbanen van de Sovjet-Unie. Van buiten ziet een stolypin eruit als een goederenwagon. Zelfs de gewone reizigers in de passagierswagons merken er niets bijzonders aan op. Op de stations worden de gevangenen in verborgen hoekjes van het emplacement in- en uitgeladen. In de stolypin bevinden zich vijf van elkaar gescheiden kooien, ter grootte van een gemiddelde treincoupé, waarin een onwaarschijnlijk aantal gevangenen wordt samengepropt: veertien tot dertig man. Timoféjev-Ressóvski (de vader van de Russische genetica) vertelde eens hoe hij in 1946 drie weken lang met 36 lotgenoten in één coupé reisde. Men lag en hing dwars over elkaar heen. Er kwam pas enige verlichting toen er doden vielen.

Het voedsel onderweg bestaat uit zoute vis en droog brood. Water wordt gewoonlijk niet rondgedeeld door de in aparte compartimenten meerijdende bewakers. Anders hebben ze zelf niet genoeg. Overigens zijn voor de gewone gevangenen niet de bewakers, maar hun eigen medegevangenen – de criminelen, de penosejongens – de ergste vloek. Al vormen deze maar een kleine minderheid in een coupé, toch zijn ze in staat de meerderheid van niet-criminelen te terroriseren, omdat zij altijd als groep optreden en beschikken over messen. Onder het dreigement je ogen uit te steken pakken ze al je spullen af. En de bewakers doen alsof ze niets zien. Ze nemen zelfs de gestolen spullen over van de criminelen in ruil voor extra voedsel en water.

Aan het eind van de treinreis wacht het transport naar transitogevangenis of doorgangskamp. Soms worden de gevangenen lopend vervoerd. Dat gaat bijvoorbeeld als volgt: in gebukte ganzenpas, terwijl je jezelf bij de enkels vasthoudt. Of bij veertig graden vorst, terwijl je al lopend je behoefte moet doen (Petropávlovsk, 1946) en terwijl iedereen op straat zich schielijk afwendt (behalve godvruchtige oude vrouwtjes en ex-gevangenen).

Vaker vindt het vervoer vanaf het treinstation plaats in een hermetisch afgesloten stalen arrestantenbusje, dat *zwarte raaf* of *raafje* wordt genoemd. Het kwam rond 1927 in de mode. Voor de oorlog was het voertuig nog duidelijk herkenbaar aan de staalgrijze kleur, later werd het in vrolijke kleuren overgeverfd en beschilderd met opschriften als 'Brood', 'Vlees' of 'Drink sovjetchampagne'. Ook het raafje zit altijd boordevol. Er is licht noch lucht. Mannen en vrouwen, in de stolypin nog gescheiden, worden door elkaar gegooid. In een zo'n busje werd op 8 maart 1946, op de Internationale Dag van de Vrouw, midden in Moskou een meisje verkracht door een groep criminelen.

Hoofdstuk 2. De havens van de Archipel

Op doorreis van gevangenis naar kamp doet de gedetineerde een of meer tussenstations aan: passantenhuizen, transitogevangenissen, doorgangskampen ofwel de 'havens van de Archipel', waar de menselijke lading gesorteerd wordt alvorens verder getransporteerd te worden naar de definitieve plaats van bestemming. Er zijn onnoemelijk veel van deze doorvoerpunten. De meest centrale is Krásnaja Présnja bij Moskou, een knooppunt in het interne verkeer van de Goelag Archipel. De concentratie van gevangenen uit alle delen van het land biedt, meer nog dan in de stolypin, de gelegenheid om in korte tijd veel lotgenoten te leren kennen met wie je ervaringen en nieuws kunt uitwisselen. Anders dan in de werkkampen hoeven de gevangenen er normaliter geen dwangarbeid te verrichten. Toch is er van uitrusten na de uitputtende reis per stolypin en zwarte raaf geen sprake. Het ene doorvoerpunt is nog smeriger, onhygiënischer en voller dan het andere. Er heerst continu ruimtegebrek. Vooral in 1937 was de geweldige stroom gevangenen nauwelijks te verwerken. Er zijn voorbeelden bekend dat in één cel, bedoeld voor twintig man, meer dan 300 mensen werden gestopt. Besmettelijke ziekten zorgen voor massale sterfte. Er heerst een totale chaos. De leiding van de doorvoerpunten voelt geen enkele verantwoordelijkheid voor het welzijn van de gevangenen (in de werkkampen wordt uit eigenbelang althans nog een minimum aan moeite gedaan om de arbeidskrachten in leven te houden).

Nog erger dan in de stolypin en de zwarte raaf heerst hier de terreur van de penose: het ergst denkbare menselijke uitschot. De criminelen nemen altijd de bovenste, meest gerieflijke britsen in beslag, elke nieuwe niet-criminele gevangene (door hen 'groenzoeter' of 'vrijer' genoemd) wordt op bevel van de leiders systematisch bestolen door minderjarige 'maatjes'. Hun intimidatiemethoden zijn zo efficiënt dat zelfs de moedigste officier en held uit de Tweede Wereldoorlog zich willoos laat beroven. Sommige criminelen werken als assistent-bewaker voor de kampleiding. Dergelijke overgelopen zware jongens ('maffers', 'teven'), voeren bloedige oorlogen met de onafhankelijke 'eerlijke dieven' ('gabbers'). De maffers hebben zoveel macht dat zíj soms bepalen wie er naar welk werkkamp doorgestuurd wordt. Vanuit de werkkampen in de omgeving komen vaak 'ronselaars' om zaken met hen te doen. Voor geld en waardevolle goederen worden, als op een heuse slavenmarkt, de gezondste arbeiders en aantrekkelijkste vrouwen verhandeld.

Hoofdstuk 3. *De slavenkaravanen*

Behalve afzonderlijke stolypins en zwarte raven staan er, voor het massatransport van gevangenen rechtstreeks naar de werkkampen, ook hele treinstellen ter beschikking. Ze bestaan uit een lange rij simpele donkerrode veewagens ('roodjes'). Aan de buitenkant staat vaak geschreven: 'snelbedervend' of 'koel bewaren'. Ze worden 's nachts in het diepste geheim op een verlaten spoorwegemplacement volgeladen: eerst zitten de gevangenen een tijdlang opeengedrongen op de grond, omringd door blaffende, met de tanden blikkerende herdershonden en bewakers met gevelde geweren, in het verblindende licht van schijnwerpers, dan rennen ze plotseling per groepje van vijf op commando de wagon in. Onderweg lijden ze ofwel onder de bittere kou ofwel onder de moordende hitte. Hun voedsel: soep uit een vuile kolenketel. Het traject: lang tot eindeloos. Een transport in 1935 van Leningrad naar Vladivostók duurde drie maanden. De aankomst- en vertrektijden van dergelijke goederentreinen staan niet vermeld in de dienstregeling; hun bestemming is geen officieel bestaand station. Ze stoppen gewoonlijk ergens in een godverlaten oord, daar waar de spoorbaan doodloopt. Er zijn voorbeelden bekend dat er bij aankomst nog helemaal geen kamp bleek te bestaan. Dat moeten de gevangenen dan eerst zelf bouwen.

Waar geen spoorwegen zijn, worden waterwegen benut. Een sleep schuiten achter elkaar bijvoorbeeld is een geliefd transportmiddel. De gevangenen creperen in mudvolle duistere ruimen. In vroeger dagen was ook de galei populair: de gevangenen moesten zelf, als Romeinse slaven, roeien. Voor het vervoer over zee naar Sachalín, Kolymá en andere oorden worden stoomboten gebruikt, die even vol worden geladen als de sleepschuiten. En ten slotte zijn er nog de karavanen wandelaars. Men trekt soms honderden kilometerslang te voet door woeste streken. Verzwakte gevangenen worden voortgeknuppeld, achterblijvers afgemaakt.

Hoofdstuk 4. Van eiland naar eiland

In bijzondere gevallen wordt een gevangene individueel, per 'speciaal konvooi', van het ene kamp naar het andere vervoerd. Voor deze vorm van 'intra-archipelair' verkeer wordt gebruik gemaakt van het openbaar vervoer. De gevangene reist, vergezeld van twee bewakers, zeer gerieflijk, bijvoorbeeld in een normale treincoupé, samen met gewone passagiers die niets bijzonders aan hem merken. Na de oorlog werden op deze wijze veel wetenschappelijke onderzoekers van hun werkkamp naar een *sjarásjka* (zeer geheim onderzoeksinstituut voor gedetineerden) overgebracht. Solzjenitsyn, die als zijn specialisme 'atoomfysicus' had opgegeven, was in 1947 een van hen. Hij ervoer zijn reis in een treincoupé te midden van gewone passagiers als iets onwezenlijks. Na twee jaar werkkamp voelde hij zich totaal vervreemd van zijn vrije medeburgers met hun onbetekenende luxeprobleempjes. In de Moskouse Boetyrkigevangenis, waar hij op doorreis naar zijn sjarasjka een tijd verbleef, voelde hij zich daarentegen 'thuis'. Briljante geleerden en andere vertegenwoordigers van de intelligentsia waren er in één cel ondergebracht. Zij hadden een intens intellectueel en menselijk contact met elkaar, voerden levendige debatten en gaven elkaar zelfs college. Het was voor Solzjenitsyn de meest gelukkige periode van zijn gevangenschap.

Deel III. De werk- annex vernietigingskampen

Hoofdstuk 1. *De vingers van Aurora*

De dageraad van de nieuwe maatschappij was nog maar net aangebroken en het startschot waarmee de matrozen van de kruiser 'Aurora' de Oktoberrevolutie inluidden, nog maar net gelost – of de kiemen van het systeem van werkkampen in de Sovjet-Unie waren al gelegd. Reeds in december 1917 noemde Lenin dwangarbeid als een van de maatregelen waardoor de discipline in het land gehandhaafd kon worden. Voor het aannemen van steekpenningen bijvoorbeeld eiste hij minimaal drie jaar gevangenisstraf, gevolgd door tien jaar dwangarbeid. 'In de nieuwe maatschappij was geen plaats meer voor gevangenen die hun tijd in ledigheid doorbrachten,' zoals de latere procureur-generaal van de USSR Vysjínski het formuleerde. Negen maanden na de revolutie waren de eerste dwangarbeiders al aan het werk en was de eerste variant van de *Goelág** geboren. De omstandigheden in deze eerste werkkampen waren nog draaglijk. De arbeiders kregen een volledig loon uitbetaald. Men geloofde toen nog dat men misdadigers door middel van arbeid kon heropvoeden. Behalve werkkampen waren er in het begin van de jaren twintig allerlei andere correctionele inrichtingen als opvoedingshuizen, arbeidskolonies en dergelijke. Daarnaast werden er, voor politiek bijzonder gevaarlijke elementen, concentratiekampen gesticht. Deze term werd in de Eerste Wereldoorlog gebruikt als benaming van de kampen waar buitenlandse krijgsgevangenen werden geconcentreerd. Vanaf 1918 werden in concentratiekampen binnenlandse vijanden geïnterneerd. Lenin was in Rusland de eerste die de term in deze zin gebruikte. Volgens officiële gegevens bestonden eind 1920 in de Russische Socialistische Federatieve Sovjetrepubliek 84 kampen met een populatie van zo'n 50.000 man.

---

* Afkorting van Glávnoje oepravlénie lageréj (Hoofddirectie der kampen).

Hoofdstuk 2. De Archipel rijst op uit de zee

Het centrale concentratiekamp was sinds 1923 gevestigd op de Solovétski-eilanden in de Witte Zee. Daar bevond zich een middeleeuws kloostercomplex, dat zich uitstekend leende voor penitentieoord, omdat het reeds in vroeger jaren, van 1718 tot 1903, als gevangenis in gebruik was geweest. De monniken die de eilanden nog in het begin van de jaren twintig bewoonden, werden door de sovjetautoriteiten weggestuurd naar het vasteland. Indertijd werd het Solovetski-strafkamp wijd en zijd geroemd, het werd afgebeeld in fotoalbums en er bestond zelfs een eigen kampblad, waarop ook gewone burgers zich konden abonneren. Aanvankelijk bestond de kampbevolking uit politieke gevangenen, veelal intellectuelen en/of burgers van aristocratische komaf, met gewoonlijk driejarige vrijheidsstraffen. Zij werden bewaakt door militairen (ironisch genoeg dikwijls voormalige witte officieren), die een strenge tucht handhaafden en hen beestachtig behandelden. Er werden op Solovetski veel strafmethoden toegepast die later algemeen ingang zouden vinden in de Goelag Archipel. Met name de volgende straffen waren populair: het als paard voor kar of slee spannen, het een dag lang op een dunne stok laten zitten, en het te midden van muggenzwermen naakt aan een boom binden. Daarentegen betoonde de kampleiding zich uit gebrek aan politieke ervaring vaak lankmoedig of onverschillig wanneer de gevangenen zich geestelijk onafhankelijk gedroegen. Sommigen slaagden er zelfs in bedekte kritiek te leveren in het kampblad. De arbeid die verricht moest worden, was uitputtend, maar er bestond nog geen systematisch werkregime. De meerderheid van de gevangenen werkte helemaal niet. Voor de buitenwereld werd de schijn opgehouden dat er belangrijk wetenschappelijk onderzoek verricht werd (archeologie, boomkwekerij, bestudering van flora en fauna, enzovoorts.). Dit veranderde aan het eind van de jaren twintig bij de introductie van het eerste vijfjarenplan, toen in het hele land fantastisch hoge productiecijfers gehaald en krankzinnige arbeidsrecords gevestigd moesten worden. Op de Solovetski-eilanden werden alle gevangenen als dwangarbeider gemobiliseerd. Omdat er op de eilanden zelf niet genoeg te doen was, werd het werkterrein uitgebreid naar het nabije vasteland. Onder barre omstandigheden moesten de gevangenen door de moerassen van Karelië wegen en spoorbanen aanleggen. In die jaren groeide de bevolking van het Solovetski-kamp explosief (van 3.000 in 1923 tot 50.000 in 1930). De nieuwe lichting bestond voornamelijk uit criminelen, prostituees, zwerfkinderen en andere 'sociaal-verwante' elementen, die men door middel van gezonde scheppende arbeid wilde 'omsmeden' tot voorbeeldige sovjetburgers.

Behalve officiële propaganda drong er weinig nieuws over het Solovetski-kamp tot de buitenwereld door. De eilanden waren geheel geïsoleerd. Geslaagde vluchtpogingen waren zeldzaam. Maar nadat er op een keer een gevangene in geslaagd was op een Brits vrachtschip naar het buitenland te ontkomen, verscheen er in Engeland een onthullend boek over het 'helle-eiland'. Om de westerse 'laster' te verwerpen werd onder anderen Maksím Górki ingeschakeld. In juni 1929 bracht de wereldberoemde schrijver, na lange tijd weer terug in zijn vaderland, een bezoek aan Solovetski. In allerijl trokken de autoriteiten een Potemkin-façade op. Veel gevangenen werden weggestuurd naar verre uithoeken, de achterblijvers werden geïntimideerd. Een groep dwangarbeiders die, slechts in ondergoed en jutezakken gekleed, ergens slavenwerk aan het verrichten waren, kregen het bevel plat op de grond te liggen en werden bedekt met een zeil, toen Gorki onverwachts hun kant op kwam. De schrijver merkte niets. Toch lukte het de autoriteiten niet hem helemaal om de tuin te leiden. Een jongetje van veertien jaar uit de kinderkolonie vertelde hem onverschrokken de hele gruwelijke waarheid over het concentratiekamp. Gorki hoorde hem in tranen aan, verliet het eiland en publiceerde, onder zware morele druk gezet door de autoriteiten, een *lovend* artikel over de omstandigheden in het kamp. Het jongetje werd een dag na Gorki's bezoek doodgeschoten en het regime op Solovetski werd nog meedogenlozer.

Hoofdstuk 3. De Archipel zaait zich uit

Toen er in het kader van Stalins 'opbouw van het socialisme in één land' talloze grootse projecten werden opgezet om de Sovjet-Unie in ijltempo te industrialiseren, moest alle beschikbare arbeidspotentieel benut worden en werd het economisch aantrekkelijk om de bevolking gedwongen te werk te stellen. Reeds in maart 1928 nam de Raad van Volkscommissarissen het principebesluit het systeem van dwangarbeid en werkkampen uit te breiden en te integreren in 's lands economie. Nadat kamp-Solovetski zijn werkterrein reeds had uitgebreid naar Karelië, werden er in zuidelijke en oostelijke richting steeds nieuwe 'dochterkampen', 'kleindochterkampen', enzovoorts. gesticht, die later zelfstandig werden. Een van de projecten die de bewoners van de nieuwe kampen in het noordoosten van Europees Rusland uitvoerden, was de aanleg van een spoorweg tussen Kótlas en Vorkoetá. Als een kankergezwel zaaide de Goelag zich steeds verder uit. In 1931 werd de Oeral bereikt. Ook elders in het land ontstonden, los van het moedereiland Solovetski, zelfstandige archipels: in het Donbasgebied, langs de Wolga, in de zuidelijke Oeral, in Transkaukasië, in Midden-Azië (vooral Kazachstan) en in Siberië.

Een man die een belangrijke rol speelde bij de vervolmaking van dwangarbeid als systeem in de Sovjet-Unie was Frénkel, een steenrijk zakenman van Turks-joodse origine, die tijdens de Nieuwe Economische Politiek in de jaren twintig naar de jonge socialistische staat was gekomen om voor de GPOe te werken. Door geheimzinnige banden met de machthebbers verbonden (hij kende Stalin persoonlijk), half gevangene en half medewerker, experimenteerde hij voor het eerst op Solovetski met het zo efficiënt mogelijk organiseren van de dwangarbeid. Hij deelde de gevangenen overeenkomstig hun nut en arbeidsproductiviteit in verschillende categorieën in en introduceerde het principe van rantsoen naar arbeid. Frenkel was een van de belangrijkste supervisors bij het eerste megalomane project in de Sovjet-Unie dat met behulp van dwangarbeid werd uitgevoerd: de aanleg van het Witte Zee-Oostzeekanaal.

Dit kanaal van 226 km lengte, met zeven sluizen, werd in de recordtijd van twintig maanden (van september 1931 tot april 1933) gegraven door honderdduizenden gevangenen. De omstandigheden waren barbaars: rotsige bodem, moerassen, twee strenge winters. Moderne technische hulpmiddelen ontbraken vrijwel geheel. Bij gebrek aan zagen en bijlen werden bomen omge-*trokken*. De totaal onrealistische werkschema's werden ver weg, in Moskou, opgesteld. Het werktempo werd ongenadig opgevoerd. De aanleg van het kanaal ging gepaard met een ongehoorde propaganda, de radio zond de hele dag enthousiaste reportages uit. Leerzame informatie over de geest van die tijd geeft het boek *Het Witte-Zeekanaal* – een verzameling propagandistische impressies en beschouwingen van 36 schrijvers – dat in 1934 onder redactie van Gorki, L. Averbách en Fírin gepubliceerd werd. De schrijvers, die na voltooiing van het kanaal ter plekke een boottochtje hadden gemaakt, waren vol lof. Het boek staat vol heroïserende lofzangen op de leidinggevende GPOe-functionarissen, paranoïde voorbeelden van sabotage door ingenieurs met artikel 58 en roerende verhalen over criminelen die dankzij de arbeid 'omgesmeed' waren tot brave vlijtige communisten. Een paar jaar na de publicatie werd dit boek, 'het eerste in de Russische literatuur dat slavenarbeid verheerlijkte', alweer verboden, omdat de meeste bewierookte helden (o.a. Jagoda) inmiddels op hun beurt ontmaskerd waren als vijanden van het volk. De werkelijkheid die in het boek verzwegen werd, was dat er in die 1,5 jaar een gigantische verspilling van mensenlevens heeft plaatsgevonden. Tegenover 25.000 'heropgevoeden' die hun vrijheid terugkregen, stonden naar schatting 250.000 doden. Hun botten zijn verwerkt in het beton van het kanaal. En dat alles ten bate van een project dat in feite niet meer was dan een persoonlijk monument voor Stalin, want de economisch-militaire betekenis van het kanaal is vrijwel nihil. Het is ongeschikt voor scheepvaart, want te ondiep. De helft van het jaar is het bedekt met ijs. Solzjenitsyn, die 33 jaar na de voltooiing ervan een persoonlijke excursie naar het Witte-Zeekanaal maakte, trof een uitgestorven waterweg aan. Geen enkele boot, dichte sluizen.

Na het Witte-Zeekanaal volgde het Moskou-Wolgakanaal: dezelfde slavenarbeid, hetzelfde hysterische tempo, met evenveel propaganda omgeven. Procureur-generaal I. Averbach schreef er een proefschrift over: *Van misdaad naar arbeid*. Hierin zette hij het hoogste doel van de officiële heropvoedingspolitiek uiteen: 'transformatie van het smerigste menselijke materiaal tot volwaardige, actieve, bewuste bouwers van het socialisme'. Naast de lichamelijke ontberingen werden de dwangarbeiders bij de aanleg van dit kanaal onderworpen aan een nieuwe speciale vorm van mentale foltering. Ze werden voortdurend gedwongen te 'kwinkeleren': dat wil zeggen hun werk en de wijsheid van Stalin bezingen, fanatiek-optimistisch zijn, enthousiaste toespraken houden, enzovoorts. Belangrijke innovaties ter verhoging van de arbeidsmotivatie waren verder nog de invoering van een bonussysteem en de vorming van brigades, 'stooteenheden' en dergelijke die in zogenaamd sportieve wedijver tegen elkaar op werkten. De dwang van het collectief werd geacht de gevangenen beter aan het werk te houden dan de gesel der bewakers.

Hoofdstuk 4. De Archipel versteent

Naarmate de Sovjet-Unie voortschreed op de weg naar het socialisme, werden er meer relicten van feodalisme en kapitalisme ontdekt en was het nodig meer burgers te concentreren in kampen. Het waren er zoveel dat de luidsprekers der propaganda die over heropvoeding schetterden, ten slotte verstomden. De eilanden van de Goelag Archipel werden volledig geïsoleerd van de buitenwereld. In plaats van de pretentie van verbetering-door-arbeid kwam de naakte realiteit van vernietiging-door-arbeid. Het regime in de werkkampen verhardde, de bewaking werd geprofessionaliseerd. Het ergst waren de omstandigheden in de kampen rond de rivier de Kolymá in het noordoosten van Siberië. In deze 'hel van het noorden' werd zelfs bij 50° vorst nog buiten gewerkt. Er zijn voorbeelden bekend dat uitgehongerde gevangenen verrotte paardenlijken en wagensmeer aten. Dwangarbeiders met artikel 58 moesten zeven dagen per week werken, 's zomers duurde de werkdag veertien uur. De reeds op Solovetski beproefde strafmethoden werden overgenomen en uitgebreid. Executies, soms per hele brigade, waren aan de orde van de dag. Zij werden pas stopgezet als het kamp te dunbevolkt dreigde te raken en er niet genoeg arbeidskrachten voor de goudvelden overbleven. Wie overleefde en zijn straftijd helemaal uitzat, kreeg in de regel een automatische verlenging van zijn 'termijn'.

Het begin van de oorlog was een verwarrende periode voor de Archipel. In het ene kamp verzachtte de leiding uit angst voor een spoedige omdraaiing van de rollen het regime, in het andere verkrampte zij juist en werd nog meedogenlozer. Veel gevangenen lieten zich maar al te graag in een strafbataljon naar het front sturen. Men stierf liever op het slagveld dan dat men wegrotte in een kamp. Tijdens de oorlog vulden nieuwe contingenten, onder andere hele dorpen met van oorsprong Duitse bewoners, de Goelag Archipel. Na de oorlog kwamen veel criminelen vrij – maar voor de 58'ers werden nieuwe, nog strengere kampen gecreëerd.

Hoofdstuk 5. Waarop de Archipel drijft

Aan de basis van de Goelag Archipel lag een economische behoefte: de staat, die snelle projecten wilde uitvoeren, had goedkope werkkrachten nodig, waarover onbeperkt kon worden beschikt. Daarnaast is lange tijd als theoretische rechtvaardiging de heropvoeding van de gevangenen gebruikt. De gedachte van morele verbetering van misdadigers via productieve arbeid vinden we al bij Marx en Engels. (Voor heropvoeding kwamen in het sovjettijdperk overigens alleen echte misdadigers in aanmerking. Politieke gevangenen, 58'ers, contrarevolutionairen – kortom onschuldigen – werden onverbeterlijk geacht.)

Officieel hadden de gevangenen allerlei rechten, maar zij wisten dat niet, evenmin als hun bewakers. De wetboeken waarin deze rechten opgenomen waren, werden verborgen gehouden en alleen door diplomaten in het verkeer met buitenlanders gebruikt. In de praktijk waren de gevangenen volkomen rechteloos. Hun positie vertoonde verbazend veel overeenkomst met die van de boeren in het Rusland ten tijde van de lijfeigenschap. De kampdirecteur had als een ouderwetse landheer onbeperkte macht over hen. Hij kon naar willekeur over hen beschikken, hen gebruiken als huispersoneel, zich met zang en dans door hen laten vermaken. Maar de lijfeigenen uit vroeger tijden waren bij alle overeenkomsten toch beter af: zij leden geen honger, hadden eigen bezittingen, een eigen gezin, hoefden niet te werken op feestdagen, enzovoorts. De landheer had persoonlijk belang bij hun welzijn. De kampdirecteur daarentegen wist dat de sterfte op zijn eiland mettertijd toch wel gecompenseerd zou worden door de aanvoer van nieuwe arbeiders van het continent.

In de praktijk waren de fundamenten waarop het Goelagsysteem rustte, de volgende: de *kotlóvka* (de-worst-voor-de-neus), het systeem van rantsoen naar arbeid, dat wil zeggen een minimale portie voor hen die zich afbeulden, een nog minimalere voor gewone harde werkers en de allerminimaalste voor de rest; de *brigade*, het zichzelf controlerende werkcollectief, aan het hoofd waarvan een brigadier stond (de brigadiers waren vaak wrede criminelen, maar er waren ook goede bij die hun mannen probeerden te sparen); de *dubbele leiding*, dat wil zeggen die van het kamp en die van het werkobject buiten het kamp (de eerste levert arbeidskrachten en krijgt daarvoor geld, de tweede moet binnen een bepaalde tijd een project voltooien – en de gevangene wordt tussen hen in fijngeknepen). Ten slotte is er nog de *toechtá* of *toeftá*, de 'opvulling', waarmee bedoeld wordt: het opblazen van productiecijfers, het opgeven van werkzaamheden die niet verricht zijn en dergelijke. Deze vorm van bedrog heeft menige gevangene die op zijn laatste benen liep, het leven gered.

Hoofdstuk 6. *'Daar heb je de fascisten!'*

In augustus 1945 werd Solzjenitsyn naar zijn eerste werkkamp, 'Nieuw Jeruzalem', 60 km buiten Moskou, getransporteerd. Hij is dan nog een groentje dat van niets weet. Maar het duurt niet lang of hij komt tot het pijnlijke besef dat er in het kamp geheel andere normen, regels en hiërarchische structuren heersen dan in de maatschappij. Solzjenitsyn, tot voor kort kapitein in het Rode Leger en nog vol officierstrots, staat nu lager dan de laagste crimineel. Zijn eerste baantje is werkopzichter in een leemgroeve. Maar zijn met vanzelfsprekend militair gezag gegeven commando's worden niet opgevolgd. De criminelen die onder hem werken, wensen hem vriendelijk naar de duivel en voeren verder niets uit. Wegens gebrek aan leiderscapaciteiten wordt Solzjenitsyn gedegradeerd tot gewoon arbeider. In de regen, soppend door de modder, moet hij zelf leem graven. Hij moet van de bodem af aan beginnen. Hij is niets meer. Hij is hooguit een 'fascist' (met de uitroep 'Daar heb je de fascisten!' werden hij en andere gevangenen met artikel 58 bij aankomst in het kamp begroet door de andere gevangenen). De lage menselijke status van de 58'ers en van hen die in Duitse krijgsgevangenschap hadden gezeten, werd nog eens onderstreept door Stalins 'grote amnestie' vlak na de oorlog. Alleen echte boeven, en zelfs deserteurs, kwamen vrij. Degenen die zich opgeofferd hadden voor hun vaderland, die de klappen aan het front hadden opgevangen, moesten zware straffen uitzitten.

Hoofdstuk 7. Zeden en gewoonten der eilanders

Het dagelijks leven van de eilandbewoners oftewel *zeks* (afkorting van het Russische woord voor 'gevangene') wordt beheerst door honger, kou en sluwe berekening. En verder door werk, werk en nog eens werk. De meest voorkomende werkzaamheden – hakken, graven, laden, sjouwen en dergelijke – worden algemene genoemd. De dwangarbeid in de tsarentijd was hiermee vergeleken kinderspel. Terwijl de tot Siberische dwangarbeid veroordeelde deelnemers aan de dekabristenopstand van 1825 48 kilo hout per mandag moesten laden, was het corresponderende gewicht in Kolyma in sovjettijd, naar een getuigenis van de schrijver Sjalámov, 1280 kilo. De zek doet alles om zich aan de onmogelijk zware algemene arbeid te onttrekken. Hij is zelfs bereid zichzelf te verminken of zich opzettelijk met een besmettelijke ziekte te laten infecteren. Hij breekt bijvoorbeeld zijn been en laat de botten scheef aangroeien of hij neemt schadelijke stoffen in die zijn gezondheid blijvend aantasten. Deze zelfbeschadiging, bedoeld om ongeschikt voor zware arbeid verklaard te worden, noemt hij *mostýrka*. Populair onder de zeks is het spreekwoord: 'Even op je lippen bijten en je zit voor je leven gebeiteld.'

De dagelijkse hoofdschotel van de zeks is *balánda* (watersoep). De voedzame bestanddelen worden er gewoonlijk vooraf door leiding en penose uitgehaald. De continue staat van honger waarin de zeks gehouden worden, verlaagt hun gedrag tot het niveau van beesten. Hoewel de zeks door middel van titanische inspanningen op hun werk kunnen voorkomen dat hun dagelijkse portie voedsel verder wordt ingekrompen, geven ervaren eilanders toch de voorkeur aan de combinatie weinig werk-weinig eten. Dat spaart de krachten. Gekleed gaan de zeks in grauwe gewatteerde buizen (*boesjláty*). Aan hun voeten dragen ze bastschoenen zonder windselen. Ze slapen in schemerige barakken, tenten of kuilwoningen. 's Winters is het er zo koud dat de mutsen en haren van slapende zeks aan de muren vastvriezen. 's Zomers is het er vergeven van de wandluizen.

Het karakter van de zek is wantrouwig. Hij is altijd op zijn *qui vive*, altijd bang dat het weinige dat hij nog heeft, weer afgepakt wordt: een pakketje van het thuisfront, zijn karige portie eten, zijn schaarse vrije dag. Hij leeft in eeuwige onzekerheid. Hij is er steeds op bedacht dat hij van het ene moment op het andere ander werk kan krijgen of op transport gesteld kan worden naar een ander kamp.

Scheurbuik, pellagra en andere ziekten rukken dagelijks velen van hen weg. Er heerst een enorme sterfte. Doden worden gewoonlijk naakt, zonder kist onder de grond gestopt. Een algemeen type zek is de *dochodjága* ('afloper'), iemand die langzaam en stilletjes gedurende langere tijd zonder medische begeleiding crepeert. Er is weliswaar een medische post in elk kamp, maar de artsen zijn eerder handlangers van de beulen dan dienaren van Esculaap: ze bevinden totaal verzwakte zeks nog sterk genoeg voor zware arbeid, sturen doodzieke patiënten naar hun werk en ondertekenen valse overlijdensakten ('hartaanval'). Ten slotte bestaat er nog een 'revalidatiebarak', waar uitgeputte gevangenen gedurende twee weken weer op krachten kunnen komen. Maar voor de gemiddelde zek is deze luxe niet weggelegd, slechts uitverkorenen komen er via vriendjespolitiek terecht.

Hoofdstuk 8. *De vrouw in het kamp*

Ook vrouwen bewonen in groten getale de eilanden van de Archipel. Sommigen hebben een criminele achtergrond (meisjes van de vlakte, prostituees), anderen een politieke (artikel 58, echtgenotes van 'volksvijanden' en dergelijke), maar de meesten zijn veroordeeld per speciale oekaze, voor kruimeldelicten als het achterhouden van broodjes op een bakkerij, het mee naar huis smokkelen van garen uit een fabriek en andere 'berovingen van de staat'. De vrouw in het kamp lijdt zo mogelijk nog meer dan de man onder de buitensporig zware lichamelijke arbeid.

Het beste dat haar kan overkomen is aangewezen worden als dienstmeid van een van de officiële kampfunctionarissen. Verder is in de gemengde kampen hoererij als middel om te overleven een volkomen geaccepteerd middel. Zelfs de meest verheven vrouw in het kamp kan 'vallen'. De geprivilegieerde mannelijke gevangenen, degenen met de 'warme' baantjes (vnl. criminelen), selecteren telkens wanneer er een nieuwe lichting vrouwen arriveert, daaruit hun bijslaapjes. Vrouwen die niet tot seksuele diensten gedwongen worden, bieden zich daartoe vaak vrijwillig aan: via een beschermer met een voordelig baantje kan ook zij relatief licht werk krijgen (bijvoorbeeld als keuken- of wasmeid). Ook komt het voor dat een vrouw de mannenbarak bezoekt om in het bijzijn van iedereen een nummertje te maken (bijvoorbeeld met een kok in ruil voor een extra rantsoen). Als gevolg hiervan woeden naast alle andere besmettelijke ziekten in de kampen ook nog eens de venerische en is abortus aan de orde van de dag. Veel vrouwen benutten elke voorkomende gelegenheid om zich door een man, doet er niet toe welke, te laten bezwangeren en aldus een paar maanden zwangerschaps- en moederschapsverlof in de wacht te slepen. Dit is een algemeen voorkomende vorm van *kantóvka*: een middel om je te 'drukken' voor de algemene werkzaamheden. Andere vrouwen krijgen door hun moederschap het verloren gevoel méns te zijn, vróuw te zijn weer terug. Voor hen betekent de gedwongen scheiding van hun kind later een drama. (Alle in het kamp geboren kinderen worden na afloop van de zoogperiode bij de moeders weggehaald en afgevoerd naar weeshuizen.) Niet zelden ook smeedt een 'kamphuwelijk', door de uitzonderlijke omstandigheden waaronder het moet voortbestaan, man en vrouw hechter aaneen dan in de vrije maatschappij mogelijk zou zijn. Dergelijke relaties blijven ook na de kamptijd voortbestaan.

Na de oorlog was het gedaan met de gemengde kampen. Stalin voerde een politiek van strikte apartheid der seksen door. In de speciale vrouwenkampen die gesticht werden, waren de omstandigheden nog moeilijker. Vrouwen moesten voortaan alle zware mannenarbeid doen. Er waren geen mannelijke gevangenen meer die gebruikt konden worden om een extra rantsoen, een makkelijk baantje of een aantal maanden verlof te krijgen, geen mannen meer die bescherming boden of liefde gaven. Maar de menselijke natuur, op zoek naar Eros, vond ook hier een uitweg. Waar contacten met mannen uitgesloten waren, bloeide niet minder onstuimig de lesbische liefde op.

Hoofdstuk 9. De drukkers

Hoe socialistisch de Goelag-kampen ook zijn, onder de gevangenen heerst een strikte hiërarchie. De *drukkers* (*pridóerki*), de mannen met de 'luizenbaantjes', vormen een bevoorrechte klasse. Zij zijn de elite van de zeks. Qua macht, 'gebeiteldheid' en overlevingskans staan zij ver verheven boven de gewone arbeiders die algemene werkzaamheden verrichten. Hun arbeid is lichter, hun werkdag korter, de omgeving waarin ze werken warmer, ze slapen vaak in aparte, beter geoutilleerde barakken, ze zijn in de gelegenheid onderling voedsel, kleding en andere primaire goederen te verhandelen. Tot hen behoren koks, magazijnmeesters, schoenmakers, kleermakers, smeden, ziekenbroeders, opzichters in badhuizen, boekhouders. De hiërarchie in het kamp is vaak omgekeerd aan die in de maatschappij. Filosofen, genitici, linguïsten, literatoren, kunsthistorici en andere academici vormen er het lompenproletariaat. De selectie voor de luizenbaantjes kan geschieden op grond van kwalificatie (bijvoorbeeld artsen), maar vindt vaker plaats op grond van negatieve criteria: de meest gewetenloze schurk, de meest schaamteloze vleier, de best geprotegeerde zek gooit de hoogste ogen (vooral wanneer het gaat om een baantje in de keuken of het kledingmagazijn). Ook invaliditeit strekt tot voordeel. Behalve de drukkers die binnen het kamp blijven, zijn er drukkers die buiten het kamp, op het werkobject geprivilegieerde lichte arbeid verrichten (ingenieurs, technici en dergelijke).

Het al dan niet aanvaarden van een luizenbaantje als de gelegenheid zich voordoet, is voor de niet-criminele zek vaak een gewetenszaak. Want er is altijd wel een andere, nog ernstiger verzwakte zek te vinden die hetzelfde baantje nog harder nodig heeft. Aanvaarding van een geprivilegieerde positie gaat ten koste van een ander. Het spreekwoord 'de een zijn dood is de ander zijn brood' is in het kamp een letterlijke waarheid. Bovendien wordt een drukker door de aard van zijn werk automatisch een collaborateur. Velen zijn gedwongen direct mee te werken aan de onderdrukking van hun eigen medegevangenen (typistes die denunciaties en nieuwe veroordelingen uittikken, smeden die handboeien maken, opstellers van werkschema's als gevolg waarvan de gezondheid van reeds uitgeputte dwangarbeiders nog verder ondermijnd zal worden, enzovoorts.). Ook degene die van goede wil is, wordt snel ingesponnen in een netwerk van kleine corruptie waaruit hij zich niet meer kan bevrijden.

De drukkers zijn in de praktijk meestal ergere tirannen dan de officiële kampfunctionarissen. Maar laat degene die zelf nooit voor de keus overleven-of-collaboreren heeft gestaan, niet te hard oordelen over hen. Sommigen hebben hun positie zelfs welbewust gebruikt voor het welzijn van hun medegevangenen. Bovendien jagen niet alleen de criminelen maar ook de andere zeks op de warmste baantjes. Naar schatting heeft 90 procent van de 58'ers die het kamp hebben overleefd, voor kortere of langere tijd geprivilegieerd werk verricht, inclusief de schrijver zelf (hij was een tijdlang productieleider). Slechts een enkeling heeft de morele kracht gehad om consequent elk luizenbaantje te weigeren.

Hoofdstuk 10. *In de plaats van de politieke gevangenen*

Na de revolutie raakte de trotse term 'politiek gevangene' in onbruik. Onder de tsaren werden mensen om hun politieke overtuiging gevangengezet, in de nieuwe rechtvaardige socialistische maatschappij was dat niet meer mogelijk, zo heette het. Al die miljoenen die in plaats van hen op grond van artikel 58 gevangen werden gezet en in de kampen *grosso modo* de helft van de totale bevolking uitmaakten, dat waren 'contra's', 'vijanden des volks', 'landverraders', 'fascisten'. Waarschijnlijk hebben nimmer in de geschiedenis van de mensheid zoveel mensen zonder enige criminele achtergrond gelijktijdig gevangen gezeten als onder Stalin. Om aan het eind van de jaren dertig als vijand bestempeld te worden was het genoeg om: als kleermaker even je naald in een krant aan de muur te prikken en het oog van Politbureaulid Kaganóvitsj te raken; als verkoopster vlug een rekensommetje op krantenpapier te maken en daarbij het voorhoofd van Stalin te bezoedelen; een loodzwaar borstbeeld van

Stalin met een riem om de nek van de Leider op je rug over straat te torsen, enzovoorts. Elke denunciatie, anoniem of niet, voortkomend uit persoonlijke rancune of niet, was raak. Te zamen genomen vormden al deze 58'ers een dwarsdoorsnede van de totale bevolking – van analfabeet tot intellectueel.

De werkelijke opposanten van het regime, dat wil zeggen degenen met een eigen sterke overtuiging, dwars ingaande tegen die van de machthebbers, waren minder talrijk vertegenwoordigd in de kampen (doch altijd nog veel talrijker dan onder de tsaren). De belangrijkste groep waren de christenen, vooral vrouwen. Op hen konden de autoriteiten geen vat krijgen, zij lieten zich geestelijk niet breken, zij toonden vaak staaltjes van individuele heldenmoed, vergelijkbaar met die van de eerste christenen. Ook andere gevangenen konden dankzij hun onafhankelijkheid van geest en morele standvastigheid incidenteel uitgroeien tot principiële opposanten. Zo iemand was de in 1929 geëxecuteerde ingenieur Paltsjínski, die ondanks enorme druk weigerde mee te werken aan showprocessen, geen enkele collega verried en tot het bittere einde toe weerstand zou bieden aan zijn onderdrukkers. Ten slotte waren er de politieke gevangenen in enge zin, zoals de trotskisten. Zij voerden tot diep in de jaren dertig 'ouderwetse' protestacties in de kampen, gesterkt door een onwankelbaar geloof in eigen gelijk.

Hoofdstuk II. *De orthodoxen*

Een speciale categorie zeks zijn de communisten: de kameraden en collega's van degenen die hen gearresteerd hebben. Er zijn fatsoenlijken onder, sommigen komen in het kamp zelfs tot inzicht. Maar de meesten, vooral van de lichting 1937-1938, zijn onverbeterlijk. Zij zijn de orthodoxen, de loyalen, de welgezinden ofwel 'goodthinkful' zoals Orwell ze noemde. Zij blijven het sovjetgezag, zelfs als dit optreedt in de gedaante van sadistische kampbewaarder, onvoorwaardelijk trouw. Ze stellen de Partij boven alles. Ze zijn bereid persoonlijk echtgenote en kinderen aan te geven als dit van hen verlangd wordt. Ze praten alles goed. Hun eigen gevangenschap is een 'misverstand', dat spoedig opgehelderd zal worden. De schuld wordt gegeven aan buitenlandse inlichtingendiensten, aan eigenmachtig optredende lokale autoriteiten, enzovoorts. Stalin 'weet van niets'. Ze schrijven Hem en andere leiders voortdurend verzoekschriften, waarin ze smeken om begenadiging. Geestelijk zitten ze op slot, open discussie is met hen niet mogelijk. Ze steunen door dik en dun het kampregime, plegen nooit verzet, wenden zich hooghartig af van protesterende medegevangenen. Ze vinden het prima dat andere zeks slavenarbeid verrichten, maar voelen zichzelf verheven boven elke lichamelijke arbeid en streven steevast naar makkelijke administratieve baantjes. Ze laten zich gewillig ronselen als verklikker en verraden vluchtplannen van barakgenoten. Ze kijken neer op de 58'ers, met de 'sociaal-verwante' criminelen daarentegen proberen ze mooi weer te spelen. Onder hen bevinden zich veel voormalige partijbonzen, procureurs, chefs van veiligheidsdiensten, medeplichtig aan internering en executie van voorgangers – plus hun leerlingen, zij die hun verraderscarrière nog voor de boeg hebben, i.c. buitenlandse communisten als Kádár, Gomulka en Husák.

Hoofdstuk 12. *Klik-klik-klik...*

Verklikkerij is een centraal verschijnsel in de sovjetmaatschappij. Het regime streeft ernaar overal 'oren en ogen' te hebben om zijn burgers te volgen. In de tijd van de Tsjeka werden verklikkers 'geheime medewerkers' (*seksóty*) genoemd. Het is voor de burger van levensbelang te weten wíé in de omgeving een verklikker is. Maar het is zeer moeilijk daar achter te komen. Het kan iedereen zijn, zelfs de meest onschuldig lijkende kennis, de meest hartelijke buurvrouw, de meest goedmoedige grijsaard. Verklikkers worden in het diepste geheim geworven. Het zijn vooral 'gewone' mensen, met normale menselijke zwakten. Een mengsel van lokken en dreigen, alsmede een beroep op hun loyaliteit als sovjetburger, is gewoonlijk voldoende om hen over te halen als informant voor de inlichtingendienst te werken.

Wat voor de maatschappij in het algemeen geldt, geldt voor het kamp in het bijzonder. In elk kamp is een dicht spionagenetwerk gesponnen. Het werk van de 'kloek' in de gevangenis wordt in het kamp uitgevoerd door de *stoekátsj* (letterlijk 'klopper'). De stoekatsj wordt geworven door een speciale inlichtingenofficier, verbonden aan het kamp (*óper* of 'peetvader'). Hoe moeilijk het is medewerking te weigeren ondervond ook Solzjenitsyn toen hij in het begin van zijn kampperiode op een dag werd opgeroepen voor een gesprek met een vertegenwoordiger van de inlichtingendienst. Door een beschaafd officier, in de prettige ambiance van een comfortabele kamer, werd hij eindeloos onder druk gezet. Mentaal nog niet zo gehard als later moest hij zich ten slotte bereid verklaren tot het informeren over vluchtpogingen van criminelen. Maar gelukkig voor hem hoefde hij nooit informatie door te spelen. Hij bleef 'klikschoon'. Veel later, aan het eind van zijn verbanning, werd hij nogmaals door de inlichtingendienst gepolst. Hij slaagde erin te weigeren – doch slechts met een halfslachtig beroep op zijn gezondheid.

Hoofdstuk 13. *Sterf andermaal!*

Automatische verlenging van de straftijd is een algemene praktijk geweest in de geschiedenis van de Goelag Archipel. Vooral in de jaren 1937-1938 begon men daartoe over te gaan. Je kon voor elke wissewas een nieuwe jarenlange vrijheidsstraf boven op de oude krijgen (bijvoorbeeld als een verklikker had gehoord dat je Gorki een slecht schrijver noemde, of dat je het waagde Majakóvski te vergelijken met bourgeoisdichters). Tijdens de oorlog hadden plaatselijke Goelag-functionarissen er een speciaal belang bij om complotten in hun kampen op te rollen en nieuwe straffen uit te delen. Door de risico's van opstanden van zeks in het achterland en dus hun eigen onmisbaarheid te overdrijven voorzagen zij zichzelf van een alibi om zich te onttrekken aan de actieve militaire dienst. Na de oorlog, in 1947-1948, werden veel zeks van de lichting 1937-1938 die hun straftijd erop hadden zitten, vrijgelaten – om kort daarna weer teruggestuurd te worden naar de kampen. Het lot van deze 'andermalers' of 'herhalers', zoals zij genoemd worden, die tussen twee kampperioden door even aan de vrijheid mochten ruiken, was extra wrang. In tegenstelling tot degenen wier straftijd in het kamp werd verlengd, hadden zij kortstondig *hoop* gekoesterd.

Hoofdstuk 14. *Alles of niets!*

Relatief weinig zeks hebben het in de geschiedenis van de Goelag Archipel gewaagd een vluchtpoging te ondernemen. De algehele apathie onder de gevangenen, de lichamelijke verzwakking door zware arbeid en ondervoeding, de eindeloze afstanden tot de bewoonde wereld, de vijandigheid van de omringende plaatselijke bevolking, die beloond werd bij het uitleveren van vluchtelingen, de angst voor verlenging van de straftijd en martelingen na mislukking van de vlucht, het vooruitzicht op het leven van een eeuwig opgejaagd dier in de maatschappij bij het slagen ervan, de vage hoop op amnestie – dit alles maakte dat men zich wel honderd keer bedacht alvorens ervandoor te gaan. Toch kan de impuls om te vluchten, vooral in het eerste jaar van gevangenschap, heel sterk zijn. Volgens officiële gegevens waren er in 1930 in de USSR 1338 ontsnappingen uit penitentiaire inrichtingen. Aan het eind van de jaren dertig was de Archipel zo uitgebreid dat de bewaking niet overal even streng kon zijn. Vooral criminelen, die over het algemeen minder streng bewaakt werden, namen geregeld de benen. Ook anderen – vrijheidslievende avonturiers, onverschrokken militairen – deden wel vluchtpogingen, per groep of individueel, maar verreweg de meeste van deze vaak heroïsche pogingen mislukten. Soms liep een vluchteling die erin slaagde de bewoonde wereld te bereiken en onder een valse identiteit een nieuw bestaan in de maatschappij op te bouwen, jaren later alsnog tegen de lamp. Een legerkapitein die na de oorlog op fantastische wijze uit Siberië naar de Amerikaanse sector van Wenen ontkwam en zich daar reeds in veiligheid waande, liet zich door de Sovjets in een hinderlaag lokken en ontvoeren naar zijn vaderland. De vluchtpogingen die definitief geslaagd zijn – daarvan horen wij weinig. Succesvolle vluchtelingen houden zich voor de rest van hun leven liever stil.

Hoofdstuk 15. *Sjizó, boer en zoer*

Hoe erg de omstandigheden in de Goelag-kampen normaal al zijn, het kan nog erger. De kampleiding heeft een drietal interne penitentiaire instellingen ter beschikking om de zeks additioneel te straffen. Voor elk luttel vergrijp kan een zek voor één dag tot een heel jaar opgesloten worden in een *sjizó* (strafcel, isolatieruimte): een koud, vochtig, donker hok, soms zonder dak, zodat regen en sneeuw vrij toegang hebben. Voor collectieve opsluiting van bijzonder gevaarlijk geachte gevangenen is er de *boer* (barak met verzwaard regime, intern cachot): een soort veestal zonder ventilatie. De omstandigheden zijn er beestachtig. Er zijn gevallen bekend dat zeks lepels inslikten enkel om uit een *boer* te komen en in het ziekenhuis te belanden. De *zoer* (zone met verzwaard regime) ten slotte is een speciaal strafkamp buiten het gewone kamp, in een ontoegankelijk gebied. Hier moeten onder barbaarse condities de allerzwaarste werkzaamheden verricht worden. De meeste zeks keren er nooit van terug. De *zoer* is speciaal geschikt voor onhandelbare christenen, mislukte vluchters, onverbeterlijke intellectuelen en verklikweigeraars. De bewaking wordt er vaak overgelaten aan criminelen, die ongestoord hun medegevangenen kunnen terroriseren.

Hoofdstuk 16. *De sociaal-verwanten*

De romantische, reeds bij Póesjkin voorkomende neiging criminelen te idealiseren als vrije vogels, edele Robin Hoods en dergelijke, groeide in sovjettijd uit tot een ware 'penosecultus'. Majakovski, Leónov, Véra Ínber en zelfs Víktor Nekrásov bezongen hen. Zij werden aanvankelijk door de communisten beschouwd als natuurlijke bondgenoten in de strijd tegen het privébezit. De penose was sociaal-verwant aan het proletariaat (zij was alleen nog politiek onstandvastig). Hun misdaden werden vergoelijkt of opmerkelijk licht bestraft. Terwijl een gewone burger die een paar aardappelen stal op een kolchoz om zijn gezin in leven te houden, kon rekenen op tien of twintig jaar kamp, kreeg een crimineel voor roofmoord maar een jaartje. Vooral onder Stalin waren alle verhoudingen zoek. Maar nadat de propagandamachine in de jaren dertig nog aan de lopende band standaardverhalen had geproduceerd over heropgevoede dieven en moordenaars, kwam zelfs Stalin na de oorlog tot de conclusie dat heropvoeding een illusie was en liet hij de criminelen, in het begin van de jaren vijftig, isoleren in eigen kampen. In de praktijk heeft eerder opvoeding in omgekeerde richting plaatsgevonden: niet de criminelen zijn geproletariseerd, maar de communisten gecriminaliseerd.

De nauwe band tussen sovjetmacht en penose blijkt duidelijk uit de opvallende tolerantie (en zelfs genegenheid) die de autoriteiten ten aanzien van de criminelen in de kampen aan de dag hebben gelegd. De criminelen kregen de warmste baantjes en mochten ongehinderd hun niet-criminele medegevangenen tiranniseren. De sociale structuur en zeden van de sovjetpenose, te vergelijken met die van de westerse maffia – dezelfde hiërarchie met aan het hoofd een peetvader, dezelfde quasi-familiebanden, dezelfde criminele 'erecode' en dezelfde bloedige vetes tussen concurrerende benden – bleven in de Goelag volledig intact. De bendehoofden hadden een vrijwel onbeperkte macht, ze hielden er hun eigen bedienden, hun eigen harem op na. De kampleiding stelde hen zelfs aan als 'opvoeders' van de 58'ers. De criminelen die als bewakers samenwerkten met het gezag, zijn de ergst denkbare sadisten. Deze overlopers (teven, maffers) werden zelfs gehaat door hun eigen soortgenoten (de zogenaamde eerlijke dieven, gabbers). Maar hoe liefdevol het communistische gezag de penose in de loop der tijden ook behandeld heeft, de liefde is eigenlijk al die tijd maar van één kant gekomen. De penose, trouw aan haar eigen maffiose wetten, is immuun voor de communistische ideologie gebleken. Voor haar horen de communisten thuis in dezelfde wezensvreemde categorie 'groenzoeters' als de 58'ers.

Hoofdstuk 17. De boefjes

Als gevolg van de burgeroorlog en de ontwrichting van het maatschappelijk leven na de revolutie verloren talloze kinderen hun ouders. Ze zwierven in horden rond door Rusland en criminaliseerden. Aanvankelijk probeerden de autoriteiten hen onder te brengen in speciale tehuizen en arbeidskolonies. Het aantal losgeslagen criminele minderjarigen zou in de nieuwe maatschappij, zo luidde de verwachting, snel afnemen. Maar nog in 1927 bestond bijna de helft van de totale gevangenispopulatie in de Sovjet-Unie uit jongeren, uit een generatie die grotendeels opgegroeid was in de nieuwe socialistische maatschappij.

Minderjarige gevangenen werden aanvankelijk milder gestraft dan volwassenen. Tot 1935. In dat jaar bepaalde Stalin per decreet dat alle strafmaatregelen voor volwassenen (inclusief executie) voortaan ook op kinderen van twaalf jaar en ouder toegepast dienden te worden. Voor het stelen van aardappelen kon een kind tot acht jaar werkkamp veroordeeld worden. Een meisje van veertien jaar dat wat graankorreltjes van straat opraapte kreeg drie jaar (geval uit 1948). In de stolypins en roodjes, in de doorgangsgevangenissen en werkkampen kwamen de minderjarige zekjes of *boefjes* in contact met de volwassen criminelen, die hen dikwijls verkrachtten en voor de rest van hun leven geestelijk verminkten. Onder hun verdervende invloed zouden de boefjes nooit uitkomen. Ze namen het gedrag van hun 'leermeesters' over en ontwikkelden zich zelf tot een soort meedogenloze roofdiertjes. Optredend in groepen, al dan niet onderhorig aan de volwassen penose, steevast bewapend met messen, oefenden ze een ware terreur uit in de kampen en waren een gesel voor de andere gevangenen. Het lot van deze lichamelijk en geestelijk onderontwikkelde kinderen van de Archipel is een van de allerzwartste bladzijden in de geschiedenis van het concentratiekampsysteem in de Sovjet-Unie.

Hoofdstuk 18. *De muzen in de Goelag*

In de tijd dat men nog geloofde in heropvoeding van misdadigers, werd in elk kamp een Politiek-Opvoedkundige Sectie (PVTsj), later herdoopt in Cultureel-Opvoedkundige Sectie (KVTsj), opgericht. Het waren centra van propaganda en agitatie, waar onder leiding van zogenaamde opvoeders, gerekruteerd uit de kringen van de criminelen, allerhande projecten werden georganiseerd om de zeks tot enthousiasme voor de socialistische opbouw te inspireren: initiatieven voor extra 'vrijwillige' werkuren op rustdagen, lezingen over atheïsme, publieke hekeling van arbeidsschuwen, stimulering van de sportieve competitie der werkbrigades, muurkranten, enzovoorts. Vooral culturele activiteiten in de vorm van 'artistieke zelfwerkzaamheid' werden geacht een belangrijke rol te spelen bij de verheffing van de zeks. De muzen werden in de Goelag, uiteraard binnen een ideologisch verantwoord kader, driftig gekoesterd. Vooral Polyhymnia, de muze der hymnen (en leuzen), was populair. Speciale, uit gevangenen samengestelde 'agitbrigades' zongen montere liedjes om de stemming erin te houden. Kunstenaars, bedreven in het naschilderen van prentbriefkaarten, vervaardigden op bestelling van leiding en bewakers schilderijen met verheffende taferelen. Ergens in het barre noorden, omgeving Vorkoeta, mochten gevangenen artistieke bonte 'bloembedden' van mos, glasscherven, stukjes steen en dergelijke vervaardigen. Ook 'uitvinders' dienden hun projecten, het ene nog fantastischer dan het andere, in bij de Cultureel-Opvoedkundige Sectie. Solzjenitsyn heeft er enkele onder ogen gehad. Om vrijgelaten of overgeplaatst te worden naar een sjarasjka gingen sommige zeks zover dat ze Stalin in kruiperige brieven voorstellen deden om de bewaking van de kampen te verbeteren, bijvoorbeeld met behulp van infrarode straling.

Officieel bedoeld ter verbetering en verheffing van de zeks hebben de Cultureel-Opvoedkundige Secties in de praktijk meer een controlerend-denunciërende functie gehad. Ze waren vergeven van de verklikkers, die er meer belastend materiaal konden verzamelen dan in de barak of op het werk, omdat de zeks zich in hun vrije tijd, in de zogenaamd meer ontspannen sfeer van artistieke zelfwerkzaamheid loslippiger toonden.

Toch werden de zeks er vaak naar toe getrokken, al was het alleen maar om even bij te komen van de dwangarbeid of om gevangenen uit andere barakken te ontmoeten. Deelname aan een zangkoor of toneelgroep was, hoewel het repertoire uiteraard uit rommel bestond, zelfs aanlokkelijk, omdat dergelijke agitbrigades gemengd van samenstelling waren en dus de gelegenheid boden in contact te komen met het andere geslacht. Bovendien gaven de kostuums, de grime, de decors, enzovoort de illusie van een andere, meer kleurrijke werkelijkheid. Er bestonden ook semiprofessionele toneelgroepen, waarvan de leden vrijgesteld waren van de algemene werkzaamheden. Kunstzinnige kampdirecteuren lieten deze gezelschappen in besloten kring voor zich optreden, geheel in de traditie van het lijfeigenentheater uit de 18e en 19e eeuw. Directeuren van verschillende kampen probeerden elkaar af te troeven met de beste troupe. Dergelijke toneelgezelschappen bereikten soms zo'n hoog niveau dat ze mochten optreden in plaatselijke theaters en op tournee gingen naar andere kampen. Maar over het algemeen stelden de met geweldig propagandistisch tromgeroffel begeleide activiteiten in de Cultureel-Opvoedkundige Secties noch in cultureel, noch in opvoedkundig opzicht iets voor. Na de oorlog hielden ze *de facto* op te bestaan.

Hoofdstuk 19. *De zeks als natie*

De bevolking van de Goelag Archipel voldoet volledig aan de definitie van het begrip 'natie', die Stalin eens gegeven heeft: 'Een natie is een historisch geformeerde vaste entiteit van mensen met de volgende kenmerken: een gemeenschappelijke taal, een gemeenschappelijk grondgebied, een gemeenschappelijke economie en een gemeenschappelijke psychologische geaardheid, zich uitend in een gemeenschappelijke cultuur.' Een buitenstaander, die een veldstudie van de zeks maakt, zou hen dan ook geheel in etnografische termen kunnen beschrijven. De zeks bewonen een geïsoleerd gebied, de eilanden van de Goelag Archipel, waar twaalf maanden van het jaar een poolwinter heerst (zo niet in meteorologische zin dan toch qua geestelijk klimaat). Ze zien er met hun grijze buizen en kaalgeschoren koppen opvallend eender uit. Hun blik is waakzaam-wantrouwig-afwerend, hun houding ineengedoken. Hun taal is rauw, ongezouten, afgebeten, agressief, vergeven van schuttingwoorden. Zij vertoont overeenkomsten met het Russisch, waaruit het zich ook ontwikkeld heeft. Omgekeerd heeft de zek-taal het Russisch beïnvloed, de Russische taal is 'verzekt'.

De zek probeert zo zuinig mogelijk met zijn krachten om te gaan. Hij doet alles om niet te hoeven werken. Daarin stemt hij overeen met de vroegere lijfeigenen. Hij verschilt van hen doordat hij zijn meesters heimelijk veracht, de lijfeigenen beschouwden hun heren juist als hogere wezens. Uiterlijk veinst de zek respect en angst jegens hen. De hoogste waarden in zijn leven zijn eten en slapen. Elk moment van de dag wordt benut om in slaap te vallen, zelfs in staande positie. De zeks vermenigvuldigen zich niet door geboorte, maar door aanvulling van buiten. Zij koesteren geen onderlinge menselijke solidariteit, maar voeren integendeel een primitieve strijd om het bestaan. Men zou kunnen zeggen dat de zek een overgangsvorm naar een nieuwe biologische species is. Maar in zijn geval vindt een regressieve evolutie plaats. Hij ontwikkelt zich terug van mens naar dier. Onder de zeks heerst de wet van de jungle. Ieder wordt geacht zichzelf maar te redden, zich niet met andermans zaken te bemoeien. Ze bedriegen elkaar, proberen elkaar buitenkansjes af te snoepen en houden angstvallig informatie achter waar ook anderen baat bij zouden kunnen hebben (over een geheim slaapplaatsje, een mogelijkheid om via een vrije burger brieven naar de buitenwereld te sturen, enzovoorts). Het openbaren van plannen, wensen en gedachten wordt als zeer onverstandig beschouwd. De zek wordt beheerst door een zeer concrete fixatie op het heden en de zeer nabije toekomst. Als hij al een verandering in zijn lot verwacht, dan altijd ten kwade. Zijn levensvisie is fatalistisch. Een doorgewinterde zek verheugt zich niet over een meevaller en zit niet in de put na een tegenvaller. Hij gelooft nergens in, is nergens bang voor en vraagt nergens om.

Hoofdstuk 20. De kamphonden

De Goelag verschaft werk aan een heel leger beheerders en bewakers. Tijdens de verschillende stadia van aanmelding, opleiding en praktijk die de werknemers van de Goelag doormaken, vindt een voortdurend proces van selectie plaats op grond van kwaadaardigheid, verbetenheid, agressiviteit en andere eigenschappen, die ook verlangd worden van de herdershonden, gebruikt bij de bewaking van concentratiekampen. Het restje menselijk geweten dat bij deze of gene Goelag-functionaris bewaard blijft, verdwijnt vanzelf in de loop van zijn diensttijd. Van de hoogste bazen van de Goelag is, behalve wat namen, weinig bekend. Ze opereerden achter de schermen, bleven in hun kantoren, keken vanaf heuvels toe op het werk van hun dwangarbeiders. Van de beheerders der afzonderlijke eilanden, de kampdirecteuren, weten wij meer. Zij bemoeiden zich niet met het werk van de gevangenen, maar waren verantwoordelijk voor handhaving van de tucht. Het waren eigenzinnige despoten, die ongecontroleerd hun sadistische neigingen konden botvieren op de zeks. Ieder beschouwde zijn kamp als zijn privéterrein met bijbehorende lijfeigenen, als zijn plantage met slaven. Ze handelden vaak regelrecht tegen het belang van de staat in door gevangenen te dwingen rechtstreeks voor hén te werken. Onder hen stonden de kampopzichters: functionarissen van verschillende rang, belast met het dagelijkse toezicht op de discipline. Zij waren het die zich bezighielden met het banale handwerk van aftuigen. Ook de opzichters probeerden hun eigen eindeloze diensttijd (15 of 25 jaar) zo aangenaam mogelijk te maken door de gevangenen voor zich te laten werken. De gewapende bewakers ten slotte, de officieren en soldaten van de *Vóchra* (= gemilitariseerde bewaking), zorgden ervoor dat niemand ontsnapte. Zij hielden de wacht in uitkijktorens en begeleidden de zeks van en naar hun werk. Hun woordenschat in de omgang met gevangenen was beperkt tot 'Halt – of ik schiet!' En zelfs deze waarschuwing werd vaak niet gegeven. Ze schoten bij het minste of geringste. Er zijn tal van voorbeelden bekend dat een arbeider die de vaak nauwelijks zichtbare, slechts door een bles op een boom aangegeven zonegrens op zijn werk per ongeluk heel even overschreed, prompt werd doodgeschoten. Wanneer een dergelijk geval achteraf werd 'uitgezocht', werd in de regel de schutter-moordenaar in het gelijk gesteld. De bewakers werden geselecteerd naar geestelijke beperktheid en meedogenloosheid. Om toenadering tot de gevangenen te bemoeilijken werd er vaak voor gezorgd dat ze van een ander ras waren (Tataren bijvoorbeeld). Alleen in de oorlog waren de autoriteiten door personeelsgebrek gedwongen voor korte tijd menselijke bewakers aan te stellen.

Hoofdstuk 21. *De wereld rond het kamp*

Rondom de kampen ontstonden nederzettingen die er organisch mee verbonden waren. De bewoners waren beheerders, bewakers, voormalige zeks die de stap terug naar de maatschappij niet konden maken, ballingen, alsmede productieleiders, werkopzichters, ploegbazen, voormannen, vrachtwagenchauffeurs en andere vrije burgers die op enigerlei wijze betrokken waren bij de arbeid van de zeks. Soms groeide zo'n nederzetting uit tot een hele stad die ook na het verdwijnen van de kampen in de omgeving zou blijven bestaan (bijvoorbeeld Magadán). Ook kwam het voor dat een reeds bestaande stad geheel door kampen omgeven en geïntegreerd werd binnen het rijk van de Goelag Archipel (bijvoorbeeld Karagandá en Kízel).

Zoals een bedorven stuk vlees stank en rotting om zich heen verspreidt, zo hebben ook de kampen hun omgeving aangetast. Het cynisme, de onbeteugelde willekeur van sterke jegens zwakke, de primitieve wreedheid van de menselijke verhoudingen, de vergroving der gevoelens – dit alles is overgeslagen op de wereld rondom het kamp. En vandaar op de maatschappij.

Hoofdstuk 22. *Wij bouwen*

In de loop der jaren is een geweldig aantal bouwprojecten met behulp van dwangarbeid uitgevoerd: kanalen, spoorbanen, autowegen, krachtcentrales, fabrieken, steden, havens, pijpleidingen, sovchozen, enzovoort. Door miljoenen zeks zijn mineralen gedolven en bomen omgehakt. Al deze werkzaamheden werden niet speciaal gecreëerd tot heropvoeding van misdadigers, het was juist andersom: eerst werden de plannen opgesteld, daarna de misdadigers gerekruteerd. Het systeem van dwangarbeiderskampen leek economisch zeer voordelig voor de staat. Men verwachtte dat op den duur elk kamp zijn rendement zou opbrengen. De kosten (voedsel, kleding voor gevangenen, enzovoorts) werden daartoe tot een minimum beperkt. Maar de rentabiliteit van de werkkampen is een illusie gebleken. Niet alleen werd een ontelbaar aantal mensenlevens verspild (om een voorbeeld te noemen: bij de aanleg van de spoorweg Kotlas-Vorkoeta twee doden per dwarsligger), ook de meeste projecten zijn totaal nutteloos gebleken. Vele zijn nimmer voltooid. De gevangenen werkten niet mee, ze richtten uit ongeïnteresseerdheid, incompetentie of opzettelijk meer schade aan dan dat ze profijt brachten, de vrije arbeiders stalen als de raven, de beheerders waren corrupt en de salariëring van het legioen bewakers kostte handenvol geld. Kortom, de lasten overschreden de baten. En de Goelag verkommerde.

Deel IV. Ziel en prikkeldraad

Hoofdstuk 1. *Innerlijke groei*

Verandert een mens innerlijk in gevangenis of kamp? Van berouw, zoals in de goede oude tijd van Dostojévski's *Dodenhuis*, was bij sovjetgevangenen in ieder geval geen sprake. De harde criminelen (5 procent) waren alleen maar trots op hun misdaden en de overgrote meerderheid had niets misdaan. Een proces van geestelijke loutering, van innerlijke groei kwam vaker voor in de 19e eeuw. Ook zelfmoord is in de Goelag Archipel zeldzaam geweest. Met de dood reeds overal om zich heen waren de zeks juist gegrepen door een dierlijke drang om te overleven.

Toch komen de meeste zeks op een gegeven moment voor de gewetensvraag te staan: is het waard om te overleven tegen elke prijs? Wie hierop ontkennend antwoordt, kan een innerlijke vrijheid bereiken die hij anders, in de maatschappij, nooit gekend zou hebben. Hij overleeft, althans moreel. Doordat het geweld, op hem uitgeoefend, vooral fysiek is, krijgt zijn geest meer ruimte. De zek is daarom vrijer in zijn gedachten. Het feit dat hij niets meer te verliezen heeft, geeft hem zelfs iets onaantastbaars. De eindeloze straffen en ontberingen ontwikkelen in hem een stoïcijnse levensvisie. Hij kan komen tot fundamentele zelfreflectie en bezinning, tot het inzicht dat 'ziel' belangrijker is dan 'welzijn'. Hij kan een echte diepe vriendschap met andere zeks ontwikkelen. Hij kan zelfs de slechtheid van zijn beulen relativeren. Zo kan gevangenschap een zegen zijn. Solzjenitsyn zelf erkent dat de Goelag voor hem een leerschool is geweest, die hem veel zelf- en mensenkennis heeft bijgebracht.

Hoofdstuk 2. *Of ontaarding?*

In plaats van zedelijke verheffing komt ook het tegenovergestelde voor: morele degeneratie, ontaarding van de ziel. Men zou kunnen zeggen dat het eerste vaker in de gevangenis, het laatste vaker in het kamp plaatsvindt. Sjalamov spreekt over ontmenselijking, stimulering van de laagste instincten, kwaadaardigheid, leugens en gevlei als de onvermijdelijke gevolgen van het dagelijkse leven in de Goelag. Want in het kamp leer je te overleven ten koste van anderen. Je medegevangenen zijn concurrenten in zaken van leven en dood. Er is een voortdurende strijd om de grootste porties voedsel en de makkelijkste baantjes. De levensvisie van de penose, samengevat in het devies: 'Als we toch allebei moeten creperen, dan mag jij eerst', domineert het hele kamp. Ontaardend werkt ook de politiek van de autoriteiten om gevangenen als medewerker (verklikker, bewaker) te werven. Daardoor worden de zeks nog meer tegen elkaar opgezet.

Overigens moet men zich afvragen of de massale ontaarding in de kampen uitsluitend een gevolg is van de junglewetten binnen de Goelag Archipel. Misschien wordt zij reeds in gang gezet in de maatschappij. Bovendien ontaardt in het kamp niet iedereen. Veel christenen en anderen die van huis uit een sterke ethische, spirituele kern hadden meegekregen, hebben nooit iets gedaan waarvoor ze zich later hoefden te schamen. Zij bedrogen niemand, weigerden verklikker te zijn en zagen af van buitenkansjes als deze ten koste van anderen gingen.

Hoofdstuk 3. De lamgeslagen maatschappij

De maatschappij die de kanker van de Goelag Archipel in zich laat voortwoekeren, kan niet anders dan zelf geheel verziekt zijn. Het is dan ook onjuist om de kampen als een geïsoleerd verschijnsel in de Sovjet-Unie te beschouwen. De verschillen tussen maatschappij en kamp zijn geringer dan men zou vermoeden. De 'vrije' burgers worden in principe op dezelfde wijze onderdrukt en lamgeslagen als de bevolking van de Archipel en wel met behulp van de volgende middelen: *eeuwige angst* (die elke burger, van kolchozboer tot Politburolid omvangt – elk onvoorzichtig woord kan het einde betekenen); *gebondenheid aan woonplaats en werk* (je mag niet zomaar verhuizen of van baan veranderen); *geslotenheid* (iedereen heeft wel wat te verbergen: een verleden, de arrestatie van een familielid en dergelijke) en algemeen *wantrouwen* (elke vriendendienst kan een provocatie zijn); algehele *onwetendheid* als gevolg van het voorgaande (ook wat de kampen betreft, die ver weg zijn – voor informatie is men afhankelijk van de officiële media); *verklikkerij* (elk bedrijf, elk flatgebouw heeft zijn eigen verklikker, in elke stad is een op de vier à vijf burgers ooit aangezocht door de inlichtingendienst); *verraad* als methode om te overleven (het zich afwenden van de familie van gearresteerden, het openlijk afzweren van ontmaskerde 'vijanden' – wie helpt, wordt zelf gearresteerd); *verloedering* (buren die zonder scrupules woningen van onschuldig gearresteerden overnemen, kennissen die bezittingen toeëigenen, collega's die vrijgekomen posten innemen, enzovoorts); de *leugen* als maatschappelijke omgangsvorm, ofwel 'de cultus der dubbelhartigheid' (men is voortdurend gedwongen niet alleen passief de waarheid te verzwijgen, maar ook actief de onwaarheid te beamen: op openbare vergaderingen, in de pers, in gesprekken met medeburgers en zelfs ten overstaan van de eigen kinderen, die op school ideologisch gehersenspoeld worden); *wreedheid* in plaats van ouderwetse barmhartigheid (kinderen gooien stenen naar kolonnes gevangenen, vrouwen zetten echtgenoten, na vele jaren uit de Goelag Archipel teruggekeerd, op straat, enzovoorts), en *slavenmentaliteit* (slachtoffers die misdaden, hun aangedaan door de staat, proberen te rechtvaardigen).

Hoofdstuk 4. Het levenslot van enkelen

Het beeld van de Goelag zoals gepresenteerd in het voorgaande, is opgebouwd uit de verbrokkelde biografieën van talloze slachtoffers. Hieronder, als één geheel, de afzonderlijke levensbeschrijvingen van twee van hen.

Anna Skrípnikova. Geboren in 1896 in Majkóp als dochter van een eenvoudig arbeider. Intelligent kind. Gymnasium. Studie psychologie en filosofie in Moskou. Linkse sympathieën. Na revolutie terug naar geboorteplaats als lerares. Weigert in burgeroorlog te heulen met de witten. Als de roden triomferen, protesteert ze in het openbaar tegen hun terreur en intimidatiemethoden. Gearresteerd. Plaatselijke intelligentsia neemt het voor haar op. Vrijgelaten dankzij proletarische afkomst. Later opnieuw opgepakt. Weigert principieel elke collaboratie met het communistische gezag. Gang door de Goelag Archipel, onder andere Solovetski-eilanden en Witte-Zeekanaal. Van 1932 tot 1948 met rust gelaten. Verliest na oorlog baan als psychologe aan instituut wegens verleden. Na weigering medewerkster MGB te worden naar strafkamp. Krijgt in 1956 'genadiglijk' vrijheid aangeboden, maar eist trots eerst volledige genoegdoening. Voor straf nog drie jaar kamp. In 1959 vrij. IJvert rest van haar leven voor vrijlating achtergeblevenen.

Stepán Losjtsjílin. Geboren in 1908. Na revolutie gewoon arbeider, lid communistische partij, maar niet hard genoeg in het leven, te onschuldig. Komt niet vooruit. Tegengewerkt in carrière, uitgestoten uit partij. In 1937 zonder enige aanleiding op station van Kiev aangehouden. Vier jaar kamp als 'sociaal-schadelijk element'. In oorlog ingedeeld in arbeidersdetachement. Regime vergelijkbaar met dat in kamp. Uitputtende arbeid, honger, gebrek aan alles. Geeft desondanks laatste krachten. Weigert pas werk als hij geen schoenen meer aan zijn voeten heeft. Aan eind van oorlog nog eens drie maanden strafkolonie.

Deel V. Kátorga

Hoofdstuk 1. *De gedoemden*

In 1943 herstelde Stalin twee onheilspellend klinkende begrippen uit de tijden van het tsarisme in ere: galg en *kátorga* (= opsluiting onder 'Siberische' omstandigheden, gewoonlijk gepaard met zware dwangarbeid). Deze straffen, die genoemd werden in een decreet uit dat jaar, waren bedoeld voor burgers die in de oorlog 'fout' waren geweest. Naast de oude heropvoedings- annex werkkampen ontstond een nieuwe archipel van katorga-kampen. Ze stroomden vol met onafzienbare aantallen daadwerkelijke en vermeende collaborateurs, overlopers en landverraders – in feite met iedereen die het ongeluk had gehad een tijd onder Duitse bezetting geleefd te hebben. Ja, de totale bevolking van de bezette gebieden was gedoemd om na de bevrijding geïnterneerd te worden.

Voor zeer vele sovjetburgers betekende de Duitse bezetting na de stalinistische terreur van de jaren dertig zo niet een bevrijding dan toch het mindere kwaad. Vooral op het platteland zagen honderdduizenden mensen hun kans schoon het communistische juk af te werpen. Hoe konden zij, bij de verstikkende propaganda en het gebrek aan informatie onder Stalin, weten wat de ware aard van het nationaal-socialisme was? De Duitsers leken zo slecht nog niet. Onder hun bezetting werden de kerken heropend. Bovendien werden op verschillende plaatsen massagraven met slachtoffers van Stalins terreur ontdekt (alleen al in Vínnitsa, bij toeval, 10.000 lijken). Samenwerking met de Duitsers was alleszins begrijpelijk. Het is alleen aan de stomheid van Hitler en zijn trawanten, die de Russen als 'Untermensche' bleven beschouwen en geen gebruik wensten te maken van de hun massaal aangeboden steun, te danken geweest dat zij de oorlog niet gewonnen hebben.

Na verdrijving van de Duitsers werden alle bewoners van de bezette gebieden over één kam geschoren. Militairen die daadwerkelijk meegevochten hadden tegen het Rode Leger, zij die zich voor de Polizei hadden laten werven, tolken, 'burgemeesters in oorlogstijd', onderwijzers die waren aangebleven (zij hoefden tijdens de bezetting overigens heel wat minder te liegen dan daarvoor), moffenmeiden én volstrekt onschuldigen – allen verdwenen in dezelfde barakken. Na de oorlog versmolten deze katorga-kampen met de bestaande werkkampen. In 1948 ontstond als tussenvorm voor 58'ers en landverraders tezamen het *Osoblág* (Speciaal Kamp). Het regime was er zwaarder dan in de oude heropvoedingskampen, waar de criminelen en andere niet-politieke gevangenen achterbleven.

Hoofdstuk 2. Een vleugje revolutie

In 1949 werd Solzjenitsyn van de sjarasjka Márfino bij Moskou overgebracht naar een Speciaal Kamp midden in de steppen van Kazachstan, bij Ekibastóez. Tijdens het transport bespeurde hij om zich heen vage tekenen van een nieuwe opstandige tijdgeest. In de lucht hing een zweem van menselijke solidariteit, van protest. In tegenstelling tot de jaren dertig ondervonden de gevangenen hier en daar blijken van medeleven van de bevolking. Een oud vrouwtje staarde hen vol deernis aan door de tralies van de treinwagon. Ze sloeg ongegeneerd kruisjes en liet zich niet wegjagen door de bewakers. Ook de gevangenen zelf gedroegen zich onafhankelijker, brutaler. Velen waren veroordeeld tot astronomische straffen van vijfentwintig jaar en hadden dus niets meer te verliezen. Men ging discussies aan met bewakers en liet zich in de doorgangskampen niet zo gemakkelijk meer intimideren door de penose. Hier en daar werden zelfs agressieve criminelen afgetuigd. Vooral van de vele nationalistisch gezinde Balten en Oekraïeners onder de gevangenen ging een nieuwe frisse geest van weerspannigheid uit.

Hoofdstuk 3. Ketenen, ketenen...

Na het vleugje revolutie onderweg betekende het kamp een koude douche. Tucht en bewaking in de Speciale Kampen waren nog strenger dan in de oude heropvoedingskampen. De efficiënt georganiseerde concentratiekampen van de nazi's hadden in menig opzicht als inspirerend voorbeeld gediend. Elke gevangene droeg nu, aan een bordje om de nek of als merkteken op de kleren genaaid, een eigen nummer. Werd hij naar zijn werk gebracht, dan kreeg hij handboeien om. Brigadiers en commandanten liepen opzichtig rond met knuppels. De gevangenen zelf leken niets veranderd in vergelijking met vroeger. Al werden de Speciale Kampen bewoond door louter 'politieke' gevangenen, toch heersten onder hen in plaats van onderlinge solidariteit nog de wreedheid en het cynisme, overgenomen van de penose. Verder schenen zij net als vroeger zonder meer bereid zich te laten vernederen. Solzjenitsyn zelf bijvoorbeeld bouwde mee aan een interne gevangenis, bestemd voor hemzelf en zijn lotgenoten.

Hoofdstuk 4. Waarom dit alles geduld?

'Waarom hebben jullie, zeks, dit alles geduld?' hoort men soms argeloos vragen. 'Waarom kwamen jullie niet in verzet, zoals de politieke gevangenen onder de tsaren?' Echter, elke vergelijking met het verleden gaat mank. Protestacties, hongerstakingen, opstanden en andere traditionele vormen van verzet waren in de sovjetkampen zinloos vanwege het gebrek aan resonantie in de maatschappij. Wat konden de zeks doen zonder de steun van een publieke opinie achter zich? Wie de kampen van Stalin heeft overleefd en de geschiedenis van het prerevolutionaire Rusland bestudeert, constateert met verbijstering de tolerantie, zeg maar slapheid van het tsaristische regime. Noch Poesjkin, noch Lérmontov kreeg tien jaar strafkamp wegens staatsvijandige activiteiten, hoewel ze daar wegens bepaalde geschriften, naar sovjetmaatstaven gemeten, toch beslist voor in aanmerking gekomen zouden zijn. Alexander II liet zeven aanslagen op zich plegen – maar van een golf van staatsterreur tegen de bevolking was daarna geen sprake (ter vergelijking: na de moord op Kírov werd zowat half Leningrad gearresteerd en verbannen). Toen Aleksándr Oeljánov in 1887 wegens een aanslag op Alexander III werd terechtgesteld, werd zijn familie met rust gelaten. Zijn broer, Vladímir, alias Lenin, mocht later in de gevangenis zelfs artikelen schrijven, die nota bene nog gepubliceerd werden ook, en daarna mocht hij naar het buitenland om er rustig verder de revolutie voor te bereiden. Een artikel van hem over Marx, als emigrant geschreven, werd zowaar opgenomen in een Russische encyclopedie. Een ander, de schrijver Leoníd Andréjev, kreeg wegens een oproep tot gewapende opstand zegge en schrijve twee weken gevangenisstraf. De tijdgeest was rond de eeuwwisseling zo liberaal dat het als een schande gold wanneer je iets goeds zei over politieagenten of gendarmes. Politieke gevangenen werden zeer gerespecteerd. Ontsnapte er een uit Siberië, dan werd hij op zijn vlucht overal geholpen door de bevolking, die daarvoor niet gestraft werd. De vluchteling zelf had ook niets te verliezen. Werd hij gepakt, dan kreeg hij geen extra straf. Vluchtpogingen van ballingen waren zelfs zo algemeen dat het schijnt of alleen verstokte luiaards niet de benen namen.

Hoofdstuk 5. De poëzie onder zerken, de waarheid onder stenen

Niettemin is de indruk als zou de bevolking van de Speciale Kampen één grauwe, geestelijk dode massa geweest zijn, bedrieglijk. Achter het eenvormige uiterlijk gingen diversiteit en bontheid van karakter schuil. Menige zek leefde heimelijk in een geheel eigen poëtische, intellectuele of spirituele wereld, waarin hij zijn persoonlijkheid kon afschermen tegen de krachten van buiten die hem trachtten te vernietigen. Solzjenitsyn zelf componeerde in het diepste geheim lange dichtwerken (o.a. *Pruisische nachten* van 12.000 regels), die hij met een ongelooflijk secuur uitgewerkt systeem van geheugensteunen en controleregels uit zijn hoofd leerde. En naarmate hij zijn medegevangenen beter leerde kennen, ontdekte hij dat er velen waren zoals hij. In hetzelfde kamp verbleven: de religieuze dichter en denker Sírin, een contemplerende tolstojaan-pacifist; de jood Masamed, een universitair geschoold fysionomist en grafoloog, benevens leraar yoga; ingenieur Arnóld Rappopórt, een zeer energiek en veelzijdig man die elk moment benutte om stiekem te schrijven (van een handboek over techniek tot een traktaat over de liefde); twee jonge enthousiaste dichters die de fakkel van de klassieke Russische poëzie in het kamp hoog hielden; een verlegen naïeve Hongaar, Janos Rozsas, die weggerukt uit zijn eigen cultuur in de Goelag Archipel de Russische 'ziel' en de Russische literatuur leerde liefhebben; en Pétja Kísjkin, de 'nar' van het kamp, die met zijn briljant dubbelzinnige opmerkingen de bewakers voor schut zette.

En hoeveel anderen zijn er niet geweest! Hoevelen van wie wij geen weet hebben! Hoeveel originele geesten, dichters in de dop, potentiële geleerden zijn er niet omgekomen in de Goelag Archipel? Hoeveel poëzie ligt er niet voor altijd begraven onder zerken, hoeveel waarheid niet verborgen onder stenen?

Hoofdstuk 6. *De verstokte vluchter*

Een spectaculairder vorm van verzet is de vlucht. Hoewel het uit de naoorlogse Speciale Kampen nog moeilijker vluchten was dan uit de kampen van de jaren dertig, waren er toch zeks te vinden die bereid waren alle risico's te nemen. Zij waren 'verstokte vluchters': onverschrokken mannen, als de helden uit avonturenromans, die voortdurend op een kans loerden om ervandoor te gaan. In de jaren dertig, toen de bevolking in de kampen nog helemaal lamgeslagen, apathisch was, kwam het type van de verstokte vluchter onder de niet-criminele gevangenen nauwelijks voor. De nieuwe lichting zeks aan het eind van de jaren veertig daarentegen had de oorlog achter zich. Strijdlust, vrijheidsdrang, de behoefte de ketenen te verbreken waren nog ongebroken, vooral bij ex-militairen.

Een zo'n verstokte vluchter was kapitein Ténno, die Solzjenitsyn in Ekibastoez leerde kennen. In elke fase van zijn gevangenschap werkte Tenno een gedetailleerd vluchtplan uit: tijdens het vooronderzoek in de Lefórtovo-gevangenis (een spijl van zijn bed loswrikken, deze onder zijn kleren verbergen, zijn ondervrager de hersens inslaan en in diens uniform de gevangenispoort uitlopen); tijdens het transport per vrachtwagen (op een zorgvuldig uitgekozen moment uit de bak springen), tijdens het vervoer per treinwagon (een gat in de vloer snijden), enzovoort. Maar steeds was er op het laatste moment een onvoorziene omstandigheid waardoor de vluchtpoging geen doorgang vond. In zijn eerste kamp probeerde hij al snel met enkele medegevangenen in een vrachtwagen te vluchten, maar men sloeg de verkeerde weg in en stuitte op een wachtpost. Na nog een mislukte poging werd Tenno opgesloten in een streng geïsoleerde en extra zwaar bewaakte strafgevangenis, waarin verstokte vluchters van heinde en verre waren samengebracht. Tenno maakte dankbaar van de gelegenheid gebruik om met hen ervaringen uit te wisselen. Later werd hij overgeplaatst naar kamp Ekibastoez. Hij begon er onmiddellijk met een medegevangene een nieuwe vlucht voor te bereiden.

Hoofdstuk 7. Het witte katje

De voorbereiding van deze vlucht is lang en minutieus. Tenno en zijn complice, Zjdánov, houden op hun werk nijptangen en messen achter, die ze later op hun vlucht zullen gebruiken. 's Avonds nemen ze op de Cultureel-Opvoedkundige Sectie deel aan de repetities voor een toneelstuk. Ook de burgerkostuums die daar gedragen worden, kunnen ze goed gebruiken op hun vlucht. Op een avond melden de twee 'toneelspelers' zich ziek. Op de Cultureel-Opvoedkundige Sectie verkeert men in de waan dat ze in hun barak zijn, in de barak neemt men aan dat ze aan het repeteren zijn, zodat niemand hen mist. Het beste moment voor de vlucht is aangebroken. Vlak voor de avondwacht wordt afgelost – de bewakers zijn aan het eind van hun werkdag niet zo waakzaam meer en de honden van de nachtploeg zijn nog niet gearriveerd – knippen ze het prikkeldraad door en beginnen aan een zeer avontuurlijke vlucht, die drie weken zal duren. Zich oriënterend op de sterren lopen zij 's nachts door de steppen van Kazachstan, overdag verschuilen ze zich in kuilen. Overal loert gevaar, de plaatselijke bevolking van Kazachen is vluchtelingen uit de kampen vijandig gezind. Na aanvankelijk alle contact met de bevolking gemeden te hebben, zoeken Tenno en Zjdanov, door honger en dorst gedwongen, menselijke nederzettingen op. Maar men weigert hun gastvrijheid en probeert hen bij de militie aan te geven. Tenno en Zjdanov zijn gedwongen een Kazachse familie te beroven om zichzelf in leven te houden. In een gestolen roeibootje zakken ze de rivier de Irtýsj af in de richting van Omsk, hun voorlopig einddoel. Bij de nadering van de stad raakt de streek dichter bevolkt en nemen de gevaren toe. Vervuild en ongeschoren, zonder identiteitspapieren, lopen de vluchtelingen steeds meer in de gaten. Ze ontsnappen ternauwernood aan arrestatie wanneer ze op de oever door zogenaamd behulpzame Kazachen opgesloten zijn. Dan doet zich een gouden kans voor. Ze ontmoeten op de rivier een man en een vrouw die met hun hele hebben en houden in een bootje op weg zijn naar Omsk. Tenno en Zjdanov doen zich voor als veiligheidsagenten en houden hen aan. Niets lijkt eenvoudiger dan hen te beroven of zelfs te vermoorden en met hun persoonsbewijzen verder te reizen. Maar de aanblik van een onschuldig wit katje in de boot maakt Tenno week. En hij laat zijn slachtoffers gaan. Het is het keerpunt in hun vlucht. Ze verliezen met het doel in zicht iets van hun woudloperachtige waakzaamheid en gespannenheid. Ze laten zich door een jongen meelokken naar een hutje, waar even later een militiemacht arriveert. Tenno wordt gevangengenomen, afgeranseld en teruggebracht naar het kamp. Zjdanov ontkomt, maar wordt een dag later alsnog gepakt.

Hoofdstuk 8. *Vluchtpogingen met gevoel en vluchtpogingen met vernuft*

Sommige vluchtpogingen worden ondernomen uit woede of wanhoop, in een spontane opwelling, bij de eerste de beste gelegenheid die zich voordoet. Dergelijke pogingen kunnen in zeldzame gevallen slagen. Maar meestal wreekt zich onderweg het gebrek aan voorbereiding. Men verdwaalt, komt om door uitputting, honger of dorst. Als de vluchteling al aan zijn achtervolgers weet te ontkomen, dan wordt hij alsnog gevonnist door de 'groene rechter' dat wil zeggen de wouden, de *tajga*, de woeste natuur. Er zijn voorbeelden bekend dat vluchtelingen elkaar onderweg hebben vermoord en tot kannibalisme zijn vervallen.

Andere vluchtpogingen worden meer met voorbedachten rade uitgevoerd, volgens een weloverwogen plan, waarvoor een grondige organisatie en veel technisch vernuft nodig zijn. Een voorbeeld is de poging die in 1951 in kamp Ekibastoez werd ondernomen. Een team van zestien man groef in eendrachtige samenwerking vanuit een barak een tunnel van zestig meter lengte onder de prikkeldraadversperringen van de kampzone door. Een van de gevangenen, een ingenieur, had de loop en de diepte van de tunnel van tevoren nauwkeurig berekend. Er werd gewerkt in ploegendienst. De uitgegraven grond werd in zakken afgevoerd en verspreid over de zolder van de barak. Alles ging goed tot de tunnel na enkele maanden gereed was en het moment van de vlucht aanbrak. De eerste vluchters waren al door de tunnel heen gekropen en slopen buiten het kamp door het gras, toen een van hen onvoorzichtig zijn hoofd oprichtte en gezien werd door een wachtpost. Er werd groot alarm gegeven. Slechts enkele gevangenen ontsnapten aan de bewakers. Zij werden vijf dagen later door de bevolking uitgeleverd aan de autoriteiten.

Hoofdstuk 9. De broekjes met de machinepistolen

De bewakers in de katorga- en Speciale Kampen waren jonge broekjes, voorzien van de nieuwste machinepistolen. In hun reacties even automatisch als hun vuurwapens, afgericht om bij het minste of geringste te schieten, hebben zij ontelbare gevangenen bij een vermeende vluchtpoging vermoord. Zij hoefden maar even de indruk te hebben dat een gevangene ervandoor wilde, of deze werd neergeschoten. Een dwangarbeider die in een kolonne op weg was naar zijn werk en even uit het gelid stapte, laadde al de verdenking op zich een 'vluchteling' te zijn. Onder de Goelag-functionarissen waren deze schietgrage jonge broekjes de laagsten in rang. Ze handelden slechts volgens de instructies. Maar hebben zij daarom het recht alle verantwoordelijkheid af te schuiven op hun meerderen? Draagt niet degene die uiteindelijk de trekker overhaalt, een even verschrikkelijke verantwoordelijkheid als degene door wie hij geïnstrueerd is?

Hoofdstuk 10. *Als in het kamp de vlammen uit de aarde slaan*

Naarmate er in de Speciale Kampen meer opstandige elementen (vrijheidsstrijders uit de Baltische landen, Oekraïeners, islamieten en ook Russische ex-frontstrijders) geconcentreerd werden, begon het er te gisten. De onderlinge solidariteit tussen de gevangenen nam toe, de vrees voor de kampopzichters af. De zeks werden zelfverzekerder, brutaler, roeriger. Hier en daar sloeg de vlam in de pan en brak oproer uit. Van de meeste opstanden die in de naoorlogse kampen hebben plaatsgevonden, weten wij weinig, omdat alle deelnemers en getuigen vernietigd zijn. Maar enkele zijn in de herinnering bewaard gebleven.

Ook Solzjenitsyn maakte in zijn eigen kamp, Ekibastoez, een opstand mee. Hij nam waar hoe geleidelijk de atmosfeer 'warmer' werd. Eerst broeide er iets en daarna sloegen de vlammen uit de aarde. Het begon met individuele afrekeningen; verklikkers en geprivilegieerde zeks die wreed optraden tegen medegevangenen, werden vermoord. Daarna begonnen vooral West-Oekraïense nationalisten stelselmatig verraders op te ruimen. Het gevolg was dat gevangenen die met de kampleiding collaboreerden, geïntimideerd raakten. Ze werden zo bang dat ze zich liever in de *boer* lieten opsluiten dan dat ze onder hun medegevangenen verkeerden. Niemand durfde zich nog als verklikker te laten werven. De leiding, die aldus haar 'ogen en oren' verloor, probeerde de geest van opstandigheid de kop in te drukken door de gevangenen op te roepen tot eigenrichting van de moordenaars in hun midden, door de tucht te verharden, door een muur midden in het kamp op te trekken om de Oekraïeners en andere bevolkingsgroepen van elkaar te scheiden en door individuele gevangenen spoedige invrijheidstelling voor te spiegelen. Maar het vuur wakkerde aan.

Hoofdstuk 11. *We proberen hoe sterk de ketenen zijn*

Gesterkt in hun onderlinge solidariteit, zonder verraders in hun midden, denken de zeks nieuwe vormen van verzet uit. Om te ontdekken hoe ver ze kunnen gaan, om de kracht van hun ketenen te beproeven, overwegen ze een grote werk- en hongerstaking. Een aanleiding laat niet lang op zich wachten. In de *boer* worden enkele leiders van de opstandig gezinde gevangenen gemarteld door verklikkers. Bij het bericht ervan bestormt een groepje gevangenen spontaan het gebouw. Vanuit de wachttorens beschieten de bewakers daarop lukraak het kamp. Ze richten een bloedbad aan. De volgende dag breekt er een algehele staking uit aan de niet-Oekraïense kant van de muur. Drieduizend zeks, inclusief degenen die op sterven na dood zijn, sluiten zich in hun barakken op en gaan in hongerstaking. Ze eisen verzachting van het regime en berechting van degenen die verantwoordelijk zijn voor het bloedbad. Drie dagen lang houdt men vol. Dan capituleert de eerste, meest uitgehongerde barak. Er liggen lijken. Daarna volgen de andere barakken. De kampleiding, haars ondanks geïmponeerd door de eendracht van de gevangenen, doet vriendelijk en toegeeflijk. Speciaal overgekomen hoge Goelag-bazen horen de klachten van de gevangenen aan. Men veinst begrip om de gemoederen te bedaren en een nieuwe staking te voorkomen. Maar de verantwoordelijken voor het bloedbad worden niet gestraft. Integendeel, na verloop van tijd volgen er juist represailles tegen de stakers. De leiders worden op een schijnproces in Karagandá gevonnist. Een aantal stakers wordt geëxecuteerd, anderen worden gedeporteerd naar strafkampen in de omgeving. In totaal verdwijnt een vijfde deel van de bevolking van het kamp Ekibastoez. Solzjenitsyn, actief betrokken bij de staking, ontspringt de dans, omdat hij juist in die tijd voor de behandeling van een kankergezwel in het kamphospitaal wordt opgenomen.

Maar na de onderdrukking van de opstand in Ekibastoez verspreidt de geest van opstandigheid zich naar de omringende kampen. Aan het begin van de jaren vijftig zijn er op verschillende plaatsen brandhaarden. Zij nemen in betekenis en omvang toe na de dood van Stalin, en vooral na de val van Béria, als de kampautoriteiten onzeker raken. Ook in het verre noorden, bij Vorkoeta, beginnen gevangenen actie te voeren voor menselijker omstandigheden in de Speciale Kampen. Zelfs de kampen voor niet-politieke gevangenen worden onrustig. De criminelen vechten hevige onderlinge vendetta-oorlogen uit.

Hoofdstuk 12. *De veertig dagen van Kengír*

De grootste opstand in de geschiedenis van de Goelag vond plaats in 1954 in het strafkamp Kengir (Kazachstan). Eraan vooraf ging de zinloze moord op een dwangarbeider die zich even verwijderde om in de struiken zijn behoefte te doen. Hij werd door een oplettende bewaker zonder waarschuwing doodgeschoten. Naar aanleiding daarvan breekt een staking uit. Een van de maatregelen van de autoriteiten om de orde te herstellen is de aanvoer van een contingent criminelen. Maar de tijden zijn veranderd. De politieke gevangenen vormen een hecht aaneengesloten, solidaire massa en laten zich niet terroriseren door de penose. Integendeel, er ontstaat een zekere verstandhouding tussen beide groepen (een unicum in de geschiedenis van de Goelag). Al snel blijkt dat de kampautoriteiten met de criminelen het paard van Troje in huis gehaald hebben. Juist zij zijn het die het sein geven voor de werkelijke opstand, die veertig dagen zal duren. Op 16 mei bestormen ze de voedselopslagplaatsen, openen de strafbarakken en doorbreken de muren die het kamp in verschillende sectoren verdeelt. Het mitrailleurvuur dat op hen geopend wordt, brengt de andere gevangenen in actie. Het hele kamp, 8.000 zeks (inclusief vrouwen), komt in opstand. Er ontstaat een revolutionaire situatie, compleet met meetings en proclamaties. De belangrijkste gebouwen worden bezet. De leiding doet concessies om tijd te winnen. Maar de represaillemaatregelen die ze daarna neemt, doen het vuur van de opstand nog hoger oplaaien. Ze trekt zich noodgedwongen uit het kamp terug. Kengir wordt van de buitenwereld afgesloten en omsingeld door legertroepen.

De bezetting verloopt gedisciplineerd. Zelfs de penose gedraagt zich netjes. Er wordt geen enkele vrouw verkracht. Alleen de orthodoxe communisten liggen dwars. De leiding van de opstand is in handen van een commissie met vertegenwoordigers van de verschillende groepen gevangenen. Er worden verschillende 'diensten' opgericht. Een technische dienst fabriceert een soort waterkrachtcentrale, waarmee eigen elektriciteit wordt opgewekt. Een nieuwsdienst roept via luidsprekers berichten om. Met behulp van heteluchtballons en vliegers probeert men boodschappen door te geven aan de buitenwereld, die onkundig wordt gehouden van wat er in het kamp gebeurt. Hoge functionarissen van de Goelag en de MVD komen af en toe onderhandelingen voeren. Veel gevangenen koesteren de hoop dat Malenkóv of een ander lid van het Politburo overkomt om hun klachten aan te horen. Dit wordt ook door de autoriteiten beloofd. Maar het is niet meer dan een tactische zet in de psychologische oorlogvoering, bedoeld om de waakzaamheid van de gevangenen te doen verslappen. Op de ochtend van 25 juni zet het leger een grootscheepse aanval met vliegtuigen, tanks en zwaar bewapende infanterie in. De totaal verraste gevangenen hebben alleen knuppels, stenen en ratels (voor het afschrikwekkende lawaai) om zich te verdedigen. Iedereen die zich niet op tijd uit de voeten maakt, wordt platgewalst door een tank of aan een bajonet geregen. De oogst van die dag: zes- à zevenhonderd doden. De volgende dagen volgen massale deportaties naar verre geïsoleerde kampen (o.a. Kolyma). In de herfst van 1955 vindt achter gesloten deuren een proces tegen de leiders van de opstand plaats. Het kamp wordt opnieuw in bedrijf genomen – totdat er twee jaar later, in het kader van Chroesjtsjovs destaliniseringscampagne, een nieuwe historische fase aanbreekt en het opgeheven wordt.

Deel VI. De verbanning

Hoofdstuk 1. *De verbanning tijdens de eerste jaren van vrijheid*

Interne verbanning naar afgelegen oorden is een oude traditie in Rusland. In 1648 creëerde tsaar Alekséj Michájlovitsj een wettelijk kader voor deze speciale strafmaatregel, die overigens reeds daarvoor werd toegepast. Peter de Grote liet honderden onderdanen verbannen. Vanaf Elisabeth werd verbanning verbonden met dwangarbeid. In de 19e eeuw werden per jaar duizenden mensen verbannen, gewoonlijk naar Siberië. Vanaf 1863 was het eiland Sachalín een populair ballingsoord. Maar onder de tsaren was elke verbanning een individueel geval – collectieve verbanning (per sociale groep, natie, enzovoorts) werd pas later, in de sovjettijd, ingevoerd. Politieke gevangenen werden indertijd tijdens het transport redelijk tot goed behandeld en door de plaatselijke bevolking gastvrij bejegend. In hun ballingsoorden genoten zij relatief veel vrijheid.

Ze mochten zelf een passende werkkring uitzoeken en functies in het openbare leven bekleden. Poesjkin en Toergénjev brachten korte perioden van verbanning op hun eigen landgoederen door. I.S. Aksákov mocht zelf zijn ballingsoord uitzoeken. Balling Hérzen las in Nóvgorod uit hoofde van zijn ambt politierapporten. Gevaarlijke politieke samenzweerders konden tijdens hun ballingschap onder de tsaren ongestoord doorgaan de revolutie voor te bereiden.

Toen in oktober 1917 de 'vrijheid' aanbrak, werd verbanning als relict van het tsarisme afgeschaft. Maar niet voor lang. Eind 1922 werd het wettelijk mogelijk om 'sociaal-gevaarlijke lieden, actieve leden van antisocialistische partijen' voor drie jaar te verbannen. In later jaren werden tot deze categorie gemakshalve ook onafhankelijke intellectuelen, gelovigen en anderen gerekend. Dezelfde verlaten oorden als vóór de revolutie, uitgebreid met nieuwe in Siberië en Kazachstan, werden gebruikt. De ballingen leefden geheel geïsoleerd van de bewoonde wereld. Tegen het eind van de jaren twintig moesten zij een steeds grimmiger strijd voeren om te overleven. Ze hadden geen contact met de omringende bevolking, die gestraft werd voor te nauwe contacten met hen, ze konden moeilijk aan werk komen en leden honger. In de praktijk begon verbanning steeds meer neer te komen op vernietiging. En overleefde er al iemand zijn ballingschap, dan kon hij erop rekenen dat hij onmiddellijk daarna veroordeeld werd tot heropvoeding in een werkkamp.

Hoofdstuk 2. De boerenpest

In 1929-1930 en de daaropvolgende jaren trok er een vernietigende pestilentie over het land, die vijftien miljoen boeren wegvaagde: de in het kader van Stalins landbouwcollectivisatie gelanceerde 'liquidatie van de koelakken als klasse'. Deze campagne kwam in feite neer op eliminatie van de boerenstand. Niet alleen de echt rijke boeren (een te verwaarlozen percentage) – nee, iedereen met een eigen bedrijfje, iedereen die zich door hard werken boven de armoedegrens had uitgewerkt, iedereen die op enigerlei wijze boven de middelmaat uitstak, (bijvoorbeeld alle smeden en molenaars), iedereen die het iets beter scheen te hebben dan anderen, iedereen met een paard, een huis van steen, een huis van twee verdiepingen, alsmede iedereen die zich niet gedwee in een kolchoz liet opnemen – kortom alle boeren met een beetje merg in de botten werden gebrandmerkt als 'koelak' en 'koelakkenmaatje'. Behalve geëxecuteerd en opgesloten in werkkampen, werden zij massaal gedeporteerd. In het begin van de jaren dertig kon men eindeloze stoeten boeren door eindeloze sneeuwvlakten zien trekken op weg naar onherbergzame ballingsoorden. Hele families, hele dorpen tegelijk werden afgevoerd. Onderweg heerste een enorme sterfte. De ballingen, eufemistisch 'speciale migranten' genoemd, moesten in onbekende streken, op onontgonnen terrein, zonder vee en werktuigen maar zien een nieuw bestaan op te bouwen. De nederzettingen en kolonies die zij voor zichzelf moesten bouwen, leken verdacht veel op werkkampen. Sommige waren zelfs omgeven door prikkeldraad en wachttorens. Wie er ondanks alle ontberingen in slaagde zich in leven te houden en een nieuw renderend boerenbedrijfje op te zetten, werd voor straf opnieuw gedeporteerd. Vanaf 1937 kregen veel verbannen 'koelakken' automatisch artikel 58 en verdwenen in regelrechte werkkampen.

Hoofdstuk 3. De ballingsoorden raken dichter bevolkt

In de jaren dertig en veertig raakten de ballingsoorden, vooral in Siberië en Midden-Azië, steeds dichter bevolkt. Verbannen werden zij die tot een misdadige nationaliteit behoorden (Wolga-Duitsers, Krimtataren, Balten enzovoorts), zij die woonachtig waren in een misdadige omgeving (bijvoorbeeld Leningrad in 1934), gezinnen van kampbewoners, oorlogsinvaliden (detoneerden op straat) en vele anderen. In 1944-1945 was er een machtige stroom ballingen uit de bezette gebieden en in 1947-1949 uit de westelijke republieken van de Sovjet-Unie. Bovendien werd ballingschap vanaf 1948 de automatische vervolgstraf voor kampbewoners. Zeks die hun tijd hadden uitgezeten, mochten niet terug naar huis, maar kregen een permanent ('eeuwig') ballingsoord toegewezen. Het exil werd een soort bufferzone tussen Archipel en continent. Het 'afval' uit de kampen werd er opgeslagen. Het aantal sovjetburgers dat in de jaren vijftig in ballingschap verbleef, was onvoorstelbaar groot. In Kazachstan bijvoorbeeld, waar ook Solzjenitsyn in ballingschap heeft gezeten, had de helft van de bevolking de status van balling. De ballingen mochten zich niet vrij bewegen, maar moesten wel voor hun eigen woonruimte en voedsel zorgen. Aan werk was nauwelijks te komen. Men was geheel overgeleverd aan de willekeur van door en door corrupte plaatselijke bestuurders. Bovendien was het netwerk verklikkers zo mogelijk nog dichter dan in het kamp. De inlichtingendienst was zeer actief in het werven van medewerkers. Voor het minste of geringste kreeg men een nieuwe vrijheidsstraf opgelegd. Het was dan ook geen wonder dat vele ballingen in hun hart de zekerheid van het kamp verkozen boven de onzekerheid van de verbanning.

Hoofdstuk 4. De verbanning van volkeren

De collectieve verbanningen van sovjetburgers, puur op basis van etnische criteria, zijn qua omvang uniek geweest in de moderne geschiedenis van de mensheid. Slechts de deportatie van negers uit Afrika naar Amerika is er in de verte mee te vergelijken, zij het dat het in dit geval niet om een systematische overheidscampagne ging. In de 20e eeuw was niet Hitler, maar Stalin degene die begon met grootscheepse deportaties op etnisch-raciale grondslag. Reeds in 1937 liet hij tienduizenden Koreanen als 'handlangers van Japanse imperialisten' van het verre Oosten naar Kazachstan overbrengen. In 1940 werden hele kolonnes Finnen en Esten naar Karelië getransporteerd. In juli 1941 werd de gehele autonome republiek van Wolga-Duitsers ontvolkt. En passant werden ook uit andere streken van de Sovjet-Unie alle burgers met Duitse achternamen gedeporteerd. Na de bevrijding van de Krim, in april 1944, werden alle aldaar woonachtige Tataren, inclusief de loyale communisten, binnen een paar uur opgepakt en op transport naar Azië gesteld. Hetzelfde lot ondergingen de Tsjetsjenen, Ingoesjen, Balkaren en vele andere volksstammen die werden beschuldigd van collectieve collaboratie met de Duitsers. Ook de bevolking van de Baltische landen, reeds uitgedund in 1940 bij het begin van de sovjetoccupatie, in 1941 vlak voor de komst van de Duitsers en in 1944 onmiddellijk na het vertrek van de Duitsers, viel ten offer aan massale deportaties: in 1948 (Litouwen), in 1949 (Estland, Letland en Litouwen, tegelijk met de westelijke Oekraïne) en in 1951 (opnieuw Litouwen). In alle gevallen ging het om bliksemdeportaties. Men kreeg een half uur om de spullen te pakken. Vlak voor 1953 stonden nieuwe gigantische deportaties, onder andere van joden, op het programma, maar deze vonden door de dood van Stalin geen doorgang.

In Midden-Azië, Siberië en het verre noorden wachtte de etnische ballingen een ontheemd, ontrecht bestaan vol ontberingen. Plaatselijke autoriteiten, verlegen om arbeidskrachten voor de kolchozen, kochten hen soms bij duizenden op van de bewakers. Als natie overleefden de verbannen volkeren op verschillende wijze: de Duitsers bijvoorbeeld dankzij hun aanpassingsvermogen, harde arbeid en strenge zeden en het trotse Kaukasische bergvolk der Tsjetsjenen door hun traditionele geest van onafhankelijkheid en opstandigheid, die ze zelfs in de extreme omstandigheden van het exil wisten te bewaren.

Hoofdstuk 5. Na het kamp

Vanuit het kamp schijnt de automatisch daaropvolgende periode van ballingschap iets heel moois: relatieve vrijheid, geen slavenarbeid meer. Maar de werkelijkheid is ontnuchterend, want er wacht een nieuwe grimmige strijd om het bestaan. Je wordt niet meer gedwongen te werken, maar je mag daarentegen van geluk spreken als je, in de concurrentieslag met talloze lotgenoten, echt werk kan krijgen, zodat je jezelf in leven kunt houden.

Vergeleken met andere ballingen was het lot van Solzjenitsyn draaglijk. Het ballingsoord waar hij in 1953 heen gebracht werd, Kok-Térek, in het zuidoosten van Kazachstan, was een relatief leefbare, niet overbevolkte streek aan de rand van de woestijn. Na aankomst solliciteerde hij onmiddellijk naar een baan als onderwijzer. Hoewel hij als afgestudeerd wis- en natuurkundige zo ongeveer de meest geleerde man in de omtrek was, werd hij afgewezen. Toch ervoer hij de eerste dagen van zijn ballingschap als een verademing. Hij kon zomaar rondlopen op straat, vergaapte zich aan de inheemse vrouwen (échte vrouwen in vergelijking met de ontvrouwelijkte wezens die bij in kampen had gezien) en genoot van de landelijke sfeer, de exotische kamelen, de geur van de prille lente. De eerste nacht sliep hij in de open lucht, daarna slaagde hij er zowaar in een eigen onderkomen te vinden: een soort kippenhok. En alsof het niet op kon, werd een paar dagen na zijn aankomst het bericht van Stalins dood omgeroepen! Het enige wat Solzjenitsyn betreurde was dat hij deze heuglijke tijding niet samen met zijn kameraden in het kamp kon vieren. Hier in ballingschap, omringd door officiële burgers, mocht hij zijn blijdschap niet openlijk tonen.

Hoofdstuk 6. *De welstand van een balling*

Na zijn eerste dagen in zalige ledigheid doorgebracht te hebben ervoer Solzjenitsyn een steeds nijpender geldgebrek. Voor hetzelfde soort veevoeder dat in het kamp gratis uitgedeeld werd, moest hij in ballingschap betalen. Zijn financiële problemen verdwenen echter toen hij zomaar op een goede dag een vorstelijke baan kreeg als 'planeconoom'. Hij moest samen met andere ballingen de verbruiksgoederen in het district inventariseren en daarvoor nieuwe prijzen vaststellen. Maar hij merkte tot zijn teleurstelling dat onder de ballingen met wie hij samenwerkte, geen collegiale solidariteit heerste. De angst voor verlies van hun baantje en de voortdurende dreiging van een nieuwe kampstraf had hen tot een deemoedig, gemakkelijk te exploiteren slag volk gemaakt. Toen de leiding hen van de ene dag op de andere dwong door te werken tot twee uur 's nachts, protesteerde niemand. Alleen Solzjenitsyn hield zich demonstratief aan de normale werktijden.

Later werd hem evenzo onverwachts alsnog een baan als wiskundeleraar aangeboden. Hij ging met opofferende toewijding aan de slag. Onder zijn leerlingen bevonden zich veel kinderen van ballingen, die heel ijverig leerden. Onderwijs was voor deze ontrechte generatie een buitenkans die met beide handen aangegrepen werd. Maar de leraren stonden onder zware druk om de veel luiere kinderen van plaatselijke partijfunctionarissen voor te trekken. Een collega van Solzjenitsyn voerde een eindeloze strijd tegen de corruptie op school, maar zonder enig succes. Solzjenitsyn zelf streed op zijn eigen wijze: hij schreef in het geheim een literair werk, waarmee hij later niet alleen de bevolking van Kok-Terek, maar de hele Sovjet-Unie wilde wakker schudden.

Ondertussen werden de tekenen dat de geest des tijds aan het veranderen was, steeds sterker. Onder het eerste generaal pardon na de dood van Stalin, de 'amnestie van Vorosjílov', viel weliswaar slechts een à twee procent van de politieke gevangenen, maar na de dood van Beria ging het duidelijk de goede kant op. De positie van de ballingen werd aanzienlijk beter: meer bewegingsvrijheid, een correctere behandeling. Verschillende bevolkingsgroepen (o.a. Toerkmenen en Koerden) mochten terugkeren. Toen volgden de eerste rehabilitaties.

Solzjenitsyn zat, na in het ziekenhuis van Tasjkent opnieuw voor kanker behandeld te zijn, nog twee redelijk goede ballingsjaren uit. Hij onderwees, schreef en kocht een solidere woning. Naar aanleiding van het staatsbezoek van Adenauer in 1955 ontstond er nog even een absurde situatie: alle Duitsers werden vrijgelaten, evenals de Russen die in de oorlog met hen hadden meegevochten – terwijl Solzjenitsyn, zijn vriend Kópelev en vele anderen die het Rode Leger trouw waren gebleven, géén amnestie kregen. Maar na het twintigste partijcongres in 1956 en de geheime destalinisatierede van Chroesjtsov mochten alle 58'ers terugkeren naar de maatschappij.

Hoofdstuk 7. De zeks in vrijheid

En zo keerden miljoenen zeks terug naar de maatschappij, naar de 'vrijheid'. Maar zij werden niet onthaald door jubelende menigten en er werden voor hen geen spontane volksfeesten georganiseerd. De Goelaggers werden in de maatschappij aan hun lot overgelaten, zij moesten zich maar zien te redden. Velen wisten na al die jaren kamp en ballingschap niet meer waar ze heen moesten, velen konden niet aan werk komen. Zij belandden in een vicieuze cirkel: zonder baan geen verblijfsvergunning, zonder verblijfsvergunning geen baan. Ze waren geen volwaardige burgers, ze bleven in de vorm van een stempel in hun paspoort het stigma van hun Goelagverleden met zich meedragen. Voor menigeen betekende terugkeer in de maatschappij de stap van een klein naar een groot kamp. Niet iedereen keerde daarom graag terug. Sommige ballingen die zo goed en zo kwaad als het ging in exil een bestaantje hadden opgebouwd, moesten gedwóngen worden om te vertrekken. Ook degenen die rechtstreeks uit het kamp kwamen, durfden vaak niet hun 'vertrouwde omgeving' te verlaten en bleven hangen in de dorpjes eromheen. Zo zijn honderdduizenden die niet meer de kracht hadden terug te keren naar het Continent, in het gebied van de Archipel achtergebleven. Weer anderen die wél graag wilden terugkeren, werden door plaatselijke autoriteiten gedwongen te blijven, omdat er arbeidskrachten nodig waren (bijvoorbeeld in Kolyma).

Ook psychologisch is de stap van Archipel naar Continent heel groot. In de maatschappij kun je niet zomaar over je kampverleden praten, men wendt zich van je af. Je eigen vrouw en kinderen zijn vervreemd van je. Diep in je blijf je wantrouwen koesteren jegens de standvastigheid van het nieuwe bestaan, jegens nieuwe bezittingen. Opvallend vaak gebeurt het dat een zek die in het kamp elke ontbering met ijzeren wil getrotseerd heeft, in de maatschappij plotseling zijn innerlijke veerkracht verliest en ziek wordt. Vooral bij toevallige ontmoetingen met voormalige bewakers, veiligheidsagenten en verklikkers word je gekweld door het besef dat zij zomaar ongestraft rondlopen en in tegenstelling tot de beulen van Auschwitz nimmer berecht zullen worden in openbare processen.

Overigens reageren de zeks heel verschillend op de maatschappij. Sommigen kwijnen weg, anderen bloeien op. Sommigen zijn levensmoe en voelen zich voor altijd gebroken, anderen zijn vol energie en proberen de verloren tijd zo snel mogelijk in te halen. Sommigen zoeken slechts het gezelschap van lotgenoten, anderen streven naar een snelle aanpassing aan hun omgeving. Er zijn 'koesteraars' van het verleden en er zijn 'verbloemers', 'loochenaars', 'wegwerkers'. Maar hoe het zij, altijd blijft een deel van de ziel van de zek in het kamp.

Deel VII. Na Stalin

Hoofdstuk 1. *Terugkijkend*

Even leek het erop dat Solzjenitsyns eerste kampboek *Een dag uit het leven van Iván Denísovitsj* (1962) en andere zwaluwen van de waarheid de lente in het land brachten. Na een periode van krampachtige verzwijging mocht er plotseling in het openbaar over het stalinistische verleden gepraat worden. Er ontbrandde in de pers een felle discussie. Naast de bijval die Solzjenitsyn en de zijnen ondervonden, waren er heftige afweerreacties. Er werd ontkend, gebagatelliseerd, geëufemiseerd ('persoonsverheerlijking'), gesust ('zal niet meer voorkomen'), men trachtte de aandacht van de massaterreur af te leiden door zich te concentreren op slechts één categorie slachtoffers, de communisten, en de Partij werd opnieuw bewierookt omdat zij in haar wijsheid de Goelag ontmanteld had. Een reeks loyale schrijvers (Djakóv, Sjélest, Serebrjakóva, Aldán-Semjónov) publiceerde vergoelijkende 'objectieve' verhalen over de kampen, waarin eerlijke communisten werden afgezet tegen landverraders en de hoofdrolspelers geen slavenwerk verrichtten, noch honger leden maar 'opbouwend bezig waren'.

Maar er kwam ook kritiek van de andere kant, van degenen die ertegen protesteerden dat de discussie alleen over het verleden ging, terwijl de Goelag Archipel bleef voortbestaan. En inderdaad, in de euforie van rehabilitaties, op het hoogtepunt van de dooi, toen de meeste mensen, Solzjenitsyn incluis, hoopvol naar de toekomst keken, werd vergeten dat velen in de kampen waren achtergebleven, dat er zelfs nieuwe bewoners bij waren gekomen. En het gebeurde dat 'de bres in de Muur van het zwijgen weer haastig gedicht werd'. De discussies werden stopgezet. Men had even stoom mogen afblazen – en daar moest het bij blijven. Er kwamen geen processen tegen de beulen van weleer. Integendeel, zij zetten ongestoord hun welvarende leventje voort, genietend van hun pensioen of een leidinggevende functie bekledend. In 1965 werd het begrip 'vijand van het volk' in ere hersteld.

Hoofdstuk 2. De heersers veranderen, de Archipel blijft

De Speciale Kampen werden in 1954 praktisch opgeheven, het onderscheid met de andere kampen voor niet-politieke gevangenen viel weg. In de jaren 1954-1956 heerste er een mild regime in de kampen. Vrouwen hoefden minder zwaar werk te verrichten, de gevangenen beschikten over meer geld om in de kampwinkels te besteden, hier en daar liepen gevangenen zonder bewaking naar hun werk, het kwam zelfs voor dat zeks zich buiten de kampzone mochten vestigen. De een na de ander werd vrijgelaten. Rondreizende staatscommissies ontsloegen kampbeheerders. De Goelag desintegreerde.

Maar de haastige, liefdeloze, kil-administratieve wijze waarop de zeks uit de kampen werden ontslagen en het feit dat de leegloop uit de kampen niet gepaard ging met een fundamentele morele loutering in het land, waren reeds aanwijzingen dat het onderdrukkende systeem in wezen zou blijven voortbestaan. En inderdaad zette het onnatuurlijk zachte lenteweer niet door. Het sovjetsysteem bleek niet zonder concentratiekampen te kunnen. Chroesjtsjov, die altijd alles voortvarend aanving maar nooit iets ten einde voerde, zette ook het belangrijkste, vrijheid in het land, niet door. Reeds in 1956-1957 werd de reactie ingezet en verhardde het kampregime opnieuw. In redevoeringen en artikelen waarschuwden politici tegen te zachte handschoenen bij het aanpakken van gevangenen. In 1961 werd per oekaze de doodstraf in kampen mogelijk gemaakt in gevallen van terreur tegen bewakers en gevangenen die zich gebeterd hadden. Er werden vier soorten werkregimes ingevoerd, de een nog zwaarder dan de ander: algemeen, verzwaard, streng en speciaal. De nieuwe concentratiekampen in de tijd van Chroesjtsjov waren even meedogenloos als die van Stalin, zij het minder dicht bevolkt (hoewel altijd nog in staat miljoenen te verzwelgen).

Omdat de kampen voor politieke gevangenen in het post-Stalintijdperk reeds uitgebreid beschreven zijn door anderen (o.a. Mártsjenko), is in dit hoofdstuk alleen een korte karakteristiek opgenomen van de kampen voor niet-politieke gevangenen onder Chroesjtsjov, gebaseerd op de talloze brieven die Solzjenitsyn via allerlei illegale kanalen uit de kampen toegestuurd kreeg. De omstandigheden waren er min of meer dezelfde als in de tijd van Stalin: honger, kou, exploitatie door arbeid, brigadesysteem, willekeur van plaatselijke leiding. Zelfs de bewakers waren vaak dezelfde als in de oude kampen. Ook paste de leiding dezelfde tactiek toe om gevangenen te differentiëren en tegen elkaar uit te spelen. Hoe aangepaster de zek zich gedroeg, des te minder restrictieve maatregelen werden er tegen hem genomen. Uit de rijen van de gevangenen werden 'Kollektiefraden' samengesteld, die in plaats van de belangen van de andere gevangenen te dienen meehielpen hen te onderdrukken. De enige verschillen waren dat de werkkampen onder Chroesjtsjov 'kolonies' heetten en de Goelag 'Goeitk'. Alle pogingen van Solzenitsyn om de misstanden in de nieuwe kampen onder de aandacht te brengen van de officiële instanties stuitten af op een muur van onbegrip.

*Hoofdstuk 3. De wet tegenwoordig**

Al wordt beweerd dat er tegenwoordig geen politieke gevangenen meer zijn, dat de burgers vrij kunnen ademen – een rechtsstaat is de Sovjet-Unie ook na Stalin niet geworden. Als voorbeeld van de wijze waarop onder Chroesjtsjov met het volk werd omgesprongen, moge het bloedbad van Novotsjerkássk op 2 juni 1962 dienen. In die stad gingen de arbeiders van een locomotieffabriek in staking toen de directie, tegelijk met een landelijke prijsverhoging, een loonsverlaging afkondigde. De spoorbaan naar Moskou werd gedemonteerd, er werden leuzen als 'Maak worst van Chroesjtsjov' geschreeuwd. Daarop omsingelden tanks en legertroepen de fabriek. Dertig stakingsleiders werden gearresteerd. Er volgden protestdemonstraties in de stad. De plaatselijke partijleiding vluchtte. Militairen beschoten de menigte met dumdumkogels. Er vielen zeventig à tachtig doden. Toen de bevolking bleef demonstreren, werd beloofd dat leden van het Centraal Comité de zaak zouden komen uitzoeken. Maar in plaats daarvan werden er meedogenloze represaillemaatregelen genomen: executies, vijftienjarige gevangenisstraffen, verbanning van hele gezinnen

* D.w.z. aan het eind van de jaren zestig van de vorige eeuw.

naar Siberië. De gewonden die in ziekenhuizen waren opgenomen, verdwenen spoorloos.

De 'rechtsgang' is nauwelijks verbeterd. Ook nu nog eindigt elk proces automatisch in een veroordeling en is beroep niet mogelijk. Behalve in gevallen waarin het belang van de staat, de ideologie of de privébelangen van de elite niet direct gemoeid zijn (slechts 15 procent) wordt het vonnis al van tevoren vastgesteld.

Een verschil met de tijd van Stalin is dat vroeger elke gewone burger in principe een politieke delinquent was en het nu andersom is: politieke demonstranten, stakers, mensenrechtenactivisten en anderen worden veroordeeld als vulgaire bandieten en vandalen. In plaats van het eeuwige 'antisovjetagitatie' zijn er sinds Chroesjtsjov nieuwe fantastische beschuldigingen uitgevonden, die periodiek, naar de mode van het jaar, worden toegepast. Zo is er een tijdlang een ware 'verkrachtingsepidemie' geweest. Daarna kwam 'parasitisme', 'klaploperij', in zwang. Onveranderd echter bleef de praktijk: eerst heeft men iemand op het oog, dan wordt de aanklacht verzonnen.

Analyse

Op een gure novemberavond in het jaar 1947 hoorde dwangarbeider Solzjenítsyn in het aangrenzende werkkamp een jong meisje huilen. Ze smeekte de bewakers haar naar haar barak te laten gaan, maar deze waren onvermurwbaar. Het meisje moest voor straf urenlang buiten, in vrieswind en duisternis, in de houding staan, omdat ze het gewaagd had haar blijdschap te tonen om een vriendinnetje dat diezelfde dag gevlucht was. Op dat moment machteloos om het meisje te helpen, legde Solzjenitsyn tegenover zichzelf de gelofte af dat eens 'de hele wereld hierover zou lezen'. En hij hield woord. Hij vermeldde het voorval, samen met honderden andere wreedheden en gevallen van menselijk lijden, in *De Goelag Archipel* – een boek dat vanaf het midden van de jaren zeventig de hele vrije wereld en vijftien jaar daarna ook de Sovjet-Unie zou bereiken.

Solzjenitsyn schreef *De Goelag Archipel* tussen 1958 en 1968 op verschillende plaatsen in de Sovjet-Unie, in het diepste geheim. Hij zou zelf tijdens het schrijven niet eenmaal het manuscript in zijn geheel voor zich op tafel zien liggen, omdat hij de voltooide gedeelten uit angst voor huiszoekingen door de KGB aan verschillende vrienden in bewaring placht te geven. Strevend naar een omvattende beschrijving van de wereld der concentratiekampen in de USSR, was hij aanvankelijk gedwongen het werk terzijde te leggen wegens gebrek aan materiaal. Behalve zijn eigen ervaringen als gevangene en balling gedurende de periode 1945-1956 en die van lotgenoten met wie hij in die tijd in contact was gekomen, had Solzjenitsyn nog meer getuigenissen nodig om het beeld compleet te maken. Maar nadat de publicatie in 1962 van zijn eerste kamproman *Een dag uit het leven van Iván Denísovitsj* hem nationale roem had bezorgd, namen talloze (ex-)gevangenen en nabestaanden uit alle delen van het land contact met hem op en leverden hem het materiaal, nodig om zijn standaardwerk af te maken. In zijn voorwoord bij de eerste druk spreekt Solzjenitsyn over 227 co-auteurs, wier bijdragen in *De Goelag Archipel* verwerkt zijn. Aldus ontstond er in plaats van de schepping van één afzonderlijk auteur een, in de formulering van Solzjenitsyn zelf, 'gemeenschappelijk, met vereende krachten opgetrokken monument voor alle gefolterden en vermoorden'.

In 1967 had het werk zijn definitieve vorm gekregen. Daarna zou Solzjenitsyn alleen nog correcties en aanvullingen aanbrengen. In 1968 slaagde hij erin via een kennis een microfilm van het manuscript naar het Westen te smokkelen. Maar om repercussies tegen de vele met naam en toenaam in het boek genoemde, nog levende getuigen te voorkomen, kon hij lange tijd niet besluiten tot publicatie. Terwijl *Het Kankerpaviljoen*, *In de eerste cirkel* en *Augustus veertien* in het Westen furore maakten, hield Solzjenitsyn *De Goelag Archipel* achter tot de tijd er rijp voor was. Pas in 1973, toen er door de KGB steeds meedogenlozer op Solzjenitsyn en zijn naasten gejaagd werd, achtte hij het uur U gekomen. De aanleiding was de arrestatie van een oudere vrouw, Jelizavéta Voronjánskaja, die een exemplaar van het manuscript in bewaring hield. Ze werd door de KGB gedwongen de bewaarplaats te verraden. Korte tijd later werd ze opgehangen in haar woning aangetroffen (moord of zelfmoord). Daarop gelastte Solzjenitsyn zijn zaakwaarnemers in het Westen zo snel mogelijk tot publicatie over te gaan. Er was niets meer te verliezen. De KGB kende toch al alle namen.

De Goelag Archipel werd in drie boekdelen, respectievelijk in 1973, 1974 en 1976, gepubliceerd door YMCA-press in Parijs. Reeds vanaf 1974 verschenen er overal in de wereld vertalingen. In 1980 werd *De Goelag Archipel*, enigszins bijgewerkt, herdrukt in de Verzamelde Werken van Solzjenitsyn (eveneens YMCA-press).

Alleen de lezers in de Sovjet-Unie, voor wie het boek in de eerste plaats geschreven was, bleven er lang van verstoken, althans officieel, want dankzij het land binnengesmokkelde en gekopieerde exemplaren en voorlezingen op buitenlandse radiozenders kon een deel van de bevolking er toch kennis van nemen. Zelf liet Solzjenitsyn in een verklaring vlak na de eerste publicatie in het Westen weten, ervan overtuigd te zijn dat 'spoedig de tijd zal aanbreken waarin het boek in ons land door een groot publiek en zelfs vrijelijk gelezen zal worden'. En waar velen nooit op hadden durven hopen, gebeurde ook: in 1989 ging het tijdschrift *Nieuwe Wereld* tot publicatie over. In vier opeenvolgende afleveringen (augustus-november) werd ongeveer één derde van het hele werk afgedrukt. De tekst was gebaseerd op de uitgave van 1980, aangevuld met nieuwe auteurscorrecties. Het jaar daarop verscheen de hele *Goelag Archipel* in boekvorm.

Naar aanleiding van de eerste publicatie eind 1973 brak er tegen de auteur van *De Goelag Archipel* een hetze uit, zo beestachtig dat alle daarvoor reeds tegen hem ontketende campagnes erbij vergeleken onschuldig schenen. In de pers verscheen het ene schuimbekkende, van lynchzucht doortrokken stuk na het andere. Woedende ingezonden brieven van lezers uit het hele land vulden de pagina's van de *Právda*, de *Literatóernaja gazéta* en andere periodieken.* De aandacht concentreerde zich vooral op het vermeende landverraderlijke karakter van het boek, op de 'bezoedeling van de graven van hen die in de Grote Vaderlandse Oorlog gesneuveld waren'.

---

* Hoe zorgvuldig deze 'spontane' canon van verontwaardiging in feite geregistreerd was, is overtuigend aangetoond door o.a. de Engelse slavist Michael Nicholson in zijn artikel *The Gulag Archipelago: A survey of Soviet responses* (1974).

De Goelag Archipel werd een 'pro-nazipamflet' genoemd en Solzjenitsyn was een 'literaire Vlasoviet' (een scheldwoord met dezelfde gevoelswaarde als in Nederland NSB'er). Gesuggereerd werden banden van de schrijver met Duitse neonazi's. Het moppenblaadje *Krokodil* liet hem in een spotprent plechtig begroeten door een fascistische erehaag met onder andere de skeletten van Hitler en Vlásov (terwijl hij in de Tweede Wereldoorlog juist zijn leven had gewaagd in de strijd tégen de Duitse agressors en daarvoor tweemaal onderscheiden was). Bovendien zou Solzjenitsyn de wereldvrede in gevaar brengen door het aankweken van haat jegens de Sovjet-Unie. Zijn boek was 'een geschenk voor de tegenstanders van de ontspanning tussen Oost en West'.

Verder zou Solzjenitsyn *De Goelag* alleen geschreven hebben voor de sensatie en het grote geld (terwijl hij zijn werk puur als een missie opvatte). In Zwitserland, heette het, lag een fortuin op hem te wachten, waarnaar hij reeds zijn 'grijpgrage begerige klauwen uitstrekte' (terwijl hij alle opbrengsten van *De Goelag Archipel* zou onderbrengen in een speciaal fonds voor de slachtoffers van politieke vervolging in de Sovjet-Unie). Hij zou in Moskou reeds beschikken over drie auto's (terwijl hij een man was die altijd liep of de metro nam).

In de hele wereld trachtte men communisten en sympathisanten, vooral literatoren, tegen Solzjenitsyn te mobiliseren. Ook in eigen land werd de literaire wereld ingeschakeld, maar onder de schrijvers van betekenis waren er slechts weinigen die zich lieten gebruiken in de hetze tegen hun collega (o.a. S. Michalkóv, K. Símonov, V. Katájev, B. Polevój en B. Djakóv). Zelfs de Russisch-orthodoxe Kerk liet men aantreden, en wel in de persoon van Serafím, metropoliet van Kroetítski en Kolómna, die in *The Times* Solzjenitsyn beschuldigde van 'onchristelijk gedrag', gericht tegen 'het verminderen van de internationale spanning en het bereiken van een duurzame vrede op aarde'. Metropoliet Serafim wekte hiermee protesten bij andere orthodoxe gelovigen, maar werd gesteund door patriach Pímen.

Het persoonlijkst waren de, eveneens onder druk van de autoriteiten uitgevoerde aanvallen van een jeugdvriend, Nikoláj Vitkévitsj, en van Solzjenitsyns ex-vrouw Natálja Resjetóvskaja. Vitkevitsj was een man die aanvankelijk hetzelfde lot had ondergaan als Solzjenitsyn. Hij was in de oorlog in dezelfde zaak, het voeren van een correspondentie waarin Stálin gehekeld werd, gearresteerd en had daarop jaren in de Goelag doorgebracht. Maar na zijn rehabilitatie had hij zich verzoend met de Partij en een geslaagde maatschappelijke carrière opgebouwd. Nadat het eerste deel van *De Goelag Archipel* verschenen was, verweet hij Solzjenitsyn via een door het officiële persbureau Nóvosti in het Westen verspreide verklaring dat zijn oude vriend, 'bezeten door zijn kampverleden', de werkelijkheid in zijn boek volledig verdraaid had. En wat het ergste was: Solzjenitsyn zou hem en anderen indertijd bij zijn arrestatie in 1945 verraden hebben. Het antwoord van Solzjenitsyn, in een korte persverklaring, was laconiek: gesteld dat de beschuldiging van Vitkevitsj grond had, waarom kwam hij er dan uitgerekend op dat moment mee voor de dag, waarom had hij daar dan 29 jaar mee gewacht, terwijl ze elkaar in die tijd toch meer dan eens ontmoet hadden? Na Vitkevitsj' bijdrage in de campagne tegen Solzjenitsyn schreef Natalja Resjetovskaja, van wie Solzjenitsyn zich kort voor de publicatie van *De Goelag Archipel* had laten scheiden, zelfs een heel boek tegen haar ex-man: haar via sovjetcolporteurs in het Westen gesleten 'memoires' *Slaags met de tijd* (1974). Hierin schildert zij hem onder andere af als een despoot, die aan grootheidswaan leed en zichzelf onfeilbaar achtte. Dit onfrisse geschrift draagt duidelijk het stempel van *ghostwriting*. De als gescheiden vrouw in haar persoonlijke gevoelens gekrenkte Resjetovskaja werd op gruwelijke wijze gemanipuleerd door degenen die Solzjenitsyn om politieke redenen trachtten te ontluisteren.

Nadat de schrijver en zijn nieuwe gezin onafgebroken telefonisch en schriftelijk door 'onbekenden' met de dood waren bedreigd, culmineerde de campagne tegen Solzjenitsyn ten slotte in een decreet van het Presidium van de Opperste Sovjet, waarin hij vervallen werd verklaard van zijn staatsburgerschap en hem het recht ontzegd werd nog langer op het grondgebied van de USSR te verblijven. Op 12 februari 1974 werd Solzjenitsyn gearresteerd en een dag later op een vliegtuig naar West-Duitsland gezet. De calculatie achter deze uitzonderlijke maatregel was dat Solzjenitsyn in het Westen spoedig uit het brandpunt van de belangstelling zou raken. Een vrijheidsstraf of interne verbanning zou hem in de wereldopinie te veel tot een martelaar gemaakt hebben. Na de uitwijzing verscheen in de pers een nieuwe vloedgolf van brieven waarin dankbare burgers er hun voldoening over uitspraken dat 'het literaire onkruid Solzjenitsyn met wortel en al uit de grond getrokken was' en hem een spoedige totale vergetelheid werd toegewenst.

In die tijd was er moed voor nodig om het in de Sovjet-Unie voor Solzjenitsyn op te nemen. Alleen al het bezit van een exemplaar van *De Goelag* kon een jarenlange vrijheidsstraf opleveren. Een van de eersten die Solzjenitsyn verdedigden, was de schrijfster Lídia Tsjoekóvskaja. Zij verwelkomde de publicatie van *De Goelag Archipel* in een korte *samizdát*-recensie als een 'gebeurtenis die in het naoorlogse Rusland qua draagwijdte alleen te vergelijken was met de dood van Stalin'. Tot degenen die in open brieven opriepen tot publicatie van *De Goelag Archipel* in de Sovjet-Unie, tot volledige openbaarheid over de in het boek beschreven misdrijven tegen de menselijkheid en tot herroeping van het verbanningsbesluit behoorden onder anderen Sácharov, Maksímov, Mártsjenko, Vojnóvitsj, Gálitsj en Kópelev. Zelfs Jevtoesjénko, door velen een rasopportunist genoemd, protesteerde in een telegram aan Brézjnev tegen de uitwijzing. De dissidente marxistische historicus Roy Medvédev schreef een positieve recensie met kritische kanttekeningen (in 1974 in het Westen en in samizdát verschenen en in 1989 herdrukt in de officiële sovjetpers). Hij loofde de gedocumenteerdheid van *De Goelag Archipel* en benadrukte de authenticiteit van de beschreven feiten en erkende volledig Solzjenitsyns literaire prestatie: 'Ik denk dat weinig mensen na lezing van het boek nog dezelfde zullen zijn als op het moment dat zij de eerste bladzijde opsloegen.' Medvedevs kritiek spitste zich toe op de persoonlijke rol van Lénin en Stalin bij de opbouw van de Goelag. Terwijl Solzjenitsyn Lenin aanwijst als de wegbereider van Stalin, houdt Medvedev vast aan de meer traditionele opvatting van de zuivere, revolutionaire Lenin versus de in wezen contrarevolutionaire, antileninistische Stalin.

In het Westen kreeg het boek een ongehoorde respons en werd het woord 'Goelag' als synoniem voor 'rijk van concentratiekampen' een voor iedereen vertrouwd begrip. Dit standaardwerk over de gevangenissen en kampen in de Sovjet-Unie, dat qua omvang, politieke betekenis en compromisloze afwijzing van het communisme al Solzjenitsyns vorige werken verre overtreft, heeft velen, zeker in links-intellectuele kringen, de ogen geopend. In Frankrijk is naar men zegt een hele generatie met het socialisme sympathiserende intellectuelen, die via *De Goelag Archipel* voor het eerst kennis namen van de bittere totalitaire werkelijkheid, erdoor van haar geloof gevallen.

In de Sovjet-Unie was dat tegen het eind van de jaren tachtig in brede lagen van de bevolking al gebeurd zonder dat *De Goelag* er verschenen was. Cynici zeggen dat de eerste officiële publicatie, vijftien jaar na die in het Westen en op een moment dat velen er al illegaal kennis van hadden genomen, als mosterd na de maaltijd kwam. Toch kan het belang van de publicatie in *Nieuwe wereld*, niet dan na zware strijd met het politieke establishment door hoofdredacteur Zalýgin en zijn medewerker Borísov doorgedreven, moeilijk overschat worden. Zij heeft voor velen als dé toetssteen van Gorbatsjóvs glasnost-politiek gefungeerd. Dat dit monument voor de, volgens een schatting van de statisticus professor Koergánov, 66 miljoen slachtoffers van het communisme (tussen 1917 en 1959) heeft kunnen verschijnen, is door sommigen gevierd als de grootste overwinning van de persvrijheid in het bestaan van de Sovjet-Unie, al was deze op dat moment dan ook op sterven na dood. In het postcommunistische Rusland, waarin de verwerking van het stalinistische verleden een moeizaam proces blijft, is niettemin in 2009 besloten een door Solzjenitsyns weduwe (zijn tweede vrouw Natálja, geboren Svetlóva) bezorgde versie van *De Goelag Archipel* op te nemen als verplichte leesstof in het Russische middelbaar onderwijs.

Als *Het rode rad*, het nog veel monumentalere epos over het voorspel van de Oktoberrevolutie, dit niet was, zou men *De Goelag Archipel* Solzjenitsyns levenswerk kunnen noemen. De bijna 2.000 bladzijden, verdeeld over 64 hoofdstukken, geschreven gedurende een periode van tien jaar, geven een zeldzaam panoramisch én gedetailleerd beeld van het immense rijk van gevangenissen, kampen en ballingsoorden zoals dat van de eerste maanden na de Oktoberrevolutie tot de destalinisatierede van Chroesjtsjóv in 1956 in de Sovjet-Unie bestaan heeft. Alleen het laatste van de in totaal zeven delen valt buiten de oorspronkelijke opzet van het boek, het is op te vatten als een bijlage waarin de periode-Chroesjtsjov (en een klein stukje Brezjnev) behandeld wordt. Met *De Goelag Archipel* schiep Solzjenitsyn een geheel nieuwe literaire vorm, een speciaal genre dat hij in zijn ondertitel* een 'artistieke studie' noemde, dat wil zeggen iets wat het midden houdt tussen kunst en wetenschap. Lidia Tsjoekovskaja heeft dit synthetische karakter van *De Goelag Archipel* gedefinieerd als 'lyrisch epos' (of 'epische lyriek'). Van nauwkeurige bronvermelding voorziene citaten uit de werken van Lenin, Krylénko, Vysjínski, I. Averbách en andere stichters van de Goelag Archipel; historische, rijkelijk met jaartallen gelardeerde overzichten van rechtsgang en afvoer van 'menselijk vuil' naar de Archipel voor en tijdens Stalin, van doodstraf en interne verbanning door de eeuwen heen; levensbeschrijvingen van talloze individuele slachtoffers; filosofische bespiegelingen; novelle-achtige gedeelten; naturalistische schetsen; folklore, satire en lyriek – dit alles is samengebald tot 'de grootste en machtigste veroordeling van een politiek systeem, ooit uitgesproken in onze moderne tijd' (George Kennan).

Naast al het andere is Solzjenitsyn in *De Goelag Archipel* ook nog memoirenschrijver. Zijn eigen ervaringen als politiek gevangene en balling nemen, vooral in deel V en VI, een prominente plaats in. *De Goelag Archipel* brengt de schakels aan die nog ontbraken in de autobiografisch getinte romans *In de eerste cirkel* en *Het kankerpaviljoen*: het moment van arrestatie, de periode in de Loebjánka-gevangenis tijdens het vooronderzoek, het eerste werkkamp 'Nieuw Jeruzalem', het Speciale Kamp Ekibastóez en de ballingschap in Kok-Térek. De laatste delen in wat men de literaire biografie van Solzjenitsyn zou kunnen noemen, zijn *Het kalf stoot de eik* (Solzjenitsyns verslag van zijn tweegevecht met het sovjetgezag tussen 1961 en 1974) en *De graankorrel die tussen twee molenstenen belandde* (over de jaren in de emigratie ofte wel de periode 1974-1994).

Solzjenitsyn streeft in *De Goelag Archipel* niet naar gedistantieerde, bezonken geschiedschrijving, hij doet geen moeite zijn emotionele betrokkenheid bij het onderwerp te verbergen – maar wat hij schrijft is er niet minder waar om. De betrouwbaarheid van het door hem aangedragen

* De volledige titel luidt: De Goelag Archipel 1918-1956. Proeve van een artistieke studie.

historische materiaal is bevestigd door tal van gezaghebbende historici en Ruslandkenners (naast Roy Medvedev o.a. Robert Conquest en George Kennan). Daarentegen verontschuldigt Solzjenitsyn zich er bij zijn lezers telkens weer voor dat zijn werk zo onvolledig is, dat hij door materiaal- en tijdgebrek maar een topje van de ijsberg kan laten zien. Want hoe monumentaal *De Goelag* ook is en hoe onafzienbaar het feitenmateriaal, toch beschouwde Solzjenitsyn zijn boek nog maar als een voorspel op de echte geschiedschrijving, die nog door anderen verricht zal moeten worden.

Het begrip Goelag (of correcter GOELág) dat oorspronkelijk alleen de instantie, verantwoordelijk voor het beheer van de kampen aanduidde, heeft door Solzjenitsyn zijn veel ruimere betekenis van een heel rijk gekregen. De Goelag Archipel is een onzichtbare, maar overal aanwezige parallelwereld, voortgebracht door de maatschappij en deze zelf weer op alle niveaus doordringend. In hoofdstukken als *De wereld rond het kamp* en *De lamgeslagen maatschappij* toont Solzjenitsyn overtuigend aan hoe deze twee werelden van elkaar doordrongen zijn. Ook het meesterlijke hoofdstuk *De zeks als natie* leert ons veel over de mentaliteit van de sovjetburger in het algemeen. Als analyticus van de totalitaire staat, van de wijze waarop deze *systematisch* terreur organiseert en de weerstand van individuen breekt, zet Solzjenitsyn de zaak van Zamjátin en Orwell voort. Het verschil is dat genoemde anti-utopisten een respectievelijk ver en nabij toekomstbeeld opriepen, terwijl Solzjenitsyn gewoon verleden en heden beschreef.

Solzjenitsyn bewijst niet alleen dat de systematische terreur ook ná Stalin bleef voortbestaan, maar ook dat zij al lang vóór hem bestond. Dat alles al bij Lenin is begonnen, dat de kiem van de terreur reeds in de eerste maanden na de revolutie werd gelegd – dit is een van de rode draden die door het boek heen lopen. De degradatie van de Vader der Russische Revolutie, die in *Het kankerpaviljoen* en *In de eerste cirkel* nog ontzien werd, tot geestelijk vader van de *Goelag Archipel*, is in de Sovjet-Unie lange tijd als een ongehoorde blasfemie beschouwd.

In *De Goelag Archipel* worden veel historische falsificaties ontmaskerd, vooroordelen opgeruimd en taboes doorbroken. Boechárin bijvoorbeeld, door zowel onafhankelijke marxisten als niet-marxisten zeer gerespecteerd, wordt door Solzjenitsyn afgeschilderd als een karakterloos man. Onder anderen Medvedev en Kennan hebben Solzjenitsyn hierom gekritiseerd. Omstreden zijn ook de bladzijden over generaal Vlasov en zijn mannen, die in de oorlog naar de Duitsers overliepen. Solzjenitsyn beschrijft hen met veel begrip, doch zonder hen te rechtvaardigen. Tegenover hen stelt hij als enige echte landverrader Stalin, die bij het uitbreken van de oorlog geen enkele defensieve maatregel had getroffen, zich in het begin laf en paniekerig gedroeg, op misdadige wijze hele legers en legerkorpsen prijsgaf aan de vijand en na de oorlog miljoenen ex-krijgsgevangenen, die aan het front voor hun vaderland gevochten hadden, liet arresteren.

Ook de vele vergelijkingen die Solzjenitsyn maakt met de prerevolutionaire periode, zijn stuk voor stuk dolkstoten in het hart van de officiële sovjetgeschiedschrijving. Vooral de vergelijking van de Goelag met de lijfeigenschap is treffend. Beide worden door Solzjenitsyn omschreven als 'maatschappelijke instituties die de gewelddadige en meedogenloze exploitatie van de gratis arbeid van miljoen slaven regelden'. Wanneer Solzjenitsyn verschillen tussen 'toen' en 'nu' signaleert, vallen die altijd in het nadeel van het laatste uit. Onder de tsaren was het gevangenisregime milder, de dwangarbeid in Siberië stelde toen nog niet veel voor, de interne ballingen leidden een paradijselijk leventje en politieke gevangenen werden door hun bewakers met 'u' aangesproken.

Maar ook het vrije Westen wordt niet gespaard. Solzjenitsyn hekelt keer op keer de kortzichtigheid en ongeïnteresseerdheid van de Engelse en Amerikaanse geallieerden, die na de Tweede Wereldoorlog honderdduizenden voor Stalin gevluchte sovjetburgers uitleverden, en de hypocrisie van linkse intellectuelen die de misdaden van het sovjetcommunisme vergoelijkten of verzwegen. In zeer rake, sarcastische voetnoten valt hij uit tegen Bertrand Russell, Jean Paul Sartre en andere hooggeleerde oogkleppendragers, die vredesconferenties en mensenrechtentribunalen organiseerden om het kapitalistische Westen aan te klagen, maar het gigantische rijk van concentratiekampen in de Sovjet-Unie niet konden of wilden zien. 'O vrijheidslievende linkse denkers van het Westen!' zo roept Solzjenitsyn de radicale, selectief-verontwaardigde generatie van de jaren zestig toe. 'O linkse Labour-leden! o progressieve Amerikaanse, Duitse en Franse studenten! Voor jullie is dit alles nog niet genoeg. Voor jullie is mijn hele boek van nul en gener waarde. Pas dán zullen jullie plotseling alles begrijpen, wanneer je zelf – "handen op de rug!" – afmarcheert naar onze Archipel.'

Hoewel *De Goelag Archipel* voor historici interessant nieuw materiaal bevat (Robert Conquest noemt bijvoorbeeld de bizarre stalinistische beschuldiging van 'connecties, leidend tot verdenking van spionage' en bepaalde bijzonderheden betreffende de vlak voor Stalins dood opgezette antisemitische campagne), was toch het meeste al bekend. Vóór *De Goelag Archipel* waren in het Westen over de stalinistische terreur onder meer reeds verschenen: *Forced Labour in the Soviet Union* van D. Dallin en B. Nicolaevsky (1948), *Another world* van G. Herling-Grudzinski (1951), *Soviet opposition to Stalin* van G. Fischer (1952), *De concentratiekampen van de USSR* van B. Jákovlev (1955), *Let history judge* van Roy Medvedev (1971) en – het meest volledige – *The Great Terror* van Robert Conquest (1968). Geen van deze werken, hoe onthullend ook, had echter de publieke opinie in de wereld zo hardhandig wakker geschud als *De Goelag Archipel* zou doen. Pas door Solzjenitsyn is het grote publiek de ongelooflijke omvang gaan beseffen van wat zich onder Stalin (en zijn voorgangers en opvolgers) heeft afgespeeld. Wanneer Solzjenitsyn bijvoorbeeld het massatransport naar de Archipel in de jaren dertig en veertig beschrijft, roept hij bij de lezer een beeld op van dergelijke onmetelijke dimensies dat deze als het ware zintuiglijk begint te ervaren hoezeer het hele leven in de Sovjet-Unie in die jaren afgestemd was op de Goelag: 'Sluit uw ogen, lezer. Hoort u het geratel van raderen? Het zijn stolýpins. Het zijn roodjes. Elke minuut van de dag en de nacht rijden ze. Elke dag van het jaar. En dáár klotst water – sleepschuiten vol gevangenen. En dáár brullen de motoren van zwarte raven. Onafgebroken wordt er ergens iemand uitgeladen, ingeladen, overgeladen. En dat geroezemoes? De overvolle cellen van doorgangskampen. En dat dierlijk gehuil? De jammerklachten van bestolenen, verkrachten, afgeranselden.'

Een van de belangrijkste redenen waarom juist *De Goelag Archipel* zoveel indruk heeft gemaakt op een groot publiek, is de literaire kracht waarmee het geschreven is. Al kan men erover twisten of het boek tot de literatuur in de strikte zin van het woord behoort, al haalt het in literair opzicht niet het niveau van bijvoorbeeld *In de eerste cirkel* – de presentatie van het materiaal maakt *De Goelag Archipel* toch tot een kunstwerk. Solzjenitsyn observeert met het oog van een kunstenaar en tekent op met de pen van een schrijver. De stijl is uitzonderlijk krachtig en geladen. Elke zin leeft en trilt van heilige verontwaardiging, haat, minachting, hoon. Solzjenitsyn streeft in *De Goelag Archipel* steeds naar de sterkste, meest expressieve uitdrukking. Hij bouwt met veel gevoel voor effect zijn materiaal op tot er een culminatiepunt wordt bereikt. Hij gaat van 'erg' via 'erger' naar 'ergst'. Wanneer hij bijvoorbeeld het treurige leven in de naoorlogse ballingsoorden beschrijft, haalt hij eerst het voorbeeld aan van een autoriteit die ergens een groep pas gearriveerde ballingen toespreekt om hun duidelijk te maken dat hun ballingschap permanent is en dat ze maar beter ter plekke een gezin kunnen stichten. Daarna geeft hij het voorbeeld dat het ballingen *verboden* is te trouwen. En ten slotte het voorbeeld dat ze binnen twee weken *moeten* trouwen. Bij dit soort cumulerende ellende heeft de lezer de neiging in een macaber lachen uit te barsten.

Door de toon van 'upperstatement' onderscheidt *De Goelag Archipel* zich sterk van andere kampliteratuur, zoals Solzjenitsyns eigen laconieke, ingehouden *Een dag uit het leven van Ivan Denisovitsj* en de *Kolymá-verhalen* van Sjalámov. De verontwaardiging en afschuw die in *De Goelag Archipel* voortdurend met luide stem uitgesproken worden, ontbreken bij deze laatste. De *Kolyma-verhalen* geven slechts het droge materiaal. Terwijl Solzjenitsyn wil tonen hoe gruwelijk het allemaal is, gaat Sjalamov daar zonder meer van uit. Voor hem is dat een *fait accompli*. Onder andere vanwege dit verschil in literaire aanpak tussen beide schrijvers heeft Sjalamov, die zelf zeventien jaar in de Goelag had doorgebracht en volgens Solzjenitsyn 'nog dieper op de bodem van de hel was afgedaald' dan hij, eens een aanbod van zijn collega van de hand gewezen om samen *De Goelag Archipel* te schrijven.

Solzjenitsyn spaart de lezer niet in zijn lijvige boek. Maar weinigen buiten Rusland zullen het, anders dan beroepshalve, van de eerste tot en met de laatste bladzijde geheel gelezen hebben. Niet alleen overlaadt de schrijver ons met steeds nieuw feitenmateriaal, ook taalkundig is het lezen van *De Goelag Archipel* geen lichte opgave. De stijl is heel compact, Solzjenitsyn ontrukt veel oude Russische woorden en gezegden aan de vergetelheid, gebruikt veel kampjargon, veel afkortingen en initialen. Gevoegd bij het veelvuldig gebruik van GROOTKAPITAAL, *cursivering*, s p a t i ë r i n g, accenten, haakjes en voetnoten, zorgt dit voor een overdaad die nogal vermoeiend werkt. Bovendien moeten de meeste niet-Russische lezers het stellen met vertalingen die alle sap uit het origineel geknepen hebben, die de vernietigende verbale kracht van de Russische tekst op geen enkele wijze recht doen en die het harde sarcasme waarin het werk getoonzet is, geneutraliseerd hebben tot goedbedoelde boosheid.

Dit werk, waarvan de politieke resonantie ver uitgaat boven de literaire, bevat nochtans vele pagina's die aantonen dat *De Goelag Archipel* niet alleen een alternatief geschiedenisboek is, maar ook een rechtmatige plaats inneemt in de Russische literatuur. De minutieuze beschrijvingen van het cel- en kampleven, de rijkdom aan plastische details, de spannende verslagen van vluchtpogingen (*Het witte katje*, de tunnelvlucht), de satirische hoofdstukken (bijvoorbeeld het als een etnografische veldstudie gepresenteerde *De zeks als natie*) en de indrukwekkende evocatie van de tegelijk gruwelijk banale en metafysisch onheilspellende figuur van Stalin (verborgen aanwezig op processen, in schemerige hoekjes waar men alleen af en toe een pijp ziet oplichten) zijn slechts enkele voorbeelden ten bewijze hiervan. Aparte vermelding verdient de 'klapscène' uit *De geschiedenis van onze riolering*: een volmaakte beschrijving van de atmosfeer in de zwartste jaren van het stalinisme. Op een partijvergadering wordt een staande ovatie gebracht aan de niet-aanwezige Stalin. Het applaus houdt drie, vijf, acht minuten aan. Niemand durft als eerste op te houden. Een fabrieksdirecteur laat ten slotte, de uitputting nabij, na elf minuten zijn handen zakken, waarna ook de anderen ophouden. Dezelfde nacht nog wordt hij opgepakt.

Literair in *De Goelag Archipel* is ook de speciale rangschikking van het materiaal, de welgekozen onderverdeling in hoofdstukken, die vaak ironische, op het eerste gezicht cryptische titels dragen, alsmede de bijzondere beeldspraak die gehanteerd wordt. De metaforische voorstelling van het Goelag-rijk als een archipel wordt consequent door het hele boek heen volgehouden: de rest van de Sovjet-Unie is het *continent*, de transportmiddelen voor gevangenen zijn *schepen*, de doorgangsgevangenissen *transitohavens*, de zeks *eilandbewoners*, enzovoort. Een andere metaforische reeks groepeert zich rond het beeld van afvalverwerking: *stromen* gevangenen worden via *rioolbuizen* continu *afgevoerd*. Ten slotte is er de kankersymboliek: de Goelag is een *kwaadaardig gezwel* dat zich kampsgewijze steeds verder *uitzaait* en op den duur de hele maatschappij *aantast*.

Opvallend in *De Goelag Archipel* is de volstrekt eerlijke, niets ontziende wijze waarop Solzjenitsyn ook zichzelf beschrijft. Het boek bevat een sterk element van schuldbelijdenis, dat Solzjenitsyns geestelijke verwantschap met de klassieke meesters van de Russische literatuur, vooral Tolstój, verraadt. *De Goelag Archipel* is behalve een '*j'accuse*' ook een '*je confesse*'. De schrijver stelt consequent zijn eigen naïviteit, kortzichtigheid, vooringenomenheid, arrogantie en kleinmoedigheid aan de kaak. Als student aan de Moskouse universiteit tegen het einde van de jaren dertig gaf hij zich geen enkele rekenschap van wat er zich in de maatschappij afspeelde. Al werden er om hem heen voortdurend professoren gearresteerd, hij zag in plaats van massaterreur alleen 'tijdelijke moeilijkheden' en ging liever dansen dan dat hij zich daar het hoofd over brak. Hij stond zo zwak in zijn schoenen dat hij zich bijna liet werven voor de geheime dienst. Hij had alles in zich om zelf ook een beul te worden. Slechts het lot beschikte hem tot een andere loopbaan. Toen hij tegen het einde van de oorlog gearresteerd werd, hechtte hij nog zeer aan macht en beschouwde hij zich als een hoger wezen dan het gewone soldatenvolk. Hij behandelde zijn medegevangenen als een autoritair officier, liet een uitgeputte Duitse krijgsgevangene zijn eigen zware bagage dragen en protesteerde niet toen in zijn bijzijn een Vlasoviet ongenadig werd afgetuigd. In zijn eerste werkkamp wilde hij, voormalig kapitein in het Rode Leger, niets liever dan zo snel mogelijk een leidende functie. Maar evengoed moest ook hij zich onderwerpen aan de vernederingen van de penose. Met het schaamrood op de kaken herinnert hij zich dat hij zich gehoorzaam liet fouilleren door een paar minderjarige misdadigertjes. Ook toonde hij weinig geestelijke weerbaarheid toen hij gepolst werd voor een baantje als verklikker. En lange tijd bleef hij nog een onnozel leninist, die geen kwaad woord kon horen over de Vader van de Russische revolutie.

Solzjenitsyn is in zijn geschiedschrijving minder universeel dan Leo Tolstoj, met wie hij vaak vergeleken wordt. Voor de auteur van *Oorlog en vrede* waren alle politieke en historische gebeurtenissen eigenlijk futiel vergeleken bij het leven van de gewone mensen, waarin zich de eeuwige kosmos weerspiegelt. Volgens hem oefenden zogenaamd historische personages als Napoleon nauwelijks invloed uit op de loop van de geschiedenis. Solzjenitsyn daarentegen benadrukt voortdurend de belangrijke persoonlijke rol van Lenin, Stalin en mensen als Frénkel, degene die het systeem van dwangarbeid in de Sovjet-Unie in de jaren twintig en dertig perfectioneerde.

Niettemin gaat *De Goelag Archipel* dieper dan het geboden feitenmateriaal, verder dan de geschiedenis van de Sovjet-Unie tussen 1918 en 1956. Al filosoferend en moraliserend komt Solzjenitsyn tot universele inzichten, die dicht bij die van Dostojévski staan. Gevleugeld zijn Solzjenitsyns woorden over de grenslijn tussen goed en kwaad: '... de lijn die goed en kwaad scheidt, loopt niet tussen staten, noch tussen klassen, noch tussen partijen, maar dwars door ieder mensenhart. Deze lijn is beweeglijk, zij fluctueert in ons door de jaren heen. Zelfs in het hart dat gevangen zit in het kwaad, schermt zij een klein gebiedje voor het goede af. Zelfs in het allerdeugdzaamste hart schuilt nog een onuitroeibaar hoekje kwaad' (deel IV, hoofdstuk 1 – ook elders, in deel 1, hoofdstuk IV, geformuleerd). Het doet ons denken aan de woorden van Dmítri Karamázov over het menselijk hart als 'slagveld waar God en de duivel onophoudelijk strijd leveren'.

Een uitzondering maakt Solzjenitsyn alleen voor de criminelen, in wier hart hij zelfs met een microscoop nog geen spoortje goedheid kan ontdekken. Hij beschrijft hen met onverholen haat en afkeer, als volkomen gedegenereerde exemplaren van het Russische ras, die dankzij het communisme bevrijd werden van de morele en godsdienstige kluisters die hen in vroeger dagen nog enigszins intoomden.

Ook in hun beoordeling van de rol der ideologie als vervager van de grenzen tussen goed en kwaad, als alibi voor het begaan van misdaden stemmen Solzjenitsyn en Dostojevski overeen. *De Goelag Archipel* toont hoe diep de mens kan vallen, welke verschrikkelijke misdaden hij kan begaan zolang hij maar ideologisch gedekt wordt. Al veroordeelt Solzjenitsyn het sovjetcommunisme als 'het meest kwaadaardige, bloeddorstige en tegelijk meest sluw-berekende politieke stelsel op onze planeet en in onze geschiedenis', toch hebben de communisten niet het alleenrecht op ideologisch gesanctioneerde wreedheid. Solzjenitsyn geeft zelf als andere voorbeelden: de inquisiteurs met hun christendom, de kolonisatoren met hun beschaving, de nationaal-socialisten met hun rassenleer en de jakobijnen met hun vrijheid, gelijkheid en broederschap als bijdrage aan het geluk van toekomstige generaties. Het door Solzjenitsyn vastgestelde verband tussen ideologie en wreedheid is algemeen.

De Goelag Archipel mag voor alles een verbijsterende opsomming van wreedheden en misdaden tegen de menselijkheid zijn, de bladzijden mogen wemelen van de sadisten, moordenaars, verraders, lafaards en heulers, toch belicht Solzjenitsyn in zijn boek steeds weer de stralende uitzonderingen. Steeds weer lezen wij over die enkelingen die onder geen enkele druk bezweken zijn, die onvatbaar zijn gebleven voor welk kwaad ook, die wonderen van individuele heldenmoed verrichtten. Deze enkelingen bekenden ondanks de ergste folteringen nog geen schuld, werkten op geen enkele wijze mee met hun onderdrukkers, weigerden verklikker te zijn, verdedigden openlijk 'vijanden des volks', stemden niet mee met overweldigende meerderheden voor de doodstraf, enzovoorts. Velen van hen, die reeds in het vergeetboek der historie waren beland, zijn door Solzjenitsyn op de bladzijden van *De Goelag Archipel* vereeuwigd. Als een van de indrukwekkendste uit deze categorie vergeten helden haalt hij een godsdienstig oud vrouwtje naar voren, dat in 1937 in de verhoord werd (beschreven in het hoofdstuk *Het vooronderzoek*). Zij had een gevluchte metropoliet bij zich laten onderduiken en weigerde halsstarrig haar beulen de namen te noemen van andere gelovigen die hem, via een keten van onderduikadressen, hadden helpen vluchten naar Finland. Het enige wat men uit haar kon krijgen was: 'Ik weet het wel, maar ik zég het niet'. Zij was bereid desnoods onmiddellijk voor Gods rechterstoel te verschijnen om tegenover Hem alleen rekenschap af te leggen. Dit ouwe vrouwtje is een van degenen via wie Solzjenitsyn in *De Goelag Archipel* zijn ongebroken geloof in de mensen en zijn hoop op een morele hergeboorte in zijn land uitspreekt. Solzjenitsyn is in dezen optimistischer, strijdbaarder dan Sjalamov, met wie hij in zijn boek ook polemiseert. Solzjenitsyn verwijt zijn collega dat deze in de Goelag alléén ontaarding zag.

In tegenstelling tot wat wel beweerd wordt, betoont Solzjenitsyn zich in *De Goelag Archipel* echter geen religieus fanaticus noch pleitbezorger van de theocratie in Rusland. Hij staat hoogstens op het standpunt van iemand die, als communist opgegroeid, niettemin met eerbied en sympathie de spirituele kracht van het christendom constateert. De schrijver heeft zijn oordeel over religie en revolutie samengevat in de sententie: '[Sinds de Goelag] heb ik de waarheid van alle religies in de wereld begrepen: zij strijden *met het kwaad in de mens* (in ieder mens). Het is niet mogelijk het kwaad helemaal uit de wereld te bannen, wel om het in elk mens afzonderlijk terug te dringen. [Sinds de Goelag] heb ik de leugen van alle revoluties in de geschiedenis begrepen: zij vernietigen alleen de zich op een bepaald moment manifesterende *dragers* van het kwaad (plus, en passant, de dragers van het goede), waarbij zij het kwaad zelve, in nog vermeerderde vorm, op zichzelf overdragen.'

Een ander misverstand, voortkomend uit bewuste verdraaiing van de inhoud of onbekendheid ermee, is dat *De Goelag Archipel* een 'rechts' boek zou zijn. Gesteld al dat het mogelijk zou zijn literatuur in dergelijke oppervlakkige, aan fluctuatie onderhevige politieke termen te definiëren, dan zou men toch eerder het tegenovergestelde moeten vaststellen. *De Goelag Archipel* is geschreven in de beste *democratische* tradities van de klassieke Russische letterkunde, dat wil zeggen de schrijver staat principieel aan de kant van zijn lijdende volk, het werk is doortrokken van mededogen en solidariteit met de zwakken, verdrukten, vervolgden – of dat nu arbeiders, ambachtslieden, boeren, geleerden of onafhankelijke intellectuelen zijn. Zijn haat geldt de onderdrukkers, de volgevreten bazen – in dit geval de zich zo noemende communisten.

De Goelag Archipel is een indrukwekkende poging een kunstmatig weggedrongen verleden in de herinnering terug te roepen, een oproep om de pijn hierom opnieuw te doorleven. Immers de oude wonden zijn nooit geheeld. Zij dienen opnieuw opengereten te worden, opdat de opgehoopte etter naar buiten kan stromen. Zonder dat is geen volledige genezing mogelijk.

Zinovjev, Aleksandr Aleksandrovitsj

GAPENDE HOOGTEN

1976

Inhoud

Er bestaat een denkbeeldig land met de naam Ibánsk. De bevolking bestaat uit Ibanezen. Zij heten allemaal Ibánov. Ter onderscheiding worden ze aangeduid met bijnamen die naar hun voornaamste kwaliteit verwijzen (Chef, Socioloog, Lasteraar, Medewerker, Capitulant, Paniekzaaier, Echtgenote, enzovoorts). Het bijzondere van Ibansk is dat de bewoners volkomen vrij zijn om zich te laten leiden door de meest fundamentele sociale wetten die tussen individuen mogelijk zijn. Deze wetten zijn gebaseerd op de natuurlijke drang tot zelfbehoud en positieverbetering. Ze houden in dat een individu streeft naar: het zo min mogelijk geven en het zo veel mogelijk nemen; een minimum aan risico en een maximum aan profijt; zo weinig mogelijk verantwoordelijkheid en zo veel mogelijk eerbewijzen; zo min mogelijk afhankelijkheid van zichzelf jegens anderen en zo veel mogelijk afhankelijkheid van anderen jegens hemzelf, enzovoorts. Verbetering van de eigen positie en verslechtering van die van anderen staan met elkaar in verband als communicerende vaten. Vandaar het vanzelfsprekende streven van individuen om de sociale positie van mede-individuen te verzwakken. Of, als dit niet mogelijk is, deze althans niet te versterken. Of, als dit evenmin mogelijk is, althans deze versterking tot het uiterste te beperken.

Een maatschappij waarin de individuen volledig handelen conform deze sociale wetten, bereikt het stadium van het socisme. Ook wel isme zonder meer genoemd. In een dergelijke maatschappij zijn alle storende factoren die elders de mate van civilisatie bepalen, uitgeschakeld. Zoals daar zijn: moraal, recht, religie, kunst, vrije pers en andere antisociale uitvindingen. Een socistische maatschappij is de hoogste, want meest natuurlijke vorm van menselijke samenleving. In Ibansk zijn door historische omstandigheden de gunstigste voorwaarden voor het socisme geschapen. Ibansk is het verst voortgeschreden op de weg die leidt naar de uiteindelijke bestemming van de mens. Het maakt een onstuitbaar progressieve ontwikkeling door in de richting van totale regressie. Via staatskapitalisme, feodalisme en slavernij degenereert het tot het hoogste stadium van de biologische oerstaat.

Het ibanisme zal zich op den duur over de hele wereld verspreiden. Het kapitalisme is niet meer dan een kortstondige ordeverstoring. Een tijdelijke en onvolledige overwinning van het creatieve Ik op het stagnerende Wij. Een afwijking van de norm, mogelijk gemaakt door onoplettendheid van de leiding. De toekomst is aan het socisme, waarvan de gapende hoogten aan de horizon reeds zichtbaar zijn.

In Ibansk is elk individu hecht verankerd in een groep. Het gevolg is algehele verdomming. Immers hoe meer mensen betrokken zijn bij het nemen van beslissingen, des te minder worden deze gedicteerd door factoren als intelligentie en oorspronkelijkheid en des te meer door de hang naar de grootste gemene deler. Benoemingen voor hoge posten geschieden naar het criterium van de middelmaat. Degene die het dichtst het gemiddelde benadert van de groep waartoe hij behoort, maakt de meeste kans. Hij wekt de minste jaloezie en vormt de geringste bedreiging voor de groep als geheel. In het continue proces van negatieve selectie dat aldus plaatsvindt, overleeft de gemiddeldste. Het staatshoofd, Chef, is dan ook het summum van middelmatigheid. Hij voldoet exact aan de eisen die aan een goed leider gesteld worden: hij ontplooit zo weinig mogelijk initiatief en probeert zo weinig mogelijk te veranderen. Als een ervaren piloot rukt hij niet voortdurend aan de stuurknuppel, maar laat hij zijn toestel rustig verder vliegen.

Talent is in Ibansk, waar carrièrezucht niet de verwerpelijke levenshouding van een minderheid is maar de grondslag van het hele sociale leven, geen vereiste om op te klimmen langs de maatschappelijke ladder. Integendeel, het is een obstakel. Talentvolle Ibanezen worden tegengewerkt omdat zij te zeer afwijken van het gemiddelde. Geraffineerde carrièrejagers reiken verder, doch ook zij bereiken niet de top. Dit moge blijken uit het volgende geval. De post van Instituutsdirecteur komt vrij. De meest voor de hand liggende opvolger, Kandidaat, konkelt en intrigeert bij het leven. Volgens een nauwkeurig uitgewerkt program speelt hij zijn concurrenten links en rechts van zich tegen elkaar uit. Maar hij wordt weggepromoveerd, zijnde een te perfecte carrièrist. Benoemd wordt een man die volledig op de achtergrond is gebleven: Iemand. En zo gaat het overal. Elders worden in plaats van Iemanden zelfs Niemanden en Nullen benoemd. Aldus vernult de samenleving.

Traditionele waarden van de geciviliseerde maatschappij zijn in Ibansk vervangen door hun tegendeel. Als grootste talent geldt juist het ontbreken ervan. Hoogte van opleiding en mate van professioneel-intellectuele capaciteiten tenderen naar een omgekeerd evenredige verhouding met de hoogte van het inkomen. Een vrouw met een inkomen van 100 roebel per maand bijvoorbeeld, die in haar vrije tijd een aanvullende cursus volgt aan een avondinstituut, krijgt na het behalen van het diploma, voor hetzelfde werk, 10 roebel minder. Ondergeschikten proberen daarom niet op te vallen door intelligentie maar houden zich uit vrije wil van de domme. Officieel worden hun superieuren namelijk geacht intelligenter te zijn dan zij. De werknemer die zich slimmer betoont dan een meerdere, vergaat het slecht. Zelfverdomming is voor degene die hogerop wil komen, een noodzakelijke voorwaarde voor succes. Als gevolg schijnen bovengeschikten ook werkelijk intelligenter dan ondergeschikten.

In Ibansk worden burgers niet ingeschakeld in het arbeidsproces omdat er bepaalde werkzaamheden verricht moeten worden. Het is andersom, werk wordt geschapen om in de bestaansbehoeften van individuen te voorzien. Overigens wordt er nauwelijks werk verricht. Men neigt ernaar zoveel mogelijk mensen bij zo futiel mogelijke projecten te betrekken. Welke arbeidsactiviteit ook georganiseerd wordt, telkens groeit er een ontzagwekkend administratief apparaat om heen, dat gaandeweg doel op zich wordt. Overal wordt het primaire werk teruggedrongen ten gunste van het secundaire, tertiaire enzovoorts: controle, begeleiding, werkverslag, vergadering. Naar verwachting zal heel Ibansk op den duur één grote vergadering worden. Het gewone handen-uit-de-mouwen-steken is een vrijwel onmogelijke opgave geworden. Het komt praktisch niet voor dat door middel van die methode iets tot stand wordt gebracht. Ibansk is een maatschappij die 10.000 aardappelspecialisten aflevert tegen nog geen tien mensen die aardappelen kunnen inladen. En moet er op de binnenplaats van een flat een door graafwerkzaamheden ontstane kuil dichtgestort worden, dan gaat dat zo: de bewoners zien vanuit hun ramen jarenlang een gat gapen; een paar keer per maand rijdt er een bulldozer de binnenplaats op, die een minuut of tien rondsputtert en vervolgens afslaat of in de kuil dondert; een paar uur later arriveert er een andere, iets grotere bulldozer, vergezeld van allerlei werkvolk, een man of tien; ze gaan in de buurt van de kuil op de grond zitten; steken een sigaret op; en gaan weer weg; tegen de avond keren ze vrolijk aangeschoten terug; de grote bulldozer trekt de kleine de kuil uit en iedereen verdwijnt, met achterlating van het gat, dat een eens zo troosteloze aanblik biedt als voorheen.

De wetenschap in Ibansk wordt onderverdeeld in natuurwetenschappelijke disciplines en onnatuurlijk-wetenschappelijke disciplines, ook wel gekscherend sociale wetenschappen genoemd. De laatste zijn volledig verideologiseerd. Het diabolectisch ibanisme geeft er de toon aan. Het echte wetenschappelijke onderzoek is op de achtergrond geschoven. In plaats daarvan heerst de terreur van de methodologie: het eeuwig definiëren van begrippen, het steeds opnieuw formuleren en herformuleren. Legioenen wetenschappelijke arbeiders verdienen er hun boterham mee. Het verschil tussen een ouderwets wetenschapsman en een moderne methodoloog kan men zien wanneer men volgt hoe zij te werk gaan bij het vaststellen van het geslacht van een haas. Vroeger ving een bioloog zo'n beest en bekeek het. Tegenwoordig laat de methodoloog de haas ontsnappen en kijkt toe wat er gebeurt: als hij wegloopt, is het een mannetje; als zij wegloopt, is het een vrouwtje.

De hoogste verworvenheid van de Ibanische wetenschap is de ontdekking van het ismatron. Dit meest onmetelijke elementaire deeltje heeft geen afmetingen, snelheid, massa of lading. Het bestaan ervan vaststellen met behulp van apparatuur is principieel onmogelijk en daarom is het ontdekt met behulp van de hoogste vorm van kennis: de theorie van het isme. De fysici ontdekten het binnen de vastgestelde termijn, met een tweevoudige overtreffing van de streefcijfers. Het ismatron is de synthese van alle antitheses, gaat voortdurend van kwantiteit in kwaliteit over, is gelijktijdig aan- en afwezig in dezelfde ruimte, ontwikkelt zich uit een lagere tot een hogere vorm door middel van spiraalsgewijze ontkenning der ontkenning en stelt zich regelmatig op aan de zijde van het proletariaat.

Ook aan wetenschappelijke instellingen is de hiërarchische positie omgekeerd evenredig aan de professionele kwaliteit. Zo berust het hele GAT, het meest vooraanstaande futurologische instituut van Ibansk met zo'n 100 miljoen medewerkers – onder wie 10.000 leden van de Academie der Wetenschappen, 20.000 corresponderende leden, 50.000 zich verdringende leden, 100.000 zich indringende leden en 500.000 WIJzen Van de Eerste Rang (Wijvers) – eigenlijk alleen op de inventiviteit van de laagste en dus begaafdste medewerker, Sul. Een speciaal puntensysteem dat de salariëring van de wetenschappelijke arbeiders regelt, bevestigt de sociale rangorde: 500 punten voor een directeurschap, 450 punten voor een denunciatie, 1 punt voor een wetenschappelijk artikel, enzovoorts.

In Ibansk zijn de sociale realiteit en de officiële voorstelling ervan in permanente tegenspraak. Onder mekaar kraken de Ibanezen hun maatschappij af, met elkaar bezingen ze haar. Elk individu heeft twee gezichten. Overigens dient men dit dualisme niet te verwarren met iets als 'gespletenheid der ziel' of 'innerlijke tweespalt'. Deze fraaie termen, bekend uit de klassieke 19e-eeuwse literatuur, verwijzen naar een verdwenen mensentype waarvoor zaken als moraal en menselijke waardigheid nog iets te betekenen hadden. Het is karakteristiek voor een maatschappij als de Ibanische, die geheel door de sociale wetten beheerst wordt, dat tegelijk gedaan wordt alsof dit niet zo is. Daartoe is er boven op het geheel natuurlijk tot stand gekomen sociale systeem kunstmatig een ideologische laag aangebracht. De inhoud van deze ideologie is volslagen toevallig en doet niet ter zake. Zij is nodig als regulerende en camouflerende factor. Ook de Broederschap, een reusachtige organisatie die in naam de ideologie dient maar in feite fungeert als een reservoir van de macht, reguleert nog enigszins het vrije spel der sociale wetten in Ibansk. Wat men ook van haar mag denken, zonder de Broederschap zou het allemaal nog ordelozer zijn.

Dan zijn er nog de Organen, die wel eens oppervlakkig vergeleken worden met in andere maatschappijtypen voorkomende inlichtingendiensten, maar zich daarvan onderscheiden door hun alomaanwezigheid. Zij zijn een wetmatig product en een feitelijke afspiegeling van het leven in Ibansk. Ja, de voltallige Ibanische bevolking bestaat uit actuele en potentiële medewerkers van de Organen. De eerste categorie is weer onder te verdelen in vaste, sporadische en schroomvallige medewerkers. Zij zijn moeilijk aan hun uiterlijk te herkennen. Soms ziet een medewerker eruit als een fijnbesnaarde intellectueel, terwijl zijn slachtoffer uit de oppositionele intelligentsia een boeventronie heeft. Misleidend is ook het feit dat de ernstigste anti-Ibansk-agitatie (AIA) juist voorkomt in het milieu van verklikkers, spionnen, provocateurs en andere door de autoriteiten geprotegeerde sujetten.

Het systeem wordt niet gemaakt door de leiders, maar levert zelf in een bepaalde historische context de leider op die de meest volmaakte personificatie ervan is. Machtswisselingen dienen slechts om het systeem te continueren, fundamenteel wordt er niets door veranderd. In de geschiedenis van Ibansk had je bijvoorbeeld eerst Baas en toen Knor. Knor verguisde Baas en men dacht dat daarmee het hele systeem in elkaar zou storten. Dat historische moment wordt wel de Ommekeer genoemd. Maar nuchter op het verleden terugkijkend, moet men vaststellen dat de omvang ervan beperkt is gebleven tot een tijdelijke toename van het kritische materiaal in de kranten en van het onbeleefde gedrag der individuele burgers. De grootste verandering was in het klimaat. Onder Baas slaagden de Ibanezen erin een record aantal graden te bereiken (vorst). Onder Knor vond een kortstondige kunstmatige hitte-ontwikkeling plaats, die gevolgd werd door langdurige nattigheid.

Baas werd in zijn tijd het 'allergeniaalste oppergenie van alle geniale genialissimo's' genoemd. Later werd dit afgezwakt tot 'allergrootst genie'. Maar in wezen was hij een allergewoonst gewoon mens, een nulliteit. Omdat hij de sociale wetten ideaal weerspiegelde, overwon hij zijn mededinger Demagoog (een even grote schurk trouwens), die de politieke macht vertegenwoordigde. De strijd tussen hen was er niet een van personen maar tussen sociale en politieke macht als zodanig, een strijd die zich in de hele maatschappij, ja in elke burger afspeelt en per definitie ongelijk is. De massaterreur die Baas uitoefende om aan de macht te blijven – onder hem zat een derde van de bevolking in kampen, was een derde kampbewaker en bestond de rest uit degenen die de kaders smeedden voor de eerste en tweede categorie – was eigenlijk niet nodig. Het systeem had zich ook zonder dat wel gehandhaafd. Dat bleek onder Knor toen het zich na een korte periode van Verwarring juist consolideerde. Het volk van Ibansk wil geen veranderingen. Het heeft zich uit eigen vrije wil het ibanisme op de hals gehaald en kan al niet meer zonder.

Een centraal fenomeen in het maatschappelijk leven van Ibansk is de Rij. Oorspronkelijk een spontaan optredende formatie bij een aanbod van schaarse goederen, is zij het hele bestaan gaan opvullen. Het komt voor dat door middel van rijvorming iemand een product ten deel valt – maar dit is altijd van de slechtst mogelijke kwaliteit. De betere producten worden gedistribueerd via een systeem van gesloten circulatie, onder de toonbank verhandeld of gestolen. Een intellectueel, gruwend bij de gedachte aan al de verspilling van tijd en energie door het gerij, heeft zich in zijn naïviteit eens laten ontvallen dat de wachtenden voor hetzelfde geld konden werken: dan zouden er meer producten gefabriceerd worden en zouden er automatisch minder rijen zijn. Hiervan kon natuurlijk niets terechtkomen. Het zou te ingewikkeld zijn om zoiets te organiseren. Verder moet men niet vergeten dat de Rij een diepere betekenis heeft: door de mensen aan het lijntje te houden, dwingt zij hen zich te verlagen tot opwinding om kleinigheden, waardoor ongewenste excessen als innerlijke reflectie en groei van de persoonlijkheid worden tegengegaan. Bovendien is de Rij volledig in overeenstemming met de ideologie. Zij is zeer democratisch, want iedereen is er gelijk (behalve degenen die meer gelijk zijn en voor hun beurt mogen). Waarvoor men in de Rij staat, doet er niet toe. Op een keer ontstond er een Rij voor de Kraam naar aanleiding van een gerucht dat er wissewassen (sjírli-mýrly) verkocht zouden worden. Hoewel (of omdat) niemand wist wat dit was, zwol de Rij tot immense proporties aan. Er werd een geweldig administratief apparaat opgebouwd om haar in goede banen te leiden. De Organen infiltreerden haar met rapporteurs en denunciateurs. Maar men signaleerde onder de wachtenden slechts tekenen van tevredenheid. De verontruste autoriteiten besloten daarop binnen de Rij een kunstmatige oppositionele groepering op te richten ter ondersteuning van de bestaande orde. Na uitgebreide bestudering van het gedurig aanzwellende fenomeen, bouwde men een fabriek voor de productie van wissewassen. Voordat echter met de fabricage begonnen kon worden, raakte het hele project i.v.m. de organisatie van een sportevenement in de vergetelheid.

De Ibanees beschikt als eindproduct van de menselijke evolutie over een optimaal uithoudings- en incasseringsvermogen. Hij is in staat onder de meest extreme omstandigheden te overleven. Dat bleek weer eens toen op zekere dag, via een rioolput, contact gelegd werd met een kolonie Ibanezen onder de grond. Zij waren daar tijdens de laatste oorlog vergeten. Jarenlang hadden ze er in diepe duisternis geleefd en zich gevoed met ratten en rioolproducten. De onderaardse Ibanezen hebben, letterlijk en figuurlijk, schijt aan de bovenwereld. Hun eigen subcultuur vormt een in menig opzicht superieure variant van het isme. In Onder-Ibansk zijn alle maatschappelijke problemen als vanzelf opgelost. Voedsel is er in overvloed. De diversiteit van het aanbod uitwerpselen, afkomstig uit Boven-Ibansk, laat zelfs een uitgekiende sociale differentiëring toe. De hiërarchieën boven en beneden weerspiegelen elkaar. Hoe hoger de Onder-Ibanees, des te hoger de Boven-Ibanees wiens excrementen hij eet. En des te voedzamer het menu. De culinair-sociale rangorde wordt mede in stand gehouden door het eten uit eigen aars. Ook het probleem van de woningnood is opgelost, omdat er onder de grond geen huizen nodig zijn. Bovendien hoeft men wegens de hitte geen kleren te dragen. Geld is evenmin nodig, want er valt niks te kopen. En omdat er niet gewerkt hoeft te worden, is er alle ruimte voor creativiteit. De beeldende kunst floreert. Als plastisch materiaal fungeert strontotron (stront dat meervoudig gecirculeerd heeft). Het probleem van de dissidentie ten slotte is ook op natuurlijke wijze opgelost: lastige intellectuelen worden gewoon opgegeten.

De overgrote meerderheid van de bevolking in Ibansk accepteert zonder moeite alle elementen waaruit het dagelijkse leven is opgebouwd:

hypocrisie, geweld, corruptie, wanbeheer, mankerend plichtsbesef, gebrek aan verantwoordelijkheidsgevoel, knoeierij, ploertenmentaliteit, lamlendigheid, desinformatie, bedrog, grauwheid, een systeem van ambtelijke bevoorrechting, enzovoorts. Men is eraan gewend, ermee vergroeid. De mensen krijgen weinig, maar hoeven daarvoor nog minder te doen, zodat de verdiensten-coëfficiënt hoog is. Het volk van Ibansk is eigenlijk best tevreden.

De oppositie stelt niet veel voor. De meeste mensen die zich ertoe rekenen, zijn mislukte carrièristen, afvalproducten van het systeem zelf. Ze zijn ongevaarlijk: laat ze totaal vrij en ze kwijnen weg. Slechts enkelen, zoals Dubbelhart en Rechtminnaar, proberen eerlijk te vechten en te ontmaskeren. De heldhaftige Rechtminnaar schreef een Boek dat het allerzwartste waarachtige woord is over dat wat als het meest lichtende ideaal werd uitgedacht. Maar onbedoeld versterkt ook hij het systeem door de nadruk te leggen op louter de excessen ervan. De activiteiten van hem en zijns gelijken hebben evenveel effect als het gooien van erwten in een oceaan van stookolie.

Als belangrijk machtsmiddel van de oppositie geldt de ondergrondse pers of Smadizdat. De publicaties zijn voornamelijk berekend op sensatie in het buitenland. In Ibansk dienen zij als collector's items en objecten van zwarte handel. Gelezen worden ze door een soort half-officiële modieuze incrowd die het wel spannend vindt geassocieerd te worden met de oppositie, maar ondertussen o zo graag bij de machtselite behoort. De Smadizdat is geïnfiltreerd met verklikkers. De vermeende oprichter, Luilak, is een verrader.

Met oppositioneel gedrag koketteert verder nog een hele categorie van zogenaamd gerepresseerden, bestaande uit quasi-onafhankelijke, pseudo-progressieve schijn-intellectuelen die hoge sociale posities bekleden en allerlei privileges genieten, zoals snoepreisjes naar het buitenland (waar ze onder het mom van deelname aan congressen naarstig Ibanische wodka en andere souvenirs inslaan), maar die zich niettemin omgeven met een aureool van miskendheid en slachtofferigheid. Tot hen behoren beroemdheden als Belletrist, Denker, Kunstenaar, Socioloog en Echtgenote (van Socioloog).

De werkelijke geestelijke leiders van de oppositie treden niet aan de oppervlakte. Zij laten zich niet meeslepen door de waan van de dag, ze streven nergens naar, ze denken alleen. Ze analyseren de maatschappij waarin ze leven en proberen haar zo objectief mogelijk te beschrijven. Anders dan bijvoorbeeld Rechtminnaar staan zij buiten en boven het systeem. Daardoor zijn ze in potentie veel gevaarlijker. Hun boeken (in het buitenland of helemaal niet uitgegeven) gaan niet over concentratiekampen, maar over de wetmatigheden die het dagelijkse leven in Ibansk bepalen. De auteurs zijn briljante sociologen, filosofen en andere geleerden wier wetenschappelijke carrière door een ongeoorloofde overschrijding van de talentnorm voortijdig afgebroken is. Op hun instituten worden ze tegengewerkt, gedegradeerd en ontslagen. Ze heten: Schizofreen, Zwetser, Lasteraar, Schreeuwlelijk, Bezoeker, Leraar, enzovoorts. De geniaalsten onder hen hebben begrepen dat het hoogste wat een onafhankelijke geest kan bereiken, is: begrijpen. Er iets aan doen kan niet.

Schizofreen heeft als eerste de wetmatigheden van het sociale leven ontdekt en geformuleerd. Hij kan feilloos de afloop van elke gebeurtenis voorspellen. Daarom heeft hij elke illusie laten varen.

Ook Zwetser is tot het inzicht gekomen dat verzet zinloos is. Hij heeft al als jongeman afgeleerd te vechten. Het beslissende moment was een incident op de eerste dag van zijn militaire dienst. Hij werd in de kantine met zeven makkers aan één tafel gezet. Een van hen verdeelde een brood in ongelijke porties. De grootste homp was voor zijn beschermer. De anderen mochten proberen ieder voor zich een zo groot mogelijk stuk te bemachtigen. Zwetser had de keus: of zich voegen naar de algemene wetten van de sociale realiteit en meegraaien of er recht tegen ingaan en afzien van de strijd om het bestaan. Hij koos voor het laatste en stelde zich tevreden met het allerkleinste stukje brood dat op tafel achterbleef.

Lasteraar ontdekte dat de maatschappij van Ibansk frappante overeenkomsten vertoont met een rattengemeenschap. Stopt men een aantal ratten bij elkaar in een kooi, dan kunnen dezelfde soorten wetmatigheden waargenomen worden als in een door mensen opgebouwde socistische maatschappij: consequente uitroeiing van afwijkende individuen, selectie van de rattigste rat als leider, onderlinge slachtingen die juist plaatsvinden in perioden van een zich stabiliserend leiderschap, enzovoorts. De rattenmaatschappij veraanschouwelijkt de sociale wetten in hun meest pure vorm. Ze is daarom superieur aan de mensenmaatschappij, die echter onvermijdelijk in haar richting evolueert.

Schreeuwlelijk kreeg zijn eerste levensles bij zijn geboorte. Hij werd door zijn moeder in een boerenhut op de kachel gebaard, kreeg een stuk zwart brood in zijn handen gestopt en werd alleen gelaten. Nadat hij even geschreeuwd had, drong het tot hem door in welke maatschappij hij terecht was gekomen, en hield hij zijn mond. Zijn latere levenspad – van school gestuurd, verklikt door vrienden, verlaten door vrouw, verloochend door dochter, gepasseerd voor onderscheidingen, opgesloten in gekkenhuis, teleurgesteld in medeopposanten, zelf uitgemaakt voor verklikker, in hinderlaag gelokt bij doorgeven van verboden manuscript – bevestigde wat hij als baby reeds begrepen had: je staat in het leven alleen en kunt je op niemand verlaten.

Bezoeker is een ouderwets man met een ascetische inslag, die zich heeft afgewend van de maatschappij en in afzondering absolute morele leefregels opstelt als vervanging van de voorgoed verdwenen religie. Via ultieme berusting probeert hij de staat van geluk te bereiken.

Leraar, vader van de Ibanische cybernetica, maar in ongenade gevallen in een tijdperk dat die wetenschap nog als bourgeois gold, wordt in een volgend tijdperk wanneer de cybernetica geannexeerd wordt, zijnde van oorsprong Ibanisch, betrokken bij een officieel project ter verbetering van het isme in Ibansk (ruimer voedselaanbod, meer woningen, beter openbaar vervoer, enz). Zijn officiële partner, Grondeter, sterft voortijdig aan een hartinfarct als Leraar hem duidelijk maakt dat het systeem niet van binnenuit verbeterd kan worden, maar dat er alleen uitzicht op verbetering is wanneer de pijlers van de maatschappij zelf omvergetrokken worden.

Buiten het systeem bevindt zich in Ibansk ook de ware scheppende kunstenaar. Maar rondom elke uiting van onafhankelijke kunst wordt een gigantisch begeleidend apparaat opgebouwd, bestaande uit de Academie der Kunsten, velerlei gespecialiseerde Instituten, Kunstenaarsbonden, Fondsen, een ministerie van Cultuur, onderverdeeld in allerhande secties, subsecties, enzovoorts. Naar schatting verhoudt het aantal begeleiders tot het aantal kunstenaars zich als 5 staat tot 1. De situatie in de kunstwereld is in principe dezelfde als die in de wereld van de wetenschap. Een geniaal beeldhouwer en schilder als Klodderaar komt niet aan bod, terwijl zijn talentloze conformistische collega Kunstenaar de hemel in geprezen wordt. Klodderaar mag blij zijn als er op een tentoonstelling één minder geslaagde gravure van hem wordt opgehangen, verscholen achter de talloze monumentale scheppingen van Kunstenaar. Kunstenaar maakte overigens carrière naar aanleiding van een grapje van Klodderaar. Die zei eens dat er in de kunst slechts één wet van kracht was: hoe hoger de kont die een kunstenaar weet te likken, des te formidabeler de kunstenaar. Kunstenaar nam deze opmerking letterlijk – en klom op. Klodderaars loopbaan is een afwisseling van voorzichtige acceptatie en verholen obstructie door de autoriteiten, van genade en ongenade. Door hem tegen te werken volgen zij hun natuur, door hem te tolereren etaleren zij voor de buitenwereld de artistieke vrijheid in Ibansk. Hoogtepunt in de carrière van Klodderaar was de opdracht een grafmonument voor Knor te maken. Men hoopte dat hij zich hiermee als onafhankelijk kunstenaar zou compromitteren. Maar toen hij in het kader van deze opdracht werkelijk een groot kunstwerk dreigde te scheppen, verhinderden bureaucratische procedures en praktische hindernissen bij het vinden van materiaal uitvoering van het project. Pas na een verblijf in het buitenland wordt Klodderaar officieel geaccepteerd en als onafhankelijk kunstenaar geliquideerd door de autoriteiten: men bestelt een borstbeeld voor Chef bij hem.

Andere officieel gedulde en zelfs aangemoedigde kunstuitingen in Ibansk, die getuigen van een zogenaamd liberaal cultureel klimaat, zijn de op vormeffect berekende 'scherpkritiese' verzen van Hansopje, de lieveling van jongeren, Organen en Amerikanen, alsmede de experimentele toneelvoorstellingen, 'op het randje af', in het Ibankatheater onder leiding van Regisseur, die speciaal bijgewoond worden door buitenlanders en veiligheidsagenten. De werkelijke genieën zijn de anonieme schrijvers van schunnige liedjes en de verboden Zanger.

De intelligentsia van Ibansk verzamelt zich bij de Bierkraam of in het atelier van Klodderaar. Hier ontmoeten elkaar: objectieve denkers als Schizofreen, Zwetser en Lasteraar; zogenaamd progressieven als

Denker en Socioloog; Medewerker (informant-provocateur van de Organen); Neurasthenicus (half objectief analysator, half medewerker); Lid (een ouderwets gelovige, oprecht verontwaardigd om misstanden in de maatschappij en afwijkingen van de zuivere leer) en anderen. Eindeloos discussiërend, briljant ouwehoerend en onmatig zuipend, doodt men de tijd. De meest illusieloze heeft steeds het laatste woord. Het is zoals het is. En de toekomst is – nog erger.

Want er zal Vooruitgang zijn. Het aantal tv-kanalen, met beelden van orerende, decorerende en kussende staatshoofden (Chefferds) en ijshockey, zal uitgebreid worden tot honderd. Daarna zal er een minuscuul ontvangertje ontwikkeld worden, dat in de hersenen wordt ingeplant. Dan zullen alle Ibanezen, op elk moment van de dag, alles kunnen horen en zien wat de leiding wil zonder dat ze het apparaat kunnen uitschakelen. Om de mensen te verlossen van pijn, doodsangst, jaloezie, gekrenktheid en andere zielenkwellingen zal er een wondermiddel, vitamine 31974, uitgevonden worden, waardoor alle problemen worden opgelost en elke persoon in elke willekeurig andere kan worden omgezet. Als hoogste strafmaat zal ingevoerd worden: het onder controle van een machine hardop voorlezen van de Volledige Verzamelde Werken van alle Chefferds, te beginnen bij de eerste. Deze strafmaatregel is in hoge mate humaan, omdat alle veroordeelden van pure verveling zullen creperen voordat ze de redevoeringen van Chefferd I uit hebben. Onder Chefferd XV zal de rest van de wereld definitief geïbaniseerd worden. Een machtig internationaal-politiek wapen speelt daarbij een doorslaggevende rol: de kus van de leider. Vreemde staatshoofden worden in een speciale houdgreep genomen en volgens een heel nauwkeurig uitgewerkt protocol afgelikt.

De strategie met behulp waarvan de hele wereld veroverd wordt, heet de Grote Globale Kusserij (GGK). Als de hele wereld één Ibansk is geworden, zal het leven bij gebrek aan een referentiekader en bij gebrek aan landen waaruit producten met het predikaat 'Made in buitenland' ingevoerd kunnen worden, gruwelijk saai worden. Er hoeven geen vreemde mogendheden meer ingehaald te worden; er kan van niemand meer geld geleend worden; er kunnen geen nieuwe ontdekkingen en uitvindingen meer afgekeken worden; noch modes; men kan nergens meer even bijkomen van het chaotische leven in Ibansk; op niemand kunnen de eigen moeilijkheden meer afgeschoven worden, enzovoorts. Als compensatie zal een onafhankelijk dwergstaatje, de Neutrale Burgerlijk-Democratische Republiek (NBDR) gesticht worden, van waaruit lasterlijke praatjes de ether in worden gestuurd en waarheen van tijd tot tijd een opposant verbannen wordt.

Wat voor de intelligentsia overblijft, is dodelijke verveling. De oude generatie onafhankelijke intellectuelen sterft uit en wordt opgevolgd door een nieuwe, van geringer formaat: Rat, Luizerd, Luis, Bladluis, Muis, Fluim. Van de oudere garde dient Zwetser als laatste zijn tijd uit. Totdat ook hij besluit zich op te heffen. Hij gaat in de rij voor het lijkbezorgingsbureau staan en krijgt zowaar een aanbeveling voor het crematorium en het columbarium wegens 'verdovende verveling'. Na drie dagen documenten verzameld te hebben ten bewijze dat hij nergens schulden heeft, begeeft hij zich in de rij voor het crematorium zelf. De verbrandingsoven naderend bedenkt hij dat als er een hiernamaals zou zijn, hij de Opperste Rechter zou verzoeken hem nooit meer te wekken, opdat hij niet hoeft te zien wat op aarde de levenden de levenden aandoen. Hij verbrandt.

Analyse

Voordat hij met *Gapende hoogten* zijn intrede in de Russische literatuur deed, was Aleksándr Zinóvjev slechts in beperkte kring bekend als de auteur van een aantal werken op het gebied van de formele logica. Hij was het *enfant terrible* van de filosofie in de Sovjet-Unie, mocht niet deelnemen aan congressen in het buitenland en werd ook op andere manieren tegengewerkt door de autoriteiten. Met *Gapende hoogten* overschreed hij voor het eerst de grenzen van zijn vakgebied om de wereld zijn bittere woord van waarheid te zeggen. In dit werk gooide hij alle remmen los en gaf hij, deels in de vorm van een vlijmscherpe literaire satire, deels in die van een doodernstige wetenschappelijke studie, een van de zwartgalligste analyses van de contemporaine sovjetmaatschappij, tot dan toe verschenen.

Zinovjev schreef de rond 700 bladzijden van *Gapende hoogten* in 1974-1975, volgens eigen zeggen in niet meer dan zes maanden. Enkele gedeelten waren al eerder geschreven, zoals zijn oorlogsherinneringen en een essay over de beeldhouwer Ernst Neïzvéstny (in het boek optredend als 'EN' en 'Klodderaar'). Hij gaf het manuscript in fragmenten aan vrienden, die voor transport naar het Westen zorgden. De Russische versie verscheen in 1976 bij de Zwitserse uitgeverij *l'Age d'Homme*, vanaf 1979 kwam er een stroom vertalingen op gang. Het boek maakte Zinovjev op slag beroemd. De meeste gezaghebbende critici in het Westen roemden het om zijn volstrekte originaliteit en genadeloze demasqué van het sovjettotalitarisme. Vergeleken met *Gapende hoogten* deden de ongeveer gelijktijdig verschenen satirische romans van Vojnóvitsj onschuldig-grappig en de monumentale aanklachten van Solzjenítsyn naïef-optimistisch aan. Het boek werd 'zo mogelijk nog dodelijker dan *De Goelag Archipel*' (Willem G. Weststeijn) genoemd en onthaald als een van de grootste werken van de 20e eeuw. Ionesco begroette Zinovjev als 'misschien een van de belangrijkste hedendaagse schrijvers, die aantoonde dat de westerse filosofie, het westerse humanisme en het christendom gecapituleerd hadden voor het sovjetmarxisme'. In de Sovjet-Unie daarentegen werd Zinovjev, naar aanleiding van *Gapende hoogten*, tot een 'unperson' verklaard. Hij verloor zijn baan als docent op het Instituut voor filosofie van de Academie der Wetenschappen en zat twee jaar zonder werk. Na de publicatie van een tweede boek in hetzelfde genre, *De lichtende toekomst* (1978), mocht hij zijn koffers pakken. Hij vestigde zich als statenloos burger in West-Duitsland. In 1990 werd hij door de sovjetautoriteiten gerehabiliteerd en kreeg hij zijn staatsburgerschap terug. In datzelfde jaar werd *Gapende hoogten* gepubliceerd in de Sovjet-Unie, nadat een deel van de intelligentsia hiervan al in de jaren tachtig via andere dan officiële kanalen kennis had kunnen nemen.

Gapende hoogten is het meest paradoxale en tegendraadse boek uit de zogenaamde periode van stagnatie onder Brézjnev. Het is onmogelijk te zeggen wat het nu eigenlijk is: satire of sociologie; spot of ernst; platvloers realisme of verheven gefilosofeer; een proeve van logica of een speelse oefening in nonsensica; collegedictaat of moppenboek; literatuur of antiliteratuur? Al deze elementen zijn naast elkaar aanwezig. De lezer wordt alle kanten op gestuurd. Wie zojuist in de lach geschoten is om een grap over Chef, die een moeilijk woord probeert uit te spreken en daarbij zijn kaak ontwricht, moet vlak daarop een zeer theoretische passage vol afschrikwekkende wiskundige formules doorwerken *à la*: 'Uitdrukkingen van het type "N verkiest x^i (of streeft naar x^i)" betekent hierbij het volgende: als het mogelijk zou zijn een n aantal totaal identieke situaties te creëren, die zich alleen onderscheiden in de resultaten, voortkomende uit de realisatie van de handelingen x^1, x2,..., x^n, dan zou N x^i kiezen (waarbij i een willekeurige variant uit 1,2,....,n is)', enzovoorts.

Wie een levendige roman met naar de regels der literaire kunst geportretteerde personages verwacht, komt bedrogen uit. Zinovjev heeft lak aan alle literaire normen: niks geen indirecte revelatie van zielenroerselen via uiterlijke kenmerken of gedrag; er wordt alleen geanalyseerd en geredeneerd. *Gapende hoogten* lijkt tot geen enkel bekend genre te horen. Toch is wel geprobeerd het werk in een literaire traditie te plaatsen. De namen die hierbij het meest genoemd worden, zijn: Plato (de dialogen in *Politeia*), de 19e-eeuwse Russische satiricus Saltykóv-Sjtsjedrín (wiens fictieve provinciestad Glóepov ofwel Domoord evenals Ibánsk een hele maatschappij symboliseert) en de 20e-eeuwse anti-utopisten Zamjátin, Aldous Huxley en Orwell (van de laatste eerder *Animal farm* dan 1984). Zelf heeft Zinovjev als zijn belangrijkste voorganger De Tocqueville genoemd. De meest exacte genre-aanduiding is misschien wel gegeven door de literatuurcritici P. Vajl en A. Génis, die *Gapende hoogten* hebben gekarakteriseerd als een typische *menippea* of *menippeïsche satire*. Daarmee wordt bedoeld: een mengvorm van verschillende literaire genres, vooral beoefend in tijden wanneer een cultuur in een waanzinnige chaos ten onder gaat. Als zodanig is de menippea een vervalverschijnsel. Als andere voorbeelden noemen de twee onderzoekers *Satiricon* van Petronius en *De gulden ezel* van Apuleius.

Gapende hoogten is een aaneenschakeling van discussieflarden, boekfragmenten, losse opmerkingen, moppen, versjes, liedjes en dergelijke, die verstrooid zijn over honderden korte hoofdstukjes. Het allerkortste hoofdstuk, over het weer in Ibansk ('Een eindeloze herfst die overgaat in een eindeloze winter'), telt één regel. De hoofdstukjes zijn in betrekkelijk willekeurige volgorde achter elkaar geplaatst. Er is geen chronologie. Heden, verleden en toekomst lopen dwars door elkaar heen. Wie het boek van A tot Z doorleest, zal wegens het gebrek aan verband gauw de draad kwijt raken. Wie af en toe lukraak een bladzijde opslaat, zal getroffen worden door een afzonderlijke flonkerende gedachte, treffende redenering of fraaie absurditeit. Soms vormen een aantal hoofdstukjes die dezelfde titel dragen, samen een cyclus. Zo zijn er de Rij-cyclus, de Ratten-cyclus en de Uitwisseling-van-ervaring-cyclus (over de verschillen tussen Boven- en Onder-Ibansk). Het boek is verder verdeeld in een aantal grotere hoofdstukken, die echter geen achterhaalbare inhoudelijke eenheid vormen. Hooguit kan men zeggen dat in de loop van het boek de aandacht wat verschuift van de ene 'explicateur' naar de andere: van Schizofreen naar Lasteraar en van Lasteraar naar Zwetser. Deze drie personages worden ook gepresenteerd als de auteurs van al dan niet later op mestvaalten teruggevonden, wetenschappelijke werken waarvan fragmenten in *Gapende hoogten* opgenomen zijn.

Vrijwel de enige uitzondering op het ontbreken van een verhalend element in *Gapende hoogten* vormt de cyclus hoofdstukjes over Schreeuwlelijk, die bestaat uit 24 etappes of 'levensuren' en een doorlopende biografie biedt. Met enige moeite kunnen er ook nog enkele andere plots gereconstrueerd worden, zoals de verwikkelingen rond het vervaardigen van een grafsteen voor Knor door Klodderaar en die rond de opvolging van de gestorven Directeur van een Instituut. Verder gebeurt er in *Gapende hoogten* zo goed als niets. Er blijkt iemand in het kamp gezeten te hebben, iemand anders zit nog, weer een ander keert terug; er wordt iemand het land uitgezet, een ander vertrekt vrijwillig, een derde keert terug; iemand schrijft, iemand leest; iemand doet een stapje omhoog op de maatschappelijke ladder, een ander een stapje omlaag; iemand blijkt dood. Wat er verder ook aan potentieel opzienbarends gebeurt – er wordt bijvoorbeeld ergens in een oorlog een stad ingenomen door een strafbataljon, Dubbelhart komt om bij een verkeersongeluk en Zanger pleegt zelfmoord – het wordt terloops, als bijkomstigheid vermeld en is gespeend van elke dramatiek. Voor de rest wordt er gediscussieerd. Op zijn Russisch, op zijn Ibanees: oeverloos.

Door hele en halve intellectuelen. Buiten op kistjes bij een bierkraam, in de provoost, in de kazerne, in Klodderaars atelier, op partijtjes ten huize van een arrivé. 'Het leven van de denkende intelligentsia in Ibansk,' constateert Zwetser, 'bestaat in de eerste plaats en hoofdzakelijk uit gesprek. Gesprek, opgebouwd uit systeemloos en vruchteloos geredetwist.'

De discussies in *Gapende hoogten* zijn als volgt opgebouwd. Een van de deelnemers verbaast zich ergens over of windt zich ergens over op. Een ander spreekt hem tegen en legt uit dat daartoe geen enkele reden is: alles wat er in Ibansk gebeurt, is gewoon in overeenstemming met de sociale wetten. Het laatste woord is steevast aan degene met de minste illusies, aan de grootste realist in het debat, aan cynicus nummer één. Als naïeve 'aangevers' fungeren onder anderen Klodderaar, Lid en Journalist. Typische 'beterweters' zijn Schizofreen, Zwetser (of Flapuit), Leraar en Bezoeker. Lasteraar is in het begin aangever voor Schizofreen en later zelf beterweter. Neurasthenicus is om beurten de een en de ander. Deze monotoon-virtuoze dialogen in *Gapende hoogten*, waarin menige vooropgezette mening van ons sneuvelt, zijn het element van Zinovjev. Hij is de meester der weerspreking.

Zinovjevs geliefde stijlmiddel is de paradox. De titel* is al een schijnbare tegenspraak. Een bijvoeglijk naamwoord dat bij 'afgrond' hoort, wordt verbonden met het tegendeel. 'De gapende hoogten van het aanbrekende isme' betekent zoveel als het Grote Niets. In feite is het hele boek in deze toon van paradoxie gezet. De personages uiten zich bij voorkeur in ongerijmdheden. Het is hun gewone manier van spreken. Voortdurend is er sprake van een 'zojuist aangebroken lichtende toekomst', van huizen die 'eender van vorm *maar* naar inhoud niet te onderscheiden zijn', van 'verse kunstbloemen', van 'het organiseren van een spontaan initiatief aan de basis', van de Kraam 'waar wel bier (wat zelden voorkomt) of geen bier (wat ook zelden voorkomt)' verkrijgbaar is, van persorganen waarin van bepaalde feiten 'al meer dan eens geen gewag is gemaakt', van Ibanische

---

* In het Russisch is de titel een toespeling op het sovjetcliché 'stralende hoogten' (nl. van het communisme). Het verschil is maar één letter: respectievelijk zijájoesjtsjije vysóty en sijájoesjtsjije vysóty.

maatschappijkundigen die 'aanvankelijk helemaal niet naar het Westen reisden en daarna nog minder', enzovoorts. In het lied *Interview van Zanger* treffen we in bijna elk van de 55 regels een paradox aan.

Hier en daar maakt dit voortdurende gebruik van de paradox de indruk niet meer dan een louter etaleren van eigen spitsvondigheid te zijn. Sommige tegenspraken zijn ronduit flauw (''s Avonds vond het ontbijt plaats'). Maar er zijn ook diepzinnigere bij, zoals het officiële standpunt met betrekking tot de kwestie of god nu wel of niet bestaat: 'Ja, hij bestaat niet'. Mooi is ook *Het gebed van een gelovige goddeloze*, een gedicht waarin God, van wie in laboratoria en studeervertrekken het niet-bestaan is vastgesteld, wordt gesmeekt om tóch een teken van leven te geven. De in steeds kortere exclamatorische zinnetjes aflopende bede eindigt met de wanhoopskreet: 'Wees!'

De tekst van *Gapende hoogten* wordt verder opgesierd door tal van woordspelingen, neologismen en omkeringen van bekende begrippen. De Moskouse Nieuwe-Maagdenbegraafplaats is *Oude-Wijvenkerkhof* geworden, samizdat heet 'sramizdat' (in vertaling *smadizdat* of *schandizdat*) en dissident 'podsident' (letterlijk 'iemand die een ander een loer draait', mogelijk te vertalen met *discredent*). Opvallend, althans voor een werk uit de sovjetperiode van de Russische literatuur, is ook het overvloedige gebruik van 'vieze woorden'. Zinovjev verrijkte de Russische letterkunde met aftrekverzen, druipergedichten en coprofagische bespiegelingen. Leden, delen, reten en schijthuizen zijn prominent aanwezig in Ibansk. Baas beschikt over zo'n formidabel Lid dat hij daarmee zijn vijanden de hersens in kan slaan. Na zijn dood wordt het gebalsemd en bijgezet in het Pantheon van grootste burgers van Ibansk – om daaruit onder Knor weer verwijderd te worden en te worden herbegraven in een gewoon leidersgraf, dat voor de zekerheid met cement overgoten wordt, omdat het Lid de tendens heeft tekenen van leven te geven. Schuttingtaal en wc-teksten zijn in Ibansk volkomen geaccepteerde cultuuruitingen. De naam van het land alleen al is gevormd naar klankovereenkomst met het Russische woord voor 'neuken' (als Nederlandse vertaling is wel *Klotonië* geopperd). Zinovjev bewijst met *Gapende hoogten* dat hij het genre van de schuine mop volledig beheerst, al ontstijgt hij niet overal het niveau van de poep en pies roepende schooljongen.

Behalve (on)smakelijk is *Gapende hoogten* gortdroog. Ellenlange theoretische passages, vol jargon uit de wiskunde, filosofie, logica en sociologie, staan in bizar contrast met de scabreuze gedeelten. Ze zijn voor de niet in genoemde disciplines geschoolde lezer onverteerbaar. 'Als A van B afhangt met betrekking tot C en B van A met betrekking tot D en als de realisering van zowel C als D afhangt van de realisering van de ander, dan vindt er een uitwisseling van diensten plaats...' (en dit bladzijden lang!). De grens tussen spot en ernst is vaak heel moeilijk te trekken. Het kan zijn dat de auteur de gewichtige vaktaal van collega's op de hak neemt, maar het is evengoed mogelijk, en zelfs waarschijnlijker, dat het zijn normale schrijftrant als beoefenaar van deze disciplines is. De wetenschappelijke formules en definities worden door het hele boek heen te nadrukkelijk gepresenteerd om enkel als parodie bedoeld te kunnen zijn. 'Zonder wetenschappelijke analyse is in onze tijd geen serieuze literatuur mogelijk,' zegt Neurasthenicus in *Gapende hoogten*. En ongetwijfeld denkt de auteur zelf er net zo over.

Zinovjev is een schrijver die zijn boeken in een hoog tempo neerschrijft. Hij corrigeert nooit. Volgens eigen zeggen heeft geen van de gedichten uit *Gapende hoogten* hem meer dan twintig minuten gekost. Hij schrijft voor de vuist weg, zonder zich veel om stijl of compositie te bekommeren. Zijn werkwijze is dezelfde als die van Schizofreen die 'alles op alles zet om zijn zich chaotisch aandienende en bliksemsnel weer wegschietende gedachten te grijpen en op het papier vast te nagelen'. Het vlotte schrijven wordt in het boek ook aangeduid als een teken van talent. Een van de stellingen luidt: 'Hoe onbeduidender een schepping, des te moeizamer en pijnlijker het scheppingsproces' (Lasteraar). Dit mag waar zijn, maar een tekst waar wat aan geschaafd is, léést wel prettiger. *Gapende hoogten* bewijst, om een bekende uitspraak te parafraseren, dat *easy writing hard reading* kan zijn.

Gapende hoogten is tot op zekere hoogte een sleutelroman. Niet alleen staat Ibansk voor de Sovjet-Unie, socisme voor socialisme/communisme en Broederschap voor de Communistische Partij, maar ook zijn vele personages te herkennen als historisch en maatschappelijk bekende figuren.

Baas is Stálin, Knor Chroesjtsjóv en Chef Brézjnev. Achter kameraad Ibánov, de stichter van de staat, vermoeden we Lénin en achter Demagoog, de rivaal van Baas, Trótski. Rechtminnaar, Dubbelhart en Zanger zijn bijnamen voor respectievelijk Solzjenitsyn, Sinjávski en Gálitsj. Achter de modieuze opportunist Hansopje gaat Jevtoesjénko schuil; Zinovjev geeft een fraaie persiflage van de trendgevoelige verzen van deze door tijdgenoten als 'hofdichter van het Kremlin' bestempelde literator. In Regisseur laat zich Ljoebímov raden (die ten onrechte op één hoop gegooid wordt met Jevtoesjenko). Klodderaar heeft als prototype Ernst Neïzvestny, met wie Zinovjev persoonlijk bevriend was. Hij vertegenwoordigt in *Gapende hoogten* het type van de ware kunstenaar die van nature a-politiek en a-sociaal is. Klodderaar is een van de heel weinige personages die iets van een eigen karakter hebben. Overigens lijkt de auteur, in de persoon van Zwetser, op het einde, als Klodderaar aangepast gedrag begint te vertonen, enigszins afstand van hem te nemen. De ambivalente verhouding tussen Knor en Klodderaar – er vindt een 'beroemde botsing' tussen hen plaats, maar evengoed ontwerpt Klodderaar een grafsteen voor Knor – weerspiegelt de historische werkelijkheid. Chroesjtsjov maakte in 1962 op een tentoonstelling van 'ontaarde' moderne kunst een knallende ruzie met Neïzvestny, terwijl hij hem later in zijn testament zowaar bedacht met de opdracht voor een grafmonument. Al deze sleutelromanfiguren, behalve Klodderaar, treden slechts zijdelings op in het boek.

Anders staat het met de zogenaamde explicateurs in het boek. Voor wie staan zíj – al die Schizofrenen, Lasteraars, Zwetsers, Leraren, Bezoekers en Neurasthenici? Geen van hen heeft een eigen identiteit, ze lijken allemaal sprekend op elkaar. Eigenlijk heeft het geen zin hun stemmen te onderscheiden. Allen spreken met de mond van de auteur zelf, allen zijn dubbelgangers van Zinovjev. Wanneer zij met elkaar in debat treden, heeft hun conversatie meer weg van een innerlijk gedachtespel dan van een woordenwisseling tussen verschillende persoonlijkheden. Van hen lijkt Schreeuwlelijk nog het meest op een traditionele romanheld. Hij is tegelijk de meest persoonlijke van Zinovjevs alter ego's en draagt de meest concrete autobiografische trekken (vooral in de hoofdstukken over zijn belevenissen als oorlogspiloot).

Ten slotte is er de categorie pseudo-intellectuelen van het slag Denker-Socioloog-Kandidaat, wier positie op de maatschappelijke ladder hoger is naarmate zij minder geestelijke bagage meetorsen. Bij de beschrijving van hen – grijs, grijzer, grijst – heeft Zinovjev zich waarschijnlijk laten inspireren door zijn collega's aan de universiteit en de Academie der Wetenschappen, met wie hij nog een rekening te vereffenen had. In een interview liet hij zich eens ontvallen dat hij in de Sovjet-Unie meer tegenwerking heeft ondervonden van zijn collega's dan van de KGB. Exacte prototypen zijn echter niet aan te wijzen.

Welke concrete figuren er achter hen en de anderen schuilgaan, is voor een dieper begrip van *Gapende hoogten* niet van belang. Zinovjev bedoelde zijn personages in de eerste plaats als gegeneraliseerde types, als abstraheringen. Zij zijn geen individuen, maar exemplaren. Vandaar dat ze geen eigennamen dragen maar soortnamen, die verwijzen naar functie (Chef, Directeur), opvallendste karaktereigenschap (Rechtminnaar), kwade roep (Lasteraar, Zwetser) en dergelijke Dit soort naamgeving past in de traditie van het satirische blijspel, tot de bekendste beoefenaars waarvan in Rusland Fonvízin en Gógol behoorden. Ook Saltykov-Sjtsjedrin placht in zijn satires voor zijn personages namen te verzinnen die de belangrijkste (negatieve) trek van hun karakter blootleggen. Zinovjev gaat echter nog een stapje verder. Hij ontdoet zijn personages van ál het persoonlijke, inclusief eigennamen. Anonimiteit is voor hem een logische consequentie van de speciale aard van de moderne maatschappij, waar immers een continu proces van mediocrisering en depersonificatie plaatsvindt – iets wat zijn literaire voorgangers in hun ergste nachtmerries nog niet hadden kunnen voorzien.

De satirisch-sociologische analyse die Zinovjev in *Gapende hoogten* van Ibansk geeft, verschaft ons een diep inzicht in de wetmatigheden die het dagelijkse leven in de Sovjet-Unie hebben bepaald (zeker gedurende het tijdperk-Brezjnev). Maar hoeveel westerse lezers zullen niet bepaalde trekken van hun eigen maatschappij in Ibansk herkennen? Hoevelen zullen niet erkennen dat ook de eigen geciviliseerde samenleving doortrokken is van onrecht, dat de middelmaat regeert over het talent en dat op belangrijke posten bij voorkeur middelmatig begaafde, doch zich handig indringende lieden benoemd worden? In de maatschappijen van het reëel bestaande socialisme was de werking van Zinovjevs 'sociale wetten' misschien onverbloemder, zichtbaarder dan in kapitalistische – niettemin zijn ze universeel geldig. Schizofreen benadrukt dat hij in zijn sociologische traktaat niet één bepaalde maatschappij op het oog heeft en zelf zou Zinovjev in een interview verklaren dat 'zijn methode in principe ook geschikt is voor het Westen'.

Niet alleen het systeem, de ideologie en de machtselite in de Sovjet-Unie worden in *Gapende hoogten* belachelijk gemaakt – alles en iedereen moet eraan geloven. Zo bespot Zinovjev de wonderlijke gewoonte van westerse intellectuelen, die o zo kritisch zijn als het om hun eigen maatschappij gaat, om plotseling elk vermogen tot kritisch waarnemen te verliezen als zij met Ibansk/Rusland te maken krijgen. 'Jullie worden geboren, groeien op en leven in een atmosfeer van gezond verstand, maar zodra je bij ons komt, blijft daar geen sikkepitje van over,' zegt een Ibanees tegen een bezoeker uit het Westen. Het type van de naïeve buitenlandse waarnemer wordt neergezet in de figuur van Journalist, die 'wel een maand lang in Ibansk in een hotel van Intoerist logeerde en toen een boek schreef', die steeds probeert goede kanten te zien en positieve ontwikkelingen te signaleren, die op zoek is naar de roemruchte Ibaanse ziel en de mysterieuze ondergrondse gewelven van Ibansk, maar die geheel voorbijziet aan de realiteit. De eindeloze rijen bijvoorbeeld doet hij af als een randverschijnsel. Maar, zo wordt hem door de Ibanezen zelf uitgelegd, dit soort randverschijnselen maken nu juist de kern van het dagelijks bestaan in Ibansk uit. 'De gruwelijkheid van ons alledaagse leven bestaat uit de grandioze afmetingen en de onontkoombaarheid van het bijkomstige.'

Ook het dissidentendom en andere oppositionele verschijnselen als de samizdat ('berekend op sensatie, pose, zelfreclame en zelfbewieroking' ten overstaan van het Westen) worden zonder respect bejegend in *Gapende hoogten*. Vooral met Rechtminnaar/Solzjenitsyn polemiseert Zinovjev. Toegegeven, de schrijver van *De Goelag Archipel* wordt ook geroemd. Hij 'bracht in onze samenleving althans een sprankje God'. Hij 'prikte in ieders geweten', 'verstoorde het vredige bestaan van de intelligentsia en vroeg aan iedereen: "Wie ben jij?"' Hij is 'het brandpunt van alles, de concentratie van alle problemen'. Zijn tweegevecht met het gezag wordt erkend als een heldendaad zonder weerga en zijn Boek als een ongelooflijke prestatie, 'een werkstuk waarvoor onder normale omstandigheden ten minste drie à vier gespecialiseerde instituten met tientallen, honderden gekwalificeerde medewerkers nodig zouden zijn geweest'. Maar over het algemeen wordt Solzjenitsyn toch meer voorgesteld als een Don Quichot, die weliswaar in alle oprechtheid, maar toch een nutteloze strijd voert. Zijn ideeën zijn 'vals en oppervlakkig': hij ziet het ibanisme als iets dat van buiten af, tegen de wil van de bevolking is opgelegd, en de ideologie als de bron van alle kwaad. Zijn alternatief – loutering – is ronduit lachwekkend. In plaats van met de fundamenten van het sociale systeem houdt hij zich bezig met de extremiteiten van het regime. Hiermee speelt hij de machthebbers juist in de kaart. 'De leiders zouden het lot moeten danken dat het hun een dergelijke tegenstander zond. Hij leidde voor lange tijd de aandacht van het geïnteresseerde deel der mensheid af van de diepere problemen van ons bestaan.' De kritiek van Zinovjev op Solzjenitsyn, gewoonlijk door links aangevallen, is te beschouwen als een aanval over rechts. Veel van deze kritiek is onrechtvaardig. Pertinent onjuist is de suggestie als zou Solzjenitsyn indertijd gedwongen zijn de Sovjet-Unie te verlaten, niet omdat de autoriteiten dat wilden maar omdat het *volk* hem niet lustte. Solzjenitsyns werken waren in de toenmalige Sovjet-Unie heel populair, althans veel populairder dan die van Zinovjev. *Gapende hoogten* is er bij het lezend deel der natie, ondanks de aantrekkelijkheid ervan als 'verboden vrucht', nooit zo in de smaak gevallen.

[2]Zich afzettend tegen Solzjenitsyn en andere actieve opposanten ontwikkelt Zinovjev in *Gapende hoogten* zijn eigen passieve, consequent amorele standpunt. Voor de verlichte personages in het boek is het stadium van heilige verontwaardiging voorbij. Goed en kwaad spelen geen rol meer. Schizofreen bemint noch haat Ibansk. Geen van Zinovjevs alter ego's heeft een vooropgezette conceptie of een programma ter verbetering van wat dan ook. Zij 'begrijpen' slechts. Ze analyseren de maatschappij op objectieve, wetenschappelijke, synchronistische wijze. Voor hen is 'de tegenwoordige toestand en de weg daarheen geen ziekte, geen misvorming,

geen kunstmatige verminking, maar de normale, gezonde, volwaardige staat van een maatschappij van dit type'. Aldus komt Zinovjev uit bij een totale aanvaarding van de werkelijkheid en, vandaaruit consequent doorredenerend, zelfs bij een goedkeuring van het sovjetsysteem. 'Voor het volk van Ibansk,' aldus Zwetser/Zinovjev – en hij méént het – 'was de revolutie een zeer groot goed. Het kreeg feitelijk alles waarvan het gedroomd had... Het is vrij en over het algemeen tevreden. De regering reflecteert de belangen van het volk... Ik ben bereid bijna alles te accepteren wat de officiële doctrine en de propaganda over het leven in Ibansk zeggen.' Reeds in *Gapende hoogten* lezen we wat Zinovjev in latere werken zou herhalen, namelijk dat 'het ibanisme het best op de maat van de moderne massamens gesneden is' en dat de Ibanees een superieur ras is, 'omdat hij onder de meest extreme omstandigheden kan overleven'. Zo zien we ons geconfronteerd met de grootste paradox van *Gapende hoogten*: het is geen ontmaskerend maar een apologetisch boek (dat is ook de omschrijving die alter ego Zwetser van zijn studie naar het leven in Ibansk geeft). Later, toen het communisme al op instorten stond, zou Zinovjev nog verder gaan door zijn onwankelbare geloof in de 'lichtende toekomst' van het communisme te belijden en, tot schrik van zijn bewonderaars, zelfs vergoelijkend over Stalin te spreken. De personages uit zijn werken zouden de stellingname van hun geestelijke vader op Zinovjeviaanse wijze aldus kunnen commentariëren: 'Superieure ironie? Behoefte om te epateren? Tegendraadsheid?' 'Welnee, heel gewoon. Volledige overeenstemming met de eigen premissen. IJzeren logica.'

In zijn geschiedopvatting is Zinovjev, evenals Tolstoj, fatalistisch. Maar hij is veel pessimistischer. Waar Tolstój uitgaat van de eeuwige onveranderlijkheid van het menselijk bestaan, voorziet Zinovjev een geleidelijke degeneratie. Zijn toekomstvisie is onthutsend. In zijn opvatting is het proces van negatieve teeltkeus dat in de Sovjet-Unie heeft plaatsgevonden (en later in de hele wereld zal plaatsvinden), onomkeerbaar. 'Wie weet tot welke biologische gevolgen in de menselijke evolutie de systematische selectie van stomkoppen, talentlozen, strooplikkers, verklikkers, lafaards, en dergelijke voor de meest geprivilegieerde posities in de maatschappij zal leiden. Persoonlijk ben ik ervan overtuigd dat dit niet ongestraft zal blijven. Zoals de mensen zich als het ware plotseling geconfronteerd hebben gezien met de vervuiling van het milieu en de verschraling van de natuurlijke hulpbronnen, zo zullen ze ook op een goede dag als het ware plotseling geconfronteerd worden met het probleem van de verschraling der intellectuele en psychische potenties van de mensen – en wel op een gigantische schaal' (aldus Neurasthenicus).

De verre toekomst zal uitwijzen of Zinovjev gelijk heeft. Vooralsnog heeft het er de schijn van dat er althans van de ibanisering/sovjetisering der wereld niet veel terechtkomt. Ook met de bewering dat het sovjetvolk onder het communisme eigenlijk wel tevreden was, heeft Zinovjev de plank flink misgeslagen, ondanks de valse nostalgie naar de goede oude veilige tijden van de Sovjet-Unie die onder grote delen van de bevolking in het postcommunistische Rusland heerst. Kennis van de maatschappij is kennelijk niet hetzelfde als kennis van het volk.

De tijd heeft *Gapende hoogten* vrij snel achterhaald. Het boek zit, ondanks zijn universele pretenties, onwrikbaar verankerd in de periode waarin het ontstaan is: die van totale stagnatie en morele degeneratie in de Sovjet-Unie, gepaard met ongehoorde mondiale machtsuitbreiding. Op een van de zeldzame bladzijden in *Gapende hoogten* die een sprankje hoop bevatten, somt Zwetser op wat er nodig zou zijn om het leven in Ibansk te verbeteren: '...reformatorische activiteiten van de leiding en druk van de basis op haar in die richting..., vrijheid van meningsuiting, vrijheid van beweging, sociaal recht, oppositie, het recht van leiders om risico's te nemen en nog zo wat kleinigheden'. Elders verzucht Schreeuwlelijk dat er voor alles openbaarheid (glásnost) nodig is. Het ironische is dat wat hier als praktisch onbereikbare noodzakelijke voorwaarden voor verandering wordt opgevoerd, gedeeltelijk onder Gorbatsjóv en later onder Jéltsin volledig werd verwezenlijkt (om daarna onder Póetin in een opgefokte sfeer van nostalgie naar de goede oude sovjettijd weer te worden teruggedraaid).

Zonder in zijn totaliteit aanspraak te kunnen maken op de titel van literair meesterwerk bevat *Gapende hoogten* toch een schat aan satirische juweeltjes, briljante dialectische hoogstandjes en onbetaalbare grollen. Zinovjev verstaat de kunst om in een enkele zin de hele absurditeit van een wereld op te roepen – van de dubbelzinnige uitlating van Paniekzaaier bij het begin van de oorlog in Ibansk: 'Hoera! De vijand vlucht ons in paniek achterna!' (een uitlating die uiteraard tot zijn arrestatie leidt) tot en met het opschrift bij de uitgang van het crematorium waar Zwetser zich aanmeldt: 'Bij het verlaten van het gebouw uw urn met as meenemen!' Maar een protest tegen het sovjetsysteem of het totalitarisme in het algemeen is *Gapende hoogten* niet. Eerder een oproep tot capitulatie.

Vojnovitsj, Vladimir Nikolajevitsj

DE MERKWAARDIGE LOTGEVALLEN VAN SOLDAAT IVAN TSJONKIN

1975/1979/2007

Inhoud

Eerste boek: *'De onschendbare persoon'*

In de late lente van het jaar 1941, aan de vooravond van de Duitse inval in de Sovjet-Unie, wordt de rust in het Russische dorpje Krásnoje ('Rode') verstoord door een vliegmachine van het Rode Leger. Op een routinevlucht getroffen door motorpech, maakt de piloot tot verbijstering van de dorpelingen, van wie velen nog nooit zo'n 'ijzeren vogel' gezien hebben, een noodlanding vlak naast het moestuintje van postbode Anna Beljasjóva (Njóera). De piloot meldt zijn basis dat zijn toestel aan de grond staat en zijn superieuren besluiten een soldaat naar Krasnoje over te vliegen die zolang het vliegtuig moet bewaken. Deze soldaat heet Iván Tsjónkin.

Tsjonkin is een schriel mannetje met kromme benen, rode flaporen en peenhaar. Hij werd geboren in een boerendorpje aan de Wolga, als zoon van een arme weduwe, die al spoedig na zijn geboorte door het ijs zakte en verdronk. Zijn vader is onbekend. Volgens sommige dorpelingen is Ivan verwekt door ene Golítsyn, een 'witte' onderofficier die in de burgeroorlog een tijdlang gestationeerd was in het dorpje. Anderen houden het op de plaatselijke herder Serjóga. Tsjonkin werd in huis genomen door de buren, die een ijverige boerenknecht aan hem kregen. Tijdens de campagne tegen de koelakken werden zijn pleegouders opgepakt wegens 'exploitatie van een minderjarige ten bate van kinderarbeid'. Tsjonkin zelf werd overgebracht naar een tehuis, waaruit hij na twee jaar weer wegvluchtte, toen het onderricht in de rekenkunde hem te veel werd. Hij keerde terug naar zijn geboortedorp en bleef er als boerenknecht werken tot hij werd opgeroepen voor de militaire dienst.

Als soldaat op een luchtmachtbasis waar hij de allerlaagste in de hiërarchie is. De werkzaamheden die hij moet verrichten, hebben weinig met het militaire bedrijf, laat staan de vliegerij te maken. Hij vervoert met paard en wagen aardappelen en brandhout. Omdat hij niet in staat is in de pas te lopen en naar behoren te salueren, wordt hij voortdurend disciplinair gestraft. Zijn onnozelheid en goedhartigheid maken hem tot de voetveeg van zijn compagnie, tot een dankbaar object van grappen en pesterijen. Op een keer haalt zijn ergste kwelgeest, Samóesjkin, hem over om tijdens het lesuur ideologische scholing aan de politieke instructeur te vragen of het waar is dat Stálin twee vrouwen heeft gehad. Op een dergelijke provocatie staat minstens tien jaar werkkamp. Maar Tsjonkin heeft geluk: juist daarvoor hebben zijn superieuren de beslissing genomen hem naar Krasnoje te sturen.

Aangegaapt door de bewoners van het dorp lost Tsjonkin de piloot af en betrekt zijn post bij het vliegtuigje. In zijn hoedanigheid van soldaat van het Rode Leger met een speciale bewakingsopdracht geniet hij een onschendbare status. Hij valt niet onder het gezag van de plaatselijke autoriteiten. Maar de dorpelingen, die aanvankelijk tegen hem opzien, verliezen al snel hun belangstelling. En Tsjonkin begint zich te vervelen. De dorpse stilte daalt op hem neer. Conform zijn opdracht moet hij stokstijf naast het te bewaken militaire object blijven staan. Hij mag zich niet verwijderen om te eten, te drinken, te roken of zijn behoefte te doen, hij mag met niemand praten. Maar de menselijke natuur krijgt algauw de overhand over de militaire discipline. Tsjonkin begint een praatje met Njoera, die binnen zijn gezichtsveld in haar tuintje aardappelen poot en wier ronde vormen zijn waarderende aandacht trekken. Hij begint haar te helpen, laat zich uitnodigen voor de maaltijd, wordt na enkele glaasjes zelfgestookte brandewijn intiem met zijn gastvrouw en blijft overnachten. En... van lieverlede trekt Tsjonkin bij Njoera in. Het vliegtuigje verplaatst hij naar haar tuin.

De dagen verstrijken. Over de radio wordt dagelijks het onverbrekelijke vriendschapspact tussen het Duitse Rijk en de Sovjet-Unie geprezen. Tsjonkin hoort niets meer van zijn basis, hij wordt niet afgelost. Hij en Njoera leven tot wederzijdse tevredenheid samen en raken steeds meer aan elkaar gehecht. In ruil voor kost en inwoning doet Tsjonkin het huishouden en werkt in de tuin. Ook in bed voldoet hij ruimschoots aan zijn verplichtingen – meer dan dat, hij is onverzadigbaar. Njoera, eenzaam en ongetrouwd, hoopt in haar hart dat Tsjonkin haar 'langverwachte' is. Zij heeft in de wereld niemand behalve een koe en een varken, die ze als kinderen vertroetelt. De laatste, Bórka, sliep soms voor Tsjonkins komst bij haar in bed. Een kortstondige crisis in de relatie tussen Tsjonkin en Njoera doet zich voor wanneer Tsjonkin in het dorp kwade geruchten hoort over de onnatuurlijke band van Njoera met haar varken. Tijdens een heftige aanval van jaloezie dreigt Tsjonkin zijn vermeende liefdesrivaal dood te schieten. Maar Njoera neemt het beest in bescherming en Tsjonkin brengt uit protest een nacht buiten bij zijn vliegtuigje door. De volgende ochtend is alles weer betijd. Tsjonkin accepteert de aanwezigheid van Borka en keert terug bij Njoera.

Zoetjes aan raakt Tsjonkin geïntegreerd in de dorpsgemeenschap. Hij sluit vriendschap met buurman Gládysjev, de plaatselijke geleerde. Ter zake kundig op alle gebieden der menselijke kennis, heeft Gladysjev zijn leven geheel in dienst gesteld van de wetenschap. Zijn eruditie blijkt onder meer uit het buitenlandse opschrift 'Water closet' op zijn pleedeur. Zijn levenswerk is de ontwikkeling van een plant die ondergronds een aardappel en bovengronds een tomaat is. Als goed communist heeft hij de hybride waarnaar hij streeft WENS (WEg Naar het Socialisme) gedoopt. Hoewel zijn genetische experimenten na jaren nog geen tastbaar resultaat hebben opgeleverd, laat hij zich geenszins uit het veld slaan en kweekt hij met de overgave van de ware wetenschapsman voort. De mest voor zijn gewassen bewaart Gladysjev, om redenen van wetenschappelijke aard, binnenshuis, bij kamertemperatuur. Zijn woning staat vol met potten stront. Gladysjevs foeilelijke vrouw Aphrodite, die in het begin van haar huwelijk nog hysterisch protesteerde tegen de ondraaglijke stank en krijsend het huis placht uit te rennen, heeft in de loop der jaren haar verzet opgegeven. Ze is volledig afgestompt.

Tsjonkin schrijft met hulp van de geletterde Gladysjev een brief naar de luchtmachtbasis om zijn superieuren aan zijn bestaan te herinneren. Maar de brief bereikt zijn bestemming niet. Postbode Njoera houdt hem stiekem achter. Ze wil niet dat Tsjonkin weer bij haar weggaat. Dezelfde niet verzonden brief brengt de voorzitter van de plaatselijke kolchoz, de met een slecht geweten en een drankprobleem kampende Góloebev, in paniek. Hij houdt Tsjonkin voor een speciale inspecteur van de partij, die verslag moet uitbrengen over de wijze waarop hij, Goloebev, zijn functie vervult. Goloebev heeft al langere tijd moeilijkheden met het districtscomité in de stad Dolgóv. Men verwijt hem dat hij niet genoeg agitatie drijft in Krasnoje en dat er niet voldoende geproduceerd wordt. Het gaat op de kolchoz niet zozeer slecht als wel elk jaar slechter, dat wil zeggen de feitelijke productie blijft steeds verder achter bij het door bureaucraten opgestelde centrale plan. Om dit te verdoezelen vervalst Goloebev de productiestatistieken. De brief van Tsjonkin voor een officieel rapport houdend bereidt hij zich geestelijk al voor op internering in een kamp en bedrinkt zich. Nadat hij echter kennis heeft gemaakt met Tsjonkin, merkt hij dat deze de onschuld zelve is. En de twee sluiten vriendschap.

Inmiddels heeft Hitler 'operatie Barbarossa' ingezet. De Duitsers vallen de Sovjet-Unie binnen. De autoriteiten zijn volslagen verrast. Nadat de oorlogstijding over de radio omgeroepen is, verzamelen de bewoners van Krasnoje zich voor een spontane meeting bij het kantoor van de partij. Maar de plaatselijke partijleider Kílin weet officieel van niets en laat de menigte weer uiteenjagen. Hij vraagt per telefoon instructies aan zijn superieuren van het districtscomité. Deze dreigen hem te royeren als lid van de partij omdat hij niet heeft kunnen verhinderen dat het volk te hoop liep. Daarmee heeft bij een gevaarlijk anarchistisch precedent geschapen. Men gelast Kilin onmiddellijk een 'echte' spontane, dat wil zeggen door de partij georganiseerde meeting te beleggen. En de bewoners van Krasnoje, zojuist uiteengejaagd, worden weer met geweld bijeengedreven. Zij horen een tijdlang de slaapverwekkende redevoeringen van hun leiders aan, die het over alles behalve het actuele oorlogsgevaar hebben, en verspreiden zich weer. Het meest uitgeslapen deel van de bevolking – oude vrouwtjes – begint te hamsteren. Om de beperkte voorraad levensmiddelen en andere producten in de dorpswinkel ontstaat een massale vechtpartij. De gemoederen komen pas tot bedaren als de dorpelingen in simpele woorden, in de geest van Stalins 'Broeders en zusters', worden toegesproken door een uit Moskou overgekomen hoge dame: de in Krasnoje geboren en getogen Ljóeska. Ljoeska is de trots van het dorp. Als gewone hardwerkende koeienmeid op de kolchoz werd zij op een dag door de plaatselijke pers ontdekt en ten voorbeeld gesteld aan het volk. Vervolgens werd ze door Stalins propagandamachine opgeblazen tot een nationale heldin, omdat ze een nieuwe revolutionaire melktechniek had uitgevonden: de vieruiermethode (twee in elke hand).

Het grootste deel van de mannelijke bevolking wordt gemobiliseerd. Het luchtmachtonderdeel waartoe soldaat Tsjonkin behoort, vliegt uit. Tsjonkin zelf wordt helemaal vergeten. Hij blijft in afwachting van nadere orders trouw op zijn post bij het defecte vliegtuigje. Samen met Gladysjev wordt hij ondertussen in beslag genomen door ernstiger zaken dan de oorlog. Gladysjev tracht Tsjonkin uit te leggen dat volgens de Vooruitstrevende Leer de mens zich ontwikkeld heeft uit de aap. Dit zet Tsjonkin aan het denken. In zijn argeloosheid vraagt hij de geleerde of het niet meer in overeenstemming met de leer was geweest als de mens zich uit het paard ontwikkeld had. Immers het paard is een veel hoogstaander, arbeidzamer wezen dan de aap. Deze onnozele vraag brengt het wereldbeeld van Gladysjev aan het wankelen. Hij valt ten prooi aan slapeloosheid en hallucinaties. Op een nacht wordt hij bezocht door een ruin die verkondigt dat hij als beloning voor zijn noeste werk tot mens gepromoveerd is en van plan is de wijde wereld in te trekken. De volgende ochtend vindt Gladysjev een hoefijzer in zijn huis en hoort hij dat een van de paarden in het dorp, Osoaviachím, verdwenen is.

Tot overmaat van ramp richt op een dag Njoera's koe door nalatigheid van Tsjonkin een geweldige ravage aan in de proeftuin van Gladysjev. Alle planten worden opgevreten. Gladysjev probeert in razernij Tsjonkin dood te schieten, maar zijn geweer gaat niet af, omdat hij al zijn kruit verwerkt heeft in zijn mest. Daarop geeft Gladysjev Tsjonkin per anonieme brief aan bij de geheime politie. Hij noemt hem een verrader, deserteur en twijfelzaaier omtrent de evolutietheorie.

Zoals elke anonieme aanklacht wordt ook die van Gladysjev serieus genomen door de 'Organen'. Hoewel zeer in beslag genomen door het systematisch uitdunnen van de bijna geheel uit spionnen, saboteurs, paniekzaaiers, defaitisten en andere interne vijanden bestaande bevolking, alsmede door de seksuele relatie met zijn secretaresse Kápa, komt de chef van de veiligheidsdienst in het district Dolgov, kapitein Miljága (overigens een beminnelijk man met een prettige glimlach)* onmiddellijk in actie. Hij stuurt al zijn mannen, zeven in getal, naar Krasnoje om Tsjonkin te arresteren. Maar Tsjonkin laat zich niet zomaar gevangennemen. Hij ziet de veiligheidsagenten aan voor vijanden die hem zijn vliegtuig willen afpakken, en neemt hen zonder pardon onder vuur. De niet aan gewapend verzet gewende agenten geven zich zonder slag of stoot over, nadat een van hen in zijn billen getroffen is. Tsjonkin sluit ze op. Ook Miljaga, die in Krasnoje komt informeren waar zijn mannen gebleven zijn, wordt door Tsjonkin gevangengenomen. Met goedvinden van Goloebev schakelt Tsjonkin zijn gevangenen op de kolchoz in bij de aardappeloogst. De productiecijfers gaan met sprongen omhoog en er verschijnen enthousiaste artikelen in de pers.

Na enige tijd begint men in Dolgov de afwezigheid van Miljaga en zijn mannen op te merken. De eerste secretaris van het districtscomité, Révkin, die zich zonder de beschermengelen van de veiligheidsdienst wat onbehaaglijk voelt, stelt een onderzoek in. Alles wijst in de richting van Krasnoje en de raadselachtige Tsjonkin. Onder het volk doen de wildste geruchten de ronde. Tsjonkin zou Stalin zelf zijn die in de buurt orde op zaken komt stellen. Hij zou een Britse parachutist zijn die het Russische

* In de Nederlandse vertaling 'kapitein Glimlaga' genoemd.

achterland desorganiseert. Hij zou de leider van een contrarevolutionaire bende zijn. De pers probeert de aandacht van de bevolking af te leiden met *faits divers* en een taboe doorbrekende discussie over de rol van wellevendheid (tot voor kort beschouwd als bourgeois-relict) in een socialistische samenleving.

Ten slotte besluiten de autoriteiten tot een grootscheepse militaire actie tegen de 'vijandelijke eenheden' in Krasnoje. Er wordt een heel regiment, onder commando van de ijzervreter generaal Drýnov, naar het dorpje gestuurd. Terwijl de troepen hun posities innemen, overmeestert een verkenningspatrouille kapitein Miljaga, die aan de aandacht van Tsjonkin ontsnapt is. Hij wordt aangezien voor een nazi-officier en in gebroken Duits verhoord. Op zijn beurt menend dat hij door Duitsers krijgsgevangen genomen is, biedt hij als officier van de 'Russische Gestapo' gretig zijn diensten aan. Wanneer Miljaga het misverstand begint door te krijgen en in opperste verwarring 'Lang leve kameraad Hitler' in plaats van 'kameraad Stalin' uitroept, laat generaal Drynov hem fusilleren.

Daarna wordt met geweldige overkill de aanval op Tsjonkin en Njoera ingezet. Tsjonkin verdedigt zich tot het uiterste. Verschanst in zijn vliegtuigje schiet hij met de boordmitrailleur om zich heen, terwijl Njoera het toestel aan zijn staart ronddraait. Dankzij zijn hardnekkige verzet en het feit dat de kwaliteit en het organisatievermogen in het Rode Leger te wensen overlaten – de soldaten zijn ondanks de zomertijd in witte winteruniformen gestoken, waardoor zij een makkelijk doelwit vormen, en de molotovcocktails die zij werpen, zijn niet aangestoken – weet Tsjonkin lange tijd stand te houden. Pas na een kanonschot dat het vliegtuigje vol treft, en een wanhopige stormaanval wordt Tsjonkin buiten gevecht gesteld. Wanneer de kruitdampen opgetrokken zijn, merken de aanvallers tot hun verbijstering dat ze zich hebben laten afbluffen door één soldaatje van het Rode Leger en een vrouw. Generaal Drynov, als militair het moreel van soldaat Tsjonkin waarderend, decoreert hem ter plekke. Maar het volgende moment wordt Tsjonkin gearresteerd door de bevrijde veiligheidsagenten. Hij wordt afgevoerd naar de gevangenis.

Tweede boek: *'De kroonpretendent'*

Tsjonkin zit in de gevangenis van Dolgov. Hij wordt verhoord door de nieuwe chef van de veiligheidsdienst, luitenant Filíppov. Tsjonkins simpele verhaal dat hij als soldaat van het Rode Leger gewoon zijn opdracht om het vliegtuigje te bewaken uitvoerde, wordt niet geloofd. Filippov stelt hem allerlei 'dieper gravende' vragen over verborgen motieven en complotten, waar Tsjonkin niets van begrijpt. Menend dat Tsjonkin zich opzettelijk van de domme houdt, ontsteekt Filippov in razernij. Ten slotte, uit vermoeidheid, bekent Tsjonkin maar. Hij zet zijn handtekening op een document waarin hij zichzelf beschuldigt van immoreel gedrag, overtreding van de militaire reglementen, desertie enzovoorts.

In de gevangenis leert Tsjonkin interessante mensen kennen. Een van hen, Zapjatájev, vertelt hem zijn fantastische levensgeschiedenis. Als telg uit een prerevolutionair aristocratisch geslacht is hij een geboren klassevijand en een gezworen anticommunist. Na de revolutie bestreed hij de communisten op geheel eigen wijze. Zich uitgevend voor een van hen gaf hij hen bij elkaar aan als spionnen. In anonieme brieven maakte hij de geheime dienst 'attent' op geleerden, hoge militairen, literatoren, revolutionairen van het eerste uur en andere gerespecteerde burgers. En o wonder – hoe bizar zijn beschuldigingen ook waren, altijd werd een aangifte gevolgd door een arrestatie. Ten slotte ontdekte de geheime politie dat Zapjatajev achter al de anonieme brieven zat. Maar in plaats van hem te arresteren bedankte men hem voor zijn bijdrage in de strijd tegen de contrarevolutie en nam men hem in vaste dienst. Aldus kreeg Zapjatajev de kans zijn eenmansgevecht tegen het communisme en zijn dienaren te intensiveren. Aan de lopende band gefingeerde aanklachten opstellend, slaagde hij er onder andere in álle ingenieurs in de omgeving uit te schakelen. Zapjatajev werd lid van de partij en maakte een duizelingwekkende carrière. Op een feestje met collega's, toen hij in aangeschoten toestand in het Latijn Vergilius citeerde en daarmee zijn foute sociale achtergrond verried, liep hij ten slotte tegen de lamp. En hij belandde in de gevangenis. Maar Zapjatajev blijft vol goede moed. Hij is ervan overtuigd dat de hele geheime politie geïnfiltreerd is met anticommunistische strijders zoals hij, die zijn heilzame werk zullen voortzetten.

Ondertussen verkwijnt Njoera zonder Tsjonkin. Zij verwacht een kind van hem. Vanwege haar band met Tsjonkin wordt ze ontslagen als postbode. Ze loopt alle instanties af om haar geliefde vrij te krijgen, maar overal wordt ze afgesnauwd en weggejaagd. Zij en de autoriteiten tot wie ze zich wendt, zijn niet in staat elkaar te begrijpen. Alle functionarissen van de communistische partij, de geheime dienst en de rechterlijke macht raden haar aan haar band met volksvijand Tsjonkin te verzwijgen of hem publiekelijk af te zweren. Njoera daarentegen wil alleen maar dat haar relatie met Tsjonkin officieel erkend wordt en dat zij het recht krijgt hem te bezoeken. Het enige schriftelijke bewijs dat zij met Tsjonkin geleefd heeft, is de ontslagbrief van haar postkantoor, die zij vol trots aan iedereen toont.

Enkelen van de door hun dagelijkse werk volkomen gedehumaniseerde functionarissen bij wie Njoera vergeefs aanklopt, hebben desalniettemin nog relicten van menselijk gevoel in zich. Openbaar aanklager Jevprakséjin, een man die in de loop van zijn leven al heel wat onschuldigen heeft veroordeeld, wordt van tijd tot tijd geteisterd door aanvallen van gewetenswroeging. Tijdens dergelijke periodieke aanvallen bedrinkt hij zich en neemt zich vast voor een daad te stellen, zoals uittreden uit de partij, zelfmoord plegen of zijn vrouw doodschieten. Maar de volgende dag gaat hij weer gewoon aan het werk. Ook na het bezoek van Njoera geeft hij zich weer een keer over aan zelfverachting en drank.

Een andere notabele die Njoera benadert, is Jermólkin, de hoofdredacteur van het plaatselijke dagblad *Bolsjewistische galop*. Geheel vervreemd van het leven, werkend als een robot zit Jermolkin dag en nacht op zijn kantoor propagandistische artikelen te corrigeren. Elke bijdrage aan zijn krant wordt door hem onbarmhartig gekuist (van 'oudewijvenzomer' maakt hij bijvoorbeeld 'oudevrouwenzomer'), elk levend woord vervangt hij door een dood cliché (boeren worden steevast 'veldarbeiders', kamelen 'schepen der woestijn' enzovoorts.). Jermolkin ziet er krampachtig op toe dat in ieder artikel, al gaat het over het kweken van vissen, de naam van Stalin ten minste twaalf keer genoemd wordt.

Njoera loopt krijsend bij hem weg als hij haar adviseert Tsjonkin in zijn krant te verloochenen en haar voorhoudt dat hij zelf, indien de partij dit opdraagt, zonder meer bereid zou zijn, zijn eigen zoontje om zeep te helpen. Door Njoera's emotionele reactie begint Jermolkin zich vaag zijn eigen menselijke afkomst te herinneren. Het schiet hem te binnen dat hij nog ergens een gezin heeft wonen, al is hij de bijzonderheden – het adres, de naam van zijn vrouw en de leeftijd van zijn zoontje – vergeten. Hij verlaat tegen zijn gewoonte in na werktijd zijn kantoor, vindt na veel moeite zijn huis en blijft er overnachten. Maar deze verslapping van zijn journalistieke waakzaamheid wordt onmiddellijk afgestraft. Tijdens Jermolkins afwezigheid ziet de corrector een catastrofale zetfout over het hoofd. In de passage: 'De richtlijnen van kameraad Stalin zijn voor gans het volk een gaard van wijsheid en diepste inzicht in de objectieve wetten der ontwikkeling geworden', is het woord 'gaard' vervangen door 'paard' (vertaalvondst van Gerard Kruisman). Weliswaar leest iedereen, hier, gewend als men is aan onzin, overheen en al plegen de abonnees hun krant onmiddellijk te verwerken tot wc- en sigarettenpapier, toch raakt Jermolkin in paniek. Hij probeert wanhopig de hele oplage te onderscheppen, verliest ten slotte zijn verstand en geeft zich spontaan aan bij de geheime politie. Die heeft op dat moment echter geen belangstelling voor hem.

Men wordt voor de verandering in beslag genomen door de jacht op een échte spion. Het hoofdbureau in Moskou heeft opdracht gegeven iemand op te sporen die in de omgeving onder de codenaam Kurt radioberichten naar de Duitsers zendt. De regionale chef van de veiligheidsdienst, kolonel Lóezjin, een gedrochtelijke sadistische dwerg, brengt deze spionagezaak in verband met de zaak-Tsjonkin. Hij richt het onderzoek op Krasnoje. De doodsbange bewoners worden als getuigen verhoord. Gladysjev simuleert zelfmoord en duikt onder. Het onderzoek levert niets op dat op spionage duidt, maar evengoed wordt spion Kurt ontmaskerd – in de persoon van luitenant Filippov. Het hoofd van de veiligheidsdienst in Dolgov, indertijd een van degenen die door Tsjonkin gevangen gehouden werden, legt een volledige bekentenis af: hij speelde onder één hoedje met Tsjonkin en spioneerde voor de Duitsers. Overigens blijft men ook na Filippovs arrestatie nog radioberichten opvangen van Kurt, die zich vrolijk maakt over de incompetentie van de Russische contraspionage.

Terwijl de Duitsers Kiev bezetten, Leningrad belegeren en oprukken naar Moskou, gaan de communisten in het district Dolgov ijverig door met elkaar te bestrijden en weg te zuiveren. Op partijvergaderingen worden foute leden op het matje geroepen en geroyeerd. Een onderwijzer die in zijn politieke onrijpheid bij de inval van de Duitsers heeft uitgeroepen 'Nou heb je de poppen aan het dansen!' wordt uitgestoten wegens defaitisme en misplaatst ontzag voor de vijand. Na collectief door de andere partijleden aan de schandpaal genageld te zijn, bekent hij schuld en valt dood neer. Goloebev, de voorzitter van de kolchoz in Krasnoje, moet zijn lidmaatschapskaart inleveren omdat hij het op een dag, toen het regende, vertikte de oogst te laten binnenhalen en omdat hij een specialist van de partij, die hem hierover onderhield, in woede zijn kantoor uitgooide. Goloebev belandt later in dezelfde gevangenis als Tsjonkin. Ook de eerste secretaris van de communistische partij in Dolgov, Revkin, komt aan de beurt. Zijn ondergeschikte Borísov, die op zijn baan aast, begint een heimelijke campagne tegen hem. Revkin wordt gearresteerd omdat hij als getuige van de slag tussen het Rode Leger en Tsjonkin in Krasnoje later de waarheid over het roemloze einde van kapitein Miljaga heeft rondverteld en daardoor de veiligheidsdienst in diskrediet heeft gebracht. In de gevangenis legt Revkin een volledige bekentenis af. Hij is een betaalde spion die contacten heeft onderhouden met Trótski, Chamberlain, Hitler en Tsjonkin. Revkin overdrijft opzettelijk in de hoop dat men de absurditeit van zijn bekentenis zal inzien. Men gelooft hem echter onvoorwaardelijk.

De uitschakeling van Revkin valt samen met de postume rehabilitatie van Miljaga. De nieuwe chef van de veiligheidsdienst in Dolgov, de zeer ervaren spionnenjager en complottenoproller majoor Figóerin, die behalve de functie van zijn voorganger ook de seksuele diensten van diens secretaresse Kápa overneemt, verordonneert een groots opgezette campagne ter heroïsering van Miljaga teneinde het blazoen van zijn dienst op te poetsen. Er verschijnen lovende artikelen over Miljaga in de pers en er wordt een plechtige teraardebestelling voorbereid. Het enige wat ontbreekt, is Miljaga's lijk. In het diepste geheim worden in Krasnoje naspeuringen naar het stoffelijk overschot verricht, maar men vindt alleen de botten en de schedel van een paard (hetzelfde dat Gladysjev nachtmerries bezorgde). Uit tijdgebrek besluit men maar om dit dierlijke karkas te gebruiken als kistvulling. De imposante uitvaartplechtigheid – compleet met speciaal geëngageerde deerlijk schreiende weduwe plus zoontje, met redevoeringen en hymnen – verloopt redelijk naar wens, totdat bij het uitdragen van de kist een van de dragers, de aangeschoten partijdichter Boetýlko, komt te struikelen. De kist valt, het deksel schuift eraf en de inhoud rolt over de grond. Een hond pakt de bovenmaatse langwerpige paardenschedel op en legt deze tussen het verbijsterde publiek neer. Ondanks het schandaal wordt het stoffelijk overschot gewoon begraven. De autoriteiten proberen de volgende dagen olie op de golven te werpen. In de krant verschijnen geleerde artikelen over de evolutie van de *homo sovieticus*, wiens schedel zich door de toenemende hersenomvang voortdurend verlengt. Enkele plaatselijke Kremlin-watchers lezen in deze artikelen de aankondiging van een op handen zijnde politieke campagne tegen korthoofdigen. Later, wanneer de Duitsers de stad bezetten, zullen deze het graf van Miljaga openen en de schedel tentoonstellen als een typisch voorbeeld van het hoofd van een sovjetcommissaris.

Ondertussen neemt de zaak-Tsjonkin geweldige proporties aan. Tijdens naspeuringen naar het verleden van Tsjonkin in zijn geboorteplaats heeft men, zich baserend op de dorpsroddel dat hij de onechte zoon van ene Golitsyn zou zijn, zijn aristocratische afkomst vastgesteld (veel leden van het geslacht Golitsyn, die onder de tsaren de titel 'vorst' droegen, speelden voor de revolutie een vooraanstaande rol in het maatschappelijke leven). Aldus wordt soldaat Tsjonkin in de fantasie van de autoriteiten getransformeerd tot 'vorst Golitsyn', de leider van een samenzwering die ten doel heeft met hulp van Hitler de sovjetstaat te vernietigen en opnieuw de monarchie in te voeren – met Tsjonkin zelf, alias vorst Golitsyn, alias tsaar Iván VII, als de kroonpretendent. Tsjonkin wordt daarom in de gevangenis met een zeker ontzag bejegend. De regionale chef van de veiligheidsdienst kolonel Loezjin leidt zelf de ondervragingen, tijdens welke hij Tsjonkin hoogstpersoonlijk in maag en gezicht stompt.

De berichten over een samenzwering in het district Dolgov, waarbij zelfs partijleden en veiligheidsagenten betrokken zijn, dringen door tot Béria en Stalin. Vanuit de Moskouse metro, waar hij zich hermetisch heeft afgesloten van de buitenwereld en zich laat omringen door een enorme ondergrondse legermacht, gelast Stalin een groots showproces tegen Golitsyn en zijn daaropvolgende executie. Het proces wordt minutieus voorbereid onder leiding van Loezjin en Figoerin. Alle inwoners van Krasnoje, inclusief de daar inmiddels ondergebrachte evacués uit Leningrad, worden op een nacht van hun bed gelicht en als medeplichtigen respectievelijk getuigen in verzekerde bewaring gesteld. In de pers verschijnt een georganiseerde stroom verontwaardige brieven, gericht tegen de verrader Golitsyn. Op het plein van Dolgov wordt Tsjonkins vliegtuigje als 'instrument van de opstandelingen' tentoongesteld. Uit Moskou komt speciaal voor het proces een groep zogenaamde Scandinaviërs over, dat wil zeggen een claque van scandeerders, boeroepers en toejuichers die zich tussen het publiek mengen. Voor deze gelegenheid studeren zij de kreet 'Doodstraf!' in.

Op het proces wordt de een na de ander beschuldigd van spionage. Revkin bekent lid te zijn van een trotskistische organisatie onder leiding van Tsjonkin. Filippov bekent dat hij verbindingsman was tussen de opstandelingen en de Führer. De hoofdbeklaagde zelf, Tsjonkin, laat alles langs zich heen gaan. Hij is helemaal afgestompt door de eindeloze verhoren. Hij laat zich gewillig 'Golitsyn' noemen en beschuldigen van landverraad, contrarevolutionaire sabotage, gewapend banditisme, antisovjetagitatie en wat dies meer zij. In plaats van te luisteren geeft hij zich, dromend van Njoera, over aan heerlijke erotische fantasieën. Zijn misdaden blijken zo erg dat Tsjonkins eigen advocaat vol afkeer afziet van een pleitrede. Aanklager Jevpraksejin eist de doodstraf in een gloedvol schuimbekkend betoog, het hoogtepunt in zijn carrière. Na afloop verdrinkt hij weer eens zijn schuldgevoel en doet hij een - ditmaal geslaagde - poging tot zelfmoord. Hij laat een briefje na met de tekst: 'Ik verzoek mijn leven als ongeldig te beschouwen.'

De zaak-Golitsyn komt via de nog steeds vrij rondlopende en rustig dooropererende Kurt de Duitsers ter ore. Hitler zelf toont zich zeer aangedaan door het bericht dat een Russische organisatie aan zijn zijde strijdt en besluit haar leider, vorst Golitsyn, terstond uit de gevangenis te bevrijden. Daartoe onderbreekt hij de opmars van zijn troepen naar Moskou en beveelt eerst de inneming van Dolgov. Zo wordt de hoofdstad van de Sovjet-Unie, die eigenlijk al opgegeven was en in paniek ontruimd werd, tot verbijstering van de Russen zelf plotseling ontzet. De wending in de oorlog wordt door de sovjetpropagandamachine toegeschreven aan het heldhaftige verzet van het gehavende legertje onder commando van generaal Drynov, dat buiten Moskou de vijand lag op te wachten. Drynov krijgt een persoonlijk onderhoud met Stalin. De dankbare Leider vraagt Drynov hem de naam van een eenvoudige dappere Russische soldaat te noemen ten voorbeeld aan de anderen. Drynov herinnert zich Tsjonkin en vertelt over de slag in Krasnoje. Stalin is zeer geamuseerd, vooral het verhaal over de dood van de vermeende Duitse officier Miljaga bezorgt hem de tranen in de ogen van het lachen. Zich niet realiserend dat Tsjonkin en vorst Golitsyn dezelfde persoon zijn, geeft hij opdracht hem zo snel mogelijk naar Moskou te vervoeren voor het ontvangen van een hoge onderscheiding.

Terwijl aldus beide gekken, Hitler en Stalin, hun zinnen op Tsjonkin gezet hebben, wacht de held zelf onkundig van dit alles in de gevangenis van Dolgov op zijn executie. De bevolking is bij de nadering van de Duitsers op de vlucht geslagen, de stad is bijna geheel uitgestorven. Een van de weinige achterblijvers is majoor Figoerin. De altijd zo waakzame chef van de veiligheidsdienst is de laatste die in de gaten krijgt dat de vijand werkelijk in aantocht is. Zijn trouwe secretaresse en minnares Kapa is met alle geheime papieren overgelopen naar de Duitsers. Zij laat een briefje na waarin ze haar chef bedankt voor de geslaagde samenwerking in het belang van de zaak. Zij was Kurt. Vlak voor zijn eigen overhaaste vlucht geeft Figoerin zijn ondergeschikte Svintsóv opdracht Tsjonkin weg te voeren en ergens buiten de stad dood te schieten. Svintsov gaat met zijn gevangene op weg. Maar onderweg sluiten beul en slachtoffer vriendschap. De brute en grove veiligheidsagent, voor wie liquidatie van een vijand van het volk een routineklus is, ontpopt zich als een goedhartige knaap. Net als Tsjonkin is Svintsov een simpele boerenzoon. Samen vervolgen ze hun weg, richting Krasnoje. Maar het dorpje blijkt inmiddels door de Duitsers bezet. En Tsjonkin gaat ervandoor – onbekende avonturen tegemoet.

DERDE BOEK: *'De ontheemde'**

De nazi's houden grote delen van de Sovjet-Unie bezet. In Dolgov is de macht overgegaan in handen van Obersturmführer Horst Schlegel. Hij zetelt in het plaatselijke hoofdkantoor van de communistische partij. Behalve het bureau van zijn voorganger, Revkin, heeft hij ook de administratieve en seksuele diensten van de voormalige secretaresse van de chef van de veiligheidsdienst (die in een vroeger leven Kapa alias Kurt heette, maar tegenwoordig door het leven gaat als Katalina von Heiß) overgenomen. In het kantoor is nauwelijks enig verschil te zien met vroeger. Er hangen alleen andere portretten aan de muur: Lenin en Stalin zijn vervangen door Hitler.

De plaatselijke bevolking heeft zich zonder al te veel problemen aangepast aan de nieuwe situatie. Voormalige communisten doen zich voor als anticommunisten en schikken zich moeiteloos naar de nieuwe machthebbers. Plantenveredelaar Gladysjev maakt zijn opwachting bij Schlegel. Hij stelt zich voor als een principieel tegenstander van het sovjetsysteem en zoekt steun voor zijn levenswerk: een kruising tussen een aardappel en een tomaat. Deze hybride heeft hij herdoopt in WENNS (WEg naar het Nationaal-Socialisme). Gladysjev vindt gehoor bij de SS-officier en wordt benoemd tot dorpsoudste. Hij gebruikt zijn nieuwe functie onmiddellijk om wraak te nemen op Njoera en geeft het bevel haar koe, die zijn oogst vernietigd heeft, te slachten.

Voor Njoera volgt het ene ongeluk op het andere. Zij is zwanger van Tsjonkin, maar verliest het kind dat ze in zich draagt, als ze op een dag ten val komt. Van haar geliefde hoort ze niets meer. Maar dan verschijnt er een artikel over hem in de *Právda*, getiteld *De heldendaad van Ivan Tsjonkin*. De journalist die dit artikel schreef, baseerde zich voor zijn stuk

* Dit boek is nog niet vertaald in het Nederlands. De Engelse titel luidt *'A displaced person'*.

op een interview met generaal Drynov, de commandant van het regiment dat Tsjonkin indertijd na een hard gevecht had weten te verslaan. Omdat de journalist tijdens het vraaggesprek met Drynov dronken was en daarna zijn aantekeningen verloor, kon hij zich de kern van de zaak niet meer herinneren en moest hij zijn toevlucht nemen tot zijn fantasie. Zo transformeerde Tsjonkin in zijn artikel tot een piloot die in een ongelijk luchtgevecht heroïsch weerstand had weten te bieden aan een overmacht aan fascistische gevechtsvliegtuigen. De versie in de Pravda wordt door Njoera en bijna alle andere inwoners van Krasnoje voor waar gehouden.

Omdat in het artikel wordt vermeld dat Tsjonkin deel uitmaakt van een niet nader gespecificeerde 'eenheid N', begint Njoera hem per adres 'Vliegenier Ivan Tsjonkin, Eenheid N, USSR' vol verwachting brieven te schrijven. Als ze geen antwoord krijgt, begint ze ten langen leste brieven uit zijn naam aan zichzelf te schrijven. Hierin getuigt Tsjonkin van zijn heldendaden en zijn onveranderlijke liefde voor haar. Trots leest Njoera de brieven voor aan haar buurvrouwen, die onvoorwaardelijk in de echtheid ervan geloven. En ook Njoera zelf begint erin te geloven. In haar verbeelding groeit Tsjonkin uit tot een meervoudig gedecoreerde kolonel van de luchtmacht, die ten slotte een romantische heldendood sterft. Ze laat hem door een kunstenaar vereeuwigen in een portret waarop hij in kolonelsuniform aan haar zijde imponerend staat afgebeeld.

In werkelijkheid is Tsjonkin springlevend, maar allesbehalve een oorlogsheld. We zien hem aan het einde van de oorlog terug als een onooglijk soldaatje van het Rode Leger in het door de Russen bezette Duitse dorpje Birkendorf. Hij rijdt er rond met een foeragewagen, voortgetrokken door een knol, en werkt in de stal als paardenverzorger.

Nadat hij vier jaar geleden was gevlucht voor de Duitsers, leefde hij samen met zijn bewaker Svintsov een tijdlang ondergedoken in de bossen. Daar zagen ze op een dag in een boom een geheel behaard, aapachtig wezen, dat bij nadere bestudering een mens bleek te zijn. En niet zomaar een mens, maar een telg uit het roemruchte geslacht der Golitsyns, een vertrouweling van de laatste tsaar. De man was totaal verwilderd en had zich sinds de revolutie in een berenhol schuilgehouden voor de bolsjewieken. Tsjonkin en Svintsov trokken bij hem in en gedrieën slaagden ze erin om te overleven. Ten slotte leverde Golitsyn zich uit aan de Duitsers, om later door hen tentoongesteld te worden in de dierentuin van Berlijn als typisch voorbeeld van een zich onder het bolsjewisme voordoende omgekeerde evolutie: van mens naar aap. Tsjonkin werd op een dag opgepakt door een groep Russische partizanen onder leiding van de keiharde Aglája Révkina, weduwe van de als vijand van het volk geliquideerde eerste secretaris van de communistische partij in Dolgov. Tsjonkin werd haar persoonlijke bediende, die onder andere als taak had haar seksueel ter wille te zijn. Toen de kansen in de oorlog een keer namen, werd hij toegevoegd aan het Rode Leger. Hij maakte de bevrijding van Warschau mee en zijn eenheid werd ten slotte diep in Duitsland gestationeerd, in Birkendorf, aan de oever van de Elbe: de rivier die de geallieerde legers van Oost en West van elkaar scheidde.

In Birkendorf wordt Tsjonkin op een nacht opgepakt door een patrouille nadat hij, door drank beneveld, tijdens een poging om zijn mannelijke behoeften te bevredigen bij een mollige Poolse meid, in slaap is gevallen. Hij belandt in het cachot en dreigt in het kader van een campagne tegen ondisciplinair gedrag in het leger streng te worden gestraft. Zijn zaak staat er des te beroerder voor vanwege een twijfelachtige uitspraak die hij eerder over Stalin heeft gedaan: naar aanleiding van de lasterlijke bewering van een kameraad als zou Stalin net als ieder ander mens af en toe naar de wc gaan, heeft Tsjonkin, naar zijn mening hierover gevraagd, voorzichtigheidshalve gezegd dat hij helemaal geen mening over Stalin heeft. Een karakterloze ontkenning van de grootheid van de geniale Leider!

Via de chef van de geheime dienst, Beria, komt de zaak-Tsjonkin Stalin ter ore. De Vader der Volkeren heeft om bepaalde reden een persoonlijke belangstelling voor de onnozele paardenverzorger, van wie ook nog steeds wordt gedacht dat hij in werkelijkheid vorst Golitsyn is. Beria krijgt opdracht Tsjonkin onverwijld bij hem op zijn buitenverblijf in Kóentsevo af te leveren.

Met alle egards behandeld en gestoken in een officierskostuum, wordt Tsjonkin door een aantal generaals geëscorteerd naar het vliegtuigje dat hem linea recta naar Stalin zal vervoeren. Maar de piloot, kolonel Opálikov, een gevierde Held van de Sovjet-Unie, blijkt andere plannen te hebben. Ondanks zijn talloze onderscheidingen is hij een teleurgesteld man die door zijn vrouw wordt bedrogen met zijn directe superieur en die in het geheim dissidente gedachten koestert over de genetische voorbeschikking van de mens. Hij maakt van de gelegenheid gebruik om naar het Vrije Westen te deserteren, samen met zijn passagier. Na het opstijgen zet hij geen koers naar Moskou maar maakt direct rechtsomkeert en vliegt naar de andere oever van de Elbe, naar het tegenover Birkendorf liggende dorpje Eichendorf - in de door de Amerikanen bezette zone.

Zo raakt Tsjonkin zijns ondanks verzeild in het Westen. De sovjets eisen uitlevering van de piloot en zijn passagier, maar de twee krijgen politiek asiel, wat tot oplopende spanningen tusen de VS en de USSR leidt. Wereldwijd worden Russische spionnen ingezet om Opalikov en Tsjonkin op te sporen en te liquideren respectievelijk te ontvoeren. Van zijn kant weet de Amerikaanse inlichtingendienst niet wat ze met Tsjonkin aan moet. Wie is hij? Een gevluchte nazi? De kandidaat-schoonzoon van Stalin? Een buitenaards wezen? Hij wordt vele malen verhoord, totdat de onontkoombare conclusie luidt: een simpel Russisch mannetje, een gewone boerenknul, die niets te verbergen heeft. Een officiële uitnodiging van de sovjetautoriteiten om terug te keren naar zijn vaderland wordt door Tsjonkin instinctief afgewezen. Ook een laatste poging van Beria om hem alsnog in de Sovjet-Unie te krijgen mislukt: zijn naaste medewerkster Kapóelja (alias Kapa, alias Kurt, alias Katalina von Heiß, die opnieuw voor de Russische geheime dienst werkt, en tegelijk ook voor de Amerikaanse) weet hem te verleiden en bijna in een sovjetvliegtuig te krijgen, maar op het laatste moment blijkt dat hij bij haar een druiper heeft opgelopen, waarvoor hij onmiddellijk moet worden behandeld in een Amerikaans militair hospitaal. Zo blijft Tsjonkin toch in Duitsland, waar een organisatie van Russische emigranten die het sovjetregiem furieus bestrijden, hem proberen in te zetten in hun ideologische strijd, maar Tsjonkin blijkt als politiek wapen volslagen nutteloos.

Wat dat betreft lijkt dissident Opalikov meer perspectief te bieden. Er wordt een persconferentie belegd met de voormalige held van de Sovjet-Unie, waarbij hij een sensationele onthulling doet: uit aantekeningen van zijn oom, een leerling van generaal Przewalski, de beroemde ontdekkingsreiziger en vorser, zou blijken dat Stalin het product is van een als wetenschappelijk experiment uitgevoerde geslachtsgemeenschap tussen een Przewalskipaard en de generaal. Later zou dit bastaardjong ter adoptie zijn afgestaan aan de Georgische schoenmaker Dzjoegasjvíli. Voordat Opalikov verder kan gaan met zijn verhaal, valt hij, na het drinken van een glas water, dood van zijn stoel (vermoedelijk een vergiftigingsactie van de geheime dienst van de sovjets). Opalikovs onthulling over de afstamming van Stalin wordt gretig overgenomen door de boulevardpers in het vrije westen, maar verder door niemand serieus genomen.

Ondertussen wordt in Moskou een geheime machtswisseling voorbereid. Stalin is na de overwinning in de Grote Vaderlandse Oorlog een wat ouwelijke, ingezakte en vermoeide man geworden, met een neiging tot drankzucht en geheel ten prooi aan achtervolgingswanen. Hij brengt de meeste tijd door op zijn buitenverblijf, waar zijn grootste hartstocht het snoeien van rozen is. Beria acht de tijd gekomen om hem te vervangen. Daarvoor heeft hij de geniale acteur Melováni achter de hand, net als Stalin en Beria een Georgiër, die sprekend op de Grote Leider lijkt en gespecialiseerd is in het vertolken van diens rol op het toneel. Op een dag dient Beria Stalin een slaapmiddel toe, scheert zijn snor af, vervangt hem door Melovani en laat hem opsluiten in de beruchte Loebjánka-gevangenis. Daar krijgt de wrede despoot een koekje van eigen deeg: zonder snor door niemand herkend, wordt hij behandeld als een willekeurige gevangene. Hij wordt door Beria hoogstpersoonlijk verhoord en geslagen.

Maar ook Beria komt bedrogen uit. Melovani, die hij dacht als een gehoorzame marionet te kunnen gebruiken, leeft zich zo in zijn nieuwe rol in dat hij de persoonlijkheid van Stalin volledig overneemt, inclusief grootheidswaan, paranoia en wreedheid. Hij zal Beria geen kans geven om achter de schermen aan de touwtjes te trekken en hem te manipuleren. Tot aan zijn dood op 5 maart 1953 zal hij het werk van Stalin voortzetten, zonder dat ook maar iemand iets merkt van de persoonsverwisseling.

De echte Stalin wordt intussen gedwongen de plaats van Melovani in het theater in te nemen en als acteur zichzelf op de planken neer te zetten. Hij speelt zijn rol met verve en ervaart een grote voldoening als het publiek hem na elke voorstelling enthousiast toeklapt. Zelfs Melovani is jaloers op hem. Tegen het einde van zijn leven begint de dubbelganger van Stalin zich steeds meer bekneld te voelen in het politieke systeem en terug te verlangen naar het vrije artiestenleventje. Nadat hij op een avond een voorstelling heeft bijgewoond waarin de echte Stalin schittert in zijn rol, biedt hij hem aan om weer van plaats te wisselen. Stalin slaat het aanbod af.

Na de dood van Melovani begint een proces van destalinisering. De nog levende Stalin ziet dit met lede ogen aan. Hij komt zonder werk te zitten, begint te drinken en raakt aan het gokken. Zijn laatste levensjaren wordt hij gekweld door vreselijke nachtmerries. Zijn enige vriendin is een merrie die op zijn verjaardag een hengst baart. Stalin zou volgens geruchten bij de bevalling aanwezig zijn geweest en zich daarna hebben bedronken. Ten slotte crepeert hij op 77-jarige leeftijd in de stal van het paard.

Tsjonkin is inmiddels vergeten door de machthebbers in het Kremlin. Hij is ergens ondergebracht in een rustig Duits stadje, in een opvangcentrum voor ontheemden. Als daar op een dag een groep Amerikaanse farmers op bezoek komt om landarbeiders aan te werven, is Tsjonkin een van degenen die wordt uitgekozen. Zo belandt hij in de Verenigde Staten, op een maisfarm in Ohio, als knecht van pan Kaluzny, een Amerikaans farmer van Oekraïense afkomst. De farm heeft succes en krijgt zelfs bezoek van Chroesjtsjóv, die daarna zelf een maiscampagne begint in de USSR. Tsjonkin blijkt een zeer harde werker die nooit klaagt en daarmee de gunst van zijn werkgever wint. Kaluzny laat hem na zijn dood dan ook zijn bedrijf en zijn vrouw na. Tsjonkin trouwt met de weduwe en vervult trouw al zijn plichten: op het land en in bed. Als ook zij jaren later sterft, wordt hij de enige eigenaar van het uitgestrekte landbouwbedrijf. Ondanks zijn beperkte Engelse woordenschat (300 à 400 woorden) en zijn bescheiden verstandelijke vermogens boert Tsjonkin goed. Gaandeweg veramerikaniseert hij en verandert in mister John Chonkin.

Als leverancier van graan aan de Sovjet-Unie en geprotegeerd door een congreslid, krijgt hij de eer om deel uit te maken van een delegatie Amerikaanse farmers die een officieel bezoek brengt aan zijn vaderland. Het is inmiddels 1989: de liberale tijden van de perestrojka zijn aangebroken.

Geheel vervreemd van de Russische realiteit betreedt Tsjonkin voor het eerst sinds 45 jaar zijn geboortegrond – een tanige, bruinverbrande, grijzende man, met porseleinen tanden, gestoken in jeans en sprekend in een mengelmoesje van Amerikaans en Russisch. Op het programma van de delegatie staan een kort ontmoetinkje met Gorbatsjóv en verschillende excursies naar modelkolchozen.

Tijdens een van de excursies maakt Tsjonkin een uitstapje naar Dolgov. Vage herinneringen worden in hem wakker. Hij ziet het beeld van een jonge, blozende, welgevulde, naar verse melk riekende boerendeerne voor zich: Njoera. Hij besluit haar op te zoeken en begeeft zich langs een modderweggetje naar het troosteloze Krasnoje. Daar is nauwelijks iets veranderd. Er wordt nog steeds getracht een hybride tussen een aardappel en een tomaat te kweken, alleen niet meer door Gladysjev, maar door zijn zoon, een gediplomeerd agronoom. Deze zal zijn hybride later Amedra (American dream) dopen. Gladysjev zelf, die na de oorlog werd verbannen naar Siberië, is allang dood. Ook de voormalige voorzitter van de plaatselijke kolchoz, Goloebev, is niet teruggekeerd uit de Goelag.

Njoera's huisje staat er nog. Tsjonkin gaat naar binnen: er is niemand thuis. Aan de muur hangt een portret van een knappe man in kolonelsuniform. Niet beseffend dat hij dit zelf in geïdealiseerde vorm is, voelt Tsjonkin een lichte jaloezie. Dan vindt hij de brieven die Njoera uit naam van hem aan zichzelf geschreven heeft, en begrijpt hij dat zij altijd van hem heeft gehouden.

Ten slotte ontmoet hij Njoera in levende lijve, maar de blakende melk-en-bloedmeid van weleer is veranderd in een magere oude vrouw zonder tanden. Ze herkennen elkaar met moeite. Tsjonkin nodigt haar uit om hem in Amerika te komen opzoeken.

Na veel moeilijkheden van bureaucratische en emotionele aard te hebben overwonnen aanvaardt Njoera ten slotte de lange reis naar de Nieuwe Wereld, naar het Amerika van George Bush senior. Een buurvrouw heeft haar van tevoren flink bang gemaakt: 'Pas maar op dat de negers je daar niet opvreten!' Maar het valt mee: na aankomst op de plaatselijke luchthaven blijken de zwarte douanebeambten geen honger te hebben – ze laten haar zelfs zonder al te veel problemen door. Tsjonkin haalt Njoera op in zijn eigen vliegtuigje, vliegt haar direct naar zijn farm in Ohio en is tijdens haar gehele verblijf heel goed en zorgzaam voor haar.

Elk jaar zal Tsjonkin Njoera opnieuw uitnodigen naar Amerika. Hij laat haar nieuwe tanden aanmeten, stuurt haar computers en andere dure geschenken op en staat haar in alle opzichten materieel terzijde. Maar het contact blijft afstandelijk, op het niveau van 'u' en 'meneer'. In haar hart prefereert Njoera de Tsjonkin die ze in haar verbeelding heeft geschapen.

Analyse

Tot de schrijvers die in de jaren zestig en zeventig van de vorige eeuw de op sterven na dode literatuur in de Sovjet-Unie nieuw leven inbliezen, behoorde een opvallend groot aantal begaafde satirici. De satire bloeide onder Brézjnev, omdat zij welhaast het enige genre was dat enige greep bood op de absurde anachronistische werkelijkheid in het tijdperk van 'stagnatie'. De totaal versteende totalitaire sovjetstaat, in tegenstelling tot de westerse maatschappijen niet in staat tot natuurlijke absorptie van afwijkende cultuuruitingen, reageerde krampachtig op degenen die het systeem bespotten: met processen, publicatieverboden, uitstotingen uit de schrijversbond, verbanningen. Het werk van Terts en Arzják, van Vojnóvitsj en Zinóvjev, van de liedjeszanger Vysótski – dit alles was in die jaren gedoemd tot een ondergronds bestaan. Van al deze satirici is de auteur van *De merkwaardige lotgevallen van soldaat Iván Tsjónkin* de meest zuivere en ongecompliceerde humorist gebleken.

Vladímir Vojnovitsj is bijna een halve eeuw bezig geweest met zijn *Tsjonkin*. In 1963 begon hij te schrijven aan het eerste boek en pas in 2007 verscheen het derde en laatste boek. Het eerste boek werd later ter onderscheiding van het vervolg met nieuwe lotgevallen van Tsjonkin *De onschendbare persoon* gedoopt. Het bestaat uit twee delen, waarvan het eerste volgens plan gepubliceerd zou worden in het tijdschrift *Nieuwe wereld*. Het literair-politieke establishment wist de publicatie echter te verhinderen. Daarna circuleerde het een tijdlang in gekopieerde exemplaren ondergronds in de Sovjet-Unie, totdat een exemplaar het Westen bereikte en er in 1969, zonder toestemming van de auteur, een aantal fragmenten gepubliceerd werden in het West-Duitse emigrantentijdschrift *Facetten*. Als gevolg daarvan werd het leven van Vojnovitsj, die tot dan toe vooral populariteit had genoten als tekstschrijver van liedjes, onder andere het onder Chroesjtsjóv veel gezongen *Kosmonautenlied*, in zijn vaderland steeds moeilijker. Hij werd op het matje geroepen bij een commissie van de Moskouse afdeling van de schrijversbond, waar men hem onder zware druk zette en probeerde te dwingen zijn roman te verloochenen. Voortdurend werd hij gepest en tegengewerkt bij het vinden van huisvesting, het publiceren van ander werk enzovoorts. Ten slotte werd Vojnovitsj, die zich in de loop der jaren steeds meer solidair was gaan verklaren met de dissidentenbeweging, in 1974 geroyeerd als lid van de schrijversbond – wat automatisch neerkwam op een totaal publicatieverbod.

Als reactie liet Vojnovitsj een jaar later zijn eerste Tsjonkinroman, beide delen in één band, bij YMCA-press in Parijs verschijnen. Daarna werd hem het leven in de Sovjet-Unie helemaal onmogelijk gemaakt en hield de KGB hem onafgebroken in de gaten. Nadat Vojnovitsj in 1979 nog een tweede boek met lotgevallen van Tsjonkin, *De kroonpretendent*, bij dezelfde Parijse uitgeverij had laten verschijnen en nadat hij het jaar daarop openlijk had geprotesteerd tegen de verbanning van Sácharov naar Górki, was de maat vol. Hij werd gedwongen te emigreren en verloor zijn staatsburgerschap.

Terwijl *Tsjonkin* in de jaren zeventig en tachtig een snelle zegetocht door de westerse wereld maakte, werd het werk in de Sovjet-Unie door het officiële literaire circuit afgedaan als 'smeerlapperij' en 'belediging van de nationale waardigheid'. Pas in 1988 werd Vojnovitsj in zijn vaderland weer in genade aangenomen. Onder Gorbatsjóv kreeg hij zijn staatsburgerschap terug en kon hij zich opnieuw in Rusland vestigen. Het eerste Tsjonkinboek werd er tussen december 1988 en februari 1989 gepubliceerd, in drie afleveringen van het tijdschrift *Jeugd*. *De merkwaardige lotgevallen* als geheel (d.w.z. *De onschendbare persoon* + *De kroonpretendent*) verscheen in 1995 in boekvorm in het verzamelde werk van de schrijver. Van de film- en toneelbewerkingen zij met name de verfilming van de Tsjechische regisseur Jiří Menzel (1993) genoemd: een lichtvoetige bewerking van het eerste Tsjonkinboek, voorzien van een happy end (Tsjonkin wordt na het gevecht met het regiment van het Rode Leger niet gevangen genomen, maar slaagt erin te vluchten en kiest samen met Njoerka in zijn vliegtuigje het wijde luchtruim).

Pas vele jaren later - na een periode van voornamelijk polemische werken en memoires, een nieuw leven als kunstschilder, privé problemen en gebrek aan inspiratie - keerde Vojnovitsj terug naar zijn Tsjonkincyclus en publiceerde hij, als 75-jarige, het reeds lang aangekondige derde boek: *De ontheemde*. Daarmee is er een trilogie ontstaan, die de laatste 50 jaar van de Sovjet-Unie bestrijkt: de periode 1941-1991, van de inval van nazi-Duitsland tot en met de perestrojka onder Gorbatsjov. De verschijning van het laatste boek is in Rusland en zeker in het Westen, waar pas vijf jaar later de eerste (Engelse) vertaling zou verschijnen, bijna onopgemerkt voorbijgegaan.

Door een aantal critici is Vojnovitsj begroet als een nieuwe Gógol. De absurde verwikkelingen, groteske misverstanden, persoonsverwisselingen en overdrijvingen – dit alles herinnert inderdaad sterk aan het werk van de grootste komische schrijver uit de Russische literatuur. Net als bij Gogol ziet ook de voorzitter van de kolchoz in Krásnoje revisorspoken – eerst houdt hij de piloot van het vliegtuigje en daarna soldaat Tsjonkin voor een partij-inspecteur. En dezelfde over zijn toeren geraakte geruchtenmolen die in *Dode zielen* van Tsjítsjikov Napoleon en kapitein Kopéjkin maakte, verandert Tsjonkin in een anticommunistische bendeleider: vorst Golitsyn. Gogoliaans zijn ook de ironische intermezzo's en het quasi-ernstige toespreken van de lezer door de auteur in de trant van: 'Waarde lezer! Gij hebt natuurlijk al opgemerkt dat de bijna afgezwaaide militair Tsjonkin een klein mannetje met kromme benen en bovendien nog rode oren is. "Wat is dat voor een onmogelijk figuur!" hoor ik u verontwaardigd zeggen. "Wie wordt hier ten voorbeeld gesteld aan de opgroeiende jeugd? Waar haalt de schrijver een dergelijke zogenaamde held vandaan?"' Soms geeft Vojnovitsj een wel erg vette knipoog naar Gogol, bijvoorbeeld wanneer hij de drie leden van een militair tribunaal die in een oude vrachtwagen op weg zijn om Tsjonkin ter dood te veroordelen, vergelijkt met de ijlende trojka waarin Tsjitsjikov *Dode zielen* uit rijdt: 'Daar rijden ze! Daar gaan ze!

Snelt ook gij niet, Rusland, zo voort ... maar nee, dat heeft iemand anders geloof ik al geschreven.' Wat echter ontbreekt in de Tsjonkinboeken, is de trieste ondertoon die voelbaar is in het beste komische werk van Gogol, het 'huilen-door-het-lachen-heen'.

Verder wordt Tsjonkin vaak vergeleken met de brave soldaat Schwejk. Want de geesteskinderen van Hašek en Vojnovitsj zijn broertjes. Zij lijken op elkaar in hun ontwapenende eenvoud en raken op vergelijkbare wijze in conflict met een almachtig onderdrukkend apparaat. Ze zijn allebei typische anti-helden, Schwejk is hooguit wat gewiekster dan Tsjonkin.

Zelf heeft Vojnovitsj Tsjonkin vergeleken met Iván de Dwaas, de volstrekt onnozele held uit het Russische volkssprookje, die niet door list, maar door zijn onschuld het kwaad overwint. Zo is ook Ivan Tsjonkin met zijn simpele boerenverstand en gezonde aardse kern geheel van communistische smetten vrij gebleven en daardoor op wonderbaarlijke wijze onkwetsbaar in zijn confrontatie met het stalinistische monster dat iedereen om hem heen opslokt.

Het is een volslagen absurde, paranoïde wereld waarin deze 20e-eeuwse Ivan de Dwaas terecht is gekomen. Als hij op straat een gesprekje probeert aan te knopen met een klein meisje en argeloos vraagt: 'Van wie hou jij meer, van papa of van mama?' dan antwoordt zij: 'Van Stalin' en loopt hard weg. Een functionaris van de communistische partij die om zijn woorden kracht bij te zetten onbezonnen op een borstbeeld van Stalin slaat, trekt lijkbleek weg als hij zich realiseert wat deze heiligschennis kan betekenen: het einde van zijn loopbaan, zijn vrijheid, zijn leven. Een jood die Mozes Stalin heet, wordt gearresteerd, omdat zijn naam beschouwd wordt als een bespotting van de Leider, maar schielijk weer vrijgelaten als hij aanvoert dat het vasthouden van 'een Stalin' zeer gevaarlijke consequenties kan hebben. Een generaal die bij een bezoek aan Stalin als geschenk een sigarettenkoker, voorzien van een tijdslot, meebrengt, wordt behandeld als een terrorist met een bom en begint zich zo schuldig te voelen dat hij er zelf van overtuigd raakt dat het ding elk moment in zijn handen kan ontploffen. Een man wordt gevangengezet op grond van een negatieve uitlating over het klimaat, een andere omdat hij op de dag van het proces tegen Boechárin zijn huis met betraande ogen heeft verlaten, en een derde omdat hij beweert dat Stalin af en toe naar de wc moet. Illustratief voor de pathologische argwaan in deze wereld is de mentaliteit van een chef van de geheime politie, voor wie 'elk opgeschreven of alleen maar uitgesproken woord, of om helemaal consequent te zijn, elke gedachte die in iemands hoofd opkomt, in principe antisovjet' is.

Dit alles moge als overdrijving ten bate van het komische effect klinken, maar wie bijvoorbeeld Solzjenítsyns ongeveer gelijktijdig met de eerste twee Tsjonkinboeken verschenen standaardwerk over de stalinistische terreur, *De Goelag Archipel*, heeft gelezen, zal het door Vojnovitsj gepresenteerde maatschappijbeeld nauwelijks als een vertekening van de werkelijkheid ervaren. Satire en realiteit liggen hier dicht bij elkaar. Vojnovitsj hoefde veel minder te vertekenen dan Gogol bijna anderhalve eeuw vóór hem. Het is waar dat de satirische wijze waarop Vojnovitsj afrekent met het sovjetsysteem, minder indrukwekkend is dan bijvoorbeeld de fundamentele en gedreven aanpak van Solzjenitsyn, die als geen ander het demonische karakter van het totalitarisme onder woorden heeft gebracht, maar ook Vojnovitsj weet hier en daar indringend voelbaar te maken hoe een totalitair systeem de mensen misvormt. Zo bevat het derde Tsjonkinboek een 'verhaal-in-een-verhaal', waarin Njóerka's vader, die verder geen rol van betekenis in de roman speelt, uit eigen ervaring beschrijft hoe een op zich zachtaardig mens door niet aflatende druk en de belofte van een schone toekomst ertoe gebracht wordt om beul te worden. Een ander voorbeeld is de in het eerste boek figurerende Aglája Révkina, een steile communiste die haar man overhaalt om zich aan te geven bij de bevoegde organen wegens het koesteren van 'ongezonde gemoedsstemmingen' en die uit ideologische overwegingen weigert om de laatste nacht met hem door te brengen. In het derde Tsjonkinboek treedt deze Aglaja nogmaals op, als hoofdman van een groep partizanen in de Tweede Wereldoorlog, om ten slotte te eindigen als een drankzuchtig en vervuild oud wijfje dat rondslentert door de straten van Dolgóv. Deze zelfde Aglaja speelt ook nog de hoofdrol in een andere satirische roman van Vojnovitsj, *Monumentale propaganda* (2000), waarin zij na de destalinisatie een standbeeld van haar geliefde Leider van de sloop redt en liefdevol onderbrengt in haar flatje.

De merkwaardige lotgevallen van soldaat Ivan Tsjonkin is een aaneenrijging van hilarische voorvallen, humoristische dialogen en grapjes. De structuur is zo los dat de drie boeken zonder moeite tot een serie afzonderlijke verhaaltjes omgewerkt zouden kunnen worden. Vojnovitsj zelf heeft Tsjonkin als 'anekdotische roman' aangeduid. Vooral het tweede en derde boek zijn erg losjes geconstrueerd. In vergelijking met *De onschendbare persoon*, waarin de figuur van Tsjonkin nog als samenbindend element fungeert, en waarin min of meer wordt vastgehouden aan de eenheden van plaats (Krasnoje), tijd (vlak voor en na het uitbreken van de oorlog) en handeling (de bewaking van het vliegtuigje), doen *De kroonpretendent* en zeker *De ontheemde* nogal amorf aan. Tsjonkin raakt op de achtergrond, de aandacht verplaatst zich sneller van de een naar de ander. In *De kroonpretendent* volgen wij successievelijk Filíppov, Figóerin, Lóezjin, Borísov, Révkin, Góloebev, Jermólkin, Jevprakséjin en andere partijfunctionarissen respectievelijk veiligheidsbeambten (bij voorkeur tijdens hun zwakke momenten – met hun secretaresse in bed, achter een glas wodka enzovoorts.). Niet langer het eenmansgevecht van soldaat Tsjonkin tegen Staat-Partij-Veiligheidsdienst-Leger staat centraal. Nu wordt beschreven hoe de machthebbers zelf elkaar bespieden, vervolgen en afmaken, hoe de door hen in gang gezette mallemolen van beschuldigingen en schuldbekentenissen, van arrestaties en executies steeds duizelingwekkender begint rond te tollen. In *De ontheemde*, waarin Tsjonkin nog verder naar de achtergrond wordt gedrongen, verschuift de aandacht van de lagere naar de allerhoogste regionen van de communistische partij, naar de machtsstrijd tussen Stálin en Béria.

Tsjonkin is geschreven in het ontwapenende, genoeglijk-ironische babbeltoontje dat we ook vinden bij Gogol en Zósjtsjenko. Het zijn vooral de aardse, soms scatologische humor van Vojnovitsj en de wijze waarop hij in zijn schildering van Krasnoje dat speciale dorpse sfeertje van kneuterigheid en keuteligheid weet op te wekken, die *De merkwaardige lotgevallen van soldaat Ivan Tsjonkin* zo onweerstaanbaar geestig maken. Typerend voor Tsjonkin zijn ook de vele terloopse details die schijnbaar lukraak in het verhaal rondgestrooid worden. Hoewel de schrijver de indruk wekt dat hij daarbij zijn fantasie geheel de vrije loop laat, zonder in het begin te weten waar hij op het eind zal uitkomen, blijken achteraf toch de meeste van deze 'terloopsheden' een belangrijke rol te spelen (bijvoorbeeld de ruin).

In *De kroonpretendent* is de toon grimmiger: het tweede Tsjonkinboek ligt dichter bij Orwells *1984*, men voelt sterker de adem van *De Goelag Archipel*. Daarentegen is het derde boek amusante lectuur, maar niet veel meer dan dat. De onbevangen humor van het eerste boek en hier en daar ook het tweede is verdwenen, de lezer schiet veel minder vaak in de lach. Het genre van de Tsjonkinsatire schijnt zijn tijd overleefd te hebben. Vojnovitsj streeft misscien wat te bewust naar het grappige en originele effect, bijvoorbeeld als hij van tijd tot tijd de link legt naar de moderne tijd ('In die patriarchale tijden konden de mensen nog ... zonder vooraf contact op te nemen via de telefoon of internet bij elkaar langswippen', 'Toen was er nog geen sprake van echografieën, waarmee men van te voren had kunnen kijken wat daar in de baarmoeder van de merrie aan het groeien was'). Ook dat hele gedoe met de paardenafkomst van Stalin is nogal flauw en gezocht, al dekt Vojnovitsj zich in tegen het verwijt van onwaarschijnlijkheid door te verklaren dat 'de auteur door nog sterkere twijfels wordt bekropen bij de gedachte dat een dergelijk monster gebaard zou kunnen zijn door een gewone mensenmoeder'. Het andere grote thema met betrekking tot Stalin in *De ontheemde*, de persoonsverwisseling, is wel overtuigend. De vervanging van Stalin door een toneelspeler is een uitwerking van de destijds gangbare geruchten dat er een dubbelganger van Stalin zou zijn, die in plaats van de Grote Leider in het openbaar optrad. Geslaagd is ook de beschrijving van een verouderde Stalin die niets liever doet dan rozen snoeien – een symbolische daad, want rozen zijn volgens hem als mensen: van tijd tot tijd moeten de overbodige groeisels radicaal worden weggesnoeid om een betere groei van het geheel mogelijk te maken.

De merkwaardige lotgevallen van soldaat Ivan Tsjonkin laat weinig heel van het geïdealiseerde beeld van de Sovjet-Unie, zoals dat in het communistische tijdperk de burgers werd voorgehouden. Niet alleen 'de gek in de metro', Stalin ('1,5 meter met pet, een pokdalig smoel, één lamme hand, een voorhoofd ter breedte van twee duim, scheve gele tanden'), en

Beria (die letterlijk als een hond op handen en voeten voor zijn meester rondkruipt) worden belachelijk gemaakt – álle heilige sovjetkoeien worden door Vojnovitsj geslacht. Van de Grote Vaderlandse Oorlog wordt een weinig rooskleurig beeld gegeven. Er is geen enkele sprake van heroïsche strijd, het slagveld blijft ver weg, in plaats daarvan is er een chaotisch achterland met elkáár bevechtende kameraden. De bewoners van Krasnoje, dat letterlijk 'Rode' of 'Rooddorp' betekent en model staat voor de hele Sovjet-Unie, blijken zich niet al te ijverig op te offeren in de strijd tegen de indringer. Bij de oorlogstijding zijn ze alleen geïnteresseerd in hamsteren en onder vreemde bezetting horen ze de toespraak van een Duitse officier even gedwee aan als de redevoeringen van hun eigen commissarissen. Er wordt op grote schaal gecollaboreerd. Voor de meesten zijn de nazi's en de communisten lood om oud ijzer. Het Rode Leger is een gedesorganiseerd zootje. Een heel regiment kan nauwelijks één man de baas. De sovjetwetenschap wordt geridiculiseerd in de figuur van Gládysjev en diens WENS-hybride en de Vooruitstrevende Leer wordt gepersifleerd in de theorie van een prominent geleerde over een onder het communisme in gang gezette evolutie van kortschedeligheid naar langschedeligheid, waaruit de grotere hersenomvang en dus intellectuele superioriteit van het sovjetras, pardon, de klasse der sovjetburgers zou blijken.

Voor alles is *Tsjonkin* een afrekening met de Geheime Politie, indertijd NKVD en later KGB geheten, die overigens in de roman nergens bij name genoemd wordt. Zij wordt slechts geheimzinnig-veelbetekenend aangeduid als 'De Instelling', 'De Instantie' of 'Een Zekere Plaats'. Deze organisatie voert in *Tsjonkin* (wederom nauwelijks een overdrijving vergeleken met de werkelijkheid) een succesvolle vernietigingsoorlog tegen haar eigen medeburgers. Zij werkt hierdoor onbewust samen met de Duitsers. Of zelfs bewust, zoals blijkt uit het geval Kápa/Kurt en uit de autobiografie van de anticommunistische veiligheidsbeambte Zapjatájev (dit ingelaste verhaal in *De kroonpretendent* is een satirisch meesterwerkje op zich).

Ook dieren dragen hun steentje bij in de strijd tegen het communisme. Njoera's koe Krasávka vreet Gladysjevs aanplant op en zet daarmee alle daaropvolgende verwikkelingen in gang. De door de eerste twee boeken heen spokende ruin Osoaviachím (de naam is een monstrueuze sovjetafkorting van 'Maatschappij tot steun aan de defensie en de opbouw van de aëro-chemische sector in de USSR') brengt de vooruitstrevende levensovertuiging van Gladysjev aan het wankelen, maakt hoofdredacteur Jermolkin krankzinnig en zorgt bij de begrafenis van Miljága met zijn schedel voor een ongehoord schandaal. Samen met de eenvoudigen van geest onder de mensen (behalve Tsjonkin ook Njoera) vormen zij een noodlottige interne vijand die de totalitaire staat van binnen uit doeltreffend ondermijnt.

REGISTER VAN LITERAIRE PERSONAGES, GENOEMD IN DE SAMENVATTINGEN

Het bladzijdenummer verwijst naar de eerste keer dat een personage wordt genoemd in een samenvatting. De naam waaronder een personage in het register is opgenomen, is die waaronder het vooral bekend is geworden: de achternaam (Mysjkin); de voornaam (Natasja); de voor- en vadersnaam (Nastasja Filippovna); de vadersnaam (Saveljitsj); de koosnaam (Aljosja) of een bijnaam (Judasjc).

Abakoemov, 1) *In de eerste cirkel - 230;* 2) *De Goelag Archipel - 259*

Ableoechov (Apollon Apollonovitsj), *Petersburg - 42*

Acteur, *Op de bodem - 25*

Adenauer, *De Goelag Archipel - 321*

Afonka Bida, *Rode Ruiterij - 95*

Aglaja Revkina, *De merkwaardige lotgevallen van soldaat Ivan Tsjonkin - 387*

Aksinja (Astachova), *De Stille Don - 120*

Aldan-Semjonov, *De Goelag Archipel - 323*

Aleksandr Aleksandrovitsj Gromeko, *Dokter Zjivago - 170*

Aleksandr Oeljanov, *De Goelag Archipel - 307*

Aljosjka, *Een dag uit het leven van Ivan Denisovitsj - 214*

Andrej (Prozorov), *De drie zusters - 6*

Andrej (Startsov), *Steden en jaren - 62*

Anja, *De kersentuin - 15*

Anna, *Op de bodem - 26*

Anna Ivanovna (Gromeko), *Dokter Zjivago - 170*

Anna Petrovna (Ableoechova), *Petersburg - 42*

Anna Pogoedko, *De Stille Don - 128*

Anna Skripnikova, *De Goelag Archipel - 303*
Aphranius, *De meester en Margarita - 196*
Aphrodite (Gladysjeva), *De merkwaardige lotgevallen van soldaat Ivan Tsjonkin - 375*
Apolek, *Rode Ruiterij - 92*
Apollon Apollonovitsj Ableoechov, *Petersburg - 42*
Arnold Rappoport, *De Goelag Archipel - 308*
Asja, *Het kankerpaviljoen - 241*
Averbách (I), *De Goelag Archipel - 280*
Averbách (L), *De Goelag Archipel - 280*
Avijeta (Roesanova), *Het kankerpaviljoen - 240*
Azazello, *De meester en Margarita - 192*

Baas, *Gapende hoogten - 349*
Bar-Abbas, *De meester en Margarita - 195*
Baron, *Op de bodem - 25*
Barsoetski, *Rode Ruiterij - 103*
Behemoth, *De meester en Margarita - 192*
Belletrist, *Gapende hoogten - 352*
Belov, *De Goelag Archipel - 261*
Beria, 1) *De Goelag Archipel - 259;* 2) *De merkwaardige lotgevallen van soldaat Ivan Tsjonkin - 383*
Berlioz, *De meester en Margarita - 193*
Bezdomny (=Ivan Nikolajevitsj Ponyrjov), *De meester en Margarita - 193*
Bezoeker, *Gapende hoogten - 353*
Bladluis, *Gapende hoogten - 357*
Bobik, *De drie zusters - 7*
Bobynin, *In de eerste cirkel - 230*
Boebnov, *Op de bodem - 26*
Boedjonny, *Rode Ruiterij - 90*
Boecharin, *De Goelag Archipel - 267*
Boejnovski, *Een dag uit het leven van Ivan Denisovitsj - 214*
Boentsjoek, *De Stille Don - 125*
Boetylko, *De merkwaardige lotgevallen van soldaat Ivan Tsjonkin - 382*

Borisov, *De merkwaardige lotgevallen van soldaat Ivan Tsjonkin* - *381*
Borka, *De merkwaardige lotgevallen van soldaat Ivan Tsjonkin* - *373*
Bosoj (Nikanor Ivanovitsj), *De meester en Margarita* - *196*
Braclawski, Elia, *Rode Ruiterij* - *108*
Braclawski, Motale, *Rode Ruiterij* - *95*

Capitulant, *Gapende hoogten* - *344*
Charlotte Ivanovna, *De kersentuin* - *17*
Chef, *Gapende hoogten* - *344*
Chlebnikov, *Rode Ruiterij* - *98*
Chorobrov, *In de eerste cirkel 229*
Chroesjtsjov, 1) *De Goelag Archipel* - *324;* 2) *De merkwaardige lotgevallen van soldaat Ivan Tsjonkin* - *390*

D-503, *Wij* - *79*
Darja (Melechova), *De Stille Don* - *119*
Demagoog, *Gapende hoogten* - *349*
Denikin, *De Stille Don* - *127*
Denker, *Gapende hoogten* - *352*
Djakov, 1) *Rode Ruiterij* - *92;* 2) *De Goelag Archipel* - *323*
Djomka, *Het kankerpaviljoen* - *239*
Doedkin, *Petersburg* - *43*
Doenjasja, *De kersentuin* - *17*
Doenjasjka (Melechova), *De Stille Don* - *119*
Dontsova, *Het kankerpaviljoen* - *243*
Dolgoesjov, *Rode Ruiterij* - *96*
Drynov, *De merkwaardige lotgevallen van soldaat Ivan Tsjonkin* - *377*
Dubbelhart, *Gapende hoogten* - *352*
Dzerzjinski, *De Goelag Archipel* - *263*
Dzjoegasjvili, *De merkwaardige lotgevallen van soldaat Ivan Tsjonkin* - *389*

Echtgenote, *Gapende hoogten* - *344*
Elia Braclawski, *Rode Ruiterij* - *108*
Eliza, *Rode Ruiterij* - *91*

Elka, *Rode Ruiterij* - 92

Fagot (=Korovjev), *De meester en Margarita* - 192
Fastenko, *De Goelag Archipel* - 260
Fetjoekov, *Een dag uit het leven van Ivan Denisovitsj* - 214
Figoerin, *De merkwaardige lotgevallen van soldaat Ivan Tsjonkin* - 381
Filippov, *De merkwaardige lotgevallen van soldaat Ivan Tsjonkin* - 378
Firin, *De Goelag Archipel* - 280
Firs, *De kersentuin* - 17
Fjodor Koerdjoekov, *Rode Ruiterij* - 91
Fluim, *Gapende hoogten* - 357
Fomin, *De Stille Don* - 129
Freileben, von, *Steden en jaren* - 63
Frenkel, *De Goelag Archipel* - 279
Frida, *De meester en Margarita* - 200

Gajev, *De kersentuin* - 15
Galin, *Rode Ruiterij* 101
Garanzja, *De Stille Don* - 124
Gedali, *Rode Ruiterij* - 94
Gerasimovitsj, *In de eerste cirkel* - 230
Gladysjev, *De merkwaardige lotgevallen van soldaat Ivan Tsjonkin* - 373
Golitsyn, *De merkwaardige lotgevallen van soldaat Ivan Tsjonkin* - 371
Goloebev, *De merkwaardige lotgevallen van soldaat Ivan Tsjonkin* - 374
Gomulka, *De Goelag Archipel* - 290
Goptsjik, *Een dag uit het leven van Ivan Denisovitsj* - 214
Gorbatsjov, *De merkwaardige lotgevallen van soldaat Ivan Tsjonkin* - 391
Gorki (Maksim), *De Goelag Archipel* - 278
Grigori (Melechov), *De Stille Don* - 199
Grisjaka, *De Stille Don* - 133
Grisjtsjoek, *Rode Ruiterij* - 96
Groesjina, *Een kleine demon* - 35
Grondeter, *Gapende hoogten* - 354
Guichard, *Dokter Zjivago* - 171

Hansopje, *Gapende hoogten - 355*
Heinrich Adolf (Urbach), *Steden en jaren - 64*
Hella, *De meester en Margarita - 192*
Hitler, 1) *De Goelag Archipel - 255;* 2) *De merkwaardige lotgevallen van soldaat Ivan Tsjonkin - 374*
Husák, *De Goelag Archipel - 290*
I-330, *Wij - 79*

Iemand, *Gapende hoogten - 346*
Ignatovski, *De Goelag Archipel - 269*
Iljinitsjna (Melechova), *De Stille Don - 199*
Inber (Vera), *De Goelag Archipel - 294*
Instituutsdirecteur, *Gapende hoogten - 346*
Irina, *Rode Ruiterij - 101*
Irina (Prozorova), *De drie zusters - 6*
Ivan Aggejev, *Rode Ruiterij - 103*
Ivan Akinfijev, *Rode Ruiterij - 104*
Ivan Denisovitsj (Sjoechov), *Een dag uit het leven van Ivan Denisovitsj - 213*
Ivan Nikolajevitsj Ponyrjov (=Bezdomny), *De meester en Margarita - 193*

Jagoda, *De Goelag Archipel - 259*
Jakoebovitsj (M.P.), *De Goelag Archipel - 267*
Jakonov, *In de eerste cirkel - 228*
Janos Rozsas, *De Goelag Archipel - 308*
Jasja, *De kersentuin - 17*
Jefrem Poddoejev, *Het kankerpaviljoen - 238*
Jehoeda uit Karioth, *De meester en Margarita - 196*
Jepichodov, *De kersentuin - 17*
Jermolkin, *De merkwaardige lotgevallen van soldaat Ivan Tsjonkin - 379*
Jesjoea (Ha-Notsri), *De meester en Margarita - 193*
Jevgeni Listnitski, *De Stille Don - 121*
Jevgraf (Zjivago), *Dokter Zjivago - 173*
Jevpraksejin, *De merkwaardige lotgevallen van soldaat Ivan Tsjonkin - 379*
Jezjov, *De Goelag Archipel - 259*

Jezus Christus, *De Twaalf* - *58*
Joera (Joeri Andrejevitsj Zjivago), *Dokter Zjivago* - *170*
Joera (Roesanova), *Het kankerpaviljoen* - *241*
Joeri Je., *De Goelag Archipel* - *260*

Kádár, *De Goelag Archipel* - *290*
Kaganovitsj, *De Goelag Archipel* - *288*
Kaïfa, *De meester en Margarita* - *195*
Kaledin, *De Stille Don* - *127*
Kaluzny, *De merkwaardige lotgevallen van soldaat Ivan Tsjonkin* - *390*
Kamenev, *De Goelag Archipel* - *267*
Kandidaat, *Gapende hoogten* - *346*
Kapa, *De merkwaardige lotgevallen van soldaat Ivan Tsjonkin* - *376*
Kaparin, *De Stille Don* - *141*
Kapitolina (Roesanova), *Het kankerpaviljoen* - *240*
Kapoelja (zie Kapa), *De merkwaardige lotgevallen van soldaat Ivan Tsjonkin* - *388*
Katalina von Heiß (zie Kapa), *De merkwaardige lotgevallen van soldaat Ivan Tsjonkin* - *385*
Katenka (Antipova), *Dokter Zjivago* - *172*
Katka, *De Twaalf* - *57*
Kildigs, *Een dag uit het leven van Ivan Denisovitsj* - *215*
Kilin, *De merkwaardige lotgevallen van soldaat Ivan Tsjonkin* - *374*
Kirov - *De Goelag Archipel* - *254*
Klara, *In de eerste cirkel* - *231*
Klesjtsj, *Op de bodem* - *26*
Klodderaar, *Gapende hoogten* - *355*
Knor, *Gapende hoogten* - *349*
Koelygin, *De drie zusters* - *6*
Koerdjoekov, *Rode Ruiterij* - *91*
Kolesnikov, *Rode Ruiterij* - *96*
Kolja (Vedenjapin), *Dokter Zjivago* - *170*
Komarovski, *Dokter Zjivago* - *171*
Kondrasjov-Ivanov, *In de eerste cirkel* - *229*

Kopelev, *De Goelag Archipel - 321*
Kornilov, *De Stille Don - 126*
Korovjev (=Fagot), *De meester en Margarita - 192*
Korsjoenov (Miron), *De Stille Don - 128*
Kostoglotov (Oleg), *Het kankerpaviljoen - 239*
Kostyljov, *Op de bodem - 26*
Kotljarov (Ivan Aleksejevitsj), *De Stille Don - 122*
Krasnov, *De Stille Don - 128*
Krylenko, *De Goelag Archipel - 264*
Kunstenaar, *Gapende hoogten - 352*
Kurt (zie Kapa), *De merkwaardige lotgevallen van soldaat Ivan Tsjonkin - 380*
Kurt Wahn, *Steden en jaren - 62*
Kvasjnja, *Op de bodem - 26*

Lara (Larisa Guichard), *Dokter Zjivago - 171*
Lasteraar, *Gapende hoogten - 244*
Lenin, *De Goelag Archipel - 253*
Leonov, *De Goelag Archipel - 293*
Lependin (Fjodor), *Steden en jaren - 66*
Leraar, *Gapende hoogten - 353*
Lesnych (=Liberius), *Dokter Zjivago - 175*
Liberius (=Lesnych), *Dokter Zjivago - 175*
Lichodejev, *De meester en Margarita - 196*
Lichoetin, *Petersburg - 43*
Lid, *Gapende hoogten - 356*
Lippantsjenko, *Petersburg - 44*
Listnitski, *De Stille Don - 121*
Liza (Mochova), *De Stille Don - 122*
Ljoedmila, *Een kleine demon - 35*
Ljoeska, *De merkwaardige lotgevallen van soldaat Ivan Tsjonkin - 375*
Ljoetov, *Rode Ruiterij - 90*
Ljovka, *Rode Ruiterij - 104*
Loeka, *Op de bodem - 26*
Loezjin, *De merkwaardige lotgevallen van soldaat Ivan Tsjonkin - 380*

Loezjin (Aleksandr Ivanovitsj), *De verdediging* - *157*
Lopachin, *De kersentuin* - *16*
Ludomirski, *Rode Ruiterij* - *102*
Luilak, *Gapende hoogten* - *352*
Luis, *Gapende hoogten* - *357*
Luizerd, *Gapende hoogten* - *357*

Majakovski, *De Goelag Archipel* - *291*
Malenkov, *De Goelag Archipel* - *315*
Margarita (Nikolajevna), *De meester en Margarita* - *194*
Marie (Urbach), *Steden en jaren* - *63*
Marina, *Dokter Zjivago* - *178*
Marta, *Een kleine demon* - *34*
Martsjenko, *De Goelag Archipel* - *324*
Masamed, *De Goelag Archipel* - *308*
Masja (Prozorova), *De drie zusters* - *6*
Mattheüs Levi, *De meester en Margarita* - *195*
Matvej Rodionytsj Pavlitsjenko, *Rode Ruiterij* - *97*
Medewerker, *Gapende hoogten* - *344*
Medvedev, *Op de bodem* - *26*
Melechov, *De Stille Don* - *119*
Melovani, *De merkwaardige lotgevallen van soldaat Ivan Tsjonkin* - *389*
Mikoelitsyn, *Dokter Zjivago* - *174*
Miljaga, *De merkwaardige lotgevallen van soldaat Ivan Tsjonkin* - *376*
Mironov, *De Stille Don* - *129*
Misja Gordon, *Dokter Zjivago* - *170*
Misjatka (Melechov), *De Stille Don* - *125*
Misjka Kosjevoj, *De Stille Don* - *122*
Mitka Korsjoenov, *De Stille Don* - *122*
Mochov, *De Stille Don* - *122*
Morkovin (=Voronkov), *Petersburg* - *43*
Motale Braclawski, *Rode Ruiterij* - *95*
Mühlen-Schönau (Maximilian Johann von zur), *Steden en jaren* - *64*
Muis, *Gapende hoogten* -*357*

Nastja, *Op de bodem* - *26*
Natasja, *De drie zusters* - *7*
Natasja Korsjoenova, *De Stille Don* - *120*
Natasja (zus van Vasilisa), *Op de bodem* - *26*
Nekrasov (Viktor), *De Goelag Archipel* - *293*
Nerzjin, *In de eerste cirkel* - *226*
Neurasthenicus, *Gapende hoogten* - *356*
Nika Doedorov, *Dokter Zjivago* - *178*
Nikita Balmasjov, *Rode Ruiterij* - *100*
Nikitinski, *Rode Ruiterij* - *97*
Nikolaj (Ableoechov), *Petersburg* - *42*
Nikolaj Vedenjapin, *Dokter Zjivago* - *170*
Njoera (Anna Beljasjova), *De merkwaardige lotgevallen van soldaat Ivan Tsjonkin* - *371*

O-90, *Wij* - *80*
Olga (Prozorova), *De drie zusters* - *6*
Olga Nikolajevna, *De Stille Don* - *130*
Opalikov, *De merkwaardige lotgevallen van soldaat Ivan Tsjonkin* - *387*
Osoaviachim, *De merkwaardige lotgevallen van soldaat Ivan Tsjonkin* - *375*

Paltsjinski, *De Goelag Archipel* - *289*
Paniekzaaier, *Gapende hoogten* - *344*
Pantelej Prokovjevitsj (Melechov), *De Stille Don* - *199*
Pantelejev, *Een dag uit het leven van Ivan Denisovitsj* - *215*
Pasja Antipov (=Strelnikov), *Dokter Zjivago* - *171*
Pasjka Tichomolov, *Rode Ruiterij* - *108*
Paul Hennig, *Steden en jaren* - *63*
Pavlo, *Een dag uit het leven van Ivan Denisovitsj* - *215*
Peredonov, *Een kleine demon* - 34
Petja Kisjkin, *De Goelag Archipel* - *308*
Petro (Melechov), *De Stille Don* - *119*
Petroecha, *De Twaalf* - *57*
Pisjtsjik, *De kersentuin* - *17*

Podtjolkov, *De Stille Don - 127*
Poljoesjka, *De Stille Don - 125*
Pontius Pilatus, *De meester en Margarita - 193*
Prisjtsjepa, *Rode Ruiterij - 98*
Prochor Zykov, *De Stille Don - 133*
Protopópov, *De drie zusters - 8*
Przewalski, *De merkwaardige lotgevallen van soldaat Ivan Tsjonkin - 389*

R-13, *Wij - 80*
Radek, *De Goelag Archipel - 267*
Radović, *In de eerste cirkel - 230*
Ranevskaja (Ljoebov Andrejevna), *De kersentuin -15*
Rat, *Gapende hoogten - 357*
Rechtminnaar, *Gapende hoogten - 352*
Regisseur, *Gapende hoogten - 355*
Revkin, *De merkwaardige lotgevallen van soldaat Ivan Tsjonkin -376*
Rimski, *De meester en Margarita - 197*
Rita (Tveretskaja), *Steden en jaren 68*
Roditsjev, *Het kankerpaviljoen - 241*
Roebin, *In de eerste cirkel - 226*
Roesanov (Pavel), *Het kankerpaviljoen - 240*
Roeska Doronin, *In de eerste cirkel - 229*
Roetilov, *Een kleine demon - 34*
Rojtman, *In de eerste cirkel - 230*
Romuald, *Rode Ruiterij - 91*
Rykov, *De Goelag Archipel - 267*

S-4711, *Wij - 81*
Samoesjkin, *De merkwaardige lotgevallen van soldaat Ivan Tsjonkin - 372*
Sasja (Pylnikov), *Een kleine demon - 35*
Sasjka, *Rode Ruiterij - 97*
Satin, *Op de bodem - 25*
Savitski, *Rode Ruiterij - 94*
Schizofreen, *Gapende hoogten - 353*

Schlegel, Horst, *De merkwaardige lotgevallen van soldaat Ivan Tsjonkin* - *385*
Schreeuwlelijk, *Gapende hoogten* - *353*
Semjon Koerdjoekov, *Rode Ruiterij* - *91*
Senka Klevsjin, *Een dag uit het leven van Ivan Denisovitsj* - *214*
Serebrjakova, *De Goelag Archipel* - *323*
Sidorov, *Rode Ruiterij* - *93*
Simotsjka, *In de eerste cirkel* - *228*
Sirin, *De Goelag Archipel* - *308*
Sjalamov, *De Goelag Archipel* - *284*
Sjelest, *De Goelag Archipel* - *323*
Sjeveljov, *Rode Ruiterij* - *104*
Sjikin, *In de eerste cirkel* - *229*
Sjoechov (Ivan Denisovitsj), *Een dag uit het leven van Ivan Denisovitsj* - *213*
Sjoeloebin, *Het kankerpaviljoen* - *238*
Socioloog, *Gapende hoogten* - *344*
Sofja Petrovna (Lichoetina), *Petersburg* - *43*
Soljony, *De drie zusters* - *7*
Stepan Losjtsjilin, *De Goelag Archipel* - *304*
Stjopka (Doeplisjtsjev), *Rode Ruiterij* - *106*
Sologdin, *In de eerste cirkel* - *227*
Spiridon, *In de eerste cirkel* - *227*
Stalin, 1) *In de eerste cirkel* - *226;* 2) *De Goelag Archipel* - *253;* 3) *De merkwaardige lotgevallen van soldaat Ivan Tsjonkin* - *372*
Stepan Astachov, *De Stille Don* - *120*
Stockman (Osip Davidovitsj), *De Stille Don* - *122*
Strelnikov (=Pasja Antipov), *Dokter Zjivago* - *174*
Sul, *Gapende hoogten* - *348*
Svintsov, *De merkwaardige lotgevallen van soldaat Ivan Tsjonkin* - *384*

Tanja, *Dokter Zjivago* - *180*
Tenno, *De Goelag Archipel* - *309*
Tichon, *De Goelag Archipel* - *264*
Timofejev-Ressovski, *De Goelag Archipel* - *272*
Tjoerin, *Een dag uit het leven van Ivan Denisovitsj* - *213*

Tonja (Gromeko/Zjivago), *Dokter Zjivago* - *170*
Troenov, *Rode Ruiterij* - *102*
Trofimov (Petja), *De kersentuin* - *16*
Tsjeboetykin, *De drie zusters* - *7*
Tsezar, *Een dag uit het leven van Ivan Denisovitsj* - *214*
Tsjonkin, Ivan, *De merkwaardige lotgevallen van soldaat Ivan Tsjonkin* - *371*
Turati, *De verdediging* - *158*
Tusenbach, *De drie zusters* - *7*
Tuzinkiewicz, *Rode Ruiterij* - *102*

Ü, *Wij* - *81*
Urbach, *Steden en jaren* - *63*

Vadim Zatsyrko, *Het kankerpaviljoen* - *239*
Valentinov, *De verdediging* - *158*
Vanka, *De Twaalf* - *57*
Varenoecha, *De meester en Margarita* - *197*
Varja, *De kersentuin* - *16*
Varvara, *Een kleine demon* - *34*
Vasili, *Rode Ruiterij* - *101*
Vasili Koerdjoekov, *Rode Ruiterij* - *91*
Vasili Vlasov, *De Goelag Archipel* - *269*
Vasilisa (Kostyljova), *Op de bodem* - *26*
Vasja Konkin, *Rode Ruiterij* - *99*
Vaska Pepel, *Op de bodem* - *26*
Vera Gangart (Wega), *Het kankerpaviljoen* - *243*
Versjina, *Een kleine demon* - *34*
Versjinin, *De drie zusters* - *7*
Vinogradov, *Rode Ruiterij* - *100*
Vlasov, *De Goelag Archipel* - *262*
Volkov, *Rode Ruiterij* - *105*
Volodin, *Een kleine demon* - *35*
Volodin (Innokenti), *In de eerste cirkel* - *225*
Voronkov (=Morkovin), *Petersburg* - *43*

Vorosjilov, 1) *Rode Ruiterij - 106;* 2) *De Goelag Archipel - 321*
Vysjinski, *De Goelag Archipel - 276*
Wega (Vera Gangart), *Het kankerpaviljoen - 243*
Weldoener, *Wij - 78*
Woland, *De meester en Margarita - 192*
Wrangel, *De Stille Don - 138*

Zanger, *Gapende hoogten - 355*
Zapjatajev, *De merkwaardige lotgevallen van soldaat Ivan Tsjonkin - 378*
Zinovjev, *De Goelag Archipel - 267*
Zjdanov, *De Goelag Archipel - 309*
Zjivago (Joeri Andrejevitsj), *Dokter Zjivago - 170*
Zoja, *Het kankerpaviljoen - 243*
Zwetser, *Gapende hoogten - 353*

REGISTER VAN HISTORISCHE PERSONEN, GENOEMD IN DE ANALYSES

De bladzijden waarop de namen van de auteurs bij de analyse van een eigen werk voorkomen, zijn hier niet vermeld. Alleen op de namen van Russische personen zijn klemtoontekens geplaatst.

Abakóemov, Víktor Semjónovitsj - 234
Adamóvitsj, Geórgi Víktorovitsj - 163
Aljéchin, Aleksándr Aleksándrovitsj – 166
Amfiteátrov, Aleksándr Valentínovitsj - 38
Andréjev, Leonid Nikolájevitsj – 10
Andréjeva, María Fjódorovna - 28
Apuleius - 359
Arzják, Nikoláj - 392
Averbách, Ida Leonídovna - 333

Berbérova, Nína Nikolájevna - 162
Béria, Lavrénti Pávlovitsj – 397, 399
Berlioz, Hector - 204, 208
Bernlef, J. - 167
Bjély, Andréj – 18, 60, 72, 87, 88, 184, 234
Blok, Aleksándr Aleksándrovitsj – 11, 38
Boechárin, Nikoláj Ivánovitsj – 190, 334, 395
Boedjónny, Semjón Michájlovitsj – 109, 111, 112
Boelgákova, Jeléna Sergéjevna - 208
Bóenin, Iván Alekséjevitsj – 161

Borísov, Vadim Michájlovitsj - 332
Bortkó, Vladímir Vladímirovitsj – 212
Brézjnev, Leoníd Iljítsj – 70, 143, 149, 203, 331, 333, 358, 364, 365, 392

Carroll, Lewis - 165
Chodasévitsj, Vladisláv Felitsiánovitsj – 31, 161
Chroesjtsjóv, Nikíta Sergéjevitsj – 70, 149, 182, 217, 218, 220, 232, 233, 246, 248, 332, 364
Conquest, Robert – 334, 336

Dallin, David - 336
De Tocqueville, Alexis - 359
Dickens, Charles - 77
Djakóv, Borís Aleksándrovitsj - 329
Dostojévski, Fjódor Michájlovitsj – 38, 39, 40, 48, 49, 51, 86, 87, 187, 210, 219, 221, 234, 340, 341

Ehrenbúrg, Iljá Grigórjevitsj – 110
Elbaum, Henrikh – 209

Fadéjev, Aleksándr Aleksándrovitsj - 143
Fédin, Konstantín Aleksándrovitsj – 50, 114, 181, 184, 246
Feltrinelli, Giangiacomo – 181
Fischer, Bobby - 166
Fischer, George – 336
Fonvízin, Denís Ivánovitsj - 365
Frénkel, Naftáli Arónovitsj – 340
Freud, Sigmund – 167

Gálitsj, Aleksándr – 331, 364
Gársjin, Vsévolod Michájlovitsj – 166
Génis, Aleksándr Aleksándrovitsj - 359
Gerasímov, Sergéj Apollinárjevitsj - 143
Goemiljóv, Nikoláj Stepánovitsj – 58

Goethe, Johann Wolfgang von –206, 207
Gógol, Nikoláj Vasíljevitsj – 20, 39, 41, 48, 49, 50, 88, 117, 164, 166, 365, 394, 395, 396, 397
Gomulka, Wladyslaw – 220
Gontsjaróv, Iván Aleksándrovitsj – 73, 75
Gorbatsjóv, Geórgi Jefímovitsj – 115
Gorbatsjóv, Michaíl Sergéjevitsj – 332
Górki, Maksím – 10, 18, 76, 83, 109, 111, 115, 143, 154
Gorris, Marleen – 162

Hašek, Jaroslav - 395
Herling-Grudzinski, Gustaw – 217, 336
Híppius, Zinaída Nikolájevna – 58
Hitler, Adolf – 329
Hoffman, Ernst Theodor Amadeus - 71
Huxley, Aldous – 84, 359

Ígor Svjatoslávitsj - 235
Ionesco, Eugène – 358
Ivánov, Geórgi Vladímirovitsj - 163
Ivánov, Vjatsjesláv Ivánovitsj – 46
Ivánov, Vsévolod Vjatsjeslávovitsj - 114
Ivínskaja, Ólga Vsévolodovna – 186

Jákovlev, Borís - 336
Jéltsin, Borís Nikolájevitsj – 369
Jesénin, Sergéj Aleksándrovitsj - 60
Jevtoesjénko, Jevgéni Aleksándrovitsj – 331, 364
Jezus Christus – 203, 205, 209, 210, 211
Johannes de Evangelist – 209
Josephus Flavius – 209
Joyce, James - 51
Judas Iskariot - 210
Kafka, Franz – 51

Kajafas – 210
Kaledín, Alekséj Maksímovitsj - 153
Kámenev, Lev Borísovitsj - 190
Katájev, Valentín Petróvitsj - 329
Kennan , George – 333, 334, 335
Kieseritzky, Lionel - 166
Kjetsaa, Geir – 144
Knípper, Olga Leonárdova (later: Tsjéchova) – 10, 19, 28
Koeprín, Aleksándr Ivánovitsj - 161
Koergánov, Iván Alekséjevitsj - 332
Kópelev, Lev Zinóvjevitsj – 233, 234, 331
Korníłov, Lavr Geórgijevitsj - 153
Krjóekov, Fjódor Dmítrijevitsj – 143, 144, 150
Krylénko, Nikoláj Vasíljevitsj - 333

Lavrenjóv, Borís Andréjevitsj - Zjivago
Lean, David - Zjivago
Lénin, Vladímir IIjítsj – Twaalf; Zjivago; EC; KP; GA (7x); GH
Leónov, Leoníd Maksímovitsj – RR; Don; KP
Ljoebímov, Jóeri Petróvitsj – MM; GH
Loenatsjárski, Anatóli Vasíljevitsj – Twaalf (2x)

Majakóvski, Vladímir Vladímirovitsj – Twaalf; Wij
Maksímov, Vladímir Jemeljánovitsj - GA
Mann, Heinrich - KD
Mann, Thomas – Heer
Marsják, Samoeíl Jákovlevitsj - ID
Mártsjenko, Anatóli Tíchonovitsj - GA
Mattheüs de Evangelist – MM (3x)
Medvédev, Roy Aleksándrovitsj – Don; GA (5x)
Medvedeva-Tomasjevskaja, Irína Nikolájevna – Don
Ménsjikov, Olég Jevgénjevitsj - Zjivago
Merezjkóvski, Dmítri Sergéjevitsj – Twaalf
Meyerhold, Vsévolod Emíljevitsj – Drie

Michalków, Sergéj Vladímirovitsj – KP; GA
Mírsky, Dmítri – KD
Moskvín, Iván Michájlovitsj - Bodem

Nabókov, Vladímir Vladímirovitsj – Peter; Zjivago
Napoleon - Peter; GA
Néigauz, Zinaída Nikolájevna (later: Pasternák) - Zjivago
Neïstvéstny, Ernst Iósifovitsj – GH (3x)
Nemiróvitsj-Dántsjenko, Vladímir Ivánovitsj – Drie; Kers; Bodem
Nicholson, Michael - GA
Nicolaevsky, Boris - GA
Nikodemus – MM
Nimzowitsch, Aron - Verdediging

Orwell, George – Wij (2x); GA; GH; Tsjon
Ostróvski, Alesándr Nikolájevitsj - Bodem

Pánin, Dmítri Michájlovitsj – EC (2x)
Paoestóvski, Konstantín Geórgijevitsj - RR
Pasternák, Borís Leonídovitsj – SJ (2x)
Petljóera, Símon Vasíljevitsj – RR (2x)
Petronius - GH
Philo van Alexandrië – MM
Pilnják, Borís – Peter; SJ; RR; Zjivago
Piłsudski, Józef- RR
Pímen (burgernaam: Sergéj Michájlovitsj Izvékov) - GA
Plato - GH
Platónov, Andréj – Wij
Plehwe, Vjatsjesláv Konstantínovitsj (von) – Bodem; Peter
Podtjólkov, Fjódor Grigórjevitsj – Don (2x)
Póesjkin, Aleksándr Sergéjevitsj – Peter (3x); Verdediging; KP
Póetin, Vladímir Vladímirovitsj - GH
Polevój, Borís Nikolájevitsj - GA
Pontius Pilatus – MM (2x)

Prósjkin, Aleksándr Anatóljevitsj - Zjivago
Proust, Marcel - Peter

Reinhardt, Max – Bodem
Renan, Ernest - MM
Renoir, Jean - Bodem
Resjetóvskaja, Natálja Alekséjevna – GA (3x)
Rodenko, Paul – Twaalf
Roosevelt, Eleanor - EC
Rubinstein, Akiba - Verdediging
Russell, Bertrand - GA

Sácharov, Andréj Dmítrijevitsj – GA; Tsjon
Saltykóv-Sjtsjedrín, Michaíl Jevgráfovitsj - KD (2x); GH (2x)
Sartre, Jean-Paul - GA
Serafim (burgernaam: Vladímir Mirónovitsj Nikítin) - GA
Sídorov, Jevgéni Yurevich - MM
Símonov, Konstantín Michájlovitsj – Zjivago; MM; GA
Sinjávski, Andréj Donátovitsj (zie: Terts)
Sjalámov, Varlám Tíchonovitsj – ID (3x); GA (3x)
Sjaljápin, Fjódor Ivánovitsj - Bodem
Sjólochov, Michaíl Aleksándrovitsj - KP
Solzjenítsyn, Aleksándr Isájevitsj – Don (2x); Zjivago; GH (5x); Tsjon (2x)
Solzjenítsyna, Natálja Dmítrijevna (geboren Svetlóva) - GA
Stálin, Jósif Vissariónovitsj – Wij; RR (2x); Don (11x); Zjivago (2x); ID (5x); EC (4x); KP; GA (13x); GH (2x); Tsjon (8x)
Stanislávski, Konstantín Sergéjevitsj - Drie (2x); Kers (3x); Bodem (2x); MM
Steiner, Rudolf – Peter
Stender-Petersen, Adolf - Drie
Strauss, David – MM
Svetlóva, Natálja Dmítrijeva (zie Solzjenitsyna)

Tacitus – MM
Tartakower, Sawiella - Verdediging
Terts, Abrám – SJ; GH; Tsjon
Timosjénko, Semjón Konstantínovitsj - RR
Toergénjev, Iván Sergéjevitsj – SJ
Tolstój, Alekséj Nikolájevitsj - Don
Tolstój, Lev Nikolájevitsj – Drie; Bodem (2x); Heer (2x); Don (2x); Verdediging; Zjivago (2x); ID; EC; KP; GA (2x); GH (2x)
Trótski, Lev Davídovitsj – RR; Don (3x); Zjivago; GH
Tsjajkóvski, Pjotr Iljítsj – Peter
Tsjéchov, Antón Pávlovitsj – Bodem (5x); KD; Heer; ID
Tsjoekóvskaja, Lídia Kornéjevna – ID; KP; GA (2x)
Tsjoekóvski, Kornéj Ivánovitsj - ID
Tvardóvski, Aleksándr Trífonovitsj – ID (3x); EC; KP

Ulbricht, Walter – ID
Updike, John - Verdediging

Vajl, Pjotr Lvovitsj - GH
Vitkevitsj, Nikolaj Dmítrijevitsj – GA (3x)
Vlásov, Andréj Andréjevitsj – GA (2x)
Vojnóvitsj, Vladímir Nikolájevitsj – GA; GH
Volkónski, Nikoláj Sergéjevitsj – OV
Voltaire - MM
Voronjánskaja, Jelizavéta Denísovna - GA
Vorosjílov, Kliménti Jefrémovitsj – RR
Vries, Theun de - ID
Vysjínski, Andréj Janoeárjevitsj - GA
Vysótski, Vladímir Semjónovitsj - Tsjon

Wells, Herbert George. – Wij (3x)
Weststeijn, Willem G. - GH

Zalýgin, Sergéj Pávlovitsj - GA
Zamjátin, Jevgéni Ivánovitsj – Bodem; Peter; SJ; Verdediging; GA; GH
Zinóvjev, Aleksándr Aleksándrovitsj - Tsjon
Zinóvjev, Grigóri Jevséjevitsj – Zjivago
Zósjtsjenko, Michaíl Michájlovitsj – Tsjon
Zweig, Stefan - Verdediging

INHOUD

Ten Geleide 5

Tsjechov
De drie zusters..7
De kersentuin..15

Gorki
Op de bodem..25

Sologoeb
Een kleine demon..34

Bjely
Petersburg..42

Boenin
De heer uit San Francisco..52

Blok
De Twaalf..57

Fedin
Steden en jaren..62

Zamjatin
Wij..78

Babel
Rode Ruiterij..90

Sjolochov
De Stille Don 119

Nabokov
De verdediging 157

Pasternak
Dokter Zjivago 170

Boelgakov
De Meester en Margarita 192

Solzjenitsyn
Een dag uit het leven van Ivan Denisovitsj 213
In de eerste cirkel 225
Het kankerpaviljoen 237
De Goelag Archipel 252

Zinovjev
Gapende hoogten 344

Vojnovitsj
De merkwaardige lotgevallen van soldaat
Ivan Tsjonkin 371

Register van literaire personages, genoemd
in de samenvattingen 401

Register van historische personen, genoemd
in de analyses 414